欧阳黔森 著

莫道君行早

作家出版社

图书在版编目（CIP）数据

莫道君行早 / 欧阳黔森著. -- 北京：作家出版社，2022.12
（新时代山乡巨变创作计划）
ISBN 978-7-5212-2145-9

Ⅰ. ①莫… Ⅱ. ①欧… Ⅲ. ①长篇小说 – 中国 – 当代
Ⅳ. ①I247.5

中国版本图书馆CIP数据核字（2022）第250139号

莫道君行早

作　　者：欧阳黔森
责任编辑：徐　峙　李　娜
装帧设计：纸方程
出版发行：作家出版社有限公司
社　　址：北京农展馆南里10号　　邮　　编：100125
电话传真：86-10-65067186（发行中心及邮购部）
　　　　　86-10-65004079（总编室）
E-mail:zuojia@zuojia.net.cn
http://www.zuojiachubanshe.com
印　　刷：北京盛通印刷股份有限公司
成品尺寸：152×230
字　　数：453千字
印　　张：32.5
版　　次：2022年12月第1版
印　　次：2022年12月第1次印刷
ISBN　978-7-5212-2145-9
定　　价：68.00元

楔　子

麻青蒿在一声炸雷声中醒来，伸手不见五指，子夜的黑沉甸甸地贴在他眼帘上。似醒又非醒的他翻了一个身，努力缓缓地睁开眼睛，却感觉睁开和闭着没什么两样。他下意识地抬起手腕，又颓然放下，枕上耳畔传来手表嘀嘀嗒嗒的声音，一时间，他下意识伸手寻找到床头的拉灯绳，拽在手里，手指却没有用力拉扯。他尽力收缩目光，眼睛半眯着，脸朝窗口。看样子，他需要在闪电瞬间的刺激中才能睁开双眼。半晌，闪电迟迟未撕裂这夜的黑，一阵阵雷声从九龙坡上滚滚而来，他脑袋一个激灵，身子猛然下床，迈着跌跌撞撞的脚步夺门而出。

站在院子里，他面朝天空，脸上并没有迎来急促的雨滴，正迷迷糊糊纳闷时，感觉到腿上有什么东西在蹭他，他一脚踢开大黄狗，自言自语地说，惊蛰！惊蛰！拔腿朝屋里走去。大黄狗摇着尾巴，尾随着麻青蒿正想进门，门嘎的一声，迅速合上了，狗头砰的一声撞在门上，狗身顺势趴在地上，后腿收拢，前腿伸直，狗头匍匐在前腿之上。看来狗在今夜是不可能再深睡了，一般狗这样的睡姿，是一种警惕的姿态，一旦有风吹草动，立刻就可以转化为进攻。

麻青蒿回到床上，不一会儿就睡了过去，那不时从九龙坡山巅传来的一阵阵雷声与他的呼噜声此起彼伏。麻青蒿的今夜就这样过去了，他很安心地睡去，他知道这样的季节只见雷声不见闪电，是不会有暴雨来袭的。

他倒是心安了，他的狗注定今夜无眠。对于狗来说，很久不见主人半夜起来闹腾了，这一闹腾，在狗的意识中，那就是自己必须警惕。狗的夜视能力比人不知道要强多少倍，它肯定是看见了麻青蒿警惕的表情，它努力地摆动着屁股，把尾巴摇得团团转，一是表达热情，二是表达有我在，主人你放心，可惜的是麻青蒿看不见它热情而忠诚的尾巴。

清晨，麻青蒿一骨碌爬了起来，走出门，他的大黄狗立刻就迎了上来，他摸了摸狗头，扯着嗓子对着坎脚喊，吴艾草！吴艾草！

在他的第三声"吴艾草"未落之际，一串急匆匆的脚步声传了过来。

麻青蒿一张马脸舒展开来，面对着太阳伸起了懒腰。天空像刚出浴的蓝水晶一样，水灵灵的。湿漉漉但清晰的薄雾正渐渐凝聚，太阳这时红彤彤的，还不怎么灼眼，也只有今天这样的清晨，才可以正视太阳。不消一会儿，当薄雾缭绕在山峦之间缕缕上升，飘浮成一朵朵莲花般的云朵时，阳光便会光芒四射，刹那间，大地姹紫嫣红。

吴艾草喘着粗气迈着他粗短的双腿跑进院子，一个急停步，把石板缝隙的青苔跐翻了。一条蚯蚓在青苔的底部露了出来，拼命扭动着身子，往石缝里面钻。吴艾草喘着粗气，仰着一张圆圆的大脸笑嘻嘻地说，麻，麻主任，有哪样了不得要命的事吗？大清早的，喊，喊哪样喊吗？

麻青蒿回头俯瞰着吴艾草那张向日葵般灿烂的脸说，今天是惊蛰了，你不晓得吗？

吴艾草说，我咋个不晓得？昨天响了一晚上的雷，睡也没睡好。我家桃花骂死我了。

麻青蒿横了他一眼说，我喊你来，不是喊你来谈你家桃花的，你两口子被窝里面那点事，少给老子炫耀，恶心！

吴艾草收住笑脸争辩说，这咋个叫恶心呢？

麻青蒿一挥手说，再说，更恶心！谈正事。你记住啊，今年要是再有人荒了春，老子拿你是问！

吴艾草说，这和我有哪样关系？去年德明家拿几亩地啥也没种，你的责任最大。找我哪样麻烦吗？我又不是村支书，又不是村主任，又不是村监委主任，我只是一个村会计。

麻青蒿伸出手在他脑门上点了点说，这么说，你吴艾草还很有理想啰，我告诉你，有理想是好事，慢慢实现。可现在你是兼着村办主任，你脱不了干系。

吴艾草说，德明要出去打工，我也没得办法，他家那几亩地，种出庄稼来能有几个钱？我不是没做他工作，他说他打一个月的工就能挣几亩地的钱，他还说，一年累死累活，种苞谷，亩产七百斤，三亩地才两千斤左右，卖个苞谷也就值个五六千，减去种子、化肥、人工，就不剩几个钱！他说他不干，神仙也没辙。

麻青蒿说，我不管，耕地是不能荒的，不管谁来种，都要给我种上去！赵德明家的这个事，你给我盯到底不要想推给我，我要管的事太多，这春天来了，这一年之计在于春，你知不知道？

吴艾草无可奈何地说，行，我死盯他，大不了我去种他家那几亩地！

麻青蒿翻着白眼，手敲着石桌子说，这是解决问题的根本所在吗？

吴艾草双手一摊说，你还要我怎样？现在村里就是这样的，为了打工荒了地的人多了去了，办法也想尽了。有的人说，我的地你去种，地里的收成都归你，你干不干？你也不愿干是不是？

麻青蒿说，你这个人，咋个搞的，我说东，你来讲个西。我说的是，这个问题要从根本上解决。

吴艾草扳着指头说，这一根本上是一个钱的问题；这二是土地流转转给谁，还能有效使用的问题；这三是刚刚成立的合作社，存在流转的土地费普遍偏低，而又吃不下那么多闲置地的问题。这四是……

麻青蒿厉声打断吴艾草说，够了，不要说四了，还有那七、八、九、十的，我都不晓得吗？少给老子卖弄这些。说实在点。

吴艾草正唾沫横飞地说得起劲，被麻青蒿一下子泄了气，一时间，喉咙像卡了一根鱼刺，忍不住干吞着口水，无奈口水早已耗尽，实在是有点难受。片刻后才说，要根本解决问题，必须多方面、多渠道解决。

麻青蒿说，废话，具体点行不行。

吴艾草说，要不，不种苞谷了？

麻青蒿，你以为不种苞谷改种土豆就是调整了产业？就是产业革命了？去去去，就这水平，还是个村干部。

吴艾草仰起头迎着麻青蒿的目光说，我确实水平不高，你确实高。说完，眼睛死盯着麻青蒿，那意思你要再没别的话，我就要走了。

麻青蒿对吴艾草招招手，吴艾草迟疑地凑了上来。

麻青蒿说，你去给刘支书汇报一下工作。

吴艾草狐疑地说，我汇报不着吧？

麻青蒿说，什么叫汇报不着？支书都生病半年了，现在千头万绪的，这病只要不害命，带病也是可以工作的嘛，不要什么事都是我这个村主任。

吴艾草说，咦，支书生病了，上面不是叫你主持日常工作的吗？

麻青蒿说，叫你去，你就去，我也准备生病一两天。

你生病？吴艾草一边说一边拍了拍脑袋，我看你是这里有病吧？还说我有理想，我看你才是有理想，而且你不想慢慢实现。你说是不是？你生病，无非就是想显示你的重要，你麻青蒿那点心思，我吴艾草不可能不知道。

麻青蒿说，放屁，我的工作好不好，大家都有目共睹嘛，我叫你给支书汇报，有错吗？吴艾草说，要汇报你汇报。说完转身就跑。

麻青蒿扬起手追着吴艾草说，你找打，本主任喊你办点事你都办不成，还说是光屁股长大的兄弟。

吴艾草早就跑远了，远远地回头说，你这是坑兄弟！我不干！

麻青蒿见吴艾草跑了，也没辙，索性拉过一张凳子坐在院子里发呆。他的家坐落在山脊的一个小平台上，地理优势非常明显，几乎可以俯瞰整个千年村。这千年村有十四个村民组，村里共有四百一十九户，共计二千三百一十八人，在紫云镇所辖的二十一个村中不大不小，算是中等规模。自从村支书生病卧床以来，麻青蒿主持村支两委的工作已经半年了，这在以往对于他来说不是什么难事，两年前支书去城里看病，他也主持过三个月村支两委的工作，虽然时间不长，工作却干得有声有色，还得到了镇党委的表扬。可这一次主持工作，他明显感觉到压力大，责任大，两千多人的脱贫、减贫，支书本应该是第一责任人，可是现实是支书生病卧床不起。支书这个病吧，要说是重症、绝症也谈不上，要说能利索地来工作，也谈不上，说白了，就是个风湿病，不痛不是病，痛起来要人命。支书也是个很通情达理的人，早就提出辞去支书职务，并推荐麻青蒿接任，可上级没有批准，原因很简单，村支书是村党代表选出来的，推荐归推荐，还得有适当的时机。自从精准扶贫实施以来，村支两委的工作可以说是千头万绪，干什么事都恨不得三步并作两步走。按照上级的工作要求，一切都不能怠慢，一切都要快，还不能摔跤。这不，首先得搞清楚什么是精准扶贫，什么是六个精准，仅仅是一项甄别工作，就忙得让你恨不得有三头六臂。

　　按说，像麻青蒿这种当了两届村主任的人，工作应该早就驾轻就熟了。可偏偏现在是非常时期，仅一个驾轻就熟是远远不够的。你熟悉工作有什么用？你熟悉当地面临的困境和症结，又有什么用？有用的是你要有能力解决问题。麻青蒿面临着前所未有的压力，除非你敢欺上瞒下，可这样的事，谁敢？问责的棒子随时悬在脑门上。麻青蒿当然感觉得到这个棒子的力量，他的直觉告诉他，要想这个棒子不敲下来，仅仅有三头六臂的工作态度是远远不够的。他知道，这个地方，就这个条件，祖祖辈辈都是这样过来的，新中国成立前就不说了，在村里老一辈人的口中，那几乎是不堪回首。在他这一辈，他也见证了千年村的发展，从没有饭吃到解决了温饱，从输血式扶贫到造血式扶贫，他都经历过了，他的认识是，要想实现精准扶贫所达到的目标，谈何容易啊！以他的工作经验，寻求上级大力支持是法宝。在以往，他常对支书说，会哭的孩子有奶吃。支书指责他说，你麻青蒿就知道向上级伸手。他反驳说，你不伸手试试？果不其然，这些年，千年村一直是远近闻名的贫困村。要摘掉贫困村的帽子，还是那句话，谈何容易啊。镇里面也不是不支持千年村，关键是紫云镇也还没有摘掉贫困镇的帽子。

就这些问题，他当然要去找镇党委书记，那天书记很忙，他还没来得及说几句话，书记就说，你还是去问问龙险峰同志吧。说完也不管麻青蒿愣在那里，径直就走了。麻青蒿琢磨了半天，心想，莫非老镇长要回来当书记了？带着这个疑问，他回到村里，一晃就是半个月，也不见半点消息。

坐在院子里久了，麻青蒿的目光渐渐移到远处山坳上那棵巨大的丁香树上，这棵丁香树可不是一般的丁香树，需要三个人才能合抱，树高三十多米，花开的时候，像一朵巨大的白云覆盖在树冠上，洁白无瑕，让人赏心悦目。

看到这棵丁香树，他不由想起前妻，他前妻就叫丁香。想起前妻丁香，他的目光就不得不赶紧从这棵丁香树上移开，有时候，他又恨不得砍了这棵丁香树。想归想，他什么也做不了，这棵丁香树可是千年村的宝贝，不说有一千年，五百年是有的，这在村里老人的眼里，那就是树神，谁敢动，就像动了八辈子祖宗。想起了这些事，他就心烦。

在千年村的村口处，有一棵比丁香树更大更高的千年紫薇树，隔着这棵紫薇树不远的地方，就是他前妻丁香的小卖部，这个小卖部必须拆除，关键是他想拆还拆不了，现在村里的人都看着这件事，看你麻青蒿怎么办。

这棵紫薇树，在这一方可是远近闻名，是绝无仅有的"紫薇王"。紫薇属于灌木科，一般的紫薇高度不过三到五米，再高一点也就六至七米。而千年村的这棵紫薇树却属于乔木，据考证全国仅有这一棵。它的高度达到了惊人的三十四米，冠径十七米，直径近二米，如果合围抱拢的话，要五六个成年男人才行。这棵紫薇树的树龄至少有一千三百余年，它属第三纪残遗植物，科学界视它为植物界的活化石。在二十世纪末，这棵紫薇树就被选入国家古、大、珍、稀树名录，千年村也因千年紫薇树而得名。

村口有这棵雄奇古朴的紫薇王，年年盛开出紫云般的花簇，村尾的山坳上又有那棵高大茂盛的丁香树，年年绽放莲花般的云朵，因此千年村历来就有"村头拜紫薇、村尾看丁香"之说，再后来闻名而来的文人骚客多了，你唱我吟的，就传出了闻紫听香之说。这千年村的两棵树也由此声名远扬，花开时节来闻紫听香的人络绎不绝。来的人就一个心思，这闻紫容易想到什么，这听香就有点撩拨思绪的味道了。这样的味道，谁不想身临其境呢？紫薇王、丁香树在村头村尾几乎同时节开花。紫薇王巨大的树冠上盛开出一簇簇血红且透着紫光的花朵，还常有紫云缭绕其间，太阳出来，紫云匍匐在光芒上，洒落在大地上，刹那间，泥土的芬芳溢满时空；丁香树绽放出一团团洁白无瑕的花蕾聚集成莲花般的云朵，月上树梢，清香乘着月色拂面而来，天地间落英缤纷、美如梦境。

这诗一样美丽的传说，引来了无数人对千年村这两棵树的向往。有了这样的向往，这两棵树就拥有了神奇，拥有了这样的神奇，怎么可能让一些破破烂烂的鸡圈啊、牛圈啊等分布在周围？这确实有点亵渎这个神奇的意味。

这段时期，紫云镇正在打造"四在农家·美丽乡村"创建活动。这四在农家，一是富在农家增收入，二是学在农家长智慧，三是乐在农家爽精神，四是美在农家展新貌。千年村也被列入了首批试点示范村，为此，村支两委召开了专项会议，大家也达成了共识，一致赞同把千年村打造成美丽乡村。

在会上，麻青蒿说，我们千年村，吃不饱肚子的时代早已一去不复返了，现在我们要往生态美、百姓富的目标大踏步前进，首先要实现"四在农家"！你们可知道，什么叫美在农家展新貌啊？首先，没有美丽的环境，怎么能让来我们村庄的人赏心悦目呢？说完盯着村监委主任黄光辉看。

黄光辉一脸漠然，根本不理会麻青蒿的目光，只顾抽着一袋烟，一吸一吐发出吧嗒、吧嗒的声音。

麻青蒿只好把目光移向村委会副主任罗云贵，罗云贵压根不迎接他的目光，他从腰间掏出一根竹烟杆，慢慢地往烟嘴上装烟丝，摆出一副任你麻青蒿怎么说的架势。

麻青蒿见俩人这样，自知无趣，只好继续他的演说，我们村头村尾那两棵树，让我们千年村美名远扬啊！我们怎么能让鸡圈啊、牛圈啊、猪圈啊，那些充满臭气的东西在那丢人现眼呢？

在麻青蒿说话的间隙，黄光辉轻轻踢了身旁的罗云贵一脚。这一脚，差点让罗云贵的屁股移开凳子，他白了一眼黄光辉，那意思似乎在说，你不能轻一点吗？黄光辉也白了罗云贵一眼，意思似乎在说，你这个小身板，我这一脚重了吗？

罗云贵见黄光辉这副模样，有点生气了，竹烟杆头直接敲在了黄光辉壮实的膝盖上，在黄光辉的腿受痛缩回的那一刻，他狡黠一笑，对着黄光辉眨了眨眼，那意思是说，你是村监委主任，我一个副主任不好先发声。

麻青蒿的演讲正渐入佳境，自然没有发觉这俩人的小动作，他话锋一转说，你们知道不？最近有一个著名诗人来到了我们村看了两棵树，写了一首诗叫《听香》，你们去读一读。

吴艾草站了起来，把鼻子嗅了嗅，这是鼻子的事情，关耳朵哪样事吗？

麻青蒿手一挥，指着吴艾草说，你懂个屁！

吴艾草白眼一翻说，我不懂，我只懂得那两棵树的花一开，我鼻子就香，莫非你是村主任，耳朵就能变成鼻子啦？

麻青蒿说，你这个卵人，说你不懂，你还咬卵犟，这是诗，你懂不懂？

吴艾草说，诗我是不懂，鼻子不会骗我！这什么叫闻，什么叫听，我还是懂的吧？

麻青蒿有些无可奈何地说，我看是秀才遇到兵，有理说不清，我现在告诉你，你回去好好想想，想通了，你想当村主任的理想，也差不多可以实现了。我看你就是没文化，我是当过老师的啊，我告诉你们，诗贵曲，哪能直杠杠地瞎写呢？

吴艾草说，青蒿主任，不要动不动就是诗，你糊弄谁呢？我又不是没有读过诗。说着，吴艾草仰起脖子，做着大鹅的动作，鹅鹅鹅，曲项向天歌，白毛浮绿水，红掌拨清波。完了，他眼睛一横，看了看麻青蒿说，这是诗，谁不懂吗？还听香？搞不懂。

麻青蒿说，不懂你就问啊，我这个老师告诉你，这个闻啊，难道就只是鼻子的事吗？闻和听，有时候就是一个意思嘛！也有耳朵的事。

吴艾草还想说什么，被罗云贵一把按在凳子上，说艾草你闭嘴！说正事就说正事，说什么诗嘛！说完他扭头又对着麻青蒿说，老麻，你既然说到"四在农家"的落实问题，什么猪圈牛圈鸡圈影响环境，我们都赞成，有一个事，你作为村主任，不要避重就轻，你家老婆丁香那个破小卖部，也不美观，刚好在紫薇王的旁边，拆还是不拆？你发句话！

麻青蒿一挥手说，作为村委会主任，我赞同拆了它！但我要纠正你，她丁香早就不是我老婆了。

黄光辉一拍大腿说，好，就等你这句话，麻主任，有你这个态度，大家都看着的。你还有说的没有？没有就散会了。

大家纷纷站了起来，准备出门。

麻青蒿一挥手说，慢点，都给我坐下！

大家又纷纷坐下，眼睛都望着麻青蒿，以为他还有重要的话要说，结果麻青蒿又一挥手说，散会！

一

　　龙险峰回到紫云镇任书记的消息，像风一样在起伏的连山里吹遍了山野。

　　风在山野无处不在，树叶飘摇、小草弯腰、云走雾绕、花香鸟鸣，一时芳香弥漫。这消息也无处回避，有人点头，有人摇头，老少关注，一时沸沸扬扬。

　　点头的人说，这下好了，他回来了！

　　摇头的人说，这下坏了，他回来了！

　　这不明就里的人还以为龙险峰这人毁誉参半呢，其实不然，最能说清楚这个问题的，就是无论说好说坏的人都敬畏龙险峰，要进一步讲这种敬畏的来由，实在是一下子也讲不完，不如就说一说龙险峰还在当镇长时，与两个老人的对话便可明了。

　　龙险峰每次都笑容可掬地握住百岁老人的手说：老人家，我来看您了！

　　百岁老人每次都摇头说：哪样？哪样子？

　　龙险峰依然凑近了大声说：我叫龙险峰！来看您的！

　　百岁老人依然摇摇头，嘴巴咕咕噜噜。龙险峰依然侧耳，依然听不清。

　　八十岁老人歉意地说：龙镇长，我爸糊涂了，每次您来，他都不知道您是谁。实在不好意思。

龙险峰摇摇手安慰八十岁老人说，您父亲不知道我是谁，这不打紧，打紧的是我得知道您父亲是谁。

千年村的村主任麻青蒿也在场，按他的话说，龙镇长的话实在是暖人心窝，实在是感人肺腑，实在是……实在是……第三个"实在是"的好词，当时没说出来。

按理说他麻青蒿的水平，别说连续三个好词，一连串七八个好词脱口而出，那也是常事。当时为什么好词在第三个就卡住了，这是有原因的，要说这原因，首先得讲麻青蒿这个人。

麻青蒿有一特长，这特长一般人不具备，就是他见人总是说好话，除非你不是好人。不是好人，那他麻青蒿从无客气可言，讲起怪话来那也是一咕叽一连串。

当时，在麻青蒿看来，眼前的人当然是好人，一串好词已开了头，却被龙险峰的眼神和脸色一下子给堵在了喉咙里，吐出来害怕，咽进去难受。

这能怪谁呢？只能怪他自己嘛，麻青蒿平常说好词时基本不看人，一般都在第五句以后才看着他赞誉的对象，然后嘴巴不停，眼睛还直愣愣看着别人，继续说两句好词，再看人家反应。

按麻青蒿的说法，这样很好，前几句举头仰说不看人，这叫自信，后两句平视直说对着眼，这还叫自信。别人如何反应，我就如何反应。麻青蒿这平时得意的一招，显然是用错了对象，结果如何？一目了然嘛。

事后，麻青蒿与花开村支书石松涛吹牛时就针对这件事自夸了一把，他说，说实话，当时我确实有些沮丧，不过，这种沮丧也就不到十秒钟，我感人至深地说，龙镇长，我终于明白，我是谁了，为了谁了。我看龙镇长也没再瞪眼睛拉脸子的嘛！

如果换作其他人，麻青蒿的这番话可能有一定欺骗性，能迷惑人，让人以为他说的是真的，可石松涛是谁？他认识麻青蒿可不是一天两天，也不是一年两年，甚至十年十五年都不止。

听完麻青蒿的话之后，石松涛也说了几句话，这话当时就像给了麻青蒿一巴掌，他笑嘻嘻地说，因为那时，你只能看见人家龙镇长的背影。

麻青蒿一时语塞，像蔫了的茄子。

石松涛得意地拍了拍麻青蒿的肩膀，老麻，得服这口气啊，你的水平，人家险峰镇长的水平，能一样吗？打个比方说，我看见你，一天嘴巴叽里呱啦的，一句话非要拿十句话来说，就像个乌鸦嘴，不管你叫得再好，听起来都让人心烦。

麻青蒿一拳打在石松涛的身上，老子看你才是个乌鸦嘴！哪个不晓得老子是个刀子嘴豆腐心吗？我还不是为了大家好吗？

石松涛说，是，是，是，你是为大家好，这一点我不怀疑。他瞪着一双牛眼，看着麻青蒿，拉长了声音说，但——是，你知道大家怎么看你的吗？要说十句九不真的话，倒也有点冤枉你，我看在是老朋友的面子上，肯定你十句里面有五句还值得磋商。人家龙镇长……

麻青蒿打断石松涛道，下面不准说了啊！我来替你说，人家险峰镇长说话不多，一句是一句的，从不拖泥带水，我看啊，这就叫做深深的敬畏。

石松涛脱口而出，对头！证明你老麻还算个人物，有自知之明，还有救！一边说，石松涛一边转身准备跑，因为他知道，麻青蒿那一脚早就蓄势待发。

麻青蒿当然知道石松涛要跑，在他转身之际，早已一脚飞出，还甩出一句话，有救？"舅"你姐个头！老子打的就是你这个小舅子！

脚尖在石松涛的腰上拂过，石松涛一个趔趄，并未跌倒，显然，麻青蒿这一脚并不重。石松涛站定后，哎，你这个老麻，说归说，不要占人便宜哈。你想当我姐夫，我姐当年还没看上你呢！

麻青蒿说，滚滚滚，有多远滚多远！说着他又朝地上吐了一口痰，大手一挥又说，哪样姐夫不姐夫的，我告诉你，就算你想让我当姐夫，我也是坚决不会当的！我是千年村的，你姐是花开村的，要凑在一起，可就叫做"千年不开花"了！

石松涛不乐意了，嗨，老麻，明明是你自己的日常工作做得不到位，这才让你们村一直穷，少拿我们村的名字做借口，当替罪羊。

麻青蒿正准备说话，石松涛一把打在他的手上，行了，龙镇长是叫我来和你交流工作的，你我都不要马虎，必须交流，交流完了，我俩各自滚。

说话间，这两人一边走，还一边斗着嘴巴，朝村委会走去。

他俩嘴里的龙险峰，身材不高却显得干练有力，一张黑黝黝的脸庞总让人感觉他像个农民。每次下乡走村过寨的，难免有人总抢先握住熊少斌副镇长的手直摇晃，领导辛苦，领导辛苦。

熊副镇长人高马大，一张国字脸轮廓分明，按照老百姓的话来讲，这样相貌的人，来到我们村，一定是这些人里面最大的领导。

龙险峰与熊少斌也习惯了这样的误会，并不在意。可老百姓们却不这样看，都说人不可貌相，海水不可斗量，这话印证在龙镇长身上了。

麻青蒿和石松涛这一对冤家在龙险峰当镇长的时候没少惹麻烦，但真解决了不少实际问题，这一点龙险峰也看得到。所以他经常批评他们，也经常关心他们。这一点，麻青蒿和石松涛深有体会。

作为紫云镇二十一个村支两委中年纪最大、资格最老的村主任和村支书，在以前的书记、镇长眼里，麻青蒿和石松涛这两个家伙是最难缠的村干部，想换他们吧，一摸底，还真换不了，哎，这干部群众吧，对他俩还是基本拥护的。这两人吧，还真有点倚老卖老的架势。对书记、镇长的话，不是不听，而是变着样儿做。书记、镇长一批评吧，这两人还变着法儿辩解，还有点桀骜不驯的味道。这当然不讨书记镇长的喜欢，不过，两人的工作成绩不错，书记、镇长一时也不好把他俩怎么着。

早前龙险峰来当镇长时，也经常批评他俩，但总体来说，表扬比批评多，这一下，两人那点桀骜不驯的味道才渐渐地有所收敛。这样的收敛表现在哪些方面，一时还真说不清楚。不过红岩村的村支书潘宏梁讲了一个故事，把这个收敛讲清楚了。这个故事得从两场醉酒说起。

潘宏梁惯常地、声情并茂地叙述道，记得在那个漫长的冬天，那最后一场大雪冷得让人瑟瑟发抖的时候，我想起了麻五皮和石蛋蛋。也记得，在那个桃花盛开的时候，我们仨的那个"一年之计在于春"啊，筹划得好啊，得到了群众的拥护和领导们的肯定。事实胜于雄辩，没什么可说的，我们三个村啊，顺利地完成了"春天的故事"。现在，最后一场大雪来了，春天还会远吗？！必须举杯庆贺！这庆贺如果没有了麻五皮和石蛋蛋这两个家伙，那还有什么意思？

潘宏梁这一说，正中两人下怀，赶紧附和。这天冷得人上牙和下牙打架，唯一能让牙齿不残的办法，只有一样东西，那就是喝点土酒。地点自然就在红岩村村支书潘宏梁的家里，喝的是自家酿的米酒，三人在一起，一喝开了，小杯自然就换成了小碗。

三人喝到这个份上，都有些激情昂扬，潘宏梁喝完一碗后说，青蒿，此情此景，知己难寻，好久没听你写过诗了，来一首！

麻青蒿也不客气，站起身酝酿了一下感情，一挥手豪迈道，对酒当歌，人生几何……

潘宏梁说，这个不是人家曹操的诗吗？不算，不算。

麻青蒿又一挥手，豪迈道，大风起兮云飞扬……

石松涛打断道，这不是刘邦的《大风歌》嘛！

潘宏梁说，哎，你到底能不能来一首自己的？

石松涛说，青蒿，以往叫你写诗，你张嘴就来，咋个，今天是人家宏梁家的酒不行呢，还是你没喝到位？

麻青蒿转过身来，叉着腰，本想说两句，忽然胃里面一股酒气涌上来，不由得打了一个很响的酒嗝，再一低头，院子中的小水缸里，倒映着天上的一轮月亮，随着波纹轻轻摇摆。

麻青蒿一手叉腰，一手在空中抓了一把，听好了！一个饱嗝动天地，饮酒摘月做电灯……

潘宏梁和石松涛伸出大拇指，异口同声叫起来，好！好！高！高！这两句就是高！

麻青蒿手一直没放下来，见他这么样，下两句似乎就要喷涌而出，俩人昂起头等了半天，实在受不了了，潘宏梁伸出四个手指头提醒说，四句，四句哦！

麻青蒿的手倒是放了下来，后两句却没有了，他挥了挥手，自嘲地说，哎呀，就是高了，高了，后面高不上去了。

说完，麻青蒿再次落座，继续喝酒，这仨你一句、我一言的，打打闹闹地喝，最后三人自然是都喝醉了。

麻青蒿醉得最厉害，潘宏梁是主人家，想趁着自己还清醒，把这两个家伙送走。结果，麻青蒿走到院子里，一个踉跄差点跌倒，下意识中他一把抱着院子里的一棵梨子树，死活不松手，无论潘宏梁怎么拉也拉不开。

潘宏梁说，五皮！老麻！你喝醉了，我扶你。

麻青蒿瞪着红眼说，我没醉，我谁都不"服"，我就扶树。

最后的结果是害得潘宏梁和石松涛在院子里的板凳上，醉眼蒙眬地坐了一晚上，因为怕他麻五皮一不小心扶不住树掉下地来，砸烂了腰，两个人脱不了爪爪。

另一场是三个村之间的公路通车了，这可是天大的好事啊！这回是石松涛当主人，同样是高兴，同样是喝自家酿的米酒，同样是小杯换小碗，再同样是麻青蒿又喝醉了，有了上一次的经验和教训，石松涛的第一感觉是，今晚不能和潘宏梁坐在院里的板凳上，再看着他麻青蒿抱着院子里的树不松手。

一见麻青蒿醉眼蒙眬，他立马主动去扶住麻青蒿说，老麻，你又喝醉了吧？我给你说哈，要么我扶你回家，要么你去扶我家院子里那棵桃子树。

潘宏梁对石松涛挤眉弄眼地说，人家老麻哪里醉了吗？你石蛋蛋乱说人家麻五皮，老子告诉你，你要守他一夜，老子是没这个心情守的哦，要守你守，老子要回家。

石松涛也对潘宏梁挤眉弄眼地说，我晓得，人家老麻哪里会醉吗？他不让我扶，也不会去扶树嘛。

麻青蒿说，扶扶扶，老子哪个都不服！老子就服险峰镇长！说完，他睁着一双通红的牛眼，用手指点着他俩的脑门，你们给老子说实话，说到龙险峰镇长，你们服不服？

二人异口同声说，服！服！服！

麻青蒿甩开石松涛的手，指着石松涛和潘宏梁说，正确。

然后，他一挥手，散会——哦，不对，散伙！说完，他挺了挺胸脯，嘴里还念念叨叨说，要想我喝醉，除非时光发生倒退！一边说一边迈着看似稳健的脚步走了出去。

石松涛和潘宏梁互相做了个鬼脸，相视一笑，击掌异口同声地说，太好了，今晚不用守夜了！

潘宏梁在人前经常反复说这两个故事，这在麻青蒿看来是在揭他的短，他想责怪潘宏梁嘴臭，又觉得说不出口，这一说吧，好像就矮了潘宏梁一头，有点求饶的意味。思考再三后，他心里一亮，我看这两个故事也未必对我不好嘛。必须把这个短处变成长处。怎么办？讲方式方法。然后在一次村支两委召开的群众大会上，他对这两个故事进行了总结：喝酒行不行，并不代表一个人的能力行不行嘛！书记镇长就从来喝不得酒嘛！我看能力、水平都比我们高嘛。我的短处就是不能喝酒嘛，这又有什么呢？

村会计吴艾草站起来，鼓掌说，麻主任的长处太多了！主任就是说得对！石支书和潘支书就会喝点酒嘛，会干工作，还是我们的麻主任嘛！

村委副主任罗云贵阴阳怪气地说，喝不过就喝不过，不就是自家酿的米酒嘛，这和能力有什么关系呢？我看啊，闲话少说，开什么会就说什么事，人家潘支书和石支书又不在这里，背着人家说这些话，就是不地道嘛。

吴艾草说，罗副主任，话可不能这样说哦，我们村的 GDP，远远高于他们两个村嘛，这说明了什么？说明麻主任酒是短了点，可能力就长了嘛，他们酒长了，能力短了嘛！

罗云贵站起来，愤怒地指着吴艾草说，你这个马屁精！你懂哪样"鸡"的，"牛"的，我告诉你，我们村穷得叮当响的时候，他麻青蒿是村主任，我们村过上好日子的时候，他麻青蒿也是村主任，这说明了什么？说明这并不是个人能力的问题嘛，主要是党的政策好了嘛！

吴艾草手指着罗云贵，你，你，你……

麻青蒿拨开吴艾草的手，你？你什么你？接着他扭过头，意味深长地看了罗云贵一眼说，人家罗副主任说的就是对嘛！这党的政策好不好啊，主要是看老百姓是哭还是笑啊。你们看看，我们村还有愁眉苦脸的人吗？说完，一脸柔和地望着罗云贵。

这罗云贵平时就喜欢和麻青蒿抬杠，他不怕麻青蒿给脸色看，怕的是麻青蒿一脸的微笑。这不，此时他看着麻青蒿渐渐微笑起来的脸，只好遵循伸手不打笑脸人的村训，一屁股坐了下来，对麻青蒿说，麻主任，这开会嘛，闲话少说，话归正传，话归正传。

麻青蒿说，哎，罗副主任，开会嘛，有时候闲话往往说的就是正话嘛。

罗云贵生气地起身说，麻五皮，你再这样说，我就走了哦！

麻青蒿把罗云贵按回座位上，轻言细语地说，坐下，坐下！你不能走，你一走这会就开不成了。好！我们总结总结村支两委的工作！

麻青蒿一抬腿，跳上了晒谷台，抬高了声音说，我们村支两委的干部啊，在第一线嘛，正所谓将在外君命有所不受嘛，人民群众的思想工作，瞬息万变，只要我们随时能掌握就行了嘛。书记镇长下达的工作要求和指示，要我们攻坚克难，这就是个方式方法的问题嘛，不管我们用什么方式方法，只要攻了坚、克了难，结果是圆满的，这比什么都好嘛。我说啊，村支两委大小也是个领导嘛，也经常批评干部群众嘛，不过，更多的是表扬干部群众嘛，我们村支两委的领导啊，责任重大，很具体啊，这样的问题，那样的问题，还有想不到的问题，都会出现啊，怎么办？那还能怎么办？我们只有"硬着头皮、厚着脸皮、磨破嘴皮、饿着肚皮、跑出脚皮"地去工作，就攻无不克、战无不胜嘛！你们说说，大家是不是都叫我"麻五皮"？这在我看来，这是大家对我……

麻青蒿的话，一下子梗住了，因为他看见罗云贵站了起来，罗副主任一说话，肯定很难听，他没有给罗云贵说话的时间，麻青蒿一挥手，继续大声说，当然，这也是对村支两委最好的表扬嘛！

看着罗云贵坐了下去，麻青蒿欣慰地笑了起来，嘿嘿……龙险峰镇长也认可这个表扬嘛。说完，麻青蒿圆瞪着眼，盯着大家，吴艾草首先鼓起掌来，大家陆续开始鼓起掌来。

从这掌声当中听得出，虽然大家不太喜欢麻青蒿这样拐弯抹角地表扬自己，但这个家伙干工作确实有一套，大家也无可非议。

麻青蒿很高兴，一脸的灿烂，挥手道，散会，散会！

不久，表扬他的龙镇长调到县委宣传部任副部长，他走之前，麻青蒿跑到紫云镇，找到龙镇长，一脸的不高兴，说，龙镇长啊，你不能走啊！紫云镇不能没有你啊！

龙险峰说，你是我们紫云镇村支两委中的老同志了，这一点你还不明白吗？我走不走，是我能决定的吗？

麻青蒿说，是不能决定，但是我说的这句话，代表了基层干部群众的心声。你走了，我们紫云镇怎么办？

龙险峰摇摇手说，嗨，你这个老同志，你这话可说不得啊。

麻青蒿说，有哪样说不得的，我说的是真话。你不是天天喊我们讲真话、真做事嘛。

龙险峰说，这是两回事！我警告你哈，你这张臭嘴，可不能张嘴就来哈，我走了，党委、政府还在嘛，书记和新镇长也在嘛。

麻青蒿嘟囔道，这些我都知道，反正，你不能走。这是群众的心声！

龙险峰语重心长地说，老同志，我给你讲，紫云镇有没有我并不重要，重要的是无论谁来当镇长，你们都要全力支持，要讲政治，讲纪律。说着，龙镇长拍了拍麻青蒿的肩膀，老麻啊，这两年，感谢你支持我的工作，我两年紫云人，一生紫云情。

麻青蒿似乎被龙险峰的语重心长感动了，他忍不住眼泪汪汪地抬起头对龙险峰说了句话，也就是这句话，让龙险峰无可奈何地笑了起来，也成了日后他自己被潘宏梁、石松涛等人调侃的素材。这个素材也是他自己无意中提供的，因为他说这句话的时候，潘宏梁、石松涛并不在场。

龙险峰调走的第二天，是一个风和日丽的日子，黄昏，三人从镇里开完会往回走，并没有像平时一样逗逗打打相互调侃，意外地显得很安静，这样的安静，对他们三人来说是很不容易出现的。之所以他们都这么安静，确实是高兴不起来，因为他们共同信服的龙镇长调走了，谁也不愿意先开口说话。说什么呢，一说，肯定要说龙镇长，说到龙镇长，一定会伤感。

最后，当然是麻青蒿打破了这个安静，这符合他的个性，按石松涛的话来说，要想麻五皮嘴巴不说话，除非他的嘴巴被针线缝住了，张不了口。这一张口，麻五皮日后被这两人调侃的素材就此产生。

麻青蒿一开口，并不像往常一样，总是以调侃的语气开始，这次他说得非常严肃，他开始讲述他追到镇政府见到龙镇长告别时的情节，当然颇为伤感地说道，说真的，真是舍不得龙镇长啊，龙镇长也舍不得我啊。

石松涛说，咦，你这个人，好像只有你舍不得，我们都舍不得龙镇长的哈。

潘宏梁说，是嘛，人家龙镇长要舍不得，也是舍不得我们，舍不得紫云镇嘛！

麻青蒿一听他俩这样说，意识到了自己吹牛吹得有点不顾这两个家伙的感受了，他马上改口说，是是，是，当时，我相信，龙镇长当时一定想起了你们，只不过只有我在场啊，我当时的心情非常沉重，看得出，龙镇长的心情也非常沉重，但是我告诉你们哦，我最后说了一句好话，龙镇长一扫沉重的心情，笑了起来。

石松涛说，龙镇长笑了？咦，看不出你麻五皮还有这水平，你说说，你说了哪样好话？这么厉害。我从来没看龙镇长笑过。

麻青蒿得意地说，当时我紧握着龙镇长的手说，好人啊，好人啊，一路好走。

潘宏梁一巴掌拍到麻青蒿的脑门上，你他妈的麻五皮，这是好话啊？

石松涛哈哈大笑，你狗日的麻五皮，幸亏人家龙镇长度量大，你回到村里，见到群众外出，你就说一路好走试试？只有两种可能，一是人家不敢出门了，二是人家扇你巴掌。

麻青蒿一下子有点蔫了，一拍脑袋，罕见地承认了错误，对，对，当时太激动了，脱口而出嘛，罪过，罪过。唉，不过没有惹龙镇长生气，人家龙镇长是笑的哦！

潘宏梁说，人家龙镇长不笑，难道还哭啊？

石松涛和潘宏梁哈哈大笑起来，说，你狗日的麻五皮，幸亏遇到的是龙镇长，要是换作其他领导，当场肯定黑了脸，人家不恨死你才怪！

这几天，龙险峰回来当紫云镇书记的消息，一下子就传开了，有人欢喜有人忧。

麻青蒿们是忧还是喜？还真难说。

二

　　这里是武陵山脉腹地，春天里的风和日丽与暴风骤雨常常在一天中相映成趣。白云乌了就下雨，乌云白了就天晴。这天一会儿晶莹剔透、碧蓝碧蓝得让人忙着戴斗笠，太阳实在太耀眼；一会儿又灰不溜秋，阴阴沉沉得让人忙着穿蓑衣，雨实在太大。

　　在这样看似无常又在常理中的日子里，在地里劳作的村民心情无疑是快乐的，这快乐表现在不管你东边日出，还是西边下雨，索性斗笠蓑衣不下身，气死你老天。

　　这几天，老天生气似的　连着下了好儿天的大雨，今天一大早总算是停了，浓浓的大雾渐渐聚拢、幻化成莲花般的云朵，当云朵从山谷里飘上山巅，飞向蓝天的时候，一轮红日在九龙坡的山巅上鲜红无比地升了起来，顿时光芒四射，光线乘风洒落在山脚下的骂龙溪里，清澈的水面波光粼粼，阳光灿烂。刹那间，山的青，水的绿，天的蓝，仿佛融合在金色的世界里，大地顿时显得一派生机盎然。

　　武陵山脉是以旖旎峻峭而著称的，要说到紫云镇，旖旎峻峭也正是它的典型特征。九龙坡、九龙洞、骂龙溪是这里的标志性地名，这里的童谣完全可以诠释这三者的关系：九龙坡上九龙盘，龙头入云端，九龙洞里藏九龙，抬头涨龙溪，龙溪涨禾苗躺，家家骂龙溪。

　　在这春天的雷声里，雷公电母不知吵醒了九龙洞里的几条龙，这暴雨说来就来，看样子，一时半会儿根本没有停的迹象，骂龙溪的水势汹涌澎湃起来，它绕过九龙坡，拐过刚龙湾，跨过晒龙滩，一路狂奔，一直冲到了紫云镇外——这里的水面上凭空凸出来一块巨大的山石，水流被这块巨石一撞，顿时就粉身碎骨，涌进了紫云河，紫云河的宽阔让水势一下子平缓下来。一时间，半河浑浊半河清。

紫云河是一条美丽的河流，它是黔东锦江的支流，锦江是湘西沅江的支流，沅江最终流入洞庭湖，汇入长江。紫云镇原来是重要的水陆码头，船商上可到达黔东重镇铜仁，下可到达洞庭，那时候，紫云镇上店铺林立，东来西去的商贾聚集，河上的乌篷船来来往往，热闹非凡。随着湘黔铁路、湘黔公路的开通，河上筑坝，水电站的建立，这里就渐渐变得落寞了，显然，湘黔铁路和湘黔公路并不经过这里，水路又断了，这样的落寞，无疑就成了边远、闭塞的代名词。

不过，有了这条美丽的紫云河，虽然没有当年的繁华，但好歹吃喝不愁。紫云镇地处九龙坡腹地，是碧江县最边远的一个乡镇，也是最美丽的一个乡镇。这里的美，除了青山绿水、风光旖旎之外，关键是这里出美女啊！有谚语道，漾兴的斗篷，印江的伞，紫云的姑娘不用选。

这不，春天来了，桃花开了，李子结了，九龙坡的龙也醒了，该布云的布云，该下雨的下雨，农忙季节就要来了。镇上的姑娘、媳妇也忙了起来，她们习惯在一大早背着个竹背篼，里面装着全家人的脏衣服，到了溪水边，把脏衣服泡湿，抹点肥皂，拿着棒槌一边噼噼啪啪地敲打，一边唱着山歌。

可以说，这一幕绝对算得上紫云镇独具一格的景象了，山美，水美，歌美，人也美，只要来到这溪水边，看一看、听一听、闻一闻，这姑娘养眼，山歌悦耳，花香沁人，不管人心里有多少烦恼，一切都烟消云散了。

但是，今天，龙险峰路过溪边的时候，这样的情景于他而言恍若未闻。龙险峰一脸严肃，眉头也紧锁着，快步向镇政府走去。镇政府虽然和小溪只有一墙之隔，但一走进镇政府里的办公室，耳朵再也听不进姑娘们的棒槌声和欢笑声，他耳朵进来的一定是这里有问题，那里有问题，这样怎么办，那样怎么办。

还没有到上班时间，院里的办公人员不多，温暖的阳光斜射过来，穿过院里那棵枝繁叶茂的香樟树，落在地上形成一片片耀眼的斑驳。四月的微风吹过来，带来了一丝丝花香的味道，这味道一吸进鼻腔里，整个大脑、胸腔都变得无比地舒爽、惬意，偶尔，这微风刮得更强劲一些，花香味也就变得更浓一些，地上那片斑驳的树影也舞动得更欢快了。

这真是一个美妙的春日清晨，可龙险峰的心情却很沉重。

昨晚九点，龙险峰结束了对龙口村的调研，回来的路上又毫无征兆地下起了瓢泼大雨，打得车窗玻璃啪啪作响，司机把雨刮器开到最快，前窗玻璃也仍然是一片雨雾蒙蒙。

龙险峰对司机说，慢点，慢点。话音未落，他的手机很不合时宜地响了起来，拿出来一看，正是红岩村的村支书潘宏梁。龙险峰的眉头不由自主地皱了起来，经过这么些年的接触，他很清楚潘宏梁这个人的性格，简单说起来就一句话，小题大做。

说一个最明显的特征，潘宏梁这个人啊，说话、做事永远都是咋咋呼呼的，不管大事小事，在他那里永远都是急事、险事、要紧事。可即便他这么着急，却也没能把事情办妥、办好、办满意。

比如说，有些村支两委的基本工作，党建、文卫、计生之类的小事，如果换成一个有点魄力的村支书，早就自行解决掉了，可潘宏梁不，他必须先跟镇里通报，并且还会把事情说得复杂又夸张，最后得到上级的明确答复后再行动，而这时，小事就变成大事了。

想到这里，龙险峰本能地有点不想接这个电话，就在他恍惚出神的这几秒钟里，手机仿佛嗅到了他心中的不耐烦，铃声一声急过一声，一声响过一声。

龙险峰看了看时间，这个点了，他还打来电话，应该是有要紧事吧？才按下接听键，潘宏梁的声音马上像雷管一样炸开了，龙书记！不好了！大事不好了！

龙险峰沉声问道，你慢慢说，到底是什么大事？

潘宏梁叫起来，我们村的公路路基被冲垮了！

龙险峰说，有没有人员受伤？

潘宏梁说，没有，但是，冲毁了好几个地方了！本来还想着最迟年底就能通路，这下好了，工期又得延长了！

龙险峰还没说话，潘宏梁又开始抱怨道，这个老天爷啊，真是不长眼啊，咋个净跟我们作对！花了那么多的钱，才刚刚铺好路基没几天……

龙险峰打断道，行了，明天早上我来你们村。

挂上电话之后，龙险峰有些心神不宁，他正在盘算着重新铺路基得花多少钱时，电话铃声又响了，拿起手机瞟了一眼，眉头不自觉又皱了起来，这次是花开村的村支书石松涛打来的。

如果说，刚才打电话的潘宏梁性格是风风火火不管不顾的话，那么石松涛的性格就是畏首畏尾谨小慎微，两个人正好形成了一个十分鲜明的对比。

果不其然，石松涛在电话里面支支吾吾、拐弯抹角了好半天，就是不直说什么事，搞得龙险峰都有些不耐烦了，连着追问他好几句，他这才鼓起勇气，龙书记，主要是吧，这一段时间，我陆陆续续听说一个消息，说接下来，我们村这个……这个，我们村的汞矿要被关停了，这事……不会是真的吧？

龙险峰嗯了一声，石松涛沉默了片刻，马上便长吁短叹起来，光听这叹气声，龙险峰也仿佛能看见此刻他的那张苦瓜脸。

石松涛叹了好一会儿，又哀求道，书记，您给县里面再反映反映啊，关哪样都可以，这汞矿可千万千万不能关停啊，要是关停的话，村里可就真没人了。

听了他这几句话，龙险峰心中一阵不悦，忍不住训斥道，该关停就关停，该取缔就得取缔，我告诉你，这是上级制定的政策，能让你讨价还价吗！再说，你们村要是真没汞矿了，县里、镇里总会想尽办法找到替代产业！你慌什么！

石松涛嗫嗫嚅嚅应了几声，龙险峰调整了一下情绪，又说，这样吧，近期我找个时间来你们村，就这个问题和大家通个气，你也用不着这么焦虑。

石松涛继续讨价还价，书记，要不你明天抽空来一趟？我们村的好些人听到这个消息之后，这个，这个嘛……意见大得很！还说要一起去县里反映这个情况。

能说这些话，石松涛已经是鼓足勇气了，这个人尿是尿，说话也怯弱，可在村里的事情上，他还是很执拗的，龙险峰清楚，如果自己不答应他，或者不给他一个满意的答复，那么明天一早睁开眼，他绝对就会站在自己门口。

想了想，龙险峰又耐着性子宽慰了对方几句，并且承诺近期一定会去他们村，同时会尽快找到替代产业，这才勉强把电话挂断了。

这时候，车驶进了镇里，龙险峰探头看了看窗外，雨势已经变得很小了，他叫司机停车，自己下车慢慢走回去。

雨后的空气很是清新，偶尔刮一阵夜风，带来些小雨点，星星点点地打在他的脸上，虽然微微有些凉意，但却让人一扫烦躁和郁闷，龙险峰走到寝室外面的时候，心情也就慢慢好了起来。

本想着这繁忙的一天总算要结束时，手机铃声又响了起来，静夜之中尤其刺耳，龙险峰心中没来由地震了一下，他赶紧掏出手机，一看屏幕，心情顿时又变得复杂了起来——这个电话，是千年村的村主任麻青蒿麻五皮给他打来的。

才接通，麻青蒿就嘿嘿笑起来，龙书记，这么晚了，你还没睡吗……哦，那你肯定是在忙工作，辛苦，书记心系我们紫云镇，真是辛苦啊……

龙险峰听着他这些油嘴滑舌的话，也是不自禁皱起眉头，打断道，青蒿主任，有事说事！

麻青蒿说，龙书记啊，我肯定是有事的啊，现在我也是在给你说正事，要不然，我哪会这个点再给你打电话嘛，其实我估计你休息了，是真不想给你打这个电话，可是，没办法啊……

龙险峰皱起眉头，再次打断道，麻五皮，有话快说。

麻青蒿说，好，好，书记，你明天有没有时间来一趟我们村？

龙险峰说，你们村又怎么了？

这次，麻青蒿没有笑了，村小学塌了。

龙险峰一听急了，这样的事非同小可，赶紧问他，伤着学生了？

麻青蒿说，娃娃没事，就十分钟前才塌的。

龙险峰说，你这个麻五皮，这样的事，以后直说，不要拐弯。

麻青蒿见龙险峰生气了，赶紧连说，是、是、是！

听到学生没事，龙险峰心里稍微安稳了一点，他问麻青蒿，好好的，村小学怎么会塌？

麻青蒿又嬉皮笑脸起来，书记，凭哪样不能塌？我当老师时就是这些土坯教室，那还是十多二十年前呢，最近没日没夜下了这么多天的雨……不，简直不能叫雨了，简直就是一把把刀、一根根钢钎啊！再说了，风也不小，毫不夸张地说，这雨这风一配合，时间一长，石头都能给它穿个洞，更何况这老土墙……

麻青蒿说了这么多，其实就一个意思，我千年村的村小学塌了，现在给你汇报了，你书记不来是你书记的事，反正我麻青蒿不厌其烦地汇报了。

龙险峰清楚，他要再不表态，这个麻青蒿就会一直喋喋不休地纠缠着不放，好了好了，我晓得了，这样吧，明天我来你们村一趟。

挂上电话，龙险峰心中一阵烦躁，从潘宏梁到石松涛，再到麻五皮，就没一个省心的！

就这样，今天这一天的工作就已经被这几个村、几件临时生出来的工作给提前占满了，之前安排好的其他工作，又得朝后挪一挪了。

红岩村最远，来回光路程就得小半天；千年村不算远，但麻青蒿这个人实在是啰唆缠人，估计到了他们村之后，至少也得半天，石松涛那边，唉，也好不到哪去。

今天龙险峰本来是准备回家一趟的，他已经快一个月没回县城的家了，他老婆钟医生最后一次打电话给他已经是半月前的事了，那天她甚至在电话里说，龙书记，下次你回来不用来家里了，我们直接去民政局。

听了这话，龙险峰只能苦笑。

这就是龙险峰的尴尬处境，半年前，他还在印城县委宣传部上班时，每天不仅能准时准点上下班，到了周末还能陪老婆孩子去商场逛逛，或者找棋友去杀几局象棋，好不轻松。可自从接到紫云镇党委书记的一纸调令后，这一切就都变了。

如果说只是因为工作繁忙，不能准时回家，那还不至于让他这么苦恼，关键是，他龙险峰可是立了军令状来的。

紫云镇地处武陵山脉的腹地，镇里的这些大大小小的村庄，都零星散落在这茫茫大山和森林之中。在行政地图上，它只是巴掌大，可巴掌里面有乾坤。

紫云镇下辖二十一个村，这二十一个村的情况又各不相同：既有千年村、土坝村这种地貌较为平坦、田土稍多的丘陵地带，也有花开村、龙头村这种海拔位置稍高、多以林木为主的区域，除此外，还有红岩村、龙口村这种山高峻峭、河谷深切的区域。

虽然，这些村的地形地貌有细微的不同之处，但是，又有大致相同的一个特点，那就是山高林密、森林密布，而这一大特点，也就决定了在武陵山区这片腹地的村落耕地普遍稀少，农田零碎且分散，至于怎么个零碎且分散，还是说一个故事吧。

这个故事，发生在二十世纪八十年代中期，让人哭笑不得，故事的主人公是红岩村的现任支书潘宏梁的老父亲，那时候村里才实行"包产到户"，也就是后来说的"家庭联产承包责任制"，村里重新分配土地后，潘家分到了十八块地，这大小不一的十八块地，真叫一个鸡零狗碎啊。

那天一大早，潘家老父亲戴着一顶草帽，扛着一把锄头就上山了，他把这十八块地仔仔细细锄了一遍后，时间也到中午了，这时候太阳已经升到了头顶上，潘老爹撩起汗衫，抹了一把汗水，开始由远到近数着自己这十八块地。

可数了一遍，数目不对啊，怎么只有十七块地？潘老爹又仔仔细细数了一遍，还是十七块地，他心里有些慌神了，正想着该怎么办的时候，眼角余光瞥到了地下的草帽。

他把草帽捡起来，这下，数目终于对了——没错，原来这第十八块地，一直被这顶破草帽盖住了。

虽然几十年过去了，但紫云镇的这些村里的田地，还是只有这么可怜的一丁点，甚至，随着这些年逐渐对生态环境的重视和保护，比如封山育林、退耕还林的相关政策实施后，村里的农田、耕地保有量不增反减了。

如此一来，传统农业是指望不上了，因此，每个村都在绞尽脑汁找到赖以生存的产业，到了今天，每个村也的确找到些不尽相同的产业，但这些产业，都是小打小闹的小作坊产业，所以，在这些不尽相同、小打小闹的背后，这些村又还有一个相同点，那就是贫穷。

而龙险峰的军令状，就是让这些村庄脱贫致富。

说起来，这真是很简单的一句话，可真正办起来，那就一点都不简单了：千年、土坝这些村，区位优势稍好，离紫云镇稍微近一点，但属于丘陵地带，山多地少，毕竟在那些山洼洼、山旮旯之间，总有一些鸡零狗碎的小田坝，可以因地制宜发展农业及相关产业，但与此相配套的基础设施建设，以及公路交通等方面，却都还很尴尬地停留在二十世纪，所以，要想发展起来的话，就得先建设好基础设施，但镇里、县里面的可配套资金十分有限，项目争取的难度也很大，其困难可想而知。

花开、龙头这些村，山高路远，山势峻峭，土地资源就更加匮乏了，传统农业根本指望不上了，好在村里从古至今就有开采丹砂的历史，在二十世纪八十年代，这一两个村相继出现了很多私人开采的小汞矿，主要以开采各种辰砂为主。虽然这些小汞矿在技术、生产等方面并不规范，也处于原始的小作坊阶段，但不可否认的是，村民们靠着这一块赚到了钱、养活了家里人，甚至有些时候，村里还能分到一些红利。

也正是因为有这些小汞矿小作坊，村民们才能在矿里打工赚钱，不必考虑外出打工，村里才不至于全是留守儿童和空巢老人。

但是，私小汞矿的开采，在安全性方面是没有多少保障的，同时，对于自然生态的破坏也是巨大且不可挽回的，最最关键的还有一点，汞资源是战略资源，是不可再生资源。

而现在随着国家相关部门对这些方面的日益重视与严格，这些私小汞矿的安稳局面即将发生很大的变化。简单说，为了保护战略物资，为了保护自然生态，这些汞矿肯定会被关停的。一旦关停，村里的百姓就得有合适的产业，保证其家庭收入的稳定；镇里也必须尽快找到其他替代产业。否则，后果是很难想象的。

除此外，还有红岩村、龙口村这样的深度贫困村，除了"十八块地"这样让人尴尬的自然条件外，这些地方的地理位置还非常偏僻，村里的各项基础设施也非常落后。

是啊，到了今天，红岩村还是没有任何支柱产业，而同时，更残酷的一个现实是，村里的客观条件也完全不适合发展任何产业。

自从龙险峰来紫云镇上任后，他就一直在思考如何让这些村脱贫致富。这是压在龙险峰心上最重的一块石头。

都说"要想富，先修路"，这话不假，龙险峰也是这么努力的，他自从来到紫云镇当书记后，就开始积极争取，多次上报，终于给红岩村争取到了公路项目，虽然过程很辛苦，甚至委屈，然而，事情总是向着好的方向进行的，眼看着路基搞好了，再有两三个月，这条路就能全线贯通了。接下来，再一步步按计划发展产业。

然而，就是这么关键的时候，这条新公路的路基却因为连夜的天降暴雨而被大面积地冲垮了，这对龙险峰来说，不啻晴天霹雳！这怎么办？这能怎么办！

看表面，只是一条公路的遇挫，可是看深层，这对红岩村的脱贫工作，却造成了难以想象的困难。所以，今天他虽然要处理这么多的麻烦事，但第一站，只能是也必须是红岩村。

对于千年村的主任麻青蒿来说，他虽然没有龙书记的这些焦虑，但内心同样急躁担忧，不为别的，就因为村小学倒塌的事。虽说村小学倒塌后，村支两委确实要尽快解决，但对麻青蒿来说，还有更深层次的原因。

早在好些年前，麻青蒿还是千年村小学的一名语文教师，那时千年村更穷，根本就留不住人，村小学前前后后来了几批年轻老师，但时间待得最长的也不过一个学年。

麻青蒿目睹这些年轻人来了又离开，说实话，他不是没有动过心，为此他还在暑假时悄悄去县里考了特种车辆驾驶证，就是为进城打工多准备一条选择道路，可最终他还是舍不得这些孩子。

于是在那十多年中，他就一直坚守在那几间破旧教室里，其中甘苦也只有自己才晓得。那些年，除了语文，他还兼了好几门课程，当了好几个班的班主任，原本他以为自己这一辈子可能都会在这三尺讲台上度过了，但却不想，人生永远都有意外。

说起来，这个"意外"其实是一件很小的事：有一次，麻青蒿正在给学生们讲解李白的一首古诗，老校长正好从教室门口经过，听见之后，停下脚步认真听了片刻，马上他就敲教室门，当着学生们的面说，麻老师，这首诗你解释错了嘛。

麻青蒿知道他性格，笑了笑说，我先把课上完，一会儿再说。

老校长脸一板，那怎么行？等你上完课了，全部说完了，那学生们听的就是错的。

麻青蒿面子上也有点挂不住，略带讥讽道，诗无达诂，你老先生自己也写诗的，不会连这个道理都不懂吧？

如果换成其他课程也就算了，可偏偏这位老校长喜欢古诗，时不时自己还要写上一两首七律、五律，平时都以权威自居，而此刻，麻青蒿又偏不听他的，于是在课堂上，两人从最先的各抒己见到互相指责，再发展到后面的激烈争吵。

那一天，老校长到最后完全失态了，他指着对方大声吼道，麻青蒿！你不是一直觉得你有能耐吗？村里马上就要海选村主任了，你有能耐你去竞选啊？你一直赖在我这里干吗啊！

麻青蒿被他这一串话吼得火冒三丈,他说,我要是真选上了,你可不要后悔。

老校长叫道,我会后悔?麻青蒿我告诉你,你要是能选上,我,我以后就跟着你姓!

麻青蒿冷笑一声,抬腿就朝门外大踏步走去。

老校长愣住了,学生们更是愣住了。

或许是多年来认真负责、兢兢业业的执教生涯让他在村民中形象很好,总之,唱票结束后,他麻青蒿不仅成功当选为千年村的主任,还创了千年村海选干部的一个纪录:全票当选。

有人调侃他说,青蒿,人家当村主任,或多或少都有一两票是反对的,可今天看你这票数,你居然还给自己投了一票?

麻青蒿哼了一声,大手一挥,我凭哪样不能给自己投票?我能给自己投这一票,就证明我有极强的自信心,就证明我相信我能胜任这个岗位,就证明我将会是千年村最好的村主任!

大家听了这话,面面相觑一阵,忽然都开心爽朗地大笑起来。笑过之后,有人说,麻青蒿,你可真敢说大话。

还有人说,青蒿,村主任可不是小学老师,你不要把话说满了。

麻青蒿才不管这些人说的,吹着口哨扬长而去。

自从麻青蒿当上村主任后,老校长虽没跟着他姓,但一度也很有些担心他给自己小鞋穿,但事实证明,麻青蒿这个人,平时是嘴贱啰唆了点,可办起事来还是很靠谱,也算大公无私的。而且,对于村小学的任何事,他更是非常地认真上心。

现在村小学的三间教室被大雨压塌了,娃娃们都被挤到剩下的两间教室里上课,这让他心里怎么不急?所以昨晚他才会顾不得时间给龙险峰打去了电话,话里面虽说是嬉皮笑脸了,但目的就是必须让龙险峰来村里看一看。

今天一早,他又去现场看了看,还把同一个教室内两个不同班的学生们召集起来,一顿叮嘱:一会儿龙书记来了后,你们的读书声一定要大,哪个班读书声更大,哪个班就能先去新教室上课!

学生们大声回应，都是一脸兴奋。

之所以要这样办，是因为麻青蒿太了解龙险峰这个人了。早几年，龙险峰还在紫云任镇长时，两人就经常打交道，虽说当时还是龙镇长，但平日里他的工作就很忙很忙了，也因此，他总是一脸严肃的样子。

现在他又回来了，而且摇身一变成了书记，这就更忙了。别的不说，就拿九龙坡后面那几个村子来说，屁大点事就马上给他龙书记打电话，生怕晚一秒，事情就黄了。

而且电话打了，往往还要他人过去，再想方设法要钱。可紫云镇一年下来，财政上就算再勒紧裤腰带，又能剩得了多少钱？

在昨晚通电话时，龙书记说他今天一早要去红岩村，今早他也和潘宏梁通了个电话，确认了这件事，所以，他麻青蒿只能出此下策。一会儿龙书记人来了，往那几间破烂教室外一站，就只能听见学生们此起彼伏、参差不齐的读书声。

到那个时候，他麻青蒿一脸的为难之色，眼里多一点无奈，才开口说，龙书记，你看嘛，教室不够用，这一个班挤了两个班，老师各教各的，学生们听哪个的？这课啊，就算是我麻青蒿这种优秀模范教师，那也是教不下来的啊。

说完这些，还可以再顺便给龙书记"戴"上几顶"事关教育大计，事关祖国花朵"的大帽子，就算他事情再多再麻烦，资金再不足再紧张，也不怕他不快点解决。

想到这里，麻青蒿脸上露出一丝狡黠的笑容，现在他要做的，就是在村里等着龙书记来。

但是，就在他自认一切安排妥当后，一个人急匆匆朝着村小学跑来，边跑边大叫，青蒿主任，青蒿主任！

来人是村会计吴艾草，多年前，麻青蒿才海选成为村主任时，吴艾草就已经在村委会里任会计两三年了。

那个时候千年村的老支书身体还没完全垮，分管着出纳工作，那年冬天，吴艾草因为一笔款项要报账，和老支书发生了一些争吵，老支书坚持认为这笔账数目不对，怎么都不肯签字。

吴艾草的理由也很充分，这笔账是为村委会买的木炭，又不是别的东西，那农民挑来镇上卖的炭，咋个可能有收据有发票？你现在要我拿这些东西，你这不是存心为难人吗？

可老支书不管，他嚷嚷道，我这整个冬天，基本天天都来村委会的，村委会里哪个时候暖和过？炭火，我承认，每天也烧的有，可都是一两块小炭小火，哪有你账上买的这么多炭？说白了，那点炭火烤点红苕都烤不熟。

吴艾草说，支书，我天天一大早就来办公室生一大盆炭火，你十点半十一点才来，那炭火肯定就小了嘛，再说，你身体不好，所以你才会觉得冷嘛。

老支书听了之后，一脸怒容，连声说，放屁，放屁！你小子这笔账绝对有问题！我给你说，只要我在，你就不要想让我批这笔款！

吴艾草一生气，大声说，你不批，我去找老麻批！

说完，吴艾草转头就出门找麻青蒿去了，而麻青蒿拿到这张单子后，确定账目没有大问题，马上就签了字给批了。他警告吴艾草说，支书身体不好，你少去烦他。

吴艾草说，我哪里敢烦他？那天你不在，支书好不容易来一回村委会，我这不是好心嘛，让他签字，让他感觉自己还是支书嘛。

麻青蒿说，你给我少啰唆，人家支书就你这点觉悟啊？支书生病了嘛，我们要替他多担待一下，以后记住，少去烦支书，有什么事，我自然会给支书汇报。

这之后，吴艾草逢人就说，我们村啊，还是麻主任有魄力，人家根本就不看这些小钱，当然，也是因为他充分相信我！他相信我绝不会在这些方面打歪主意，不像某些人，总是小人之心啊！

有一次，村委会因为阶段性的工作完成较好，得到上级表扬，大伙高兴，就聚在一起吃了一顿，吃饭肯定是要喝酒的，吴艾草喝高了，对麻青蒿说，麻主任，我们村，就数你最有魄力！说着，他就又把批条子这事说了一遍，麻青蒿听得也高兴。可说到最后，吴艾草站起身，模仿当日情景，铿锵有力道，当时我就对老支书说，你不批，我就去找老麻批!

大家一愣,跟着爆发出一阵哈哈大笑,麻青蒿初时也听得一脸笑容的,可当他听到最后这句话,脸色一变,站起来指着吴艾草的鼻子就骂起来了,你才是老麻批!你家全家都是老麻批!

因为这件事,麻青蒿在很长一段时间里,对吴艾草的意见都非常大,可吴艾草这个人,特别能忍,也特别善于检讨错误,就为这一句口误,吴艾草至少给麻青蒿检讨过十次了,麻青蒿也就慢慢不生气了。

再一眨眼,这么吵吵闹闹工作了好些年后,吴艾草居然还成了麻青蒿的左膀右臂。

现在,吴艾草一脸慌张的样子,这么急匆匆地跑过来,估计是有什么意外发生了。等他跑近了,麻青蒿狠狠瞪了他一眼,搞哪样,又有哪样事吗?

吴艾草说,主任,你是不是在这里等龙书记?

麻青蒿没好气地说,怎么吗?老子等哪个,难道还需要给你汇报一声?

吴艾草赔着笑说,主任,我怎么可能是这个意思嘛,我是来通知你,龙书记今天可能来不了了。

放屁!我和他约好了的!麻青蒿脱口而出。

吴艾草频频点头,是,是,我晓得,但刚才出了件紧急事件,我估计今天龙书记不一定有时间来我们村了。

麻青蒿斜着眼,哪样事?

吴艾草左右看看,准备凑上前在对方耳边说几句,麻青蒿一把推开,不耐烦说,这里一个人都没得,又不是说见不得人的事,你有哪样话就快点说。

吴艾草尴尬地笑了笑,是,是,我才听说,花开村的人去镇政府跳楼了。

麻青蒿一愣,跳楼?是哪个?

吴艾草说,听说是牛老五。

麻青蒿斜着眼看着他,这事,是不是你造谣哦?

吴艾草用力摇着头，一口咬定，不是，绝对不是造谣！再说了，这种事情，我哪敢造谣！我估计啊，松涛支书现在得马上赶过去，再过一会儿，龙书记肯定也要回去处理这事的，他一回去，哪里还来得了我们村啊？

麻青蒿又问，那你又怎么晓得这事的？

吴艾草只好老实交代，我家桃花今天去镇上了，回来的时候亲眼看见的，本来还想在那看热闹呢。

麻青蒿听完后，沉思了片刻，突然转过身跳到摩托车上，不等吴艾草反应过来，拧着油门就冲了出去。

说到这里，就有必要专门介绍一下牛老五这个人了。他是个地地道道的农民，从小家里就穷，初中还没毕业时他就外出打工，干过各种各样的工作，累的脏的，轻松的安逸的，混日子能偷懒的。

不过，受限于知识文化水平以及好吃懒做的性格，牛老五也找不到什么好的工作，可想而知，几十年过去后，他的生活还是"外甥打灯笼——照舅（旧）"。

十里八村的，麻青蒿对花开村的牛老五也很了解，这就是个浑人，没羞没臊，他能去跳楼，要么是石松涛没能给他解决好哪样事，或者因为懒被哪位老板开除了，或者被谁拖欠了工资，所以才想去镇政府大闹一场。

当然，不管是因为什么事情，不管是不是和镇政府、村支两委有关，总之，这个浑人现在站在了镇政府的楼顶上，这是不容争辩的事实，而这个事实对于紫云镇来说，那绝对就是一件大事情了！

而眼下，这个大事情对他麻青蒿来说，却是一个绝好机会，现在的镇长熊少斌来紫云镇时间不长，根本处理不来这种事，偏偏龙书记今天一大早又去红岩村了，一时半会儿，他是绝对赶不回来的。

所以，自己要是能赶在龙书记回到镇上之前，先去到镇上，把这事给圆满妥善地解决好，那龙书记回来一看，还能不高兴不满意？他绝对会记住自己这个情，以后，也会卖自己这个面子的。

这样一来，村小学早日重建的事，那就是板上钉钉了嘛！

想到这里，麻青蒿心中不由得一阵窃喜，手上又加了一把劲，把摩托车的油门旋到底，排气管轰轰声中喷出一阵乌黑的油烟，摩托车呼啸而去。

麻青蒿匆匆忙忙赶到时，镇政府大院里早已是鸡飞狗跳了，镇里的群众百姓听到有人跳楼，顿时都围了过来，他们站在楼下，对着楼上的牛老五指指点点，起哄说笑，气氛欢快，简直像是在看马戏表演。

还有些人更夸张，胳肢窝下面夹个小板凳到了楼下，找一处有树荫又可以看见楼顶的地方坐好，再不慌不忙从兜里掏出瓜子开始嗑起来，那情形，更像是夏天夜晚看露天电影一般悠闲自在。

倒不是说这些人有多么麻木不仁，而是镇里的生活实在是太悠闲了，这生活，可以说缓慢平静得像一潭死水，而牛老五的跳楼就好像在这潭死水中丢入一颗大石子，荡起了一阵阵的涟漪，多新鲜啊！

但对于镇长熊少斌来说可没半点新鲜有趣的感觉，眼见着围观群众越来越多，他的心里也越来越紧张。这时候办公室的人给他找来一个扩音器。

熊少斌抢过来，仰起头对着站在楼顶上的牛老五招手大喊道，牛老五！你先下来！有什么事你下来后我们当着面好好说。

牛老五的声音远远地传了过来，下来？熊镇长，我告诉你，今天我要是没拿到钱的话，打死我都不会下来的！

说实话，听到对方回答的这句话，熊少斌心头是又气又急，气的是这个牛老五不讲道理，屁大的事就跑到镇政府来跳楼，急的是围观的人实在太多，形成了群体事件的话，他这个镇长难辞其咎。

熊少斌看看身边的群众，耐着性子又喊道，牛老五，你自己说，我镇政府欠了你一分钱吗？

牛老五大喊，没有！

熊少斌说，好，既然没有，那你跑到我镇政府来跳哪样楼呢？

牛老五听了这话之后，直接转过身去了，看样子是不准备再搭理熊少斌了。

熊少斌更生气了，牛老五，你不能这样不讲道理吧！

牛老五还是没搭理他，熊少斌等得有点尴尬，又转过身来，对着看热闹的大伙问道，你们说，这牛老五是不是不讲道理？

旁边围观的人大多嘻嘻哈哈，有少数人也附和道，就是，就是，太不讲道理了。

熊少斌举起扩音器，大声叫道，牛老五！你听到大家说的话了吧？他们都说你不讲道理！

牛老五转过脸来说，熊镇长，我本来是很讲道理的，可我的老板不讲道理，不发我的工资，那我也只能不讲道理了。

熊少斌脱口而出，那好，我现在就通知你老板来镇里，当面和你讲道理，这样总可以了吧？

牛老五一阵冷笑，又转过头去了。

熊少斌有些不解，再叫对方，却怎么也没有回应了，身旁一位知情群众开口了，小熊镇长，你来我们镇没多久，你不知道牛老五的老板是孙大头，这孙大头嘛……

熊少斌问他，孙大头怎么了？

对方摇头说，这么说吧，你熊镇长要是真能把孙大头叫来镇上的话，不要说一个牛老五了，就算是一百个牛老五跳楼，你都能叫他们下楼来。

听了这几句话，熊少斌愣住，低声问旁边的办公室的老黄，是真的？

老黄点点头，一脸无奈道，熊镇长，那孙大头更疵，更不讲道理，就算你能用绳子把他绑过来，他也肯定说他没钱，没办法，解决不了，说不定还让镇政府先借他一点钱发工资呢。

熊少斌脸色一变，放下扩音器，低声狠狠骂了一句，很有些手足无措。

老黄见他脸色不好，心中有点同情这位年轻的镇长，他在镇里工作了近二十年，陪了七任镇长，以他的经验，镇长应该不出面为好，镇长出面了，反而助长了牛老五闹下去的决心。如果镇长一开始就安排他去处理这个事，围观的人就肯定没有这么多。比如说，现在这个情况，镇长要是上去，牛老五不但不允许镇长上去，可能还要威胁说，你要上来，我就跳下去！可如果是我老黄上去，他牛老五也就没有这么嚣张了，说白了，他和我一个镇政府的办事员有哪样嚣张的呢？我连股长都不是。

可是这些话，老黄是不会说出来的，他明白，他要是直说了，他就犯忌了，这明显是对镇长能力的质疑。搞不好，他自己惹得一身臊。这种事，原本不能由他这样的人来摆平的，他如果摆平了，看起来是给镇长解了围，其实也让镇长下不来台。这样的事，他是绝对不敢做的。

看着熊少斌镇长皱着眉头、脸皮紧绷的样子，他有些不忍，用胳膊轻轻碰了碰镇长的手肘，轻声说，书记是老镇长，威信高，请书记回来处理。

熊少斌横了老黄一眼，义正词严地说，这个牛老五在我镇政府跳楼，找什么书记嘛！这是推脱责任。

老黄一听镇长这么说，知道自己多说无益，本来他是想给镇长出个主意，结果镇长还不领情，他知趣地退回一步，抬头望着楼上的牛老五，好像是在关注牛老五，其实心里一直在感慨，年轻啊，镇长年轻啊。

老黄正在心里感叹时，熊少斌回头看向老黄，老黄的眼角是扫描到了熊少斌的目光的，但他知道，此刻自己绝不能触碰到这个目光，他把目光死死地盯住牛老五的方向，还歪了一下头，似乎是在告诉熊镇长，自己正在思考如何对付牛老五。

熊少斌一看老黄这模样，心里一下就凉了，像这样的老同志都没有更好的主意提出来，看来今天这个场面不好收拾。想到这里，熊少斌可谓心急如焚。他想，这事要闹到县里面去的话，他没法交代，如果非要等到书记回来才能平息，他也没法向自己交代，难道眼前这事，自己就没有办法平息它吗？他也只好望着楼上的牛老五，显得比较镇定，给人的感觉是在琢磨，其实心里早已翻江倒海了。

就在这时，从人群后挤进来了一个人，正是花开村的村支书石松涛，石松涛一边喘着粗气，一边擦着脑门上汗水，有些愧疚地说，熊镇长，不好意思，我来晚了，主要是这个路上耽误了……

熊少斌把手上的扩音器塞到他手里，来了就好！牛老五是你们村的人，你必须负责把他叫下来。记住，抓紧时间，一定要赶在龙书记回来之前叫他下来！

石松涛一脸无奈，苦笑一声，熊镇长，你叫我叫他下来，我可以叫，叫上一天都没问题，但能不能成功把他叫下来，这个我可真不敢向你保证。

熊少斌严肃地说，石松涛支书，你这话是什么意思？

石松涛不吭声。

熊少斌又说，牛老五是不是你们村的人？

石松涛点点头，还是不说话。

熊少斌说，好，既然是，你作为你们村的第一责任人，你就得负责，你就得让他听你的话！

石松涛小声嘟囔道，他要是真听我的话，他就不会到这里来了。再说了，你让我负责，我怎么负这个责？他要钱，村委会不差他的钱，况且也没有钱，我能怎么办？难不成，我去外面……

熊少斌不耐烦地打断道，行了行了，废话少说，我不管你怎么办，总之你必须给我把他叫下来！

石松涛再没说什么，长长叹了口气，只能硬着头皮朝着办公楼走了过去。之所以会硬着头皮，和他头一天的遭遇是不无关系的。

昨天，石松涛在孙大头家中有过这么一番对话。

石松涛说，孙老板，你矿上的工人前几天又跑到村委会来了。

孙大头自顾自喝着茶，连头都懒得抬一下。

石松涛又说，孙老板，你不能拖欠他们的工资了，就算你现在付不清，多少也要给点，要不然他们总来村委会，我们也没办法正常开展工作了。

孙大头说，第一，我没有拖欠他们的工资，第二，我现在也没钱。

石松涛说，你怎么会没钱？你，你是矿主……

孙大头冷笑一声，打断道，松涛支书，你应该也清楚，现在镇里面一会儿查我的安全生产证，一会儿要我补交税款，一会儿又要我升级安全设备，我看照这个趋势，离封我的矿也就不远了，实话实说，我现在每个月不赔钱都算好的了。

石松涛说，你赚不赚钱那是你的事，但你不能拖欠大家的工钱啊！

孙大头放下茶杯，像是看怪物一样看着他，松涛支书，你到底听得懂还是听不懂我说的话？现在连我自己都没收入了，哪来的钱付给他们？

石松涛又耐着性子和他说了好一阵，但孙大头就是一副"我没钱，找我也没用"的态度，到了最后，石松涛只好说，孙老板，你要是这样，那我只能去找劳动仲裁的领导了。

孙大头一脸的不在乎，去，趁着现在他们还没下班，你赶紧就去！——这种死猪不怕开水烫的态度真是让石松涛毫无办法。

后来，石松涛实在没办法了，正准备走的时候，孙大头说，松涛支书，你要是真想帮大伙要回工钱，其实也简单得很。

石松涛心中一动，停下脚步，转头问道，哪样办法？

孙大头笑了笑，照现在这情形，我的汞矿肯定会被封掉的，你如果能去镇上找龙书记，叫他不要为难我，以后也别封我的矿，那我孙某人肯定不会拖欠他们工资的。

石松涛一听，心中又气又急，连忙说，这哪是龙书记要为难你，这明明是上级的政策要求。

可孙大头不听，他说，那我就没有办法了。

牛老五一直眼巴巴地守在村委会里，可他一看石松涛那张脸，算喽，还问哪样？全部写在脸上的。

牛老五说，松涛支书，这钱你要不回来，我就只能自己想办法了。

石松涛没好气地说，你能想什么办法？

牛老五说，要到钱的办法。

石松涛更生气了，指着对方说，牛老五！今天我是没有要到这个钱，但不代表我石松涛一直要不到这个钱！

牛老五听了没说话，扬长而去。但是，完全没想到牛老五的要钱办法居然就是来镇政府楼顶上跳楼。这个狗日的啊！镇政府办公楼有三层，石松涛每上一级台阶，心里面就骂一句。走上最后一层时，石松涛心里一阵悲哀，如果当初不当这个村支书，今天也就只管自家那一亩三分地，或者干脆去大城市打工，虽说可能会累一些，可至少心不累啊。

一想到这些，石松涛心中全是悔恨，自己当初咋个会想到来当这个村支书？对，是麻五皮怂恿的。这个姓麻的，他也是一肚子的坏水！

石松涛一边想一边走上了楼顶，牛老五一见到石松涛，指着石松涛大声说，你再跨一步，我就跳下去！

这话吓得石松涛赶紧退了回来，手指着牛老五，气急败坏地说，你，牛老五，你，你……

牛老五说，你什么你？我告诉你，你现在就给我滚下去！你不滚，我就跳下去！

石松涛无奈地说，行，行，我走。

就在石松涛和牛老五对峙时，麻青蒿终于赶到了镇政府。镇政府大楼外已经被围观群众围得水泄不通了，他眯着眼朝楼顶上望了望，果然是牛老五这小子！

麻青蒿问旁边一个人，牛老五站上面多长时间了？

对方说，至少一个多小时了吧？

旁边一个人凑上来，抱怨道，哎呀，你也暂时不用来看热闹，我告诉你，他一直不跳，我们脖子都酸了。

麻青蒿双眼一瞪，恶狠狠地说，怎么？你狗日的还真指望他从上面跳下来？还脖子酸？眼睛痛不痛？腿酸不酸？要不要老子来给你松松骨？

对方见他忽然变脸，又不太清楚他的来路，愣了片刻，嘴里小声地嘟囔几句后，退回到一边去了。麻青蒿骂了几句，朝前挤了几步，找到了熊少斌。

麻青蒿说，熊镇长，这么大的太阳，太热了，你回办公室里凉一下。你是一镇之长，不能太累了。

说着，麻青蒿又给他身边的老黄使了个眼色，老黄会意，擦了一把汗说，镇长，确实有点热，你站这里站久了，万一中暑怎么办？

熊少斌说，还怕中什么暑啊？我不站在这里，谁站在这里？

麻青蒿上前一步，凑近熊少斌的耳朵说，镇长，你最好不要站在这里，你站在这里，那个牛老五更来劲了。这种事，你交给我老麻就是了。

熊少斌将信将疑地看着麻青蒿，老黄一脸诚恳地说，镇长，老麻有办法，你赶紧先回去，听他的好消息。

熊少斌看着麻青蒿说，你行？这可不是开玩笑的哦！

麻青蒿说，你在这里我不行，你不在这里我肯定行！

见熊少斌一脸的不高兴，老黄说，镇长，杀猪杀屁股，各有各的刀法。他老麻既然这么说，肯定有办法。

麻青蒿说，镇长，你放心地去。我们搞定了也是你指挥的嘛。

熊少斌义正词严地指着麻青蒿说，你记住，无论如何，把牛老五给我弄下来！

麻青蒿一边推着熊少斌向外走，一边说，镇长放心，镇长放心。

把熊少斌送出了人群圈之后，麻青蒿转身回到了人群中，刚站定，一个声音在他身边响了起来，麻五皮，你咋个来了？

麻青蒿转过头，正是石松涛，也不知道是因为正午的太阳大，温度高，还是因为心情过于紧张，此刻的石松涛一脸通红，脑门上汗水涔涔。

麻青蒿笑起来，我来镇上办事，看见这里这么多人看热闹，原来是有人跳楼！哪个啊？

石松涛急了，你还看热闹。

麻青蒿不以为意，有热闹凭哪样不能看？石松涛，你咋个也在这里呢？

石松涛指着楼顶，你再看清楚一点，那楼顶上是哪个？

麻青蒿假意盯了几眼，大声叫起来，是牛老五！你村里的人，他怎么跑来跳楼了？

石松涛叹道，现在你晓得为哪样我在这里了吧？

麻青蒿说，那你还不赶快上去叫他下来！

石松涛说，我才从楼上下来，你又不是不知道这牛老五的脾气，他要能听我的话，我不早就把他叫下来了？

麻青蒿点头，倒也是，他今天来，就是为了见龙书记。

石松涛说，是啊，现在龙书记正在往回赶，他要是回来了，看见牛老五还站在这上面，我也会吃不了兜着走啊。

麻青蒿肚里一阵发笑，他拍拍石松涛肩膀，安慰道，没事，没事，龙书记还是很知书达理的，他肯定晓得这事不是你的主要责任。

石松涛说，你现在不要和我扯这些，麻五皮，平时你鬼点子不是最多的吗？今天你一定要帮帮我，无论如何，要把人给我弄下来。

麻青蒿说，人是你们村的，你是村支书，我是千年的主任，他牛老五咋个会听我的嘛。

石松涛说，那我不管，现在人越来越多了，一会儿要是龙书记到了，看见这么多人，他会怎么想？

麻青蒿望了望炫目的太阳，又看了看周边围观者，一个个都拿着蒲扇，扇几下又挡一下烈日，麻青蒿心中一动，办法倒是也有一个，但现在时间还短了点，要等牛老五站上两个小时，当然，最好三个小时才行。

石松涛更着急了，麻五皮，你开玩笑也要看场合，看事情！现在这种情况，你还好意思说这些玩笑话？

麻青蒿压低声音说，哪个和你开玩笑哦，要让牛老五下来，其实真不难，但现在还不行，至少还得等上一个小时。

石松涛将信将疑，真的？

麻青蒿说，我哪个时候和你说过假话？

石松涛勉强露出一丝笑意，我就晓得你麻五皮肯定有办法，快给我说说。

这次，麻青蒿不嬉皮笑脸了，凑在对方耳朵边说了几句。听完后，石松涛一脸质疑，这，这办法能管用？

麻青蒿说，要想他乖乖下来，就只有这个办法。

石松涛一脸犹豫，没有说话。

麻青蒿说，现在已经这个点了，你要再决定不下来，一会儿龙书记到了，那我可真没办法了。

石松涛一狠心，一跺脚，好，就按照你说的来办！

当石松涛再次爬上镇政府大楼顶时，牛老五还是那一招，只听他大喝一声，石支书，你给我站住！你再走一步，我就跳了！

石松涛停下脚步，一边摇手一边说，我不过来，我不过来，你站进来点，危险，小心掉下去了。

牛老五扭身看了看楼下，说，危什么险？我牛老五什么没见过？我站得稳，你就不要来劝我了，我告诉你，龙书记不来，我是绝对不会掉下去的！

石松涛说，我晓得，我不是来劝你的。

牛老五说，你不劝我你又上来搞哪样？

石松涛叹道，这么大的太阳，我还不是担心你站在上面时间久了，本来你是不想跳楼的，万一一下子没站稳，结果真变成跳楼了，我怎么负担得起？我看，你还是先喝点水。

说完，石松涛从塑料袋里拿出一瓶矿泉水。

牛老五一脸疑惑，你来给我送水的？

石松涛说，怎么吗，你不相信？

牛老五伸出手，舔着嘴唇，信，我信，你不能过来，把水丢给我。

石松涛手一扬，一瓶水飞了过去，牛老五稳稳接住，迅速拧开瓶盖，咕嘟咕嘟喝了差不多半瓶水下去，这才抹了一下嘴巴，嘟囔道，喝的有了，吃的就不知道买点来。

石松涛一边往回走，一边说，行，只要你站稳了，我去给你买包子来！

三

　　龙险峰并不知道，在他离开紫云镇没多久，镇上就出了这么一档子事，出事后，镇长熊少斌也没告诉他，也是一镇之长，总想着自己把这事解决掉。

　　这时，龙险峰的小车正在两排山峦夹着的公路上快速行驶着，这两排山峦高耸入云，就像两条绿色的平行线一般，从南到北一直延伸了数十公里后，又合并在了一起。

　　远远望去，山峦上的绿树成荫，像一把把巨大的遮阳伞，山上的各种野花就像伞面上的装饰图案，点缀在绿色中，仿佛给这层绿色增加了一丝机灵又调皮的意味。

　　在山峦合并处的中间，还藏有一条狭小深邃的峡谷。峡谷上悬山泉，叮咚泉水如玉珠溅落，配上鸟语花香，有如世外桃源一般。山泉落下后汇成小溪，向东流去，五六公里后，在小溪沟上有一处开阔平坦处，此地建有三间房屋，这便是红岩村的村委会所在地。

　　龙险峰下车后，与潘宏梁和村主任见了面，稍微询问了几句，立刻赶到垮塌的路基进行查看。

　　垮塌的地方主要集中在一座大山的半山腰拐弯处，那座山极高极陡，从远处望过去，一条弯弯曲曲的路基缓缓绕着山势行进，转到拐弯处，便被依稀的林木荆棘遮蔽了。

原本，按照之前施工队铺好的路基，走到垮塌点是不难的，可接连的大雨之后，不少零碎的山石滚落到了路基上，路面的黄泥、沙石又被雨水浸透，脚一踩下去，鞋子就陷了一大半进去。

三人沿着路基，深一脚浅一脚地走到了长达百米的垮塌处，现在这里基本上看不出原有的路基了，路面上坑坑洼洼，用"一片狼藉"来形容也不为过。

潘宏梁哭丧着一张脸说，书记，这次垮塌，真的太严重了。

龙险峰微微点了点头，轻声叹了口气，却什么话也没说。

潘宏梁四下指了指，又说，前面还有好几处。

龙险峰说，走，再去看看。

潘宏梁连忙制止道，书记，前面垮塌得更严重，路更难走……

潘宏梁的话还没说完，一阵急促的手机铃声响了起来，龙险峰拿出手机看了一眼，迟疑片刻后还是按下了接听键，只听见龙险峰嗯嗯了两声，脸上神色却越发焦躁起来。

等龙险峰挂了电话后，潘宏梁还想试探着问两句，龙书记摇摇手说，镇里有突发事件，我现在必须马上赶回去！

一边说，他一边指着垮塌的地方，这几天，你们把垮塌的路段统计好，交给我，我尽快联系相关单位，尽早进行修复。

龙险峰马不停蹄地往回赶，他知道这件事，说大就大，说小就小，而这件事的大小，是新来的镇长所掌控不了的。从镇长的个人履历上看，缺乏处理这种突发事件的经验，而今天这事一旦处理不好、造成不良影响的话，那整个班子都会被上级问责的。

想到这里，龙险峰再次催促驾驶员小刘再快一些。

回程只花了两个小时，当龙险峰的车驶进镇政府大院时，他却意外发现这里一片安静：政府办公楼前，只有一只不知从哪跑来的黄狗趴在地上晒着太阳昏睡着，当然，地上洒落的零散烟头、瓜子花生壳等杂物，暗示着之前这里应该有很多人围观。

龙险峰心中疑惑，但还是快步走进办公室，这里却显得有些拥挤了，一张沙发上坐着好几个人，分别是麻青蒿、石松涛，还有一个花开村委会的工作人员，沙发的另一边，则半躺半坐着一脸苦相的牛老五和他老婆。

几人见到龙险峰进门，马上都站了起来。

尤其是麻青蒿，马上赔着笑脸，龙书记，你这么快就回来了？路上来回折腾，辛苦辛苦。

龙险峰不搭理他，直接走到牛老五对面坐下，看了看对方脸色，说，牛老五，你脸色看上去不太好啊，怎么了？

牛老五有气无力地哎哟了几声，他老婆马上伸手给他揉了揉小腹，很不满地说，还不是你们给他买的包子，也不知道是用什么肉做的馅，搞得我家老牛一直在拉肚子！

龙险峰转头看了看麻青蒿几个人，石松涛从他进门后，一直就低着头不敢和他正视，麻青蒿则耸了耸肩膀，似乎是在说，书记，这事跟我可一点关系也没有。

龙险峰沉声道，牛老五，既然你今天身体不舒服，干脆早点回家休息了。

牛老五一听这话，跟着吼了起来，龙书记，我今天在上面站了这么长时间！哎哟……你们，你们什么都没给我解决好，现在就让我回去了？

龙险峰说，你放心，明天我一早就来你们村，你的事，我一定会给你妥善解决的。

牛老五和他老婆对视几眼，看上去都有点犹豫不决。麻青蒿这时站出来说道，牛老五，你之前站上面就是要等书记，现在书记来了，也给你承诺了，你还不信？

牛老五和他老婆又对视一眼，说，书记，那你说话要算话。

龙险峰还没说话，麻青蒿又吼了起来，牛老五，你狗日的不要给脸不要脸，书记说的话，哪个时候不算数了？你还要怀疑？

牛老五仰起脖子，反唇相讥说，麻五皮，你少在这里教训我，你要是像我一样被欠了这么长时间的工钱，只怕你要跑到市里，不，省里面去跳楼哦！

麻青蒿骂了一句，撸起袖子向前走了一步，龙险峰转过头，狠狠瞪了他一眼，麻青蒿这才老实退了回去。

龙险峰挥挥手，你放心，我明天绝对会去你们村的。

其实，就算牛老五今天不来跳楼，龙险峰也准备这一两天就去花开村一趟。按照上级要求，最近镇里的汞矿应该都在停产整顿期间，按说是绝不允许私小汞矿私自下井开采的，可他不久前才得知，花开村孙大头的那几口汞矿不仅没有关停，相反还加快了开采，加大了开采量。

得知这一情况后，龙险峰第一时间向县里地矿、安监等相关部门汇报、说明了这一情况，并和他们约好了一个时间，同去花开村进行调查。现在既然牛老五的事件发生了，那么去花开村就刻不容缓了。

等到牛老五两口子离开了办公室后，龙险峰盯着石松涛和麻青蒿，也不说话。

石松涛垂着头，依然能感受到对方目光带来的压力。

龙险峰干咳一声，说说吧，怎么回事。

石松涛说，龙书记，今天之所以发生这种恶性事件，主要还是我们村支两委没有做好平日工作……

龙险峰挥挥手，说白了，今天这件事，其实就是个劳资纠纷，但是以这种极端的方式出现，很多群众不了解真相，以讹传讹，就会认为这种极端方式是解决问题的最好方法，就会造成恶劣影响，更容易变成舆情，如果哪一个环节处理不好的话，甚至还会出现群体性事件，有损我们镇政府的形象。

石松涛说，是，龙书记说得是。今天我回去后，一定第一时间组织村支两委全体成员进行学习，同时安排村干部去矿工家里进行走访谈心……

龙险峰打断道，你这些套话先不要说了。

石松涛急道，龙书记，我说的可是真心话。

龙险峰说，好，那我问你，第一，你说回去组织学习，那你准备学习哪样内容？扶贫？党建？还是什么？第二，你说要安排村干部去那些矿工家里走访谈心，你难道之前没有走访谈过心吗？矿工需要这些吗？他们需要的是保障，是收入，是实实在在、看得见、摸得着的东西，而这，也是你们村委会暂时无法满足的东西！

龙险峰的这几句话说得石松涛哑口无言。龙险峰又转头看着麻青蒿，开口道，不过，我现在倒是很好奇，你们到底是用了什么办法才解决这件事的。

石松涛脸色为难，支支吾吾说了几句，龙险峰也没听清楚他到底说了些什么，不禁微微皱眉。

麻青蒿说，书记，其实谈不上解决，今天这事可以说是有惊无险，这牛老五吧，之前确实是站在楼顶的，但他绝对不会真正跳楼的，他这么做，也只是为了等你回来。

龙险峰说，既然是等我回来，那我还没回来，他怎么又下来了呢？

麻青蒿说，书记，你想想嘛，今天太阳这么大，现在都还这么热。我估计吧，第一，他牛老五站在楼顶上几个小时，晒得受不了了，第二，松涛支书一直在楼顶上陪着他，又给他做思想工作，动之以情，晓之以理，最后终于说通了，至于第三嘛，我个人认为是最重要原因，那就是下面的围观群众一直在起哄，每个人都在喊他跳，但他又不敢真的跳，再站卜去面子都丢完了，那不只有乖乖下来了。

说完，他又看了眼石松涛，石松涛支书，你说是不是？石松涛一脸尴尬，点头不是，不点头也不是，只能含含糊糊嗯了一声。

龙险峰冷冷地说，麻青蒿，你说的这些话，你自己信不信？

麻青蒿本来是想笑的，缓和一下室内沉闷压抑的气氛，可一看书记的脸色，又把笑脸收起来，也不说话。

龙险峰敢肯定，今天这事绝对没麻青蒿说的这么简单，牛老五既然想到来镇政府楼上跳楼，绝不会因为这些原因就乖乖下楼的。而且最关键是，他龙险峰对这一帮村干部太了解了，石松涛做群众思想工作的能力只能说是一般，不要说他站在楼顶说了几个小时，就算他说上一整天，也绝对起不到任何作用。

而这件事之所以能解决，关键点绝对还是在麻青蒿身上，这小子一向鬼点子多，牛老五能主动下来，百分之八十是他出的主意，而且这个主意，百分之九十九是个馊主意。但要让他坦白出来，还得施加些压力才行。

想到这些，龙险峰把眼直盯着麻青蒿，一字一句道，青蒿主任，我再问你一遍，你到底用了什么办法才让牛老五下来的？

麻青蒿一听这话，再一看书记的眼神，知道不能继续糊弄了，麻青蒿嘿嘿笑了一声，小声说，书记，办法嘛，确实是用了一点，就是，就是不太光彩，要不，还是石松涛支书来向你具体汇报吧？

龙险峰说，这个时候你晓得不光彩了？说！

石松涛说，书记，我们，我们给他下了一点点泻药。

龙险峰哼了一声，就晓得是馊主意，不过，不可能才"一点点"泻药吧？

麻青蒿笑起来，书记说是多少，就是多少。

龙险峰说，你给牛老五吃不干净的东西，他就一点不怀疑？

麻青蒿说，不是我拿给他的，那家伙奸诈得很，我要是出现的话，他不要说吃了，闻都不会闻一下。

石松涛说，书记，是我拿给他的。

龙险峰说，青蒿主任，你说今天这件事，我是批评你呢，还是表扬你呢？

麻青蒿赔着笑说，书记，我觉得吧，今天这事，不适合表扬，但是，肯定也不太适合批评。毕竟当时情况紧急，我要是再晚一点解决，下面的围观群众越来越多，声音越来越大，如果，我说如果，这牛老五情绪失控，脑子一发热真就跳下去，那我们怎么办？那可真成了一个大问题了，所以我觉得，这事，虽说不适合表扬，但绝对也不适合批评。

龙险峰说，你麻五皮，好一个自我表扬！

麻青蒿说，书记，真不是自我表扬，我这个人吧……

龙险峰直接打断道，行了，你那点小心思我还能不清楚吗？你今天来镇里，不就是想我快点给你解决村小学的事吗？你放心，我明天去完花开村就去县里找教育局。

麻青蒿嘿嘿笑起来，龙书记，那你不来村里看看小学的具体破损情况？

龙险峰说，还看什么？你们村的小学用了这么长时间，早就该盖新教学楼了，再说了，要看也是我陪着县教育局的领导一起来看，我单独去的话，是看你组织那些学生挤在一个教室里，看见我来了就大声朗读课文？还是看那些老师每个都在我面前叫苦不迭？

麻青蒿心道，好你个龙书记，还真是什么事情都逃不过你的这双火眼金睛呢。愣了片刻，他不好意思地说，书记，我这也是心急嘛。

龙险峰揶揄道，我晓得你心急，你心系紫云镇，心系千年村，更心系千年村的小学。他挥挥手，行了行了，明天我去花开村，后天我就陪县教育局的领导来你们村，现在时间也不早了，你们都回去吧。

麻青蒿和石松涛点点头，正准备出门时，龙险峰又叫住他俩，说，还有件事我都忘记说了，再有几天，你们两个村的第一书记就要来了。

麻青蒿脱口而出，第一书记？来搞哪样？

龙险峰瞪了他一眼，什么叫"来搞哪样"？你说，他们来搞哪样？

麻青蒿想了想，补了一句，不就是来搞扶贫呗。扶一扶的，最多半年就受不了了，又走了呗。

龙险峰说，我告诉你，这次可不一样，什么叫"驻村第一书记"？就是长期地驻扎在你们每个村里，要为你们每个村的脱贫攻坚工作做出实实在在工作的。

麻青蒿点点头说，书记，我相信你说的话，但你也知道我们千年村的情况，我觉得，还是得派一个狠一点的来。

龙险峰说，什么叫"狠一点的"？

麻青蒿嘿嘿笑起来，什么叫"狠一点"？就是比我狠呗。书记，你也知道，大家都叫我"麻五皮"，这"硬着头皮、厚着脸皮、磨破嘴皮、饿着肚皮、跑出脚皮"可不是一天两天的事……

龙险峰打断道，行了行了，你这个人啊，只要有机会，就自己表扬自己。

麻青蒿搓了搓手说，书记，这也是实事求是嘛。

龙险峰严厉地说，麻五皮，我告诉你，你要这样说的话，石松涛是"石五皮"，我龙险峰何尝不是"龙五皮"啊？不要以为我不知道你这个称号是怎么来的，所以，我请你不要动不动就拿"麻五皮"这个外号来标榜自己！

麻青蒿一看龙书记生气了，赶紧说，是，是，是，书记，是我不对，群众有这样的呼声，也不能由我自己说嘛。书记常常告诫我们，要戒骄戒躁嘛，我是一直铭记于心的哦。书记忙，书记你忙，我们就回去了。

说完，麻青蒿不等龙险峰开口，他扯了扯石松涛的衣袖，石松涛早就想走了，听麻青蒿这么一说，也跟着说，是，书记工作多，我们就不打搅你了。

说完，这两人快步从书记房间走了出来。

走出镇政府大门，石松涛歪着头、斜着眼看着麻青蒿，脸上也似笑非笑的。

麻青蒿说，松涛，你这样看我搞哪样？

石松涛说，五皮，你不老实哈。

麻青蒿一愣，停下脚步，问道，我哪样不老实？今天这事可是你火急火燎地要我想办法，再说了，那泻药是你买的吧，那水也是你送的吧，就连那……

石松涛打断道，行了，我不是说这件事。我问你，我们俩认识有多少年了？

麻青蒿想了想说，三十年总是有的。

石松涛听后点点头，认识这么多年了，彼此都知根知底吧，我有哪样事都会和你说，不仅说，还会毫无保留地说清楚，可你呢？有些事藏着掖着不说就罢了，说出来的，又被你改头换面了，由此可见，你不老实。

麻青蒿说，那你说清楚，我说的哪一件事情又不老实了？

石松涛说，好，我就问你，你这个"麻五皮"的外号到底是怎么来的？你原原本本地说清楚。

麻青蒿嘿嘿笑起来，又露出了招牌式的狡黠笑容，他挽住石松涛，这事啊，是很多年前的事了，那时候我才当村主任两三年，一心一意扑在工作上，没日没夜啊，毫不夸张地说，半个月用完一瓶墨水，一个月穿烂一双袜子，两个月走破一双胶鞋，当年我的袜子和胶鞋，哪一件不是补了又穿，穿了又补的？可我是千年村的村主任，是村里的负责人，是村里的主心骨，我如果不这样认真负责的话，那群众怎么脱贫？我们村又怎么致富？是不是……

石松涛听他说了这一串自吹自擂的话，实在有点忍不住了，他干咳一声，打断道，五皮，我们说重点，说主要部分，好不好？

麻青蒿说，好，好，那天，村里的养鸡户周小满来村委会找我，我晓得他来找我是哪样原因，不就是想让我陪着他去县里办点和贷款相关的事情嘛，但那天我实在太忙，从早上到中午了，还没吃一点东西，我说，你让我先吃点东西，我再陪你去。小满心急嘛，他以为我是用这个话来敷衍他，就在旁边不停说好话，一会儿说一句，麻主任"饿着肚皮"还在工作，一会儿看见我晾在村委会院子里的袜子，又说我平时的工作都"走出脚皮"了……

石松涛说，于是你就有了这个外号？

麻青蒿想了想，才接着说，当天，吴艾草这小子也在村委会的，他听了周小满的话之后就说，岂止才是"饿着肚皮、走出脚皮"这两样？我们去每家每户上门谈心做思想工作的时候，是不是硬着头皮？是不是厚着脸皮？是不是磨破嘴皮？

麻青蒿每说一句，石松涛就点一下头，一脸诚恳的样子，麻青蒿得意地拍了拍石松涛的肩膀，继续说道，就这样，在吴艾草的一步步引导之下，周小满才总结出了"五皮主任"这个称号，又把它大肆宣扬，唉，其实啊，我心里面都清楚，是吴艾草这小子喜欢这些虚名，他比我更想得到"五皮干部""五皮会计"这些个称号，可大家的眼睛是雪亮的嘛，知道我的工作更认真，更辛苦，所以才这么叫我，而不这么叫他啊！

石松涛深以为然地点点头，想了想才说，五皮，你确实不容易。

相较麻青蒿，石松涛的性格更温和更隐忍，平日说话、行事都要谨小慎微得多，再加上他比麻青蒿要矮半个头，此刻被麻青蒿挽着肩膀走了这一路，他也一直是一脸敬佩地听着对方的话，频频点头，更显得像是一名学生。

麻青蒿说得一脸得意，兴致高昂，又大声道，要说我的工作认不认真，勤不勤恳，还有一个最好的证明，我们村几次海选村干部，我都是第一名，并且第一次当选为村主任时，我还是全票通过的，这在我们千年村的历史上，也是第一回！

石松涛本来想说，全票那是因为你给自己也投了一票，可话到了嘴边，又止住了，他苦笑一下，有些无奈地说，是啊，同样都是海选的村干部，你这个村主任是实至名归，我这个村支书，和你情况正好相反。

麻青蒿说，怎么会相反呢？你这话可就有点妄自菲薄了哈。

石松涛说，怎么不是？我们村，要是论能力，论资历，至少有两个人都比我强，都能当村支书，可他们争来争去，一个不服一个的，最后大家也不晓得选谁，这才把我这个候补人员选了上来。

麻青蒿说，那你这话可就说错了，按照你刚才说的，这两个人一个不服一个，都认为自己比对方强，这就说明他们俩都不能正视自己，也不愿肯定对方，这就是他们两个人的缺点啊，你石松涛，就没有这些缺点嘛！你认为大家是被逼无奈才选了你，可我认为，那是因为群众的眼睛是雪亮的，他们看见了你石松涛同志的优点，比如说，你善于团结同志，善于沟通群众。

麻青蒿这几句话说得石松涛一脸泛红，露出不好意思的笑容，他结结巴巴地说，哪里，哪里，我，我这个……

麻青蒿一把搂住石松涛的肩膀说，你想知道，你为什么叫"石蛋蛋"吗？

石松涛一脸的不高兴,脱口而出说,这不就是你给我取的外号吗?

麻青蒿说,我这是鞭策你,石头本来是硬的,立得起、挺得住,你啊,人是个好人,就是有时候立不起、稳不住。要当好人民群众的好支书,决不能像鹅卵石一样!不稳当,动不动就滚了。要当,就要当泰山石敢当!记住,你是支书,你是群众人民的主心骨!

石松涛一巴掌拍到麻青蒿身上,你是表扬我呢?还是批评我呢?

麻青蒿说,鞭策,鞭策。

当晚,麻青蒿回到村里后,马上便叫吴艾草通知村两委班子成员和村小学的负责人,第二天一早要开会,务必准时。

第二天开会时,麻青蒿一直盘算着龙书记即将陪着县教育局的领导来村里调研这事。要怎么把这项迎接工作办得漂亮一点呢?他望了望坐在对面的一帮干部,又转头看了看吴艾草。

吴艾草看了看大家,大声道,好了,人都来齐了,现在先请青蒿主任讲话,大家欢迎。

才说完,他第一个鼓起掌来,其余人零零星星拍了几下巴掌,很是懒懒散散有气无力。再看这些人的脸色,也是一脸的不耐烦,当然,这也怪不得大家,大家和麻青蒿共事多年了,太清楚他的性格了,每次开会,都要先自我吹嘘一番,哪怕是被上级领导批评了,他也能把领导的批评说成是鞭策和鼓励。

果不其然,村委副主任罗云贵首先说,麻五皮,开会之前我先说句话,大家都忙,你要真有事,就认真说事,拣最重要的话说,说完就散会。

麻青蒿说,咦,你这个人,我话还没开始说,你怎么就是这种态度?

罗云贵毫不示弱地说,我就是这种态度,和你开会也不是一次两次了,哪次你不是先扯半个小时才开始说正题?一边说,他更是一边作势起身,又说,你到底说不说,不说我就先走了。

罗云贵说完后,其他几个人也跟着七嘴八舌说了起来,就是啊,再不说，我们可都走了。

麻青蒿冷冷地看着几个人，行啊，你们哪个想走就走，我绝对不勉强。

罗云贵一愣，麻青蒿这种满不在乎的表情倒是让他有点摸不透，他看了看村监委主任黄光辉，黄光辉也是一脸不确定。罗云贵心中纳闷，搞得现在站也不是，走也不是。

吴艾草赶紧打圆场，云贵副主任，你咋个能说走就走？青蒿主任都说了今天要传达上级重要的事情……

麻青蒿拍了拍吴艾草的肩膀，轻描淡写地说，没事，你让他们走，就是走了，这会还得开，今天不开明天开，今天开最多一个小时，明天开五个小时，你们自己说，是今天开，还是明天开？

一听这话，罗云贵顿时停住了，在座的人一看这情况，不等罗云贵表态，纷纷说，今天开，今天开好，今天的事情今天了。

罗云贵只好给自己一个台阶下，他走回坐下，哼了一声说，既然是开会，那你就赶紧说。

麻青蒿咳了两声，这才慢慢说，昨天，镇里发生了一件不大不小的事，估计你们都听说了，按说这事应该由龙书记出面来处理协调的，但他工作实在太忙，分身乏术，所以他专门给我打了电话，叫我去帮他处理一下。我嘛，也就只好去了镇里，处理好之后，又给他进行了详细的工作汇报，我先汇报了千年村上半年的一些工作，当然了，是我们全体的小小成绩，然后，我又给他汇报了接下来我们的下半年工作安排，龙书记听了后很高兴，他说啊，青蒿主任，有你在千年村，我这心里就觉得踏实……

麻青蒿每说一句话，对面几个人的脸色就难看一分，虽然几分钟前，罗云贵才提醒过他今天开会简洁一点，可看现在这个样子，完全是白提了，只要他一开会，那就是啰里啰唆无休无止。

终于，村小学的校长受不了了，打断道，麻五皮，你给龙书记汇报的这些事就不要说了，每次都是书记很高兴，很放心你，很信任你，你要真像他说的那么厉害，怎么还不把你调到镇里去上班？要不然，像你这样的人才一直待在我们村里，那真是屈才了嘛。

说完，旁边几人都哧哧笑了起来。

校长也笑了起来，笑过之后继续道，五皮，算我求你了，拣重点的说吧！

吴艾草哎哎了两声，很不满地说，你咋个是这个态度呢，青蒿主任才刚刚说两句话，你就急急忙忙打断，这个态度首先就是不对的，你们不知道嘛，青蒿主任的话虽然多一点，但都是越来越重要嘛，不要打岔嘛，往后面听。

校长说，麻五皮，你那些给自己脸上贴金的话，我看你单独给吴艾草说就行了，我就想问你，昨天你口口声声、信誓旦旦和我说要去镇上反映村小学受灾情况，你到底反映得如何了？我告诉你，你要是没办法解决，到时候我就让学生娃娃全部来村委会上课，你来教他们！

麻青蒿皱着眉说，你怎么这么心急？事情我能不反映吗？你急，难道我不急？我给龙书记汇报完，他首先是肯定了我们的工作，但也提出了几点意见和建议，另外，他还说了，明天一早，他就会和县教育局的领导一起来我们村。

校长嘟嚷道，光来我们村看一看有什么用，我是要他们快点拨款，快点修起新的教学楼！

麻青蒿说，龙书记和县里教育局的领导来，那能是随便来看一看吗？那是进行科学的、仔细的、全盘的调研！我就问你，他们要是不来调研的话，新的教学楼到底要修多大？修多高？修多宽？修在哪？还有，要不要带操场？要不要带教师寝室？要不要带学生食堂？要不要带文娱教室？这些情况他们不来亲自了解，难道你还能跑去县教育局和他们说清楚？再说了，就算你能说清楚，他们就信了？就马上拨款了？就能修起来了？

校长被他这几句抢白说得顿时语塞，想反驳，可他这几句话确实也有道理，细细想来，刚才自己似乎是过于心急了，当下只好默不出声。

麻青蒿说，大家都晓得，我们村的小学虽然垮塌了，情况是紧急，但我们紫云镇下面这么多村，每个村的小学也都有一定历史了，真要是按照严格程序来进行审定的话，恐怕每个村的小学都需要推翻重建才行。

大家你看看我，我看看你，都点了点头。

麻青蒿又说，所以，我们就需要镇领导的协调和争取，至于我们村干部嘛，能做的就是配合好他们的调研，所以我想啊，等到明天龙书记他们来的时候，我们一定要想尽办法给他们留下一个深刻的印象！让他们过目不忘！

罗云贵说，麻五皮，你就直接说，怎么才能给他们留下深刻印象？

麻青蒿白眼一翻，很不高兴说，怎么留？我要是能想到，我还开哪样会？我直接安排不就行了！

校长说，还要留什么深刻印象？一所小学，垮了三间教室，这还不够深刻？还不够过目不忘？

麻青蒿生气了，嗓门大起来，开始我说了这么多话是放屁吗！紫云镇这么多小学，别的不说，据我了解，至少有三个村的小学情况比我们还要严重，要比旧比惨的话，我们还真不一定能赢，我们不想出一个好办法怎么能行？

大家都沉默了，确实，麻青蒿这几句话说得没错，但要想出一个所谓的"好办法"，这就为难人了，特别是面对的还是麻青蒿这么喜欢挑刺的一个人。

沉默片刻后，罗云贵开口了，五皮，你也不用谦虚，既然你把大家召集到这里，又说要给领导们留下深刻印象，那你肯定已经想出办法来了，既然是这样，你就直接说出来，我们再讨论。

校长也说，就是，五皮，你直接说你的想法。

麻青蒿咳了一声，不紧不慢说，既然你们都让我先说，那我就不客气了，我觉得吧，到时候等龙书记他们来的时候，我们组织好村小学所有的学生站在公路两侧，每个人手上举着一个花环，等书记他们一下车，学生们一边喊欢迎口号，一边摇花环，那阵势，绝对让人过目不忘！

一边说，他还一边举起双手，做了几下挥动花环的动作，你们都说说，这效果怎么样？

几个人你看看我，我看看你，这办法实在不高明啊，这让大家怎么说？但高明的办法，恐怕大家也想不出来，而且，就算想出来了，他麻青蒿肯定也不会接受。

麻青蒿看了看大家的反应，还是没人回答，他直接起身走到校长身前问道，你是老师，你说说，这个办法怎么样？

校长沉吟片刻，摇摇头很认真地说，我不同意！学生们是学知识的，不是给任何人装点门面的。

麻青蒿说，哪样叫装点门面！这是表示我们热烈欢迎，再说了，不就是一早上的事，不喊学生去，喊你去？你肯在路边举花环？就算你肯去，我们这一帮老嘴老脸的，摇个花环一点都不喜庆，万一人家教育局局长一不高兴，你那几间教室就算要给修，钱来慢一点，不知道修到哪个时候，吃亏的还不是我们？还不是学生？

校长哼了一声，脸转到一边去了。

麻青蒿说，我看就不争论了，大局为重，这事就这样定了。你们好好想想到时候那个场面，绝对很热烈，绝对很感人！当然了，喊什么，这个细节还要好好斟酌一下。

吴艾草马上说，主任，我觉得就喊"欢迎龙书记一行到千年小学调研"。

罗云贵说，艾草，你要这样喊，肯定是得罪人的，我问你，教育局局长不是领导吗？熊镇长估计也会来，你就只欢迎龙书记一个人啊？

吴艾草急道，我不是说了是"一行人"嘛？

罗云贵说，一行人指的是陪同人员，领导能是陪同人员吗？

吴艾草说，那就干脆把三位领导的名字都加进去啊！

麻青蒿听不下去了，瞪了一眼吴艾草，训斥道，艾草，你不说话，没人当你是哑巴。

一直没出声的黄光辉这时候说话了，五皮，娃娃们小，让他们喊太复杂的口号不一定记得住，还是简单点好，朗朗上口，又有节奏就行了。

麻青蒿说，你说得容易，又要简单，又要朗朗上口，还要有节奏感，那你说一个？

黄光辉鼻子中哼了一声，这有哪样难的，我看就喊"欢迎欢迎、热烈欢迎"就行了。

校长第一个叫好，这个不错，就这个！紧接着，罗云贵和另外两人也表示赞同，麻青蒿一拍大腿，行，那就这个！

麻青蒿转过头，对着吴艾草命令道，艾草，今天一天你放下手上所有事，专门带学生们操练。

吴艾草一脸苦相，结结巴巴还想恳求几句，麻青蒿已经大手一挥，好了，散会！

四

　　龙险峰终于看完了厚厚的一沓资料，放下资料，他揉了揉早已酸胀的双眼，这时左眼皮毫无征兆地跳了两下，他加重力度又揉了揉，左眼皮却好像是故意作对一般，连着跳了好几下。

　　龙险峰心想，这左眼皮一直跳，是怎么个说法？还没等他想明白，右眼皮不服输一般，也紧跟着跳了两下。他自嘲地笑了起来，好，好，这下不用想了。他看了看表，已是凌晨，他赶紧站了起来，伸了伸腿，扭了扭腰，也缓解不了他一身的疲惫。晚饭过后，他来不及散散步，直接就到了办公室，这一坐下来，不知不觉就是四个小时。看来，紫云镇的工作千头万绪，特别是扶贫工作，时间紧、任务重，梳理起来很清晰，实施起来乱如麻，先从哪里下手都难，仔细一想就没有不重要、不紧迫的地方，既然都重要都紧迫，十个指头全用上也按不住，形不成拳头，这就是最大的难处啊。好在他曾经长期在这里工作，从副镇长到镇长，一干就是十年，没有比他对紫云镇更熟悉的干部了，这次，县委决定他回紫云镇任书记，也是经过深思熟虑的。紫云镇是碧江县最边远的一个乡镇，是国家级贫困乡镇，这里的最高海拔为二千三百米，最低海拔为二百三十米，有二千零七十米的相对落差，多数村庄散落在起伏的连山里，自然条件非常恶劣。在二十一个自然村中，每一个村的自然条件、实际情况都不同，脱贫过程中面临的难题也不同，在他任镇长期间，可谓是绞尽脑汁，效果也不十分明显。在他看来，在这二十一个自然村中，无外乎三种典型：一种是千年村，地处九龙坡的东边，地势以丘陵为主，以种植水稻为主，历来吃饭没有问题，但是要想脱贫奔小康，这个担子也不算轻；第二种是花开村，地处九龙坡西边，山势险峻雄伟，几乎没有稻田，多为旱地，是出了名的贫困村，如何脱贫，这个担子更重；第三种是红岩村，是典型的喀斯特地貌，这种地貌被联合国教科文组织认为，是不适宜人居的地方，其特点是石漠化严重，山陡土薄，不适合农作物生长，不要说水田，就是旱地也要看天收获，这是极度贫困村，如何脱贫，担子可谓沉甸甸的。但是无论是千年村、花开村还是红岩村，都必须一个不落下，同步小康，这是历史的责任和担当，说起来容易做起来太难。

在龙险峰看来，当地干部归纳起来，无外乎五种：一种为率先垂范型、二种为事必躬亲型、三种为强势霸道型、四种为来庸懒散型、五种为超然信任型。看起来，一、二种很近似，但却又不尽然，率先垂范未必事必躬亲，事必躬亲未必率先垂范，一般情况来说，这两种干部，一种是像老黄牛一样，默默无闻争先干活，一种是大事不抓抓小事，大局意识不够。第三种强势霸道型，这不是一般意义上说的欺行霸市，说的是这种干部作风比较硬朗，行事比较迅速，缺点是比较自我，容易造成误解。第四种干部总认为"无过便是功"，缺点是墨守成规，做事谨慎，前怕狼后怕虎。第五种干部说的是主要负责干部，这种干部常常自诩，"做主要领导嘛，就是六个字：把关、放权、撑腰"，具体说，就是大事把好关，放手让人干，有了困难顶腰杆。这种所谓的主要领导，看起来非常好，其实也有推责之嫌。

正在他万千思绪之际，敲门声忽然响了起来，这倒是让他有些意外，都这个点了，还会有人来找他？

熊少斌走了进来，龙险峰好奇地问道，少斌，你也在加班？

熊少斌有点不好意思地笑起来，我回来取一份资料，看见您办公室的灯还亮着。书记，您加班到这个点，是有什么事吗？

龙险峰指了指放在办公桌上的一沓资料，研究这些。

熊少斌走上前一步，伸着脖子看了过来，龙险峰说，你也看看吧，这些资料，都是调研组收集的，很有针对性。

熊少斌拿起资料，快速翻看了一下，这些资料我也有，我也仔细研究了一下，下一步我们的重点，应该是在特色产业上下功夫。

龙险峰点了点头，我才来紫云镇任镇长的时候，镇党委和镇政府提出的是全力打造"五彩紫云"，你应该知道吧？

熊少斌点点头，听说过一些，不过，我来这里工作晚，没有书记您了解得多。

龙险峰所说的"五彩紫云"，指的是"双红"，即传承红色基因、讲好红色故事，打造传统文化、做好丹砂产业；"双绿"，即念好山字经、做好水文章，打好生态牌，念好山字经是保护好九龙坡绿色生态，在保护中开发山地特色农业，做好水文章是保护好紫云河生态链，推动水产业风生水起；"黄色"，即特色香柚和黄花菜的规模种植。这五项产业，也是当初全镇着力发展的五类产业，以此牢牢守住发展和生态两条底线，牢固树立"绿水青山就是金山银山"的理念。

这些年，镇里一直通过各种方法进行"双红"的宣传与推介工作，力求将这些文化软实力发展成为红色旅游业和传统丹砂文化，但实话实说，最终效果还是雷声大，雨点小，并未能将本地的文化软实力成功有效地转化为经济效益。再说"双绿"，如何靠山养山、靠山护山、靠山"吃"山？发挥紫云镇生态资源优势，走出一条现代山地特色产业发展之路，是紫云镇实现后发赶超的重要路径。虽然这里生态环境良好，农产品质量上乘，却苦于交通不便，货物运不出去，收益提不上来，产业发展不起来；紫云镇曾深入开展水资源勘查，初步摸清水源点的分布、流量、种类、理化指标、交通状况等情况。全镇饮用天然矿泉水流量2550立方米/天，理疗天然矿泉水流量2140立方米/天，优质地表水流量3580立方米/天。在调查的七十八个优质水源点中，水质达到饮用天然矿泉水标准的水源点二十四个，达到理疗天然矿泉水标准的水源点十二个，水质同时达到饮用天然矿泉水和理疗天然矿泉水标准的水源点六个，水质达到饮用天然泉水标准的水源点五十九个，水质达到I类地表水标准的水源点三十个。也是交通状况的制约，难以支撑这类产业的发展。黄色产业是"五彩紫云"中实施得最好的一项，黄色的香柚和黄花菜质量上乘，声名鹊起，供不应求，在规模化上还需要进一步提升。总体来看，这些年，紫云镇在实施"五彩紫云"的发展中，并没有能让绿水青山转变为金山银山。

当龙险峰把这一系列的分析说出来之后，熊少斌一脸信服，深以为然地点了点头。龙险峰感叹道，紫云的工作任重而道远，我们只有保持定力、久久为功，才能实现目标。

熊少斌说，书记，"五彩紫云"的发展规划是因地制宜的，遵循了科学发展，始终贯穿"绿水青山就是金山银山"的这一理念……

龙险峰皱起眉头，打断道，理念是正确的，可是，发展速度是缓慢的，客观因素也是存在的，但归根结底，还是人的因素，这个因素解决不了，一切都无从谈起。

熊少斌说，是啊，当初你要留下来当书记就好了。

龙险峰摇摇手说，唉，当年我留下来当书记，局面也好不到哪里去。我说人的因素，不是这个因素，是我们的干部群众如何解放思想的问题。不要认为解放思想是一句老话，现在，我认为仍然要提解放思想，解放思想也要与时代同步，如果不转变观念，没有创新思维，紫云要改变现状，达到"百姓富、生态美"这个目标，可以说是举步维艰的。

熊少斌说，书记判断得准确。"五彩紫云"的发展规划既然是你这位老镇长制定的，下一步啊，我们政府的主要工作就要在"五彩紫云"上下功夫，抓落实……

龙险峰一脸苦笑，挥挥手打断道，少斌，这个事，我们俩得好好合计合计，我刚回紫云工作，正在调研，适当的时候，针对我们镇的实际情况，外请专家来给我们研判，对症下药。

熊少斌说，书记，我觉得你这个"五彩紫云"的规划方案很好。

龙险峰摇摇头说，此一时，彼一时啊，这个规划现在看起来问题不小。当时啊，也有些形式主义啊。

熊少斌说，形式主义？

龙险峰说，比如说嘛，我们所说的"双红"，传承红色基因，讲好红色故事，在红色旅游上下功夫，这无可厚非，可是，另外一红丹砂汞矿产业，这就问题大了。当年这个产业，基本就停留在小作坊的阶段，技术落后，从业者稀少，产品单一，产能太低，利润稀薄，本来最早在做发展规划时，就没有这一项的，只是当时大家觉得，"四彩紫云"没有"五彩紫云"好听，这才勉为其难加入进去的。你说，这是不是有点形式主义的味道？

熊少斌说，是，书记实事求是，实事求是。丹砂汞矿开采这事，早些年嘛，相关部门的各项政策以及监管还没有严格，我们镇的丹砂汞矿产业还比较红火，也逐渐成为我们镇财税收入的重要来源和强力保障，可现在上级相关政策逐年收紧，针对不合规、手续不全的私小汞矿，都在逐步关停、整顿、取缔，可是这样一来，我们镇的财税收入就会锐减。

龙险峰苦笑一下，又指了指桌上的资料说，这一晚上，我就在考虑我们镇的丹砂汞矿在逐步关停后，要引进何种产业作为支撑，可看来看去，难啊……

熊少斌嘴唇微动，欲言又止，脸上多少显得有些无奈和伤感。龙险峰站起身说道，走吧，时间不早了，明天一大早我还得陪稽查人员去花开村监督丹砂汞矿封停工作。

熊少斌跟着起身，问道，书记，明天需不需要我陪着你一起去花开村？

龙险峰笑起来，又不是什么大事，你忙你的，我这边封完矿还要去千年村看看呢。

然而，龙险峰没有预料到，第二天对花开村丹砂汞矿的封矿工作，会如此艰难。

龙险峰在内心中十分清楚，今天虽说是来给牛老五解决拖欠工资一事，但其实主要解决的，还是丹砂汞矿关停的工作，他更清楚，想要成功、顺利地处理好这项工作，难度是十分巨大的，但这一难度更多是针对关停后，镇里、村里又该如何尽快地为大家安排好再就业。

也因此，他才提前给几名同行的执法同志打了个"预防针"，让他们的心里多少也有了准备。这两位执法人员，一人姓齐，是稽查队长，另一位姓吴，看着很年轻，参加工作应该没多长时间。

龙险峰介绍完村里的情况后，这两人的表情似乎都很淡然，随意应了一声，便不再说话。龙险峰心想，也是，他们长期处理这类事件，想来见得多了，也就见怪不怪了，也好，真出现麻烦情况，他们应该很容易就能解决掉。

一个小时后，两辆越野车驶进花开村，径直朝着村委会开了过去，刚到村委会门外，龙险峰几人下了车，石松涛与一名村委会工作人员就快步迎了上来。

龙险峰给双方简单介绍了一下，石松涛又与齐队长、小吴分别握了握手，一句多余的寒暄客套话都没说，就直接带着几人去了汞矿厂。

走到汞矿大门外时，全然不见平日里车来车往、尘土飞扬的热闹景象，一片静悄悄。石松涛心中嘀咕，看这样子，今天应该没人下井吧？他因之窃喜，这样最好，趁着没人察觉把井口封了，事后真有人来反映也容易处理一些。

哪知道，他们一行人刚走进汞矿厂区内，迎面就看见十几名矿工正在穿戴设备，这让石松涛心中咯噔了一下，矿工们看见这几人后也是一愣，纷纷停下了手上动作。

一名工人看了看龙险峰，又看了看那两名穿着制服的执法人员，一脸紧张，声音怯怯地问道，松涛支书，这几位是？

石松涛给矿工们介绍了一下，当他说出"矿管稽查队"几个字眼时，矿工们的脸色明显变了，你看看我，我看看你，都没有说话。

龙险峰走上前问道，几位师傅，你们现在准备下井了是吧？

一名矿工点了点头，问道，你有事吗？

齐队长站出来说，今天你们不要下井了。

矿工一听，头摇得跟拨浪鼓一般，今天不下井？那不行，我们孙老板说了，不下井就按旷工处理，本来工资就只有一半了，再扣，我们怎么办？

另外几名工人也跟着叫嚷起来，齐队长倒是也不急，他慢条斯理地说，各位师傅，你们的心情我理解，但现在这个汞矿不能再开采了，你们今天下井开采的话，就属于非法作业。

几名工人面面相觑，不知怎么办才好。

龙险峰转头对石松涛说，松涛支书，你有他们老板的电话吧？你再给他打个电话，就说矿管局稽查大队的同志在他的矿上，请他立即赶过来。

话音刚落，身后传来一个很粗鲁的声音，不用打了，老子跟着你们的！

龙险峰转过头，一个四十出头大腹便便的中年男子走了过来，几名矿工恭恭敬敬地喊"孙老板"。

孙大头走到龙险峰身前，将他从头到脚打量了一番，目光极为无礼，又挑衅地问道，你就是龙书记吧？

龙险峰还没回答，孙大头马上又转过头，对着石松涛大咧咧地说，松涛支书，今天你和龙书记带着这么多人来我这里，是想来关停我的汞矿吧？

龙险峰说，孙老板，你的汞矿还在整顿期间，可这段时间，你一直在私自开采，这是违法行为，你应该比任何人都清楚的吧？

孙大头点了点头，若无其事道，肯定清楚啊，我自己的矿，我怎么会不清楚嘛！

龙险峰一脸铁青，严肃地说，既然都清楚，那你为什么还要继续？

孙大头忽然哈哈大笑起来，龙书记，你说这个话，就有点站着说话不，不那个什么了，哦，你们上面说一句，不能开了，我就得老老实实地关门，那我当初投资的那些钱，谁来补给我？

说着，他又抬起手，指着几名矿工说，还有，要不你再问问他们，就算我要关，他们会同意？你看他们哪一个愿意关？

龙险峰没有转头，他也不需要转头，他很清楚，现在这些矿工肯定都是一脸恳求地望着自己。

孙大头见他没说话，又打了个哈哈，龙书记，现在你知道了吧？说起来，不是我孙某人不愿意关，而是我一旦按照你们的指令关了门，这些人可就没饭吃了，他们没饭吃，就会去村委会闹事，村委会解决不了，他们就会去镇政府闹事，镇里面估计也解决不了，那么他们说不定还会去县里、市里，甚至省里面闹事，到时候，可就不是我孙某人的责任了，而且真到了那一步，也不是你龙书记能，能……

龙险峰冷冷道，镇里能不能解决，那是镇党委和镇政府的事，不需要你来担心。

孙大头笑了笑，也是，我看趁着现在天色还早，要不你们就请回吧？

龙险峰凝视着对方，沉声道，我再问你，昨天打你电话，为什么不接？

孙大头说，你说的是牛老五跳楼那事吧？

龙险峰说，你既然都知道，为什么不去现场？

孙大头说，龙书记，我去了也没用。

龙险峰说，没用？有没有用不是你说了算的，你欠了他们的工钱，你凭什么不来解决？

孙大头说，龙书记，这件事你问都不问清楚，就开始指责我，要是我给你说，我根本就没欠牛老五的工钱，一分钱都没欠，不信，你就问问在场的这些人，听听他们又是怎么说的。

龙险峰转头看了看身后工人，有些人回避了他的目光，有一两个人犹豫片刻，微微点了点头。本来孙大头的话已经让龙险峰心中很是疑虑，现在再看见这几人的表现，他心中更是疑虑。

孙大头又说，龙书记，看你这个样子，你肯定是被牛老五给骗了。

龙险峰说，那你说清楚，到底是怎么一回事。

孙大头一脸的不耐烦，说实话，他根本不想解释，一是这事解释起来麻烦，二是他并不想让人知道这事的实情。

实情是这样的，早在几个月之前，孙大头就听闻上级相关部门要整顿私小汞矿的消息了，他也清楚自己的汞矿是有问题的，因为担心被整顿，生意受影响，于是他就提出，接下来工人的工资只能降低，否则就另谋高就。工人们迫于生计，也只能无奈同意，牛老五也在同意降薪的人员中，偏偏在签了降薪协议后的不久，他在洞里挖到了一块原石晶体，达到了观赏宝石级。这种东西俗称辰砂晶体，它如鸽血般殷红、晶莹剔透，既有珍贵的标本收藏价值，更具观赏价值，在国际市场上非常难得。

按照矿上制定的规章制度，凡是在矿洞里挖到的东西都归孙大头所有，可牛老五穷啊，他知道这块原石是宝贝，绝对可以卖一个很好的价格，自然就舍不得交出去。

结果他前脚才带回家，孙大头后脚就带着几个彪形大汉来了他家里，这块石头还没在自己的手心焐热，就眼睁睁看着它进了别人的荷包里，真是又气又难过。

又过了几天，他从一个工友那里听说，孙大头已经把这块原石卖掉了，对他来说，那个价格是一个天文数字。

再加上有之前降薪的协议，牛老五的心态彻底失衡了，他冲到孙大头家里，理直气壮地要对方按照卖掉的价格付给自己一半，孙大头只是冷笑，根本不搭理他。

现在，孙大头当着龙书记的面，自然把卖掉晶体这件事隐瞒不说，而只提了降薪一事，说完后，他左右看看身边站着的矿工，大声问道，你们说，我说的是不是实话？

一名工人小声嗫嚅地说，书记，牛老五确实是同意的。

孙大头跟着大声道，他岂止是同意，他还是第一个签字的，但结果呢？才干了一小段时间就反悔了，后来他来找过我两次，一次说他儿子的学校要交哪样补课费，一次又说他老母亲身体不好，要买药，那次他还鼓动另外几个人一起来找我要钱。反正说来说去，就是要我按照以前的工钱，把差他的那一部分补给他，这怎么可能嘛！我们白纸黑字都签过合同的！

龙险峰说，所以昨天你电话不接，人也不露面？

孙大头叹道，龙书记，我都解释了这么多，你怎么还是听不明白？我要是去的话，只怕场面更难收场。

龙险峰点点头道，那好，牛老五这件事我稍后再处理。

他一边说一边转过头，和齐队长对视了一眼，大声道，各位师傅，今天你们不能再下井了，都把身上工作服脱了吧。

齐队长从公文包里拿出封条，今天这个汞矿必须关停。

此话一出，人群顿时沸腾起来，汞矿工人们变得激动起来。一个人冲到齐队长身前，大声喊道，领导，汞矿不能关啊，关了，我们怎么办？

其他人也跟着叫嚷起来，是啊领导，我家上有老下有小，全靠我在矿里上班这点钱，要是关了，我们全家怎么活？

还有人一把抓住石松涛苦苦哀求，松涛支书，你给我们求求情吧，龙书记和这两位领导不清楚我们村，你可是最清楚的，这丹砂汞矿就是、就是我们的命根子啊，松涛支书，你说是不是？

石松涛一脸尴尬，回答也不是，不回答也不是。

龙险峰挥挥手，提高声音说，大家先不要说话了，听我说两句！

可大家根本就不听他的，龙险峰只得扯着嗓子又喊了一遍，众人的声音这才小了点，等到他们都安静下来后，龙险峰环视一圈，缓缓道，大家说的情况我都了解的，我也清楚你们都有难处，但这个汞矿不能不关，你们要相信政府，今天我龙险峰既然来了这里，就绝不会说不管你们。

石松涛紧跟着说道，大家都听见龙书记的话了吧？就算关了汞矿，也要让大家有饭吃，有钱赚。

一名矿工气鼓鼓地说，松涛支书，你说有钱赚，可眼下我们村里除了汞矿，哪里有钱赚？

石松涛说，你这样说就不讲道理了，你说村里除了汞矿就没钱赚，那我问你，那些没有汞矿的村，人家是怎么赚钱的？

这人马上反驳道，人家村的田土多，每家每户至少七八亩地，不管是种什么都够了，我们村，一家一户算下来连三亩地都没有。

另一名矿工紧接着说，哪有三亩？最多两亩，而且还是在山沟沟里面，路又远、土又薄，种什么都不够。

龙险峰说，是，乡亲们说得都有道理，我们花开村是田少土薄，发展种植产业是不现实的，但也并不意味着我们只能依靠丹砂汞矿，我们可以考虑养殖产业，或者其他农业产业。而且，过几天花开村的第一书记就要来了，据我了解，这位第一书记是专门学农的，他来了后，也会想尽办法给大家找到发家致富的办法。

矿工间彼此看了看，小声交流起来。

趁着这当口，齐队长把封条拿给身边的小吴，小声道，去贴上。小吴拿着封条正准备向井口走去，矿工们又紧张起来，其中两名矿工更是站出来伸手拦住了他们。

小吴参加工作才半年时间，之前虽然出过几次任务，但都很顺利，从没遇上今天这种情况，对他来说，今天这事已经让他心里很不耐烦了，甚至是有点生气了，小吴严厉地说，让开。

齐队长经验丰富，知道这时候不能激化矛盾，他赶紧走上前来，拍了拍小吴肩膀，又和颜悦色对工人说，师傅，请你们支持、配合我们的工作。刚才龙书记和松涛支书已经和你们说得很清楚了，汞矿现在还在整顿期间，私自开采是违法行为，你们再进行阻拦的话，就是妨碍公务，也是违法行为。

齐队长本以为这几句话说完，对方肯定会让开，可这两人恍若未闻，仍然站在原地，一点退让的意思也没有。

齐队长看着这两人，又说，你们这是违法行为，晓不晓得？

两名矿工还是不说话，也不退让。

齐队长生气了，扭头对小吴说，去贴上！

小吴才向前走出一步，两名矿工心有灵犀一般，同时伸开双手拦住他，一人大叫道，不能封！另一名矿工更是对着另几名还发着愣的矿工喊道，你们还愣在那搞哪样！赶紧过来帮忙啊！

另外几名矿工这才反应过来，齐刷刷跑了过来，把齐队长和小吴围了起来，小吴明显慌了起来，一脸紧张地问道，你们，你们想干什么！

龙险峰连忙走上前，大声道，几位师傅，你们的心情我能理解，但还请你们配合矿管局执法同志的工作，你们这样闹也于事无补，如果你们真不想汞矿关停，那唯一办法就是督促你们的老板去把各项手续补全，等到通过审查后自然就能复工。

齐队长也跟着说，大家都听清楚了吧？龙书记把话说得很清楚了，要想复工，就要敦促你们老板去补全手续。

一名矿工却说，补全手续是老板的事，他补不补和我们都无关，再说了，你理解，他理解有哪样用，理解了你能发工钱给我们？

齐队长被这几句话呛住，怒道，这位师傅，好话歹话我们可都说清楚了，你不要太无理取闹。

矿工说，你们关了汞矿，就是断了我们的活路，断了我们的生计！你们才是无理取闹！

说完，这人忽然伸手，想抢过小吴手上的封条。

小吴也是眼疾手快，手向后一缩躲过，他大叫道，你想干什么！你放手！你这个是违法行为！你听见没有！

这名矿工喘着粗气，双眼瞪红，明显已经听不进这些话了，一只手继续伸了过来，想把封条抢过去。

眼见形势失控，龙险峰、石松涛等人也赶紧站了上去，形成了一个小圈子，紧紧保护着圈子中的小吴和齐队长，但对方人数多上好几倍，推搡力度越来越大，眼看着情况越来越紧急，就在这时，大门处又传来了一阵吵闹声。

龙险峰回头一看，心中更是大叫不妙，只见另一群矿工，至少有四五十人从大门处跑了过来。这些人手上都拿着铁锹、铲子等工具，边跑还边举起手上工具大叫道，不能关停汞矿！

看见这一幕，石松涛一脸惨白，转过头对着龙险峰结结巴巴道，龙，龙书记，看情况不好了，今天、今天肯定，肯定是不行了，我看……干、干脆过段时间再来封矿吧……

龙险峰哼了一声，没有说话。

新来的这些汞矿工人冲过来后，更是把龙险峰等人围得水泄不通。矿工们的情绪十分激动，不时有人大声喊叫，现场一片混乱。

孙大头这时躲到了众人身后，心里简直乐开了花。

他这人十分奸猾，这几个月来他随时关注着镇政府、县政府乃至市政府对关停私小汞矿的态度，昨天牛老五又在镇政府楼上闹了这么一出，当他得知后，第一时间便想到龙书记第二天绝对会来花开村了。

果不其然，还好还好，自己也是有准备的。想到这里，孙大头更是得意。

在此之前，他从没和龙险峰打过交道，听说过这人名字很多次，大家对他的印象似乎都是"认真、死板、执拗"等词，今天一接触，孙大头心想，看样子又是一块硬骨头，不好打交道啊。

不过没关系，就现在这种局面，纵然你龙险峰再厉害、再铁面无私，可你一旦碰上了这帮矿工，再看见他们都拿着铁锹棍棒，你还不被吓住？还不得乖乖溜回去？只要这一次他封不了自己的矿，那他以后也别想再封了。

想到这里，孙大头找了块石头坐下，从裤兜里摸出一包烟，不慌不忙点燃，深深吸了一大口。

人潮圈子里，石松涛前后看了看，脸色微微发白，他大叫道，你们，你们想干什么！都让开！

但众人情绪激动，根本没有一个人让步。

石松涛抬起手指着这群才来的矿工，又叫起来，你，你们听到了没，快点都给我让开！就在这时，他看见人群中一个熟悉的面孔，顿时指着这人大吼道，牛老五，你来这里凑什么热闹！

牛老五本来还在大吼大叫着，听到石松涛的质问马上改口说，我就是来看看热闹的。

石松涛与龙险峰对视一眼，小声说，龙书记，今天这件事确实是非常棘手，我看，要不，我们先回办公室，再商讨一下怎么处理这件事？

龙险峰说，我在这里，你怕什么！

一名矿工大叫起来，龙书记，松涛支书，这个矿你们不封了吧？

龙险峰说，这位师傅，封不封矿不是我说了算的，你们这样闹事，问题就能解决了吗！这是安全生产、人命关天的大事！你们有什么诉求，可以给我们反映，大家协商解决嘛！

那名矿工继续说，松涛支书，前几天我们不是给了你联名信了吗？你也答应我们要去镇里面反映的，怎么今天还会来封矿呢？

其他人紧接着质问起来，是啊，我们写的联名信呢？难不成支书你根本没反映？

——肯定没说啊，真交了怎么还会来封矿啊？

——我看，松涛支书肯定是敷衍我们，我们那封联名信，说不定现在就在他身上揣着呢。

——松涛支书，你是不是根本没交上去啊？

众人七嘴八舌问了起来，石松涛一脸通红尴尬，结结巴巴说，我，联名信嘛，我、我是准备……

最先质问他的那名矿工跳上一块大石头，大声叫起来，你们听见了没！松涛支书他骗了我们，他根本就没去镇上反映！所以今天他们才来封矿！

龙险峰低声问石松涛，联名信是怎么回事？

石松涛一脸为难，龙书记，这事、这事有点复杂，要不一会儿到了村委会我再详细向您汇报？

龙险峰一脸严肃地说，你早干吗去了？有问题解决问题，你一再想把我拉走，是什么意思啊？事情有点复杂，我看就是你搞复杂的吧！你老实说，你和他们一样，也不想关停这个矿是吧？

石松涛脸色发白，不知道说什么好，更不敢看龙险峰，他转过头想找到孙大头在哪里，可人声鼎沸，人头攒动，又哪里能看得见人？

龙险峰本来想再高喊几句，可看这个局面，他深知纵然自己喊得再大声，哪怕把嗓子喊破了，估计也没有一个人听自己的。他从政十余年，其间也历经过几次危险紧急事件，可说起来却没有一桩事件能与今天相提并论，一时间，他也有些手足无措。

就在这时，石松涛又凑了上来，浑身发抖，很小声地说，龙书记，今天这个情况看起来真是有点、有点严重，我们是不是现在给派出所打个电话，请他们来现场处理一下？

龙险峰听了，狠狠瞪了他一眼，低声训斥道，你是嫌矛盾激化得还不够？还想引发群体性事件？

石松涛摇头不止，不、不是的，我，我……

龙险峰打断道，你不用说了。他转过头四下看了看，大声问道，孙老板呢？在哪里？

说来也怪，他一问孙老板，所有矿工都停住了叫喊，彼此间看了看后，又自觉地闪开，让龙险峰能看见孙大头，这时，孙大头正跷着二郎腿坐在一块大石头上，手上还夹着一个烟屁股，看上去颇为惬意，但忽然这么暴露在众目睽睽之下，他的脸色还是有一丝尴尬。

可这孙大头不愧是根老油条，眨眼间他脸上的神色又恢复如初，他起身走到龙险峰身前问道，龙书记，你找我有事？

龙险峰说，你叫你手下这些人先散了。

孙大头耸耸肩膀，摊开双手，一脸无辜地说道，龙书记，这个你恐怕就叫错人了，你也亲眼看见了，是你们要封矿，他们才全部赶来的，自始至终，我可是一句话都没有说过。

龙险峰紧紧盯着他，现场你是没有说什么话，可你敢说这事真的和你一点关系也没有吗？

孙大头说，书记，我可以拍着胸脯向你保证，这事和我完全没有关系。

龙险峰说，好，有没有关系我们暂且不讨论了，但你是他们的老板，你说的话他们总归是会听的，你现在叫他们先散了。

孙老板叹道，龙书记啊，这话你可就说错了，如果是平日里，我说什么，他们自然是会听的，可今天是封矿这种大事啊，我说任何话，他们也绝不会听的。说着他转过身，对着众人挥挥手，很随意很敷衍地说，好了，好了，你们大家快散了。

可想而知，众人根本动都没有动，孙大头笑了笑，又对龙险峰说，书记，现在你亲眼看见了，我喊也喊了，说也说了，可他们根本不听我的，我也没办法啊。

龙险峰心中怒极，脸色铁青，明眼人一眼就能看出是他孙大头在搞鬼，但这事没证据，而且这一时半会儿还真拿他没办法。

孙大头见他没说话，忽然狡黠一笑，龙书记啊，你想让他们都散了，其实也不是完全没有办法……

龙险峰打断道，只要我答应你今天不封矿，并且以后也不封矿，他们绝对都散了，你想说的就是这个办法吧？

孙大头频频点头，又赔着笑，对，对，书记就是高！就是厉害！

龙险峰严厉地说，孙老板，你这是在要挟我吗？

孙大头说，书记，你这话可不对了，我只是一个小小的矿老板，哪里敢要挟书记你，不过，今天这情况你也看见的，你如果不答应，只怕是你们都，嘿嘿……当然，这事和我无关。

其实说真的，事情发展到了现在这一步，孙大头也是越来越担心，不要看他脸上是一副"死猪不怕开水烫"的样子，可心里面却越来越紧张了。按说这么多的工人来了，也整出这么大的阵势了，如果换成其他人的话，可能早就被吓住了，也就不再这样疯狂了，可这个龙险峰偏偏一副不为所动的样子，要这么一直僵下去，只怕自己也吃不了好果子啊。

就在两边僵持时，一名站在高处的矿工忽然跳下来，朝着矿井口走去，边走边大声说，走！兄弟们，我们现在就下井！看看哪个人敢拦住我们！

好几名矿工听了，也跟着这人朝井口走去。

只听得龙险峰怒吼一声，都给我停下来！

这几名矿工一惊，纷纷停下了脚步，转头看着龙险峰，龙险峰用力推开挡在自己身前的几名矿工，他快步走到矿井口，停下后环顾一圈，沉声道，你们今天谁要下井，就得从我的身上踏过去。

他的声音虽不大，可这时候的现场一片安静，所有人都清楚听见了这几句话，没等大家反应过来，石松涛、齐队长等人也跟着走上前去，站在了龙险峰的左右，几个人都没说话，但那意思再明显不过了：你们真要下井，就得从我们身上踏过去。

这一下，所有的矿工都愣住了，连躲在众人身后的孙大头也愣住了，他使劲咬着烟嘴，双眼怒视着站在矿井口上那几人，心乱如麻，可他却想不出任何办法。当初指使矿工们闹事的时候，他一度觉得稳操胜券，但现在龙险峰在矿井口这么一站，又把局面扳了回来，而且，相当于是把双方都推到绝路上了。

孙大头深知，蛊惑矿工们闹一闹，这还属于可大可小的事，可如果发生了流血事件，并且受伤的一旦是执法人员，这可就是性质恶劣、极其严重的事了。一时间，双方对峙不动，谁也没有说话，现场只剩下一声声粗重的呼吸声。

片刻，龙险峰大声道，我非常理解各位的心情，现在我就问最后一句话，你们是不是真的要钱不要命？

没人回答，龙险峰又大声说，我们之所以要封这个矿，就是为了大家的生命安全，现在这个矿完全不具备安全生产的条件，去年你们矿发生的那一起安全事故，你们都没忘记吧？

龙险峰说的去年那一起安全事故，便是因为汞矿先期监测不到位，矿工们贸然下井，最后被困井下两日，最后虽然安全救出，但对于被困的矿工来说，仍然心有余悸。

龙险峰继续说，如果说，今天你们一意孤行非要下井，结果又出现了重大安全事故，最后人没了，要那么多钱有用吗？你们的家人怎么办？

现场一片安静，齐队长也跟着说，龙书记说得对，你们这样执迷不悟，最后的结果是，你们的妻子只能改嫁给别人，小孩只能跟着别人姓，而家里的老人，也只能是白发人送黑发人，你们忍心这么做吗？

龙险峰的眼睛死死盯住刚才那名准备强行下井的矿工，厉声责问道，我问你们，这些是不是你们愿意看到的？我见过为了钱不要命的人，还没见过像你们这样疯狂、这样不要命的人！

那名矿工跟他的目光一对视，气势马上就弱了下去，转过头去再不敢多说什么。

其实，龙险峰并不愿意当着这么多人说这么重的话，可是他人已经站在矿井口了，这就相当于是最后的手段了，如果再不这样严厉地说，那他站在这里的行为也就毫无意义了。

果然，说完这番话，矿工们的情绪明显发生了变化，孙大头在后面着急得不行，但他更清楚，现在自己再站出来煽动众人，或者与龙险峰狡辩，都是最愚蠢的做法，所以此时此刻，他能做的也只有沉默不语。

龙险峰见大家听进去他的话之后，也调整了一下自己的情绪，开始和大家掏心窝说了很多扶贫政策方面的话，从中央说到地方政府，又说到镇党委、镇政府……他的这番话产生了效果，众多矿工面面相觑，脸上都是将信将疑的神情。

就在这时，汞矿大门口又传来一个响亮的声音，龙书记说得太好了！大家鼓掌！

众人闻声转头，只见麻青蒿正坐在一辆摩托车上，手上举着一个扩音器，看见大家朝他看过来，他率先鼓起掌来，一边鼓掌一边大叫道，叫你们鼓掌，都聋了吗！

众人这才拍了几下，麻青蒿瞧见这一幕，心中暗暗后悔，早知道，一开始应该把吴艾草叫过来，这小子别的不行，可制造点气氛，使劲拍拍巴掌，那还是不错的。

看见麻青蒿出现，龙险峰心中疑惑不已，他转头小声问石松涛，是你叫他来的？

石松涛摇头道，我没叫他来，不知道他怎么就来了。

这时候，麻青蒿再次举起手上扩音器说，好了，龙书记说了这么久，嘴巴也干了，你们站了这么久，也站累了，就都回家休息吧！

见到众人迟迟不动，麻青蒿脸色一沉，怎么，你们还不想走？我告诉你们，龙书记是哪个？他是我们紫云镇的党委书记！你们的问题他肯定能解决的，他说出来的话，肯定也是算数的，再说了，如果他都解决不了，还有哪个能给你们解决？

麻青蒿一边说，一边挥手，散伙、散伙，赶紧散伙！

一名和麻青蒿站得比较近的矿工走上前一步，唯唯诺诺问道，那这汞矿……话还没说完，麻青蒿粗暴打断道，什么汞矿，你不要命了？你们狗日的有完没完！一个个像婆娘一样啰唆！

正好这时候，麻青蒿又发现了站在人群中的牛老五，他举起手来指着对方，好你个牛老五，昨天跳楼，今天闹事！我问你，昨天龙书记是怎么和你说的？你狗日的睡一觉就全部忘记了？

牛老五跳楼的事昨天就已经在村里传得沸沸扬扬，这时麻青蒿再一针对他，所有人的目光都齐刷刷射了过来，牛老五被这些目光和那几句话说得脸上青一阵红一阵，讪讪地说不出话来。

麻青蒿见他不说话，又继续说，牛老五，你被拖欠工资，龙书记也承诺要给你解决好，你还在这里胡搅蛮缠，你就不觉得良心有愧？我再告诉你一句话，千年的政府，一年的老板，政府答应给你解决麻烦事，你们老板呢？昨天他出现没有？根本没有吧？我再告诉你，他狗日的孙大头巴不得你真跳下去摔死，这样他还可以少发一份工钱了！

牛老五支支吾吾说，我，我晓得。

麻青蒿呸了一声，朝地下狠狠吐了口浓痰，你晓得个卵子！你晓得了你还会来这里闹事？老子看你就只晓得捣乱！

麻青蒿再一抬手，指着众人，还有你们所有人，你们以为你们的老板孙大头对你们好？他巴不得你们多干活，少给钱！你们自己想想，是不是这样一回事？

牛老五这时怯生生地说道，麻主任，你不要骂我了，我不是来闹事的，我听说今天封矿，过来看看热闹而已。

麻青蒿吼道，看热闹？有哪样好看的？老子看你还不如回家看你婆娘！

众人听到这句话，顿时都哈哈大笑了起来。

牛老五脸上一阵红，先向大门边走了几步，又看看其他矿工，很不甘心地说，你们还留在这里搞哪样？快回家了！

牛老五一走，其他人你看看我，我看看你，也三三两两朝着大门走去。

这样一来，孙大头可就心急了，他也顾不得其他了，连忙跳出来大叫起来，哎，哎，你们不是要下井嘛！怎么就走了呢！你们、你们可别忘了，这一走，以后可能就下不了井了！

众人一听这话，又有些迟疑了，麻青蒿跳下摩托车，大吼一声，孙大头，你给老子闭嘴！

孙大头一惊，转过头盯着麻青蒿，也大怒问道，你是哪个？！

麻青蒿大摇大摆走到孙大头面前，也是从头到脚打量了他好一会儿，这才说道，我是哪个，你不用管，难怪平常大家都说"十个大头九个怪，还有一个最坏"，我看你，不但怪，而且坏！说话当放屁！你不仅欺骗大家，煽动工人，还开空头支票，妄想对抗政府，你的胆子简直是太大了！

石松涛见麻青蒿说了这么多，本来想上前劝开两人，龙险峰马上拉住他，摇了摇头。

这一下，孙大头真是气急败坏了，他指着麻青蒿，你，你到底是哪个？

麻青蒿说，我是哪个不重要，重要的是你不能这样继续坏下去了！我再告诉你，还好今天是龙书记在这里，他心软救了你，要是换作其他人，可就真拍拍屁股走人了，到时候再来人的话，就是警察了，事情就变大了！麻青蒿说完，又跳上一块大石头上，大声对着工人们说，工人师傅们！你们想一想，孙大头归根结底是少给你们钱，说不定还要了你们的命！我早就来了，看见这里发生的一切！刚才，你们还想下矿，冲击矿洞，想踩死龙书记啊？你们想想，谁珍惜你们的安全和生命，是孙大头这样的人吗？不是！是龙书记这样的人！你们都不知道好歹吗！龙书记这样做，是心系我们花开村，始终把我们花开人民的利益放在第一位的！

一时间，矿工们你看我，我看你。

麻青蒿一挥手，还看什么看，有老婆的看老婆去！没老婆的看老爹老妈去！散伙！

此时，龙险峰向齐队长使了个眼色，齐队长会意，立刻上前把封条贴在了矿井口的大门上。

孙大头见此情况，趁着众人不注意，只能灰溜溜走了。其余矿工见他走了，也就纷纷离开了矿区。

龙险峰看着众人离去的背影，脸上神色越发严肃起来，一语不发，今天的遭遇让他十分生气，虽说孙大头的所作所为让人气愤，但最让他生气的却是石松涛。当他开始听说"联名信"这事时，他顿时就明白了，原来石松涛内心也不愿意关停汞矿，否则，昨天在镇政府那么长的时间，他是绝对有时间有机会拿出来的。

但最终他还是不愿意拿出来，这就说明，他小子也希望这事能拖延一下。而他这样处理，就直接影响了龙险峰对关停汞矿的预判，如果他早一点看见矿工们的联名信，那么他在处理关停汞矿这件事上就会更慎重，考虑更充分，不至于像今天这么狼狈。

但是，龙险峰也知道今天不能再批评石松涛了，不仅不能批评，还要适当开导与安抚，现在他一定是非常焦虑的。果不其然，等所有人都走完后，石松涛呆呆地看着被封掉的矿井口，忽然就长叹了一声。

龙险峰说，石松涛支书，叹气没用，有什么话你就说。

石松涛缓缓摇摇头，书记，我心里怎么想的你都清楚，现在汞矿被你关了，我敢说，不出一星期，出去打工的人会更多，到时候剩下来的就只有老人和儿童了，我，我这村支书，可怎么当啊……

龙险峰强压住心中怒火，沉声道，不是我龙险峰要关停汞矿，这是上级的决策。我也知道，一旦关停这些大大小小的汞矿，镇里每年财税收入锐减，我比你更焦虑，更心急，所以我们得拿出其他行之有效的解决措施，你给我听清楚了，我不得不警告你。

石松涛有些惶恐地说，书记，你请说。

龙险峰死死盯着对方，一字一句说道，今天已经封了矿口，接下来你要时刻监督，一旦发现汞矿主擅自开采，你要第一时间向我、向矿管稽查队进行报告，你是村支书，你就是第一责任人！如果你和之前一样，睁一只眼闭一只眼，那等着你的，就不是我龙险峰批评几句这么简单了。

石松涛待了好一会儿，才说道，是，书记，我记住了。

又交代了几句后，龙险峰几人这才上车离去，而整个过程，龙险峰基本就没和麻青蒿说一句话。等到人走干净了，麻青蒿看着远去的车辆，心中嘀咕道，龙书记怎么一句夸奖表扬的话都没说呢？难道是我开始说错话了？不，不可能啊？

又想了一会儿，麻青蒿一拍脑门，我知道了！肯定是当着这么多人的面，他不好表扬我而已。对，就是这样！

偌大的汞矿厂房外只剩下石松涛和麻青蒿两人，石松涛转头看着略显风尘仆仆的麻青蒿，忍不住问道，五皮，你又是怎么知道我们村出事了呢？

麻青蒿却不说话，一脸贼笑，很有些高深莫测的样子。石松涛想着丹砂汞矿被封，刚才又被龙险峰说了几句，心情本来就不好，再见到麻青蒿笑起来，以为他心中幸灾乐祸，当即沉着脸说，行，你不说就算了。

说完，石松涛转身就走，麻青蒿一愣，反应过来时对方已经走出好几步了，他连忙推着摩托车一路小跑追上石松涛，一边跑一边说，松涛，松涛，你听我给你解释嘛……

石松涛说，不用解释，你爱说不说。

麻青蒿嘿嘿笑起来，今天这事，没有任何人告诉我，完全是我自己掐指一算，算出来的。

石松涛停下脚步，很不屑地说，吹牛！

但这回石松涛说错了，麻青蒿还真不是吹牛，之所以他会出现在花开村，这就是他的过人之处了。今天稍早的时候，麻青蒿正背着手慢悠悠地朝村小学走去，虽说之前的会议上，他已经安排了吴艾草来这里督促学生操练欢迎仪式，但总是不太放心，想来想去还是自己去现场看看更稳妥一些。

一走到操场上，吴艾草马上跑了过来，点头哈腰一番邀功，又让学生们现场操练一遍，麻青蒿看了看，心中很是得意，嘴角跟着露出一丝笑容。

吴艾草见他笑，马上道，主任，你想出来这办法当真好，龙书记他们来的话，肯定高兴。

麻青蒿笑了笑，没有说话，吴艾草见他不搭理自己，又补了一句，不过龙书记今天去花开村封矿，也不知道他事情办得顺利不，要是不太顺利，心情受了影响，你的这个办法再好，可能也达不到我们的目的呢……

话还没说完，麻青蒿一把拍到吴艾草的后脑勺上，训斥道，老子这办法还不好？哪样办法才叫好？再说了，你说想更好的办法，我就问你，你还能想出更好的办法？

吴艾草只能赔着笑点头。但是，吴艾草这几句话确实提醒了麻青蒿，他看了看时间，时间也不早了啊，按说封一个矿也早就该结束了，怎么龙书记那边一个电话也没来？难道真办得不顺利？

这么一想，麻青蒿干脆拿出手机，现在就给石松涛打个电话，问问具体是什么情况，哪知道电话才响了一两声就被挂断，再打过去，还是响一两声就被挂断。麻青蒿待着站了片刻，忽然一拍脑门，不好！肯定是丹砂汞矿那里出大事了！他想，石松涛什么时候敢掐断老子的电话，一定是手忙脚乱了，摊上大事情了，没有时间和我啰唆。

想到这里，麻青蒿果真骑上摩托车，一路上开得飞快，等他赶到花开村时，正好就遇上双方对峙那一幕。

等到麻青蒿把这些事解释清楚后，石松涛多多少少消了些气。

麻青蒿一巴掌拍在石松涛的肩膀上，拍得石松涛差点一个踉跄，麻青蒿叉着腰，歪着头，说，怎么，你还不感谢我一下？

石松涛说，要不，杀只鸡给你吃？

麻青蒿说，我就是要一句感谢的话，你舍不得说，不过还算大方，舍得一只鸡，鸡呢，这次就不吃了，下次吃。

石松涛一脸真诚地说，哎，说了嘛，真杀鸡给你吃。

麻青蒿说，什么真不真假不假的，你这个家伙，粑粑还有烙煳的啊？你请我吃鸡，下一回我还不得请你吃鱼啊？

石松涛一把拉住麻青蒿说，你这个人，不就是杀一只鸡嘛，这么啰唆！

麻青蒿拨开他的手，算了、算了，你这里的问题解决了，明天书记就有好心情来我千年村，我得回去准备准备。

石松涛疑惑地说，你看出书记的心情好了？我看他走的时候，理都没理你嘛。

麻青蒿拍了拍石松涛的肩膀，松涛支书啊，说你年轻嘛，你年纪也不小了，你咋个就看不到事呢？

石松涛反问道，我怎么就看不到事了？

麻青蒿说，对于今天这个事情，我们两个的认识是有差距的，你认为龙书记没有表扬我，好像我没有做什么一样，其实，领导心里面有数的，那种场合，不表扬就是最好的表扬！

石松涛说，你走，走，走，拐着弯弯永远是标榜自己。

麻青蒿嘿嘿笑起来，跳上摩托车，一拧油门，一股黑烟跟着从摩托车的排气管喷了出来，溅得石松涛一脸都是，他抹了抹脸，正想骂两句，摩托车已经飞了出去，伴随着飞扬的尘土和麻青蒿爽朗的笑声驶远了。

五

千年村村口的那条溪水是从九龙坡上流淌下来的。

九龙坡海拔一千九百八十米，是这一带群山的主峰。紫云镇二十一个村就星罗棋布散落在这群山之间，千年村海拔四百一十多米，与九龙坡高差距离为一千五百七十米，溪水从悬崖峭壁之间奔腾而下，显得蔚为壮观，快到村口时，就变成了一条水势较缓的小河，小河两岸耸立着一排排高大的南竹，竹林的后面，坐落着千年村小学。

今天一大早，麻青蒿、罗云贵、吴艾草等村干部和村小学众多师生都站到了学校门口。站在这里抬眼一望，便能看见村口外的公路。

可能是因为起来得太早了，所有学生都是一脸没精打采的样子，时不时还打几个哈欠，麻青蒿看见之后，不禁微微皱起眉头。

他走到队伍中间，拍了拍巴掌，大声说，各位同学，大家听我说！我知道你们昨天排练了一天，今天又起来得这么早，是很辛苦，但是，道理、原因我昨天也都说清楚了，大家就不要打哈欠了，都站直，坚持坚持就过去了。

学生们稀稀拉拉地回答了两声，本以为龙险峰一行人最多再有半个小时就来，可没想到这一等，差不多就等了两个小时，所有人都有些不耐烦了。

一位老师走到麻青蒿身边，面色不悦问道，麻五皮，你不是说龙书记他们今天一大早就要来的吗？现在马上十点半了，人呢？

麻青蒿自知理亏，之前把牛皮吹大了，可越是这个时候他越不能松口，他说，龙书记他们工作忙，事情多，稍微晚一点来也正常。

那位老师说，晚来就晚来吧，可天气这么热，这些娃娃一早就在这里站着了，等了这么长时间，个个都是又累又渴，这要是再不来，我看娃娃们可就坚持不下去了。

麻青蒿不耐烦地挥挥手，行了行了，我去前面的小山坡上看看，你让学生们先在马路边坐着休息一下。

这时候吴艾草冲上前来，一脸讨好道，主任，天气热，要不你在这里休息，我爬上山去看看？

麻青蒿没好气地说，你又不认识龙书记的车，你就在这等着，一会儿只要听见我叫你，你就指挥学生喊口号。

吴艾草拍了拍胸脯，晓得了，放心吧，主任！

麻青蒿走出几步，还是有点不放心，又走了回来，指着吴艾草对学生们说，同学们，你们大家记好了，一会儿只要他喊什么，你们就跟着喊什么，记清楚了吧？

吴艾草也跟着说，对，一会儿我喊什么，大家就跟着我喊什么，清楚了吧？

学生们早已经有气无力了，稀稀拉拉回答道，清楚了。

麻青蒿满意地点点头，向着前方小山走了过去。

当麻青蒿走到小山坡半山腰时，远处三辆越野车快速驶来，车身之后扬起了一阵尘土。麻青蒿先是眯起眼睛细细打量了片刻，当他发现第一辆正是龙险峰的车之后，脸上露出了兴奋的神色，他当即转过身朝着山下跑去，边跑边大叫起来，来了！来了！他们来了！

吴艾草远远地只看见麻青蒿双手挥舞，叫了些什么却听得不是很清楚，不过看他那激动的样子，肯定就是龙书记他们来了。吴艾草也跟着激动起来，他转过身朝着学生们大叫起来，快，快，大家都站起来，打起精神，龙书记他们来了！

学生们一听，齐刷刷跟着站了起来。这时候远处麻青蒿的声音再次传了过来，这次吴艾草听清楚了，他搓了搓手，大声兴奋道，来了，来了，他们来了！

片刻工夫，三辆越野车驶到村委会门口停下，龙险峰、熊少斌以及县教育局局长等一行人走下车来，吴艾草手一挥，只见学生们挥动起花环，声音洪亮地整齐喊道，来了！来了！他们来了！来了！来了！他们来了！

学生们一边喊，手上的花环也配合着韵律挥动着，吴艾草听了，脸色顿时发白了，赶紧大叫起来，停下！停下！喊错了！你们喊错了！

但可能是同学们都憋了一早上，此时一喊出来，声音也格外响亮，吴艾草的声音夹在其中，根本就没人听见。龙险峰、熊少斌等人听见这几句口号后，先是一愣，你看看我，我看看你，反应过来，又想生气又觉得好笑。

麻青蒿听到学生们的喊叫声，大叫不好，更是在心中大骂吴艾草。他快步冲过来后，顾不得喘气，沙哑着声音气急败坏叫了起来，停！停！大家快停下！

学生们停住喊叫，都一脸不解地望着他，麻青蒿脸色发白，很有些无可奈何地看着学生们，嘴唇张了张，似乎想训斥几句，可最终还是长叹了一声，转而狠狠瞪了吴艾草一眼。

龙险峰一脸严肃，走上前一步，生气地指着麻青蒿说，好你个麻青蒿啊，一天到晚就搞这些形式主义的东西！我问你，这是怎么一回事？

麻青蒿仍在喘气，勉强一笑，结结巴巴说，龙、龙书记，这，这就是为了你们来千年村搞的一个小小的，小小的欢迎仪式……

龙险峰厉声打断道，荒唐！胡闹！！瞎搞！！！

这三声一声比一声大，他每吼出一声，麻青蒿和吴艾草就跟着颤抖一下。

龙险峰抬起手，指着麻青蒿说，你其他不行，搞这些面子工程、形式主义的东西倒是无师自通，一套一套的！你以为你安排了这个欢迎仪式，我看见了就会高兴？就会马上答应你的要求？我现在当着大家明确告诉你，我龙险峰，最痛恨的就是这些！

这一番话，说得麻青蒿脸色一阵红一阵白，低着头一句话也不敢说。反倒是站在一旁的罗云贵，脸上一副幸灾乐祸似笑非笑的表情。

不巧的是，他这表情正好被龙险峰看在眼里，龙险峰生气道，怎么，云贵副主任，你是不是觉得这事是青蒿主任出的主意，所以你就在一边看戏？

罗云贵急于辩解，龙险峰又说，我告诉你，今天这事，如果要问责的话，你们千年村支两委的所有人都有责任……

熊少斌走上前几步，轻轻拽了拽龙险峰的衣服，示意还有县教育局局长在现场。龙险峰强忍怒气，对麻青蒿说，你们还愣着干什么？叫这些学生回去了，你记住，他们是学知识的，不是让你来装点门面的！

麻青蒿连忙点头，等到学生们都走完后，龙险峰朝着小学方向径直走去，麻青蒿紧紧跟在他身后，小心翼翼地问道，龙书记，您不先去村委会里坐坐？

龙险峰没好气地说，你不是说村小学的教室都垮了吗？

麻青蒿忙不迭点头，还想再说点什么，龙险峰已经走出好几步。

熊少斌也小声训斥道，麻主任，你也不要解释了，赶紧上前带路。

一行人走在路上时，龙险峰边走边给县教育局局长介绍村小学的情况，麻青蒿听了几句，忍不住凑上来说，领导，村小学的情况我最清楚，我向您简单汇报一下吧，学校到今天建了快二十年了，我还是学校的第一批骨干教师呢。

县教育局局长哦了一声，转过头来饶有兴趣地望着他，龙险峰看在眼里，也忍不住苦笑摇头，这个麻青蒿，才出了这么大的洋相，这会儿好像什么事都没发生过一样，不过再一想，他毕竟是在给领导汇报相关情况，也就由他了。

麻青蒿继续说，当年为了建这个学校，我们村里还自筹了一部分资金，当时是真苦啊，能省就省，把钱都用在了刀刃上。没想到，工程质量也还将就，居然用了这么多年……

县教育局局长点点头，叹道，的确，我们基层的教育事业都不容易啊。

麻青蒿继续道，但是，即便工程质量再好，这么多年过去了，房顶漏雨了，墙面也破洞了，一阵风吹过去，都能把教室掀起来……

说话间，一行人就走到了学校门口，龙险峰陪着县教育局局长走了进去，麻青蒿本来也想跟着进去的，但龙险峰却示意他在门外等着，他清楚如果麻青蒿跟在身边的话，肯定又会啰啰唆唆一大堆话。与其这样，还不如让学校的老师们来介绍。

虽说麻青蒿脸皮厚，没羞没臊，可毕竟早上才闹出了这么大一个洋相，被大家笑话，现在又被龙书记给支开了，这让他异常愤怒，此刻他一言不发，一脸铁青地站在校门外。

吴艾草站在他几步远的地方，斜着眼偷偷打量着他，欲言又止。站了一小会儿，吴艾草鼓起勇气走到麻青蒿身边，嗫嗫嚅嚅道，青、青蒿主任，现在我向你检讨，开始的确是我的错，我没想到学生们会跟着我喊错。

麻青蒿不说话，鼻子里重重哼了一声。

吴艾草继续道，怪就怪我当时太激动了，哪个想得到学生们也这么激动……

麻青蒿打断道，放屁！

吴艾草点头，是，是。

麻青蒿怒道，还学生激动！明明是你狗日的做错了，少给老子赖到学生们的头上！

吴艾草说，是，主要是我的错。

麻青蒿越想越生气，突然一把揪住吴艾草的衣领，你就说，老子走的时候是怎么交代你的？

吴艾草一个劲点头，是、主任，是、是我办事不力。要不，我现在再去向龙书记解释一下，就说这个馊主意全都是我想出来的，和你完全无关……

话还没说完，麻青蒿一脚踢在了他屁股上，馊主意？叫你狗日的留下来才是最大的馊主意！你还去解释个屁，越解释越黑！

吴艾草一边躲，一边哭丧着脸哀叫。就在这时，只听得校门处传来龙险峰几人的说话声，麻青蒿马上停下站好，压低声音怒斥道，稍晚看老子怎么收拾你！

不一会儿，几位领导走出了村小学，每个人脸色都很凝重。尤其是龙险峰，眉头间变成"川"字，走出几步，他又停下，直视县教育局局长说，李局长，学校的情况你也看见了，那几间垮塌的教室根本没办法正常上课，千年村小学的事，你能不能特事特办，要不然等流程走完，层层上报再批下来，只怕学校早就开课了。

李局长说，险峰书记，你放心，这事我心中有数，回去我就办。说着，他又转过头看了看残破的学校，长叹了一声。

龙险峰陪同县教育局局长视察村小学的同时，罗云贵和黄光辉却在村委会里聊着天，眼看着麻青蒿闹了这么一个大笑话出来，罗云贵心里乐滋滋的。

虽然在欢迎现场他也被龙书记连带批评了几句，可在他看来，这事和自己可是一点关系也没有，只要他龙书记愿意明察秋毫，那就绝对会晓得，这都是麻五皮的馊主意。他龙书记要是真怪罪下来，那自然也是麻五皮顶上去。

罗云贵一脸坏笑，双手举在空中，模仿着学生挥舞花环的样子挥了几下，又哈哈大笑起来。

坐在一旁的黄光辉无动于衷。罗云贵又得意道，这个麻五皮，就是喜欢搞一些小聪明，本想在领导面前露个脸，没想到脸没露出来，倒是把屁股给露出来了。我看这一次啊，他铁定得写一份检查了。

黄光辉轻笑一声，不紧不慢道，你也不要得意太早了，真要是写检查的话，你我也脱不了关系。

罗云贵双眼一瞪，我们有哪样脱不了关系的？这事自始至终都是他麻五皮的主意，那晚开会的那些人都可以作证。

黄光辉似乎根本不屑于和他争论这些问题，转而说道，好了，说正事。

罗云贵一愣，正事？正事不就是检查村小学吗？

黄光辉说，我问你，最近这两个月，我们村支两委的主要工作是哪样？记住，我说的是主要工作。

罗云贵说，那不就只有"三改"工程了？

黄光辉点点头说，今天龙书记和熊镇长都来了，不可能只是因为村小学垮塌的事情，还有一点我可要提醒你，我们千年村是紫云镇全面推进"三改"工程的试点村和样板村，可这两个月过去了，我们村到底进展如何？

罗云贵说，进展慢是慢了一点，但这事要是归根结底，那也是因为麻五皮不愿意拆他家的违章房。

黄光辉冷笑起来，他不愿意拆，会是主要原因吗？我就问你，五皮要是拆了，你就能保证跟着把鸡圈拆了？你家婆娘也愿意拆？

罗云贵想了想，又说，不管是不是主要原因，反正，他麻五皮不拆的话，我是绝对不会拆的！

黄光辉说，算了算了，和你讨论也没哪样作用。说着他又看了看时间，像是自言自语一般说，估计这个点，龙书记他们已经看完村小学了，接下来就要检查村里的"三改"工程进度了。

这两人所说的"三改"工程，即"改厨房、改卫生间、改前后院"，目的就是让广大村民们能够有一个干净、卫生的居住环境，而这也是近段时间全县范围内全力进行的一项工作。

在这一工作中，千年村和其他两个镇的几个村被上级部门选定为"样板村"，再过三个月，县委、县政府就要逐一来这些村里进行工程验收。可上次龙险峰陪同县委办督察局的人去村里检查，却发现村里还是老样子，该改正、该拆除的违章建筑、老旧房屋都还在，而该新建起的基础设备设施，却连影子也看不见。

这把龙险峰急坏了，专门召开专项会议，在会上，麻青蒿的态度倒是很端正，一直频频点头，保证按期完成工作，但在龙险峰心中，对他的这一保证实在没底。

县委办督察局的工作人员把情况上报后，龙险峰挨了县里的批评，他清楚，如果到了工程截止时间，千年村还不能按时、保质地完成最初的工作计划，那么首先被问责的，绝对是整个紫云镇领导班子。

所以，龙险峰今天来千年村，除了查看村小学的受损情况外，还有一项很重要的工作，就是检查村里对于"三改"工作的落实情况。当他送走县教育局长后，本来是准备马上去村里走走看看，可麻青蒿的态度就有点让人玩味了。

他说，龙书记，我们千年村，你走了没一千遍至少也有五百遍了，再说，村里面都是老样子，也没哪样看的。

龙险峰微微皱眉道，你说村里还是老样子？

麻青蒿没反应过来，老老实实嗯了一声。

龙险峰说，我们紫云镇早在两个月之前，就开始推进"三改"工程了，你们千年是全镇的试点村、样板村，怎么你现在给我说，村里面还是老样子？

麻青蒿顿时语塞，这个，这个嘛……

龙险峰脸有点沉下来了，他又说，青蒿主任，两个月！两个月的时间就过去了！怎么还会是老样子？你自己说，这两个月我问过你多少次了？

麻青蒿老老实实回答道，很多次了。

龙险峰说，很多次，那你每次是怎么说的？你都给我说，现在正在推进，推进了两个月，怎么还会是老样子！难不成你一直是在糊弄我？！

麻青蒿急道，书记，我绝对不敢糊弄你，真是在推进，我们村支两委这两个月一直在做前期思想工作，只不过不太顺利，所以才稍微慢了一点。你也晓得，我们村的情况太复杂，又因为历史原因吧，有些矛盾一直没能得到很好的解决，所以才让"三改"也滞后了。

龙险峰紧跟着问道，说清楚，具体是哪样矛盾？

麻青蒿说，那可就多了。他扳着手指头数起来，这第一点嘛，主要是还有很多村民对这个"三改"的补偿款数额不满意，所以不愿意拆除违章建筑，我们为了这个事，上门谈心无数次啊，道理都说了，嘴巴都说干了，掏心掏肺啊，但这些人就是不听，现在又是法治社会，哪样东西都要讲法律，他们不同意，我们也不能带着人去强拆、强推、强改啊……

龙险峰耐着性子听了他这么一长串话，终于忍不住打断道，行了，后面这些不用啰唆了，你再说，第二点是哪样，第三点又是哪样？

麻青蒿说，书记，这第二点就更麻烦了，我们村少数村干部带头反对这件事，坚决不签协议，村民们就觉得有靠山了嘛，所以更坚定了他们不签协议的决心。

龙险峰双眉一皱，少数村干部？是哪个？

麻青蒿一脸为难，想了想才说，书记，我觉得是哪个人这不重要，重要的是问题是否能解决，就我个人认为，村干部之所以反对，其初衷并不是想与上级搞对抗，进行阻拦，而是他们的切身利益真真切切受到了影响啊……

龙险峰再次打断道，我问你是哪个，你给我又啰唆这么长一串，难不成，这个反对的村干部就是你麻青蒿本人？

麻青蒿心中一惊，连连摇头说，书、书记，我、我怎么会反对，你听我解释嘛，开始我说那些话，绝对都是有根有据的。

龙险峰说，那好，我现在不问你是哪些人，你就解释清楚，到底是哪些方面影响了他们的切身利益。

麻青蒿扳着指头说，呐，"三改"说的要改厨房、改卫生间、改房前屋后，我们就先从第一个"改厨房"说起好了，村里有人对此反对声很强。他们说的，我家的厨房就算再乱再旧，也能烧煤烧柴火，能煮饭能炒菜，现在必须要我们改成用电、用沼气，那这个电费、沼气费，哪个来给我们出？

听了这话，龙险峰和熊少斌对视一眼，都没出声。

麻青蒿又继续说，这第二个"改卫生间"，反对的人就更多了，他们说的，不管脏不脏，总是能屙屎屙尿嘛，最多夏天的时候味道重一点，屁股上面多被蚊子咬几个包而已，但改成马桶之后，不仅存不到粪水了，撒泡尿都还要一桶水来冲，这不是败家子的做法？还有，这水费哪个来给我出？

龙险峰还是没出声，熊少斌则轻叹一声，说道，说来说去，还是一个后续费用的问题。

龙险峰说，确实，这些也是当初我们欠考虑的地方。

麻青蒿说，书记，镇长，这才是前面两点呢，还有第三点，说起来就更气人了。

吴艾草凑上前来说，是啊，龙书记，熊镇长，那天我和青蒿主任去云贵副主任家谈心的时候，他还说，改了房前屋后的外部环境后，你麻五皮和吴艾草还能天天扛起扫把拖把，来给我打扫卫生吗？

麻青蒿摇头，长叹道，是啊，书记，你听听，这就是我们村干部的思想觉悟啊。

吴艾草也一脸委屈地抱怨道，就是嘛，他这话，不就是存心想刁难我们嘛，亏得他还是村委副主任。

麻青蒿干咳了两声，意味深长地道，关键是村里刁难我们开展工作的人，又岂止他一个人。

吴艾草说，对，对，光辉主任也是非常反对的，他还是村监委主任呢。

龙险峰说，部分村干部和村民们毕竟眼界有限，不能一味责怪他们，我认为，按照你说的这种情况，既然已经出现了这些矛盾和问题，你们村支两委就该积极组织人员，带大家去已经实施了"三改"的乡镇参观学习，一旦他们看过，了解真实情况了，那么你们再去做思想工作，就会容易很多。

麻青蒿点点头道，书记，你说的这个确实是一个办法，但关键还有一点我没说，这个"三改"毕竟涉及拆房问题，这些人对补偿款都不太满意，都觉得少了，所以就算看了其他乡镇，我估计也难办啊。

熊少斌不满道，嫌补偿款少了？该补偿多少，那都是有明确指标的，你们就按照这个标准来进行补偿啊。

麻青蒿苦笑道，少斌镇长，关键就是他们都不认同这个补偿标准。

说话间，几人走到了村里那棵巨大的紫薇树下。龙险峰停下脚步，指了指道路旁边的一间小砖房问道，这间房在不在拆除范围内？

麻青蒿一愣，马上摇头说，这一间？这个嘛，不属于，不属于，不用拆。

龙险峰有些生气地说，这都还不用拆？他手指着头上的紫薇树说，这棵千年古树，有多少人慕名而来，人家留个影照个相的，还得有个破砖房相伴，你们说说，这是不是太影响美观了。

麻青蒿一脸尴尬，结结巴巴地说，这个、这个嘛……

熊少斌指着村道说，这间房还占着半边道路，看起来不像是住家户吧？是干吗的？

麻青蒿解释道，这是一间小卖部，平时来买东西的人还是蛮多的，要是拆了，恐怕影响不太好。

熊少斌说，影响不好？有什么不好的。龙书记说得对，既不美观，又还挡道了。该拆的还是要拆，你说呢，麻主任？

麻青蒿嗯嗯了几声，一脸的心不在焉。

龙险峰看着他支支吾吾一脸为难的样子，心中有些疑惑地说，是不是哪位村干部家属开的这家店？

麻青蒿频频摇头，不是，不是，就是普通村民开的小卖部。

虽然麻青蒿连连否认，可脸上神色却更显尴尬，这也让龙险峰心中更为疑惑，他朝着吴艾草看了过去。

吴艾草倒也懂事，马上解释道，书记，真不是什么村干部家的，这家店的店主就是位普通妇女，叫丁香，她以前在外面打工，后来回村开了这间店，我们要是拆了她的店，也就相当于断了她的经济来源。

龙险峰问道，那她的家人呢？又是干什么的？

吴艾草犹豫了一下，也是有些结结巴巴道，嗯，这个，这个丁香的家人嘛，可以说有，但也可以说没有。说了几句，他就斜眼偷偷打量麻青蒿的神色。

熊少斌有些不耐烦了，有就是有，没有就是没有。

吴艾草没出声，还在偷偷打量着麻青蒿，只听得麻青蒿大声道，没有！她在村里没有家人，她就是个离了婚的婆娘，还是个净身出户的婆娘！

龙险峰见麻青蒿这么一副表情，又隐隐约约记得他好像是离过婚的，当下心中不禁犯嘀咕：难道说开这店的，就是他的前妻？

不过这话现在肯定不适合问，当下龙险峰做出若无其事的样子，微微点头，淡淡地说，原来是这样，不过，界定这间小卖部是违章建筑了，应该是没有异议的吧！拆是必须拆的。努力做好善后事宜，补偿要及时到位，归根结底，不能让拆迁户吃亏。

麻青蒿和吴艾草对视一眼，脸色复杂，各自微微点了点头。龙险峰看在眼里，倒是再没问什么。

在村里转了半天后，终于把整个村的违章建筑看完了，龙险峰马上在村委会开了一个简短的会议，除了针对早上的学生欢迎事件对麻青蒿做了严肃批评外，他还给整个千年村的村支两委下了一道死命令，要求他们必须在一个半月内完成村里的"三改"工作。

麻青蒿听了之后，心中连声叫苦，罗云贵、黄光辉等人也是一脸苦相。龙险峰看了看几人表情说，我知道，你们嫌难度大，但是这项工作必须完成！而且，最多再过两个月，市、县各级的相关领导就要来千年村检查这项工作进展情况。

听他这么一说，众人也说不出任何话来。

把龙险峰送走后，麻青蒿站在村口，默默望着远去的小车，不禁长长地叹了口气，大有一种如释重负的感觉，但他心里清楚，接下来的工作将会更沉更重。这时手机响了起来，拿出来一看，居然是石松涛打来的。一接通，石松涛说，哪天有时间，我找你问点事。

麻青蒿说，是不是丹砂汞矿的事？

石松涛倒也爽快，他说是，眼下这件事就是我最大的心病。

麻青蒿说，昨天龙书记不是在你们村都交代好了吗？你还找我搞哪样？

石松涛叹道，那是他说好了，还有一些具体问题要我们下面人来办啊，而且，有些事真按照他说的来办，永远都办不好。

麻青蒿想了想，这样吧，明天中午你来我家里吃饭，你再顺便给宏梁说一声，叫上他一起来，我们见面聊。

石松涛忙不迭地说，好的、好的，现在我就给宏梁打电话。

挂上电话，麻青蒿给吴艾草打了个电话。吴艾草自从闹出乌龙事件之后，心里面一直是惴惴不安的，现在接到他的电话，听他的口气似乎也没怎么生气了，赶紧赶了过来。

进了门，吴艾草马上就开始进行检讨，麻青蒿和颜悦色地挥挥手制止住他，很是大度，很有些既往不咎的样子。

吴艾草有些蒙，问道，主任，那你叫我来是？

麻青蒿说，怎么，我叫你来我家就一定是批评你？我们就不能拉拉家常谈谈心？

吴艾草心里更是打鼓，这可不像麻青蒿的风格啊！他赔着笑，青蒿主任，你，你有哪样事就直说，我能办到的绝对马上去办。

麻青蒿哼了一声，算你小子识相。今天在村委会，你也听见龙书记是怎么说的了，就一个半月，要我们完成三个月，不、二个月都不一定完得成的工作任务。所以接下来这段时间，我的重点就得放在工作上，其他小事你就帮我处理一下。

吴艾草频频点头，主任你说。

麻青蒿说，第一嘛，肯定是写检讨了，你先给我写一个初稿。不等吴艾草回答，他又指了指厨房门，另外，昨天我才搞了一桶小鲫鱼回来，本来是想晒干做点鱼干的，不过明天我要请客，你就帮我把鱼破一下，洗干净，明天早上就拿给我。

吴艾草如释重负，嘿嘿笑起来说，主任，我还以为是哪样重要的事呢，不就是写篇检讨，整几条鱼吗，包在我身上好了。

麻青蒿说，你不要觉得写检讨容易，认识要深刻，态度要认真，反省要到位！

吴艾草面露难色道，主任，你晓得我从来就只会算账，再说我也就那点水平……说了这几句，他看见麻青蒿的面色不悦，马上又改口道，反正我，我尽量写好。

吴艾草一走，麻青蒿不禁想起"三改"工作，这一想，倒是真有点犯愁。虽说他平日里鬼点子最多，可说到拆房子，他还真不知道该怎么办了。这事之所以进行不下去，除了村民们的不配合之外，还有一个很重要的原因，那就是他麻青蒿自己家也有一间违章房屋需要拆除。

现在大家不愿意拆，说白了就是大家都看着他麻青蒿，看看他这个村主任是如何行动如何起表率作用的，所以，如果他麻青蒿想把工作进行下去，那么自己家里那间违章房就必须得拆。

可那间房！那间房怎么可能拆啊？想到这里，麻青蒿重重叹了口气。

晚上，麻青蒿打开了那把锈迹斑斑的门锁，推开门，一大股尘土霉味扑面而来，他也不以为意，手在鼻子下微微扇了扇，走进去后，在墙上的熟悉位置拉开电灯开关。然后坐在床上，目光略微呆滞地望着这房里的一桌一椅，在昏黄的电灯下，房里的一切更显得老旧破败。

床正对面的墙上，挂着他老父亲的一张炭精肖像画，看着这张画像，他的思绪也回到了多年前：那时候家里穷，就只有这两间房，这一间大一些，他就让给父亲住。后来他结婚了，父亲说什么都要把这间房让出来，让给新人来住。再后来，老父亲去世了，他离了婚，儿子麻浩博也长大了，需要有自己的空间，于是，这间房又成了儿子的卧室。现在，虽说儿子在省城上大学，一年到头也住不了几天，可总不能他回来后，连一间住的房也没有吧？

再说了，这房毕竟是自己的家产，它建了这么多年了，没挡着谁的路，也没占了谁家的地，怎么就突然变成了违章建筑了呢？

麻青蒿想不通，又坐了一会儿，他长叹了一声，起身出门，他在心里暗暗较劲，反正这间房不能拆，绝对不能拆！

走出老房时，他忽然又想起了龙险峰白天说的那一番话，再一想到他那张不苟言笑的脸，他的心底又没了底气。

想来想去，麻青蒿还是没想出一个妥善解决的办法，他在院子里来回踱步，最后一狠心，一跺脚，反正，反正房是不能拆的，这是原则性问题，大不了，老子不当这个村主任了！

六

　　站在花开村村头，看得见千年村，空中距离不会超过十公里，可两村之间的那条六米宽的道路，像遗落在起伏的连山中的飘带，在云雾和森林中时隐时现。在这样高差悬殊的山区，根据老经验，实际的里程一般是空中距离的三倍。而红岩村地处九龙坡的西边，只看得见花开村，那就更远了。原来联系这三个村唯一的通道是一条羊肠山道，来往靠一种本地特有的俗称矮脚马的马种，这种马腿粗腰壮，非常适合山地行走。由于河谷深切，山势峻峭，就是这样的马，也常常掉进峡谷深渊，养马的成本实在太高，赔不起啊，因此进山出山多半是靠人力肩挑背扛。自从今年紫云镇实现了村村通公路之后，矮脚马就淡出了人们的视野。一辆辆村际公交车出现了，一辆辆山地农用车也出现了，村民们都说，真是鸟枪换了炮啊！

　　这天上午十点左右，一辆村际中巴车缓缓停在了千年村口，从车上走下来两个人，正是石松涛和潘宏梁。石松涛手上提着两瓶白酒，潘宏梁则提着一只大红公鸡，一起朝麻青蒿家走去。

　　俩人进了村，长一脚、短一脚地走在一条小道上，两侧是茂盛的竹林。这千年村的一家家一户户，都错落有致地分布其中，一条青石板蜿蜒着，时高时低向前延伸，时光的磨砺让石板变得光滑而铮亮，这是岁月的痕迹。阳光从竹叶的缝隙之间穿透下来，星星点点，一路斑斓。

石松涛看着潘宏梁手上那只耀眼的大红公鸡来回晃荡，忍不住说，哎，今天你舍得出血了？这只鸡好啊，报晓时的叫声一定炸耳朵，我们今天把它吃了，你小子恐怕起不了床了吧？

潘宏梁下意识晃了晃手中的鸡说，我们村的鸡多得很，就它的声音最大，吵死人了，就专门吃它。到麻五皮家聚餐，我总得拿点像样的东西嘛，你还不是拿酒了？看你这架势，今天中午就想把五皮灌醉？

石松涛说，无酒不成席嘛，再说也是上门做客，哪有两手空空的道理？

潘宏梁摇头道，我看不是，上次你被麻五皮灌醉了，这次就是想赢回来而已嘛。说着，他大声笑起来。

石松涛有些不好意思地跟着笑了两声，没说话。

潘宏梁又说，我说对了吧，你提酒来，就是想赢一场。

原本是很平常的一句话，但这句话却让石松涛心里生出了一些少见的情绪，既有尴尬、失望，又有羞耻、惭愧，甚至还有一丝丝的恼怒，这些情绪交织在一起，既微妙又复杂。

说起来，他和麻青蒿、潘宏梁都是同龄人，相识多年，彼此关系也还不错，但到了今天，三人之间，或者说石松涛与麻青蒿之间的关系却越来越微妙。

十多年前，大家才走马上任村干部时，这三个村的发展情况都差不多，简而言之，大家都一样地穷。相对来说，花开村的日子稍微好过一点，原因是它的地下有丹砂，虽然达不到规模开采的储量，却有人偷偷摸摸、小打小闹地开矿。这零星的矿散落在村民们自家的山地里，自己挖一挖，不成什么规模，也没什么大动静，引不起矿管部门的重视，只要不死人，人家也懒得管你。要管，也不好管。村民说，我在我自家山上挖点洞洞，关你们什么事？你说我挖矿，我没有挖啊。也没人二十四小时来监控，一时间你家也挖、我家也挖，村委会也管不了。你别说，出去打工的人少了，给自己打工的人多了。村民们虽然谈不上富裕，但日子还算过得去。

当时的石松涛已经是村支书了，在上级领导的眼中，他属于年轻有为、认真踏实的好干部，在村里，他属于有口皆碑、威信极高的好支书，在这种大环境的催化之下，石松涛说话、做事也慢慢变得有些飘飘然起来。

有一次，石松涛和麻青蒿、潘宏梁喝酒，他喝醉了之后，很有些志得意满地感叹道，我们花开村啊，照现在这个势头发展下去，只会是越来越好，越来越富。

潘宏梁马上附和，话语中无不羡慕。可麻青蒿听了之后只是笑了笑，他说，松涛，期望是美好的，想法也是值得肯定的，可你想过没有，这丹砂汞矿现在看着是红火，可如果哪一天它不红火了呢？

石松涛一愣，还没反应过来该说什么话，潘宏梁就大声嚷起来了，你青蒿怎么会这么小气，那丹砂汞矿还能不红火？我看你啊，就是吃不到葡萄说葡萄酸！

麻青蒿听了也没反驳，还是笑了笑，若无其事地说，松涛，你们村的人在自家的山里挖点零星的矿砂，只不过是卖点原材料而已，也不可能炼成水银。

潘宏梁说，这咋个可能喽？土法炼水银我都会，这个早就取缔了，不但污染大，对人的危害也大。松涛这点觉悟是有的，青蒿啊，你要相信这一点，花开村只要有人敢土法炼水银，哪怕是松涛他亲爹，他也会去举报的！

麻青蒿说，这点我相信，我只不过是说，小打小闹在山里掏点原矿石卖，这只是暂时的，那点零星的鸡窝矿，要不了几天就挖完了，成不了大气候！我们都知道，现在县里汞矿特区早就停止开采了，你们都清楚嘛，碧江县开采丹砂汞矿的历史，都有几千年了，说停就停了嘛，我们花开村这种边远边角的零星小矿全面禁止是迟早的事。要想让大家过上好日子，我们还得想其他办法。比如那种可持续性的，又比较有优势的。

石松涛反驳道，你说得好听，我倒是问问你，哪种是可持续性的？就说你们千年村，前年你号召大量养黑山羊，结果如何？羊没养好，把植被给破坏了。去年你又号召林下养鸡，结果又怎么样？鸡瘟又来了。什么是可持续性？我们的优势在哪里？扪心自问，我们真正判断清楚了没？

麻青蒿说，好，好，今天不讨论工作，我们喝酒，喝酒。

石松涛也说，好，好，今天不说工作。话虽如此，可他心里多少还是有些不高兴，毕竟他和潘宏梁是同样的想法：既然对今后无法预测把控，就做好今天的事。

可谁都没想到，这后面的剧情发展还真被麻青蒿说中了。村周围的那些小山能挖出来的丹砂越来越少了，如果想再继续向下挖，那么就得开山挖洞，用的就不仅仅是钢钎和锤子这些原始工具了，必须要有雷管、炸药等爆破工具，才能向地表深处掘进，这就需要取得矿管相关部门的批文，就得靠有资质的队伍来完成。总之一句话，这时候村民想再挖矿，绝不是想怎么就怎么，或者矿管部门睁只眼闭只眼的事情了。

特别是这些年，"科学发展""可持续性发展""绿水青山就是金山银山"的理念逐渐深入山乡，花开村村民小打小闹挖掘丹砂汞矿自然是挖不下去了，这让村里的青壮劳动力更倾向于进城务工。总之，花开村日渐落寞、萧条。

而千年村因为离紫云镇较近，这几年借着中心城镇的快速发展之势，受益不小。比如，同样是采购山货，到千年村一个小时就能解决，谁愿意多花一个多小时去花开村和红岩村呢？除此外，国家高速交通网络的建设，也让千年村迎来了千载难逢的机遇，一条高速路将从九龙坡山脚通过，并在紫云镇规划了出口，千年村离出口不到十公里，这让花开村的石松涛和红岩村的潘宏梁羡慕得不得了。

特别是这两年，千年村不仅在基础设施建设、村容村貌建设、农业产业等方面取得了很大成绩，而且接下来还被列为市级"四在农家·美丽乡村"的试点村和样板村。

石松涛去镇里开会时还听说，千年村的"三改"工作结束之后，就准备逐渐发展乡村旅游了。在这一番"此消彼长"的暗自竞争之后，千年村大有后发赶超、弯道取直的势头了。

这些变化让石松涛不得不承认，花开村在发展上败给了千年村，不禁深感尴尬。尤其是看见麻青蒿一脸贼笑的样子，他总是在心里生出一种感觉，他麻青蒿肯定又在笑话我。

所以，石松涛今天来见麻青蒿，心情其实是很复杂的。一方面，他在本能和私心上排斥来千年村，排斥看见比自己村好的其他村，更排斥见到头脑比他灵光、工作成绩又比他优秀的麻青蒿。可另一方面，自己村里现在麻烦事不断，尤其是经过昨天关停丹砂汞矿后，来村委会讨薪的村民简直是络绎不绝，偏偏那个狗日的孙大头，自己拿他一点办法也没有。

石松涛很清楚，如果不把村民们被拖欠工资这件事解决好，他们势必还会被怂恿偷偷下井的，而一旦发生这样的情况，别的不说，龙险峰那一关他首先就过不了。

但要怎么才能从孙大头那里要回钱？他想了一天一夜，还是没有半点头绪，想来想去，整个紫云镇，能整治孙大头的人，估计也就只有麻青蒿这个诡计多端的人了。

最终他还是鼓起勇气，给麻青蒿打来了电话——所以，今天他来千年村，心情是非常复杂的，再加上潘宏梁又煞有介事地提到输酒的事，他想，今天来千年村，气势上本来就矮了麻青蒿一头，这酒一定要高一头才行。好在他们三个喝酒，麻青蒿是输多赢少。

两人才走到麻青蒿家门外，就看见厨房里一股股浓烟冒出来，潘宏梁戳了戳石松涛，是不是，我就说我们来早了吧？五皮这家伙都还在生火。

石松涛叹道，那怎么办喽，毕竟是个单身汉，家里要是有个婆娘，不早就把这些事情做好了？

潘宏梁也跟着叹了口气，也是，偏偏麻五皮和丁香，一个比一个脾气犟，一个比一个不服软，一个比一个死要面子活受罪，这两个人啊，都是"一根整茄子——油盐不进"呐……

石松涛打断道，行了，行了，你再说大声一点，小心戳到五皮的痛处。一边说，石松涛一边走进院里，大声叫了起来，五皮，五皮！

麻青蒿从厨房里伸出半个头，两只眼睛被烟气熏得通红，他勉强睁开眼看了看两人，马上招手道，来得正好，快来帮帮我。

石松涛和潘宏梁你看看我，我看看你，都有点不太想进厨房的意思，麻青蒿也发觉了，又大声叫了起来，还愣着搞哪样啊！你们还想不想吃午饭了？

又喊了几句后，两人这才磨磨蹭蹭走进厨房里，麻青蒿等两人进来后，脱下围裙，随手甩给一个人，又说，你们先把火生起来，我现在得马上给险峰书记汇报点工作。

潘宏梁大声说，五皮，在我们面前，你就不要玩这种小聪明了，你不就是不想待在厨房里面做事吗？

麻青蒿一边往外走，一边大声说，真有事，真要汇报点工作，你们先忙着。

说起来，麻青蒿确实有点关于"三改"方面的小事想再询问一下龙险峰，可当他电话打过去，却一直没有人接听，麻青蒿看了看时间，快吃午饭了嘛，这个龙书记还会在忙哪样呢？

龙险峰确实在忙，他的办公室里或坐或站挤满了人，这些人看上去年龄都不大，可肩上的任务却不轻，因为接下来，他们这二十余名年轻人将分别前往紫云镇下属的二十一个村，他们就是即将下乡任职的第一书记。

因为要欢送第一书记下乡，龙险峰认为，有些话还是很有必要再叮嘱一番的。

他环顾一圈后说，就是想和大伙说几句掏心窝子的话，因为在接下来的工作中，你们将会非常忙，甚至还有些时候工作忙了，身体累了，心里委屈了，可还得不到别人的理解，这一点你们都要做好心理准备。

这些第一书记，之前普遍都是在县里各个部门上班的，基本上都没有下乡任职的经历，所以对于龙险峰所说的话也没有太多感同身受的东西。龙险峰看了看大家的神色，又说，因为你们每个人去的每个村的发展情况都不尽相同，所以，你们面对的问题也不尽相同，另外，接下来和你们搭档的村支书、村主任等这些基层干部，他们的文化水平普遍没有你们高，见识阅历上也没有你们多，没有你们丰富，但是你们千万不能因为这些原因就轻视他们。你们要记住一点，论基层工作经验的话，他们可比你们丰富多了，所以，在日常工作上一定要多沟通多交流多讨论，互相配合，才能把工作做好。

龙险峰这几句话说得非常诚恳，二十一名第一书记听了后都纷纷点头。在这些年轻人中，有一名身材高挑、面容姣好的女生很是吸人眼球，这位年轻女生是即将去千年村任第一书记的肖百合。她仔细聆听完龙险峰所说的话之后，便想开口询问，站在她身边的是花开村的第一书记陈国栋，以及红岩村的第一书记张学勤。

陈国栋眼角余光瞟到肖百合的动作，连忙轻轻拉了拉肖百合的衣袖，虽小声却稍微带着些训斥意味地说，你想干吗呢？有什么话单独下来问，现在专心听龙书记说话。

陈国栋和肖百合是同一大学毕业，都是农业专业，只是陈国栋比她高一年级，之后两人分别进入县农业局工作，肖百合平日见到陈国栋都管他叫师兄。此刻，这位师兄说了这几句后，肖百合心里有点诧异，但也还是忍住没有开口。

只听得龙险峰又说，我呢，也是从基层的位置上一步步走过来的，所以对于基层工作也有很多心得体会，但这些话现在就不啰唆了，相信你们到时候也会深有体会的，毕竟，实践是检验真理的唯一标准嘛。

说到这里，龙险峰停顿了一下，环视着大家，收回目光后，语气坚定地说，好，今天话就不多说了……

肖百合向前跨出一步，举手示意。

龙险峰和蔼地问道，你有话说？请说。

肖百合说，书记，说到心得体会，您想让我们自己去体会，这一点我们都理解。下基层之前，我们还是想听听您这位老基层干部总结一下您的心得，哪怕是一句话。

龙险峰笑了笑，略微沉思了片刻后说，好，我就送大家一句话，你们切记，基层干部的辛苦指数，决定了老百姓的幸福指数。

龙险峰说出这句话的时候，声音并不大，却有一种振聋发聩的穿透力，第一书记们一下子肃然寂静下来，片刻后爆发出的掌声非常热烈。

送走第一书记们，一脸疲惫的龙险峰看了看时间，离吃午饭还有一点点时间，他从抽屉里取出厚厚几沓刚寄来的大信封，拆开之后，里面全是一些资料、画册等等，都是外地大型企业的资料介绍。

要说花开村关闭丹砂汞矿后，龙险峰的压力比任何人都大，毕竟镇里一半的财税收入都是来自丹砂汞矿，现在关停所有的丹砂汞矿，也就意味着这部分收入即将消失，所以，他急需找到替代产业。

前几天，龙险峰才看了一大堆从县里、市里招商局等相关单位找来的企业材料，但是看完之后却是深深失望。那些资料里的企业虽然大，可要么是重型工业类型，要么是尖端科技产业，要么就是电子商务或金融方面的——一句话，这些企业都不适合引进到紫云镇来。

龙险峰对紫云镇太了解了，他深知，现在的紫云镇，最适合发展的，要么是农业产业类，要么是文旅产业类，但同时，在这些领域经营的企业，相对来说需要更高的基础硬件条件，对落地方的各项要求也更高，而紫云镇在这些方面并不具备优势。

可以想象，如果今天这些资料和上次的大同小异，龙险峰是不会有太多兴趣翻看的，但今天却一反常态，他急切地把几个大信封拆开之后，在里面寻找着某份资料。

找到这份资料后，龙险峰顺手就把桌上其他资料全部推到了一边，开始专心致志读了起来，翻得几页，他习惯性皱起的眉头如同被电熨斗熨过一般，逐渐舒展开来，脸上也绽放出难得的笑容。

龙险峰忽然抬起头，对着门外连着大喊道，少斌！少斌！少斌！

这几声一声比一声大，一分钟不到，熊少斌疾步匆匆走了进来，大声问道，书记，您找我？

龙险峰挥挥手，又把手上的资料递了出去，一脸激动地说，你赶紧看看这个。

熊少斌接过，有些不明所以，翻开后，他一边看着资料一边读了起来，关于循环利用汞废渣提炼而成汞触媒……读了几页之后，熊少斌抬起头来，有点迷惑地问道，书记，这个产业，适合我们紫云镇吗？

龙险峰频频点头，又问道，怎么，你对这个产业的哪一方面不了解？

熊少斌挠挠头皮，不好意思笑了笑，又说，整个我都不太了解。

龙险峰想了想，站起身来说，这样，时间也差不多了，我们先出去吃午饭，边吃边说。

两人走出镇政府，来到街上，找了一家小餐馆随便点了几样小菜。吃完饭后，龙险峰放下碗，擦了擦嘴说，首先你应该知道一点，世界上任何一个发达国家，都太需要汞这种资源了。这几年，我一直在了解国内外的汞化工相关产业和制造产业，毫不谦虚地说一点，虽然在这一方面比不上专家，但也不再是门外汉了。

熊少斌点点头，龙险峰继续道，了解越多，也就越清楚一点，汞毕竟是一种不可再生的资源，我们紫云镇的汞矿关停，虽说有这样那样的原因，但归根结底，最主要一点就是因为汞资源耗尽了。

熊少斌感叹地说，是啊，没想到挖了几千年的汞矿，说没就没了。

龙险峰说，汞资源是稀缺了，那是从冶炼提纯的标准来判定的，可如果我们从技术角度来看，它不仅不会有枯竭消失一说，相反，它还能以没有污染的方式重复进行利用。

这时候，熊少斌也吃完了，他放下碗，从裤兜里摸出一小盒口香糖，拿出一片递给对方说，书记，就这一点，我现在就不明白。

龙险峰接过口香糖，想了片刻，问道，就这个东西，你吃完了之后会干吗？

熊少斌毫不犹豫地回答道，那肯定是吐掉啊。

龙险峰一拍大腿，大声道，对！大家吃完后都吐掉！正因为都吐掉，所以在所有人看来，吃完的口香糖是没有价值的。

熊少斌更疑惑了，他问道，书记，不吐掉，难道嚼过的口香糖还能有用处？

龙险峰说，不仅有用处，用处还不小，我可以给你打一个比喻，就好比这个口香糖，它是以天然树胶或甘油树脂为胶体基础，再加入糖浆、甜味剂等调和压制而成的一种可咀嚼的糖。而这里面的天然树胶，可用范围实在太多太广了，比如说，吃饭用的一次性手套、洗碗用的橡胶手套……说到这里，龙险峰指了指熊少斌的鞋子，又指了指停在餐馆外面的一辆小汽车说，你穿的这双鞋的鞋底，还有那辆车的轮胎，这些都离不开树胶。

熊少斌点点头，书记，你这样解释，我好像有点明白了。但是，口香糖不可能回收，价值不大啊！豆腐盘成肉价钱了！

龙险峰笑了起来，又说，是的，这只是个比喻，当然，口香糖吐出来再回收，这个价值不大，而且也不会有这么傻的人，回收过程的代价对于再循环的价值来说，几乎杯水车薪，这明显是划不来的。

熊少斌说，对，这就是我们能看到有回收废旧轮胎的，看不到有人回收口香糖的。

龙险峰说，是的，它们同样都是废弃的东西，理论上都可以回收，不同的是，一个没有回收价值，一个有巨大的回收价值，只要有高尖端技术的支撑，就能变废为宝，循环利用，还不产生污染。

熊少斌说，严格意义上来说，我们镇上还没有工业产业，如果能引进这种环保的企业，意义非同凡响。

龙险峰笑道，我还听说，早几年，外地一些汞生产制造企业都去过汞矿特区，就是想通过各种渠道购买这些废渣。

熊少斌说，是啊，这事我也听说过。

龙险峰继续道，因为他们的技术高，这些废渣在他们看来，就是宝贝。而且，据我了解，当初的矿石在提炼出汞之后，倒掉的矿渣含汞量依然很高，如果我们把这大量的废渣回收回来，再利用高新技术对它进行重新提炼，那就实现了汞资源的循环使用。这样一来，我们就实现了产业的循环化、可持续化和绿色化。

说到这里，龙险峰的脸上不由自主地露出了微笑，很明显，他在说这些话之前是经过深思熟虑的。此前，上级领导要求紫云镇要大力发展绿色产业、生态产业、可持续产业，而龙险峰通过各种比对调研后找来的这份资料，非常符合上级所提出的各项要求。

除此外，紫云镇在发展这项产业上，还具有相当强的区位优势，这里与汞矿特区废弃矿渣的直线距离非常近，再加上逐步完善且日益发达的交通网络，在运输上可以说是非常方便。现在紫云镇就可以利用这个优势。

原来紫云镇的发展思路，总是在"五彩紫云"这个思路上去谋划，在当下明显是有局限性的，龙险峰对此作了有针对性的调研和思考，在招商引资方面及时进行了调整。说实话，"五彩紫云"是他在当镇长时提出来的，现在他作为书记，对"五彩紫云"的工作思路该变就变，该改就改，没有任何顾忌。这也符合龙险峰实事求是的一贯作风。在调研中，他的一些思路不是没有阻力，这种阻力还非常强大。最大的阻力还跟他有关，有的人说，书记，你这样干，不是否定了你自己吗？这个问题提出来明显有挑衅性和挑战性。龙险峰知道，这个挑衅来自守旧、墨守成规的思想，说白了，创新思路有风险，不愿意承担责任；而挑战主要来自干部自身的思想问题，说白了，就是有的干部像患了软骨病，不愿创新，有的干部像患了恐惧症，不敢大胆创新。龙险峰知道，这种挑战首先是要战胜自己，他说，敢于否定自己，这是克服我们故步自封的前提，以前的事不管是谁提出来的，该改就改、该变就变，一句话，实事求是。可是，要实事求是就这么难吗？

熊少斌以前没有和龙险峰共过事，只是对龙险峰有些耳闻，一是工作起来不要命，二是遇事不讲情面，三是敢作敢当。这次龙险峰回来当书记，虽然时间还不长，他是深切体会到了的。熊少斌虽然年轻，工作经历也是丰富的，他从大学毕业后，先到县林业局工作，后下到牛郎乡挂职副乡长，回林业局后任副局长，再后来任县政府办公室副主任，半年前才调任到紫云镇任镇长。当政府办公室副主任期间，他接触过不少乡镇的书记和乡镇长，要说像龙险峰这么有一说一、坦诚相待的人，还真不多。一般的书记到了一个乡镇，都是先烧"三把火"，这"三把火"有立威的意味，说白了就是"我来了"的意思。龙险峰却不是这样，他没有烧这惯常的"三把火"，这让熊少斌有点意外。更意外的是，龙险峰并不坚持他当镇长时期的发展规划，这一点，让熊少斌对龙险峰另眼相看。他知道，一个书记要做到这一点很难。当他听到龙险峰感慨地说"实事求是就这么难吗"的时候，这句话像一把锤子敲在了他的心上，他的脑海中闪过一句扪心自问的话，我实事求是了吗？

有了这样的闪念，他觉得该把自己的想法真诚地说出来。于是说，书记，我赞成你的想法，但是有句话我不得不说，我建议，这件事情我们只做不说，以免雷声大、雨点小。你是紫云的一把手，做什么事都得有退路，一旦招商引资不成，可能……

龙险峰哪能不知道熊少斌这样说的意思，紫云镇地处边远地带，历来以农业为主，人多地少，要在这里搞工业，无论是地理位置或者交通现状，都是制约发展工业的瓶颈。一句话，想法是好的，现实是残酷的。熊少斌没底，说实话，他龙险峰也没底。但是，因为没底就不去干不敢干，这是龙险峰不愿意看到的。如果紫云还停留在"五彩紫云"的思维模式上，还脱什么贫？攻什么坚？不过，这些话从熊少斌嘴里说出来，他感觉到了熊少斌对他的真诚，也感觉到了他的想法实施起来确实有难度。有了这样的真诚，龙险峰毫不顾忌地说，少斌，没有难度，要我们来干什么呢？

熊少斌显然被龙险峰这句豪迈的话感染了，他说，书记，我全力支持你。

龙险峰说，我们需要尽快整合资源，招商引资，找专业的人来做专业的事。总之一句话，我们一定要想办法，让这个项目快速落地紫云镇，迅速填补税收上的空缺。

两人起身走出小餐馆，几辆车正好从他们身边通过，第一辆车的司机见到二人后，按了两声喇叭，龙险峰仔细一看，坐在车里的正是准备去各个村赴任的第一书记们。

见到他们出发，龙险峰抬起手，朝着大家挥了挥手，坐在第一辆车内的肖百合也抬起手，朝着龙险峰和熊少斌挥手告别。在这些第一书记中，肖百合是为数不多的女生，她要去上任的正是千年村，在第一辆车上除了她，还坐着两名第一书记，分别是去花开村的陈国栋，以及红岩村的张学勤。

此刻，肖百合呆呆地望着窗外，眼神中若有所思，坐在她身旁的陈国栋忍不住问道，百合，你在想什么呢？

肖百合说，没想什么，看风景。

陈国栋笑道，我觉得不是，我看肖书记您一脸严肃，应该已经在心里谋划接下来的工作该如何开展了吧。

肖百合笑了笑，说，哪有，我对要去的千年村完全是两眼一抹黑，什么都不了解，谈什么谋划啊。

陈国栋说，要说扶贫工作啊，张主任比我们都了解太多了，我们呐，以后都得向他多多请教。一边说，他一边探过头，对着坐在副驾驶位的张学勤说道，张主任，听说你是本地人，还主动请缨到最艰苦最偏远的红岩村工作，到时候我们工作上要是有什么不足之处，你还要多给我们提一些指导意见啊。

前排的张学勤转过头来，脸上难掩得意之情笑了起来。他比肖百合、陈国栋等人都要大上好几岁，当年大学毕业后，他通过公务员考试进入了镇政府工作。因为文笔不错，被镇长龙险峰看中，调入政府办秘书科工作，也经常跟着龙险峰下乡。干了近两年后，龙险峰调回县里，不久，还是因为文笔不错，他也调到县里报社工作，由于工作成绩突出，当上了总编室副主任。这次上级挑选下乡第一书记，看中的是他有几年的基层工作经验，又考虑到他是紫云镇本地人，所以将他也选派了出来。

此刻，听着陈国栋那几句奉承话，张学勤内心是有些得意的，但出于客套，他还是故作谦虚地说，哪里，哪里，我就说三点吧，第一，我现在和你们一样，都是第一书记了，以前的主任称谓就不要再称呼了；第二嘛，说指导什么的谈不上，我也就是早参加几年工作，跟着险峰书记多去了几个村，搞过一些调研、写过一些政论文章而已；第三嘛，你们接下来在工作上要是真有疑问，我个人觉得，最好还是去请教龙书记，他在扶贫工作方面的经验相当丰富。

陈国栋说，张主任，您还是谦虚了……

张学勤抬眼，意味深长地看了对方一眼，陈国栋反应过来，马上改口道，不，不，张书记开始的话真是谦虚了，就冲你主动要求去最艰苦最贫困的红岩村这件事，就非常值得我们学习了。

话既然说到这里，张学勤知道自己不能再谦虚了，他干咳了一声，我还是那句话，我比你们早入党几年，多工作了几年，而且早些年嘛，又一直在险峰书记身边工作，办法和经验或多或少比你们多一点，所以，这艰苦的地方还是我去比较适合。

陈国栋和肖百合两人不约而同地点头，一脸敬佩地望着他。

张学勤笑了笑，又微叹了一口气说，唉，不过说真的，这次我要去的红岩村，真是我们紫云镇最艰苦、最贫困的村，想要带领当地群众脱贫致富，难啊！

此后这一路上，三人又闲聊了一些各个村的风土人情，当然，主要是张学勤在说，另两人一直在专心听。车开了半小时后，来到了第一站，也就是千年村，肖百合下了车。

在来到千年村之前，肖百合对这里有过很多想象。可以说，都是一些很美妙甚至是过于浪漫不实的想象。

比如说：村里应该是到处都有五颜六色不知名的野花，空气中随时都有花香，连片的绿油油稻田，还有一条弯弯曲曲清澈见底的小溪，一进初夏，小溪边就会有蛙声。村里面还应该有一棵枝叶繁茂的千年树，除此外，还应该有一排银杏树，入夜后，皎洁的白月光就会从树叶缝隙间洒落下来，抬起头，就能看见满天繁星。

不能不说，肖百合的这番设想过于美好。当然，对于一位走上工作岗位几年的年轻女性来说，心中多多少少有一些不切实际、浪漫旖旎的想法也是很正常的。

然而，当她下车后，站在村口举目四望，现实村落的模样毫无遮掩地展示在她眼前时，她完全不敢相信这就是千年村，她的大脑中瞬间一片空白，心中全是失望。

她呆呆站了片刻，忽然又转念一想，是啊，就因为村里现在还是这个样子，所以自己才会来这里任第一书记，既然来了，就要带领乡亲们脱贫致富，把村庄建成自己想象中的模样。想到这里，她又觉得这一切没什么了，浑身也充满了干劲，拉起行李箱就朝村里走去。

她从一条弯弯曲曲的村际公路走进村子约两百米，眼前豁然开朗，一片小平地上，只见一棵高大的紫薇树耸立其间，像一把巨型的花伞。

肖百合站在原地，上上下下打量了好一阵，心中满是惊叹，难怪会被人称作是"紫薇王"，这棵紫薇树差不多有三四十米高，其树干粗壮，估计五六个人才能合围起来。阳光从茂密的树叶中透过，地上一片斑驳。

说来也奇怪，肖百合走进树荫下，她的心情瞬间就平静下来。放眼望去，在山丘脚下，偶尔有一两户人家，但那一两户人家与她此前想象中"炊烟袅袅"的画面实在是大相径庭，更不要说什么"凉风习习、流水潺潺、竹叶飘飘"之类的风景了。

如果换作她刚下车时，看见这些场景一定会更加失望、更加难受，但现在站在树荫下，耳边发丝边吹来一股若有若无的微风，眼前这一切，似乎也没那么让人焦躁了。

一位村民从树下经过，见到肖百合之后有些好奇，一个劲地打量着她。肖百合笑了笑，主动和对方搭起话来，说了几句之后，也就聊到了这棵紫薇树。这一下村民激动了，说了好些关于这棵树的故事。他很得意地说，当年贺龙元帅带着红军都在这棵大树下休息过呢，还吃了我们这里特有的泡粑，贺龙元帅吃得赞不绝口，有机会你也尝尝。

和村民聊了一会儿后，肖百合的心情也好得多了。她心想，接下来的第一步，先去村委会，找到那位叫麻青蒿的村主任，把住的寝室落实好，和村支两委的班子成员见个面，再开一个简短的会，安排好接下来的工作计划。

今天来的这一路上，肖百合就在想这些事，在车上时，张学勤还给她简单介绍了千年村的情况：这个村的村支书因为身体不好，常年都在病床上，所以村里日常工作基本上都是由村委会主任麻青蒿全面负责。

说到这里时，张学勤一脸的欲言又止，他又说，这位麻青蒿麻主任嘛，可以说是我们紫云镇远近闻名的一个人。

肖百合看他的神色，好奇地问，为什么麻主任会远近闻名？张学勤却只是笑了笑，意味深长地说道，这一点嘛，你去了后自己体会呗。

告别了村民，肖百合一路打听，找到了村委会，却见到两扇木门紧闭，看了看时间，不应该啊，现在应该是上班时间了。她轻轻敲了敲门，无人回应，隔了片刻后，她又加重力度敲了敲门，终于一位矮矮胖胖的中年男子开了门，不用说，开门的正是村里的会计吴艾草。

今天一大早吴艾草就起来了，起来后的第一件事就是提着小鲫鱼去麻青蒿家里。为了这大半桶小鲫鱼，他昨晚忙到十二点才结束，到麻青蒿家院外，他大声叫起来，主任，主任！

麻青蒿走了出来。他探头朝桶里瞟了一眼，抬头看了看吴艾草，又低头看了看桶里，忽然意味深长地笑了笑，又拍了拍吴艾草的肩膀说，艾草，你确实是时时刻刻都在为领导分忧啊，想到今天我们只有三个人吃鱼，又担心被浪费，就自作主张扣了一部分鱼，很好，很好啊……

吴艾草频频点头，本来还想说两句客套话，可听到麻青蒿的最后一句话，顿时僵住了。

麻青蒿见他没说话，手上加重力度，又拍了拍他的肩膀，重复说道，很好，你小子果然是在为领导分忧啊！

吴艾草马上反驳道，主任，主任，你昨晚拿给我的时候就这么多，我哪敢扣你的鱼，再说了，你这是小鲫鱼，鱼刺又多……

麻青蒿打断道，你心里面那点小算盘小九九，你当我不清楚吗？

一边说，麻青蒿一边接过桶，左右摇了摇，感觉了一下重量后，又问道，你悄悄拿走我鱼的事情，我就不追究了，就算是你杀鱼破鱼的辛苦费，我再问你，我让你写的检讨，你写了没有？

吴艾草哭丧着脸，主任，我昨晚忙这一桶鱼，忙到晚上十二点，根本没时间写，我准备给你送了鱼，就马上去村委会写检讨。

麻青蒿大声嚷起来，一整天都过去了！你居然一个字都没写？！吴艾草，老子告诉你，老子要是因为检讨不过关被龙书记批评的话，你清楚你有哪样果子吃！

吴艾草连声说，我晓得，我晓得，我晓得！

麻青蒿双眼一瞪，那你还不赶紧给我滚回村委会去写？记住，一定要深刻！

吴艾草频频点头，连忙转身，快步走回村委会。然而他抓头搔脑地写了半天，也只有短短两百字左右，整个过程他是写了删、删了又再写，这不，当肖百合来敲门的时候，他都还在冥思苦想。听见敲门声时，他本以为是哪位村民，起初也没在意，可对方一直敲门，他只好起身去开门，却没想到，站在门外的是一位非常漂亮的女青年，他一下子就愣住了。

肖百合问道，请问这是千年村委会吧？

吴艾草机械地点点头，略有些紧张地问道，是，你是？

肖百合笑了起来，走进办公室里自我介绍道，你好，我是来千年村的第一书记，肖百合。

吴艾草一听，又上下打量对方几眼，心想，她居然是第一书记？这么年轻？还叫肖百合，这名字好听，洋气。

肖百合看见他满是疑惑的神情，不禁笑了起来，问道，怎么，你觉得我不像？

吴艾草反应过来，连忙起身，满脸堆笑道，没有，没有，肖百合书记年轻有为，而且这个笑容，笑起来……笑起来很亲和，很和蔼，看着就像是书记，快请坐，快请坐。

吴艾草热情地又搬凳子，又倒了一杯水，自我介绍道，肖书记，我叫吴艾草，是村里的会计。你就叫我艾草就行。

艾草？肖百合接过水，上下打量了吴艾草一番说，你叫吴艾草，你们主任叫麻青蒿。肖百合不由自主地笑了起来。

本来吴艾草在肖百合一番的打量中已经显得有些不自在了，见肖百合笑了起来，更加不自在。一时也不知道该怎么才好，情急之下他脱口而出，书记的名字是朵花，好看又好听。我和麻主任都是草都是草，虽然我们都是草，这草，家家户户都少不了，是辟邪的。

肖百合一边打量着办公室的环境，一边笑吟吟地说，我知道，我知道，过端午节的时候，家家户户都会把艾草、青蒿挂在门上辟邪。说着，她话锋一转，现在已经是上班时间了，怎么就你一个艾草？青蒿主任呢？

一听肖百合提麻青蒿，吴艾草有点紧张起来，今天麻青蒿请了松涛支书和宏梁支书两人来喝酒，照着他们喝酒那种速度和习惯，现在绝对还在酒桌上，这该怎么说？

肖百合见他没说话，又问了一遍。吴艾草回答道，青蒿主任可能去村民家里做工作去了，书记你才来，可能对我们的工作方法还不习惯，我们平时啊，基本都是在外面的，很少有坐在村委会里工作的，我也是今天要写一份文件，这才在这里。

肖百合哦了一声，丝毫没有怀疑对方的话，她点点头道，原来是这样，艾草会计，那你继续写吧。

说着，肖百合起身就准备出门。

吴艾草说，书记，你准备去哪？

肖百合说，我想去村里转一转。

吴艾草说，书记，要不我先带你去寝室把行李放好，再陪你一起去转转？顺便还可以给你介绍一下我们村的情况。

肖百合问他，你不是要起草文件吗？

吴艾草赔着笑，把桌上的信笺纸往抽屉里一放，书记的事情就是第一，就是最急。这文件嘛，不急、不急。

之所以这么自告奋勇，是因为吴艾草实在不想继续写这份文件，其实就是麻青蒿要求他代写的检讨。为了写这个东西，他特意提前吃了午饭，吃完后就来了村委会，可一个早上、一个中午过去了，这封令他焦头烂额的检讨勉强才完成了一个开头，和麻青蒿要求他的"深刻"相去甚远。

所以，当肖百合说她想去村里转一转，吴艾草马上就自告奋勇陪同一起去，除了拍新书记的马屁之外，最关键是他不用再受写检讨的折磨，而且，即便接下来麻青蒿因为他没完成责怪他，他也有正当充分理由嘛：第一书记才来村里，要熟悉一下环境，你们都不在，我作为村会计，怎么都得陪着一起去嘛。

除了这两点，他还为麻青蒿想到一点，肖书记对村里不熟悉，如果她逛着逛着，正好走到青蒿主任家门外，又正好看见他们几个人喝完酒走出来，两边一撞上，那岂不是尴尬了？如果自己带着她逛的话嘛，至少可以避开青蒿主任家门口。

于是，吴艾草先带着肖百合来到给她准备的寝室外，这间房前几天才收拾好，位置稍微偏了点，很是安静，肖百合走进去看了看，却比较满意。从寝室出来后，两人就朝村里走去。

此时，麻青蒿三人还围坐在院中的大方桌前，潘宏梁和麻青蒿的面前都只有寥寥几条鱼骨头，而石松涛的面前则堆放着一大堆的鱼骨头。

潘宏梁伸筷子在锅里捞了一圈，只捞出两片菜叶子，他不甘心，又伸筷子在锅里捞了一圈，结果只夹起几片姜。潘宏梁气得一扔筷子，嘴里嘟囔道，请客还这么小气。

麻青蒿说，宏梁，你说我小气，我今天为了你们，备了三斤半鲫鱼，七八十条，少吗？

潘宏梁有些抱怨地指着石松涛说，那你也不看看是请哪个来吃？

说完，潘宏梁转头盯着石松涛的碗，碗里还有三条鱼，石松涛夹起一条小鲫鱼往嘴里一抹，两片嘴唇一闭合，手一拉，筷子上只见一条完整的鱼骨头，他放下鱼骨，又夹起一条鱼往嘴上又一抹，又只剩下鱼骨头，再夹起再一抹，又是一条鱼骨头，他把鱼骨放在一大堆鱼骨头上，抬起头来手背一抹嘴上的油腻说，嗯，好吃。

要知道，这可是小鲫鱼啊，这种小鲫鱼，身上的鱼刺又细又密，稍不留神就会吃进嘴里，说不定就卡在喉管里。一般人吃小鲫鱼，吃得小心翼翼、慢慢吞吞，这样的速度和石松涛相比的话，一般是一比十的水平。昨天，石松涛打电话给麻青蒿的时候，麻青蒿就刻意准备了鲫鱼，从小他就知道，石松涛喜欢吃鱼，石松涛心情不好，吃鱼，吃好了也是对他的一种安慰。

潘宏梁指着自己面前那五六条鲫鱼骨头说，五皮，你想饿死我啊。

麻青蒿指着自己面前的鱼骨头说，我和你一样。

潘宏梁说，这能一样吗？

麻青蒿说，这有两样吗？

潘宏梁说，当然是两样啊，这是在你家，又不是在我家。

石松涛看了看锅里，摸了摸肚皮，脸上很有些意犹未尽地说，这鱼有三斤半？

潘宏梁有些生气地说，咋个没有三斤半，你看看你脚下这一堆，有六十多条鱼骨头吧！

石松涛低头一看，一堆鱼骨头依然在桌下。麻青蒿的大黄狗，刚才一直在桌下钻来钻去，寻找残食，他吃一条鱼就丢一条鱼骨到桌下，原本是想让大黄狗给来个毁尸灭迹，结果忘了狗一般不吃鱼骨头这一茬。

石松涛用手指着麻青蒿和潘宏梁面前的几条鱼骨说，这可不怪我，大家一起吃的，哎，五皮！到你家吃饭，鱼确实太少了点。

麻青蒿说，那我问你，你每次请客，永远都是请吃鱼，都是三斤半的鲫鱼，我这叫以其人之道还治其人之身。

潘宏梁拍了一把麻青蒿的肩膀，还，还，还个屁，你这样搞，还不是我俩吃亏了？不行，你还要杀只鸡！我告诉你，这是在你家，我今天要没酒足饭饱，你知道后果。

麻青蒿笑了起来赶紧说，留了一手，留了一手。说着他赶紧从桌下摸了一只卤鸡出来。

潘宏梁嘿嘿笑起来，两眼冒光，一伸手就揪下一只鸡腿，一边狼吞虎咽一边说，咋个不早点拿出来呢？

麻青蒿指着潘宏梁那几条鱼骨头说，我要是早拿出来，你还尝得到鱼鲜？

麻青蒿撕下一只鸡腿递给石松涛说，鱼是少了一点，鸡还可以补充嘛。刚才看你闷着脑壳吃鱼，你也没时间说话，吃完这只鸡腿，赶快说明你的来意，一会儿我还要去写检查。

潘宏梁吃着鸡，包口包嘴地说，你喝了酒，还能写检查？

麻青蒿说，哎，喝了酒才有激情写好检查呢！

说完，麻青蒿从桌上拿起酒，给三人的杯中都倒满酒，举起杯说，来，来，再喝一杯。

就在他们三人喝得兴高采烈的时候，吴艾草正带着肖百合走在村里。一边走，吴艾草一边向她介绍着村里的各项情况，路上遇见村民，他还给肖百合和村民互相介绍一番，两人边走边聊，气氛倒是也很轻松。吴艾草也越说越自信，把什么基层工作的难处、苦处、委屈处、艰辛处，一股脑地都吐了出来，除了倒苦水，他又把自己多年来在基层工作的各种心得体会都说了出来。当然了，说的过程中，自然也免不了给自己和麻青蒿说了好些脸上贴金的话，不明就里的肖百合，听了这些话也是感慨不已。

村里人难得见到陌生人，又是这么漂亮的一个女同志，好些人都主动上前跟吴艾草说两句，想顺便套一下话。一些小孩子更是不远不近跟着二人，调皮一点的还大叫，吴艾草，你敢和其他女人在一起，桃花姨要揍死你！

吴艾草听了，也不生气，转过头呵斥一句，你们这几个崽崽跟着搞哪样？快回家，去做作业！

一个小孩子嘻嘻哈哈大声道，作业早就做完了！

另一个还在接着说，艾草叔，我们现在就回去告诉桃花姨，你今晚就得跪搓衣板！

吴艾草脸上一红，挥手道，滚蛋，滚蛋，我这是工作！都给我回家去！

这些小孩估计跟了一段距离，也听不出什么新鲜的，也就一哄而散了。

两人又走了一段距离，旁边忽然冒出一个声音，艾草！

吴艾草应声停步，转头一看，叫住他的人正是麻青蒿的前妻丁香。此时她叉着腰，站在自己的小卖部门口，脸色颇为难看。

吴艾草赔着笑问她，青蒿嫂子，你有事？

丁香眼睛一横，吴艾草赶紧改口，丁香嫂子。

丁香很不客气说道，我听村里人说，我这间小卖部也被你们列为违章建筑了？

吴艾草脸色尴尬，吞吞吐吐地说，这个、这个嘛……

丁香哼了一声，怒气冲冲地说，果然是这样，我就知道，这事肯定是姓麻的在背后搞的鬼！

吴艾草连忙解释，丁香嫂子，这个你可就怪错人了，这事情和青蒿主任没有任何关系啊。再说了，哪些房子是违章建筑，哪些不是，这个也不是我们村委会能决定的啊，这都是根据上级部门的规定，经过反复测量、测算后给出的整改意见……

丁香一挥手打断道，吴艾草，你小子少在我面前打官腔，你和姓麻的一样，满肚子坏水。我告诉你，你回去给姓麻的带句话，你们哪个要是想拆我这间小卖部，我就死给你们看！

吴艾草正想再说几句，丁香毫不搭理，直接转身走进小卖部。

肖百合见丁香走进小卖部，抬腿想跟进去，却被吴艾草拦住，目视肖百合摇摇头。见她有些茫然，吴艾草小声说，书记，这事你最好不要管。

肖百合小声问，怎么回事？她是谁？

吴艾草摆摆手说，书记，走远点再告诉你。

肖百合一脸的疑惑，但还是跟着朝前走去。两人走出好长一段路后，吴艾草又回头看了看远处的小卖部一眼，这才说，刚才那位丁香嫂子，就是我们青蒿主任的前妻。

肖百合说，前妻？

吴艾草点点头，是啊，离了好多年了。

说着他又叹了口气，这些年啊，青蒿主任是又当爹又当妈，好不容易才把儿子麻浩博抚养成人，考取大学，不容易啊。

肖百合说，吴会计，你刚才说的拆小卖部，这是怎么一回事？

吴艾草摇着头，叹道，这事情啊，麻烦得很，我们青蒿主任，最挠头的也是这个事，为了这个事，他是吃饭不香、喝酒不爽啊……说着他手一挥，书记，我们边走边说。

一边走，吴艾草一边给肖百合大概介绍了一下村里"三改"的情况和工作进度，等到事情说得差不多了，两人基本把全村都绕完了。肖百合抬手看了一下手表说，吴会计，时间这么晚了，麻主任已经办完事了吧？

吴艾草心里有些发虚，结结巴巴地说，这个嘛，他办事，不一定这么快的，主要是我们这个村里面，好多事情麻烦，没这么快。

肖百合微微皱眉，想了想又说，那干脆这样，你现在给他打个电话，问问他事情办完了没，如果办完了，请他来一趟村委会，我今天才来，最好还是见一面。如果他还没办完，那你带我去他那里，我也了解学习一下你们的日常工作。

肖百合这么一说，吴艾草不好再反驳，只能慢吞吞掏出手机，当着对方的面拨打了电话。电话接通后，才响了两三声就被挂断了，他又打，又是两三声后被挂断。吴艾草有些无可奈何地挥挥手，书记，您也看见了，主任他一直挂我的电话。

肖百合想了想掏出手机，你把他的手机号给我，我来打给他。

吴艾草不敢违抗，只好把号码念给她听，肖百合打过去，响了几声之后，电话接通了，肖百合说，是麻主任吧？你好，我是肖百合，是来你们村的第一书记……

她一口气说了这么多，可听筒那边却没有任何反馈，而且听着很是吵闹。肖百合一脸疑惑，看了看吴艾草，手机里面含糊不清的，有几个人的声音，很快，电话又断了。

肖百合说，吴会计，这是怎么回事呢？

吴艾草心想，麻主任喝着酒，能和你说话吗？当下他只是摇摇头，一脸无辜地说，这我是真的不清楚了，估计忙得手忙脚乱吧，可能又不熟悉你的电话号码，还有可能信号不好，我想，等他忙完之后，一定会给你回过来的。

但吴艾草没想到，这个电话还真不是麻青蒿挂掉的，而是石松涛抢过去挂断的，挂断后石松涛有些抱怨地说，你这个五皮，喝酒就好好喝酒嘛，一直接电话，你想说明什么？你工作忙，事情多？哦，我和宏梁难道事情不多？工作不忙？

潘宏梁举起酒杯，打圆场说道，来，来，再喝一杯。

三人同时举杯，喝完后，麻青蒿打了一个很响的酒嗝，醉眼惺忪看着石松涛说，这酒要喝，事情也要办，这喝了酒，什么话都敢说。松涛你说，有什么难处，你尽管一吐为快。

也不知道石松涛是因为喝多了酒真有些醉了，还是当着潘宏梁的面有些不好意思，他听了麻青蒿的话之后，瞪着眼，喘着粗气道，我，我能有什么难处？

麻青蒿说，你这个松涛，就是一点都不耿直，明明心里面揣着事，非要装成一副无所谓的样子。

潘宏梁跟着指责道，就是嘛，你说你平时没事的话，哪会想到来和我们喝酒？

石松涛大声道，麻五皮，你说我有事来，那你说清楚是哪样事？

麻青蒿轻描淡写道，那还不简单，说出来也就两件，第一嘛，你们村的丹砂汞矿被封了，我敢肯定昨晚就不停有人去村委会，找你们讨要工资，是吧？

石松涛点了点头，麻青蒿又说，所以嘛，这第一件事就是，怎么才能把他们被拖欠的工资结清，而这就牵涉到孙大头这个人了，所以这第二件事就是，怎么才能让孙大头把钱拿出来，说白了，这两件事其实就是一件事，对吧？

一边说，麻青蒿一边给自己倒了杯酒，抿了一小口，又说，现在再说第二件事，从那天龙书记的话里面，你应该也感觉得出，以后这个丹砂汞矿基本上是不可能再开起来了，但如果不能开，村里这些人怎么办？又用什么办法留住他们？这些担忧，我没说错吧？

石松涛听了后半晌没吭声，一拍大腿说，既然脸都丢到底了，我这张脸也不要了！五皮，你说，我们是老兄弟吧。

麻青蒿说，你这是什么话？你来找我，好像你就没脸面了？既然是兄弟，就没有什么脸面之说！今天你找我帮忙，明天我找你帮忙，这不就是兄弟互相搀扶吗！话都说到这份儿上了，你说，你最紧要的事是不是就是刚才我说的那两件事？

潘宏梁一拍石松涛的肩膀说，是就是了嘛，喝了酒脸皮还这么薄，没把我们当兄弟！好，我替你说了，就是这两件事！

只听麻青蒿一声嗤笑，一副高深莫测的表情说，事情是麻烦，但我们要善于在麻烦中解决麻烦，这件事，说难办也难办，说好办也好办……

不等麻青蒿说完，石松涛两眼一亮，急不可耐地一把抓住麻青蒿的手说，五皮，你有哪样办法？快说！

麻青蒿一把甩开，揉了揉手腕道，你这个松涛，说事情就说事情嘛，用这么大的力搞哪样。

石松涛讪讪一笑，你也晓得，我被这些事搞得焦头烂额，你就不要卖关子了。

麻青蒿说，办法嘛，说白了也很简单，以其人之道，还治其人之身。不过嘛，我可把话说在前头，我这办法也是个馊主意。成功了，你可不能在龙书记那里卖了我。

石松涛急道，只要能解决好事情，管它是不是馊主意。再说了，我来找你麻五皮，本来也没指望你给我想什么正经办法。你放心，龙书记问起来，我绝对不会出卖你。

麻青蒿咧嘴笑了起来，从桌上抓了几粒油炸花生米，扔了两粒在嘴里，一边嚼一边说，这个孙大头，他是不是神仙？

石松涛不解他为何问出这样一句话，睁大了眼睛看着他，麻青蒿又问了一遍，石松涛反应过来，忙说，肯定不是神仙嘛，不过，他可不是一般人。

麻青蒿像是自言自语地说，不管一不一般，他既然不是神仙，那他就有七情六欲，就有弱点，就有害怕的事。

石松涛马上问，他有什么弱点？有什么害怕的事？

麻青蒿说，松涛，你这个人呢，什么都好，就是这性子太急了，就算我现在告诉你他有什么弱点，难道你就马上能想出办法了？即便你想出办法，难道你就能用这个办法成功讨回大家被欠的工资了？

石松涛被他这几句抢白搞得有些尴尬，潘宏梁赶紧出来打圆场，他说，五皮，你也不要这样说石松涛，他急是急了一点，但你呢，就是太慢了，说什么话都要弯弯拐拐绕好几个圈子。

麻青蒿嘿嘿笑起来，好，好，那我说快点，我要是你石松涛的话，肯定就会让矿工们去孙大头家。

石松涛说，去他家搞哪样？像牛老五一样跳楼？还是搞哪样动作？只怕这些人才刚刚走到他家门口，就被他轰走了。

麻青蒿说，对，还真是要搞点大动作。第一次、第二次嘛，肯定是会被轰出来的，但次数多了，那就不一定了。再说了，你们光是带着人去，不带点东西去，也没哪样效果啊。

石松涛说，带什么东西？

麻青蒿似笑非笑地说，那就多了，跳广场舞放歌的那种大喇叭，挂在脖子上的扩音器，锄头钢钎，再扯一两幅横幅，写几句讨薪要账的话……

石松涛打断说，你先等等，你意思是让我们去捣乱了？这就是你说的大动作？如果是这些办法的话，只怕、只怕……

麻青蒿打断道，只怕什么嘛？！你啊，就是瞻前顾后的，我问你，你怕不怕孙大头永远不还村民们的钱？你怕不怕村里人悄悄地再下矿井去？你怕不怕龙书记向你问责？还有你怕不怕村里人拿不到钱，又全部出去打工了？

麻青蒿问一句，石松涛就跟着点一下头，见他这样，麻青蒿有些得意地说，是嘛，既然你石松涛害怕这些情况出现，那你就要深刻认识到两点，第一，不是我们，是让那些被欠工钱的村民们去办这件事，第二，不是捣乱，就是去他家门口放点音乐，喊几句话。你想嘛，这个孙大头家里还有个老母亲，听说一天吃斋念佛的。还听说这孙大头对谁都狠，但对他老妈还是孝顺的。所以，缠着孙大头不如缠他妈，这要是有人天天在他家门口扯着个大喇叭喊还钱，一定会把街坊邻居都吸引过来，那就热闹喽。

潘宏梁笑着补了一句，外面热闹，家里面心焦。

麻青蒿也笑起来，得意道，只要连着心焦两三次，你看他掏不掏钱出来。他不掏，他妈都得哭着喊着叫她儿子掏。

石松涛没出声，还在想麻青蒿的这一番话。

麻青蒿说，反正我就只能想到这个办法了，之前也告诉你了，就是馊主意，用不用随便你。

说完，麻青蒿收起笑脸，拍了拍他的肩膀，一脸严肃道，总之，对付孙大头这样的流氓，就不能用君子的办法。

一边说，麻青蒿还一边看着潘宏梁，示意他也跟着说几句。潘宏梁倒是也机灵，马上附和道，五皮说得对！你想，你是在为人民讨公道，你怕什么呢？你是怕给龙书记惹了麻烦，丢了你的乌纱帽吗？

麻青蒿看着石松涛一脸的苦相，看他还下不了决心，站起来，指着石松涛说，你这个支书是村里广大党员选出来的！代表着人民的利益！哪怕粉身碎骨，你也要站在人民的立场上！我告诉你，人民！不是柜子上的唐三彩！跌下来会粉碎！人民是永远不会被粉碎的！

潘宏梁伸出大拇指说，五皮说得好！不愧是教过书、写过诗的人！水平就是比我们高！

麻青蒿见潘宏梁伸出大拇指，情绪更加高昂，他一挥手说，松涛，人生如棋局，要敢于对车！

石松涛端起自己面前的酒杯，一口饮尽，大声说，对车就对车！为了村民的利益，我要和孙大头斗争到底！

麻青蒿说，这就对了！当然了，最关键的还有一点，你可千万不要忘记了。

石松涛见他说得认真，连忙问他，还有什么最关键的一点？

麻青蒿说，你要记住，你不仅是村里的领导干部，还是党员，是有思想觉悟和道德底线的，因此，干工作都得以理服人，以德服人，所以，刚才我说的那些，你肯定是不能直接参与，更不能直接出面的。

石松涛和潘宏梁对视一眼，哭笑不得。

石松涛疑惑地说，哎，五皮，你什么意思嘛？你让我和孙大头去对车，又让我不要出面，这车咋个对嘛！这事我到底去，还是不去呢？

麻青蒿意味深长地一笑，点了点石松涛的脑门说，你这个人啊，你认为非要你自己拿着大喇叭到现场去喊，这才是去吗？你认为下象棋，非要把车走出去和对方硬碰硬，才叫对车吗？我告诉你，高明的棋手，对车的结果是你的车还在，我只能说到这里了啊。

石松涛陷入沉思。

麻青蒿拿起酒，给三人酒杯里面倒满酒，举杯道，好了，好了，事情也说完了，喝完散伙，该搞哪样搞哪样去。

麻青蒿才说完，只听见院外传来吴艾草的声音，肖书记，我没骗你，麻主任不可能在家的！哎、哎，他真不在，肖书记……

这声音由远到近，速度很快。

麻青蒿和石松涛、潘宏梁对视一眼，三人都是一脸疑惑。石松涛首先问道，五皮，这是艾草和谁来了？

麻青蒿摇摇头，我哪知道？我家狗都没叫一声，一定是熟人嘛！

话音还没落下，院门就被人推开了，肖百合和吴艾草一前一后走了进来。

肖百合进来后，盯着三人，也不说话。大黄狗从桌下蹿出来，见老熟人吴艾草站在这个陌生人旁边，一脸的友善，它也友善地凑上前，嗅这个陌生人，转身又钻到桌子下找鸡骨头去了。

肖百合的脸色当然不好看了。

吴艾草一看情况不妙，赶紧说，麻主任，这是新来的第一书记，肖百合同志。

麻青蒿左右看了潘宏梁和石松涛一眼说，早听说要来第一书记，这不，说来就来了，来来来，小百合书记，我给你介绍一下。说着他一把拉过潘宏梁说，这位是红岩村的潘宏梁支书，说着又指着石松涛说，这位是花开村的石松涛支书。

肖百合伸出手，礼貌地和石松涛、潘宏梁分别握了握手，一股酒气扑面而来。

潘宏梁说，麻主任，第一书记都来了，你们多聊聊，估计我们两个村的第一书记今天也该到了。他一边说，一边拉着石松涛就准备走。

麻青蒿伸手拦住二人说，哎，哎，不忙走，今天我们谈的可是公事，还是要紧事。你们说，是不是？

潘宏梁和石松涛对视一眼，两人都点了点头。

麻青蒿说，这公事还没谈完，你们坐，再谈谈，再谈谈。说完，他扭头又对肖百合说，小百合书记来都来到我们村了，一时半会儿也走不了，我们有的是时间谈工作。

肖百合设想过自己到任千年村与传说中的麻青蒿麻主任见面的情景，她绝对没有想到，是这样一种状况，基层工作经验不足的她显然不知道该怎么办。想发火吧，不妥，毕竟有邻村的两个支书在，不发火吧，好像也不妥，毕竟自己是第一书记，又是第一天上任。可想而知，倒霉的自然就是吴艾草了。她转头对吴艾草严厉地说，吴艾草会计，这就是你说的在工作吗？

吴艾草也是一脸尴尬，走上前来勉强笑起来，结结巴巴说道，肖，肖书记，你听我解释……

肖百合冷冷打断道，你还解释什么？解释谈工作为什么要喝酒吗？说完，不等吴艾草回答，肖百合转身就走出院门。

吴艾草追了几步，又跑了回来，急切地说，麻，麻，麻……

麻青蒿说，急什么？急就结巴了？一急起来，麻主任你都喊不清楚！说你没用，你还说你有能力。

吴艾草扭头看看肖百合走的方向，又转回头看看麻青蒿，一时也不知道自己该怎么办。

麻青蒿对吴艾草挥挥手，你愣着干什么？替我把两位支书送走。

潘宏梁说，五皮，你是不是过分了点，虽说我们确实是在谈工作，但喝酒也是事实，人家第一书记刚来，可能有点不习惯哦。

石松涛说，是，是，是。

麻青蒿说，解决问题的原则，是结果好，至于是什么方式方法，在我们基层嘛，也不能太拘泥形式嘛。

潘宏梁笑了起来，好你个麻五皮，本来我感觉是我们有点不妥当，哎，照你一说，我们还理由十足呢，你水平确实比我们高。

麻青蒿一拍潘宏梁，好，话不多说，你们俩该走了。话越说越多，到时候收不了场了。

石松涛诚恳地说，五皮，今天毕竟是为了我们花开村的事拖累了你。我说，我们走了，你还是主动去见见肖书记。

麻青蒿说，我知道该怎么做，还需要你来教我吗？今天就不见了。

石松涛说，这样不好吧。说完扭头看着潘宏梁。

潘宏梁会意，也说，哎，是有点不好。

麻青蒿说，恰恰相反，今天不去，这才是最好的。你们说，我现在要去见肖书记的话，该说哪样？我看说哪样都没用的，像我这样的高手，都不晓得该说哪样，你们就闭嘴吧。

潘宏梁看了石松涛一眼，打了个哈哈说，好，那我们就先走。说完他拽着石松涛准备走，走之前，他又不忘对吴艾草使了个眼色，吴艾草会意，也马上说，主任，我也先回去了，继续写检讨。

麻青蒿挥了挥手，送走这几人后，坐在院子里沉思。其实他也认为，自己刚才对待肖百合是有一点过分了。毕竟人家是第一书记，又是第一天上任，而且还是第一次和自己见面。

他心想，今天下午还去不去村委会和肖百合见面呢？不去的话，撂人家一个小姑娘单独在一边，这多多少少有点说不过去，而且这对于接下来搭档干工作，可不是一个好的开头。可这去的话，基于中午喝酒的事，一身酒气不说，无形当中还有点服软道歉的意味，尤其是这个小姑娘开始说的那几句话，她可没给自己留什么面子，看得出，她的脾气、性子可不软啊。这样一想，麻青蒿就更纠结了，这到底去还是不去呢？

可他再一想，自己之所以左右为难，不就是因为中午喝了些酒，又正好被这小姑娘撞见了吗？可今天喝酒，的确是为了工作啊，这在农村、在基层是很普遍的一件事嘛。说白了，在村里干工作，就得和农民打交道，你去找人家谈心说事，要是干巴巴地谈，遇到简单的事、脾气好的人，还有希望有可能谈成功，可如果是麻烦事、脾气不好的人，那还真不一定能谈得下来。但是，这要是坐上了酒桌，彼此喝了几杯，喝得心中敞亮、喝得心情愉悦，心里憋着的话、平日说不出的话，酒后都能坦诚说出来，哎！这谈心说事还真就能谈成功。

麻青蒿想，她这个小姑娘现在肯定是不明白、不了解基层这些情况的，所以难免有误会嘛，即便现在去解释，她也不太可能会理解，可她既然是来当第一书记的，那以后就要面对这些人这些事，有的是时间让她慢慢体会。这么一想，麻青蒿顿时就释然了，今天酒稍微喝多了一点，先睡一觉再说，睡好了，才好干工作。

正如麻青蒿所猜想的，已经回到村委会的肖百合还是窝着一肚子的气，但这气，还不仅仅来自麻青蒿。她想起两年前自己和另外几名年轻人才去县农业局报到那天，局里面专门组织了一个小型的欢迎仪式，领导班子成员悉数到场，逐一说话，都是一番勉励和祝福，当天的气氛很好，时隔这么久，她也还记得清楚。话说回来，自己今天来这个村任第一书记，并不是说自己需要那些夹道热烈欢迎的形式主义和客套的排场过场，但是，最起码的尊重该有吧？或者说，最起码的工作态度应该有吧？想到这些，她甚至对镇政府的安排还产生了一丝不满情绪，要是镇里今天提前给每个村打个电话，通知村支两委一声，也就不会出现这些情况了吧？

可转念一想，没打也有没打的好，如果打了电话，自己今天来见到的肯定就是另外一番景象了，虽说这另外的一番景象不见得就一定是虚假的，但可以肯定，绝对不会如自己亲眼所见这么真实。这份真实，就是这位千年村的村主任，和另外两个村的村支书在大白天堂而皇之喝酒，还美其名曰是在谈工作，就这种工作态度，难怪千年村和另外两个村，都是远近闻名的贫困村。而且听那麻主任说的那几句话，态度敷衍、语气蛮横，还隐隐有种给人"下马威"的感觉，难怪今天坐在来千年村的车上时，张学勤说到麻青蒿时，露出意味深长的笑容，他说这位麻主任在整个紫云镇"远近闻名"，原来是这么一种"远近闻名"啊！

回想今天吴会计和她在村里说的那些话，难怪这个村的"三改"工作已经进行了这么长一段时间了，却一丁点的进展也没有。想来全是因为麻青蒿这个人，或者说，因为这位麻主任的消极和懒散，所以导致了整个千年村村支两委的班子成员，也变得和他是差不多的工作状态和工作态度。肖百合再一想到自己接下来要和这位麻主任长期搭档工作，只觉得一阵心烦。

来千年村之前，肖百合也做了一些前期调查，对这个村多少有些了解。千年村有十四个村民组、有四百一十九户，共计二千三百一十八人，其中五保户、贫困人口等共有一千四百九十七人，占了全村人口的近百分之六十五。另外，除了这些数据之外，今天在车上张学勤还透露了另外一些信息，他说这个村每次搞换届海选，麻青蒿总是毫无悬念地高票当选。这一点就很让人疑惑了，你说他能多次获得高选票当选的话，那最起码，也是最直接的原因，一定是因为工作干得好，干得让大家满意，这才能获得大家的信任与支持。话说回来，工作干得好，那不就是工作能力强、敬业、负责的直接体现吗？可今天和他初次接触下来，这位麻主任的言行举止，似乎和工作能力强、负责、敬业等方面不太沾边，难道，真的是自己看走眼了？错怪他了？

肖百合心中翻江倒海，想起今天在龙险峰龙书记办公室里，他说的那番话："接下来和你们搭档的村支书、村主任等这些基层干部，他们的文化水平普遍没有你们高，见识阅历上也没有你们多，但是……论基层工作经验的话，他们可比你们丰富多了。"难道说，这位麻青蒿麻主任，正是龙书记说的这种基层干部？如果基层干部都像麻主任今天这样的状态，这样的干部能干好工作？她无法想象。可是，她今天眼见为实了。想到这里，她很沮丧，在一个月之前，县委组织部就愿不愿意下乡任第一书记找她谈了话，明确她成为第一书记后，当时她的心情是非常激动而满怀憧憬的，甚至在当天，她就已经开始对接下来的工作做了一些谋划。当时的她斗志昂扬，全身心处在一种高昂状态中，可是，今天的眼见为实之后，她的心态顿时从波峰跌落至波谷。

这种心态上的跌落，还不仅仅是来自她对基层干部的认识所产生的失望情绪，这种跌落，是非常复杂的。自己今天初来乍到千年村，才走了一圈，就已经发现了这个村还有很多欠缺，还有很多方面有待提高。说白了，就是还有很多方面的工作要去做，要去实施，要去落实。可是，这些工作千头万绪，现在让她拿出一个如何开始、如何着手的明确方案，她扪心自问，自己是茫然的，是没有信心的，是毫无头绪的。就拿目前村里最紧要的"三改"工作来说，如果现在让她来负责这项工作，她甚至还不知道工作不能推进的主要原因，就算她了解了，又应该先去找哪一户？找到之后，又该如何开展下一步的工作？这些方方面面的困扰和困难，让她认识到一点，如果没有村支两委的干部参与和共同协作的话，她是无从下手的。这就是现实。

一想到这些，她又回想起龙书记最后说的那句话："基层干部的辛苦指数，决定了老百姓的幸福指数。"他这句话，说得朴实又简单，可其中蕴含的道理，却一点也不简单啊，流了汗受了苦，不见得就能干好工作。可是，不流汗不受苦，那肯定是干不好工作的。思及于此，肖百合又觉得那些委屈没什么大不了的，就像龙书记说的一样，接下来自己要和村支两委的成员好好配合，好好沟通，好好干工作，这样，才能不负使命，不辱第一书记这个光荣的称号！

肖百合顿时觉得自己浑身又充满了干劲，她坐在办公室里左右看了看，起身从文件柜里拿出一沓文件翻看起来。但是，这一翻看之后，刚刚才调整好的心情顿时又沉了下去，眉头也不自觉地皱起来了，这个村的文件管理归档，不，这种杂乱和无序，跟"管理归档"这样的字眼没有任何关系，这完全就是敷衍、就是随意、就是杂乱无章！

她手中的一沓文件，上一份是关于农业工作的，下一份却变成了党建工作的，再看下一份，居然又变成了计生工作的，而且文件要么卷了边，要么皱皱巴巴，要么还残留着污渍。

当天晚上，肖百合在办公室里忙到很晚，她把所有文件都按类别、时间等序列重新进行了归档整理，忙完一看时间，居然都接近午夜了，但看着清爽有序的文件柜，心情也变得好了很多。

她走出村委会，乡村的夜空并不像想象中那么漆黑，隐隐可见远处的山峦和丘陵曲线，空气中颇有凉意，比城里清新多了，多呼吸了几口，白天那些不快之事也慢慢地烟消云散。

第二天一大早，肖百合就来到了村委会。可走进办公室看到的却只有吴艾草一个人，半个小时后罗云贵、黄光辉等人才陆续来了办公室，吴艾草自然一番介绍，罗云贵等人听后，同样对上级分来这么一位年轻的第一书记感到不可思议。

就这样，一个早上过去了，但麻青蒿一直没有出现，肖百合脸色越来越难看，眼见马上要到中午了，她实在忍不住了。

她问吴艾草，吴会计，今天是工作日吧？

吴艾草说，那肯定是啊。不过，在我们农村，这工作日也不是绝对的，有工作就拼命地去干，工作不忙的时候，我们还要下地干农活，地是不能荒的。

肖百合说，好，既然是工作日，你告诉我，为什么麻主任到现在都没来呢？

吴艾草脸上一阵尴尬，心想，为什么？他昨天喝酒喝大了嘛，估计今早起来脑壳晕，所以才没来上班嘛，要不然啊，就是睡到现在还没起来呗。

但这些话他肯定不可能给肖百合说的，想了想，他赔着笑脸说，我估计青蒿主任可能去某户村民家中走访谈心去了，这个，书记你也清楚，我们村里上班的性质特殊，基本都不坐在办公室里的。

肖百合冷冷说道，我当然清楚你们的特殊性质，耳听为虚、眼见为实，我昨天亲眼看见了。

吴艾草脸上一阵尴尬，很有些勉强地解释道，书记，昨天那种情况其实真的很少见，主任他、他平时嘛，还是很劳累的。

肖百合没说话，还是冷眼看着他，但那眼神中明显一副"你觉得我会相信吗"的神态。吴艾草赔着笑脸，干咳两声，想说点什么来化解，一时之间又不知说什么好，只好拿眼看着罗云贵，示意对方赶紧说几句帮忙的话，打个圆场什么的。

罗云贵倒是说话了，却没想到这家伙居然阴阳怪气地说，麻五皮今天还会想到去村民家？其他时候他可能会去，但今天他是绝对不可能去的！

吴艾草反驳道，云贵，讲话要有证据，你说主任不可能去，你凭哪样这样说？

罗云贵似笑非笑道，最近这段时间，他要是去村民家里面，能有什么事，还不就是"三改"拆房子的事吗？可这事，他麻五皮本来就不想多管，他还会主动上门去谈心？

吴艾草一时语塞，结结巴巴道，你，你……

罗云贵说，艾草，不要你啊，我啊，他麻五皮我们都是了解的，是不是？你心里面也晓得我没说假话，我看啊，他现在最大的可能性，就是在自己的家里，说不定啊，正在洗他那几条花短裤、破袜子呢，你说是不是？

门外响起一个声音，云贵，都说了空口无凭，你又没看到，你凭哪样这样说？

说话声中，麻青蒿走进室内。罗云贵说，我还不了解你？还需要眼见为实？

麻青蒿笑了笑说，是，云贵，我承认你确实了解我，正如同我也非常了解你，所以现在不是我们互相抬杠的时候，而且因为我太了解你了，所以我觉得啊，今天，尤其是此时此刻的话题，应该围绕着你如何学习肖百合书记而展开。

罗云贵脱口而出问道，我学习肖书记哪样？

麻青蒿说，学习哪样？还问我？你啊，平时就是太懒散，太不作为了，你就该学学人家小百合书记，人家昨天才来的我们村，见了我，话也不说一句，就马上投入到紧张的工作中。一边说他一边拍了拍罗云贵的肩膀，语重心长地说，像小百合书记这种只做事、不废话的精神，你罗云贵副主任就该好好学习啊。说着，麻青蒿还转头对肖百合说，小百合书记，你说是不是？

肖百合一时不知道怎么回答，有些发愣。

麻青蒿预见到了肖百合的这种状态，他赶紧扭头追问罗云贵说，云贵副主任，你说是不是？我们都应该向小百合书记学习。

罗云贵来不及反应，赶紧说，是，是，向小百合书记学习。

麻青蒿神态自若地走向自己的办公桌，吴艾草赶紧追过去抓起桌上的杯子倒水去了。

罗云贵见状，在心里面骂了一句自己，恨不得扇自己一耳光，本来想让麻五皮难堪的，一个不留神，反而被麻五皮掌控了局面。

麻青蒿在办公桌前坐下，见罗云贵一脸的沮丧，十分得意，扭头对肖百合说，小百合书记，我们村支两委啊，就这个办公条件，支书、主任都在一起办公，大家都在一起嘛，也好商量事情。

罗云贵说，五皮，你不要转移话题，你今天当着肖书记的面，你就告诉我，这一早上你去哪里了？

麻青蒿笑了笑，打了个哈哈，正想着再怎么转移话题，可罗云贵似乎就抓住他这一点，有点不依不饶地又问了一遍。当着这么多人，麻青蒿多少有点挂不住脸，正想反驳两句的时候，肖百合也跟着问道，对，麻主任，这一早上你到底去哪里了？

这下麻青蒿也有点生气了，只不过没有显露在脸上。

他生气的是，罗云贵你小子平时和我杠一杠也就算了，今天毕竟是第一书记来，你就将我一军。没想到眼前这个小姑娘，看不出端倪，还跟着罗云贵这小子放了我一炮，这一炮虽然有点让人难堪，但对于我老麻，这算什么？这种场合我见多了。要不是给新来的小姑娘一点面子，你罗云贵放这样的炮，得到的一定是炮火的饱和式打击。

好啊，你俩隔山打炮，我把山给你移开了，看你们这一炮有啥用。想到这里，他心平气和地说，小百合书记啊，我去哪里不重要，重要的是你们所问的问题，它是一个问题吗？显然，它不是一个问题，我作为一个村主任，难道说每天都要待在办公室吗？我看，应该在田间地头最好。

罗云贵说，这么说，你刚才是在田间地头喽？

麻青蒿说，这又是一个不是问题的问题，现在的工作千头万绪，我需要告诉你罗副主任，什么时候我在田间地头，什么时候我在办公室吗？我有我的工作方式。现在，村里的工作错综复杂，我看啊，你罗云贵该多思考思考，提出你的建设性意见，小百合书记，应该多到村里面走走，按你们城里人说的叫"田野调查"，毛主席说嘛，没有调查，就没有发言权，你们俩的眼光难道就在一些小问题上吗？

见麻青蒿这种极为敷衍和狡辩的态度，而且一口一个带着明显轻视意味的"小百合书记"的称谓，这让肖百合心中也来气了，她的声音也不自觉地提高了几个分贝。

肖百合说，麻主任，这是小问题吗？一大早你不来村委会，这还是小问题？还有，你说村里工作错综复杂，千头万绪，你又是咋个解决的呢？我来之前，龙书记就说村里的"三改"工作已经迫在眉睫了，他还反复叮嘱我，让我来了后，首要工作就是好好抓一下这项工作。

如果换成其他人，听了这些话后，脸上肯定十分尴尬，可麻青蒿却若无其事点点头说，也是，说到这项工作啊，我们村委会全体上下都急得不得了，今天下午就准备再开一次会，好好讨论一下这项工作……

肖百合打断道，麻主任，光开会讨论是没有意义的，而且你们之前已经开会讨论了，但是工作没有任何进展，就证明开会是没什么用的。在我看来，与其开会，还不如去乡亲们的家里，问清楚他们为什么不同意，这才好对症下药。

麻青蒿轻轻嗤笑一声，慢悠悠地说，有什么问的，该问的我们早就问清楚了，该想的办法我们也想尽了。

肖百合针锋相对道，都想尽了？那结果呢？工作推进了没有呢？

麻青蒿也被对方的连续三问搞烦了，他收起笑脸，意味深长地说，小百合书记啊，你人年轻，很多事不清楚，我给你说，我们这村里面的人，这村里的事，都没你想的那么简单啊。

听了这话，肖百合皱起眉头，对方这种故作深沉、不直面问题的态度让她很反感，而且说话中还有一种倚老卖老的感觉，这让她更难接受。

肖百合说，麻主任，如果照你这么说，那我只能理解是你们根本就没有认真去思考这个问题，或者，你们也思考过，但根本没有拿出行之有效的办法。

麻青蒿一听，心中也来气了，你一个黄毛丫头，参加工作才几天时间？下到我们千年村也才一两天时间，居然还当着这么多人教训起我来了？

他这一来气，也就不管不顾了，两个人就这么你一句我一言地争论起来。

旁边几个人都没出声，不仅没出声，还是似笑非笑的神色。麻青蒿心中突然叫了声不好，村里这些事，现在这种局面，又不是我老麻一个人造成的，他们现在都不说话，就是把我麻青蒿当枪使了。麻青蒿啊，麻青蒿！你今天咋个会这么糊涂呢？想到这里，他干咳了一声，很不耐烦地说，好，既然小百合书记对我们大家之前的工作有质疑有不满，也就说明小百合书记看问题非常犀利，也非常独到，我敢肯定，她说这些话的时候，已经有了自己的想法，有了自己的解决方式，比我麻青蒿更科学的解决方式，要不现在，我们就请她给我们大家说一说？

说完话，麻青蒿用眼角示意吴艾草，后者也配合默契，马上用力鼓起掌来，其他两人见此，也稀稀拉拉拍了几下。

这样一来倒是把肖百合给僵住了。她之前说的那些话，多少有点逞口舌之快，至于接下来具体怎么操作，她还真没有太多计划和想法。

麻青蒿见她有些无措的样子，脸上没什么反应，心里却乐极了：一个小姑娘，才来我们村就敢这么叫板，不给你点颜色，你还真以为我们村干部都是土包子？都是随便让你捏的软柿子？

两人都僵住不说话，这时一阵刺耳铃声响了起来，麻青蒿从腰间摸出手机，才听了几句，脸上忽然就变色了，忙不迭点头，好，好，熊镇长，我现在，我马上就赶过来！

一边说，麻青蒿一边起身向门外走去。

吴艾草紧紧跟在他身后，两人走出村委会后，吴艾草问道，主任，镇上又出哪样事了？

麻青蒿脚步不停，狠狠骂了一句说，出大事了！丁香这个憨婆娘！

吴艾草脱口而出，丁香姐被人欺负了？

麻青蒿站定脚步，怒道，她会被人欺负？她那个性格，少去欺负别人，少给我们村添乱，我就谢天谢地了！

吴艾草眨巴着眼，那，那是怎么回事？

麻青蒿吼道，她现在拿着一把菜刀，正在龙书记的办公室！

吴艾草一听，顿时愣住了。麻青蒿想了想又说，这样，你留在村里，守着那个小姑娘书记，不要让她去村里到处逛，等我去镇上处理好这个事，马上回来开会。

说完，麻青蒿快步走远。

毕竟曾经是夫妻，麻青蒿太清楚丁香的性格了，他敢肯定，这个婆娘今天之所以会去镇政府闹事，百分之百和"三改"要拆她的小卖部有关。

而且丁香也不是那种脑壳一热，做事就不管不顾的人，她既然能拿着刀冲到镇政府去，应该是考虑过一段时间的，另外，应该也是她想不到其他更好的解决办法了，才做出这种憨事情。

但是不管怎么说，她既然拿着刀冲到镇政府，那这个事就不会是小事了，以她那种泼辣的性格，肯定是向龙书记讨要一个说法、一个结果。可真涉及"三改"这种事，龙书记又是那种原则性强的人，咋个可能因为她来闹一次，就马上给她一个说法，想都想得到，这是绝对不可能的！

那么结果就是，丁香得不到满意的说法，肯定就会产生失望、不满情绪，她失望不满就会脑壳发热，脑壳发热就不顾后果，不顾后果的话，就极其容易产生冲突，产生冲突的话，她的行为就不受控制，这一不受控制，就会出现各种可能性了，好的坏的，大的小的，容易的不容易的，要是镇政府有人能制止倒也罢了，要是不能制止，那、那结果……

想到这些，麻青蒿心乱如麻，不由得擦了一把脑门上的汗水，脚下更是加快了速度。等他气喘吁吁赶到镇政府大门时，正好看见熊少斌和丁香两人走出来，再看两人平静的神色，似乎什么事都没有发生过，这让他大为疑惑，随即他满脸堆起笑，一脸讨好地问道，熊镇长，龙书记呢？应该没事了吧？

熊少斌心中多少还有些怨气，刚才丁香拿着菜刀在书记室里面大呼小叫的场面还让他心有余悸，好在龙险峰沉着冷静，几句话就让丁香没那么激动了，随后又是一番动之以情、晓之以理的谈话，终于让她放下了那把菜刀。

现在这事说起来简单，可当时那种情况，换作任何人肯定都会觉得如临大敌。虽然她的刀并不是针对别人，而是针对她自己，但是她如果在镇政府自杀了，这可比上次牛老五跳楼的事件更加严重，一旦产生舆情，他熊少斌有十张嘴巴也说不清楚啊。当丁香对他大吼着"你不答应，我就抹脖子"的时候，那一刻，他确实有点手足无措，答应了，违背政策，不答应，人命关天。幸亏在那一刹那，龙险峰移步闪了进来，一声断喝，熊镇长！你搞哪样！

本来丁香见有人进来，以为是冲着自己来的，本能地把刀横在了因为愤怒而凸起的脖筋上。结果来人只是指着熊少斌责问，她的手不禁一松，刀离开了脖子。本来嘛，她也没打算自杀，顶多威胁威胁熊镇长。就在她的刀离开脖子之际，龙险峰在他的那一声断喝声中，手并没有闲着，一把夺过丁香手中的刀，紧紧攥在自己手里。握住了这把刀，就握住了主动权，然后龙险峰微笑着，一口一个"嫂子"的，仿佛刚才的事没有发生过一样，对丁香问长问短。伸手不打笑脸人，在龙险峰的轻言细语中，丁香过激的情绪也只好收敛了许多。当然，丁香情绪是稍微稳定了，不等于她的问题就解决了，丁香仍然一把鼻涕一把泪地喋喋不休，说的无非是拆了她的小卖部，她断了收入，日子没法过了等之类的话，龙险峰都耐心地听着。最后，龙险峰的一番话终于让丁香破涕为笑。龙险峰说，嫂子，拆了你的小卖部，绝不能让你没法过日子，只会让你过得更好。你的这个问题，不只是你个人的问题，这个问题，我和熊镇长要是不能妥善解决好，我们也只有卖红薯去喽，到那个时候，嫂子你就天天来吃我们俩的红薯，吃得我们俩心痛，还不好意思说。

龙险峰和丁香这几个回合下来，熊少斌是看在眼里的，感激在心里的，毕竟丁香是在他镇长的办公室闹事。他知道，龙险峰那一声"熊镇长！你搞哪样"的断喝，并不是在指责自己，而是转移丁香的注意力，以便夺下她手中的那把刀，变被动为主动，这才有了解决问题的基础。他打心底由衷地佩服龙险峰，他在心中自问，如果龙险峰不出面，自己能否妥善地解决今天这个突发事件，还真说不好，说不好啊。

所以，当事情解决后，他送丁香来到大门口，姗姗来迟的麻青蒿甚至还有些轻描淡写地询问情况时，他心中的火一下子蹿上来了。要说这件事的发生，要怪也怪不到麻青蒿身上，顶多只能说是他们村支两委的日常工作做得不到位。熊少斌哼了一声说，还好没出事，我告诉你，真要是出事了，你这个村主任也吃不了兜着走！

麻青蒿赶紧点头赔笑，转过脸狠狠瞪了丁香一眼，怒骂道，你这个婆娘！一天不惹些事出来，你就不舒服是吧？

丁香也是暴脾气，听他这么一说，自然跟他对吵起来。麻青蒿两边袖子一撸，上前一把揪住丁香衣领，拉着往外拽，大声吼道，还不给老子滚回去！

丁香勉强挣脱后，把菜刀再次掏出来，恶狠狠地说，姓麻的，你再敢动手动脚，今天不是你死就是我亡！

熊少斌大吼一声，够了！你们俩还嫌闹得不够大是吧！

麻青蒿和丁香顿时停了下来，熊少斌指着麻青蒿，大声训斥道，亏你还是一名村干部！怎么，在镇政府的大门口，你难道还想行凶打人吗？

麻青蒿被他一吼，气势上顿时弱了下去，嗫嚅了两句，也没听清他到底说了什么。熊少斌不看他，又指着丁香，训斥道，还有你这个女同志，赶紧给我把菜刀收起来！刚才在办公室你拿出来，现在又拿出来。

丁香收起菜刀，却是一脸的不服气。

麻青蒿一听镇长这口气，知道赶紧走才是替镇长分忧，所以他毫不犹豫地径直向大门外走去，丁香犹豫片刻后，也跟着走出了镇政府的大门。

熊少斌看着两人离去的背影，长叹了一声，苦笑着摇摇头。

七

由于麻青蒿的离开，本来定好的关于"三改"工作推进会自然也就没有开成，这让本来已经对麻青蒿有强烈不满情绪的肖百合更为不满了。吃完午饭后，肖百合见麻青蒿还是没有回来，有点耐不住性子了。

吴艾草说，书记，你不要急，青蒿主任现在绝对在回来路上了。要不这样，我现在就去村口等着，只要见到麻主任就把他逮到你这里来。

肖百合笑了起来，怎么，吴会计，麻主任不在，你就吹牛皮了？你把他逮到我这里来，不要以为我只来了一两天，还不清楚你们俩。可能不是你把他逮到我这里来了，而是不知道他把你逮到哪里去了。

吴艾草仿佛被人戳中了要害，尴尬地嘿嘿笑了两声说，书记，这，这不太可能吧。

肖百合说，走，我们一起去。说完，她不由分说，快步朝门外走去。

吴艾草三步并两步，赶紧跟着肖百合的步伐，不想他的这三步并两步，还有点跟不上。

两人在村道上一前一后地走着，这景象多少显得有些滑稽。肖百合的个子显然高出吴艾草一个头，脚长手长的，一步大约是吴艾草的两三步；吴艾草的身材比起修长的肖百合来说，毕竟宽了一倍多，他那双粗壮且不长的腿，移动的频率必须要远远大于肖百合的移动频率，才能勉强跟上肖百合。

好在，吴艾草的腿用这样的频率移动，那也是常态。他拉长声音说，书——记，你是第一书记，你跑到村口去接主任，到时候麻主任一看，肯定要骂我。

肖百合一边继续快步走，一边说，那就不关我的事了，你的那个"不太可能"，根本靠不住。我看，还得靠我自己。

两人来到村口，等了好一会儿，肖百合不时地看看手表，显然有些焦躁，这时村口驶来一辆中巴车，停下后，麻青蒿和丁香两人走下车来。

吴艾草赶紧笑嘻嘻地迎了上去说，青蒿主任，事情办得还顺利吧？

麻青蒿一抬头，看见肖百合后微微愣了一下，有些诧异地问，哎，小百合书记，你怎么在这里？

肖百合很不满地说，哎，麻主任，按你这个意思，我不能在这里了？一直在等你回来开会，说着她指了指自己的手表，都这个点了，估计也开不成了。

麻青蒿说，哪有开不成的？在我们农村，只要你想，哪怕是大晚上也能开个大会。

肖百合说，麻主任说开的会，和我想要开的会不一样哦。我原本只是想和班子成员开个碰头会，多聊聊，制订一个有效的方案，稳步地推进"三改"的工作。

麻青蒿说，这个好啊，小百合书记。

肖百合说，现在，我想分别找班子成员聊聊，统一思想后，再开这个碰头会。这样效率是不是更高呢，麻主任？

麻青蒿心里一咯噔，心说，这小姑娘不简单，嘴上却说，这个好，很好。

肖百合看了一眼麻青蒿身旁的丁香说，事情都处理好了吧？

麻青蒿若无其事道，处理好了，一个疯婆娘闹事而已。

话一出口，丁香双眉一竖，厉声道，姓麻的，你骂哪个？老娘看你才是疯子！

麻青蒿还憋着一肚子的火没发出来，听她这么一说，转过身，也跟着吼了起来。丁香毫不示弱，一把揪住麻青蒿的衣襟，眼看两人又要闹起来，吴艾草赶紧站到两个人中间，使劲将二人分开。

吴艾草一边拽着麻青蒿，一边说，主，主任，不能打架，这家丑可不能外扬。

麻青蒿吼起来，家丑？哪样家丑？她又不是老子婆娘。

丁香也重重地呸了一声，反刺道，老娘当初瞎眼了才嫁给你，倒了八辈子霉！说完，丁香拔腿气冲冲走了。

麻青蒿看着远去的丁香，自嘲地说，这个人，从来都不讲道理，我和她十年前就离婚了，对我还是这种态度，根本对不着。

吴艾草赶紧说，对，对，主任说得对。男人不和女人一般……

话还未说完，吴艾草猛地意识到肖百合还站在一旁，也是一位女性啊，他只得把"见识"二字硬生生地吞回了肚子里，像是吞了一根鱼刺，扎得他满脸通红。

麻青蒿意识到了吴艾草的窘态，赶紧转移话题说，百合书记，我知道你的想法，找班子成员，我也找过，每次还带上瓜子花生边吃边谈心，不能说我没有和他们推心置腹，但我嘴巴都说干了，喉咙都说冒烟了，又有哪样用？

吴艾草频频点着头，附和着说，确实，确实。

肖百合疑惑地说，不可能一点效果都没有吧？

麻青蒿指着吴艾草大声说，难不成我还会骗你？可以说是一点用都没得！吴艾草一直都在场的，他可以证明。

吴艾草赶紧证实道，肖书记啊，青蒿主任心系千年村，这个，这个各种道理都说了，深入浅出地啊，特别是光辉主任和云贵副主任，就是不同意。

肖百合说，不同意，就再谈，再不同意，我们就持之以恒，直到他们同意。

麻青蒿哼了一声，好，就按小百合书记的说法，持之以恒。走，艾草，我们现在就陪小百合书记去和他们磨磨嘴皮子。我看啊，这第一个，就到黄光辉家。

村支两委的干部对"三改"工作持反对意见的多多少少有那么几位，说起来，先找谁去谈都是可以的，毕竟每个人的思想工作都要做通嘛。

可麻青蒿提议首先去黄光辉家，这可是大有深意的。黄光辉和麻青蒿差不多大，以前读书的时候，两人学习成绩算是比较好的，在班上四十五名同学中处于前二十名上下，每逢期中、期末考试，不是黄光辉靠前，就是他麻青蒿靠前。可以说，他俩之间的较劲从中学时期就已经开始了。

这两人都是只读完高中就进入社会了，不同的是，黄光辉当时一心想着进城打工赚大钱，这也是无可厚非的事，但麻青蒿不一样，他进城只待了小半年，之后便毅然决然回到了村里，再之后，便进入了村小学任教。

教了几年书之后，麻青蒿因为和村小学的老校长发生矛盾，一怒之下去竞选村主任，就在他成功当选后的某一年，黄光辉从城里回到村里过春节，当他听说麻青蒿居然成为自己村的村主任时，很有些不屑一顾地说，麻青蒿，他能当好这个村主任吗？

当时他的父亲黄宣德已经不再担任村支书了，但平日里总是习惯去村委会逛一逛，和村支两委的干部们聊一聊，遇上什么麻烦，大家还会和他商量讨论一番，听听他的意见，所以，他是很了解这些村干部的，对麻青蒿工作能力和工作态度，黄宣德还是持肯定意见的，所以当他听儿子这么说后，他很公正地说，人家在这个位置上干得还是很不错的，你说他干得不好，要换你在这个位置上，你真不一定有他干得好呢。

黄光辉听了这话不高兴了，他说，我要是真在他这个位置上，我绝对比他干得好！

黄宣德说，知子莫若父，光辉，你那脾气性格我清楚，你啊……

说到这里，黄宣德没有说下去，也不愿意说下去，他深知儿子心高气傲，再加上这几年他一直待在城里，不管闯没闯出来，可他总认为自己的见识阅历都比村里的人丰富，总是不太瞧得起村里的人，而他的这些表现从某种意义上来说，其实也是一种脆弱。

所以，当黄光辉得知麻青蒿成为村主任后，他的第一反应不是肯定，而是调侃、质疑，甚至还有一丝讥讽、嘲笑的意味，说白了，你麻青蒿是因为在城里混不下去了，这才回到村里的，又走了点小运气，这才混到今天的村主任位置上，不是吗？当黄光辉听到父亲说出对麻青蒿肯定的话，以及对自己否定的话之后，他在情感上是断然难以接受和认同的。黄光辉见父亲没有说下去，连声问他，我怎么？难道我还比不上他麻青蒿？

村里人都不晓得他们父子间曾经有过这样一场谈话，也就更不晓得这场逐渐充满火药味的谈话究竟是如何收场的，总之，在第二年村里换届海选时，黄光辉居然不声不响地也回来参选了，他志在村主任，但是结果很遗憾，唱票结束后，他惨败给了麻青蒿，这着实让人生气。

而更让人生气的是，麻青蒿在唱票结束后当着全村人的面，走过来笑嘻嘻地拍了拍他的肩膀，很有些得意地说，光辉啊，怎么样？我这是百分之九十九点九九的得票啊！失败是成功之母，下回你再来，说不定得票百分之百，因为，我也会投你一票。不要气馁嘛！也不要失望！更不要难过。可是，话又说回来，你也要清楚地明白一点，这次你之所以没能当选，这无形中就说明了一个深刻的道理！

说到这里，麻青蒿一挥手，提高分贝说，这说明了哪样深刻的道理呢？说明了我们的人民群众，他们的眼睛是雪亮的，他们都看清楚了一件事！

黄光辉愤愤地反问他，那你说说，他们究竟看清楚什么？

麻青蒿说，这还不简单吗？你想想嘛，这么多年你一直都在外面，干的是什么工作，大家不知道，过得好不好，大家也不知道。当然了，我说这些，并不是想说，大家对你的私生活有多么感兴趣，但是，正是因为你的这些情况，才导致你脱离广大群众太久，太远，让大家无形中对你产生了距离感和陌生感，而这种距离感和陌生感，又导致了不信任感！大家不信任你，哪会投你的票嘛！看起来，这只是一次投票选举，其实是一次信任与否的对决。群众看清楚了，只有我麻青蒿是无私的，能满腔热情地为大家服务。

不得不说，麻青蒿的确有号召力，他的发言也极具感染力，他每说一句，旁边人就附和一句，说完那一番话后，麻青蒿又转过身，面对众人，再次一挥手，大声问道，你们说，是不是这个道理？

大家嘻嘻哈哈地附和起来，见此情景，尤其又看见麻青蒿一脸的得意表情，黄光辉心中简直快气炸了。

麻青蒿又说，光辉啊，这村干部嘛，也是一步一个脚印的，也需要慢慢历练的，针对你这次盲目的参选，我个人想给你几点建议，第一，你呢，也不要太好高骛远了，这俗话说得好嘛，心急吃不得热豆腐，你这一口就想吞下去，这会烫伤自己嘛，结果，自己难受，是不是？第二，我认为啊，你如果真想成为我们村支两委中的一员，不妨从基层的基层干起，你也不要小看这基层呢，举个例子，这一台拖拉机，如果没有那些小螺丝、小弹簧，这辆拖拉机又怎么工作？总之一句话啊，我们基层的同志，更能发挥光和热！

呸！黄光辉在心里重重地啐了麻青蒿一口。这个麻青蒿，实在是太惹人厌恶了！

可此后的故事，却有那么点峰回路转、阴差阳错的意味了，黄光辉虽然没能成为村委会主任，却意外当选为村监委主任，而他这村监委主任一干，不知不觉就到了今天，可想而知，这么多年来，这两人会是怎么样的关系。

就拿这次村里的"三改"工作来说，虽然在村支两委中反对的人多多少少也有几个，但麻青蒿清楚得很，这些人当中反对声音最大、态度最为坚决的，就是黄光辉。当然说到这里，必须还得澄清一点，黄光辉之所以会极力反对此事，绝非是因为他这个人"思想保守"，相反，在整个村支两委的干部中，黄光辉相对来说，算是一个不太守旧、敢于创新的干部。

那么黄光辉为什么会反对这项工作？说白了，站在他的角度上，也就容易理解这件事了，这么多年来，从我黄光辉开始海选的那天，你麻五皮就开始恶心我，找到机会就要调侃我，今天机会来了，我也要让你看看，我是怎么恶心你的，怎么让你难堪的！

这其中有一个让他占据优势的情况，那就是麻青蒿家中的那间偏房也被划为违章建筑，既然是违章建筑，那就必须得拆掉啊。你既然是千年村的村主任、村里实际的第一责任人，平日里口口声声说自己"心系千年、心系紫云"，那么这一次，就请你先发挥领导带头作用，只要你拆了，我黄光辉家的鸡圈自然也会马上拆掉。

如果仅仅是黄光辉，今天麻青蒿不会领着肖百合首先来到黄家，这其中，还有一个更深的原因，那就是，对"三改"工作持反对意见的并不只是黄光辉一人，他的父亲，也就是千年村曾经的老支书黄宣德，对这项工作就很不以为然。而他这种"不以为然"的消极态度，在村里影响了很多人，也获得了很多的拥趸。

话说回来，黄宣德这个人，绝对是个好人。他热心、踏实、公平公正，以前在工作岗位上更是认真、负责、敬业的代名词，但是他身上，同时也有老一辈的人所普遍具有的某些局限性，毕竟他们那一代人经历过三年困难时期，也经历过十年浩劫、包产到户、改革开放，可以说，他们这一代人见证了共和国的成长，正是这些宝贵又艰辛的经历，让他们这一代人从本能上就习惯了勤俭节约，所以面对"三改"工作，黄宣德第一个就提出了质疑，这些质疑也是村里人的质疑，也是村里人普遍的心声和意见。

此前，龙险峰来村里检查"三改"工作的推进情况时，麻青蒿就向他抱怨过这些情况，村里人说，厨房以前烧柴火，这柴火可以去山上砍，可以去路边捡，现在换成用电了，这一个月凭空就多出这么多电费。还有这改厕，非要我们改成马桶，可这改了后，上一次厕所就得冲一次水，一家就算四口人，这每天要冲多少水？这每个月下来的水费是不是浪费?

所以,当麻青蒿和吴艾草第一次来黄家时,黄宣德和黄光辉把这些反对意见和反对理由一一说出来之后,麻青蒿很有些手足无措、猝不及防的感觉。此后他又来过两次,可每次来,都没能解决问题,化解分歧,相反,还让双方陷入了一种更胶着、更为难的境地。

现在,既然肖百合自告奋勇,要去找班子成员一一谈心,逐一做通他们的思想工作,那好啊,那肯定就得先来黄家啃这最硬的骨头嘛,要不然,先去了别人家,别的人可不像黄家的反对意见这么大、这么坚决。如果真被这小姑娘三言两语说通了,虽然,这说通的概率很小,但是,任何一家,比起黄家来,这"很小"的概率可又大得多了,不,绝对不能出现这种情况。

麻青蒿心想,年轻人嘛,初生牛犊不怕虎嘛,既然牛角硬、牙齿硬,那就得让她去撞一撞这坚实的南墙、啃一啃这最硬的骨头,这才对得起她"第一书记"的头衔嘛。到时候你肖百合谈不下来,再一脸哭兮兮地来找我麻青蒿讨要办法的时候,那就是我化被动为主动的转机了。所以今天这次谈话,我就尽量不多说,就看看她肖百合怎么谈,又能谈成什么样。

果不其然,黄光辉的反应和麻青蒿的猜想一模一样,当麻青蒿他们三人走进黄家,黄光辉首先就说,五皮,有哪样话你和肖书记就直接说,不用拐弯抹角,不过呢,我也先说一句,如果你们今晚来是想劝我拆鸡圈,那你们就不用说了,我也不想听。

这话正中麻青蒿下怀,当初,他黄光辉也是这样对我说的,搞得我无言以对,我就不信,她肖百合能接得上嘴。此刻,麻青蒿就看着肖百合,也不说话,正如麻青蒿所料,肖百合一时间也不知道该怎么开口才好,气氛顿时有些尴尬。

黄宣德先打破尴尬,他看着肖百合,微笑说,肖书记,你这么年纪轻轻的,就已经是第一书记了,好啊,好啊。

吴艾草马上凑上来说,哪里,老支书更厉害,我都还在穿开裆裤的时候,你就已经是村支书了。那时候啊……

黄光辉再次打断吴艾草的话，他说，艾草，开始我已经说了，你们三个来我家里，应该不是来寒暄这些的吧？一边说，他还一边抬起手腕瞟了一眼手表，有哪样话就直说吧。

肖百合笑了笑，光辉主任真是快人快语，好吧，那我们也不拐弯抹角了，今晚来，就是想谈谈关于"三改"的事。

黄宣德点点头说，坐下说。

大家坐下后，肖百合取下背上的背包，又从里面取出一沓照片，递给黄家父子说，这样吧，你们先看几张照片。

黄家父子接过来一看，这几张照片，拍的都是某个小山村，看起来与千年村差不多大小。有几张照片拍的是村里的公路，有几张拍了公路两侧种的花卉，还有些拍了村里的民房民居，以及房前屋后种的花，搭的葡萄架，还有一些照片拍了民房内的厨房、卫生间等。

看完后，父子俩对视一眼，眼中均是疑惑之色。

黄宣德问道，百合书记，这些是？

肖百合反问道，老支书，您觉得这个地方漂亮吗？

黄宣德频频点头道，漂亮，很漂亮，可这……是哪个地方啊？

肖百合没回答，又递上一沓照片给对方，黄宣德和黄光辉接过看了几眼后，两人均发出惊奇声，只见黄宣德猛一抬头，直视对方问道，这些照片上，是不是和开始那些照片是同一个地方？

肖百合得意地点点头，笑道，老支书您眼力真不错，没错，这是枫香镇实行"三改"工作前后的花茂村，这些照片的拍摄时间只相差了八个月，但效果就完全不一样了。

黄宣德自言自语道，枫香，隔我们这里不算远啊。

肖百合说，是啊，这个镇几年前就开展了很多新农村的创建活动，打造"四在农家·美丽乡村"。

黄宣德好奇地问，四在农家？

肖百合扳着指头说，这一是富在农家增收入、二是学在农家长智慧、三是乐在农家爽精神、四是美在农家展新貌。

黄宣德频频点头，总结得好，总结得好。

肖百合说，这就是我们村的未来，这也是碧江县全县推广的新农村建设，要建设好新农村，这"三改"啊，是第一步。老支书，你想想，我们村的厨房，不是烧煤就是烧柴，烟雾大、灰尘大，要是改成燃气灶，烟灰上不了灶台，干干净净的，看着爽心，吃得放心。我们村的厕所，臭气熏天、苍蝇乱飞，要是换成了冲水马桶，吃饭的时候再也不用一边吃饭，一边驱赶苍蝇蚊子了，这多好啊。我们村的房前屋后，鸡窝猪圈乱搭乱建，鸡粪猪粪一地都是，既不美观，又影响环境，也影响心情，如果我们把房前屋后打理得清清爽爽的，这多好啊。我们村啊，就和照片上的那个花茂村一样了。

黄宣德和黄光辉听后对视一眼，还是没有说话。

肖百合继续道，现在，我们县里、镇上都成立了"新农办"，其意义就是要推进"新农村建设"，而在我们镇，千年村就是试点村、样板村，老支书，您难道不希望我们村也变成这样吗？

黄宣德沉吟道，这个肯定是希望，不过嘛……

麻青蒿没想到这肖百合还真有几招，居然能把这两父子说得有点动心，他想，我要再不出手，肯定是不行的。他咳了一声，老支书啊，今天上午我才去镇上一趟，主要就是去向龙书记汇报近期工作的，近期工作能有哪样？不就是"三改"方面的工作嘛，这也是书记他最关心的。我是这样和他说的，龙书记，你一定放心，小百合书记现在来到了我们村，我们合计着准备调整工作思路，转变工作方式，我相信，接下来我们村的"三改"工作马上就能有进展，能取得实质性的变化。这都离不开老支书的支持啊。

黄光辉哼了一声转过脸去，冷冷道，麻五皮，你去镇上是真，可是不是去汇报工作的，这个，可是谁也不清楚的，还有，你少拿龙书记来压我。

麻青蒿正想开口，肖百合止住他，她说，光辉主任，你要是有什么意见的话就直说出来，我们要是能给你解决的话，肯定会想方设法解决的。

黄光辉说，那好，既然你们今天把话都说到这个份上了，我们就开门见山，你们来我家里，无非是想劝我把鸡圈拆了，鸡圈呢，我也不是说不能拆，但我有两点疑问要搞清楚：第一，鸡圈拆了的话，一年我少挣的钱，你们能不能补给我？第二，如果说要拆我家的鸡圈，那麻五皮家里那间违章房是不是应该第一个拆？

麻青蒿唰一下站起来，脱口而出，你问问在座的每个人，我那间房哪一点违章了？再说了，我那是住人的，干干净净，你的呢？全是鸡粪鸭粪，味道又大，影响村容村貌，能相提并论吗？

黄光辉说，不管住的人还是住的鸡鸭，既然你口口声声为了村容村貌，只要被划为违章建筑，那就得拆。另外，你是不是村里的主任，是不是行政一把手？是的话，你就得起表率作用。要不然，我家的鸡圈你就不要想拆了。

黄光辉这几句话可谓是直击要害，说得麻青蒿哑口无言，饶是他平日里能言善辩，可要他反驳这两点，他还真是一点办法都没有。

黄光辉见他没说话，又阴阳怪气地补了一句，五皮主任，我说得没错吧？当然了，你要觉得不服气，你完全可以去镇党委，甚至县委反映这个问题，只要上级相关部门出具证明，证明你那间不是违章房，我也就不要求你先拆了。

这一下，麻青蒿脸上明显有点挂不住了，他伸手指着对方，有些气急败坏地说，黄光辉，你，你不要太得意了！

说完，麻青蒿一挥袖，转身就朝门外走去。吴艾草见状，也起身跟着跑了出去，跑了几步后又转过身说，百合书记，老支书，你们慢慢谈，我去和青蒿主任也谈谈心。

黄光辉看着门外走远的两人，又看着肖百合，虽然一句话没说，但眼中的神色却已经说明一切了：百合书记，你如果和麻五皮是一样的想法，那么你也请回吧。

肖百合不看他，仿佛之前任何事都没发生过，她再次从双肩包里取出一张纸，摊开放在面前的茶几上，说道，黄主任，我现在来回答你的疑问，先说第一点，也就是鸡圈的问题。你看啊，我已经在纸上画了一个表格，最上面一行是你的鸡圈能养鸡的最大数量，下面这一行是你每月的鸡蛋总数，这一行是鸡圈维护成本……

黄宣德父子二人再次伸头过来，才听她说了几句，黄光辉就晓得这个小姑娘不简单，从她说的这些话来看，这位肖书记对于农村工作并不陌生的啊。这鸡蛋卖多少钱，鸡饲料需要多少钱，孵化时间又要多久，她可都是一清二楚的。当肖百合算完这笔成本账之后，她又把拆迁补助的各项情况说明清楚，这两两相抵，他黄光辉如果拆了这个鸡圈，只盈不亏。

肖百合把这些话说完之后，黄光辉不由得收起了最初对她的小觑之心。难怪上级会派她过来，这小姑娘昨天才来到我们村，听说昨晚就开始加班了，今天一早在村委会，就和五皮为"三改"工作上的事叫起板来，这会儿又来了我家，说的这些话句句在理、条条都对，另外，从她包里准备的那些东西还看得出，她绝对是那种"不打无准备之仗，不打无把握之仗"的人啊。

这么一想，黄光辉心里也就开始盘算、斟酌接下来什么话能说，能说又该怎么说，什么话不能说，不能说又能不能让对方意会，总之，他这一盘算斟酌，说话自然也就有点不太利索。

肖百合见他这样的状态，也不催促，更没有让他马上表态，肖百合心中清楚，这事麻主任之前已经谈过几次了，都没成功，这就表明黄家对此事的态度了，所以现在可千万不能急，这么一想，她干脆转头和黄宣德聊起家常来。

黄宣德今晚才见到肖百合，刚才听了她那番有理有据，又不失礼貌的话之后，心里对她的第一印象可以说是非常好的。这会儿两人闲聊起来，肖百合问了他当初任老支书的情况，以前工作中面对问题时，是如何处理的，等等。黄宣德很耐心，完全是知无不言言无不尽。

看起来，肖百合一直在和他聊些不相干的事，讨教一些工作方法、工作经验，但也是大有深意的。这不，听的故事多了，了解当年的艰辛之后，肖百合发自内心地说，老支书，你们当年确实不容易啊，确实辛苦，千年村能够有今天的这个局面，和你们当初的努力、当初的辛劳是密不可分的啊。

肖百合的这些话，如果是从麻青蒿或者吴艾草嘴里说出来的，那黄宣德肯定会说，行了，你小子少拍我的马屁，少给我戴高帽，有哪样话就直接说。可这些话，是从肖百合嘴里说出来的，她一脸真诚的样子，让老支书很是激动，甚至他还有一丝不好意思，连声说，哪里，我嘛，毕竟是村支书嘛，这些事都是我的本职工作，都是我应该去做的。

肖百合点点头说，是，老支书，我承认这些是一个村支书的本职工作，但是我想说的是，并不是每一位村支书都能有老支书你的这种精神境界和思想觉悟，也不是每一位都能像你这样有能力、有方式方法。就拿你开始说的为村里争取那笔农业款的事来说，我想如果换成其他人的话，受了这么大的委屈，那大不了就不去争取了，反正争取来了，又不是放进自己口袋里……

这话都还没说完，黄光辉马上点头说，是啊，百合书记，你是不晓得，我家这老爷子从来都是宁愿委屈自己，也不愿意看见村里人受委屈。

肖百合说，是啊，所以今天我之所以会先来你们家，虽然老支书早已经退下来了，但我相信，老支书在村里的影响力依然是很大的，而且对村里的各项工作肯定也都一直关注着的。就好比这次的"三改"工作，所以我必须先来，就是为了让老支书您充分了解我们为什么要进行这项工作。看起来，这只是对人居环境的一次小小升级改造，但是，其背后的影响是十分巨大的，也是市、县各级党委、政府精心部署的发展规划中的基础工作。说得再简单一点，为了我们千年村以后能发展得更好，为了大家能过上更好的生活，我们村支两委必须得实施好这项工作，我也相信，老支书您在了解了这么多之后，肯定会有一个客观公正的判断的。

话说到这里，肖百合知道差不多了，点到为止嘛。果不其然，黄宣德在听了她的这番话之后，竟然陷入了一种沉思状态中。直到肖百合起身准备离开时，黄宣德才有些反应过来，他一转头，对黄光辉说，时间有点晚了，你去送送肖书记。

肖百合本来想婉拒的，但转念一想，今晚有些话还没说，但这些话吧，当着黄老支书的面说出来又有些不太妥当，想到这里，她也就不再客气了。

时间并不算太晚，但村里人都休息得早，四下里一片安静，偶尔远远传来一两声狗叫声，月影稀疏，肖百合和黄光辉各自打着一支手电筒，走在一条村小道上。

肖百合和他东拉西扯了几句后，忽然问，光辉主任，你和麻主任应该认识很久了吧？

黄光辉说，我和他，从穿开裆裤就认识了。你说认识久不久？

肖百合笑起来，带着些开玩笑的口吻说，难怪了，我听你和他说起话来，都是知根知底的，还有点针锋相对。

黄光辉也笑了笑说，百合书记，不是我愿意和他针锋相对，你应该也感觉得出，这个麻青蒿嘴巴啰唆得很，可他啰唆就算了，动不动还喜欢揭人老底，说人痛处。

黄光辉之所以会说这些话，听上去好像是在说事，但其实也是颇有深意的，他想，你肖百合才来我们村，今天一早就已经和麻青蒿争辩了一次，现在我再给你说这些，除了加强印象外，也算是给你打了个"预防针"，让你在接下来的工作中，也有个心理准备。这麻青蒿和吴艾草从来一唱一和，自己有时候和麻青蒿争论起来的时候，吴艾草这小子还在一旁不停地帮衬附和，经常让自己下不来台，我这次要是能抓住机会，把这小姑娘争取过来，和自己统一战线，这对以后的工作开展，岂不是更有利了？

没等肖百合表态，黄光辉又说，本来嘛，大家都是为了工作，有不同意见、有争执那也是很正常的事，可你说工作就说工作，就事论事嘛，总是要扯一些不相干的事，这一点啊……

一边说，黄光辉还一边微微转过头，借着手电筒的余光偷偷打量着肖百合的反应，但看她神色依然平静，似乎对自己这些话的反应并不大，难道说她不认同？还是别的原因？或者说，她认为我只是村监委主任，说出来的话没多大分量？

他这么一胡思乱想，顿时后悔自己贸然说出那些话了，也就这个时候，肖百合像是闲聊地问他，黄主任，我听说你以前也竞选过村主任？

黄光辉顿时警惕起来，她的这个"听说"可不简单啊，你要是"听说"的是村里面别的事，那也就罢了，可这种事，如果不是刻意想去了解，又怎么会知道？黄光辉第一反应，就想问问她是从谁那里打听来的这些事，可转念一想，村里这些人，哪个不晓得这些事？再说了，即便自己问清楚了，又能怎么样？想到这些，黄光辉也就只是淡淡地应了一声。

肖百合见他的反应很平淡，似乎不愿意多谈此事，她笑道，黄主任，说句玩笑话啊，其实我觉得吧，近期的这个"三改"工作，对你来说，其实是一个难得的机会啊。

黄光辉一愣，马上反问她，机会？哪样机会？

肖百合说，现在我们村的"三改"工作之所以难以推进下去，我个人认为，主要是因为和每个人的切身利益息息相关，说白了，大家或多或少都觉得自己吃了亏，认为以后还会花冤枉钱，所以纷纷不愿配合。

黄光辉说，百合书记，你看问题很准确，就是这个原因。但你刚才说的机会，到底是哪样意思？

肖百合说，黄主任，今晚我们也沟通了这个问题，算清楚了各种账，各种数据都能看出，拆掉一个鸡圈，对你的家庭只盈不亏。如果说，你先拆掉自己家里的鸡圈……

黄光辉打断道，那不可能！麻五皮不带头，我是绝对不可能拆的！

肖百合笑起来说，黄主任，你先不要激动，这样嘛，我们现在就当做是闲聊，讨论讨论、分析分析，如果你先拆掉自己家的鸡圈，将会发生什么，又会有哪些结果。

黄光辉微微犹豫，点了点头说，行，那你说。

肖百合说，这项工作是从市一级开始向下推进的，而我们村还被列为全县的"样板村"和"示范村"，但是两个月过去了，都迟迟没有进展，可想而知，现在龙书记的压力有多大。如果说，当他知道我们村的"三改"工作在某一天忽然就开始有序推进了，而之所以能推进得下去，就是因为你黄光辉黄主任带头拆除了家里的鸡圈，是你而非其他人，做出了表率，那么你认为，龙书记接下来会怎么评价你？又会怎么看待麻主任？

黄光辉心想，是啊，这小姑娘说得没错，我要是先拆了，龙书记他绝对会对我……不，不仅仅是书记了，熊镇长为这事也没少操心，他要是了解实情了，晓得是我黄光辉带的头，我敢说，他们都会对我另眼相看的啊！

肖百合又说，另外，这之后，麻主任又该怎么办？你想想，之前大家都认为，我们村必须是麻主任带头才行，我敢说，甚至连他自己也是这样认为的，但如果你先有了动作，对他而言，是不是就被你将了一军？说到这里，肖百合又笑了起来，当然了，就像黄主任你开始说的一样，我们现在是谈工作，就事论事，如果说因此产生了一些小矛盾或者小摩擦，那也是对事不对人的，是吧？

黄光辉心想，是啊，他麻青蒿平日里在我面前，总是趾高气扬、夸夸其谈的，这一次我要是先拆，那真的就是将了他一军，我就看他怎么来应对，就看看他这个平日里说哪样话都是"我麻青蒿心系紫云、心系千年"的人，这次到底怎么个"心系"法。

肖百合又说，还有，你率先做了这件事之后，村支两委的同志们又会怎么评价你？这项工作是全市范围内的重点工作，也是近期的重中之重，虽然说干得不好，无法按时、保质地完成，上级不会把责任归咎为某一个人，同样，干得好，按时、保质地完成了，也不会把荣誉和表扬强加在某一人身上，但是，在我们村支两委的小范围中，谁的功劳大，谁的影响深，谁在这件事情中做了贡献，谁又在这项工作中受了委屈……这些，我相信彼此心里面都清楚。

说到这里，肖百合转头看着黄光辉说，黄主任，这些话就是我刚才说的"机会"。

如果说，肖百合今晚在黄家说的那番话，更多的是打动了黄宣德的话，那么此刻在村小道上的这一番话，可以说是说到黄光辉的心坎里去了。

我要是先拆了鸡圈，我就占了主动有利位置了，不仅能将他麻青蒿一军，这以后我在村支两委说的话，在龙书记那里，分量肯定也都不一样了。想到这里，黄光辉停下脚步，斟酌了片刻后才说，百合书记，今晚既然话都说到这份上了，我们家鸡圈的事你就放心好了。至于村里其他违章建筑，我建议你赶紧组织一下村里的人，带着他们去你照片上枫香镇的那个花茂村看一看，看完之后再去做工作，这样更有说服力。

肖百合高兴地说，那好，那我就谢谢黄主任的理解和支持了，我明天就联系相关部门，尽快落实好车辆，组织好人员，争取早一点去花茂村。

黄光辉说，联系相关部门、落实车辆这些工作，我可能没有书记熟悉，但组织人手、联系村民这种事，你可以交给我来办。总之，我一定会全力配合你的这项工作。

肖百合感谢了几句，她又问道，黄主任，其实还有一件事我想问问你。

黄光辉说，你是想问麻青蒿那间房的事吧？

肖百合点点头。

黄光辉说，那间房原是他老父亲住的，后来老人家去世了，他舍不得。我们村里人其实都晓得他对那间老房子的感情，但是干工作，哪里能感情用事呢？它毕竟是违章建筑，这和政策是相违背的，该拆还是得拆，你说是不是？

肖百合点点头说，是，黄主任说得在理。

正如黄光辉所说，在这件事上，他麻青蒿是理亏的，尤其今晚在黄家，遭到黄光辉的一顿讥讽后，他整个人都是火冒三丈的，从黄家冲出来，在村里走了好几大圈之后，他还是没找到发泄的地方。

紧紧跟在他身边的吴艾草知道他心情不好，不敢多说话，可麻青蒿走得实在太快，吴艾草有点跟不上了。吴艾草上气不接下气地说，青蒿主任，你慢点嘛，你，你不要生气。

麻青蒿脚下不停，怒气冲冲地说，老子哪里生气了？！

吴艾草说，主任你想嘛，基层工作就是这样，要是不吃苦、不受委屈，那、那还叫哪样基层工作，你说是吧？

麻青蒿猛地站住，转身就怒吼出来，老子还不清楚？老子当了多少年的村主任了，还需要你小子来教训我？

不得不说，吴艾草和麻青蒿彼此都太知根知底了，虽说麻青蒿现在一脸怒容，但吴艾草太清楚要怎么对话，他嬉皮笑脸地说，青蒿主任诶，我咋个敢来教训你，我只是担心你气坏身子啊，你想想，你要是身体气坏了，哪个来领导我们村支两委开展工作？

麻青蒿哼了一声，哪个想，哪个就来，老子难得伺候这帮人。

吴艾草说，主任，话可不能这样说，你不领导，难道换成黄光辉？还是罗云贵？还是别的人？这些人，不管哪一个都和你差得太远了！论敬业、论能力、论智慧，他们哪一个比得上你啊？

麻青蒿说，你晓得就好，比我，他们都嫩了点。

吴艾草说，主任，我要纠正你一点，我觉得，不是嫩了点，是嫩得太多了，就像小学生和大学生比一样。

麻青蒿转过头，笑了笑说，算你小子会说话。

吴艾草又继续说，是啊，所以说不管主任你怎么生气，都不能气坏自己，说得再自私一点，为了我们整个千年，甚至紫云镇，你都不能生气。

这话一说完，麻青蒿一张本来紧绷的脸顿时放松下来，他说，算你小子还有点良心，行了，你早点回去休息吧。

吴艾草说，主任，现在才几点啊，你让我现在回去，时间不尴不尬。

麻青蒿说，那你想搞哪样？

吴艾草说，我干脆送你回家，再陪你聊聊天。

麻青蒿不置可否，转身向前走去。没几分钟，二人就已经走到麻青蒿家院外了，进了院子后，麻青蒿停下脚步，看着那间被划定为违章建筑的偏房，若有所思，片刻后他走上前摸出钥匙，打开门上已经锈迹斑斑的锁。

吴艾草正准备跟着进门，麻青蒿转过头瞪了一眼，训斥道，行了行了，我已经到家了，你也早点回去！

吴艾草点头笑道，好，好，主任，那你冷静一下，千万不要再生气了，这人吧，气出病来无人替……

麻青蒿飞起一脚，踢在了吴艾草的屁股上，骂声也同时响起，叫你再啰唆，叫你再废话！

吴艾草捂着屁股，嘿嘿笑了两声后说，我这是讨好不得好，反而被狗咬。话音未落，人已迅速朝院外跑去，一眨眼工夫，便消失在月色里。

大黄狗虎崽见吴艾草跑了，也跟着跑了出去，它似乎从主人的神色中感觉到了什么。它也得跑开，免得屁股痛。它之所以追赶吴艾草，因为它的妈在他家。它也想见见妈了。

去年吴艾草家的母狗生了一窝小狗，说是一窝，却只生了一黄一黑两只，这是很少见的。一般的狗生幼崽，多半为五六只，也有七八只的。这一带就中华田园犬而言，有两句俗语，一为数量之优劣——一龙、二虎、三狼、四鼠，二为颜色之品质——一黄、二黑、三花、四白。吴艾草家母狗生了虎崽，消息传开后，谁都想要，一胎两崽的狗是精品啊！这不，小黄狗自然被麻青蒿拿到了手，小黑狗被临村潘支书带走。

见大黄狗也跑了，麻青蒿的手停了下来，并没有继续开门锁，他扭头喊了几声：虎崽！虎崽！没有回应。紧接着就听见了屋坎脚下虎崽与它妈快乐的哼哼叽叽的声音。麻青蒿有点莫名的沮丧，他缓缓地开锁，推门走进了偏房。

他摸索着拉开电灯，灯泡闪了闪，发出昏黄的光。他走到床边，脱下外套，拍了拍床单后坐了上去，在他对面的墙上，挂着一幅镶着黑框的老人遗照。

麻青蒿双眼泛红，盯着遗像自言自语道，爸，他们都叫我把这间房拆了，说这间房是违章房，我、我想不通。要是拆了，以后想和你清清净净说说话，也办不到了啊……

坐了一会儿之后，麻青蒿只觉得两只眼皮越来越沉，干脆侧身躺了下来，不一会儿，居然睡去了。

这一觉他睡得极不安稳，先是梦见了老父亲，张着嘴似乎在和他说着什么，可当他凑近一些，正想听清楚时，人眨眼之间换成丁香了。看见丁香，他心中又是难过又是气愤，正想开口骂她几句时，却看见丁香伸出双手紧紧抓住自己的肩膀，还露出一脸的谄媚笑容，大声叫着，主任！青蒿主任！

麻青蒿心中一惊，双眼猛地睁开，却一片模糊，脸上湿漉漉的。他赶紧用手不断抹，才把一夜凝结在脸上的雾气擦掉。

门是敞开着的，一夜未关。虎崽和它妈这时正热情地望着他摇尾巴，吴艾草那张圆滚滚的大脸还在激动大喊说，主任，青蒿主任！

麻青蒿一手甩开他抓住自己肩膀的两只手，没好气地说，一大清早的，你跑我家来搞哪样？

吴艾草讪讪笑了笑，又退后一步，抬起手腕说，主任，其实也不早了，好消息！好消息啊！

麻青蒿坐了起来，打断道，哪样好消息？快说！

吴艾草说，主任，经过昨天晚上主任你的一番深入人心，还有这个苦口婆心的思想工作之后，今天一早，黄光辉就把他家的鸡圈给拆了！

麻青蒿猛地抬起头，大声问道，哪样？他拆鸡圈了？

吴艾草频频点头，是啊，今天一大早就拆了，现在估计全部都拆干净了，我亲眼看见的！

然而，麻青蒿的反应却和吴艾草所预料的不一样，他听了这个消息之后，一时间没有说话，陷入了一种沉思状态中，继而，眉头还皱了起来。

吴艾草还在自吹自擂地说，主任，昨晚，你虽然没有把该说的话说完，但我觉得，肯定是之前几次你说得非常深刻、非常有道理、非常正确了，那些话肯定是深深打动了黄家父子，再加上昨天晚上，我们又一起去了一趟，这个嘛……

麻青蒿忽然抬起头，怒道，闭嘴！给老子闭嘴！

吴艾草一惊，结结巴巴问道，主、主任，咋个？我，我没说错哪样嘛……

麻青蒿不搭理他，起身在房间里面来回走动，一边走，一边还不停地念叨着，拐了、拐了，这次拐了……

麻青蒿嘴里这个"拐了"是这一带的方言，一般来说，某件事搞砸了，或者是，事情弯弯拐拐走岔了，这一带的人都会说，拐了，拐了。

所以，吴艾草一听麻青蒿说"拐了"，一下子没想明白，关键是他又非常想明白，于是鼓起勇气问道，咋个就拐了呢？

麻青蒿说，你这个憨包！我去了老支书家三次，都无功而返，小百合书记不简单啊，看来我小瞧她了。好消息，的确是好消息。

吴艾草说，是啊，既然是好消息，咋个就拐了呢？

麻青蒿说，看在眼里的你都不明白，这事本来该由我麻五皮搞定的，她小百合书记占了先机，你不懂，你不是领导，哪知道领导之间的事嘛？

吴艾草有点不服气地说，我不是领导，我天天陪着领导！又不是看不到，不就是钩心斗角吗？

麻青蒿上前一步揪起吴艾草的耳朵，吴艾草护着耳朵，干号着，哎、哎，领导！能不能轻点、轻点。

麻青蒿说，轻点？你再张起嘴巴乱说，不知道深浅，老子就把你的耳朵拎下来，油炸下酒！什么叫钩心斗角啊？这工作中有些不同意见，我们这些领导那也是披肝沥胆，开诚布公，开展批评与自我批评嘛！

吴艾草受痛，赶紧说，是、是、是。

麻青蒿放开了吴艾草的耳朵，吴艾草一溜烟跑到门口，扭头指着麻青蒿说，批评？你麻五皮从来只有批评别人的，表扬的都是你自己！

麻青蒿指着吴艾草说，你说得对，不把你拎痛了，你会给我说一句真话？说着，他又挥了挥手，进来，话还没说完！

吴艾草犹豫着不肯进门，他害怕麻青蒿再次拎他的耳朵。

麻青蒿一脸真诚地说，艾草，我们光屁股长大的这些人，也就只有你，敢给我说真话，很多时候，我内心很孤独啊！

吴艾草似乎被麻青蒿的真诚感动了，小心翼翼地走了进来说，青蒿主任，这次肖百合书记赢了，下回你赢回来就是了，都是为了更好地工作，你不要生气嘛。哎，主任，我没想明白的是，黄光辉咋个就这么干脆地把他家鸡圈拆了呢？

麻青蒿本来想突然袭击，再次拎他的耳朵，听到吴艾草说了最后一句话后，他把拎耳朵的手势变成了搓手掌，边搓边说，拐了、拐了、拐了。

吴艾草说，咋个又拐了呢？

麻青蒿说，这回是我拐了，黄光辉的举动，无疑是将了我一军，下一步我不管怎么做，就是我拆了房子，他还是占了先机啊。麻青蒿一边说，一边踱步。

吴艾草说，黄光辉开窍了？他黄光辉和你斗，就没斗赢过嘛。

麻青蒿说，斗、斗、斗！你就只晓得斗！我什么时候和他斗过？不都是为了工作嘛！

吴艾草说，是、是、是，后面那句当我没说，前面那句，他咋个就开窍了呢？

麻青蒿说，根据这个情况判断，一定和小百合书记有关。

吴艾草说，胜败乃兵家常事！不管是他黄光辉占了你的先机，还是她肖百合书记赢了你这一局，主任，你还有机会赢回来！

麻青蒿说，咦，想不到你吴艾草还有当领导的水平了呢？快说，咋个赢回来？

吴艾草嘿嘿笑起来说，罗云贵。

麻青蒿一下子被点醒了，但他又不愿意承认是被吴艾草点醒的，便说，罗云贵，我早就想到了的，但是，赢下来的局面并不大。

吴艾草说，这有什么不大的嘛，他不就是个酒窖吗？只要你麻主任出面了，他就拆了这个酒窖，你不就扳回一局了吗？

麻青蒿说，艾草，你也知道，罗云贵这个酒窖可比黄光辉的鸡圈难多了。我告诉你，他那个鸡，一年才多少 GDP 啊？你这个会计，还不会算吗？

吴艾草说，最多五千的 GDP 嘛。

麻青蒿说，那你说，罗云贵家的酒窖一年又是多少？

吴艾草扳着手指头默默算了算，抬头说，最少三万的 GDP！

麻青蒿说，这才是问题的关键啊！难啊，要拿下罗云贵，赢下这一局，不容易啊，不容易啊！

吴艾草说，容易？还要你麻主任出马吗？你搞不定，我相信没有任何人能搞得定！

麻青蒿说，你少给老子唱高调！当真你不是领导，说起话来不怕牙齿痛，我问你，我要是把你家三万的 GDP 拆了，你还不找老子拼命啊？

吴艾草顿时语塞，这个，这个……

麻青蒿说，问题是困难的，事情是要解决的，要解决这个问题，那是非常人能办到的！

吴艾草惊喜地说，青蒿主任，你肯定想到办法了！说来听听，说来听听。

麻青蒿其实也没有把握解决罗云贵酒窖的问题，三万的 GDP，在千年村实在太大，而且是村里唯一的民办企业，现在镇里又天天喊"要鼓励农民兴办企业"，一边是鼓励，一边又要下手，这让我这个村主任咋个搞吗？在心里，他是没有信心的，在嘴上，他却信心十足，高深莫测。此时，他对吴艾草一边摇着手一边说军机不可泄露，不可泄露啊！你这张嘴巴，老子要是说了，你给老子到处说，那还有什么可出奇制胜的？你等着看嘛，我就是要出奇制胜！赢回这一局！

麻青蒿话音刚落，忽然听得院外传来肖百合的声音，青蒿主任？青蒿主任？

麻青蒿微微一愣，心想，她来找我搞哪样？看笑话？还是想来做我的工作？在他胡思乱想的时候，肖百合又在院外问了几声，听见她的声音后，麻青蒿稍微调整了一下情绪，又整理了一下衣服，这才走出门外。

可是，当他一看见肖百合，尤其是看见她脸上自信的笑容，心中有说不出的滋味，总之，心态忽然间就失衡了。不等肖百合说话，麻青蒿首先说，小百合书记，我晓得你来找我的真实原因，不就是想叫我拆了这间房吗？说着，他反手一指问道，那你就好好看看，说句良心话，这间房凭哪样就被说成是违章建筑了？你说说，它哪一点像违章的？

肖百合微微一笑说，麻主任，这事我们稍晚再讨论，我来找你是有点其他的事，要不，我们现在商量商量？

麻青蒿一愣，沉吟片刻后转过头，艾草，搬几张凳子出来。

吴艾草应了一声，一溜烟跑进房里，搬出二张靠背椅，三人坐下后，肖百合说，昨晚去黄光辉主任家那一趟，我个人觉得，还是很有些成效的，他看了我带去的那些照片，建议我们组织村里人去已经实行了"三改"工作的花茂村，大伙去实地看一看，这样回来后，对于我们接下来的工作开展还是很有帮助的。

麻青蒿有些心不在焉地说，这个建议不错。

吴艾草紧跟着问道，百合书记，那我们哪个时候组织人员去？

肖百合说，越快越好，我的计划是就在这一周，我先联系我们要去的花茂村，再联系车辆租赁的事，至于麻主任和吴会计，就请你们负责一下人员组织，这些工作落实好了后，我们尽早出发。

麻青蒿还没表态，吴艾草向前一挺胸，又用力拍了拍，大声说，百合书记，你放心，这事根本不用青蒿主任来负责，我一个人就可以完成，而且，保证一个小时内就能完成任务。

麻青蒿哼了一声，抬头有些不满地说，艾草，你小子要出风头、抢功劳也不用这样吧？我就不相信你一个小时能完成！

吴艾草又拍了拍胸脯，大声说，主任，这不是出风头，更不是抢功劳，但我敢保证，我绝对在一个小时通知到位！

麻青蒿对着地上吐了一口口水，愤愤不平道，老子平时叫你通知大家来开会，结果呢？人影子也难得看见一个。

吴艾草笑起来，主任，这两件事不一样啊，你想想嘛，叫大家来开会，说白了，就是来听你的教训的，但百合书记说的这事，那可是出去游山玩水的，你说他们怎么会不同意嘛。

麻青蒿哼了一声，那好，老子等着看，你要是一个小时内叫不来人，你看我怎么收拾你！

肖百合说，吴会计，那就辛苦你了。

吴艾草赶紧说，不辛苦、不辛苦，就是大喇叭喊几声的工夫。

这时候，麻青蒿咳了一声道，小百合书记，你想解决、想商量的事倒是都安排好了，我这房你怎么说？你应该也打听过了，这间房以前是我老父亲住的，现在是我儿子麻浩博住的，虽然他现在去外面读大学去了，一年也回不来几次，但总不能他回了家，连住的地方都没得了吧？

吴艾草在旁边也跟着说，确实，还有两个月，浩博就又要回来了，到时候房子要是没了，也是麻烦啊。

麻青蒿又说，而且你再看，这间房和其他两间房不都是一样的？最多就是修得稍微靠外面了一点，这十多年都这样过来了，不可能现在突然给我说，这间房不能要了吧？

肖百合犹豫片刻后说，麻主任，平心而论，你这间房不是稍微靠外面了，是太靠外面了，你看看你家外面这条路，要是没有这间房挡着的话，应该可以修得更宽更直一些。

麻青蒿没说话，脸上却是一脸不服气。

肖百合又说，你的心情我能理解，但涉及村里的大事，你看，你能不能做点小小的牺牲。

麻青蒿哼了一声，抱怨道，你理解？你理解又有什么用，到头来还是要我牺牲？这些年我为村里牺牲得还不够多？

吴艾草说，百合书记，主任为了我们村，牺牲得够多的了。

麻青蒿说，我麻青蒿为了把村里的工作干好，我到今天都还是光棍一条，村里这些人，有哪个想到过要给我找一个老婆？再说了，就因为我是村主任，我就得第一个站出来，拆了我自己的房？没这个道理嘛！

说到这里，他的脑海中忽然想到，不对，黄光辉已经把他家的鸡圈拆掉了，那我就谈不上是"第一个"站出来了。一想到这里，他心里极其沮丧，但脸上却没有表露出来。

他说，我承认，村里面的事，确实是大事，但我的事，难道就是小事了？没这种道理嘛！

肖百合说，麻主任，你看这样如何：如果你有意见，那么我请县里负责勘探的同志再来我们村里看一看，如果他们认为这间房对接下来我们村实行的"三改"环节中的道路硬化有影响，那你就拆。如果他们认为没什么太大的影响，或者说，可以通过其他手段方式来解决，那就不拆，这样行不行？

麻青蒿脱口而出，不行！他们来过两次，每次都是一样的结论，这第三次来，肯定和前两次是一样的。

肖百合有些无奈地苦笑了一下说，你要觉得我的提议不行，那我估计啊，你就只有再给龙书记打电话，向他反映这个情况，再请他做决定。

话一说完，麻青蒿条件反射般摇头道，那不行，绝对不行，我要是给他打电话，那就是自讨没趣。

肖百合说，这样也不行，那样也不行，那我就真没办法了。要不这样，你今天再好好考虑一下，等你考虑好了，我们见面再说。

说完，肖百合起身告辞，吴艾草见麻青蒿很生气的样子，这让他心中有些惴惴不安，所以见肖百合要走，他也赶紧告辞。

从麻青蒿家出来后，吴艾草马上就来到了村委会的广播站，他先是通过广播通知了一番，又马不停蹄去各家各户进行通知，事情果然还被他说中了，村民们一听说坐车出去玩，还不用自己掏一分钱，家家户户都答应了。

稍晚，肖百合也和要去考察学习的花茂村村支两委的负责人进行了联系，因为是第一书记打来的电话，又是来学习先进经验的，花茂村的负责人马上表示，非常欢迎千年村一行人前来。

花茂村联系好之后，肖百合又打电话给汽车租赁公司，把车辆的时间也安排好了，就这样，仅仅半天时间，出去考察学习这项工作便全部敲定落实了。

两天后，清晨一大早，三辆大巴车缓缓地驶进了千年村的村口，麻青蒿、肖百合、吴艾草和一大帮村民已经站在这里等了快半个小时了。

见到车来了，众人欢呼雀跃，等车一停稳，众人就准备上车，这时麻青蒿快步走到第一辆大巴车门前，只见他大手一挥，抓起胸前的扩音器，大声道，各位，大家先等等，听我说几句！

众村民纷纷停下脚步，注视着麻青蒿。

麻青蒿继续道，今天，我们要带大家去一个风景如画、非常漂亮、非常干净的地方玩，到了之后呢，请大家多看看、多学学人家村里的人是怎么打扫卫生的！

话刚刚落音，一位村民就朝地上吐了口痰，然后大声道，麻五皮，是你说错了还是我听错了？打扫卫生不就是抓起扫把、拖把就算是打扫了？难不成这种事我们也还要学？

麻青蒿一脸的痛心疾首相，手指着对方说，你看看你，我才说要注意卫生，你就随地吐痰，像什么样子！

吐痰的村民一愣，随即不屑道，麻五皮，我不过是吐口口水，又怎么了？还值得你这样教训我？再说了，你说我随地吐痰，我说你以前还随地屙屎拉尿呢。

众村民哄一声大笑起来。

麻青蒿脸色一沉，反驳道，你哪只眼睛看到我随地屙屎拉尿了？

我看你倒是很有嫌疑！他又举起扩音器，大喊道，好了！好了！不要笑了！你们笑哪样笑？专心听我讲话！我再重复一遍，过一会儿到了花茂村里面，大家一定要注意卫生，千万不要随地屙屎……

众人再次大笑了起来，连大巴车司机也跟着笑了起来。

肖百合走上前说，大家请稍微安静一下，青蒿主任再简单交代几句注意事项，交代完大家就出发。

众人见她站出来，倒也安静了下来。

麻青蒿等了几秒，这才继续开口道，一会儿到了人家村里，我们会先组织大家参观他们的厨房和卫生间，到时候大家要排队参观，要有秩序，千万不能丢了我们千年村的脸！

他的话音刚落，另外一名村民又大声叫了起来，麻五皮，你今天早上是不是没睡清醒！

麻青蒿看着对方，问道，你哪样意思？

对方说，你喊我们排队去参观人家屙屎拉尿的地方，你说你是不是没睡清醒嘛！

麻青蒿说，你啊，你们这些人啊，唉，真是一点世面都没见过，你以为人家的卫生间和我们的一样吗？我告诉你，人家村里新修的卫生间，只怕比你小子家的灶台还干净点！

对方不服气道，再干净，那也是厕所。

麻青蒿还想说话，身旁的肖百合扯住他的衣袖，戳了戳自己手上的表，示意他时间差不多了，麻青蒿这才没多说话，他大手一挥，好了，大伙上车！

村民们顿时眉飞色舞，争先恐后地挤上了三辆大巴车。

麻青蒿站在一边，看着大呼小叫的众村民，摇了摇头，感叹道，唉，这些人啊，队伍难带，难带啊。一转头看见肖百合还站在身边，又马上补充道，小百合书记，不是我说话夸张，还好我以前当过小学老师，有过多年丰富的带队经验，所以，当我面对这些群众时，我就能非常熟练地指挥好他们，在我眼里，他们就和我的学生一样。

肖百合这一两天办事顺利，完成了既定工作，她的心情也比较舒畅，所以当她听了麻青蒿这几句很明显自吹自擂的话之后，竟然也没觉得反感，相反还淡淡一笑。

麻青蒿见她笑起来，又继续说，说实话啊，就村里群众这种混乱不听指挥的队伍，哪怕是我们的龙书记来了，也是没有办法进行指挥的，也只能是摇头长叹了。

麻青蒿说得或许也对，如果真让龙险峰来带队的话，估计他多多少少也会觉得头疼，也会偶尔皱眉头的，但是话说回来，如果让麻青蒿去处理他的工作，那么麻青蒿估计也要叫苦不迭了。

八

这一段时间，龙险峰除了快速敲定在紫云镇落地"汞废渣循环再利用"这一项目之外，又和县新农办的主任陈林勇进行了联系。龙险峰还在县里工作的时候，就和陈林勇很熟悉了。

陈林勇是本地人，专业学农，大学毕业后先被分配到农业局工作，一段时间后又去了畜牧局，后来又从畜牧局到了农机站，再后来农业部门合并，县里成立了新农办，他又调到新农办任主任。

现在，龙险峰就急切需要他和自己到紫云镇的这些行政村，发挥他的专业技能，实地把脉问诊，找出一条可行的致富的发展道路。

昨晚在电话中，龙险峰和对方约好早上八点半在镇政府大门外见面，现在已经八点二十七分了，却连人影也没见到，龙险峰有点心急，摸出手机正想给对方再打一个电话。

这时，一辆越野车驶到他身边停下，车窗摇下来，正是陈林勇。龙险峰走上前拉开副驾驶位置的车门，一屁股坐进车内，走！

陈林勇微微一愣，怎么，现在就要出发？不请我去你办公室喝杯茶？

龙险峰说，要说好喝的茶，还是红岩村的高山茶好喝。

陈林勇摇头叹道，早就知道你龙险峰是全县出了名的拼命三郎，唉，不过真没想到这么拼。你不想歇歇脚，还不让我歇，行行，走吧。

陈林勇一脚油门，车向前驶去，几分钟后，车开出镇上，来到一条国道上。陈林勇问他，今天去几个村？

龙险峰说，三个村，先去红岩村。

之所以要先去红岩村，说到底还是因为要去看看垮塌的公路路基维修工程到底进展得怎么样了，虽说款项是拨付到位了，可龙险峰心里清楚，村支书潘宏梁工作倒是认真，但有时候过于鲁莽，不够细致。

除了潘宏梁，前段时间才派驻去红岩村的第一书记张学勤，早年在镇政府办公室当过秘书，跟着龙险峰没少走村访寨。龙险峰对他也是比较了解的，这个小伙子在工作上激情有余，沉稳不足，说得再简单直白一些，就属于口号喊得响，文章写得也不错，可实际工作能力有欠缺，而且是属于不太能受挫的那一类人。

红岩村里他最放心的就是老支书杨打铁了，他啊，真的就像一头老黄牛一般，工作踏实认真，任劳任怨，可是他毕竟上了岁数，多年前就退了下来。

所以，想到这些情况，龙险峰才决定首先去红岩村。

越野车在弯弯曲曲的山路上盘旋。陈林勇瞟了一眼龙险峰，见他双眉微微蹙起，若有所思的样子，心知他肯定是在想红岩村的事。

这样险峻的山道对于新农办主任陈林勇来说是小菜一碟，他的工作职责是新农业发展，开车下乡是家常便饭。长时间开车必须找点话说，否则容易疲倦，眨眼间的恍惚就可能导致灾难性后果。见龙险峰不说话，他只好打破沉默说，当年我参加工作不久后，分到了畜牧局，有一年年终就来红岩村检查工作，那时候的路面是小石子铺垫的，大雨一冲就坑坑洼洼，车的时速平均还不到二十公里，一路上太折腾了，开了五个多小时才到。想不到快二十年过去了，这条路也还没有彻底解决好呀！

龙险峰长叹了一声，两个人脸色都有些凝重，可以说，他俩对这些村的情况都太了如指掌了，龙险峰就不必多说了，毕竟是紫云镇的一把手，各个村的情况是他必须得了解的，而陈林勇本身就是学农出身的，这二十多年干下来，他对整个县的情况也是一清二楚。

龙险峰说，林勇，这次调研结束，你一定要尽快给我想办法出主意，这才是最关键的。

陈林勇苦笑一下，险峰，你给我的任务不轻啊。

龙险峰哈哈大笑起来，轻不轻，你接下来再好好考虑，现在你专心开车。

陈林勇调侃道，龙书记，你放心，红岩村虽然路难走，但我也去了这么多次，保证迅速平安地把你送到目的地。

说话间已来到了坡陡谷深的地段，车一会儿下到遮天蔽日的峡谷之底，一会儿又爬上白云间的山脊之巅。俩人的耳朵受罪了，一会儿耳膜胀起来脑袋便嗡嗡的，一会儿消下去耳根隐隐作痛。这上上下下颠簸了三个多小时后，终于到了红岩村。

进了村口后有个分岔路口，左边是去村委会的路，陈林勇正准备向左拐时，龙险峰说，走右边。

陈林勇略微好奇地问他，怎么，不去村委会？

龙险峰点点头，先去公路垮塌处看看。

十几分钟后，俩人来到了垮塌处，沿着正在维修的路基走上一大段之后，龙险峰的眉头皱得更紧了。

陈林勇问他，险峰，今天你来，他们村支两委的是不是还不知道？

龙险峰点点头，手一指不远处的一座山头说，走，再陪我上那上面看看。

此时，红岩村第一书记张学勤，正坐在办公桌边写着一份材料，门边传来脚步声，张学勤抬头一看，正是村里的老支书杨打铁。

杨打铁走进门后，笑眯眯地问道，小张书记，今天你没出去？

张学勤说，打铁支书，我正在写一个关于我们村今年脱贫实施步骤的材料，这两天就得上报。

杨打铁探过头来，看了几眼后连连赞道，还是小张书记有文化，本事大，能力强，不愧是在龙书记身边干了这么长时间的人。

张学勤心中很得意，嘴上还是谦虚道，哪里，打铁支书过奖了，再说了，都是为了村里，为了紫云，为了脱贫事业嘛。

张学勤一边说，一边又把自己写的文稿摊开，有些兴奋地继续说，喏，打铁支书，写完这篇上报材料，我还准备再写一篇歌颂我们红岩村民多年前修建水渠，反映我们村愚公精神的文章，我认为这个题材很好，写好了，至少能发表在省级报纸上。

杨打铁笑了笑，犹豫片刻后说，小张书记啊，有几句话我总想和你说一下，虽说你的想法是好的，宣传工作也是很重要的，但我总是觉得，我们村毕竟还没做出什么成绩来，另外嘛，我认为现在的工作还是要落在田间地头，要落在实处，要让大家看得见，摸得着，能脱贫，有钱赚，你说是不是？

杨打铁才说完话，张学勤的手机短信提示音响了起来，他拿出手机看了一眼，脸色微微有了些变化，杨打铁见到后，忙问他怎么了。

张学勤说，龙书记和县新农办的陈主任来我们村了。

杨打铁说，龙书记来我们村，没提前通知你？

张学勤微微一愣，马上又辩解道，他怎么可能不通知我，前几天龙书记就和我说过的，不过我这一忙起来，把这事给忘记了。

杨打铁哦了两声，倒是也没说什么。

张学勤又说，现在我得赶紧去，最近龙书记忙，说不定他看完我们村，又要马上赶去别的村。

杨打铁说，是，是，我和你一起去，赶紧走。

说完，张学勤和杨打铁便向门外走去，张学勤心想，老支书年纪大了，腿脚比不上年轻人，就别走太快了。哪晓得他走得比自己还快，等到他俩和龙险峰、陈林勇见面时，张学勤已经是面色潮红气喘吁吁了。四人向着村里走去，路上，龙险峰问张学勤，你来这个村也有这么长一段时间了，该如何下手，你心里有底了吗？

张学勤赶紧拿出随身的笔记本，翻开正准备回答，龙险峰挥挥手止住，又指了指他的笔记本说，学勤啊，你那些书面汇报的话，我看就留到下次，你去镇上汇报工作时再说，现在你就和我说说你的心里话，说说你自己的想法。

龙险峰这么一说，张学勤倒有点不知道怎么回答了，这么愣了片刻之后，他才结结巴巴地说了几句，一边说一边打量龙险峰的神色，可龙险峰脸上没有任何表情，他不表态，也不说话，就盯着自己看，这让张学勤更紧张了。

张学勤想了想，吞吞吐吐说，龙书记，你也晓得我们红岩村吧，这个，这个田少，土质又差，从我来了后，我也经常下来调研，就是想着找到一条可行的脱贫之路，但是呢，由于客观条件的限制，我觉得吧，我们村，还是，还是……

龙险峰打断道，行了，你不用说了。听你的意思，红岩村接下来该如何脱贫，你其实还没有任何可行的计划吧？

张学勤一脸尴尬，点头不是，摇头也不是。龙险峰见状，转过头对陈林勇说，陈主任，要不，你来说几句？

陈林勇笑了笑，略带调侃意味地说，龙书记，你真是一点思考余地都不给我啊。话虽这么说，但他略微凝神后，马上就开始说了起来，我觉得吧，红岩村的脱贫还是得分儿个步骤来进行：第一，这里石多土少、坡度大、可耕地面积少，原来在大于二十五度的坡地上，大家都还在种苞谷，严重破坏了生态，这些年，开始实施退耕还林，目前坡度大于十五度的地方基本上不再种植农作物，但也不能闲置，可以考虑以种植生态果林为主，比如刺梨、花椒树等农作物。第二嘛，就需要在巩固、扩大第一点项目规模的同时，根据红岩村的自然条件选种李子、猕猴桃等经济作物，这样一来，还可以增加这个村的森林覆盖率。不过，这一点需要先进行市场调研，对市场前景有一个充分了解和预判，除此外，还可以再增加白果、天麻、黄精等中草药物，这些既能增加收入，又能起到长效作用。

龙险峰笑了笑，赞许地说，不愧是新农办主任，才来了这么一小会儿，就已经有了初步的设想。

说完，龙险峰再一转头，看着张学勤，没说一句话，可那意思却很明显了：别人才来一个小时不到，就已经有了一些想法，你来这里多久了？你又有什么计划？

张学勤心中有愧，也不敢抬头正视龙险峰，几个人就这么默默走了一段路，张学勤一直想找点话题来说，可似乎说什么都不太适合。快走到村口时，张学勤说，书记，已经这个点了，你们干脆在村里吃点便饭，休息一下再回镇上？

龙险峰说，我们不回镇上，现在还得去花开村看看。

张学勤惊诧道，书记，你们还要去花开村，那，那今晚回镇上……今晚还能回镇上吗？

龙险峰淡淡道，这个再说吧，先把工作做完。

又走了几步，张学勤终于鼓起勇气说，书记，还是以前跟着你的时候好很多啊。

龙险峰严厉地说，你必须面对现实，你现在是红岩村的一把手，你是第一责任人，你必须独自面对。

张学勤说，是，是，是。可是，红岩村确实太难了，基础薄，问题多，我一定全力以赴。

龙险峰点点头说，学勤，红岩村脱贫攻坚严峻条件是客观存在的，但是，作为第一书记，把这种客观条件当做借口，是绝对不允许的。我们不仅要有解决这些问题的决心，关键是要有解决问题的能力和方法。

张学勤说，是，是，书记。

龙险峰不悦地说，最近市委才出台一份关于"脱贫攻坚问责暂行办法"的新文件，你没看过吗？

张学勤摇头说，最近都在抓村里的宣传工作，一直也没时间读文件。

龙险峰说，宣传工作要抓，但首先要有实绩，没有实绩，没有成效，一切都无从谈起，这个问责制度的出台，就是监督像你这样的人。一旦问责，绝不姑息。

张学勤的脸色黯淡，看起来有些惶恐不安地说，好的，书记，回头我找到文件，认真学习领会。

在一旁的陈林勇观察到了张学勤的难堪，他很同情张学勤这样的年轻人，脱贫攻坚在基层，可以说是千头万绪，一时不知道怎么办，这也是正常的，虽然脱贫攻坚时间紧、任务重，但也要给他们一定的时间充分酝酿，否则，可能欲速则不达。龙险峰对张学勤是严厉的，也是有期待的，说起话来显然很凌厉，为了缓和一下张学勤的窘态，陈林勇说，小张书记啊，你也不用回去找来看了，这份文件我也看过了，文件的意思很简单，归纳起来就两句话——你脱不了贫，我脱不了手。

听了后，张学勤跟着重复了一遍，忽然间便愣住了。

陈林勇又道，再直白一点说吧，你小张书记现在在红岩村当第一书记，如果这个村一直没有实现脱贫，你就一直不能离开这个村。

张学勤一声惊呼，脱口而出，这不可能吧，陈主任？

龙险峰转过头看着张学勤，沉声说道，有哪样不可能的？陈主任说得没错，这份文件还不光是针对像你这样的第一书记，像我这样的镇党委书记也一样，紫云镇二十一个村不脱贫，我龙险峰也不要想离开紫云镇。碧江县委书记也是这样，市委书记也是这样，毫无例外。

听了这话，张学勤一脸苍白，口唇微张，却又不知道说什么好。

龙险峰说，既然说到这里了，我再顺便提醒你一下，你以前在镇上、县里主要是搞宣传工作的，实战经验不足，以前就不说了，可现在你既然来了村里，就不能还是停留、局限在写写汇报材料、刷刷标语、动一动嘴皮子这些事情上面了。你要记住一点，你是红岩村的第一书记，如何开展切实有效的工作，如何发展产业，最终如何让村里尽早脱贫，这些才是你接下来工作的重点。

张学勤脸色灰白，微微点了点头。

龙险峰又说，扶贫工作说起来都简单，可做起来，特别是要想把这些工作都做好，那可一点都不简单啊。

说话间，龙险峰走到了车边，他拉开了车门说，学勤啊，宣传工作固然重要，但你来到村里，必须调整一下你的工作思路和工作方法了，你不能只盯着宣传这一项，否则，作为第一书记来说，你就是不合格的。

张学勤点了点头，脸色很是复杂，隔了一会儿才低声说，是，书记，我知道了。

龙险峰上车之前，想了想，还是抬起手拍了拍他的肩膀说，好了，回去之后，好好想想我说的这些话，调整一下自己的工作思路。说完，龙险峰坐进车里，车门一关，驶出红岩村。

张学勤呆呆站在原地，等到车辆开走后，他才想起抬起一只手臂挥了挥，看着车远去后，他才缓缓放下手臂，一张脸上，却是欲哭无泪的表情。

车里，陈林勇通过后视镜看见张学勤的表情后，又说，这位小张书记，你和他说完话之后，他的情绪有点不太对头了。

龙险峰点点头说，是啊，我也看出来了。

陈林勇说，看他的样子啊，好像很失望，可能他在来之前，是万万没有想到会出台这样一个政策吧。

龙险峰沉默片刻后叹道，我们现在的扶贫干部，在深入农村前，总是把一切都想象得简单和美好，信心、决心也很强，但只有自己亲身经历了，体会了，才晓得扶贫工作的艰辛和不易。

陈林勇说，是，你这些话说到点子上了。

龙险峰说，我们的干部，只有在这样的环境当中，才可能成长，只有千百次地锻造，才能百炼成钢。村支两委的工作，是国之基础，它关系到广大农民的切身利益。

陈林勇说，是啊，现在的基层干部不好做啊，不像战争年代，今天没打好，明天再打赢回来就行了。今天把你连长撤了，后天你可能当营长。在脱贫攻坚这场攻坚战中，你就没有犯错误的机会了，一旦犯错，一抹到底。

龙险峰点了点头说，是啊，这就要求我们不能有半点马虎，始终不忘初心。说完，他抬手看了看表说，今天估计只能去花开村了。

陈林勇说，真要去花开村？那我今晚几点才能回县里？

龙险峰说，今天你还想回县里？早就说好了，我这紫云镇下面的二十一个村，你都得去看一遍才行，不看完，你哪里回得去？

陈林勇苦笑着摇摇头说，把二十一个村看完，这没个三五天是看不完的。

龙险峰说，那肯定要这么长的时间，你放心，镇上的招待所我已经叫人给你准备好了，这几天你就在镇上休息。

陈林勇笑着说，那好嘛，既来之则安之，这几天，我就全听龙书记你的安排了。

就在龙险峰他们向着花开村出发时，载着千年村村民的三辆大客车也缓缓驶到了枫香镇花茂村的村口。

麻青蒿、肖百合等村干部依次走下车来，花茂村的村支书、村主任等人早已在村口等候多时，见到肖百合一行人到来后，他们走上前来，分别与肖百合、麻青蒿等人握手，双方寒暄几句后，一起向村里走去。

大家一路上看到花茂村里一栋栋黔北民居亮丽整洁，民居旁边或是种着花草，或是一排栅栏，配套的是柏油马路，无不觉得赏心悦目。

进了村里后，千年村民又被分成了两组，麻青蒿带着一组，肖百合也带着一组，这两组人在村里看了差不多半天，把该了解的都了解了，该询问的都询问得差不多之后，这才坐上返程的车。众人坐稳后，意犹未尽，都在叽叽喳喳讨论着。

这时候，肖百合坐到了麻青蒿身边，开门见山就问他对今天的参观有什么感受。

麻青蒿说，很不错，有点像逛公园，确实漂亮，确实漂亮。不过，这需要花多少钱啊？我们村恐怕没有这个实力哦。

肖百合说，哎，麻主任，这个实力嘛，是一步一步积累而来的，人家花茂村也不是一起步就有实力的嘛，人家现在搞乡村民宿，搞乡村旅游，村民们腰包都鼓了起来，你看看花茂村的第一书记和村主任说话多有底气。

麻青蒿一挥手说，他们说，要让我们村里的每一栋民房都成为产业发展的孵化器。说得好听，真正能办得到吗？我就不信了。

肖百合说，我们不去做，咋个知道办不到呢？

麻青蒿说，当然要做，我第一个带头上，又有几个人能跟上来的？村里面的人，说到这里，麻青蒿指了指自己的头，这里有问题啊，想法都不一样，连班子成员都不能统一思想，你要我这个村主任咋个当？你不要以为黄光辉拆了个鸡圈，他的脑壳就没有问题了，我给你说啊，小百合书记啊，千年村的人，我是最清楚的，不要被他们的表象所迷惑啊。

这时候，吴艾草从后座探过头来，小声说，百合书记，今天我看他们没有迷惑了，今天的参观，很有必要，也很有成效，刚才上车前，好几个人都在悄悄问我，我们村哪个时候开始搞。我认为，我们千年村如果要搞的话，一定要比他们村好才行，这房前屋后要种满花，池塘里面还要种荷花、养稻田鱼。

肖百合说，是，吴会计，你的这些建议很好，刚才也有人问过我差不多的问题，我觉得今天回去之后，我们就可以尽快召开一次村民代表大会，听听大伙的意见，把这个事情落到实处。

吴艾草频频点头说，是，是，尽快开起来！

肖百合转头又问麻青蒿，麻主任，你对召开村民代表大会是什么态度？

麻青蒿说，你要我什么态度？

肖百合说，怎么是我要你什么态度？

麻青蒿说，我觉得吧，这个村民代表大会，还是先暂时不要开，我认为，接下来我们村支两委最好先开一个内部小型会议，大家统一统一思想之后，再考虑村民大会的事。

肖百合马上追问他，那我们村支两委什么时候开这个会？

麻青蒿说，这个嘛，这个事情，也需要好好考虑一下……

肖百合见他这个样子，心里面马上猜到他在想些什么，按照他麻主任的意思，要开村民代表大会，就要先开村支两委会议，要开村支两委会议，就要明确拆除违章房的事，要拆除违章房，他麻青蒿就得明确表态。这个态度，现在看来，他麻主任还不想表达出来，可今天大伙来花茂村实地看过了，反应都很热切，很强烈，再加上黄光辉主任前几天已经拆除自己家的鸡圈了，这可是一个很好的契机，打铁要趁热嘛！

肖百合心想，必须得给他麻主任施加一些压力了，否则，这项工作就迟迟无法推进，自己这个"第一书记"就不能说是称职的，在龙书记那里也无法交差。

肖百合便说，麻主任，不管你现在是怎么想的，但我们今天已经来参观学习了，参观的效果，我相信你都看在眼里，既然我们的工作已经到了这一步，能不能发展下去，在很大程度上就取决于你的态度，你愿不愿意起一个表率作用，这个才是关键之处，你如果舍不得你那间房，那我们今天的参观就全是白费力气。

麻青蒿愣住，勉强笑了笑，有些心虚地说，百合书记，你这样说话，未免把我说得太重要了，千年村这么多人，我一个小小的村主任，又能起哪样关键作用？你说是吧？再说了，我那一间房，就能阻拦产业发展的道路？

肖百合没说话，就一直盯着他。麻青蒿见她没反应，又马上扭头问吴艾草，艾草，你说，是不是吗？

哪晓得吴艾草听了这个话之后，频频摇头道，主任，我坚决不同意你说的这些话，你虽然只是我们千年村的村主任，但是，你绝对不能说是什么小小的村主任！我们村，缺少任何人都可以，但是，不能没有你！

说到这里，吴艾草想起肖百合还在身边，马上又转头赔着笑说，当然，也不能少了百合书记。

麻青蒿见吴艾草这个态度，心中把吴艾草骂个不止，这个老小子，简直就是个猪队友！可当着肖百合，他又不便发作出来。

吴艾草见他没说话，还以为他很受用自己的这番话，他又一脸谄媚地笑起来说，麻主任，我没说错嘛！不等麻青蒿回答，他再一转头又对肖百合说，百合书记，你虽然才来我们村没多久，但你应该也能感受出来了，在你还没有来我们村时，麻主任他就是我们村支两委的绝对主心骨啊！而且，他还是我们村的带头人、领路人，是大家的明白人、依靠人、理财人，是我们村绝对不可或缺的重要人！

吴艾草这一番慷慨激昂的话，显然是在拍麻青蒿的马屁，仔细一琢磨，似乎拍在了麻青蒿的马蹄子上，从麻青蒿的脸色上，完全可以看得出来。但此时的肖百合装作没看见，她脸上堆满笑容，频频点头，没错，我完全赞同吴会计你的话。

吴艾草心中得意，又说，当然了，在百合书记你来到我们千年村之后，你也逐渐成为我们大家的主心骨，尤其是你前两天开会时强调的那些话，我觉得说得非常到位，又有高度，又有广度，又有厚度。我们村啊，接下来就会形成书记你所说的"党带群，先带后，富带穷，强带弱"的四带机制。这样的话，在你们两个班长的带领下，我们村支两委会更加团结，更有战斗力！有句话说得好，一个村富不富，关键看支部，支部强不强，关键看领头羊。百合书记，我认为，你和麻主任，就是我们村的领头羊！就是我们村的指路人！就是我们村的……

麻青蒿再也忍不住了，抬起头对着吴艾草大声吼出来，闭嘴！你给老子闭嘴！

吴艾草一惊，实在不晓得哪一点又得罪了他。麻青蒿吼过之后，自己也觉得多少有点失态，便又说，现在是领导在说话，在商量工作，你多哪样话？闭嘴！

吴艾草被这几句一吼，自然讪讪地退后坐下，此后一路无话。到了千年村之后，村民们陆续下车，麻青蒿却还一脸入神地坐在车上。等到车上的人都下完了，坐在后座的吴艾草来到麻青蒿身边问道，青蒿主任，青蒿主任？

麻青蒿一动不动，像是沉浸在另一个世界里。

吴艾草忍不住伸出手摇了摇麻青蒿，大声说，青蒿主任，老麻、老麻！我们到了。

麻青蒿这才反应过来，转头训斥道，到了？那你还不下车？你没看出我在考虑工作吗？吼、吼哪样？耳朵又没聋，刚想好的工作思路都被你打断了！

吴艾草连忙说，是、是我的责任。一边说一边向后缩了回去，让出道来。

麻青蒿哼了一声，站起身子，从座椅后走了出去。

走下大巴车，他只看见村民已经走远的背影，即便隔得这么远，他还是能听到大家兴高采烈的讨论声。此时的麻青蒿情绪很低落，也很焦虑，毕竟对他来说，现在正处在一个两难的局面上。

走出几步后，他一抬头，发现肖百合正站在前面，看样子应该是专门等着自己，麻青蒿苦笑一下，却也只能硬着头皮向她走去，他心想，这个小姑娘，确实是不简单啊，不达目的不罢休。

肖百合迎上来，说，麻主任，我们再聊聊？

麻青蒿有点敷衍地说，行嘛，行嘛，村支两委会议和村民代表大会的事，你既然想明白了，尽管安排就是了，我都支持赞同。

肖百合说，不，这些事也说得差不多了，现在我倒是想和你说说其他的事。

麻青蒿微微一愣，其他的事？

肖百合笑着点点头，我想和你聊一聊罗云贵副主任。

不用说，此时的罗云贵也处在一种非常焦虑的情绪之中，而这份焦虑就来自他家的那个酒窖。这酒窖建了近十年，每年至少可以靠它赚三万元。这三万元放在千年村，那绝对是一大笔钱啊！现在要让自己把这酒窖拆了，那不相当于让他用刀把自己身上的肉割下来？不，简直是比割肉还让人心疼！

酒窖之所以会被列为违章建筑，主要就因为占了很小一部分的村集体地，可十年前的政策哪会有今天这么严格？村里这些空着的地，只要不是水田耕地，占了就占了，占得又不多，再说了，空在那里也是浪费。可谁也没有料到，这"三改"工作来了，居然还要求他家把酒窖拆掉，这可该怎么办才好？

另外，从现在的发展情况来看，这事越来越不好办了，尤其是今天又去了花茂村参观了，从心底来说，罗云贵也承认实施了"三改"之后的花茂村确实很不错，如果千年村也这么打造一番，接下来发展乡村旅游，绝对是一个很好的基础。但是，你打造就打造啊，你拆哪样违章建筑啊？再说自己家这酒窖，它凭哪样就变成了违章建筑啊？它才占了多少村集体地啊？它又碍了哪个的眼，又挡了哪个的道？说白了，就算真的拆了，以后不占这些地了，可这一小片退回来的地又能起到哪样重要作用嘛！想到这些，罗云贵就觉得愤愤不平，就觉得委屈，就想找人理论。

可是他也清楚，现在这事找哪个理论也没用，再加上前几天黄光辉先拆了他自家的鸡圈，也不晓得他那个脑袋里面是咋个想的，是想出风头？还是想搞哪样？别的不说，他那鸡圈一年下来，少说也能赚个五六千块钱嘛，这么多钱难道他就不在乎？不可能不在乎！

现在，唯一对他罗云贵有利的就只有麻青蒿了，这个家伙平时口口声声说要起表率作用，现在他家那间偏房就是一间违章房，但罗云贵敢肯定，麻青蒿是舍不得拆的，只要他不拆，自己就绝对不会拆的！任凭你哪个来做工作都不行！他心想，从目前这个形势来看，只要能坚持住，坚持下去，就是胜利！说不定啊，最后他麻青蒿不肯拆，我罗云贵也坚持不要拆，这上面了解了我们的态度，最后只能睁只眼闭只眼，这事还真就这样过去了呢？

想到这里，罗云贵再次坚定了自己的想法。对，现在就是要坚持，坚持就是最后的胜利！这时候，敲门声忽然响了起来，开门一看，门外站着的居然是麻青蒿！罗云贵顿时疑惑不已，他来搞哪样？想来做我的思想工作？还是和我一起商量解决办法？

麻青蒿笑起来说，云贵，你让我在外面站了这么久，咋个，不欢迎我来啊？

罗云贵没吭声，侧过身去，麻青蒿跟着走进房里。

二人坐下后，罗云贵说，五皮，你因为哪样事来，我不清楚，但我丑话说在前头，你今天来，要是想让我拆酒窖的话，那你想都不要想，说都不要说。

麻青蒿笑起来说，云贵啊云贵，你说说你，你也算是我们村里比较成功的民营企业家了，又是村支两委里的领导干部，这些身份，以及这些身份所带给你的眼界和格局，都应该超过普通人了嘛！可是你咋个说话、做事还是这么……

罗云贵打断道，五皮，你少啰唆，也少给我戴这些高帽子，我还是那句话，如果是想来叫我拆酒窖的话……说到这里，罗云贵伸出手朝着大门方向，做出一个"请回"的手势。

麻青蒿笑嘻嘻说，云贵，你先不要急嘛，我问你，你的酒窖一年至少有三万元的 GDP 吧？

罗云贵说，你不要来套我的话，我这酒窖一年能赚多少钱，你还会猜不出来？还有，你少扯哪样"鸡的、牛的、羊的"这样的话，就直接说收入，行不行？

麻青蒿说，好，好，那我们就说收入，这三万元，绝对不是个小数目，但是，你想过没有，其实以你的酿酒经验、酿酒水平，还有你家酒的品质，以及你在村里开酒窖的历史等方面综合来看，你家的酒窖一年赚个十万元应该都不成问题，而且，是至少赚十万啊！

罗云贵一愣，正在考虑他这几句话的真实含义时，麻青蒿又说，云贵，你不要觉得我说话夸张，我给你说，这些话，我其实早就想和你说了，只是嘛，一直也没找到这个机会。

罗云贵略带一丝嘲讽意味地说，是吗？你麻主任还一直在为我考虑收入问题啊？

麻青蒿说，嗨，你这个云贵，你这样说，未免把我麻五皮想得太狭隘了。再说了，你赚得少对我有损失吗？你赚得多我又能分走你一分钱吗？

罗云贵说，是啊，正因为赚多赚少对你没有任何影响，所以我才觉得好奇啊。

麻青蒿笑起来说，你真是这样想的话，那我麻五皮可以毫不谦虚地说一句，我的思想境界、眼界、格局可就比你高那么一点点。说到这里，麻青蒿又抬起左手，伸出拇指和食指，比了个手势说，喏，就这么一点点，虽然不多，但是，这一点点足以让我看问题、想问题、分析问题、解决问题都要比你强上那么一点点。

罗云贵说，是吗？那你倒是具体说出来，你高在哪里，也让我听一听，学一学。

麻青蒿说，这个啊，就算我说出来，你听懂了，可你也不一定就能学得了。这样，我先问你一点，现在镇里是不是都在提倡鼓励，叫我们村里大力兴办各种村集体经济？

罗云贵说，是，这一点没错，但大力兴办各种村集体经济，这一点和我无关吧？难不成，你的意思还想让我把我家的酒窖变成村集体经济喽？

麻青蒿说，对头！就是这个意思！

罗云贵笑起来，有些嘲笑口吻地说，五皮，我呢先谢谢你能想到我家的酒窖，但是呢，我家这就是个小酒窖、小作坊，人手少，产量低，每年能小打小闹地赚些钱，补贴家用，我就心满意足了。

麻青蒿说，是，你说这些我也认同，但是你晓不晓得，为哪样你的酒每年最多最多只能卖到三万，却永远都卖不到十万，你晓不晓得这里面最关键、最大的原因？

罗云贵哼了一声，有些不屑地说，还能有哪样原因嘛？我开始都说了，人少、产量低就是最大的原因，我现在做得少，卖得自然就少了喽，我要是做得多，那自然也就能卖得多嘛。

麻青蒿大喝一声，错！罗云贵啊罗云贵，你让我咋个说你才好！我告诉你，如果你一直是这样的想法，那你就大错特错了！

罗云贵被他这顿大喝吼得有点蒙，隔了片刻才说，我错在哪里了？你倒是说清楚！

麻青蒿说，你啊，到今天都还没明白，你的酒之所以卖不了太多的钱，就因为村里人对你家的酒有看法，有意见，有不满。

罗云贵先是有点蒙，反应过来后，忽然就变得激动起来，他猛地站起身来，指着麻青蒿说，他们有哪样不满？凭哪样不满？你给我说清楚，是哪些人不满？！

麻青蒿说，咋个嘛，说清楚了，你还上门找人理论不成？

罗云贵还是一脸的气呼呼，我凭哪样不能找他们理论，我卖我的酒，堂堂正正，问心无愧，他们凭哪样不满？

麻青蒿挥挥手说，好了，好了，云贵，你先冷静，坐下来我们再慢慢说。等到罗云贵坐下来后，麻青蒿又说，你想想嘛，我们村一共有多少户人家？这每家每户的，平日里，哪一家不喝点酒？更不要说这一年到头的婚丧嫁娶、红白喜事，是不是？

罗云贵点点头说，是，村里的人，哪有不喝酒的。

麻青蒿说，就是啊，而且话说回来，你家卖的酒，品质不差，价格也公道，但为哪样他们有些人，情愿去外面买七八元、十多元甚至二十元一瓶的酒，也不愿意买你家五元一斤的散酒？你说说，他们花这冤枉钱，是为哪样吗？说得再简单一点，我看我们村的人，也还没富到这一步嘛。

罗云贵迟疑片刻说，就，就因为对我有意见？

麻青蒿说，对喽，我们现在打开天窗说亮话，你家的酒，虽然只卖五元一斤，这个价格我也承认确实不贵，但是话说回来，村里人会酿酒的也不少，你卖五元酒的成本只需要多少钱，这个可不是哪样秘密哦。

罗云贵恨恨地说，照你这个意思，我这五块钱一斤的酒都还卖得贵了？

麻青蒿笑了笑说，卖得贵还是便宜，这一点不重要，重要的是只要你卖酒，赚了他们的钱，他们就会觉得你卖得贵。所以这个价格到底贵还是便宜，我们就不讨论了。现在你既然了解了这一点，我们就好好讨论一下，如何让你的酒窖，一年赚上十万元，甚至，十二万、十五万元。

罗云贵一下子坐直身子问道，就是你说的，把我家这个小酒窖变成村集体经济了？

麻青蒿点点头，一脸得意地说，对喽，你想想，如果变成村集体经济之后，我们村里就实现了"三变"，一边说，麻青蒿一边扳着手指头数了起来，喏，等到"村民变股民、资金变股金、资源变资产"之后，我们千年村不仅盘活了集体资源，同时还壮大了集体经济，这以后啊，就不再是你罗云贵一家的生意了，村里人也不会觉得你罗云贵赚了他们多少钱，你再想想，当他们的抵触心理一消失，你觉得他们还会不买你家的酒吗？不仅买的人多，甚至，你还能把酒的价格卖得更高，你说是不是这个道理？

罗云贵一脸沉吟，没有说话。麻青蒿见他这样，知道他心里肯定是动心了的，麻青蒿说，开始我也说了，现在镇里鼓励我们兴办各种村集体经济，优惠政策有，扶持办法也有，信用合作社还有专项的无息贷款，说白了，你现在如果同意的话，那简直就是搭上了一辆高速发展的快车，一句话，万事俱备只欠东风啊！

罗云贵犹豫道，这个，这个……

麻青蒿说，当然，要把私人小酒窖变为村集体经济的话，你首先要克服一些小困难，无非嘛，就是拆掉你家现有的小酒窖，吸纳合作伙伴，扩大生产量，把它进行提档再升级，这之后，你还可以名正言顺地使用村集体地。

罗云贵还是没说话，麻青蒿心中也有点急，又给他描述了更多美好的前景，当然，这些美好前景也是有理有据的，比如，实施"三改"之后，千年村就要依托良好的资源条件，大力发展乡村旅游产业，等到发展起来后，村里就会有游客，有了游客，就涉及吃住行，这样一来，罗云贵的酒，前景和销量只会是越来越好的。作为村支两委的一分子，罗云贵自然也是清楚这些规划的。

麻青蒿说了好半天，见他一直没怎么说话，忍不住说，云贵，我今天也说了这么多，你到底是哪样意见，同不同意，你也给一句痛快话啊。

罗云贵抬起头，正视着麻青蒿说，我同意拆掉我家的酒窖，也同意把它升级成为村集体经济，但是，我还有一个条件。

麻青蒿说，你说，哪样条件？

罗云贵一字一句说，你也必须得拆掉你的那间房。

麻青蒿苦笑起来，罗云贵的反应和态度，以及他说的这些话，基本被肖百合猜中了。

来见罗云贵之前，肖百合就说，麻主任，你信不信，只要你说了这些，他应该是会同意拆除酒窖的，但是，在拆除之前，他肯定要你把自己家的那间房也拆掉，否则，他是绝对不会同意的。

而麻青蒿之所以今天会来罗云贵家里说这些话，巧妙地用这一办法说服对方拆掉酒窖，其实背后的高手正是肖百合，现在，麻青蒿是越来越佩服这个小姑娘了，她真是把所有事情都预料到了啊。

从罗云贵家回来后，天色差不多也黑下来了，麻青蒿静静地坐在房间里，也不开灯，就抽着闷烟。在一片漆黑中，他忽然起身，开灯拉开抽屉东翻西找，可找了半天，也没找到他想要的东西。

想了想，他又走到角落的衣柜边，拉开衣柜门翻了一会儿，终于找出一本关于特种车辆驾驶指南的书，打开来，里面赫然放着一个特种车辆驾驶证。

麻青蒿打开证件，里面贴着的正是他自己的照片，只是照片上的他还很年轻，嘴角也露着微微笑容。

麻青蒿盯着证件，长长出了口气，自言自语道，想不到还是要用到这个证。

第二天早上，天才刚刚亮，村里响起了大公鸡的叫声，麻青蒿猛然间惊醒，再一看时间，他一打挺起身，穿好衣服乱抹了一把脸，丢下毛巾推门就朝外走，快走出院门时，他转过头看了看那间偏房，这才推门离去。

这时，肖百合已来到村委会。昨天去花茂村考察的效果很好，麻青蒿也同意今天村支两委碰个头，开个会，把接下来的推进工作最后落实下来。

没多久，黄光辉、罗云贵、吴艾草也陆陆续续跟着来了。肖百合问吴艾草，怎么就你一个人来的？麻主任呢？

吴艾草说，我不清楚，他还没来？一般他都起来得很早的呢。

肖百合拿起手边电话，拨打麻青蒿的号码，听筒里面却传来"对方已关机"的语音提示。

放下电话后，肖百合不高兴地说，这个麻主任是搞哪样嘛，昨天是他自己说今天要开会的，现在人不来，电话也关机。

吴艾草忙说，百合书记，你不要着急，我现在就去他家叫他。

说着，吴艾草就准备出门，肖百合起身说，你等等，我和你一起去。

两人来到麻青蒿家外面，吴艾草大喊了几声，自然没人回答。

这一下，肖百合更生气了，她问吴艾草，麻青蒿到底搞哪样去了？

吴艾草可怜兮兮说，书记，我怎么知道啊，我，我只是村会计，又不是他的小跟班。

肖百合说，你还说不是他的跟班？他要是去哪里，难道不会和你先说一声吗？

吴艾草说，这次我是真不知道，昨天我陪他回来，他也没说今天要去搞哪样啊……可能，他今天去处理私人事情了。

肖百合说，今天说好的开会，他去处理哪样私人事情？我告诉你，今天你无论如何要给我把他找出来，村里的事一大堆还没解决。你听清楚了没？

吴艾草愁眉苦脸地点点头说，好，我尽量。

才说完，肖百合的电话响了起来，接听之后，她才听了几句，脸色就变得紧张起来，只听得她连连说，好的，好的，我们都在村里，就麻主任不在，他……我们也不晓得他去哪里了。

挂上电话，吴艾草一脸疑惑看着她，正想开口，肖百合说，这下坏了，龙书记今天要来我们千年村。

吴艾草睁大双眼，龙书记？他又要来我们村？他来是？

肖百合没好气地说，还能是来搞哪样的，肯定是来检查我们村的"三改"工作进展情况啊！

吴艾草也意识到问题的严重性了，脱口而出，坏了！

肖百合说，你也知道坏了？我们村的"三改"工作，完全没有取得任何实质性的推进，一会儿怎么和龙书记说？

吴艾草想了想，又问道，龙书记什么时候来？

肖百合反问道，哪个时候来很关键吗？难不成这半天的时间，你还可以让村里变样？

吴艾草说，不，我不是这个意思，我的意思是，我去找青蒿主任，尽量赶在龙书记他们来之前找到。

肖百合说，那你赶快去找，他们还要先去土坝村，估计来我们千年村也是下午的事了。

吴艾草忙不迭点头，好，好，我现在马上就去。

跑出麻青蒿家院外，吴艾草自言自语道，青蒿主任啊青蒿主任，这么关键的时候，你跑哪样跑嘛。

吴艾草在村里找了一圈，连丁香的小卖部都去看了一圈，自然是找不到人的，眼看时间一点点过去，他心里也是焦急得不行。

下午两点钟，龙险峰和陈林勇来了。

果不其然，在村里走了一圈后，龙险峰的脸色非常难看，他和肖百合说，百合书记，你们村和我上次来相比，完全没有任何的变化，房前屋后还是这么脏！该拆的一个没拆！该修该补的也一个没修没补！

说完，他又抬起脚，提了提裤脚，指着皮鞋上的灰尘说，路上的灰也还是这么大！

肖百合脸有愧色，一直低垂着头，口中称是。

龙险峰很不满地说，你不要一直和我说"是"，我就问你，今天隔我上次来你们村有多长时间了？为什么这么长的一段时间里面，你们村一点变化都没有？你回答我！

肖百合语塞，支支吾吾半天，也说不出话来。

龙险峰说，难道说，你们村支两委对"三改"工作有抵触情绪？还是对我龙险峰有不满意见？

肖百合急忙说，没有，没有，龙书记，你，你听我解释。

龙险峰黑着一张脸，好，那你就给我解释清楚，到底是什么原

191

因！解释得清楚那就最好，我再酌情而定，要是解释得不清不楚，那么后果，你们村支两委就要做好心理准备。

肖百合有些惶恐地说，是，昨天我们组织了大部分村民去枫香镇的花茂村，参观了那边"四在农家"的成果，村民们普遍反映很漂亮，也希望千年村能改造成这样……总的来说，这一趟的参观所起的效果还是不错的。

龙险峰听了后，脸色稍微缓和一点，他说，既然效果不错，那你们就要快点动起来啊。

肖百合说，是，我们昨天回来，本来就准备今天开一个小会，把推进工作全部确定下来。

龙险峰又不高兴了，他说，推进，又是推进！上次我来你们村的时候还给麻青蒿一再叮嘱，叫他加快推进速度，还让他一周给我汇报一次，他倒好，不汇报、不推进，今天人也不晓得跑哪里去了，电话还关机。

一旁的陈林勇抬腕看了看时间，说道，险峰，时间不早了，千年村既然没什么变化，我看要不我们现在回镇里吧。

龙险峰点了点头，转头又对肖百合说，麻青蒿回来后，你叫他第一时间给我打个电话来。

坐上车后，龙险峰还是一脸铁青，一言不发，陈林勇转头看了他一眼说，怎么，还真的生气了？

龙险峰大声说，我怎么不生气，工作一点进展都没有！简直是不像话！我上次是怎么和他们说的！结果呢？一点变化都没得！这个麻青蒿，我看他简直是太不像话了！

说话间，车已经开上了一条小路，就在这时，一辆中型的推土车从对面驶来，把一条路堵得严严实实。

陈林勇好奇道，这是干什么？怎么现在来一辆这个车？

龙险峰也是一脸纳闷，正准备开窗和对方商量时，只见他盯着推土机车窗又看了几秒说道，咦，那不是麻青蒿吗？

陈林勇说，谁？麻青蒿？就是千年村的村主任？

龙险峰点点头，对，就是他。

陈林勇笑了笑，想不到他们的村主任还会开推土机。

说话间，龙险峰开门走下车来，见到他下车，麻青蒿也探出头来，大喊道，龙书记，你今天怎么又来我们村了？

龙险峰提高了嗓门说，我为哪样来千年，你难道还不清楚吗？

麻青蒿嘿嘿一笑，清楚，清楚。

龙险峰一看他嘻嘻哈哈的样子，本来压着的火气顿时又起来了，他黑着脸沉声说，麻青蒿，你先熄火下车，我有话要问清楚。

没想到麻青蒿却根本不以为意，仍然是嬉皮笑脸地说道，龙书记，不好意思了，你得先等等，还得麻烦你们的车先往后倒一下，等我办好正事，你怎么问都行。书记，你放心，我一定给你一个满意的答复。

这句话听起来有点卖关子的意味，龙险峰有些生气了，就在他准备厉声训斥对方时，一看麻青蒿那张仿佛释然了的脸，心想，我就给他点时间，看他待会儿怎么说。

麻青蒿一踩油门，推土机"突突"地向前开去，进了村子顿时引得村民们纷纷围观起来，丁香坐在小卖部里，看见推土机从自己小店门口经过，她也很是惊诧。

丁香跟着起身，像是心灵感应一般，就在她踏出小卖部的时候，麻青蒿也从驾驶室伸出头，回望了她一眼，这眼神意味深长，也就这一眼，让她想起了十多年前的事。

那时候，她才嫁给麻青蒿，他在千年小学当代课老师，工资基本上只够他一人花。

嫁给他一年之后自己就怀孕了，暑假的时候，他不声不响去报了一个学开挖掘机、推土机的技工班，在省城里待了一个多月后，终于拿到了驾驶证。

回家那天晚上，他一脸笑嘻嘻地说，这以后啊，村里就没麻老师了，你也得改叫我麻师傅。

丁香正准备问他，他从兜里掏出证件，啪一下放在桌上说，明天我就去把学校工作辞掉，下周进城打工，保证你生了儿子后，我们家能过上好日子。

丁香愣了愣，问他，你要辞掉学校的工作？

麻青蒿说，是啊，总得过好自己家的日子嘛。

丁香听了之后没说话，她知道，麻青蒿的心中其实非常舍不得学校里的那些孩子，但他也知道自己在学校上课，每个月就那么点工资，养活自己都困难，更不要说养活一个家了，所以他才铁了心要辞职出去赚钱，但因为如此，当丁香看见他那张故作轻松的笑脸时，心里也越发难过，更不知道说什么好。

倒是麻青蒿看她情绪低落，反过来安慰她，没事，这以后我多赚了钱，让你们吃好的喝好的，赚了更多钱，就回来给村里修个新学校。

谁承想，这之后两个人劳燕分飞，即便现在偶尔撞见，也是势同水火，而瞬间回忆起的这些往事，不禁让她觉得都是前尘往事了。

麻青蒿开着推土机很快来到了自己家院外，这时他家外面已经是里三层外三层站满了人，麻青蒿坐在驾驶室里，默默看了那间偏房几秒，深深吸了一口气，探出头来对着众人大声喊道，你们可都站开一点，一会儿落下来的砖啊、瓦啊要是砸伤哪个了，我可不付医药费的呢！

村民们大多嘻嘻哈哈，听了也不以为意，不仅没人退后，相反还有个别胆大的想再走近一些看看。麻青蒿启动机器，几下就把院内那间偏房给推倒了，扬起了阵阵尘土。

而在院外一角，龙险峰欣慰地看着眼前发生的一切，他扭过头对陈林勇说道，这个麻五皮啊，平时嘻嘻哈哈很不严肃，但在大是大非的问题上，还是看得很清楚的嘛。

陈林勇也笑了起来，感叹道，哎，险峰你还真不要说，像村里面这些复杂的工作情况，往往就真还需要像麻五皮这样的人。

龙险峰说，是啊，按照农村的谚语来说，杀猪杀屁眼，各有各的刀法。说着，他指了指推土机，这就是麻五皮的刀法。

说完，俩人对视一眼，笑了起来。

在院子的另一角，肖百合跟吴艾草看见麻青蒿推倒偏房，脸上都露出惊异的表情。

整个人群中，吴艾草是最激动的那一个。

吴艾草说，青蒿主任真是有魄力，有能力，我今天都还在想，这么重要的一个会，他为什么不参加，我现在明白了，他用实际行动证明了，他现在做的，比开会更重要！如果谁都能像青蒿主任这样，率先示范，还用开什么会嘛！

罗云贵一脸的惊讶，感叹道，可惜这间房子了。

肖百合说，房子固然是可惜，但推倒这间房，我们村的"三改"工作才算是有了实质性的进展，接下来才能顺利进行下去，以后再慢慢发展乡村旅游业、餐饮业，以及文旅产业，等到大家都变富裕了，那时候你就知道，推倒这间房还是有很大意义的。

吴艾草说，百合书记说得也在理，青蒿主任肯定也是想到这些了，要不然他也不会这么做。

说话间，吴艾草又向后看了一眼龙险峰和陈林勇二人，不禁小声叹道，百合书记，这麻青蒿主任的水平就是高，回来得不早又不晚，正好赶在龙书记他们要走的时候。

肖百合打趣道，吴会计，人家麻主任不是经常对你说嘛，他的水平要比你高一点点嘛。我看你的水平也不低呢。

两人说话间，麻青蒿已经从自己家走了出来，他拿着一张手帕夸张地抹了一把脸，又反复拍了拍身上的灰尘，完成这些动作，才向着众人挥了挥手，一脸得意地大声说，各位父老乡亲们，你们今天可都是亲眼看见了，我把我家的房子拆了……

吴艾草小步跑上前，用力鼓起掌来，大喊道，大家鼓掌！

麻青蒿瞪了他一眼，不满道，鼓什么掌？我话说完了吗？

吴艾草讪讪一笑，只好退到一边去了。

麻青蒿手一指推倒的房子说，大家都晓得，我这间房吧，按说，它建了这么多年，但其实并不是危房，也没挡着哪个人的道，我要是把这些情况认真细致地向上级领导反映的话，我相信，上级也会理解我的……

说到这里，他突然想起龙险峰和陈林勇可都还在现场，马上又指着已经被推倒的房子说，但是，如果它成为"三改"的障碍，我就必须坚决地彻底地拆除它！绝对不能因为我是村主任就搞特殊化，相反，正因为我是村主任，那我更要做好模范带头作用，必须毫不犹豫地拆了这间房！

说到这里，他顿了顿，环视一圈后又说，另外嘛，我要通知大家了，从明天起，我们村支两委就要在村里面大范围地行动了，哪一家的房要拆，哪一家的鸡圈鸭圈羊圈要拆要整改，我可是心里面都有一本账的，所以我劝你们，千万不要心存侥幸。

大家听了之后，你看看我，我看看你，纷纷小声嘀咕。

罗云贵大喊道，好了、好了，热闹看完了，都散了、都散了！

众人转身准备走，吴艾草着急了，连忙跑出来，大叫道，哎、哎！你们、你们等一下，你们都还没鼓掌，怎么就回去了！

罗云贵一边走，一边指着吴艾草说，你这个吴艾草，就是个马屁精。鼓掌是要来的吗？说着，他一挥手说，走、走、走！众人哈哈一阵大笑，脚步不停，一会儿就走得一干二净。

麻青蒿一看人走完了，显得有点难堪，这样的难堪也只是在脸上一闪而过，他立马显出自信的神色，扭头对肖百合说，百合书记，你看，他们高高兴兴地走了，就说明他们心里非常赞同我的说法，下一步，你就好工作了。

肖百合说，行了、行了，说着她手指向院子另一端，龙书记他们还在呢。麻青蒿一拍脑袋说，你看，我这脑袋一天就想到怎样化解群众关切的矛盾，把领导都给忘记了。说完，他撇下肖百合，径直向龙险峰跑去。

肖百合看着麻青蒿跑去的背影，无奈地笑了笑。肖百合的笑让吴艾草感觉到味道有点不对，马上替麻青蒿解释道，我们主任啊，就是话多了点，人是个好人。

肖百合一边走一边说，就只是话多一点？我看他一句话能说清楚的，非要用十句话来说。

吴艾草追着肖百合的脚步说，是，是，这是我们主任的特点，这也是为了把问题说得更透彻嘛。

肖百合扭头，手指着吴艾草的脑门说，你这个吴艾草啊，我看你和青蒿主任，一唱一和，就是个哼哈二将。

吴艾草说，书记，这哼哈二将是哪样意思？

肖百合手指麻青蒿说，一会儿你问青蒿主任就行了，他肯定知道。

肖百合走到龙险峰跟前说，书记，今天青蒿主任立功了。龙险峰笑了笑，点点头，扭头对麻青蒿说，青蒿主任，今天你这出戏演得不错嘛。

麻青蒿马上摇头，一脸正色道，书记，天地良心，今天我可真不是演戏。

龙险峰说，不是演戏，那又是哪样？

麻青蒿一脸诚恳说，书记，我是真心实意想干好工作啊，你不晓得，从你那天深刻地批评教育了我之后，我这心里面啊，可真是千头万绪、千言万语啊。特别是昨天一晚上，我就在床上辗转反侧、夜不能寐啊……

龙险峰皱眉道，行了啊，不要啰唆。

麻青蒿说，书记，真不是啰唆，我一直在说心得感受，都是重点。

龙险峰挥挥手，好，好，那你继续说。

麻青蒿说，总之，经过昨晚一晚上的认真思考，我得出了一个结论，那就是，我必须得赶紧行动，而且得马上落到实处，就像书记你开始说的，哪怕是演戏，我也必须演好，演得大家都能心甘情愿拆掉自己家的违章建筑才行啊。所以，我一想到这些，睡觉都睡不踏实了，立马起来，去县里面租来这辆推土机，推了自己的房。

龙险峰赞许地说，好啊，为了把工作干好，这样的戏，允许你演。今天你做得不错。

麻青蒿说，是，就是这去县里的路啊，还真的是远，坐车都要坐好长时间，路上想喝一口水吧，都没来得及，紧赶慢赶就是为了早点把这间房推掉。

龙险峰知道他开始邀功了，连忙打断道，你是什么时候学会开推土机的啊？

麻青蒿本来正想张口再多吹嘘几句，听到龙险峰问推土机的事，抬头看向推土机，却正好看见丁香站在推土机一旁，此时，她正痴痴地看着自己这边，想来她应该也看到自己推倒这间房的全过程了吧。

也就在这一刹那间，他猛然想起了刚结婚时的那些事，想起自己当初为了让丁香母子生活得更好，揣着全部家当去市里学车那些往事……为了节省钱，那段时间里，他一天只吃几个馒头就咸菜，连矿泉水都舍不得买来喝。

往事就像幻灯片一样在他脑海中不停翻滚着，人不由得也呆滞了。龙险峰见他一脸恍惚，又叫了他几声，麻青蒿这才反应过来，但此时，他已无心再啰唆，只是含含糊糊说了几句。

龙险峰说，青蒿主任，今天你带头做了这件事，确实起到了一个很好的表率作用，这一点值得表扬。

麻青蒿平时什么都可能恍惚，只要听见"表扬"两个字，立刻就会清醒，何况这个表扬来自龙险峰，他一下子就来了精神，一张脸顿时灿烂起来。他高兴地正准备给龙险峰书记再说点什么的时候，龙险峰不再给他机会，立刻扭头对肖百合说，肖百合同志，你是第一书记，你是第一责任人，"脱贫攻坚问责暂行办法"的文件，你已经学习了吧？

肖百合说，书记，您放心，千年村不脱贫，我绝对不丢手。

龙险峰说，好，你啊，多向青蒿主任请教，他是个老同志了，有基层工作经验。

麻青蒿说，书记，小百合……不，肖书记的水平，非常高，我还要向她学习呢。

龙险峰笑了起来，好啊，我看你们俩合作得不错嘛。不过你们也要清醒地认识到这一点，接下来的工作会更多，更繁忙，更琐碎，更艰巨，每一项工作你们都要耐心处理好，一旦出现解决不了的问题，不要蛮干，要及时向我汇报。

从千年村离开，龙险峰和陈林勇便准备回镇上。二人走到车边时，龙险峰看见陈林勇一脸的倦怠，想来是这几天的高强度调研工作所致，他心中多少有些愧疚，想说句安慰的话吧，觉得多余；想说句感谢的话吧，又觉得见外了。此时，说什么都是多余的，他赶紧钻进了驾驶室说，我来开车。

这次下来调研因为时间紧，龙险峰和陈林勇没能将紫云镇的二十一个村全部走完。在此之前，他们曾经有过一番讨论研究，这二十一个村如果归纳下来，无外乎三种类型，这次调研虽然时间紧，但也把这三种类型村的现状都进行了深入了解。

龙险峰开出一段路之后，扭头对陈林勇说，这次看下来，感觉怎么样？

陈林勇打起精神，沉吟片刻后说，最大的一个感受，就是我们的扶贫工作不容乐观啊。你这二十一个村，除了少数三五个村之外，多数的村都还处在贫困线上下。如果说，今年风调雨顺一些，这一年的收成就能好一点，那么当地百姓的生活就勉强能上到贫困线以上，反之呢，就在之下。

龙险峰点了点头。

陈林勇说，我记得年初时，紫云镇的扶贫工作报告上说，全镇三万多人中，有一万七千人常年外出务工，而且，这些外出务工者大多是青壮年。所以在紫云，空巢老人和留守儿童的现象也非常普遍，如果不处理好，这些也是引发社会问题的潜在危险因素。

龙险峰又点点头，还是一句话没说。

陈林勇说，所以啊，紫云镇的扶贫工作是一环扣一环，任重而道远啊……

龙险峰打断道，林勇，你的这些感受和我的感受如出一辙，但是，我现在是叫你谈想法、谈规划、谈步骤。你倒好，一直在给我倒苦水，谈现状，这些不是我想听到的。

陈林勇说，你这个人啊，真是太心急了，哪样事情到了你那里，都恨不得下一秒就出结果。

龙险峰说，你以为我想这么急？你来试试，如果是你在我这个位置，估计你比我还要心急。

陈林勇无奈笑了笑，摇摇头说，是，是，你说得对。

龙险峰说，我也理解，做方案、做规划需要时间、需要过程、需要反复论证，但是，现在的情况是"时不我待"啊……

话还没说完，龙险峰的手机响了起来，他才按下接听键，就听见听筒中传来熊少斌焦急的声音，龙书记，不好了！

龙险峰沉声说，你不要急，怎么一回事？

熊少斌说，移民搬迁来的人今天全部都跑回去了！

龙险峰问道，那你现在在哪里？

熊少斌说，我就在搬迁房这里。

龙险峰想了想说，好，你在那里等着我，我现在已经在回来的路上了。

挂了电话，陈林勇问他，怎么，移民搬迁的人又回去了？

龙险峰点点头，是啊，看来他们还是不满意。林勇，一会儿回了紫云镇，我就不能陪你了。

陈林勇说，哪个要你陪，到了紫云镇，你去忙你的，我干脆今晚就先回县城，明天我就着手你们紫云镇的问题。

龙险峰点点头，好，这些问题你也看到了，我们紫云镇特别需要你新农办的大力支持。

说话间，车已到了紫云镇，告别了陈林勇，龙险峰马上赶到了一处移民搬迁点。熊少斌见到他之后，赶紧带着他向搬迁点小区里走去，两人在一排小楼前停住。

熊少斌指着一排新修的小楼房，无奈又委屈地说，书记，就是这里了，你看看，这几排新房子，全都是黑灯瞎火的，全搬完了。

龙险峰问道，乡亲们从哪天开始往回搬的？

熊少斌说，从前天开始，就有人陆陆续续回去了，今天是最多的。我给你打电话的时候，这一幢楼里的人都搬完了，当时还有几户人在装车，我叫他们别搬，但不管怎么说，他们都不听。

龙险峰说，乡亲们既然都决定要搬走了，肯定是考虑了很长时间的，你这一两句话又能起到什么作用。

熊少斌一股子怨气地说，书记，我们前期花了这么多时间和精力来搞调研、做统筹，又下了这么多功夫协调、安排，移民局还拿了这么多钱出来，把房子盖得这么漂亮，家具也是崭新的，住起来舒舒服服，哪一点不比他们以前的房子强，我，我是真的想不通啊。

龙险峰说，我理解你的困惑，也理解你的不满情绪。你要考虑到最为关键的一点，民政只负责搬迁费和补偿款，至于乡亲们搬来后的就业问题就不在他们的工作范围内了，而我们在短期内也没能很好地解决这一点，所以不能全怪乡亲们。

熊少斌说，书记，就业方面我们从县到镇几级相关部门都在想办法啊，但这毕竟需要一个过程，不可能说他们一搬来，我们就必须给他们全部找到工作的啊。这，这怎么可能啊？

龙险峰反驳道，为哪样不可能？那我问你，他们搬来这里如果不工作，就没收入，没收入，他们吃哪样？穿哪样？难不成都喝西北风？还是我们财政给他们全部补贴？

熊少斌顿时语塞，这个，这个……

说话间，龙险峰停下脚步，指着一户亮着灯的问道，那一户呢？

熊少斌摇头道，亮灯也不代表还愿意住下来，我估计啊，那家人正在收拾行李，说不定明天一早就走。

龙险峰说，走，去看看。

二人走到亮灯这户人家门外，轻轻敲了敲房门，隔了片刻，大门咯吱一声被人拉开了一丝缝隙，里面的住户打量了片刻后说，原来是龙书记和熊镇长啊。

龙险峰问道，老乡，你还没休息啊？

这人嗯了一声。

龙险峰又问道，老乡，我们能不能进来聊几句？

户主有点为难地笑了笑，但还是拉开门，龙书记、熊镇长，你们请进。

二人走进房内，四下看了几眼，房间里面很是杂乱，地上放着两个樟木箱子，木箱盖子打开着，里面零零散散放了些衣服和生活用品，旁边又有几个撑得鼓鼓胀胀的蛇皮口袋，另外还有一些衣物杂乱地堆放在板凳上。

熊少斌轻轻碰了碰龙险峰，指了指这些事物，小声说，书记，我没猜错吧？

龙险峰伸手在背后挥了挥，示意他不要说话。

就在二人才进来时，户主赶紧把两个樟木箱子盖了起来，又用衣袖擦了擦箱子表面，不好意思地笑道，龙书记，熊镇长，不好意思啊，家里乱，委屈你们两位领导先坐在这上面了。

龙险峰客气回了一句，他和熊少斌坐下后问道，老乡，你是哪个村的？

户主回答道，我是龙口村的。

龙险峰哦了一声，又问道，龙口村，我记得你们村当时一共搬来了四十七户，现在还有多少户在这里？

户主说，现在……就我一户了。

龙险峰继续问他，老乡，可以说说为什么要搬回去吗？没事，你就说你的心里话。

户主犹豫片刻，叹了口气说，龙书记，熊镇长，我说实话，这个房子比村里的房子好太多了，我也晓得你们都为我们好，但是，但是……我们住这里一没土地，二没任何事情干，天天都是闲着的，一两天还好，时间一长，我这心里面慌啊。

熊少斌有些不满地说，怎么会没有事干？我们政府不是给你们都安排了工作的吗？

户主说，我们一家五口人，就我老婆一个人在超市上班，而且，她每个月也就那点工资，要养活全家人，难啊。

说完，户主又摇摇头。

熊少斌有点生气地说，难，哪个不难？我们这么为你们着想，你们就只顾着自己。

户主低下头，没有说话。

熊少斌说，我们政府的工作人员、扶贫干部前前后后忙了这么长的时间，好不容易把你们请来了，一户一户分配好，你们倒好，住几天，拍拍屁股就走人。你们自己摸着良心说，你们自不自私？对得起哪个？再说了，你们搬回去就不难了？我告诉你，更难！

话才说完，龙险峰眉头微微皱了起来，但还没来得及制止，户主却说，熊镇长，你虽然是领导，可你这样说话就不对了。

熊少斌说，那你告诉我，我哪一点说得不对了？

户主说，我们搬回去，至少有土地可以种东西，还可以养鸡养鸭，养牛养羊，这里没有地就算了，还不能养鸡养鸭！还有啊，我们回了村里，有时候还可以打一点零工，这里根本就没有打零工的机会嘛。

一时间，房间里几人都沉默着没有说话。龙险峰想了想，又转过头低声对住户说，老乡，我们就不打搅你了，你慢慢收拾。

说完，龙险峰扯着熊少斌走出对方家里。二人走出搬迁房，一阵夜风吹来，卷起地上几片掉落的树叶，看上去竟有一丝酸楚。

二人默默无声地走了一段路，熊少斌忽然开口说，书记，这事情不能就这样算了，回头你得好好教育这几个村的村干部。

龙险峰问道，教育村干部？为什么？泄愤？还是什么意思？

熊少斌说，不为什么，我觉得，他们村支两委的工作没有做到位。

龙险峰不高兴了，他说，少斌，我在这明确再说一遍，他们和村民搬回去没有关系，有关系的只能是我们，是因为我们没有把工作做到位。

熊少斌说，龙书记，我清楚你的意思，但，但他们没有提前告知实情，也没有把思想工作做好做通，这也是不可否认的事实啊。

龙险峰说，即便村干部们在前期把思想工作都做好、做通了，可只要村民们搬来一看，情况与先前预料的有差距，他们还是会走的。

顿了顿他又说，少斌，你是做主要领导的，平时眼光还是要看得再远再高一些，不能揪住这类事情不放，更不能把责任随意就抛给别人。之所以出现今天的局面，是多方面造成的。

熊少斌一脸不服气，却还是忍住没有说话。

龙险峰又说，下面这些村干部，每个人的工作方式都不一样，有些毛毛躁躁不细致，有些老老实实只会埋头干事，有些又过于谨慎胆小。总之一句话，任何人都不是完人，做事肯定也就会有这样那样的不足之处。你是当领导的，更要用辩证和发展的眼光来看人看事。我觉得吧，做领导的，工作上事无巨细固然是好的，但更重要的是做到六个字。

熊少斌侧过头问道，六个字？哪六个字？

龙险峰淡淡一笑说，把关、放权、撑腰。

熊少斌说，书记，你的意思是？

龙险峰说，具体来说，就是大事把好关，小事放手让人干，有了困难顶腰杆。

熊少斌沉默着不说话，看样子似乎在琢磨对方的话。

龙险峰说，我们要带领紫云镇的老百姓脱贫致富，除了积极响应落实上级的扶贫政策外，更重要的是用对人，这二十一个村的村干部各有不同，但我们只能靠这帮人，也只有这帮人。

熊少斌点点头说，是。那书记，这搬迁户怎么办？搬得出，稳得住，还要能致富，否则，我们要被问责啊。

龙险峰说，是啊，现在的现实情况不要说致富了，稳都稳不住。要解决这个问题，我看只有一个办法，招商引资，兴办企业，发展产业，让搬迁户有工作可做，有收入可拿，这才稳得住啊。

熊少斌说，说是这样说，这不是一朝一夕的事啊。

龙险峰点点头，两人朝镇政府方向走去。微弱的路灯透过黑夜，把两人的身影拉得非常长。这时已接近凌晨，对于他俩来说，这漫长的一天终于结束了。

这个时候，麻青蒿和吴艾草却还没有结束，麻青蒿正在最后修改吴艾草替他起草的检讨书。当麻青蒿写下最后一个字的时候，他放下笔满意地伸出双手，伸了一个懒腰，长长地舒了一口气，在手将要放下来之际，他忽然想起了今天第一书记肖百合的一句话，当时他疑惑了一下，那个时候，没有机会让他梳理这个疑惑，毕竟这封检讨书重要，龙书记这个人太不好对付，他非常较真，必须他认为你的检讨深刻了，这才能算过关。为了过这个关，麻青蒿安顿好肖百合之后，立刻着手写检讨书，他不能指望吴艾草能写好这份检讨，毕竟吴艾草只是个会计，高度不够啊，他怎么知道什么是深刻的，什么是浅薄的呢？写写初稿还可以，要想过关，还得是我老麻。

麻青蒿把手放在桌子上，目不转睛地看着吴艾草，看得吴艾草有些发毛。

吴艾草知道，麻青蒿只要用这种眼光看他，就是一场暴风骤雨的前奏。他不敢迎接麻青蒿的眼神，他知道正视这个眼神的后果，那不仅仅是一场暴风骤雨，可能还要加上电闪雷鸣。毕竟，这份检讨书他没写好，害得麻青蒿忙活了一晚上。

正当他低头准备承受暴风骤雨的时候，耳边响起的却是麻青蒿的轻言细语，艾草，你老实交代，今天你和小百合书记背着我念念叨叨的，她说我肯定知道，我知道什么？

吴艾草委屈地说，我哪敢背着你嘛。即使背着你，也是表扬你嘛。

麻青蒿不屑地说，我还需要你表扬啊？

吴艾草说，不是，不是，是由衷地赞扬！我对肖百合书记说你是好人。

麻青蒿眼睛一横，好人？我是不是好人，是你能说的吗？那是人民群众说的。

吴艾草说，是，是，是，大家都这么说，我只是想告诉肖百合书记，你麻主任虽然啰唆了一点，却是为了把问题讲得更透彻嘛。

麻青蒿说，我讲得透不透彻，还需要你来说吗？她小百合书记没有耳朵吗？我看你是画蛇添足！我问你，说我肯定知道什么？

吴艾草说，肖百合书记说，我们俩是哼哈二将，我不知道哼哈二将是什么，她说你肯定知道。

麻青蒿严厉地说，叫你好好读书，你不好好读书！哼哈二将都不知道，被人家嘲笑了还不知道！回去，买一本《封神演义》，一看就知道了。

吴艾草无可奈何，有些抱怨地说，又要花钱，你们这些领导，都是这样，说半句话，把后面那句说了，就这么难吗？青蒿主任，看在多年跟你的分上，那个钱你就不要让我再花了嘛。我家老婆桃花你又不是不知道，买点吃的她还肯花点小钱，这买书，她是舍不得的！

麻青蒿手指着吴艾草的脑门说，舍不得？你要这样说，那后半句我还真不告诉你，你必须去把这本书买了，这是肚子和脑子的问题。肚子饿了你知道要吃饭，这脑子饿了，你就不知道要读书呀！我告诉你，你不仅要买《封神演义》来看，还要买更多的书来看，像什么唐诗、宋词、元曲、明清小说，这、这个《红楼梦》啊，《桃花扇》啊，等等，啊！

吴艾草谄媚地伸出大拇指说，青蒿主任就是高！水平就是高！

麻青蒿一拍桌子说，少给我拍马屁，买还是不买？

吴艾草点头哈腰地说，买！买！我买《桃花扇》，我老婆叫桃花，估计她会同意的。一边说，他还一边往门口退去，看样子是想赶紧逃跑。他的这点心思没用的，只见麻青蒿一步上前抓住他的衣领说，想跑？吴艾草身材虽然不高，却很壮实，麻青蒿虽然锁住了他的领口，但要想提他起来，那也只是妄想。

麻青蒿当然不能奢望自己有这样的力量，他之所以赶紧抓住吴艾草，是怕这小子装得唯唯诺诺的，一旦退到门口可能转身就跑了。吴艾草真要跑了，他麻青蒿总不能追到吴艾草家，把这家伙从他老婆桃花身边拉走。这几乎不可能不说，还可能被桃花尖声尖气地臭骂一顿，骂的都是他麻青蒿的痛处。桃花会骂，你麻青蒿没良心，你自己没老婆，还想我家艾草没老婆呀！在桃花眼里，他麻青蒿就只能是麻青蒿，她哪管你什么村主任不村主任的。

今天这一份检讨书，麻青蒿是下了大力气的，不说荡气回肠吧，至少也是酣畅淋漓，写下最后一笔的时候，他虽然伸了一个懒腰，并不意味着他困了，反而他的大脑异常兴奋，他怎么可能让吴艾草离开他呢？当他看出吴艾草想走后，当然是一把拎住了他，想跑到桃花那里去，没门。

吴艾草被麻青蒿拎住衣领，知道跑不了了，双手一摊说，我这哪里是跑吗？我是在退。

退？往门口退啊？麻青蒿做咬牙切齿状，手一紧又一放，吴艾草一个趔趄，顺势坐在了凳子上。

麻青蒿指着吴艾草说，坐好，吃了方便面再走。你也搞了一晚上了，肚子也该饿了，免得回去问你家桃花要面吃，我这脸往哪里搁啊？你不骂我抠门，你家桃花都要骂我。

吴艾草一脸的无奈，好好，好，我来烧水。不过，哼哈二将到底是怎么回事？我陪了你一晚上了，这还要陪下去，你能不能把那半句话说了嘛？

麻青蒿一挥手说，这个半句话就不讨论了，我不是告诉你了嘛，要你去买书，自己看，这样更深刻，不过，下一次小百合书记再说我们是哼哈二将的时候，你要会反击。

吴艾草小心翼翼地说，都是领导，我怎么反击？

麻青蒿敲了敲桌面，你也不用害怕，这也不是什么反击，你就说，我们俩是辟邪双雄。

吴艾草疑惑地看着麻青蒿，辟邪双雄？不就是两棵草吗？

麻青蒿说，什么叫草啊？这青蒿和艾草都是辟邪的。说是辟邪双雄，有两层意思，一层意思是，作为草，家家户户要挂在门上用于辟邪，这二层意思嘛，证明我这个村主任刚正不阿，一心为人民服务嘛！

吴艾草苦着脸说，你刚正不阿了，那也只有你啊，这双雄双不起来啊。

麻青蒿点了点吴艾草的脑门说，你啊，怎么这么笨嘛！作为会计，也要刚正不阿对不对？你想，你要是乱来了，当然，有我在，你也乱不了。

吴艾草说，这财务上的事，我哪里敢乱？你眼睛是雪亮的，老支书心里也是明白的。

麻青蒿点点头说，这点我很清楚。怎么样，今天也算提拔你了吧？

吴艾草说，提拔我了？

麻青蒿拍了拍吴艾草的肩膀，你都和我齐名了，还不算是提拔你了吗？高兴点，别苦着个脸。哎，水开了。

吴艾草扬起了笑脸，乐呵呵地泡方便面去了。

看着吴艾草屁颠颠的样子，麻青蒿得意地笑了起来。

九

这段时间，千年村可以说是一派热火朝天的景象，自从早前麻青蒿主动将自己家的违建房推倒之后，可以说，千年村的"三改"工作出奇地顺利。

这几天，每天都有不下十辆装满沙石的大卡车驶进千年村，在这些大卡车后面，还有推土机、挖掘机、水泥罐车等各种工程车。这天一早，麻青蒿、肖百合、吴艾草三人站在村口，望着从身前开过去的一辆辆工程车，每个人脸上都是欣慰的神色。又看了一会儿，麻青蒿忽然叹了口气。

吴艾草问他，主任，你又怎么了？

麻青蒿说，当年我如果非要离开学校，也没得哪个人拦得住我。如果是那样的话，今天坐在那辆推土机里面的人，可能就是我了！要是这样的话，我每个月不晓得要多赚多少钱。

吴艾草说，所以说青蒿主任心系千年呢，你是有大情怀的人啊。

肖百合也打趣道，是啊，还真不能走，要不然我们千年村可没有这么好的村主任了。

麻青蒿说，百合书记，这你可就说错了，就算没我麻青蒿，那也会有李青蒿、张青蒿，甚至还有吴青蒿……说到这里，麻青蒿指着吴艾草说，艾草，我说得对不对？

吴艾草说，主任，你这话是哪样意思？

麻青蒿说，你少给我装傻！哪样意思？你以为我不清楚，你这小子难道不想当这个村主任吗？

吴艾草嘿嘿笑起来说，主任，我哪里敢当村主任，我连你一半的智慧都没有，就算勉强当了，也绝对当不好。

麻青蒿说，你少在我面前说这些客气谦虚话，别人不清楚你，我难道还不清楚你？就从拿工资这一件事上来说，你不希望每个月多几百块钱？

吴艾草继续嘿嘿笑着，有些不好意思地说，主任，要说这钱嘛，那肯定谁都是喜欢的。但是，能不能拿到这钱，那还是要有一定工作能力的，这些自知之明我还是有的嘛。

麻青蒿哼了一声说，你说对了，人最重要的，就是要有自知之明。

这时候，一直没说话的肖百合忽然扭头问道，麻主任，等到工程结束后，我们接下来的工作如何安排？

麻青蒿说，工程结束？那还得有一段时间。

吴艾草也凑上来说，是啊，要想结束，至少还得两个月。

肖百合说，是，但我们正好趁这段时间，把我们下一步的工作计划安排好。

麻青蒿和吴艾草对视一眼，都有点不太明白肖百合的意思。

吴艾草说，肖书记，下一步工作计划不还是这些事吗？

肖百合摇头说，我敢肯定，工程结束后，我们千年村的村容村貌肯定会有一个整体的、大幅的改观，到时候我们的乡村旅游就可以大有作为了。

麻青蒿说，我觉得不能这么快，而且，乡村旅游这种事，也没这么容易吧？

肖百合说，我觉得可以这么快，而且，我们还必须要快。我们之所以要搞"三改"，就是为了乡村旅游做准备。再说了，我们这里山清水秀，民居民房又有特点，这些都是我们发展乡村旅游的良好基础。

麻青蒿说，百合书记，你说的这些我都清楚，但"三改"那只是基础中的基础，要想让人家来我们这里玩，还不晓得接下来要做多少工作呢。

肖百合说，是啊，所以这些工作就需要现在计划起来了，如果能提前的，就提前安排实施起来了。

麻青蒿说，百合书记啊，你想过没有，即便我们把这些工作安排起来了，也把这些工作都落实得差不多了，可最后还是没什么人来我们这里玩……

肖百合打断道，这怎么可能嘛！

麻青蒿说，这咋个不可能？旅游，旅游，那肯定是去有名气的地方玩嘛，北京上海这些地方就不说了，就我们这周边，稍微远一点的有湘西凤凰古城、张家界，近一点的有梵净山、九龙洞，哪个会想到来我们这种山旮旯嘛！

麻青蒿说一句，吴艾草就跟着点一下头。等到麻青蒿说完后，他急不可耐地说，书记，我认为这次主任说得相当正确，我们这个千年村啊，确实没多大名气……

麻青蒿打断道，艾草，你等等，哪样叫做没多人名气？这话你也敢说？我告诉你，我们千年村，是完全没名气。

吴艾草赶紧说，是，是，不过主任，我们也是有名气的。

麻青蒿眼一横说，那是穷得有名，远近闻名，别人还把穷得叮当响的花开村和我们千年村连在一起，说"千年不开花"。

就在这两人一唱一和时，肖百合说，麻主任，吴会计，你们俩看问题都太局限了，穷则思变，我们千年村现在看起来是没什么好名气，可这并不意味着以后也一直是这样。

麻青蒿笑了笑说，好，就算以后慢慢地会有好名气，可我们村真要搞乡村旅游的话，除了"三改"能提升一下村容村貌之外，别的方面，也没什么太大的优势啊。

肖百合说，谁说的，我们村的优势还不多吗？一边说，她一边扳着手指头数起来，第一，我们村距离高速出口不到半小时车程，距离县城一小时，距离重庆市也才三小时，交通方便，区位优势极好；第二，我们千年村气候宜人，冬暖夏凉，山清水秀，空气清新，没有城市里面的汽车尾气和各种噪声，我们长期居住在村里，可能已经习惯了，可对城里人来说，来到我们村，这本身就是一种放松、一种享受了；第三，我们村有跑山鸡，有稻田鱼，有无公害蔬菜，还有村民自家炕的香肠腊肉，这些在城市里面很难买到、吃到，可在我们村，家家户户都有这些质量上乘的食材；第四，我们村搞了"三改"后，民居民房也得到了进一步的提升，接下来还可以升级成为乡村客栈、乡村民宿、农家乐等。这些优势，可以说完全具备了旅游发展中"吃住行"的基础要素。还有，麻主任，你口口声声说千年没名气，也不是实事求是的，我们村的紫薇树和丁香树，早就远近闻名，这两棵千年古树，一开花就要开六七个月，慕名来观赏的人就不少。我专门接触过他们，进行了调研，他们有一个共同的愿望，就是能够停下好好享受。可是，你们也看见了，我们目前不具备留住客人的条件……

通过前面一段时间的接触了解，麻青蒿其实是清楚肖百合有很强的工作能力的，同时，他也大概能想到，对于接下来的工作计划、实施步骤等，她肯定也是精心考虑过的。但是，此时此刻，当他听完肖百合这番有理有据的话之后，不由得愣住了，他扭头看了看吴艾草，这小子也是差不多的表情。

麻青蒿和吴艾草对视片刻，都没有说话。一时间，麻青蒿的情绪十分复杂，既有些高兴，又有些沮丧，甚至还有一丝难受。高兴的是，肖百合毕竟是自己村的第一书记，她工作能力强，认真负责，一心扑在工作上，对村里来说怎么都是一件好事。但麻青蒿扪心自问，自己参加工作也有这么多年了，也一直深信自己是有经验、有能力的老同志，可听完她那番话，心中一对比，在面对问题、分析问题、解决问题等方面，自己还不如这个小姑娘全面、清醒、透彻，麻青蒿难免有些沮丧。尤其是，刚才肖百合说完那一番话之后，吴艾草这老小子看她时，眼神中流露出来的那种发自内心的钦佩啊……

麻青蒿不由得在心中长叹了一声，心想，她肖百合也不容易，人家城里一个小姑娘不远百里来到我们村，不管怎么说，人家是来帮助我们的，我老麻不管怎么说，也该配合才对。想到这里，麻青蒿问肖百合，百合书记，那你觉得接下来，我们该办哪些？

肖百合笑了起来，她说，我认为，接下来我们就在刚才说的那些优势上继续下功夫，加强这些优势；同时，我们还要积极争取，请各级媒体朋友来我们村，对我们村在各个平台上进行宣传报道，提高我们村的知名度，扩大我们村的影响力。这样一来，我坚信，到时候一定会有外地游客来我们千年村游玩的。

麻青蒿听完后，重重地点了点头，大手一挥说，对！百合书记，你和我想到一块儿去了！

吴艾草马上凑上来，对着两个人都比出大拇指，一脸讨好地说，书记，主任，这就叫英雄所见略同！

三人一边说着话一边向村委会走去，走到一半路时，正好经过村民孔先刚家院外。肖百合停下脚步看了几眼，看样子，似乎还想走进去再看看。

麻青蒿问她，百合书记，你想去老孔家里看看？

肖百合点了点头说，上次我在村里逛的时候，跟孔师傅闲聊过几句，大概了解了一些他的情况。

麻青蒿不以为意地嗯了一声，说，老孔啊，他可是我们村里最老实的人了。

吴艾草紧跟着补了一句，老实得连个屁都放不出的！

麻青蒿瞪了他一眼，粗俗！你就是这样和领导说话的？不等吴艾草开口，他又转头问肖百合，百合书记，你和老孔又能有哪样聊的？

肖百合说，怎么，我不能和他聊天？

麻青蒿说，不是，我的意思是，这个，这个老孔老实巴交的，话说得本来就不多，说也不怎么会说，就算勉勉强强说了几句，还不一定能说到点子上。

肖百合说，我之前找他，只是想了解一些情况。至于他说得多不多、在不在点子上都不重要，重要的是他能明白我的话。

麻青蒿说，那你想找他了解哪样情况？

肖百合说，我觉得孔师傅他家的那个位置很不错，可以趁机做点文章。

麻青蒿有些好奇地说，做点文章？做哪样文章？

肖百合说"做点文章"的时候，麻青蒿心里面就已经在琢磨她这个话了。按照她之前对村里的规划，无非就是"三改"结束之后，村里开几家农家餐馆，或者乡村客栈，以此来带动村里的旅游产业发展嘛。可话说回来，如果她肖百合说的"做点文章"就是指这些"文章"的话，那么麻青蒿可以在心里大胆地说一句，肖百合还是嫩了点，她的这些想法幼稚了，很不切实际嘛，那这个小姑娘也就不过如此了，之前多少有点高看她了。

麻青蒿之所以会这么想，那是因为他对孔先刚这个人太了解了。第一，麻青蒿去孔先刚家中吃过饭，他和孔老婶子那炒菜的技术，只能说是很一般很普通，他们炒的菜，不要说开店了，请客都有点拿不上台面，所以，如果要想靠这个来赚钱，那简直是不可能的事。第二，不管是开农家乐，还是开什么乡村客栈，那肯定都是要一大笔钱的，可这老孔家穷得那叫一个叮当响，不要说一两万了，就算是三五千，他家也是绝对拿不出的，这没本钱开什么店？第三嘛，这老孔木讷寡言，扭扭捏捏，让他开了店，再站到店门口去招呼南来北往的游客？或者让孔老婶子？两个人都老口老嘴的，游客肯掏腰包来吃饭住店？这不就是个笑话吗！

想到这些，麻青蒿转过头对肖百合说，百合书记，我承认老孔家的位置是不错。但是我认为，你想让他去"做点文章"的想法，还是有点，有点，嘿嘿，这个有点异想天开了吧。

说着，麻青蒿便把刚才心中所想的一条条说了出来，说得那叫一个意气风发口沫横飞，听得吴艾草在旁边一脸敬佩，一个劲地附和。肖百合被他反驳一通后，倒是也不生气，脸上还是笑吟吟的，她说，麻主任，你误会了，我说的"做点文章"，和你说的不一样。

麻青蒿一愣，问道，不一样？那是哪样"文章"？哎，百何书记，

214

你既然也说他家位置不错，这位置不错，那肯定只有拿来开店嘛，不开店，还能搞哪样嘛？还能做什么"文章"？

一边说，麻青蒿就一边转头看着吴艾草。吴艾草马上会意，也赶紧附和说，是啊，百合书记，我认为刚才主任那番话，就分析得很全面很有道理，我认为啊……

麻青蒿摆摆手，示意吴艾草不要说话了。他说，百合书记啊，我认为啊，不能因为老孔家的位置地段好这一个优势，就强行上马，强行让他去"做文章"，那样是不科学的啊。虽说现在都在说步子要大一点，速度要快一点，眼光要远一点，可你说的这个，未免有点……嘿嘿！这个步子迈得太大了一点。

肖百合耐心听他说完后说，麻主任，针对你刚才提出来的这些质疑，我简单回答一下，第一，利用孔师傅的家来开店，这一点我认为还是很有必要的，不过，这个店不是农家乐，也不会是乡村客栈；第二，这以后，村民开店都是自愿自主行为，绝对不会，也绝对不允许出现逼迫村民强行开店、强行上马的行为；第三，这一段时间来，我都在考虑如何利用孔师傅他家房屋来开店这件事，想了很多，也做了一些调查，我不敢说绝对地"胸有成竹"，但至少不是"异想天开"。

的确，在此之前，肖百合经过了很长一段时间调查和研究。千年村处在峻峭崎岖的武陵山脉腹地，说起来，武陵山脉的主峰梵净山是弥勒佛的道场，佛文化源远流长，但紫云镇这一带却传承了几千年的道家文化和丹砂文化。在这里，各种造型奇特、色彩美丽、产量稀少的丹砂以矿物单晶体、连晶体和晶簇的形式出现，它们既是宝贵的矿物原料，又是含蓄质朴、美丽天成的观赏石，它们是大自然给予人类的慷慨馈赠。丹砂又被称作朱砂、辰砂，它是一种棕红色、色彩鲜艳的矿石。它的主要化学成分是硫化汞，主要在我国的贵州、湖南、四川等地出产。一般出产的多为浸染状、粉末状，达到宝石级并结晶成六棱晶体状的丹砂，唯紫云镇独有。

武陵山脉中的丹砂开采历史，最早则可以上溯到西周时期。据当地的府志记载，早在西周武王时期，从西北方来了一个梵姓的女子，她教当地土著在崖壁上沿着丹脉敲凿取丹，久敲久凿便形成了洞穴。后来，梵氏将丹砂献给武王，武王服下后，不仅治好了心悸不宁的毛病，而且神清气爽，颜面红润，体力倍增。武王大悦，敕封产丹的那座山为"大万寿山"，从此，这一片便以丹砂驰名。

再后来，秦朝的方士徐福也曾由苏州来到这里两次，为的就是索取丹砂炼取丹丸，称之为"长生不老药"，以供秦始皇服用。此后他更是走火入魔，带着数千童男童女两次出海寻找"长生不老药"。

在离千年村不远的地方，还有一座中华山，这座中华山也是大有来头的。据传，武则天做皇帝时，这里的官员向她进贡了一块造型奇特且色彩艳丽的晶体丹砂。这块晶体丹砂通体透明、红光耀眼，武则天看了之后赞不绝口，特赐名为"光明砂"，并赐封产"光明砂"之山为"中华山"，且欣然挥笔写下"中华山"三个刚劲大字。

当然，对于接受过高等教育的肖百合来说，她深知一点，如果从严肃的历史学角度来说，这些府志、地方志上面所记载的事件都缺少可考依据，导致它们更像是传奇、传说之类的记载。

地方志上面的事件或许有编撰、夸张之嫌，但那座中华山可是真真实实地矗立在这片绵延的群山之中。都说眼见为实，肖百合决定，自己一定要去亲眼看一看。而且，为了让这一趟"眼见为实"能有更多收获，肖百合经过多方打听后，去到县里的文史馆，找到了一位对本地历史沿革、风俗民情、地理环境等方面都颇有研究的专家，请他来给自己当向导。

这位专家姓何，除了在文史馆工作外，他还在市里的大学任兼职教授，何专家极为健谈，人也很是热心。肖百合找到他说明来意后，心里多少还有些忐忑，毕竟来得太唐突，却没想到，何专家很爽快，一口就答应了。

就这样，肖百合找了一个天气较好，自己也较为闲暇的周末，她和何专家一起去了中华山一趟。从千年村去中华山，基本都是盘山公路，这样的公路也是黔东高原的一种特色：路的一侧是峻峭耸立的高山，山上植被郁郁葱葱，在阳光照耀下格外苍翠，显得生机盎然；而路的另外一侧则是悬崖峭壁，峭壁下往往还有一条蜿蜒流淌的小溪，隐隐传来溪水声。

肖百合自从参加工作以来，基本都是在机关工作，下派到千年村以后，虽然时不时就要去村民家中走访谈心，但村里毕竟和这大山深处是不一样的。所以此刻，当她看见眼前这一幕景象时，可以说是极为震撼，她没有想到，如此美丽的地方，却是藏在深闺人未识。这条乡村公路像一条飘带，飘落在这群山之中，一缕缕白云缭绕其间，让这条飘带时隐时现，而汽车像群山中的一叶轻舟，在山峰与峡谷之间穿行。当那一缕缕的白云渐渐地凝聚成一朵朵白云时，它就会越过山峰之巅，悬浮在蓝色的天空中。这时，整个大地就会轮廓分明，这时，肖百合看见的是山峦层叠，峡谷纵横，千山万壑之中，一座高耸入云的山峰显得格外挺拔峻峭，这是她第一次目睹早就耳熟能详的中华山。她虽然看见中华山了，要到达中华山脚，还为时尚早。在武陵山脉的腹地，这样的现象数不胜数。举个例子，一个村民组的人，一户住在山南，一户住在山北，这两户人家在劳作时，互相可以交谈问候，也时常邀请对方来家小坐聊聊天，喝点小酒，可是为了喝这一杯小酒，山南的人要走到山北，时常需要　到两个小时，因为一条似地缝般的峡谷切断了山南、山北的联系，仿佛在这山的肌肤上深深地划下了一条伤痕。面对这样的伤痕，有的人触目惊心、望而却步；有的人一见倾心、知难而进。而肖百合属于后者，她今天的目的，就是要攀登她仰慕已久的中华山，为了这个愿望，她已经数不清经过了多少地缝和峡谷，历经了多少次的惊心动魄。这样的惊心动魄是令人刻骨铭心的，有了这样的刻骨铭心，人人都有可能成为一名诗人，何况她是一个充满青春气息、朝气蓬勃的青年人。当天晚上，她在日记中写了一段话，这段话是她在很早前读过的一首诗：

此时，我什么都不想

只想对你说些愿望

可愿望带着伤口

像一朵红花

你可知道

带伤的东西非常美丽

　　这首诗，无疑表达了她的内心世界。是的，她今天并没有攀登到中华山之巅，这是她的遗憾，这样的遗憾，是她生命中不能承受之重，这样的重量，是她不可逾越的。当她攀登到中华山山脊上时，中华山的顶峰像一座巨大的石碑，昂然挺立，即便是专业的攀登者，没有准备好专业设备，也很难登顶。

　　中华山山脚形成了一个天然的山谷，此时的山谷中十分幽静恬然。因为有了野花的点缀和葱茏的林木，在空气中也荡漾着花的幽香和草木的清香，这两股香气交织在一起，令人如痴如醉、心旷神怡。

　　肖百合抬头仰望，莲花般的云朵缭绕在中华山之巅，在湛蓝清澈的天幕映衬下，云朵显得无比圣洁，中华山显得无比伟岸。一片起伏的连山连绵不断地伸向远方，葱翠的森林在光线照耀下，像是镀上了一层金黄色的阳光，顿时，这个世界鲜亮起来，美妙无比，让人心旷神怡。

　　在这山谷中，没有尘世的喧嚣，一切都是那么质朴宁静，身处其中，肖百合心里顿时安静了下来。她不由想起了《桃花源记》中那个美丽的世外桃源，而此时此刻置身在这山谷之中、绝壁之下，仿佛来到了人间仙境。

　　在这山谷中，可以说无一不奇，无一不绝，无一不美。这样的奇绝之美，飘逸在群山之巅，缱绻在峡谷之涧，盘旋在苍松古柏之上，流淌在溪水之中。这样的美，不管你的嘴有多么巧，不管你的文字运用得多么娴熟，你都会无以言表。这样的美，只有你的眼睛不会欺骗你，这样的真实，必然会触动你的心灵，你想张开喉咙吆喝个痛快的欲望，一定非常强烈。这样的强烈，当时在肖百合的心中可谓是风起云涌，这样的风起云涌，激荡在胸中，必须喷薄而出，才能让人酣畅淋漓。可是，肖百合并没有嘹亮地吆喝起来，那声吆喝被她硬生生地咽了下去。事后，她在日记中写道：

> ……我就这样，令人遗憾地与人生中一次难得的酣畅淋
> 漓失之交臂，这样的失之交臂并不令人沮丧，因为，那个时
> 候，我的心情非常愉悦。说真的，我当时真想吆喝几声的，
> 但这样的吆喝是不是会惊吓到何专家？年轻人，在老前辈面
> 前，还是矜持一点好。

上山的路上，何专家又开始给肖百合介绍起这座山的由来。据说早在唐朝初期，佛教信徒们开始在中华山建寺传教，先后建成了正殿、副殿、玉皇阁、观音阁及文武诸殿和佛客禅堂、金顶寺等，雕塑千姿百态的各种菩萨差不多有三百尊。到了清末民初时，中华山寺庙建设达到顶峰时期，寺内有僧侣达两百余人，每天上山拜佛的信徒数百人，特别是每年农历二月十九、六月十九、九月十九三天，来自湖南、广西、贵州、云南、四川等省的高僧远道而来研究经事佛学，成群结队的善男信女纷纷赶来朝山拜佛，人数过千，中华山寺庙成为当时全国最有名的研佛拜佛的寺庙之一。再后来由于各种原因，中华山终究还是慢慢落寞冷清了下来，山上各殿宇也相继垮塌损毁，不知是哪一年，一场大火之后，山上的建筑基本消失殆尽，到今天只剩下一片残垣断壁。说到这里的时候，何专家忍不住长叹了一口气，连声说，可惜啊，可惜。

肖百合问他，那现在山上还有什么建筑？

何专家不无落寞地笑了笑说，现在啊，就只剩下一些残破的古建筑遗址，还有部分碑刻和三座方丈墓塔。

说话间，二人已经走到了"山"字形主峰下的平台上，映入眼帘的是由一块块青石垒起来的山门。山门顶部一块黄色的石匾上"中华山"三个字清晰可见，黄色的石头由于岁月的磨砺显得有些斑驳，但在周围青石的映衬下，这块黄色石匾依然耀眼。在"中华山"三个字的两侧，还有两块黄色石匾，两只金色凤凰栩栩如生。

二人走到这里，何专家又指着两块黄色石匾介绍起来，一般来说在寺庙外的石匾上都是龙纹形象，但中华山这座寺庙外的石匾却别具一格，极其少见地用了凤凰的形象。

肖百合想了片刻后问他，是不是因为中华山这座寺庙与武则天皇帝有关？何专家点头赞许道，对，就是这个原因。一边走，他又一边介绍起来，据《山海经》中所记载描述，凤凰全身上下都是五彩斑斓的羽毛，头上的花纹是"德"字的形状，翅膀上的花纹是"义"字的形状，背部的花纹是"礼"字的形状，胸部的花纹是"仁"字的形状，腹部的花纹则是"信"字的形状。这些都是传统文化中对于精神层面的最高追求，再说回女皇武则天，虽说她是女性，然而却有雄才大略，亦是天选之人。

据说，在载初元年（六九〇年）九月间，群臣奏称"有凤集上阳宫，赤凤见朝堂"，这上天的祥兆，意思再明显不过了，要她尊天意、顺大势登基君临天下。于是，武则天于同年的九月九日登上则天门楼，她大赦天下，改唐为周，改元天授。不久，她将国都定在洛阳神都，以长安作为陪都。同月，上尊号曰圣神皇帝。也因为有了"凤凰一起出现在上阳宫和朝堂"这一祥兆，所以，当时修建的很多庙宇，在大门外的石匾上，也就弃龙从凤，雕刻了大量的凤凰纹饰，中华山的这座寺庙，自然也在其中。

说话间，二人走进了已经残破的山门，在这里基本上便能看清楚中华山的全貌了，这座山，其实是由东、南、北三座山峰构成的。山顶由三座孤立的悬崖绝壁构成"山"字形的主峰，两侧峡谷如刀削斧劈般，岩壁陡峭、奇峰挺立，常见云雾缭绕，山中连山、山中连洞、洞中连瀑，当二人攀爬到"山"字形的主峰脚下时，已经无法攀登，肖百合俯瞰谷底，只见山谷下森林似绿毯、山道如丝线、人畜如蝼蚁，她不由得长长地感叹了一声，脑海中顿时就想起了杜甫《望岳》中的"会当凌绝顶，一览众山小"这句诗。是啊，只有亲身站在高耸入云的顶峰俯瞰，心中才能有这般豪情，才能有这番感受啊。

见此情景，肖百合感慨地说，以前上学的时候，只知道贵州是我国唯一没有平原支撑的省份，可当时生活在城市里，对此只有一个模糊的概念，并没有深刻的感受和具体的印象。直到我来千年村工作后，尤其是今天来这里，看见这些景象后，才有了具象的体会，也才更加理解了这句话。

何专家点点头，他踩了踩地下的岩石，也感慨道，是啊，除了没有平原支撑这一个特点之外，这些山本身还各不相同，各有特点。就我们脚下这座中华山，早在五亿年前的早寒武纪时期，就已经矗立在这里了。

肖百合听了之后，心里也产生了共鸣，自从她来到千年村任第一书记后，她对这一带的地质地理情况也作了一番深入的了解。听到何专家的话之后，肖百合点了点头，又指着千年村的方向说，我们千年村的那些山和中华山隔得并不远，外形外貌也很像，但它们却是三叠纪时期形成的，距今只有二亿四千万年。这二亿多年，当然也很长很长，可是与这里的早寒武纪地岩相比，它又要短暂很多了，而红岩村的那些山，它们却形成于白垩纪时期，距今不过六千九百万年。说到这里，肖百合不禁感叹道，这一座座山峰，在空间上不过相隔数里之远，可是在时间上，却相差了数亿年。

肖百合说完这番话后，何专家转过头来看了她一眼，眼中也闪过一丝诧异的神色。他点点头说，没想到肖书记对我们这一带的地质地理情况也这么了解，应该没少下功夫。

肖百合笑起来说，我也是到了千年村工作以后，才临时抱佛脚看了一点点这方面的书，跟您这样的专家相比，那就是班门弄斧了。

何专家也笑了起来，二人折返向山下走去，一边走又一边聊起贵州这些山体岩层的地质特点。在黔东的武陵山脉中，综合了各种纪年的山体岩层，便是距离千年村不远的梵净山。可以说，梵净山是武陵山脉中地质岩层结构最多样，也最具有代表性的。梵净山的山体主要由中元古代地层与新元古代地层组成，其岩层在近海环境中形成。

据科学考证，梵净山第一次出现在遥远的十四多亿年前，当时黄河以南是没有陆地的，到处都是一片汪洋，而唯一存在的陆地便是梵净山，随着地壳板块运动的作用，以及喜马拉雅山脉的凸起，海水才渐渐退去，出现了一部分陆地。又经过大自然数亿年的变迁，武陵山脉才逐渐形成了今天千山万壑、万峰成林的面貌。可以说，黔东腹地的这一条武陵山脉，这一座梵净主峰，便是数亿年陆地板块运动、地壳演变史的一个缩影。

肖百合遥望前方，在她的眼前，苍山如海，密林如浪，她忽然想起听过的一首名为《乌江之恋》的歌，歌中唱道："红土地高原，蓝色的乌江，是我那神奇的故乡……高高的红土地生长着大森林，大森林的脚下，是那起伏的连山……高原是大海，森林是波涛，一排排神奇、神奇的山岗哟……"看见眼前的这一幕，她更加理解了歌词为什么会这么写。是啊，贵州在远古就是大海，而现在是林海，这一座座山峰，在云海之中，就像一队队永不沉没的船帆。这样的船队，何尝不是历经了岁月的长河，沧海桑田，阅尽了武陵沧桑。

想得正出神时，一阵山风呼啸着吹了过来，吹在肖百合的脸上、身上，隐隐生出凉意，但却把整个人吹得很是清醒。不自禁地，她又回忆起了自己的父母、以前求学的过往、才参加工作时的经历、在千年村受过的委屈等，而身处这高处，她仿佛顿时就释然了。她看着眼前的一切，只觉得自己很渺小，又体会到了白驹过隙的情绪，她忽然间便想明白了一些事。

肖百合想，一个人的生命存在几十年或多至百年，看上去已经很漫长了，可与面前的群山相比，那么人类所谓的漫长生命，毫无疑问只是眨眼一瞬、刹那之间了。人与大自然相比，渺小如漫天尘埃，似风中草芥。然而，渺小并不可怕，最可怕的却是自己不知道自己渺小，或者说，自己也知道自己渺小，却甘于渺小。如果一个人有了这样的心态，无论让这个人去做什么事，他都不可能做好。肖百合心想，这就好比自己才去到千年村的时候，面对那些千头万绪、杂乱无章的工作时，心中免不了有抱怨，有不满，甚至在某些时候还有一种沮丧消极的心态，但话说回来，这世上所有伟大的事，不都是靠着一个个渺小的人所完成的吗？这就好比"精准扶贫"这件事，用"伟大"

来形容它，一点也不夸张。如此伟大的一件事，最终还不就是得靠着一个个渺小、平凡又普通的人去完成吗？一想到这些，肖百合只觉得全身上下充满了干劲，这一趟登高望远真是太有收获了。

就在她陷入沉思时，何专家抬起手，指着远方说，肖书记，你看那边。

肖百合顺着他的手看过去，只见远处的一个山沟沟中，顺着山势建了若干栋民居，在这些民居中间，还夹杂着数条有如电线一般粗细的马路。虽然隔了这么远，但肖百合还是能看出这些民居大致的造型结构，其中差不多有一半是砖瓦房，另一半则是木楼，在距离这些民居稍远的地方，还可以看见一片片不太规整的水田，依稀看见有些人正在水田中劳作。

只听何专家笑道，这个小山村，因为离着中华山不远，也就叫做中华山村了。

肖百合说，我知道了，是黄道乡的中华山村，我还没有到千年村工作的时候，就听说这个村了。

何专家说，是，这个中华山村不仅在全县，甚至在全市范围内都小有名气的，但让它有名的却不是因为地理位置，以及这个名字，而是表演傩戏和傩技。说着，他转过头，饶有兴趣地看着肖百合问道，你应该知道傩戏吧？

肖百合说，知道，不过了解不多，以前我在市里的时候，看过傩戏表演。

何专家点点头，又慢慢解释了起来，傩戏这种戏，现在已经变得很小众，甚至很边缘化了，因为本身具有强烈的神秘主义，以及少量的封建主义，又因为其含有大量驱鬼除魔的元素，所以民间也称它为鬼戏，但它其实是当地最古老的一种祭神跳鬼、驱瘟避疫、安康庆祝的娱神舞蹈。可以说，它是历史、民俗、民间宗教和原始戏剧的综合体，在我国广泛流行于贵州、湖南、四川等省。

而中华山村虽身处武陵山脉的腹地，在地理区位上并非交通要道处，但得益于中华山寺庙每年所举行的盛大庆典活动，在这个庆典中，傩戏也作为重要的表演环节之一登场。其目的则在于教化、洗脑世人要尊崇天意、敬畏鬼神、相信因果等。至于中华山村，或许是因为近水楼台的缘故，这个村里面，有相当一部分村民都会表演傩戏中的傩技，就这样，这种古老的戏种就在这个名不见经传的小山村里一代代地流传了下来。

闲聊中，二人也从山顶慢慢走到半山腰了。何专家说，只不过，到了今天，某些傩技的表演因为过于血腥残忍，让绝大多数观者看过后，都会产生强烈的不适感，从而也逐渐走下舞台，慢慢沉寂，慢慢没落了。

肖百合点了点头说，也就是说，到了今天，这个中华山村依然还有一部分会表演傩技的人？

何专家说，可能还有一些吧，不过我猜想，应该都是上年纪的老人了。去年我曾去这个村里采风过，村里很多青壮年劳动力都出去打工了，剩下来的基本都是老人和小孩。

肖百合听完之后，一时之间竟然不知道说什么好。虽然在现在的农村，尤其是那些深度贫困村里，空巢老人和留守儿童的现象是随处可见的，这几乎成了常态现象，对于肖百合来说，也几乎见怪不怪了，可是当她听说这一情况时，心里面还是会觉得很难接受。这个繁衍生息了上千年的小山村，即便有着一代代号称能通灵的传承者，有着所谓的神灵庇护、上天的恩宠，却依然没能改变这个山村的尴尬境地。到了今天，以往那些舞台上的表演者逐渐老去，新的传承者为了生计又被迫背井离乡，而这些传承了上千年，包含了地方文化、神秘色彩的傩技，或许就因为这些情况，也会像一缕青烟一般，慢慢消失在这浩瀚宇宙中。

想到这些，肖百合难免有些感慨，不过，抛去这些不说，对于肖百合来说，这一趟实地来到中华山，可以说对她的启发、帮助作用非常大。在这一趟行程中，她了解了这壮美、神秘的武陵山脉中，包罗万象的地方文化，比如丹砂文化、道家文化、傩文化等，她想，如果这些因素都能巧妙地、科学地、有机地运用到日后千年村的乡村旅游产业中，扩充其文化内涵，那么对接下来的产业发展是绝对有着巨大帮助的。

从中华山回到村里后，肖百合马上着手这些工作。在经过一番走访调研后，她了解到村里有相当一部分人都曾经在丹砂汞矿上工作过，这些人的家中，基本都有不同数量、质量的丹砂单晶体、连晶体和晶簇等原石。同时，这些村民对丹砂的采炼、制作各种成品等方面都比较了解，而这一点，正是千年村的一大优势。

肖百合想，千年村在发展乡村旅游的同时，应该紧紧抓住丹砂这一特殊的红色产业，比如说，首先以村支两委牵头，成立一个制作、销售丹砂工艺品的村集体企业，再通过上各家各户做思想工作，请这部分村民入股合伙，除了将家中保存的晶体原石拿出来展示外，同时还可以售卖以丹砂原料制作的手链、项链、饰牌，以及丹砂印泥、文房四宝、丹砂颜料绘制的山水国画等物品。当然了，即便有了村集体，有了村民的同意和支持，这也只是一个好的基础而已，最关键的是还需要一个有力的平台，村里不像大城市那样有各种网络渠道和各种实体店作为平台，但在目前的千年村，只有走实体经济的平台，简单来说，也就是村里需要有一个销售和展示的场所，下一步再向电商平台发展。

为了找到这么一个合适的场所，肖百合在村里走访了多家多户，最终，她把目光瞄准了孔先刚家的那套民房。孔师傅的家正好处在村里的十字路口处，这套房的朝向、面积、结构等都很适合改造成为展示窗口。这条街是村里的十字路口，绝对的主干道位置，在乡村旅游的发展前期，这一片的人流量相对村里别的地方来说肯定会多得多。在肖百合的规划中，以后这条街的民居将会逐步进行升级，最终将它打造成为一条"千年村丹砂工艺品街"。如果一段时间后，千年村的乡村旅游发展顺利，能达到预期目标的话，那么这条工艺品街还能再次升级，成为千年村文化产业街。

肖百合想通过这一条文化产业街，将千年村的风土人情、武陵丹砂文化、道家文化等元素融合在一起，再通过丹砂手工艺制品展现出来，那么这样的产品，既能丰富乡村旅游的文化内涵，又能起到宣传、推介本地的作用，其本身也有巨大的市场潜力，能够创造一定的经济价值。如果这一村集体经济能持续稳步发展，带来一定收入，那么可以扩大其生产规模，吸纳合作伙伴，增加产品种类，并将其作为村里的一项产业来抓，最终满足乡村旅游的需求。

不过，要想完成这一构想，需要逐一解决的问题、逐步完成的工作可不少。多的不说，就说一点，现在孔师傅老两口还住在这房里，这房虽说位置不错，其内部居住条件还是差了一些，但是老两口住习惯了。第一次肖百合去他家里，才说了两句，孔先刚还没来得及说话，孔老太就不停摇头，很坚决地说，肖书记，你的好意我们心领了，镇里那个移民搬迁房我们也听村里人说了，修是修得好，可大家都住不习惯嘛，再说了，这俗话也说得好，金窝银窝不如自己的狗窝，我们住这间房住了一辈子，不想在这个年龄还去折腾。孔老太说完后，孔先刚也跟着点头说，是，是，肖书记，这个嘛，我们不愿意搬家，谢谢你的好意了。

所以，这就是摆在肖百合面前的难题，如何让孔家老两口搬出来，搬到镇里的易地扶贫新居去，既改善他们的人居环境和生活水平，又能成功打开村里的产业之路，无疑，还要继续想办法。

既然现在的扶贫工作中都在提倡"资源变资产、资金变股金、农民变股民"这"三变"，那么何不从房屋入股找一个切入点呢？肖百合想以此说服孔师傅老两口，首先，搬家可以提高老两口的生活居住水平，其次，这套房可以作为股金入股村集体经济，这样老两口又有了一份收入。对，就这么去谈，谈下来之后，再去找村里其他的村民，一步步做通大家的思想工作。

当然了，肖百合也深知，第一个吃螃蟹的人，总是需要一定勇气的。在村里开丹砂工艺品店这事就是如此，虽说是村集体经济，但那也是需要本钱的啊，这个本钱，可不是谁都能拿得出来的，即便拿得出来，也不代表就能心安理得、毫不犹豫地拿出来。通过这段时间的走访，肖百合也基本了解了村里各家各户的收入情况，高一些的每年不过四五千元，低一些的仅仅两三千元，对他们来说，拿一大笔钱出来集资搞村集体经济，其困难可想而知。

虽然说村支两委可以帮助大家申请农村小额无息贷款——这种小额无息贷款的出台，其目的就是鼓励农民们创业——不过这首先需要她肖百合去说服大家。但说实话，对于说服村里这些村民，肖百合其实也没有多大信心，来到千年村一段时间后，她走访了大量的贫困群众，深知他们心里是怎么想的，他们贫穷的根本原因又是哪些，要让他们成功脱贫，其中最大的阻碍又是什么，说白了，虽然大家致贫的原因各不相同，但没有信心、缺乏斗志、缺少方式方法却是普遍原因。因此现在实施的"精准扶贫"才会首先提出要"扶志"和"扶智"，这前一个"志"，就是要让贫困群众甩掉"等、靠、要"的老思想和旧习惯，激励他们的内生动力，鼓励他们重新拾起志气和自信，坚信自己能够脱贫，并通过自身的努力奋斗，最终富裕起来。而后一个"智"，则是要教给他们知识和技能，正所谓"授人以鱼，不如授人以渔"。这些工作说起来都很简单，听上去很容易，但真正要办到，按期保质地完成，却一点也不简单，一点也不容易。

对于肖百合来说，这些挑战就是机遇，更是使命和担当，如果没有这段时间的历练，没有临行时龙书记的那番话，没有站在中华山上俯瞰大地对话内心，以及那些感悟体会的话，那么可能她会胆怯、会不自信，但今天的肖百合早已不是那个初到千年村的肖百合了。所以，当她被麻青蒿质疑时，她才会反驳对方，自己虽然不敢说是"胸有成竹"，但也绝对不是"异想天开"，因为对于如何开展这些工作，她做足了功课，也思索了很长时间，有了这些准备工作，她才会有这么强的信心，才会坚信这件事会成功，但麻青蒿和吴艾草，又怎么会知道这些情况？

尤其是麻青蒿，他自认为肖百合如果要去动员孔先刚的话，无非就是脑袋一时发热，一时冲动，就是不深入了解基层情况，甚至还有那么一点点好大喜功的意味，不管他老孔是开农家餐馆，还是开哪样乡村客栈，那都是很不现实的！难道不是吗？

哼哼，我老麻还不晓得她是咋个想的？到时候村里开起店了，不管大不大，赚不赚钱，有没有人来，但她肖百合总是可以去龙书记那里邀功的嘛。她往龙书记办公室一站，书记，我们千年村支两委按照您的指示，首先迅速推进并完成了"三改"工作，这之后，我们又积极地发展乡村旅游，现在我们村里已经开了一家店了，虽说游客量不是太理想，但我们都相信，随着各种基础设施的完善配套，来我们村的游客肯定会越来越多的，村里的店也会越来越多的，产业也会越来越丰富的。"三改"是为了"三变"，"三变"是农村产业结构调整的主要途径，也是最终实现生态美、百姓富的重要抓手……

龙书记要是听了这些话，他会不高兴不满意、不给予肯定和鼓励吗？他绝对会说，很好，百合同志，现在看来，当初县委决定委派你去千年村任第一书记，是一个很明智的决定，你在千年村很好地发挥了第一书记的作用，带领乡亲们，因地制宜找到了脱贫致富的道路……

肖百合这就达到她的目的了。当然，她有可能也会说些谦虚的话，书记，我们千年村能够有这些变化，能够有这一点点成绩，除了您指导有方，更多的还是村支两委齐心协力的结果。

不简单啊，这个小姑娘，某些方面很不简单啊。但是，她刚才又说了不会让老孔开餐馆，也不让他开客栈，那还能开哪样店嘛？想到这里，麻青蒿心中好奇不已，当即打破砂锅问到底，百合书记，你就给我透个底，你到底想让老孔开什么店？

肖百合说，青蒿主任，你误会我的意思了，我说的用孔师傅的家来"做点文章"，并不是让他拿钱出来，当老板去开什么农家餐馆或者农家客栈。

接着，肖百合就把她此前的一些想法说了出来，如何说服孔先刚两口子搬入新居，如何成立村集体经济，如何通过这套房来开一家丹砂工艺品店等情况。说完之后，麻青蒿和吴艾草都有点愣，两人对视一眼，一时间都不知道说什么好。

肖百合说，麻主任，吴会计，我们现在搞精准扶贫，其中非常重要的一项工作就是"易地扶贫搬迁",上级还提出了要"搬得出、稳得住、能致富",你们想,孔师傅两口子劳动力不足,收入低于平均水平,他们是可以享受这一政策的,如果说他们搬入镇里的新居,村里的房子作为股金,他们每个月就有了一部分收入,除此外,他们在村里的地还可以流转出来,这又是一笔收入,虽说这些钱暂时可能无法让他们"能致富",但是我想,让他们"稳得住",应该是没有太大问题的。

吴艾草说,是,书记,这一点我觉得你说得对。

肖百合说,只要搬得出、稳得住,我们就完成了第一步的工作,而且除了孔师傅老两口,我们村其他享受"易地扶贫搬迁"政策的村民,也可以沿用这样的办法,我们在村里发展其他的村集体经济,让大家都能入股,都能"从村民变股民",这样的话,就能保证他们都有一定的经济收入,从而也能稳得住,那么我们千年村的搬迁户,就不太可能出现从搬迁点又回来的情况了。

麻青蒿点了点头说,是,这样一来,我们千年村支两委在龙书记那里,也好交代啊,我们不求表扬嘛,但至少不能拖镇里易地搬迁工作的后腿,你说,是不是?

肖百合说,是啊,麻主任,在这一点上,你想得比我更充分。你们再想想,等到我们村的"三改"结束后,村容村貌肯定会焕然一新的,但是对于搞乡村旅游来说,光有漂亮的景致还不够,还需要有文化内涵的支撑。

吴艾草说,文化内涵?是哪样?

肖百合说,简单说,就是能代表、能展示出地方文化、地域色彩的事物。我觉得,丹砂工艺品就是一个突破口,它能体现我们黔东的地方文化、民俗文化、传统文化等方面。

说着,肖百合又说了一遍她去中华山实地考察的那趟行程,以及她接下来的规划和构想。她的一席话只听得麻青蒿和吴艾草再次愣住了,他俩之所以愣住,实在是因为肖百合话中的信息量太多太广,甚至有点超出麻青蒿和吴艾草的理解范畴了。

麻青蒿沉默了好一阵，思考了好一会儿才说，百合书记啊，我认为，基层工作啊，凡事都要一步一步来，步子千万不能迈得太大了。当然，我承认我们村确实是有一些优势，你之前也一条条说了的，但是，这些优势究竟能不能成功转化为乡村旅游的资源，这一点嘛，我觉得还有待斟酌。还有，你说的什么村集体经济、文化产业步行街啊，这些计划，我觉得都要从长计议，都要认真考虑啊。

肖百合说，麻主任，正因为我都认真考虑过的，所以今天才和你们提出我的这些想法。

麻青蒿说，是，是，这个嘛，我当然晓得的，但我还是想慎重地提醒你一下。

吴艾草也赶紧说，是啊，书记，我认为你还是多多考虑一下主任的意见，还有，这个，我的意见，当然了，我的意见和主任的一样，都希望你慎重再慎重。

肖百合停下脚步，她想了想才说，麻主任，吴会计，你们是不是觉得，我们千年村接下来搞乡村旅游这事，就是我肖百合一厢情愿的事？你们是不是不相信我们村可以搞乡村旅游？

这话一说，麻青蒿和吴艾草对视一眼，都没说话。片刻后，麻青蒿干咳一声，有些敷衍地说，这个事情嘛，百合书记，我嘛，还是那句话……

肖百合打断道，麻主任，你等等。

麻青蒿停住，有些不解地看着肖百合。

肖百合紧紧盯着麻青蒿，很严肃地说，麻主任，我来千年村工作也有这么一段时间了，这段时间的工作，我自认为我们互相配合得很好，所以我也希望，接下来你说的话，能够坦诚一些，如实把你心中所想说出来。

这话说完，麻青蒿还真不晓得该怎么回答了，在他心中，确实就如肖百合所说，他根本不相信千年村可以搞乡村旅游，也一直觉得搞乡村旅游就是她肖百合一厢情愿的事，虽说他觉得肖百合的这些想法太幼稚太单纯，但毕竟人家小姑娘也是在为村里的发展着想嘛，所以他一直不好太反对。可现在，被肖百合直接问出来了，说是吧，肯定不行，人家是好心，是为工作，求发展，只是方向错了；可我说不是吧，这个，那就是在骗她啊，骗的时间久了，她真相信我老麻也愿意搞乡村旅游，关于旅游的哪样工作都来找我商量，那村里的其他工作怎么办？还开不开展了？

一时间，三人都没有说话，气氛很有些尴尬。肖百合看麻青蒿的神色明显是默认了，趁热打铁地说，这样吧，我想与你们多说几句。

麻青蒿忙不迭地说，行、行，你说、你说。

肖百合说，漾头镇你们都知道的吧？

麻青蒿频频点头说，肯定晓得的嘛，漾头镇隔我们才多远？一边说他一边抬起手，朝着身后随便比画了一下，翻过那座山头就到了。

吴艾草也凑上来说，是啊，书记，近得很。

肖百合说，有个情况不知道你们听说过没有，差不多从七八年前开始，每逢盛夏，就陆陆续续有重庆的群众来漾头镇，租住当地群众的房屋消夏避暑……

吴艾草打断道，书记，还有这事？

肖百合还没来得及说话，麻青蒿一掌拍在吴艾草的头顶上，训斥道，你多哪样嘴？专心听书记说！一转头，他又说，百合书记，真有这事？我咋个会不晓得呢？

肖百合笑了笑说，我以前的一位大学同学，现在就在漾头镇政府工作，这事就是他告诉我的。

麻青蒿哦了一声说，好，好，那你继续说嘛。

肖百合说，但是，因为漾头镇当地群众的房屋普遍破旧，基础设施设备也较为落后，这些重庆来避暑的游客难免有怨言。再后来，重庆的一些小房开商发现这一商机后，他们也来了，把村支两委空余、闲置的空房，或者是易地搬迁户留下的宅基地打造成民宿。

麻青蒿和吴艾草听了后对视一眼，都没说话，看神色，也都有些将信将疑。

肖百合又说，这一两年，因为来漾头镇打造民宿的重庆开发商，以及前来租用民宿的重庆市民越来越多，县里面准备在今年成立"黔渝一体化发展试验区"这一临时的正科级机构单位。一旦成立，以后还将本着"五个统一"的原则，即"统一规划、统一发展、统一管理、统一建设和统一流转土地"这五个原则，对漾头镇及周边土地进行整体规划和项目完善。

说到这里，肖百合停下脚步，转头看着麻青蒿又说，麻主任，你不相信我们村能够发展乡村旅游，你觉得是我一厢情愿的想法，可是你没想到，隔我们这么近的漾头镇，就凭着冬暖夏凉这一优势吸引来了这么多的游客，这些游客还是在漾头镇没有主动宣传的情况下找来的，你再想想，如果我们千年村把基础工作做好了，又何愁吸引不来游客呢？

麻青蒿顿时语塞，这个，这个嘛……

肖百合说，现在，漾头镇已经开始在发展乡村旅游产业了，他们走在我们前面，我们可以向他们学习经验，弥补不足。同时，我们紫云镇、千年村还有他们所没有的优势，所以我坚信，只要我们把前期相关的基础工作做好、做扎实，我们一定能发展得起来。

说话间，三人走到村里一条分岔路，肖百合说，你们先回办公室吧，我要去丁香姐那里办点事。

麻青蒿本来已经往前面走了两步，突然又停下脚步，一脸警觉地问道，百合书记，我没听错吧，你要去找丁香？

肖百合说，是啊，怎么了？

麻青蒿追问，你去找她搞哪样？

肖百合回答道，麻主任，你认真想没想过，今天这些工程车进了千年村，丁香姐的那间小卖部也马上要被推掉，小卖部一推，那么她住哪里，接下来又该怎么办？

麻青蒿沉吟片刻才说，这个……住嘛，村里面给她找个空闲房先住着，至于以后怎么办，我们村支两委再、再慢慢想个妥当的处理办法就是了。

肖百合说，这个话就有点敷衍了，就算是慢慢想办法，你至少也要给她一个明确答复吧，一个星期？还是两个星期？

麻青蒿摇头道，一两个星期就解决她的事？不可能，绝对没这么快。

肖百合说，那你说，你要多长时间才能解决？

吴艾草凑上来说，我觉得，至少也得一个月吧。

麻青蒿点点头，对，一个月差不多。

肖百合说，好，就算是一个月，那我再问你，这一个月她没了小卖部，就没了收入，她靠什么吃饭？还有，一个月之后，你是不是就一定能保证她有新工作，有收入，而且，收入也能保证有多少？

麻青蒿一脸为难，想了想才说，这个嘛，我没办法保证。

肖百合说，那就是喽，你没办法，我也没好办法。所以我今天就得去找她本人聊一聊这个事。

麻青蒿说，百合书记，我晓得你是咋个想的，不就是想在其他地方让她再开一间小卖部吗？可我觉得还是先给你提个醒。

肖百合说，提醒？

麻青蒿说，几年前，村里三家人都想要这间房来开小卖部，之所以最后让丁香拿到手，那是因为她手气好，抓阄抓到的，可现在如果你还想让她继续开的话，她有没得这个手气嘛，那就难说了。另外嘛，这间房一拆掉，村里也没有多余的地方来开小卖部了。

肖百合说，我不打算让她再开小卖部，我想请丁香姐在千年村开一家农家乐。

麻青蒿一愣，忽然笑了起来，边笑边摇头道，农家乐？不行，不行，她一个女人，开哪样农家乐？开不起来的。

肖百合说，麻主任，你这个话未免太歧视女性同胞了吧，她是女人又怎么了？你凭哪样一口咬定她开不起来农家乐？

麻青蒿辩解道，不是，我不是你说的那个意思。我是说，她一个女人，又没哪个帮她，咋个搞得起嘛？

肖百合说，一个人这不是关键所在，关键在于丁香姐她自己愿不愿意。只要她愿意，一切都不是问题；她不愿意，不主动，那么一切也就无从谈起。

麻青蒿说，好，就算她愿意，但她毕竟是单身，你叫她去开农家乐，那不是要她天天都抛头露面，一个女的，这个样子，影响不太好吧？

肖百合微微蹙眉，有些不高兴地说，现在是什么年代了，你怎么还会有这种观念？麻主任，你这未免有点太封建了吧。

麻青蒿说，这不是我封建，女人嘛，在家收拾收拾家务，带带孩子就行了，最多像她以前，开间小卖部差不多了，搞什么农家乐？养什么家？一边说着，他又一边转过头问吴艾草，艾草，你说是不是？

吴艾草自然是频频点头，不等吴艾草开口，肖百合说，麻主任，你可不要忘记最最关键的一点。

麻青蒿说，我晓得，你才说的嘛，关键在于她自己愿不愿意。

肖百合说，不是，丁香姐现在是单身，她一个人生活，自己就是一家之主，要养家，她就必须自己干活，否则的话，哪个来养她？

麻青蒿顿时语塞，这个，这个……

肖百合小声试探着问道，难不成，麻主任你还想再养她？

麻青蒿条件反射一般，猛地转过头，双眼瞪圆，声音也提高了，养她？我养她搞哪样！我和她一点关系都没得！

肖百合耸耸肩说，那不就是了嘛，说到底，这村里连你都不愿意养她，一切还不是要靠她自己。

话说到这里，麻青蒿也不好再说什么，但内心深处总是不希望。走了几步后他又说，那好嘛，你和她去谈，不过我敢保证，她绝对不会同意的，像她这么懒的人，开一间小卖部就是她极限了，再开农家乐的话，那不是要了她的命？

肖百合笑了笑，似乎不屑于再争辩，向着另外一条路走去。

麻青蒿看着她离去的背影，嘴张了张，欲言又止，终于忍不住叫出来，百合书记，我再给你说，就算她同意，她也开不起来的，最简单一点，她哪会有钱来开？

肖百合远远地扬了扬手，脚步不停，继续向小卖部方向走去。

见此，麻青蒿更气，大叫道，开不起！绝对开不起！

十

　　肖百合走到丁香小卖部门口时，丁香正站在门外，看着一辆辆工程车驶过，满脸担忧。卡车掀起的尘土就这么在她脚边飞起，又落在她的裤子上、鞋子上，但看她的神色，对这些却毫不在乎，看了一会儿，她又走进小卖部，看了看货架上摆放整齐的商品，又看看门外，叹口气后六神无主地坐下，拿出账本翻看，同样没看几页就放下了。

　　肖百合走进来，丁香见到她之后，先是　愣，但马上又恢复成冷漠神色。她既不看对方，也不叫对方坐。

　　肖百合找了张板凳坐下，笑道，丁大姐，你好，请问你今天有时间吗？

　　丁香不看她，冷冷道，第一，我不好；第二，你不要叫我大姐，第三，我没时间。

　　说着，丁香就准备起身进内室。

　　肖百合说，丁香姐，你稍等，我今天来是想和你商量一件正事。

　　丁香冷笑道，商量正事？还说得这么客气？你们想让我快点关门滚蛋就直接说，假惺惺拐弯抹角地说哪样商量事情。

　　肖百合说，丁香姐，你误会了，我确实是来找你商量事的。

　　丁香冷哼一声，沉着脸说，我对你有误会？我还不清楚你心里是怎么想的？亏你看上去这么漂漂亮亮的，哪晓得和姓麻的就是一路人，他见不得我好，想尽各种办法来整我，我看你也和他差不多！你们口口声声说搞哪样"三改"，说得好听！我看啊，"三改"就是你们这些人合起来，借机报仇！

肖百合说，"三改"工作是上级部门的统一规划，也是安排给我们的工作，这不是我们小小的村支两委所能决定的。

丁香说，上级？不要拿上级来压我！我这间小卖部在这里这么多年了，挡着谁过路了？还是给哪个人丢脸了？你们说拆就要拆，凭哪样？说着她又指了指货架，这几天被你们一闹，基本没人来我这里买东西了，现在你们都满意了吧？

肖百合叹了口气，有些无奈地说，看来还是麻主任猜得对，他就叫我不要来找你，还说我就算找了你也说不上哪样话。说着，肖百合站起身来说，好吧，丁香姐，既然你不愿意和我说，那我就告辞了。

说着，肖百合转身，假意要走。丁香急忙问道，你等等，姓麻的又和你说了哪样话？他又在背后讲我哪样？

肖百合说，哎，其实也没说什么……

丁香打断道，不可能！他姓麻的还会不说我的坏话？你说，他到底和你说了些什么话？！

肖百合停下脚步，认真问道，你真想晓得？

丁香坚定地点点头。

肖百合说，其实吧，我来找你之前，麻主任是很反对的，他叫我不要来了……

丁香怒气冲冲地再次打断道，他凭哪样反对？我的事，轮得到他来管吗？

肖百合说，是，所以我还是来找你了嘛。

丁香又问道，你就说，他凭什么阻拦你来我这里？

肖百合说，麻主任他说，他敢保证，只要我一进门，你就会给我脸色看，怪我们村支两委要拆了你的小卖部，还要说我们搞"三改"是为了报复你，我想和你说的那些事呢，你是绝对不会听的。

丁香恨恨道，那他还说了哪样？

肖百合说，其他就没得了，就这些，你们两个人对彼此也真是知根知底。不过我今天来确实有点唐突了，丁香姐，我就先走了。

丁香手一伸挡住去路，不行！姓麻的说我不会听你说的，我就偏不信这个邪了。你先坐下来，给我说清楚，今天到底来和我商量哪样事情。

肖百合问道，真要我说？

丁香下巴朝椅子努了努说，坐下说。

虽然肖百合坐了下来，但丁香仍然还是一脸的怒气和不耐烦。不用说，这怒气背后隐藏着的潜台词是：你赶紧说，说完就赶紧走。

肖百合心里面很清楚，丁香现在虽然暂时同意自己留下来说话，但她对自己肯定是有诸多不满情绪的，不管自己用不用激将法，在她心里，自己和麻青蒿就是一个战线的人，今天来这里，本质上就是为了刁难她的。这就是问题的关键所在，如果她一直持这种态度的话，那么是不可能进行正常沟通的，不过，这些情况都在她的意料之中，所以，她并没有觉得失望或者说麻烦。

肖百合感觉得出，此刻的丁香就像一个被吹足气的气球，只要一根针轻轻地一戳，便能让她彻底爆炸开来，而这根"针"，可能仅仅只是旁人一两句无心的话，甚至是不经意间的一个眼神、一个肢体动作。究其原因，是因为她的内心愤愤不平，她有意见，却不愿意坦诚地表白和面对；她有不满，却不知道如何调整怎么化解；她有委屈，却总是喜欢独自死扛着……这些都导致她整个人太急躁，太紧绷，这么说吧，她应该是恨不得自己三两句就把话说完，然后马上从她的眼前消失……想到这些，肖百合觉得，现在首先要做的是，让她"慢"下来，松弛下来。

但是，如何让她"慢"下来，这可就有讲究了，总之一点，现在是绝对不能开门见山地说正事的，这个时候，只有先打消她的敌意才行。想到这里，肖百合说，丁香姐，在说正事之前，我想先说几句题外话。

丁香很有些不耐烦地说，题不题外话，不就是那些事吗？你赶紧，说完我还有好多事要做！

肖百合说，我和麻主任虽然是同事，但我今天来见你，只是以个人身份来的，我来千年村时间虽然不算长，但也绝对谈不上短，你的情况我多少有所耳闻，我觉得你很坚强，也很敬佩你，但我也知道在坚强的背后，付出的代价就是辛苦和辛酸，今天我来，是真心实意想来帮助你的。所以，我希望接下来的谈话中，我们都能坦诚对待。

丁香听了后明显愣住了，隔了好一会儿才低声问道，那你，你准备怎么帮我？

这一次，肖百合没有马上说话，她的视线穿过丁香的肩膀，继而是她身后的窗户，一直落到了远远的村尾远处，那片山坳上的那棵巨大丁香树上。虽然隔上这么远，但她还是能清晰看见那棵丁香树的顶端覆盖着一层洁白无瑕的花朵，从这里看过去，就像飘浮在山坳上的一朵白云。

肖百合说，丁香姐，我们出去走走吧。

丁香一愣，出去走走？

肖百合说，你整天坐在小卖部里，也该走出去透透气。你放心，要不了多久的，不打搅你做生意。

丁香说，这外面的路被挖得坑坑洼洼、破破烂烂的，人都不愿意来我这里买东西了，又有什么打不打搅的。说完，她又苦笑了一下，很有些自嘲地说，每天时间一大把，出去走走也好。

俩人走出小卖部后，肖百合走在前面，她径直向着那座山坳处走去，散落在武陵山脉腹地中的这些村落，不管大小，却都有一个相似特点，那便是看着很近的一个地方，可真要靠脚一步步走过去的话，那往往可就比预想时间长多了。

走到一半，二人都微微出汗了，脚下也慢下来了。这时已是初夏，远处的水田中，已经能隐约看得见绿色了。她们干脆停下了脚步，注视着脚下这一切，微风不时吹到脸上，肖百合感慨说，真漂亮。

丁香说，肖书记，再过两三个月，稻谷全部成熟了，风一吹过来，还会更漂亮哩。

肖百合点点头说，风吹稻花香。

二人继续向山坳上走着，不一会儿，就站到了丁香树下。从这个角度仰头看它，与在小卖部里看它是截然不同的。小卖部里看，它像远远飘浮在空中的一朵白云；在这里看，它变成了一把巨大的遮阳伞。此时，阳光灿烂，光线却穿不透树冠上一簇簇洁白的花朵，微风轻拂，吹来阵阵浓郁的香味。

肖百合感叹说，这棵丁香树在我们村是最美的，你在你们村也是最美的。

丁香听前一句的时候，还深以为然点点头，正想开口附和两句时，当听见了肖百合的第二句话的时候，她的脸顿时涨得通红，她结结巴巴地说，我，我不是……

肖百合走上前一步，很是诚恳地说，丁香姐，来我们紫云工作后，我早就听说这一带的谚语，"漾兴的斗篷，印江的伞，紫云的姑娘不用选"。现在千年村里，的确有很多年轻、长相漂亮的小姑娘。你年纪是不小了，但你叫丁香，大家都叫你丁香，因为你是千年村最美丽好看的女人。在我看来，这漂亮和美也是有区别的，一个女人美不美，并不只是以外貌和年龄为标准来评判的，关键还在于内秀……

丁香有点蒙，脸上有些似懂非懂的样子。

肖百合抬起头看着树，自言自语道，也不知道这棵树经历多少的风吹雨打，才长到今天这么高、这么粗，才能开出这么多的花，才能这么美……肖百合转过头看着丁香，这么多年，你一个人无依无靠，在村里开一间小卖部，历经风雨，还依然坚强地对待生活，在我看来，你与这棵丁香树一样。

这一番话说得丁香一脸的感动，双眼也跟着慢慢地泛红了。

肖百合看在眼里，知道自己的话有了效果，但还是不能急，现在就与她谈实质问题，可能前功尽弃。这些年苦了丁香，大家其实都看在眼里的，但归根结底，大家也只是看在眼里而已，就是她的前夫麻青蒿对她也是左一句、右一句的，轻一句、重一句的，不能说是明显的冷嘲热讽吧，至少也暗含幸灾乐祸的意味。这样的意味，味道实在太坏，实在太苦涩，常人很难咽得下去，何况是一个独身的女人。这需要坚强，而这个坚强，就是你必须硬生生地把这个苦涩咽下去，生活毕竟还要继续。一个处于逆境的女人，在本能的自我保护意识下，有些偏执，有些敏感，进而有点暴躁，那也是情理之中的事。肖百合读过一本研究动物行为的论文，其中讲到受过伤害的动物，是需要救援者付出不厌其烦、无微不至的爱心，从而释放出人性的光芒，才能渐渐抚平其心中的创伤。一只猫、一匹马、一头牛是这样的，何况是一个人。有了这样的认识，肖百合接下来的行为就是亲热地挽着丁香的手臂，回到了小卖部。她下定决心，今天就一件事，必须长时间与丁香促膝谈心。

有了丁香树下的那一番话，以及肖百合亲昵的挽手，丁香的心仿佛一下子轻松了许多、温暖了许多。

肖百合当然感受到了，也看在了眼里，这时候丁香的眼神是柔和的，没有了平常一贯的警惕。肖百合说，丁香姐，我想冒昧问你一个问题，你在村里开这一间小卖部，一个月到底能赚多少钱？

听了这话，丁香有三分意外，又有三分警惕，还有三分疑惑，她说，你问这个搞哪样？

肖百合说，没事，你不想说也没关系，不过我猜，你一个月可能也就赚两千到两千五百元……

丁香打断道，没有！怎么可能有这么多！

肖百合点点头说，是，具体收入多少我们就不讨论了，你一个人守店，一年三百六十五天，应该都没得休息过，唯一能休息的，甚至变成去镇里进货那短短半天，我说得没错吧？

丁香说，差不多。

肖百合轻声说，是啊，没开过店、守过店的人是体会不了的，总觉得你每天就是坐在店里收收钱而已，轻轻松松，安逸又自在，刮风下雨淋不着你，酷暑烈日晒不到你，但要是自己开了店，才晓得有多辛苦啊。

丁香愣了片刻，又长叹了一声，却没有说话。

肖百合说，还有啊，你毕竟是一个人，平时要是病了累了，也找不到人帮你，最后还是得咬咬牙挺住。

丁香眼眶一红，鼻子一抽，眼看泪水就要掉下来了。肖百合赶紧取出一包纸巾递上去，丁香接过后，擦了擦眼睛。

等到对方稍微平复了一下心情，肖百合又说，丁香姐，刚才我说那些话，绝对不是想让你难过，博得你的好感，而是先把我心里的真实感受说出来。说到这里，我再问你，你一年到头这么辛苦，却只能赚这么一点点钱，你觉得值不值？

丁香叹道，值不值？肯定不值啊，但我又有哪样办法？

肖百合说，好，那就先不说值不值的问题，丁香姐，这间小卖部拆了之后，你准备做点什么事？

虽然丁香之前也想过"如果店拆了，自己又该怎么办"之类的问题，但每次一想到，她又强迫自己不要去多想，毕竟，自己真不知道店拆掉后又能做什么，对于前途，她很茫然。现在肖百合把这个问题摆上台面后，她愣住了。

丁香想了好一会儿，说，我也搞不清楚，可能……可能还是出去打工吧。

肖百合说，如果现在有条路，绝对比出去打工好，你愿不愿意？

丁香眼前一亮，赶紧问她，比打工好？是哪样？

肖百合一字一句说，在千年村开第一家农家乐。

丁香眼中的喜悦慢慢淡了下来，她好半天都没说话，又隔了好一会儿，她低声反问道，你叫我来开农家乐？

肖百合神色坚定说，对，虽然说开农家乐也辛苦，但每个月赚的钱至少是你开小卖部的五倍、六倍，如果发展得好，甚至会是十倍、二十倍。

丁香结结巴巴说，可、可是、我、我不会啊。

肖百合说，没有哪个人是生来就会做哪样事的，我今天来这里，就是要你一句准话，你愿意还是不愿意？

丁香低下头想了好一会儿，抬起头来，缓缓点了点头。

肖百合见到后，顿时笑了起来。但丁香马上又说，但是，百合书记，我一没钱，二没场地，三没有经验……

肖百合打断道，丁香姐，这些你都不用说了，我还是那句话，只要你愿意，其他的就由我来给你想办法，你完全不用担心这些。

丁香将信将疑地说，你，你来想办法？可你，你哪有钱给我啊？

肖百合微笑道，丁香姐，你就放心了，我是千年村的第一书记，村里每个人的事就是我的事……

话音未落，门外忽然响起一声断喝：吴艾草，你狗日的趴在这里搞哪样？

吴艾草悄悄躲在门外，已经偷听了好一会儿，突然被这一声断喝吓到，心里面又是惊恐，又有些恼羞成怒，转过头就想吼对方几句，但他心中最担心的，则是没有把肖百合和丁香的谈话听完，这没听完，一会儿他又怎么向麻青蒿汇报？

自从知道肖百合要找丁香谈话动员后，麻青蒿就很有些心绪不宁，在自家的院子里，屁股坐不稳，左挪一下、右挪一下，伸手倒了一杯茶，还没下口，又起身走到院门口，看了看外面，又坐回到石凳上。他的大黄狗走过来，尾巴摇得团团转，他也没心思理它。狗干脆坐在他面前，歪着一张脸，讨好地看着他。要是平时，大黄狗这样乖巧，他会去厨房拿来红薯给它吃，还要与它亲热一番。这些年他孤身一人过日子，只有这条狗陪伴他。狗的脑袋左歪右歪，一脸的灿烂，见主人没反应，它只好把头往主人身上拱，寻求慰藉，没承想主人麻青蒿给了它一脚，还骂了一句：给老子滚远点。

吴艾草刚好走了进来，摸了摸委屈的狗头说，虎崽乖，你爹心情不好，别惹他，滚远点就滚远点呗。狗似乎听懂了吴艾草的话，脸舒畅起来，摇起了尾巴。这时，远处传来狗叫声，狗刚刚舒展的脸一下子收紧了，原本趴在后脑的耳朵，瞬间竖了起来，片刻后，狗转身飞奔，夺门而出。

看着狗远去了，吴艾草试探着问麻青蒿：青蒿主任？你看，需不需要我去看看？

麻青蒿没好气地说，不用，和我又没关系，你去看哪样？有哪样好看的？

吴艾草赔笑道，是，我主要是也没什么事，就去打听打听消息嘛，听听丁香姐她又是哪样意见。

麻青蒿不屑地说，她的意见有哪样值得听的，不用去！

吴艾草犹豫片刻，又说，主任，我觉得吧，你们好歹也是夫妻一场，就算不说这百日恩嘛，她也是我们千年村的一分子，我们作为村干部，去了解一下她的真实想法，也是对村民负责嘛。

麻青蒿冷笑道，你小子，哪个时候这么有觉悟了？说起话来还头头是道。

吴艾草嘿嘿笑起来，又说，主任，我吴艾草能这么有觉悟，那还不是因为长期跟在主任你身边，在你的影响和指导下，才能有今天这个思想觉悟的嘛。

正所谓"千穿万穿，马屁不穿"，麻青蒿听了这番话之后，脸上还是很满意的。他点点头，想了想又问道，你说说，你觉得让丁香开农家乐，到底适不适合？

吴艾草说，适合，我觉得完全适合。百合书记不是也说了吗，我们千年村接下来要搞乡村旅游，那就得搞农家乐、农家客栈这些，丁香姐要是能开起来，不光解决她自己的生活问题，也不用让我们为她的事再想其他办法了嘛。

麻青蒿哼了一声，那我再问你，就算她同意开，你觉得她能开得起来？

吴艾草脱口而出，那肯定啊，她以前出去打过工，有见识，厨艺又不错，人性格也比较豪爽，肯定开得起来的。

麻青蒿愤愤不平地说，厨艺不错又怎样？出去打过工又能证明哪样？她要是真有本事，她回来搞哪样？不可以继续在外面赚大钱？

吴艾草说，主任，话可不能这样说，丁香姐在我们千年村，算是很能干的人了。我和你说实话，要是村里真发展起来了，我都想叫桃花也去开个农家乐，但她那个人又咋个和丁香姐比嘛，别的不说，客人一进门，看到她那张脸，估计就没胃口了。

麻青蒿不满道，按照你小子的意思，接下来丁香要是想开农家乐，就得靠她那张脸做生意了？

吴艾草慌忙解释道，没，没，主任，你又误会我了，我怎么可能有这个想法嘛。

麻青蒿不说话，起身来回走了几步。

吴艾草见他心烦意乱的样子，再次试探问道，主任，要不我现在就去看看？

这一次，麻青蒿没有马上拒绝，犹豫片刻后，他终于点了点头。吴艾草赶紧起身，才走到门边时，麻青蒿又叫住他，吴艾草停下脚步等待指示，可隔了好一会儿，麻青蒿也没说出什么来。吴艾草忍不住又说，主任，你还有哪样要交代的？

麻青蒿想了想，抬起手挥舞了一下，说了句，记住，见机行事。

吴艾草哦了一声，似懂非懂地点点头。走了出去，他还是一脸疑惑，自言自语道，叫我见机行事？我见哪样机？又行哪样事？

但不管这"见机行事"是见什么机、行什么事，其最终目的就是要了解到实情，虽然这样的方式看起来并不光明正大，但并没有任何恶意。他吴艾草听了肖百合和丁香的大部分对话，可现在，被这路过的村民打断了，接下来这两个女人还要说些什么，吴艾草已经无从得知了，这叫他心中怎么能不生气？

吴艾草转过头，一脸怒意，正准备开口训斥这个村民时，这村民的反应却更快。他又大声说，艾草，你鬼鬼祟祟在这里，不会又是听了麻五皮的话，来这里偷听丁香姐吧？

吴艾草指着这个村民，一脸恨铁不成钢的样子，你说说，你这个人啊……

村民大声说，我哪样？我又做错哪样事情了吗？还是坏了你的好事啊？这人一边说，一边还哈哈大笑起来。吴艾草探过头，朝肖百合

244

和丁香的方向又伸了半个脑袋瞟了一眼，一跺脚，急急忙忙跑走。

门外两人的声音够大的，屋里的两人当然是听见了，肖百合和丁香站起来走到门外，只看见吴艾草慌慌张张跑走的背影。

丁香看着吴艾草的背影，气恼地说，肯定是姓麻的叫吴艾草这家伙来偷听我们说话的！我就晓得他姓麻的，不会安什么好心的！

那位路过的村民也走了过来，笑嘻嘻地说，丁香姐，我给你撵走了吴艾草，你咋个谢我？

丁香挥了挥手说，好，好，谢谢你，今天没空，去去去，我和肖书记还有正事要说。说完，她挽着肖百合的胳膊进了小卖部。

两人坐下后，丁香说，肖书记，那我接下来该怎么办？

肖百合说，这个月底我就介绍你去枫香镇一家比较成熟的农家乐打工，你先去学习一段时间，我们先以两个月来定吧，等你了解他们的运作模式、工作流程等各方面之后，你就回来，接下来我们再进行下一步。

丁香点点头，好，我去。

话说到这里，差不多也该结束了。肖百合正准备和她告别时，脑海中突然闪过一个念头，犹豫片刻，她又说道，丁香姐，我最后还想冒昧再问你一个问题，你如果不愿意回答，就不回答。

丁香说，行，你问嘛。

肖百合正视对方双眼，低声道，丁香姐，你想过再找一个人不？

丁香一愣，脸上不由自主地泛起一层淡淡红晕，她回答肖百合的声音几乎到了喃喃自语的程度，想，我肯定是想过的啊……但，但也得有合适的才行啊，再说，我每天就在小卖部里待着，来来去去也就是村里这些人……

肖百合，说得也是，有一个人你考虑过没有？

丁香说，谁？

肖百合说，就是麻主任。

丁香脸色一变，手一拍柜台，唰一下站起身，情绪十分激动地吼出来，他？不可能！肖书记，我明着给你把这事说清楚，我和他之间绝对不可能，不要说他了，我丁香如果再和任何一个姓麻的有来往，我就不姓丁！

肖百合赶紧劝道，丁香姐，你冷静，你先坐下来。

丁香双目圆睁，脸色潮红，胸口跟着上下起伏，隔了片刻后才慢慢冷静下来。

肖百合说，丁香姐，是我不对，问得太唐突了。

丁香冷静下来后，看着肖百合，想了想又说，肖书记，你以后再也不要在我面前提起这个人。

肖百合点点头又说，丁香姐，我还没结婚，所以夫妻间的事，我也没太多资格去评判，不过有一点我倒是可以肯定。

丁香没好气地说，肯定哪样？

肖百合说，我敢肯定，麻主任心里还有你，要不然，他就不会这么反对我找你来开农家乐，并且，更不会叫吴艾草跑来偷听我们的讲话了。

丁香说，绝对不是！肖书记，你还是太单纯了，我告诉你，这姓麻的就没安什么好心，就是个坏种！他之所以反对你，还叫艾草来偷听，那是他见不得我好！他就希望我过得差，这样他心里面才舒服！再说了，我们说哪样，我心里面怎么想的，关他哪样事！反正，我不想再和姓麻的有任何瓜葛。

肖百合苦笑一下，起身道，好，我晓得了，丁香姐，那我就先走了，回去我就联系枫香那边的农家乐，你也做好准备。

丁香神情微微恍惚，缓缓点了点头。

吴艾草跑进麻青蒿家，迎接他的却是大黄狗虎崽。虎崽摇着尾巴，还等着摸头，不想吴艾草早跑出了院门。

吴艾草气喘吁吁地跑进村委会办公室，麻青蒿从办公桌的椅子上条件反射一般地站了起来，嘴一张，正想问点什么，又马上坐下，故作轻描淡写地问道，怎么样，她们说了些什么？

吴艾草脸色有愧，把经过大概说了一遍，麻青蒿默不作声地听完，脸色却越来越难看。最后他问，这么说，你被她们发现了？

吴艾草嗯了一声，垂着头不敢看对方。

麻青蒿一拍桌子，起身来回踱步，走了几步后指着吴艾草，声色俱厉地吼道，你啊！成事不足！败事有余！

走了几步，麻青蒿又说，一个小姑娘，还想着给她想办法来解决，真把自己当成群众的救星了？

吴艾草不敢多说，起身拿起温水壶，给麻青蒿的水杯中加满水，递上前去，青蒿主任，你，你不要生气了，先喝口水。

麻青蒿没好气地说，喝个锤子，你给老子滚一边去！

吴艾草试探着问道，主任，我能不能问你个事情？

麻青蒿没好气地说，有话快说，有屁快放！

吴艾草说，我觉得丁香姐肯定还是忘不掉你的。

麻青蒿一脸质疑地望着他，忘不掉我？

吴艾草说，意思就是她心里还有你这个人，你想啊……

麻青蒿直接打断道，放屁！你给老子闭嘴！她心里有我这个人，当初她会和野男人勾搭？

吴艾草说，主任，你不要生气嘛，你冷静听我分析，你说她和野男人勾搭，从来都是你一个人这么说，我觉得以丁香姐的性格是不会做出这种事的。退一万步来说，就算她曾经是犯过错，你也总得让人有承认错误、改正错误的机会嘛。

麻青蒿说，放屁！这种错误，认个错就能改正得了吗？老子看你就是站着说话不腰痛！我就问你，要是你家桃花跟野男人勾搭，又被野男人甩了，她也回来向你认错，你能要她吗？

吴艾草说，你说的这种情况，根本就不可能发生，桃花长成那样，也只有我才要她了，还有哪个男人会看得上她？

麻青蒿听了后，一口一个"放屁"骂了好几声，手指着吴艾草的头说，你少和我扯这些有的没的，我就问你最简单一点，你现在还唱《在那桃花盛开的地方》这首歌吗？

吴艾草顿时语塞，结结巴巴地说，主、主任，这、这完全是两回事嘛……

麻青蒿大吼一句，放屁！就是一回事，我就问你，你现在还能不能像当初结婚的时候，满怀深情，满脸爱意地对着你家桃花再唱一首蒋大为的《在那桃花盛开的地方》？能不能？

吴艾草一脸的不服气，小声嘀咕了一句。

麻青蒿大声说，你说哪样？

吴艾草还是噘着嘴，声音稍微提高了一点说，你说我，那你今天会继续唱李双江的《丁香啊丁香》这首歌吗？

麻青蒿一愣，反应过来后说，我的情况和你能一样吗？性质都不一样，再说了，我凭哪样要唱这首歌啊？

吴艾草小声说，有哪样性质不一样的，我看就是一样的。

麻青蒿说，说一千道一万，我看你是道德水平有问题，你家老婆可比你好看得太多了！一边说，他一边挥手说，去，去，去，老子看到你就烦！

吴艾草不服气地嘟嘴，一边朝门边走，一边扭头说，我也说一千道一万，反正我觉得以我吴艾草的判断，丁香姐对你肯定还是有感情的，你想啊，那天从镇政府回来，你们在村口还吵了几句……

麻青蒿说，吴艾草，你脑壳没毛病吧，吵架，吵架能证明我们还有感情？

吴艾草说，嗨，主任，你是真的没见到过我家桃花和我吵架的样子啊，那可比丁香姐凶多了。不过越是吵得凶，就越证明她心里在乎我、喜欢我，害怕失去我，所以才会和我吵架。所以，我真的还是觉得，主任你确实可以再好好考虑一下丁香姐。

麻青蒿哼了一声，说道，老子考不考虑，还需要你来啰唆？

吴艾草还想说话，麻青蒿手一挥，很不耐烦说，好了好了，你先回去吧，你晓得不，你一直在影响我思考工作。

吴艾草唯唯诺诺的，看样子是不愿意走。

麻青蒿在气头上，他起身来回走动想着怎么解决这件事，可越想，这个气就越大，嘴里忍不住就大声说，这个丁香，居然会同意开农家乐！还有这个肖百合，怂恿丁香，她简直就是急功近利！简直就是异想天开！简直就是好高骛远！这乡村旅游就这么容易办起来的？就随随便便开一家农家乐就能成功了？

说完，麻青蒿转过头问吴艾草，你说是不是？我说得对不对？

吴艾草见他怒火高涨，也跟着附和说，对，主任，就是你说的这个意思！这个肖书记啊，就是急功近利！异想天开！好高骛远！

麻青蒿满意地点点头，又说，过一两天，等我有时间了，我一定要去镇里面，当面给龙书记汇报这一切！我坚信，龙书记要是晓得村里这一切，肯定也会站在我这一边的！

门外忽然响起一个声音，你现在就可以去汇报！

话音刚落，肖百合走了进来，麻青蒿和吴艾草面面相觑，二人都在想：她怎么这么快就回来了？

肖百合径直走到自己桌前坐下，喝了一口水之后，她转过头，面无表情地看着麻青蒿和吴艾草。麻青蒿被她目光看得很不自在，干咳一声，他说，肖书记，我老麻讲话可能不好听，但我这个人，至少是表里如一的，从来不会当面说一套背后说一套……一边说，他一边向吴艾草看去，使了个眼色。

吴艾草会意，马上站上来一步说，是啊，书记，麻主任说话可能不好听，但是他从来都是有哪样就说哪样，而且，说话做事都是对事不对人。

麻青蒿马上说，对，艾草这句话说对了，我在工作中有一项原则，那就是，对事不对人。

肖百合哼了一声说，你们这两棵草，也就只敢一唱一和，忽悠我肖百合了，谁叫我的名字是一朵花呢？你们要是真有本事，回去把两棵树搞定啊。说完，肖百合起身，快步走出了村委办公室。

麻青蒿和吴艾草看着她离去的背影，又互相对视了几眼，吴艾草一脸的茫然。

吴艾草扭头对麻青蒿说，主任，她说两棵树，是哪样意思？

麻青蒿沉吟不语，缓缓摇头说，这个肖书记不简单啊，她简简单单的一句话，就把我们俩都讽刺了。

吴艾草一脸疑惑地说，主任，你给解释解释啊！

麻青蒿说，说你蠢得哭，也一点没说错，我问你，丁香是不是树？你家桃花是不是桃花树？

吴艾草一副恍然大悟的样子。

麻青蒿点了一点吴艾草的脑门说，明白了？

吴艾草问，明白哪样了？

麻青蒿一脸的无可奈何说，她肖书记这个话啊，意思是你是个妻管严、耙耳朵，家里大大小小的事都得听你家桃花的；我麻五皮就更惨了，连老婆都守不住。

吴艾草又一副恍然大悟的样子说，原来肖书记是这个意思啊，厉害，厉害啊！

麻青蒿哼了一声，不屑地说，厉害哪样？除了嘴巴会说几句，还有哪样厉害的？联系群众，她厉害吗？农村工作，她厉害吗？谋篇布局，她厉害吗？这些方面都不厉害嘛！

吴艾草频频点头说，确实，确实，主任，你一句话就说到本质上了，肖书记确实就是嘴巴厉害一点，别的方面都不行啊。

麻青蒿说，就是这个意思，别的不说，她今天和我们讨论的开农家乐这事，就很异想天开嘛！还有这个，这个……

吴艾草马上补充说，主任，还有急功近利，另外一个是好高骛远。

麻青蒿一拍大腿，对！急功近利！异想天开！好高骛远！我要是去向龙书记汇报这件事的话，我坚信一点，龙书记绝对是百分之百、千分之千反对！

吴艾草伸出两个大拇指，满脸诌媚讨好地说，对，主任，这一点，你看得太准了！龙书记肯定是反对，坚决反对的。

麻青蒿的脸上终于挤出了一丝笑容，但是，让麻青蒿万万没有想到的是，龙险峰对千年村搞乡村旅游、开农家乐的态度和他麻青蒿的设想是完全相反的，他对这几项工作都是大力支持的。

此时此刻，龙险峰正在仔细翻阅着一份文件。龙险峰看了一会儿后，抓过桌上电话，给熊少斌打了过去，没一会儿，熊少斌走进了他的办公室。他一进门，龙险峰就把刚才翻阅的文件递了过去，喏，少斌，你先看一看。

熊少斌接过，很细致地翻看起来，快速看完后，他放下文件，两眼中也闪出一丝光芒。

龙险峰的嘴角难得地露出一丝笑意，他问道，你觉得这个项目怎么样？

熊少斌说，书记，我觉得这个项目很不错呢，文件上写的是"农业观光产业园"，看这个介绍，和传统农业项目有一定区别。

龙险峰说，对，传统农业项目就只有种植技术层面，顶多再把销售渠道加入进去，但这个项目，还将带动一个地方的旅游业、观光业、服务业等方面，我觉得我们紫云也可以考虑引进过来。

熊少斌说，书记，干脆我今天就去收集一下相关资料。

龙险峰说，好，这个"九鼎公司"是山东的，你尽量多收集一些，争取在这个星期内完成。

龙险峰起身，走到窗户边，他看着外面的青山又说，我有种感觉，如果我们能将这家企业成功引进到紫云来，我们对紫云镇下面涉及农业产业的几个村的脱贫目标，才会更有信心，才会更好地做到"一言九鼎"。

过了两天，熊少斌便已经把资料收集得差不多了，不仅有九鼎公司在本省黔中市项目的全部图文资料，还有这些年九鼎公司在全国各地承建的一些项目介绍，总的来说，资料非常齐全。等到上班时间，他便拿着资料去了龙险峰办公室。

果然，龙险峰见到他递上来这厚厚一沓资料，眼中露出了满意之色。他接过资料，边看边问，他们这个企业老总的个人情况你大致了解了吗？

熊少斌说，我问过他们公司的人，还在网上查过了，但资料不算多。说着他翻开随身的笔记本，跟着介绍起来，他们的老总叫喻子涵，山东济南人，出生于一九六五年，农业大学毕业，早年在政府农业单位工作过几年，二十世纪九十年代初期的时候辞职下海经商，最早时她主要从事农产品种植、销售，进入新千年后逐渐成立集农业旅游观光和高效农业为一体的企业，九鼎公司就创立于二〇〇五年，由她一手打造。书记，你看哪个时候需要我和这位喻董事长约一下？

龙险峰说，至少一个月以后吧。

熊少斌微微有点吃惊，一个月？这么晚？

龙险峰反问道，你觉得晚吗？

熊少斌点点头，又说，主要不太像书记你的风格。

龙险峰微微一笑，问道，少斌，你觉得我们镇要是引进这个农业观光园，放在哪个村合适一点？

熊少斌想都没想，马上说，那肯定是要放在田土资源较好的那几个村才行。差不多也就只有千年村、土坝村这几个村了吧？

龙险峰说，对，这次我想放在千年村。除了田土资源较好，还需要村容村貌整洁亮丽，并且交通便利。

熊少斌说，那确实是千年村最适合。

龙险峰说，但是现在千年正在搞"三改"，工程全部结束至少也要一个月左右，所以现在不适合带人去村里参观。

熊少斌说，对，书记确实深谋远虑，考虑得更周到，等到村里的工程全部结束后再带人去参观，那效果肯定不一样。

龙险峰说，工程是一方面，还有另外一项工作也得提前开展，甚至可以说，这项工作是重中之重。

熊少斌说，书记，你是指？

龙险峰指了指一沓资料说，喏，这上面不都有吗？他们公司在此之前建设的农业产业园，基本占地面积都在一千亩以上，这么多的土地想要成功流转出来，这可不是一件小事啊。少斌，你也知道，在我们的农村，尤其是经济水平欠发达、农业现代化技术不强、整体发展迟缓的高原地区，土地就是农民的命根子。

听到龙险峰这么说，熊少斌微微点头说，是，要想让乡亲们把自家的土地流转出来，必然得做很多思想工作。

龙险峰说，千年村的土地虽说多一些，每家每户最多也就六七亩地，算下来人均也就一点二亩左右，要流转这么大的量，这不仅仅是几户、几十户就能解决得了的啊。

熊少斌说，确实，照您开始说的数据来推算的话，至少也要流转上百户的土地才够，这么多户人家，这项工作可不容易啊……

话还没说完，龙险峰挥了挥手，打断道，少斌，你把这个问题想得太简单了，如果说，我们镇接下来引进了这个项目，在土地流转的过程中，应该会比你想象中的困难多得多。

熊少斌有些疑惑地看着龙险峰说，书记，这我就不太明白了，要让这上百户人家同意流转自家土地，这项工作难道还不困难？还有什么工作能比它还困难的？

龙险峰微微一笑说，你没仔细看这些资料吧，这上面都写得很清楚了，对方建设的是一个绿色化、规模化、机械化，同时还兼具了旅游观光等特点于一体的现代高标准农业产业园。这个产业园里面，除了示范区之外，还有一个核心区。

一边说，龙险峰一边扳着手指头开始数起来，这核心区有六大要求，分别是"田成方、地成块、沟相通、路相连、涝能排、旱滴灌"。这六点要求里面，"涝能排、旱滴灌"依托的是现代科技手段和先进设备，"沟相通、路相连"是在产业园的建设过程中逐步完成的，至于这"田成方、地成块"，这两点要求，要全部完成的话，难度可就不小喽。

熊少斌没有出声，似乎是在琢磨龙险峰所说的这些话。

龙险峰又说，虽然说建产业园这事，到今天八字都还没一撇，即便我们谈下了这个项目，开始开工建设，我们也根本不知道对方的示范区和核心区将会建多大，又要建在哪里，但是，按照对方资料上的这几点要求，我们至少可以先得出几点结论，第一，流转出来的土地，肯定是要在一个统一的范围和区域中的，否则，你家想流转，但田土在村东头，另一户也想流转，但田土却在村西头，那么怎么流转？总不可能像搬家一样，把这些田土搬到一块去吧？

熊少斌听了后点点头说，是，书记您分析得对。

龙险峰说，所以，这个项目的土地流转工作，就不是单纯以数字相加，达到流转的总数目后就能完成的，而是要全盘地、综合地、科学地进行分析考量后，再进行流转事宜。

熊少斌说，是，听您这样一说，土地流转工作，难度的确不小。

龙险峰说，这只是其一，还有其二，千年村的田土资源虽说相较其他村是多一些，但是，这些田土可基本没有方方正正的，能有一片梯形、一片三角形就可以算不错的了，太多是弯弯曲曲一长条，或者沿着山势从上而下的几片梯田，反正，形状永远都是不规则的。

熊少斌说，是啊，我们这里不像东北、华北平原那样，地势平坦辽阔，田野一望无际，那些地方不管怎么划，那地永远都是方方正正的。在我们这里……说到这里，熊少斌又伸出巴掌，在空中随意画了一个圈，有些委屈抱怨地说，就这可怜巴巴的一小块，也是让人抢破头的一块地。

龙险峰点点头说，而且，往往在这些不规则的、让人抢破头的田土当中，要么凸出来一块山体岩石，要么又夹着一条小溪沟。这些都让本来就不多的田地变得更加捉襟见肘了，而这些，就是我们黔东高原的特点啊。

熊少斌听了后有些沮丧，没说话，又微微地叹了一口气。

龙险峰说，我承认在这一点上，我们和平原地带相比的话，确实有客观差距，这也让外界对我们贵州有了"天无三日晴、地无三尺平、人无三分银"的调侃。可话说回来，你我都生活在贵州，心中是很清楚的，今天的贵州早就不是之前窘迫的样子了。但是，不管我们是否承认，又如何分辩，部分外地人对我们贵州依然还存有这种刻板的固有印象。

熊少斌一拍大腿，情绪很是激动地说，是啊，别的不说，以前我在外省读大学的时候，班上都还有人问我，哎，你以前是不是骑马上学啊？家里现在是不是还在点煤油灯啊？书记，这要是二十世纪七八十年代，有人这么问的话，我可能还能接受，可当时都已经是两千年之后了，居然还会有这种……这种毫无判断能力的人，一开始我还要解释分辩几句，后来，我也懒得说了。

龙险峰笑了笑说，少斌，如果和工作无关，那么不想解释就不解释，也没什么大不了的，可如果牵涉到工作了呢？

熊少斌微微一愣，反问道，牵涉到工作？

龙险峰点点头说，对，我们假设，现在这家九鼎公司中就有部分人也是这么看待贵州的，他们对我们有偏见、有误解、有疑虑，那么你又该怎么办？

熊少斌沉吟片刻后说，这个嘛……肯定是要改变、打消他们的旧有观念了。

龙险峰正视对方双眼，微微点头又问道，那么，怎么去改变？怎么去打消？

熊少斌吞吞吐吐地说了几句，龙险峰挥了挥手，说，不管用什么方式方法去改变，去打消，最终落到实处，就是两个字：行动。

龙险峰指着桌上的资料又说，现在，对方企业既然有这些高要求，那么我们如果要引进这个项目，我们就要全力配合，全力改造。说白了，如果对方真的对我们有偏见、有误解、有疑虑，那么我们就要用实际行动来证明，我们地处高原，土地资源匮乏，却也有它的特点，别人有的，我们也能有，我们有的，别人却不一定能有。这个项目，可以说是我们紫云镇能否尽快脱贫的关键所在！它就是我们接下来的工作目标！就是我们必须要啃下的硬骨头！

这一席话只听得熊少斌频频点头，脸色也不再像之前一样充满沮丧无奈。自从龙险峰再次回到紫云镇之后，他就一直在思考、谋划如何让全镇的产业变得更多样，更丰富，但是，就目前的发展形势来看，不管以后将要引进什么，发展什么，农业产业都必须放在首位。这也是因为，紫云镇下面的二十一个村虽说大致可分为三种类型，但无论是哪一种类型，其基本产业都还是传统的山地农业。

如果今天还像以前一样，以传统器械、老旧方式、自给自足的思维来搞农业，那肯定是行不通的，如果没有高新技术的介入，缺乏先进理念的支撑，那么就注定还是小作坊，也就注定难以发展壮大，一句话，毫无市场竞争力。考虑到这些因素后，龙险峰才急切地想要引进九鼎公司落地紫云镇，如果这个项目最终成功落地，他相信，千年村肯定能依托其成功发展起山地现代高效农业。这样一来，这个项目不仅对千年村有巨大的推动作用，它还会使得千年村成为一个中心点，向四周进行辐射，首先带动相邻周边村，最终带动、提高整个紫云镇的农业产业发展和水平。

龙险峰把这些想法逐一向熊少斌说出来后，熊少斌只听得一脸的激动，频频点头，看样子，他已经忍不住想站起身，马上回自己办公室着手这些工作了。

熊少斌说，书记，说句心里话，有您在我们这紫云镇坐镇，运筹帷幄，主持大局，统领工作，我坚信，我们镇的摘帽出列时间，绝对会更快，更短。

龙险峰淡淡一笑，挥挥手打断说，行了，行了，这些话少说……

熊少斌抢道，书记，我说的可是心里话啊！

龙险峰说，我相信你说的是心里话，但这些话，除了让我产生那么一丝飘飘然和自满情绪之外，没有任何作用。

熊少斌脸色有些尴尬，一脸讪讪，不知道该说些什么好。

龙险峰说，我们今天只是讨论了引进九鼎这一家企业的事宜，所涉及的也就只有农业产业，说白了，针对的也就是千年村、土坝村这些田土资源较好的村；那么，针对那些田土资源不算好的村，比如花开村、龙头村，我们该侧重于何种产业？是加工业？或者文旅？还是什么？另外，针对那些自然条件、外部环境都十分恶劣的村，比如红岩村，我们又该怎么办？这些村它们自身有什么优势？我们又如何将这些优势转化为资源？转化后又该如何去打造？

熊少斌顿时语塞，吞吞吐吐地说了几句，还是没能说完一句话。

龙险峰有些语重心长地说，少斌啊，刚才我说那些，绝非打击你的积极性，只是想再次提醒你，我们的脱贫攻坚工作，绝非是靠某一两个人、某一两家企业、某一两项产业就能完成的，否则，我们之前学习"精准扶贫"时，为什么要反复强调"六个精准"和我省的工作特点——"五步工作法"这些具体内容呢？为什么要大力提倡调整产业结构，来一场轰轰烈烈的农村产业革命呢？这些都充分说明了，脱贫工作是一项艰巨的、长期的，更需要全盘考虑的工作。我们有些乡镇干部，以为把苞谷改为种中草药就是产业革命了，浅薄啊。

熊少斌点了点头说，是，书记，您提醒得对。

龙险峰笑了笑，挥了挥手又说，当然了，工作再艰巨，再长期，也要一步一步来走，把每一步都走踏实了才行。古人不就说了，"不积跬步，无以至千里"，眼下最重要，最该走踏实的一步工作，就是趁着千年村里正在搞"三改"工作的这个缓冲期，让村支两委提前去和乡亲们做好流转土地之前的各项准备工作。

龙险峰沉吟片刻，又说，这样，下一次召开全镇干部的学习会议的时候，就在会上，我们和千年村支两委的同志们碰个面，把这一工作传达下去，让他们近期就着手准备。

龙险峰送走了熊少斌，他立刻前往花开村和红岩村，这两个村从目前的发展情况来看，都不容乐观。红岩村自然就不用多说了，山高路远，土地资源匮乏，也没有什么特色产业，打一个不太恰当的比喻，红岩村就像班上学习成绩最差的一名学生，如果不给这个差生多补补课，开点小灶的话，那么他势必会拖全班、拖集体的后腿。而花开村，虽说比"差生"要稍微好那么一点点，可自从村里的汞矿关停之后，曾经在矿里工作的村民也就被迫失业了，这让村里人一度抱怨，十分不满，更为关键的一点是，在关停汞矿后，村里虽然开始了蜜蜂养殖，但规模小，时间短，参与农户少，暂时还不能算作替代产业。而这些都要尽快解决，否则，势必会拖慢全镇的脱贫攻坚进程。

就在龙险峰沉思时，司机忽然一脚急刹，即便龙险峰系着安全带，全身也跟着向前猛冲了一下，只听得司机抱怨说，这谁啊，怎么这么冒冒失失的。

龙险峰定睛一看，只见一张陌生又隐隐熟悉的脸出现在车头前面。说他陌生吧，这人满脸浮肿，脸皮充血，双眼被挤成了一条细长的缝隙，鼻子也成了一个大蒜头鼻，总之，冲这张脸，以前肯定是没见过的。可是呢，再多看这人几眼后，这个人的身形外貌，甚至他给人的感觉等，又总觉得似曾相识，似乎之前在哪见过，而且见过不止一次。

还没等龙险峰猜出对方到底是谁，只听车前这个男子大声说，你怎么开的车！差点撞到人了！

龙险峰一听这熟悉的声音，再一打量对方，咦，这不是牛老五的声音吗？他怎么成这样了？

龙险峰走下车来问道，牛老五，你这是怎么了？

牛老五一见到车上坐着的居然是龙险峰，一张脸马上跟着就笑了起来，可才刚刚露出一个笑容，他又哎哟哎哟叫个不停，脸上因为笑容而皱起来的纹路也跟着又舒张开。

龙险峰说，牛老五，你到底怎么了？

牛老五指着自己的脸，苦不堪言地说，龙书记，我，我被蜜蜂给蜇了。

龙险峰恍然大悟，说，牛老五，你的意思是你现在也开始养蜂了？

牛老五说，是啊，书记，你知道的，以前我在汞矿干活，会的也就是矿上那些事，这养蜂苦是苦了点，累是累了点，可要不养，那就只能是进城打工，这进城的话还不一定有养蜂好呢，你说是吧？

龙险峰说，怎么，听你这意思，难不成你还觉得养蜂没前途？还觉得挺委屈的？

牛老五脱口而出，那肯定啊！一边说，牛老五一边抬手指着自己的一张脸，书记，我被蜜蜂蜇成这样，我还不能委屈一下了？

龙险峰看了他这模样，本来是想笑的，可又感觉如果笑起来，牛老五说不定更生气，更委屈，当即只好憋住笑微微点了点头。

牛老五见龙险峰没什么太大反应，更没表态，以为他不以为然，又嚷嚷起来，龙书记，这更委屈的事我都没说呢！

龙险峰说，你不就是被蜇了几下吗？还有什么更委屈的？

牛老五把衣服一掀起来，指着肚子上某处说，书记，就为了这蜜蜂，我都被人打了，您看看，这里都还是青紫的。

龙险峰凑近仔细看了几眼，也没发现哪里是青紫的，但他既然说了被人打了，肯定还是要问清楚的。龙险峰说，那你把这事原原本本说一遍。

牛老五说，书记，这里还说不清楚，干脆，你和我去我养蜜蜂的地方说。距离也不远，就在对面那座山的半山腰上。

龙险峰抬起手，指着对面的半山腰，你带路。

走在路上的时候，牛老五又拿出手机打了一个电话，他说，松涛支书，你不给我做主，自然有人给我做主！我现在就带着龙书记去我那里，对，我请他来评评理！看看到底是我还是他……什么？凭什么不去？龙书记今天来我们村，就是来给我评理的！

挂了电话后，龙险峰说，听你这意思，松涛支书也给你处理过纠纷了？

牛老五有些不屑一顾地说，松涛支书肯定给我处理过，但他处理得太偏心了，这个事情，本来就是我占理的，他非要说我们两个都有过错。

一边走，牛老五一边向龙险峰介绍了整件事。原来，牛老五等人最先养蜂的地方，蜜源并不算太多，不过，虽说不多，可村里当时养蜂的也就三五户，对于这寥寥几户人家，那还是绰绰有余的。

可是，慢慢地，村里养蜜蜂的人越来越多了，蜜源自然也就不太够了。而牛老五属于村里最早饲养蜜蜂的那一批人，眼见自己家的蜜蜂一天天地越来越吃不饱，采不够蜜，他这心里也跟着一点点地焦虑起来。

然而，接下来的事情发展，可以说是"屋漏偏逢连夜雨"了。上个月，一股寒流忽然席卷了整个武陵山脉腹地，一时间，温度下降了十多度，村里饲养的蜂群顿时因为气温下降死掉了近一半，这让牛老五郁闷的心情从焦虑变为了愤怒。只是可惜，这一愤怒暂时找不到有效方式和途径来发泄。

一天，牛老五在村里后面那几座山上走了一圈，他发现在一座山头的背面自然生长着一大片的刺梨花和油茶树，这让他喜出望外。他小时候也来这座山砍过柴，早些年树木早就被砍光了，没想到封山育林后，这里竟然花繁叶茂了。第二天他就把自家的蜂箱转移到了这座山头上，本以为接下来自家的蜜蜂可以衣食无忧了，可谁知，仅仅两天之后，村里另外两户也把自家的蜂箱搬到这里来了。

　　这一下，牛老五自然不干了，他叫另两户人搬走，可对方也不干了，这片山头上长的这些树这些花，又不是你牛老五种下的，你凭哪样叫我们走嘛，哦，就因为是你最先发现的？哪有这种道理？要是照你这个说法，那什么田啊、哪样地啊也不用分配了，哪个先看见先发现的，就是哪个的。

　　这样一来，两边自然就吵了起来，这一吵，又都在火头上，不知道是谁先推搡起来，这一推搡又变成了动手。等他俩闹到村委会时，一个人流着鼻血，一个人牙齿松动了。石松涛听完整件事之后也头疼，这地方是牛老五最先看见的，但是他的确也没权利驱赶别人离开。按道理来说，这都是集体的山，谁都可以去放蜂嘛。他牛老五先动手打人，石松涛当然只能批评了牛老五几句，也就不了了之了。

　　虽说石松涛认为自己处理得公平公正，但牛老五就是觉得他偏了心。这一路上，他给龙险峰说完整件事，还是一脸不满、一脸的怒容，他说，龙书记，你说，松涛支书是不是处理得不对？是不是偏心？

　　龙险峰正准备说话时，只见石松涛和陈国栋疾步小跑，迎面而来。两人跑到龙险峰跟前时，都有些气喘吁吁的。

　　而石松涛之所以会跑得这么急，说白了，他担心牛老五在龙险峰面前说他的坏话。他太了解牛老五这个浑人了，他绝对会在龙书记面前说自己处理不当、偏心。诚然，龙书记肯定不会因为这些不满和抱怨对自己有误会，不过，龙书记他肯定会通过这些抱怨和不满发现这背后的根源问题所在。这个根源问题，归根结底还是蜜源不足所致，而这可以归咎为这个村从来没有过饲养蜜蜂的经验，也可以说前一段时间气温一直较低。然而，不管找多少理由和借口，村支两委是有一定责任的。

这个责任，要是真追究起来，那可就早了。早在龙险峰通过新农办主任陈林勇邀请各位农业专家来村里进行专业授课时，专家就一再叮嘱过，花开村搞蜜蜂饲养，一定要解决蜜源的问题。也就是从现在开始，就要在温暖向阳的半山腰上多种植各种果树，比如枇杷、柑橘、桃树、李树、刺梨等。

当时，石松涛也曾一个劲地点头保证，接下来花开村村支两委的工作重点，就是要尽力去动员广大的村民，让他们积极地流转村外的林地，种上各种果树，保证养殖户的蜂群有足够的蜜源。然而，现实情况却是，其他村民一听说种的果树原来是为了给别人家饲养的蜂群做蜜源，便都纷纷不干了。按照他们的话来说，哦，我辛辛苦苦流了汗水、种了果树，结果到头来是为了别人服务的啊？那他们卖出去的蜜，怎么不分我一份呢？

这话让石松涛和陈国栋哭笑不得，可即便再无语，也只能耐心地给这些人苦口婆心地去解释。石松涛说，你们的果树如果要结果要丰收的话，就需要蜜蜂来采花粉，授花粉……可这些话还没说完，对方就打断说，反正我不种，要想让我种果树的话，这些养蜜蜂的人，必须把他们的收入分给我一半才行。牛老五当时也在现场的，他听了这个话，毫不客气地说，可以，我的蜂蜜分你一半，你家的果子丰收了，你也分我一半。对方说，凭哪样？牛老五说，凭我家蜂子采蜜授粉，你家的果子才长得好。接着，他们掰着手指头算蜂蜜的产量和果子的产量，以及售卖的价格，该如何按比例分成，这样的分成，他们当然是算不清楚的。话不投机半句多，好些难听的话不免脱口而出，其结果就是，两边直接闹崩了。

这之后，石松涛又组织过几次协调谈话，可是，每次谈话到最后都毫无意外地陷入这个死胡同。次数多了之后，石松涛自己也有点烦躁了，本来就只是一项工作，可说得多了，催得急了，这些人还以为自己在其中占了什么便宜，所以才会这么急不可耐。

再加上那段时间别的工作也烦琐得很，石松涛忙得不可开交分身乏术，很多时候，他便是以别的工作太忙说服自己，不想再管这些麻烦事了。但是，夜深人静的时候想到这项工作，他的心里还是会有些不安和焦躁，也或多或少有些沮丧和无奈，同时还有一丝灰心和抱怨。自己这么为他们着想，整天都在想着如何让他们脱贫致富，可结果呢？好心被当成驴肝肺，算了算了，你们爱干吗就干吗，不想种就不种。

也因此，村里种植果树这事就一直被拖延了下来，直到此刻，龙险峰再次来了花开村也没有解决。看样子，牛老五肯定给龙书记说了不少告状的话，别的不说，龙书记那张脸上眉头是皱起来的，看见这一幕，石松涛的心中难免有些打鼓，但他还是鼓起勇气走了过去。

果然，当天看完牛老五的养殖点之后，龙险峰又在半山腰走了好一会儿，脸色很不好看，更是一句话也不说，石松涛和陈国栋也不知道该说些什么好，只好紧紧跟着他。

下山的时候，龙险峰转头问石松涛，你准备什么时候解决好这个问题？

石松涛本来还想稍微辩解几句，可一看龙险峰那双眼睛，心里一下就有些怯弱了。他有些吞吞吐吐说，龙书记，这，这事吧，你听我给你原原本本说一遍……

龙险峰打断说，这事我已经听牛老五说清楚了，他说的可能有一定偏差，但事情大致上就是这么一回事，你再说一遍，最多是一些细节上不同而已。但归根结底，蜜源不足，这是事实。

石松涛有些尴尬地点点头，嘴张了张，还是不知道说什么好。

龙险峰说，所以，事情就不必再说了，你就告诉我，到底什么时候，你们村可以解决蜜源不足这个问题？

石松涛结结巴巴地说，这个，这个嘛……

龙险峰瞟了他一眼，又说，怎么，到今天了，难道还没有想好？

石松涛点头不是，摇头也不是，含含糊糊应了一声后，他又向陈国栋看过去。陈国栋心中会意，上前半步解围说，龙书记，松涛支书和我们村支两委全体，为了这事，前前后后真是忙了很长时间了，但是、但是因为这个相对恶劣的外部环境，还有前段时间天气的忽然降温，好些蜂群储蜜不足才被冻死，否则，也不会出现大面积死亡的现象了。另外嘛，又因为这个、这个村民的意识普遍保守，观念落后等因素，所以，我们村的这项工作一直没有得到很好的进展。

龙险峰听他说了两句后，眉头就皱了起来，等他说完后，一张脸更是变得越发难看。沉吟片刻后，他说，如果我没记错的话，你和千年村的肖百合、红岩村的张学勤是同一批下派的第一书记吧？

陈国栋没料到龙险峰会忽然问出这样一句话，愣了片刻后，马上就点了点头。

龙险峰说，你来花开村也有这么长一段时间了，我相信你肯定也做了一些工作，但是你刚才这番话，给我解释了这样的、那样的所谓的客观原因，却一直没有反省自身内部的原因。更关键是，你们一直没有正面回答问题，一直在避重就轻，一直在推卸责任！这一点让我非常失望！

顿了顿，他又说，之前专家来你村授课的时候，就已经叫你们要多种果树了，如果我没记错的话，当时你石松涛还一直拍着胸脯保证办到，结果呢？这都过去多长时间了？我现在就想问，你们村的果树呢？种了哪些品种？种了多少亩了？又种在哪里的？

这些问题，石松涛自然是一个也回答不上来的，陈国栋嘴微微张了好几次，最终还是没有说话。

龙险峰打量着两人，忽然提高声音说，一个多年的老支书，一个年纪轻轻的第一书记，不办实事，不想办法，只会找借口，谈困难，你知不知道，什么叫渎职！什么叫懒政！你们这种工作态度就叫懒政！就是渎职！

石松涛和陈国栋不由自主地感受到龙险峰眼神中的压迫感，低下了头，一时间，三个人都没有说话。

龙险峰缓和了一下自己的情绪后才又说，这项工作，关系到你们村的产业发展，关系到乡亲们的增收问题，关系到全村、全镇，乃至全县的摘帽出列，绝不能因为你们这一个村而拖了后腿。我不管你们的理由有多少，难度有多大，我就只有一个要求，你们在今年内必须完成这项工作。

石松涛和陈国栋同时抬起头，双双看着龙险峰。

龙险峰说，怎么，今年内都完不成吗？

石松涛和陈国栋对视了一眼，两人一咬牙，异口同声说，完得成！

龙险峰伸出手指点了点自己的脑袋说，完得成？说话不过脑子，我问你们，你们的具体步骤、实施方案在哪？没有，三天后交给我。我告诉你们，做事一定要过脑子，转变工作思路，改进工作作风，我会不定期来你们村，对这项工作进行检查。如果到时候，我发现这项工作还是没有什么本质的进展，那么你们应该知道，处理结果会是什么。

陈国栋说，不换思想就换人。

龙险峰严肃地说，还好，你还记得这句话，证明你心里还明白。但我要明确的是，工作不能只在嘴巴上，我要的是行动和实效。

离开花开村之后，龙险峰又驱车赶往了红岩村。半路上，龙险峰想着先给老支书杨打铁打个电话说一声，可电话打了两三遍，也一直没人接听。龙险峰只能再给支书潘宏梁打个电话，电话通了之后，龙险峰才问了两句，潘宏梁就有自知之明地说，书记，你找老支书？

龙险峰说，你和他在一起的吧？

潘宏梁说，在，不过杨老支书住院了……

龙险峰心中一惊，叫了起来，什么？老支书住院了？他生了什么病？什么时候住的院？是哪一个医院？

龙险峰这一连串的问题脱口而出，电话那一头的潘宏梁说话声顿时嗫嗫嚅嚅起来，书、书记，老支书没、没什么大毛病，昨天才住进来的……

龙险峰打断说，他住在哪个医院的？你现在人又在哪里？

潘宏梁说，书记，我现在就在县人民医院陪着老支书呢。

龙险峰说，那好，你在那等着我，我现在就赶过来。

等到龙险峰赶到医院的时候，潘宏梁和张学勤正坐在病房外面的长条板凳上，远远看过去，这两人的脸色都不太好，龙险峰快步走上前去，两人赶紧站了起来。

龙险峰说，老支书呢，现在怎么样？

潘宏梁指了指病房，小声说，护士才给吃了药，现在已经睡着了。

张学勤说，书记，我现在进去叫一下老支书。

龙险峰连忙制止说，叫什么，老支书是病人，让他多休息一下。

一边说着，龙险峰一边挥手让他两人坐下，自己也跟着坐下后问道，老支书这次住院，到底是什么原因？

张学勤一脸讪讪的，结结巴巴不知道说什么好，再看潘宏梁，也是一句话说不出来，一张脸却涨得有点红。这让龙险峰有些好奇，他略带了开玩笑的口吻说，怎么，看你们俩的样子，难不成老支书这次生病住院，和你俩还有关系了？

潘宏梁闷着声音回答说，是，书记，您说对了，这次老支书住院，和我还真有关系。

张学勤也点点头，一脸惭愧地说，是，书记，主要是我做得不对。

潘宏梁说，你有什么不对的，是我不对。

龙险峰听了后，微微皱眉说，你们先不要争，谁把事情全过程给我说一下。

潘宏梁和张学勤又对视一眼，看上去都有些犹豫的样子，最后还是潘宏梁干咳两声后，吞吞吐吐地把整件事说了出来。

原来，因为张学勤以前的工作经历，自从他来到红岩村之后，就一直很看重宣传工作，有成绩要写报道，没成绩更要写报道。按照他的话来说，如果不多写报道的话，外面的人又怎么能知道我们这个村？又从什么途径了解我们村？

按说，这个话也没说错，但是张学勤除了醉心于写各种宣传报道之外，对于村里别的工作基本上不是不问，而是问而不实，村支两委开会，他整个过程中一直心不在焉，他只能心不在焉，因为对农村工作的不熟悉，具体事宜具体工作他根本就插不上话。请他去找农业专家，他说我赞同，你们去找，我是学中文的，和农业专家交流有障碍；请他去县里争取项目，他说我是搞宣传的，争取加大宣传力度，这方面我是有心得的，争取项目，你们比我有门路。其结果是，支书潘宏梁和老支书杨打铁只能面面相觑。

时间一长，潘宏梁就有些不满了，在他看来，这个张学勤虽说是第一书记，可他哪里是来干工作的嘛？完全就是来镀金的，像他这样的第一书记，就该从哪来的回哪去！这种不满情绪一点点在他心中滋生，冷静下来的时候，他也想找个机会和对方好好说一下，但是，似乎一直也没找到合适的机会，本来该沟通的问题也就这样一直拖着没解决。

而张学勤之所以会这样，第一，笔杆子毕竟是他的长项，他在这一块上游刃有余，第二，他的根本所在，只是考虑让外界了解红岩村还没有脱贫致富，如何因地制宜引入合适的产业，脱贫致富，他却没有有效的实施步骤。也就是说，在他心里，红岩村的摘帽出列工作，主要靠支书潘宏梁和老支书杨打铁，归根结底一句话，潘宏梁、杨打铁苦干实干，他摇旗呐喊鼓劲。也许，他根本不相信自己会在村里一直待着，虽然他自告奋勇来到这个最艰苦的红岩村任第一书记，但实际上他想得很简单，他认为自己在这里最多待上一年半载，这样也就有了下乡的履历，这对以后的升迁多多少少是有一定帮助的。所以来了村里后，对于那些日常琐碎的事，他是能不碰就不碰，能不管就不管。

那天，村里又有几名青壮年集结出外打工去了，潘宏梁和他们苦口婆心地说了半天话，说了以后的很多发展规划，就希望能将他们留下来。可最终说破了嘴皮，却还是没能将他们拦下来，这些人早就打定主意了，都走得义无反顾，似乎以后都不会回来一般。

目送着这些人坐上大巴车后，潘宏梁的心情简直降到了谷底。当他走回村委会时，正巧张学勤也在，他才刚刚写完一篇文章。看见潘宏梁进来后，他说，潘支书，你来得正好，你听听我才写完的这一篇报告文学，给我一点意见。说着，不等潘宏梁说话，他就摇头晃脑地读了起来，一边读一边斜着眼看潘宏梁的反应。

潘宏梁呆呆坐了片刻，忽然站起身，伸手抓住他的稿子，几把就撕碎了，边撕边大吼，写，写，写，写个屁! 一天到晚地写! 你写这些，能让出去打工的人都留下来吗? 能让村里有一样两样的产业吗? 还是能让村里人变富起来呢?

张学勤最先愣了片刻，反应过来后他也生气了，马上和潘宏梁大吵了起来。两人吵了几句后，张学勤直击潘宏梁的痛点，他说，你在红岩村当支书几十年了，村里有过产业吗? 走的人还不多吗? 村里不是越来越穷吗? 你怎么能指望我这个才来了几个月的人，就能给你办到你几十年都没办到的事情呢? 你这是推卸责任还是强人所难?

潘宏梁顿时愣住，一时间还真不知道说什么好。

张学勤冷眼看着他，忽然又是一声嗤笑，他说，潘支书，我认真想了一下，你在红岩村的工作是个什么效果，群众的眼睛都是雪亮的，他们切实感受得到你的这个效果，是什么效果? 贫穷! 那么我现在把这个贫穷宣传了出去，有什么错? 这必将引起各级部门的关注，我们才能有机会争取各级部门的支持，你作为村支书，不但不自省自己的工作，反而指责我的工作，你这是五十步笑一百步……哦，不，你这是反咬一口、倒打一耙，你这是无能的表现……

话音未落，啪的一声，潘宏梁重重地扇了一耳光过来，张学勤半边脸上顿时红肿起来。他捂着脸，更是有些不屑地笑了起来，你看，被我说中了吧? 就因为无能，所以你就只会用这种粗暴的方式方法。我告诉你，它解决不了你的问题! 你好好反省吧!

潘宏梁被这几句话刺激得更加愤怒，当下不管不顾，抬起手正准备再扇过去，就在这时候，身后一只手抓住了他的胳膊。只听身后的人大吼道，潘宏梁! 你干什么! 可当时的潘宏梁大脑里面一阵轰鸣眩晕，别说思考了，就连分辨是谁说的话都难，他的胳膊被拽住后，条件反射一般就将身后的人推了出去。

说到这里，龙险峰问他，拉住你的就是老支书，是不是?

潘宏梁点点头,一脸惭愧地说,我推得太用劲了,老支书的后脑勺正好撞在书柜上,当时就昏了过去。送来医院后,各种仪器检查了一遍,还好没什么太大的问题。

龙险峰说,这都撞晕了,还没太大的问题?

潘宏梁说,书记,医生说,主要是当时老支书他本人的情绪也比较激动,医生说,住院观察两天,没什么大毛病就可以出院了。

龙险峰听完后,长叹了口气,一时间也不知道说什么好,他看了看两人的脸,本来想教训几句,可转念再一想,自己又能教训他们什么?再说了,教训了之后又能起到什么作用?让他们以后不吵架?不动手?发生这种矛盾纠纷的根源,说白了,还是因为贫困啊。

潘宏梁说,书记,这次发生这样的事,是我做得不对,我没控制好自己的脾气。

张学勤也说,书记,我说的那些话,故意揭人短处,伤人痛处,我、我也有责任。

龙险峰挥挥手,示意他俩都不要说了,他深知现在不是追究责任的时候。他考虑了一下说,这样吧,看你俩的脸色,昨晚应该都没怎么休息,我建议,今天你们让其他人来医院,你俩就先回去好好休息一下,过一两天等老支书出院了,我再来看他。你们啊,也该好好反省反省了,有什么想法,直接来找我,我们好好聊聊你们村的事。

离开医院的时候,潘宏梁和张学勤紧跟着龙险峰的脚步,准备送一送龙险峰。龙险峰扭头说,潘支书,等老支书醒了,你给我问一句好。说完,他严肃地一指张学勤,你跟我来。

到了医院大门处一角,龙险峰严厉地批评张学勤说,你是第一书记,你是红岩村的第一责任人,你不知道该怎么做吗?你的事,不要以为我不知道。

张学勤一脸讪讪地说,书记,我很努力的。你别听他们乱说。

龙险峰生气地说,乱说,谁乱说你了?我告诉你,你要只会宣传不会实干,就不是一个合格的第一书记。

张学勤见龙险峰生气了,不敢说话,低着头一脸委屈的样子。

龙险峰见状，更是生气，手一指张学勤说，怎么？无话可说了？张学勤抬起头，正想说话，一看龙险峰那张愤怒的脸，顿时像霜打了的茄子——蔫了。

龙险峰说，你看看，与你一起下来的第一书记，哪个像你？你看人家千年村肖百合、花开村的陈国栋，人家的工作有声有色，特别是肖百合同志，在村支两委能团结同志、善于协调，我看，千年村的工作是值得表扬的，哪像你们，第一书记和支书闹矛盾不说，还打架！太不像话了！

张学勤捂了捂脸，委屈地说，书记，我们没有打架，是潘支书打了我，我作为第一书记，我知道不能还手。

龙险峰瞟了一眼张学勤那还有些红肿的半边脸说，行了，行了，你还还手，还手就是打架，这还了得？我看这件事情，你和潘宏梁同志都要深刻反省，写书面检查。

就在龙险峰批评张学勤、表扬肖百合工作方法的时候，在千年村，肖百合再一次走进了村民孔先刚家的院子里。

孔先刚坐在院里，手上拿着针线，正在低头费力地缝着什么东西，听到声音后他抬起头，看清楚来人后他马上起身让座说，这不是肖书记吗？来来，你快请坐。

肖百合看了看对方手上的东西，是一沓鞋底，又问道，孔师傅，你还纳鞋底？

孔先刚不好意思说，我哪会啊，以前都是我家老太太缝，但她现在眼睛是越来越不行了，就是大白天也看不太清楚，没办法，就只有我自己来缝了。

肖百合说，眼睛是什么毛病？去医院检查过了吗？

孔先刚说，这个，算了，应该没事，不用去的。

肖百合说，这怎么能不用呢？如果真有什么毛病，一直拖下去可就不好了。

孔先刚没吭声，脸色却不算太好看，肖百合察言观色，又小心翼翼地说，孔师傅，难不成你还在担心钱的问题？

这一次，孔先刚闷声应了一声，但脸色还是没变多少，看样子，也不准备说什么。

肖百合说，孔师傅，你们不都是有农村医保的吗？趁着现在还没有变严重就赶紧去看看到底是怎么一回事，要不然真是严重了可就麻烦了。

孔先刚哼了一声，肖书记，你这话说得简单，我还不晓得我们有医保吗？我正是想到医保这事，我才不敢去医院！

肖百合有些不解地问他，孔师傅，您这么说的话，我可真有点不明白了，总不可能说，没有医保你才去医院嘛。

孔先刚说，农村医保是有，报销起来也很快，这些我都承认，可关键是，我去看什么病，又在哪里看的，这最后的报销比例可就完全不一样了。

没等肖百合说话，孔先刚一边扳着手指头，又一边继续说，我们去村里的卫生室看病的话，可以报销百分之六十，去镇里的卫生院可以报销百分之四十，去县市里二级医院可以报销百分之三十，三级医院报销百分之二十。要是住院治疗的话，镇卫生院报销百分之六十；二级医院报销百分之四十；三级医院报销百分之三十。

说到这里，孔先刚抬起头盯着肖百合说，肖书记，像我老伴这种病，至少也要去二级医院看吧？如果检查下来没什么太大毛病，只需要吃点药，那肯定是最好的，但是，就这最好的结果，至少也要几千元吧？最后只能报销三分之一不到，剩下的钱都得自己出，我哪有这么多的钱？话说回来，如果检查下来吃药不管用，必须得动手术，那绝对就上万了，那就要花更多的钱，我，我哪里拿得出来哦！

肖百合本来想说，大病的报销比例会更高，可话到了嘴边，转念又一想，大病的报销比例越高，也就意味着花的钱越多，那么自己要掏的钱相对来说也更多，这对孔师傅来说，肯定是难以接受的。这么一想，之前那些所谓宽慰的话便说不出口了，但她要什么也不说，似乎也不应该。

只听得孔先刚叹了一声，他说，肖书记，真去了，检查出什么毛病了，你说治还是不治？治的话，我们家里，哪里拿得出钱？可这不治吧，哪个又狠得下这个心？

肖百合一时愣住，正想着怎么回答时，孔先刚又长叹一口气说，肖书记啊，这人老了吧，各种各样的毛病也就跟着来了，她除了眼睛，那身上的毛病可不少，你现在还年轻，体会不到，再说去了医院，进了那个大门，就算哪样毛病都没检查出来，没有个七八百，甚至一两千，能出得来吗？

肖百合听了，一时间没有说话，就在她沉默之际，孔先刚又说，肖书记，村里面的人都说，你把丁香那间小卖部的东西全部都买下来了，肖书记你果然是城里面来的人，有钱，也肯帮忙。

肖百合急忙说，不，真实情况不是这样的，孔师傅，你们大伙都误会了，我只是把她小卖部里的东西先寄存在我寝室里，再说她那里东西这么多，我一个人，吃也吃不过来，用也用不过来啊。

孔先刚说，没事，你买了就买了吧，你放心，我老孔的嘴巴从来不会乱说话的。可惜，可惜，我老孔家里没有什么东西能卖的，要不然肖书记你肯定也会照顾照顾我家生意的。

肖百合说，孔师傅，今天我来，说实话，主要有两件事，这第一件事……

孔先刚抢道，还是搬家的事？

肖百合点了点头。

孔先刚犹豫片刻，挤了些笑容说，肖书记，我们，我们确实不想搬，我们在城里住不习惯。

肖百合说，孔师傅，那我们先不说第一件事，就说第二件事，我觉得你家这套房子，很适合用来开店。

孔先刚有些诧异地问道，你想让我开店？

肖百合说，是开店，但不是让你来负责开店，你可以用你家的房子作为股金入股。

接着，她把之前的计划告诉了对方，自己对于"丹砂工艺品店"的构想，以及店面开起来后，除了"丹砂开采史"和"道家文化"等介绍，还可以增加"民间民俗文化"等展示窗口，甚至接下来的"丹砂工艺品街"升级到"文化产业步行街"这些计划，肖百合都做了一个大致的介绍。但是，与肖百合的兴致勃勃完全相反，孔先刚听到后面，却越来越没精神，偶尔才极为敷衍地回应一声。

孔先刚的这一态度和肖百合最初的预想差不多，甚至，比她最初的预想还要消极一些。虽说肖百合已经有一定的心理准备，但真正面对孔先刚的这种态度时，她还是有那么一丝遗憾、失望。

果然，孔先刚苦笑了一下，又摇摇头说，肖书记，你让我说你什么好？你的好意我老孔心领了，不过，我给你说实话，我在千年村生活了一辈子，从我记事起到今天，除了偶尔有两三个领导下来检查检查工作，或者就是来扶扶贫之外，基本就没有外面的人来过我们千年村，你现在说卖给游客，你说这事……

肖百合说，所以我们更要想出好的办法，让外面的人都来我们千年旅游啊，来我们村里购物消费。

孔先刚说，旅游？我没听错吧？他抬起手指着院子外面说，你看看，现在我们村，全是推土机、挖掘机，这里推那里挖的，搞得到处都是脏的，前几天下场雨，出去走一圈，脚下面沾的土比鞋底都还厚一些。其他不说，你就是叫我去村里面转一圈，我都不愿意，咋个可能还有外面的人来我们这里玩啊，不可能，绝对不可能。

肖百合说，村里脏只是暂时的，等到工程结束后，我们千年绝对比以前要漂亮得太多。上次你也去枫香镇的花茂村看过，我们村"三改"搞完后，可以说比他们那边还要漂亮。

孔先刚说，漂亮不漂亮另外再说，而且就算再漂亮，那也不等于卖得出这些东西。

肖百合还准备开口，孔先刚挥了挥手，肖书记，你真的不要想哪样"丹砂工艺品店"了，我和你说实话，不管你是村集体经济，还是哪样，村里这些人根本就没多少钱，哪个舍得拿出来开店哦？再说了，就算按照你之前说的想办法给大家贷到款了，我敢拍胸脯说，大家也是绝对不可能开的，那么多钱，要几辈子才能还得完啊！

肖百合从背包里取出笔记本，打开后说，孔师傅，我晓得你是好意，但这一点你真不必为大家担心，关于利润和成本，我之前也大致计算过的，你看……

孔先刚根本不听，又打断道，卖这些东西能赚多少钱，难道我心里还不清楚吗？再说，这些东西的成本太高了，我告诉你，一个最普通的丹砂手串刨去各种成本，顶多赚一两百元，在我们村里，真开了店一天能卖一两串就谢天谢地了，一个月也就几十串，算下来才赚多少钱？还要拿给这么多人去分，还要拿去还那么多的贷款，你让他们哪一年才能还清？难不成还要让他们的子子孙孙来还钱？

说着，孔先刚又长长地叹了口气说道，肖书记，你是城里人，你年纪轻轻就当了领导，有工资，这些钱对你们来说都是小事，但对我来说，就是大事。

肖百合不由得一阵苦笑，她完全没有想到孔先刚会如此固执，有那么一瞬间，她甚至想起身离去，但马上她又假设，如果现在是麻主任的话，那么他会怎么来沟通，又怎么说服对方？他嘛，特别善于抓人痛处，可是孔师傅，他又有哪样痛处？他的痛处又在哪里？肖百合微闭双眼，凝神思索了起来，片刻后，她像幡然醒悟一样在心里说，对！就是这一点！

肖百合睁开眼，正视着对方，缓缓地说，孔师傅，那我再问你一句话。

孔先刚点点头说，你说。

肖百合说，你是愿意一直住在村里却没钱治好你老伴的病，还是愿意搬进镇里后有了分红股金治好你老伴的病？

孔先刚浑身微微一震，猛然间抬起头，紧紧盯着肖百合。

十一

一眨眼，两个月过去了，在过去的这段时间里，千年村的"三改"工程已经基本完成，接下来便是一些配套工作。可以说，现在的千年村与之前大不相同了，每次麻青蒿和吴艾草走在村里，都忍不住各处指点，同时也不忘自吹自擂一番。

当然，一般不等麻青蒿开口，吴艾草就会说，主任，也真的只有你，才能按时保质地完成村里这些复杂的工作，换成任何人，都没办法办到的。

麻青蒿听了肯定是高兴的，但一般来说，他还是会谦虚几句，话也不能这样说，这个嘛，也是村支两委共同努力的成果嘛，我嘛，顶多只是多出了一点力，多想了一些办法，多站在大家的角度去考虑问题嘛。

麻青蒿这话基本上也没错，之所以说"基本上"，也是因为，这两个月当中，村里发生的某些事，还真不是因为他麻青蒿"多出了一点力，多想了一些办法"才完成的。比如说，孔先刚老两口在月初居然搬进镇里的易地扶贫搬迁点了！

得知孔先刚老两口搬家的消息时，麻青蒿嘴都张大了，他是怎么都不相信的，这个肖百合，她又是怎么说服这个孔先刚的呢？不要看他老孔话不多，可他真是村里特别固执的一个人。可是，事实就摆在眼前的，他们老两口搬走了，而且还是心甘情愿的。同时，也因为他们搬走，那套房也空了出来，村里的"丹砂工艺品店"也得以按计划实施，现在，前期的各项筹备工作都在有条不紊地推进着。

这天清晨，麻青蒿、肖百合等村支两委的村干部便在村口坐上去镇上的中巴车，为了今天召开的全镇干部学习大会，麻青蒿还专门换上了一身西装，系上了一根大红色的领带，这让罗云贵、黄光辉二人又拿他调侃了一番。

到了镇政府，其他村的村干部也都赶到了，麻青蒿和石松涛、潘宏梁等人打了个招呼，便进了大会议室。几分钟后，龙险峰、熊少斌以及县委宣传部的一位副部长等领导也走进了会议室。

嘈杂的会议室顿时安静了，村干部们表情也严肃起来，正襟危坐，各自都把笔记本等放在了桌上，等到龙险峰等人在主席台上坐下后，熊少斌拍了拍面前话筒，说道，现在大家安静，我们的会议现在开始，首先请龙书记给大家讲话。

龙险峰环顾一圈后，沉声说，上周，习近平总书记主持召开深度连片贫困地区脱贫攻坚座谈会，集中研究、破解深度贫困之策，充分体现了情系贫困群众的为民情怀，体现了发扬"钉钉子"精神的务实作风。前天，省委召开常委会议，学习贯彻习近平总书记在深度连片贫困地区脱贫攻坚座谈会和在山西考察工作时的重要讲话精神，传达学习全国扶贫办主任会议精神，研究部署脱贫攻坚和改革发展稳定工作。会议指出，总书记的重要讲话，对事关脱贫攻坚工作的重大问题进行了深刻阐述，全面系统、精准管用，是做好当前和今后脱贫攻坚工作的思想引领和行动指南，为我们在新起点上加快推进脱贫攻坚提供了新的重大机遇。因此，我们要紧密结合贵州实际，认真学习领会，深入贯彻落实……

整个会场内一片安静，众人都在笔记本上认真记录着。龙险峰停顿片刻，端起桌上茶杯，喝了一口润了润嗓子又说，这个会议同时还强调，我们要进一步增强责任感，认清艰巨性，坚定必胜心，拿出"敢教日月换新天"的气概，鼓起"不破楼兰终不还"的劲头，坚决打赢脱贫攻坚这场输不起的硬仗。紧扣"一达标、两不愁、三保障"的目标，坚持实事求是，不好高骛远、不吊高各方面胃口，决不搞层层加码、提前脱贫，决不搞数字脱贫、虚假脱贫……

龙险峰在主席台上侃侃而谈差不多半个小时，这才说完第一部分，这时他端起身前茶杯喝了一口，麻青蒿用手肘戳了戳坐在一旁的石松涛，小声说，认真听了，接下来肯定要说到你们村的事情了。

石松涛问他，说什么？丹砂汞矿吗？

麻青蒿说，那当然啊，除了这个还能说哪样？

果不其然，在接下来的讲话中，龙险峰针对丹砂汞矿关停这一情况谈了自己的看法。他看着台下，语重心长说道，丹砂汞矿关停后，确实带来了很多难题，这一点，相信花开村的村干部们最深有体会，接下来，我们又该怎么办？用何种产业来进行替代？这就需要我们因地制宜，实事求是。但各位一定要记住，不管如何，我们接下来的一切工作都必须从实际情况出发，从而制订新的工作计划、推行新的工作方法。现在我请少斌镇长具体介绍一下去年我们引进的几个项目，以及今年准备洽谈的几个项目，还有今年的工作计划。

熊少斌按下身前话筒，也开始了工作情况的说明。等到他说完后，龙险峰看了看时间，环顾一圈后说，接下来，各位同志如果有什么疑问和想法，或者建议意见，都可以提出来。

台下众人你看看我，我看看你，却没人说话，龙险峰又开口问道，难道大家都没有话说吗？今天这个会，其实已经涵盖了接下来这一年全镇经济工作会议的内容和范畴了。各位如果对开始我说的有哪样疑问，或者意见建议，都可以畅所欲言。

就在他说完这话后，在会场下面一角，潘宏梁也碰了碰石松涛，小声问道，你要不要说几句？

石松涛摇摇头，反问道，说哪样？莫非你还有话想说？

潘宏梁口唇动了动，欲言又止，龙险峰在台上又问了一遍，潘宏梁忽然站了起来，大声说，龙书记，我想说几句。

众人齐刷刷盯住潘宏梁，龙险峰环视大家，对潘宏梁点点头说，宏梁支书，你尽管说，我看，大家都可以说说，今天畅所欲言。

潘宏梁说，龙书记，早之前紫云镇引进了"废弃汞渣循环利用产业园"，没有考虑我们红岩村，今天又说要引进一个"现代农业产业观光园"，又要放在千年村，我个人觉得，这些产业园，如果是这样安排的话，接下来吧，这样的话……

潘宏梁说得吞吞吐吐，听得龙险峰微微皱起眉头，他干脆挥了挥手打断说，宏梁支书，有哪样话你直接说。

潘宏梁心一横，好，那我就想问问龙书记，他们千年村都已经够好的了，为哪样这些好的项目都放在他们那边？还有，我们红岩村接下来会不会引进哪样产业园的？我觉得我们村才是最需要的。

龙险峰说，宏梁支书，你的心情我绝对是能理解的，但就像我开始说过的，我们现在搞扶贫工作，就是在于一个"精准"，要实事求是，因地制宜。你们村山高坡陡，耕地面积少，交通基础条件差，且和中心城市距离太远，各方面条件都不适合建此类产业园，至于接下来，会不会在你们村引进其他扶贫项目，这也需要我们再从实际出发，实事求是，尊重科学，充分考虑验证才行。

潘宏梁有些沮丧，又有些愤愤不平地道，说来说去，就是叫我们不要想这个事了呗，至于接下来有没有项目，也都还说不清楚。

龙险峰和熊少斌对视一眼，两个人的脸色都有些复杂，可潘宏梁这番话倒是也没说错。龙险峰正想着怎么再解释几句时，只听潘宏梁再次大声抱怨道，我看我们镇啊，全把好的项目放在九龙坡的东一头了，哪样千年村啊、土坝村啊，都是一天一个样子，再看我们西一头的红岩村、龙口村、龙头村，哪样项目都没得，一个一个都穷得叮当响。

这话一说，龙口、龙头等几个村的村支书、村主任都频频点头称是，纷纷交头接耳，一时间，会场内略显嘈杂。

麻青蒿有点听不下去了，潘宏梁这小子，他当着这么多人说那些话什么意思嘛，不就是和自己叫板吗？想到这里，麻青蒿忍不住站起来大声说，宏梁，你小子这样说话就不太地道了吧？哪个要你们那边的山高坡陡啊？

这话一说出来，无异于火上浇油，连龙险峰也皱起眉头了，心道，这个麻五皮，你这个时候说这些话搞哪样？

果不其然，潘宏梁大声说，麻五皮，你不要得了便宜还卖乖，你说这些我难道还会不清楚？

龙头村的村支书也大声说，算喽，宏梁支书，这事还真不能怪其他人，真要怪的话，只能怪老天爷，要不是它放一座九龙坡下来，这东边低西边高的，我们龙头村、红岩村是高了，我看这高啊，是贫困高，常言道，嫌贫爱富，我们也只有认了。

麻青蒿站了起来，指着龙头村的支书说，你这个人，咋个是这种觉悟呢？亏你还是个共产党员，共产党有嫌贫爱富之说吗？党委、政府有嫌贫爱富之说吗？我告诉你，我们紫云镇的二十一个村，手背手心都是龙书记的心头肉。这叫因地制宜、科学布局，你懂不懂？

潘宏梁情绪有些激动，也站了起来，大声说，你麻五皮站着说话不腰痛，你说的这些，我们都懂，中央都说了，一个都不落下，要同步小康，我看，我们村现在脱贫都难，还小康？

几个村的村干部纷纷点头附和，一时间，会场内议论纷纷，交头接耳。

龙险峰用力一拍桌面，桌上茶杯跳起来，滚到地上，众人一时都安静了下来。龙险峰一脸怒气，环视一圈后说，叫你们建言献策，看看你们都说了些什么？打嘴仗啊？

这句话犹如当头棒喝，众人一时愣住，噤声不语。只见龙险峰一脸严肃地说，针对开始你们说的这些话，我要非常严肃地批评和纠正你们！我告诉你们，在我们紫云镇，绝对没有厚此薄彼的政策！你们倒好，什么老天爷作弄人的话都说出来了，你们在座的，基本都是党员，这些话是一个党员干部能说的吗？你们都知道，在国家公布的十四个深度连片贫困地区中，我们武陵山区榜上有名，你们不思进取，反而怨天尤人！你们想干什么？！嘴巴再厉害，有用吗？脱贫致富是干出来的，不是嘴巴说出来的！

会场里面一丝杂音也没有了，只剩下窗外的风声吹过，龙险峰的一席话说得众人都低下了头。

龙险峰严厉地环视一圈后沉声道，最后我再说一遍，不管村与村之间有多大的差距，我们都要想办法尽量克服困难，更要迎难而上，一个不落下，最终实现脱贫摘帽，同步小康！你们还要记住一点，所有这些目标绝不是喊口号，更不是敷衍老百姓，这就是我们共产党人该肩负起的责任与担当！

这次说完后，全场不自觉地响起了掌声，经久不息。

龙险峰挥了挥手，掌声停了下来，他说，今天开会的目的是学习和统一思想，大家还有什么说的？如果有，就举手，赶紧说。

会场内静悄悄的，没有一个人举手。

龙险峰说，既然你们不说了，那就回去好好干，怎么干，干什么，你们必须要明白，这就是今天学习的目的。说着，龙险峰一挥手，散会！散会后，千年村来参加会议的同志，一会儿去党委小会议室，我还有些情况要和你们交流一下。

麻青蒿、肖百合等人听后，面面相觑，均是一脸疑惑。

等到人走完之后，麻青蒿问身边几个人，你们说，龙书记还叫我们去小会议室搞哪样？

罗云贵皮笑肉不笑地说道，除了批评你还能有其他什么事？开始你和潘宏梁说那几句话肯定惹书记生气了。

麻青蒿怒道，放屁！老子开始说的那些话，哪一句不是实话？再说了，他要真是想批评我，直接在会上就批评了，至于专门还叫着我们这一帮人去小会议室再训一顿？

吴艾草听到麻青蒿说第一句话后，就马上扯着麻青蒿的衣袖说，主任，注意形象。

麻青蒿一甩手，注意哪样注意？我说的难道不是实话？

罗云贵说，就因为你麻五皮说了实话，所以才让龙书记生气。

黄光辉说，这倒不会，大家在会上说点自己的想法很正常，即便说错了也是情有可原的。再说了，龙书记也不是小气的人，我倒是觉得叫我们去，是有其他的工作安排。

肖百合说，是，我觉得黄主任说得对，刚才会上龙书记不是说接下来要引进那个农业产业园来我们村吗？这个产业园既然这么重要，前期肯定需要我们村支两委进行一些铺垫工作的，我觉得叫我们去应该就是谈这个事的。

麻青蒿听肖百合说了这几句，顿时恍然大悟，是啊，我怎么把这事给忘了，龙书记叫我们去小会议室，多多少少和这事有关。

麻青蒿干咳了一声，慢条斯理地说，百合书记，你和我想到一块去了，而且我认为，龙书记之所以会首先考虑把这个，叫什么？对，这个现代农业产业园放在我们千年村，除了他刚才说的，我们村具有一定优势之外，更主要还是因为对我们村支两委的工作能力、工作态度非常肯定，十分放心，也相信我们能完成这一任务，所以这才首先选择了我们村。说白了，看起来好像有点运气成分，但背后的深层次因素其实是我们村支两委的共同努力，你们说，是不是？

吴艾草听完后赶紧拍掌，一边拍一边说，对，主任，你分析得太对太透彻了，什么叫做透过现象看本质，这本质是什么？就是我们千年村，支书、主任团结如一人，试看天下谁能敌？！不仅仅是团结，是你们的能力实在太强！

说完，吴艾草得意地左顾右盼，希望其他几个人也跟着附和他几句，但没想到，另外几人已经在朝门外走了。吴艾草正想开口叫停他们，后脑勺又被拍了一下，只听得麻青蒿训斥道，还啰唆哪样？什么透过现象看本质？你这个马屁精，走，赶紧去小会议室！

几个人走进小会议室后，熊少斌把桌上一沓资料递给麻青蒿说，你把资料分发一下，大家先花五分钟简单看一遍。

麻青蒿几人当即拿起资料，仔细看了起来。

龙险峰之所以这么着急把千年村的村干部全部召集起来介绍产业园这个项目，还有一个很重要的原因，上周他专门找到陈林勇，又让他请来省市各级的相关专家，对此项目进行了深入的讨论，经过专家组细致分析后，得出一个较为可靠的预测结果：如果把这一项目成功引进，千年村不仅能成为紫云镇农业园区的中心枢纽，为生产示范区提供科技示范的核心驱动力外，还能带动、辐射周边各个村，甚至是其他乡镇的农业产业。

而且，据九鼎公司的资料显示，以及专家组的综合评估，产业园在建成后，园区可初步实现年产值一点二亿元，光园区就能提供就业岗位五百个以上，而相关产业的就业至少需要二千人。除此外，还能辐射、带动周边发展蔬菜种植达五万余亩，实现蔬菜种植户每亩年均增收一万二千元以上，最后，它可以为省市周边城市居民提供优良的旅游观光资源。

可以说，专家组这一评定结果，无疑是为龙险峰打了一剂强心针，从而也更让他坚定早日引进这一项目的决心。

几分钟之后，龙险峰见大家基本已经把资料过了一遍，这才又开口说，开始在会上，我只是大概介绍了一下九鼎公司这个项目，还有一些关键内容，现在我再和你们大家详细说说。

说着，他又把之前专家组评定的结果再次介绍了一番，只听得众人咂舌不已。麻青蒿忍不住说，每亩地一年就能增收一万二千元，真了不起，这就是高效农业啊！

吴艾草已经在旁边算起来了，一亩就有一万二千元，我们千年村，每家平均有三点六亩，那就是……

话还没说完，麻青蒿就训斥道，你啰唆哪样，专心听书记说。

龙险峰说，但是想要成功引进这个项目，还有不少的前期工作需要大家去完成，其中最重要的一项，你们应该都想到了吧？

麻青蒿脱口而出道，书记，不会又要叫我们拆房子吧？

龙险峰又气又好笑道，你麻五皮的房子建在你家的田土上？

麻青蒿想了想又说，龙书记，那你说的，应该就是土地流转的工作吧？

龙险峰点点头，脸色也露出欣慰的神色，他说，对，土地流转是项目能否成功落地最为关键的一点，也是我们接下来工作的重中之重，你们手上的资料上面都写得有，要建成这样一个产业园，基本都需要一千亩以上的土地，涉及的耕地面积，差不多也接近七八百亩，这个数字可不是小数啊。

麻青蒿等人听了后，半天没有出声。

龙险峰环顾一圈后又说，当然，流转土地只是建产业园的前期一项基础要求，说起来，这产业园当中最重要的核心区，还有另外的高要求，这另外的高要求嘛，归纳起来有六点。

麻青蒿叫起来，书记，要流转这么多的土地已经够麻烦了，这要是还有别的六点，我担心……

龙险峰转过头看着他，麻青蒿被他双眼一盯，马上就把剩下的话吞进了肚里，可哪个人都听得出来，那些没继续说出来的话，无外乎是想说明"这事要是这么麻烦的话，可能不一定建得起来啊"。

龙险峰不管麻青蒿的抱怨，一边扳着手指头，一边说，这核心区的六大高要求，分别是"田成方、地成块、沟相通、路相连、涝能排、旱滴灌"。这六点要求，我相信你们都能理解，也能想象得出。

肖百合点点头说，书记，我理解你说的这个意思，而且我认为这也是高标准的现代化农业产业园所必须具备的，不过嘛……

龙险峰看她一脸为难的样子，挥挥手，温言说，有什么话就直接说。

肖百合微微点头，沉吟片刻后说，书记，如果说需要七八百亩的耕地，而且还要成片平坦的地方，那至少就占去我们全村五成的优质耕地了，这个，只怕很困难。

龙险峰说，困难是肯定有的，所以，各位回去后，务必要提前做好乡亲们的思想工作，让他们同意把手中的土地流转出来。

肖百合听了没说话，其他几人也没吭声。

龙险峰环顾一圈后，就盯着麻青蒿看，麻青蒿被他看得心中有点发怵，他想，龙书记既然能这么说，那他心里面肯定是认定这件事了，一句话，这似乎有点"同意也得同意，不同意也得同意"的味道。

想到这里，麻青蒿撑起腰，挺着脖子说，百合书记，我认为龙书记说得很对，任何项目，哪会没有困难？再说，有那么一点点困难又怎么了？人家土坝村都可以流转土地来建酒糟产业园，我们凭哪样不能？

肖百合还没说话，罗云贵却突然哼了一声，一脸不屑地说，麻五皮，你把事情的性质搞清楚之后再说话。

麻青蒿说，我哪一点没搞清楚了？

罗云贵说，土坝村的地和我们的地，那能是一样的吗？

麻青蒿说，有哪样不一样的？

罗云贵说，他们村流转出去的大多是集体地和荒地，真正的优质耕地最多也就两百亩。

黄光辉紧接着又补了一句，两百亩？哪会有这么多？他们项目落地建设的时候，我还去过两次的，我告诉你，他们那个项目，能有一百亩就了不起了，基本都是荒地和集体地。

麻青蒿还准备说话，龙险峰制止道，好了，大家不要争论了，与其在这争来争去，不如回去后先开一个会，讨论一下从哪个点切入，找到一个可行的办法。总之，我还是那句话，要成功让这个项目落地千年，你们就必须要提前做好村民们的思想工作。

麻青蒿起身道，龙书记，你放心，我一定让他们都同意！

龙险峰点点头说，好，那你们就先回去吧，开个村民大会，讨论一下怎么开展接下来的工作，尽早落实。

几个人回到千年村时，正是夕阳西下，村里炊烟袅袅，一派宁静祥和。只不过，对于麻青蒿等人来说，却毫无兴致驻足欣赏这些美景，一是因为从小到大看得实在太多，早无任何新鲜感；二则是因为每个人心中都在想着接下来的土地流转这一工作任务，一想到这件事就倍感压力重大。

麻青蒿提议当天晚上就对千年村的每一户走访谈心，但罗云贵和黄光辉二人却不约而同地表示晚上有事，不能参加，麻青蒿自然不同意，他说，你们不参加，这叫什么话？龙书记一再吩咐我们，要提前做好工作。

黄光辉满不在乎地说，龙书记也说了，在这一个月内做好这些方面的工作，再说今晚我家里有事，一晚上而已。

罗云贵也在旁边帮衬了几句，肖百合本来想帮麻青蒿说几句，可听黄光辉说得似乎也在情理中，也就不便多说什么，而吴艾草更是人微言轻，即便说出什么话来，也没人听他的。三个人又争执了几句，搞得不欢而散。

当时，麻青蒿本来是想说几句重话的，可才张嘴就看见肖百合对他微微摇头，很明显，肖百合肯定也是有些不高兴的，但她并不想激化矛盾，影响整个班子。

等到黄光辉和罗云贵离开后，麻青蒿气鼓鼓地说，百合书记，我觉得像他们这种情况，就应该当着本人的面毫不留情地指出来！今天在镇上，龙书记还说了要统一思想，反观我们千年村的村支两委，之所以一直存在这样那样的问题，我个人认为，其中很大一个原因就是一直没有统一的发展思路。

吴艾草也赶紧附和说，对、对，百合书记，我认为主任这些话说得非常对，分析得合情合理，他一针见血地指出了我们村支两委当前最大的矛盾和隐患，而这一点，也正是我吴艾草深刻感受到的。

肖百合笑了笑说，既然今晚不能走访谈心，我们不妨先做点准备工作，这谈心嘛，该先找哪几户人去谈，又该怎么谈，谈些什么，这些我们可以先合计合计。

麻青蒿比出一个大拇指说，百合书记，你这个工作态度，比那罗云贵和黄光辉不晓得务实多少倍！

肖百合还是笑着说，罗副主任和黄主任不愿意走访谈心，说不定今晚真的有什么事呢……

麻青蒿打断道，不可能！百合书记我告诉你，罗云贵肯定是不愿意流转自家土地的，黄光辉也差不多，而且我还敢肯定一点，今晚这两个人肯定要在一起密谋。

这事还真被麻青蒿说中了，罗云贵回到家中后，坐在沙发上就开始抽闷烟。他老婆端着两盘菜从厨房走过来，看到他这个样子，好奇地问道，今天镇上开了一整天的会？

罗云贵也不想多说话，鼻子里面应了一声算是回答。

罗大嫂看了看，又试探着问道，怎么了？难道是会上说了什么不好的事？

罗云贵仍然哼了一声，不置可否。

这一下，罗大嫂心里面更紧张了，她把菜放在桌上后，一屁股坐在他身边，抓住他的手，又问道，老罗，那是什么事，你快给我说说啊！不会……不会是在怪我们酒窖拆晚了，所以挨批评了吧？

罗云贵说，挨批评算得上什么？拆酒窖和今天这事比起来，那就算是大好事了！

罗大嫂失声叫了出来，啊！那是什么事？老罗，我们家、我们家不会再出哪样事吧？

罗云贵说，先吃饭，我饿了，吃完再说。

罗大嫂嘴巴张了张，欲言又止，最终还是起身进厨房拿来碗筷。不想，这顿饭才吃到一半时，一位不速之客走了进来，来人正是黄光辉。

黄光辉看见罗云贵两口子还在吃饭，开口白嘲了一句，唉，看来是我心急了。

罗云贵赶紧把碗里最后两口饭吞下去，一抹嘴巴说，哪里哪里，你不来找我，我都准备马上去找你呢。

两人眼神一对，心照不宣地走进了内室，罗大嫂也起身，想跟着进去，罗云贵一伸手训斥道，你进来搞哪样？我告诉你，我们是在谈工作！还有，我再给你先说清楚，我们谈工作的时候，你不要站在门背后偷听！

罗大嫂哦了一声，满脸委屈地向后退去，坐在了沙发上。

只听咣当一声，门被罗云贵关上了。罗大嫂起身，蹑手蹑脚地走到门边，趴在门上听着里面的一举一动。

只听房间里罗云贵开口问道，光辉啊，你说这事怎么办？你有什么想法没？

黄光辉说，说实话，我的想法根本是一点都不重要，包括你的、麻五皮的、肖书记的，我们所有人的想法都不重要。龙书记今天会上当着大家的面已经说了，事后又专门叫我们去他的办公室再说一遍，资料也发给我们了，哪一个环节他都深思熟虑过的，他肯定早就在心里有这个打算了。

罗云贵愣了片刻，问道，那你的意思是？

黄光辉摇摇头道，我看啊，这个事，我们不同意也得同意，不干也得干。

罗云贵叫起来，怎么可能，凭什么我们不干也得干！

黄光辉轻轻嗤笑一声，就凭他是镇党委书记，是我们直接领导，他说的话，你敢不听？

罗云贵说，就算、就算他是书记又怎么了？他、他也不能强行要求我们这样做，他要是、要是，我、我就……

黄光辉看着他，目光中带着点讥讽的笑意，问道，你准备怎么？

罗云贵脱口而出，那我就去县里面告他！逼到那一步，我也不怕了！

黄光辉苦笑着摇摇头，想了一会儿，反问道，你觉得去县里告状有用吗？

罗云贵说，怎么没用？他只是镇里的书记，又不是县里的书记。

黄光辉说，好，那我问你，你觉得龙书记做事是不是那种脑袋一发热就要上马的人？

罗云贵摇头说，那肯定不是。

黄光辉又继续道，好，既然他不是，而且他今天还说过一件事，这个项目他还专门请了省里的专家组进行了评估，那我敢肯定，他绝对向县委县政府进行了请示和汇报。

罗云贵听了后，缓缓点了点头。这时，门突然被拉开，罗大嫂快步踏进门里，大叫起来，老罗，你刚才说我们家的地要被流转出去？我不干！我绝对不干！不要说是龙书记了，就算、就算是再大的领导，我也不干！

她这突然冲进来，吼了这一通，让室内两人都有些愣，罗云贵反应过来后，忽然发作，大吼道，出去！男人说话，你女人插哪样嘴！

罗大嫂说，我不出去，你们说到我家的地，我也要听！

罗云贵站起来，手一挥作势要打，厉声道，你出不出去？

罗大嫂闪过一丝害怕的神色，犹豫片刻，一步三回头，终于还是退出房间。如果说换成其他事情，罗云贵可能真就服从上级命令，按照上级要求来完成了，但毕竟涉及自己家的土地流转这种事。土地是什么？那就是命根子啊，为了命根子，还不得较真一下？还不得拼命守护一下？

罗云贵想了想，很不甘心地说，县里不行，那我如果再告到市里面呢？

黄光辉说，云贵，你好歹也当这个千年村的副主任这么多年了，国家的大政方针、政策法规多少也应该了解一些，怎么你说出话来，还是一点谱都没有呢？

罗云贵说，你说这话是什么意思？难道我告到市里面也没用？那我就告到省里面去！

黄光辉说，这件事吧，告状就根本没用，我告诉你，不管你跑哪一级政府去告状，结果都差不多。我先问你，我们村搞土地流转是因为什么事情？

罗云贵脱口而出，建农业产业园啊。

黄光辉继续问道，那么建农业产业园又是因为什么事？

这一次罗云贵想了片刻才回答道，这还不简单，就是想带动我们千年村，以及整个紫云镇的农业产业发展嘛。

黄光辉说，这只是其一，今天龙书记还说了很重要的一点，产业园建起来后，可以为周边城市居民提供优良的旅游观光资源，从而在发展本地农业产业的同时，刺激、助推乡村旅游业、服务业、红色文化产业等方面的发展。

罗云贵点了点头，又说，你说的这些没错，可是，和我去哪一级告状又有什么关系？

这一下，黄光辉真是哭笑不得了，他耐着性子又解释道，这样和你说吧，发展农业观光业、旅游业、服务业、红色文化产业等这些产业，都是"四在农家·美丽乡村"创建活动的一部分吧？打造"四在农家·美丽乡村"这是上上下下形成的共识，我告诉你，不是你不满意的都可以去告状的。你要告的话，只能自取其辱。

罗云贵一脸的失魂落魄，好一会儿没说话。

黄光辉忽然又说，当然了，这事也不是完全就定下来了，我们要是真不愿意流转土地，也还是有办法的。只不过嘛，这个办法要用得巧妙，而且时机一定要掌握好。

罗云贵一听，两眼顿时又亮了起来，连忙追问起来，黄光辉看了看门边，手指勾了勾，罗云贵马上凑了上去，黄光辉一阵耳语，只说得他频频点头，一脸笑意。

说到最后，罗云贵忍不住给黄光辉肩膀上一拳头，半开玩笑半认真地说，光辉，这么多年我可真看走眼了，其实你来当我们的村主任更适合，只要你参选，下次我一定投你的票！

要说流转土地这件事，在整个村里面，吴艾草应该是最担心也最紧张的。原因很简单，他在家里是没有发言权的，一切事情的最终决定权都在老婆桃花的手中，但这事，看情况是肯定得实施的。

想来想去，吴艾草决定先从老婆这里入手，先探听一下她的口风，如果她不是非常地反对，那么可能这事还有一线希望——虽然他觉得桃花根本就不会同意。

堂屋里，桃花正靠在一张十分舒服的靠背椅上，闭着双眼，脸上敷着一块面膜，双脚浸泡在热水里，吴艾草坐在她的对面，正在仔仔细细地给她洗脚，顺带按摩一下。

洗了一会儿，吴艾草抬起头，笑着说，花，你天天敷着这个面膜，一张脸比以前好看太多了。

桃花仰起头，睁开眼说道，艾草，你什么意思，嫌我长得难看？

吴艾草说，花，你怎么会这么想嘛，我的意思是，你以前的长相，那绝对是九十分以上的，现在敷了面膜，至少就是九十九分了。

桃花哼了一声，闭上眼说，这还差不多，哎，说话归说话，给我继续捏脚啊。

吴艾草又捏了一会儿，感觉火候也差不多了，他又小心翼翼地说道，花，有个事情我想和你商量一下，你看啊，我们家的那几亩地，种玉米，一亩也就产九百斤左右，也就值四五百元，不值几个钱，还搭上劳动力，不划算啊。

话还没说完，桃花马上坐直身子，睁开眼就说道，你不要以为你是一个村会计，你就可以不劳动，想偷懒，我告诉你，一开春，你就给我下地。

吴艾草频频点头称是，想了想又说，我下地那是当然要做的，不过嘛，我觉得我们家的这几亩地每年都要闲上这么几个月，还是怪可惜的。

桃花说，可惜嘛，是有点可惜了，莫非你还有什么办法让它不可惜？

吴艾草嘿嘿笑了起来，鼓起勇气说，办法嘛，我倒是也有一个，我在想，我们是不是，嘿嘿，是不是把家里这几亩地流转出去……

还没说完话，桃花猛然间坐直身子，一把扯下脸上的面膜，双眉竖起，大吼一声，吴艾草，你想搞哪样！

扑通一声，吴艾草吓得一屁股跌落在地上，他马上笑道，没、没搞哪样，我这不是和你商量这事吗？

桃花又说，商量？有拿家里的地来商量事情的？还想流转出去？是哪个叫你做这种缺德事的？

吴艾草说，没、没有谁，我就是突然想到的。

桃花恍若未闻，沉思片刻，忽然叫起来，我知道了！是不是麻五皮给你出的这个馊主意？

吴艾草心中暗叫不好，但脸上还是只能做出笑脸，一个劲地否认。发誓赌咒掏心掏肺一番话之后，桃花说，艾草，我就暂且相信你一次，但我丑话说在前面，你如果再敢打家里的歪脑筋，就不是喝老娘的洗脚水这么简单了，你就给老娘滚出这个家！你听见了没有？！

话说到这份儿上，吴艾草也只能乖乖答应。出来倒洗脚水的时候，他望着远处连绵的山峦线出神，看了好一会儿之后，不由长叹了一声，自言自语地说，青蒿主任啊，这次这事，可真不是我不帮你了。

第二天一大早，麻青蒿打着哈欠，一脸倦意地来到村委会。昨晚他基本没怎么睡，躺在床上想了一整晚这事该怎么办，想来想去，他决定还是沿用之前"三改"时的办法，村干部先带头流转出自家土地，接着再是党员，接下来再是村小组长，这样的话，事情应该就能顺利进行下去。

想通之后，麻青蒿长舒一口气，正准备闭眼睡一觉，岂知外面鸡就叫了起来，他骂了一声，却也只能起身穿衣。

一进村委会办公室门，没想到吴艾草这小子已经来了，他正趴在桌边，在信纸上聚精会神地写着什么。

麻青蒿悄无声息地走到他身后，突然拍了一下他的肩膀，艾草，你小子这么早就来了？

吴艾草浑身一震，马上盖住那张信纸，转头笑起来说，主任，你早。

麻青蒿见他表情奇怪，指了指他手下盖住的那张信纸，问道，你在写哪样东西？拿给我看看。

吴艾草迅速把那张纸收到身后，脸上露出更谄媚的笑容，主任，真、真没写什么。

麻青蒿看他这个样子，就晓得绝对有鬼，他伸出手，口气很强硬地说，拿来！听到没有！

但今天早上，吴艾草像是变了个人，不仅不听他的，还一个劲地把那张信纸往身后躲。

麻青蒿说，你给不给我？

吴艾草赔着笑说，真没写什么。

才说完，吴艾草在身后已经把信纸捏成了一团，一把就准备往嘴里面塞，麻青蒿眼疾手快，扯住信纸，只听刺啦一声，那张信纸被撕成了两半。

麻青蒿一抢到手，立即摊开。一边看，一边念了起来，麻青蒿，四、罗云贵，六、黄光辉，七、丁香，二……

读了一长串之后，麻青蒿一抬头，质问道，艾草，你写的这个是哪样意思？

吴艾草还是笑，但那笑意中明显惧意更多，一边笑，他一边说，没、没哪样，我随便写写玩的。

麻青蒿说，我现在给你个机会，你老实交代。

吴艾草说，主任，我又没做错什么，我、我交代什么啊？

麻青蒿哼了一声说，吴艾草，你当真以为老子不清楚，不晓得你写这个是搞哪样吗？

吴艾草浑身一震，主任，你、你又晓得哪样了？

麻青蒿伸出手，使劲戳着吴艾草的脑门，大声说，你狗日的在算我们每家每户，有多少亩地，是不是？

吴艾草脸色十分尴尬，十分不情愿地点了点头。

麻青蒿又骂道，老子就晓得你狗日的偷奸耍滑，我问你，你的名字呢？怎么不写上去？

吴艾草从身后拿出另外一半，很委屈地说，主任，我都还没来及写上去，你就进门了。

麻青蒿大声吼道，放屁！老子还不晓得你心里面的小九九、小算盘？你先把我们所有人的地算一遍，看看够不够流转的总数，如果要是够了的话，你家的地就可以不流转出去了，是不是？

吴艾草结结巴巴地说道，主任，不、不可能的，我咋个可能不响应上级领导的号召啊。

麻青蒿说，可不可能、响不响应你自己心里面有数，老子告诉你，千年村里面，我麻五皮第一个流转了土地，你吴艾草就是第二个流转土地的人！

吴艾草听了后一脸的愁眉苦脸，嗳嗫道，主任，轮不到第二个了，我要是流转土地，桃花第一个要了我的小命。

麻青蒿说，桃花要你的命？那你试试不流转的话，老子要不要你的小命？

吴艾草苦笑了一下说，这次，就算我是一只猫有九条命也没用了。

话音刚落，门口就传来肖百合的声音，吴会计，你怎么又要变成猫了？

吴艾草马上矢口否认，肖百合进办公室后，倒也没发觉有什么异常，她又打趣了几句，便开始和麻青蒿说到正事上面了。按照麻青蒿的意思嘛，这项工作还是需要先去每家每户走访谈心，吴艾草也极力赞同这一做法，毕竟他心里面那点想法已经被麻青蒿猜到了：如果能先把村里其他人的思想工作做通，把土地数凑够了，他就不用再流转出来。

但肖百合对这个建议不赞同，而且她的反驳也更有力度一些，千年一共有一千四百零三户人家，村支两委的干部即便全部出动，每人每晚能成功地走访三户人家，一个月一天不休不息也最多走访五百户，这样算下来，时间根本就不够。

肖百合又说，之前搞"三改"时，前期也找乡亲们谈心，但效果并不好，最后也是因为要整改的人家并不多，而且更主要一点还因为麻主任和黄主任起了一个很好的模范带头作用，这才让工作顺利进行下来。这一次和"三改"的情况是不一样的，我看黄主任这次要带头很难，即便你麻主任再次带头流转土地，我看，很多人也未必响应你。

吴艾草说，哎，主任的号召力强，只要他带头，应该没问题。

肖百合说，你吴艾草盲目乐观，你自己也是一个农民，首先我就问你，你响不响应？

吴艾草一时语塞。

麻青蒿来回踱步说，这农民啊，手里有土地，心里才踏实。

肖百合说，是啊，涉及的村民户数太多，这不是谁带头的问题，而是要解决他们的心头之患的问题。土地毕竟是他们的命根子。

听她这么一番解释，麻青蒿和吴艾草也不知道该说什么好了。

看他俩面面相觑，肖百合又说，当然了，办法还是有的，我觉得我们尽快组织一下，召开一次村民代表大会，在会上我们把这件事向大家说明清楚，看看大家的反应再做决定。

麻青蒿一拍大腿道，百合书记，你和我想到一块去了，其实我吧，最早也是这样打算的，之所以没有提这个想法，是我觉得按照目前形势来看，我们要想成功召集大家来开会，难度不小啊。

这次轮到肖百合好奇了，连忙追问原因。

麻青蒿手指着吴艾草说，你问艾草嘛。

吴艾草解释道，书记，主要是因为一般我们开村民大会都是在过年期间，那时候外面打工的人也回来了，容易凑齐。

肖百合说，那没关系，我们召集村里现有的村代表来开这个会就是了。

吴艾草又说，但是还有一个小问题，每次开村民大会，村委会都得买些瓜子、花生、烟、糖啊等东西，这样大家才坐得住，才愿意听下去，但是，最近我们村里账上，这个，这个……

肖百合恍然道，哦，你是说需要钱，怎么，现在村里账上又没钱了？

吴艾草一脸为难说道，钱嘛，倒是也有一点，不过那是"三改"和接下来的"三建"工程的专项经费，到时候有县里财政审计组要来查账的，我也不敢随便乱花的啊。

一边说，吴艾草一边眼巴巴地看着麻青蒿。

麻青蒿哼了一声，你看我搞哪样？上次迎接龙书记和教育局领导的时候，是哪个掏的腰包，让你去买彩带纸的？

吴艾草说，是你，我晓得主任你心系千年，心系紫云。

麻青蒿哼了一声，那不就行了，上次既然是我拿的钱，这次你也多少该表示一点了。

吴艾草说，主任，你又不是不清楚，我身上哪有钱啊，家里的钱全部在桃花那里，想从她那里拿钱，简直是从老虎嘴里拔牙。

麻青蒿指着吴艾草，恨铁不成钢地说，你啊，简直就是丢我们男人的脸。

肖百合从口袋里拿出二百元，递上前去，说，吴会计，这些钱够不够？

吴艾草喜道，够了，够了！还有多的！

正准备伸手去接时，转头只看见麻青蒿正狠狠地盯着他，他马上又缩回手，一脸讪讪地道，算了，书记，我怎么能拿你的钱？

肖百合说，麻主任的钱你都可以拿，我的钱你怎么不能拿？拿着！

吴艾草手不敢再伸，还是笑道，算了，我再想想办法。

肖百合想了想，又说，干脆这样，你们不是只要花生、瓜子这些吗，之前丁香姐的小卖部东西都存放在我寝室的，这些食品都有保质期，放时间长了就坏了，干脆这次拿出来，下次我再补钱给她。

吴艾草一听，频频点头，好，好，就按照肖书记你说的办。

这事决定下来后，三人又开始讨论召开村民大会的具体事项。

此时，罗云贵正从外面走进自家院里，自从昨天得知流转土地的事之后，他一晚上都没休息好，天才蒙蒙亮，他就起床来到了自家田里，这里抓一把泥土，那边扯两根杂草，满脸都是恋恋不舍的样子。

天色大亮了，罗云贵才起身回家。他走进厨房本想拿上两个馒头鸡蛋随便对付一下就去村委会，岂知走进厨房，却看见灶台上空无一物，他微微一愣，又揭开锅盖，里面仍然是空荡荡的。

罗云贵朝着外面大喊他老婆，结果叫了半天也没人应。他有些生气地抱怨道，这个婆娘，一大清早跑哪里去了，早饭也不晓得做！骂归骂，最后还是自己煮了碗面条对付对付。罗云贵来到村委会时，吴艾草已经和肖百合去寝室拿花生、瓜子等物品了，办公室里就只剩下麻青蒿一个人。

见他进来，麻青蒿大大咧咧说，云贵，你咋个现在才来，我们针对土地流转的事已经讨论过了。

罗云贵说，讨论哪样嘛？

麻青蒿说，我们准备尽快召开一次村民代表大会，另外，把你和光辉的工作职责也安排了。

罗云贵听他这么说，随便嗯了一声便算是回答。

麻青蒿斜了他一眼，很有些不满地说，咦，你咋个是这样一个态度呢？我们一大清早就在这里讨论、商量，说了这么长时间的工作，这才把所有环节理清楚，你倒好，不闻不问，不管不顾，你还是不是村支两委的一员？

罗云贵听他啰唆这些，本来想反驳几句，可马上想起昨晚和黄光辉的秘密商议，顿时就觉得此刻的他有些可怜，更有些滑稽。于是，罗云贵稍微调整了一下姿态，勉强挤出一个笑容，凑近说道，麻五皮，那你快说，工作怎么安排的？我又该负责哪样？

他这么一说，麻青蒿倒是有些意外，有点纳闷，这可不像他罗云贵的风格啊，他隐隐觉得不太对劲，但哪里不对，一时间他也说不上来。

麻青蒿拿出工作笔记本，翻开正准备和罗云贵介绍相关工作安排时，手机突然响了起来，摸出来一看，是个座机号码，他不以为意地按下接听键，听了几句后，脸色就越来越严肃了，语气也越来越谦卑，后来更是频频点头称是。

罗云贵在一旁看着，心里面也觉得有点怪。等他挂掉电话后，正想调侃他一两句，哪晓得麻青蒿脸色一变，破口大骂道，罗云贵，你狗日的！昨天晚上到底和你老婆说了哪样？

罗云贵猛然间被他的气势压倒，一时愣住，结结巴巴地说，没、没说哪样啊，我能和她说些什么？说完之后，又才反应过来，他马上又说，麻五皮，好好的你骂我搞哪样？

麻青蒿一脸怒意说，骂你都算轻的了，你没和你老婆说哪样，那她怎么会今天一大早就跑镇政府去闹事？

罗云贵再次愣住，闹事？她、她闹哪样事？

麻青蒿吼道，闹哪样？我咋个晓得她去闹哪样？还带着村里的一帮人！说着，麻青蒿站起身，指着罗云贵说，你敢说这事和你一点关系都没得？老子晓得，这绝对是你干的好事！他们十多个人，今天一大早就堵在镇政府的大门口，龙书记来了就围着他，说他们坚决不同意流转土地！

罗云贵脸色发白，脱口道，哪样？

麻青蒿说，你还装无辜！我告诉你，现在的情况是，他们堵住龙书记，还说哪样要是龙书记不表态、不同意，就不让他进办公室。妈的，昨天才开会说流转土地的事，就我们几个人晓得，不是你说的，还会有哪个说？

罗云贵声音颤抖地问道，那、那现在怎么办？

麻青蒿没好气地说，还能怎么办？现在人都在书记室里，龙书记为难，熊镇长打来的电话，让我们村支两委赶紧去领人！我看，解铃还得系铃人，你自己看着办吧。

罗云贵二话不说，转身跑出办公室。麻青蒿看着他远去的背影，叹了口气后，又自言自语道，千年村的这些女人都咋个回事？上次是丁香，这次又变成罗大嫂，都不是善茬啊。

在龙险峰的办公室内，真叫一个人满为患啊，但此时却没有一个人说话，气氛莫名有些奇怪。龙险峰环顾一圈后说，总之，你们大家的意思就是不同意流转土地了？

罗大嫂第一个喊出来，当然不同意了！

龙险峰又问道，那你们知不知道把土地流转出去又是因为哪样事呢？

罗大嫂一愣，转过头，看着其他几位村民，大家都是一脸茫然，对视之后纷纷摇头。

罗大嫂想了想，又说，反正，不管流转出去是搞哪样的，我们都不同意！

熊少斌说，这位大姐，你问都不问是因为哪样事，如果我告诉你，把你的土地流转出去后，你一年的收入比以前多很多，那你愿不愿意呢？

罗大嫂说，收入更多？不可能！我还不清楚吗，你们先说好听的话骗我们，等把地拿到手里面了，以后给多给少还不是你们的一句话？

熊少斌大声说，你说话要讲道理，我们什么时候骗过你们了？

罗大嫂说，怎么不是呢？旁边几个村就有把土地流转出去之后，一年到头来，一半的钱都没拿到。

旁边几个村民也跟着喊起来，就是，都是骗子，之前说得好听，事后给不给钱，还不是他们一句话？

熊少斌说，我们这次是建"现代化农业产业观光园"，龙书记说了，流转出去能多赚钱，这是我们请专家进行调研过的，是有根据的，再说了，你们都扪心自问一下，自从龙书记来到紫云之后，千年村是不是比以前好很多？

几位村民互相看了看，微微点了点头。

熊少斌说，既然你们也晓得，那你们还担心什么啊？

罗大嫂却说，我们晓得龙书记对我们好，如果要流转我们的地，那除非是龙书记来种。

这话一说，其他好些村民也跟着附和道，对，要想流转我们的地，除非是龙书记来种！

龙险峰和熊少斌对视一眼，两人脸上都是哭笑不得。

熊少斌说，你们这不是胡闹嘛，龙书记又不是种地的，再说这一次，要和你们千年村合作的是国内大名鼎鼎的专门从事农业产业的大企业、大公司。

罗大嫂说，我才不管这么多呢，不管是不是大公司，反正，哪个要是想把我家的土地流转出去，除非，除非我死了！说了两句，她忽然哇一声就哭了起来，越哭声音越大，也越来越伤心，就好像地马上就要被人抢走一样。

见她这样，龙险峰也是万般无奈，想了想，他说，罗大嫂，你先不要哭了，你停下，听我最后给你解释几句，这件事情……

罗大嫂打断道，龙书记，你不要解释，我们不听！地，我是不会流转出去的！

熊少斌生气了，大声说，龙书记话都还没说完，你就打断，你最起码要有点礼貌，要学会尊重人吧！你这个人，怎么一点油盐都听不进去呢？

罗大嫂嗓门也跟着大起来，我就是油盐不进，反正我不同意流转我家的地，你们哪个要是想流转就流转好了，你们哪个想赚这个钱就赚好了，反正我就不，你们要是再逼我，我、我就去这楼上跳楼！

话音刚落，门外传来罗云贵的吼声，你敢！老子看你今天是胆子玩大了！话音才落，罗云贵就快步走进了办公室里，他一脸怒容，指着罗大嫂继续骂道，你还敢跑到龙书记这里来闹事！快点给我滚回去！

从罗云贵出现的那一刻起，罗大嫂就害怕起来，现在两人面对面，她更是心虚了，结结巴巴地说，老罗，你、你怎么来了？

罗云贵说，我怎么来了？老子来找你来了！回去老子再好好地收拾你！

说着，他又对着其他村民吼起来，你们这些人，家里又能有几亩地？地在不在我们流转范围里面？哪样都没搞清楚，就来镇政府瞎胡闹！其他事情你们不积极，闹事你们倒积极得很！

罗云贵这一顿劈头盖脸的怒吼倒是也管用，这些村民大多没搞清楚事情是怎么一个状况，而且始作俑者罗大嫂说话又夸张，大家便听风就是雨，这才气势汹汹跟着罗大嫂来到镇政府"讨说法"。听了这几句，心里面也忽然有了个问号，是啊，这事到底是怎么个情况，自己好像还真不是太清楚，这样说起来，今天来镇政府确实有点"闹事"的嫌疑。这个"闹事"的起点，也是罗大嫂有鼻子有眼的煽动，大家才跟着她来闹事的。其实，闹什么，大家心里也不十分明白，心中也没底。听到罗云贵骂完之后，所有人顿时都安静了，你看看我，我看看你，都不晓得说什么好。

这时候，罗云贵又大声吼道，还愣在这里搞哪样？还不回去？

大家站起身，三三两两地走出门去，罗云贵心里面也有愧，不敢和龙险峰多说什么。倒是龙险峰叫住了他，劝了他几句，又小声叮嘱道，你爱人既然不愿意流转土地，自然也有她的顾虑，你作为她的丈夫，又是村里的干部，说服、开导她就是你的职责。你记住，流转土地、引进龙头企业、建设农业产业园是大势所趋，你们一定要做好这项工作。

等到村民们都离开后，龙险峰沉默了好一会儿，熊少斌见他神色就知道他肯定还在想着刚才那件事，他也不敢多说什么。又过了片刻，龙险峰忽然问道，少斌，之前我们镇里是不是出现过流转土地后，最终没能兑现承诺的事情？

熊少斌说，我们紫云镇肯定是没有出现过，不过听说在前年和去年，隔壁镇下面好几个村都出现过你说的这种事。

龙险峰点点头道，我猜就有这种事情发生过，要不然，乡亲们不可能无缘无故就反对。你想想，我们是有工资的人，不管是多是少，至少是旱涝保收，但农民们一年到头，家中的绝大部分收入就是靠那几亩地，要是出点闪失，那一家人这一年咋个办？

熊少斌长叹一声道，是啊。

龙险峰说，所以今天这事，不能怪乡亲们，他们也是怕上当受骗。

熊少斌说，书记，我认为还有关键一点你可能忽略了，现在农业补偿款不少，有些人吧，就是看中这块蛋糕，想利用政策从中获利，或者捞取政治资本，根本没有真正想过如何给农民带来好处。

龙险峰沉吟道，你说的这种人肯定有，但我认为，这样的人也只是少部分人，我始终相信，大部分人还是有心愿有情怀的，他们想为农民兄弟们做一些实事。只是，他们流转土地后，因为实力不够雄厚、技术不过关、营销手段老旧等客观因素，才导致最终无法兑现当初的承诺。

熊少斌说，这个嘛，倒也是。去年在隔壁镇流转土地的一家公司就是你说的这种情况，规模不大，搞了几年养殖，有些起色了，便想扩大生产，结果流转了几百亩土地后，由于各方面的条件都没有跟上，最后流转土地的乡亲们基本上一分钱都没拿到。

龙险峰一拍大腿，是啊，这不就是很形象的案例了吗？最终吃亏受影响的还是乡亲们啊。

熊少斌说，是，当时这件事闹得蛮大的，上级还把它作为一个反面典型，组织我们进行学习过，就是要让我们提高警惕，对不具备资质的公司进行劝退清理。

龙险峰说，劝退清理也是无奈之举，况且又不是行政干预手段。只能说，在项目之初，我们对这种事应该慎重再慎重。当然，有些有实力的公司顺利流转了土地，但后期在运营时，又因为这样那样的原因无法实现兑现，采取法律手段追究其责任也是必要的。归根结底还是一句话，我们也要充分解放思想，统一思想，转变观念，不能再以过去的目光来看待这一切，今天的农业公司更要顺应时代变化，在专业化、现代化、科技化等方面下更多功夫才行。

两人又聊了几句，熊少斌问道，书记，这件事接下来怎么办？不可能又要缓一段时间吧？

龙险峰摇头道，那倒不用，接下来先看肖百合、麻青蒿是怎么来处理的。如果他们处理得好，这个项目就能顺利引进，处理不好的话，我们再想办法吧。

熊少斌说，也是，肖百合同志去千年村也干了一段时间了，这段时间肯定也成长不少，再加上麻青蒿鬼点子多，我觉得他们应该会想到解决办法的。

龙险峰点点头说，但愿如此，但你也要知道一点，流转土地这项工作，也不能全依赖麻青蒿和肖百合这两个人，他们千年村的村支两委，能否齐心协力才是关键。这次他们的村支两委要是能发挥好基层作用，那么这事，估计相对会比较顺利，否则，这事……

说到这里，龙险峰没有再说下去。熊少斌也明白他点到为止的背后含义，他现在也希望，罗云贵今天回去能做通他爱人的思想工作，再进一步做通其他涉及土地流转村民的思想工作。

回家这一路上，罗云贵就没有什么好脸色，罗大嫂胆战心惊地跟在后面。到了家门口，罗大嫂嗫嗫嚅嚅道，老罗，我、我还有点事情要去办，你先回家吧。

罗云贵转过头，沉声道，进去！

罗大嫂只得乖乖跟进门去，两人一进家门，罗云贵啪的一声关上门，转过身指着罗大嫂就骂了起来，老子看你现在胆子是越来越大了，居然还敢跑到镇政府去闹事！还喊上这么多的人！

罗大嫂一脸委屈，小声分辩道，你以为我想去啊，我还不是想着去讨个说法啊。

不分辩还好，分辩了，罗云贵听着更生气，你还敢顶嘴！今天老子要是不收拾你一顿，我看你都要忘记你姓什么了，过来！

罗大嫂向后退了半步，低声说，我不过来。

罗云贵撸起两边衣袖，作势要打人。

罗大嫂连声嚷起来，我都听到了，龙书记给你说了，不准你动手打人，有哪样话你要好好说。

罗云贵说，你还有脸说龙书记，他今天是当着这么多人的面说点客气话，你还真以为你的面子大得很？你这一去，真是坏了老子们的好事！

罗大嫂一听这话，两眼忽然一亮，凑上前就说，老罗，你说哪样？

罗云贵自知失言，哼了一声道，我说了哪样？我哪样都没说。

罗大嫂自然是不相信的，连声追问，老罗，老罗，你给我说一下啊，莫非你和黄光辉昨晚想出哪样好办法了？

罗云贵晓得自家老婆的性格，她那张嘴巴，准确说，简直就是个大喇叭、大广播，任何事情只要她晓得后，就意味着全村人都晓得了。但是，她这个人的好奇心也是非常非常强的，你不给她说，她就一直缠着你，缠得你不耐烦，你生气了都没用，缠到后面只能乖乖说出来。罗云贵想了想，说，这样，从今天起，土地流转的事你一个字都不要再提，也不要再自作主张去想哪样馊主意，该办哪样事的时候，我自然会叫你去办的。

罗大嫂一听，顿时就像吃下了一颗定心丸，连声应道，好，好，我晓得了，老罗，你饿不饿，我去煮饭。

罗云贵说，你先煮饭吧，我出去还有点事情要办。

说着，他急匆匆出门，他心里清楚，他老婆这一闹肯定在村里传开了，黄光辉那边他得马上见一面，商量一下接下来的对策。

果不其然，流转土地建产业园这一系列事很快就在村里传开了，而且大家都是道听途说得来的消息，传来传去，事情本身也就变得更为夸张了。都只晓得现在只要上级部门一声令下，自己家的土地就会被占了。这种恐慌不安的情绪在村里无声无息地蔓延开来。

罗云贵来到黄光辉家中时，他正坐在家里看新闻，一脸平静，似乎什么事都没有发生过。见罗云贵来了，也只是随意点点头，示意他坐下，等到新闻播放结束，他这才淡淡道，云贵啊，你应该记得我昨晚说的那些话吧？要想办成功这件事，一定要掌握好时机，早了，龙书记他们就会晓得；晚了，对农业公司的影响又不大了。

罗云贵说了两声是，正准备再辩解几句，黄光辉又说，你不要不当一回事，我告诉你，今早你老婆做的这个事，就是早了，就是打草惊蛇了。

罗云贵一脸懊恼地说，是啊，我也知道，刚才我还教训了她一顿。

黄光辉说，教训能有什么用，如果最后我们必须得流转土地，那其中一半原因，就是你老婆今早这件事。真是这种结果的话，我看我们就认命好了。

罗云贵一脸紧张，朝门外看了几眼，低声说道，那怎么行？光辉，你、你可千万不能这么早就认输啊。

黄光辉说，不是我想认输，我昨晚也说清楚了，这事我也只有一半的把握。顿了顿，他又说，而且真流转出去也没什么大不了的，你想嘛，如果对方真的拖欠我们的土地流转费用，我们的政府部门怎么可能见死不救？龙书记又怎么下得了台阶？

罗云贵愣了一下，频频摇头道，不行，那绝对不行！我家还有这么几口人，我一个月那点工资最多养两个人，就靠那十几亩地才勉强养一家人，要是流转出去，又像其他几个村一样，最后一分钱都拿不到，我们全家人咋个办？

黄光辉冷冷道，凉拌（办）！

罗云贵哭丧着一张脸，哀求道，光辉，这个时候了，这种玩笑话你就不要说了，我是认真的。

黄光辉脸色一变，厉声训斥道，你认真就好，你不想被凉拌（办），不光要管好你老婆的嘴，还要管好她的手脚！再有这种事，该怎么办就怎么办了！

十二

肖百合得知村里人去镇政府"讨说法"这件事后很是紧张,她马上给麻青蒿和吴艾草打去电话,紧接着,三人在村委办公室里商量着对策。

肖百合一脸凝重地说道,今早出了这件事,看来接下来的村民代表大会可能就很麻烦了。

吴艾草因为担心自己家那点地被流转出来,也连声附和着说,是啊,书记,我觉得不是可能,是绝对!

麻青蒿则是一脸的不以为意,他大咧咧地说,我看你们两个也是瞎紧张,有哪样麻烦的嘛?百合书记,我给你说,村民代表大会上,只要有哪个敢啰唆,你看我怎么收拾他们!

吴艾草说,青蒿主任,我觉得不能掉以轻心,这个会啊……

麻青蒿打断道,领导在说话,在讨论工作,你多哪样嘴!

吴艾草赔着笑,点头哈腰,向后退了两步。

麻青蒿又说,人家百合书记不了解我们村的情况,难道你也不了解?不就是流转一点土地而已,大惊小怪!

吴艾草一脸为难,结结巴巴地说,这个,这个嘛……

麻青蒿说,少给我扯这个那个的,你以为我不清楚你心里是哪样想法?我告诉你,流转土地这件事,我要是第一个站出来,你吴艾草就是第二个站出来的！休想给我偷奸耍滑！

吴艾草被麻青蒿几句抢白，说得脸上一阵红一阵白的，讪讪地说不出话来，只好转过头看着肖百合，期望她这个时候给自己说两句话。

肖百合缓缓摇头说，麻主任，我说句不太中听的话，这事我们可能都想得过于简单了。

简单？麻青蒿笑了起来，不可能！前段时间的"三改"工程要拆房子，那件事绝对算是大难题了吧？我们村支两委还不是轻轻松松就解决了，我看明天这点事，绝对不会难过拆房子！说着，麻青蒿一拍大腿，嗓门提高了不少，到时候我带头流转，艾草跟着，我倒是想看看，还有哪个敢不同意！

肖百合说，"三改"拆房子的事，对你来说是大难题，但对于村里大部分人来说，其实只是小事。因为拆或不拆，并没有影响他们太多的利益，而且拆了还有补偿款，但明天的土地流转，才是直接牵涉他们收入的事。

麻青蒿说，百合书记，你这话我就不赞同，虽然说你有文化，但你毕竟在农村待的时间短，有些情况你不是太清楚。

肖百合想了想，问，麻主任，你家里有几亩地？

麻青蒿说，我家？不多，就三亩多，咋个？

肖百合又问，那你平时种不种地？

麻青蒿说，种肯定是种的，不过嘛，我毕竟是村委会主任，村里的事情也不少，别人种两季，我只能种一季，只要不荒了春、不被罚款就行了。

吴艾草看准时机，马上开口道，肖书记，这个事确实像青蒿主任说的一样，其实并不是他懒，主要还是因为他平时工作太忙，村里的大事小事都要他出面，所以才没时间。其实青蒿主任从本质上来说，是一个很热爱劳动的人。

肖百合勉强笑了笑，又说，我猜也是，不过这样说起来，一年到头，麻主任从这几亩地上获得的收入应该很少吧？

麻青蒿说，少，确实少，说着他伸出小拇指，左右看看，差不多就这么一小点点吧。

肖百合说，但是你想过没，对村里其他人来说，她一边说，一边比出一个巴掌，地里的收入可能就是这么多。

麻青蒿一时语塞，这，这个嘛，我倒是也清楚，不过嘛，我个人觉得也没有这么多嘛，是不是，艾草？

吴艾草赔着笑，伸出一个巴掌，马上又缩回大拇指，看了看又缩回小拇指，露出三个手指头，差不多这么多吧。

说完，吴艾草又想了想，把小拇指伸出来，有时候也有这么多。

麻青蒿看得不耐烦，问道，到底占多少？

吴艾草比了比四个手指头，就这么多，想再多也没多的了。

吴艾草没说错，每年他家地里的收入，差不多占了家庭总收入的六七成。这不，回家后，吴艾草就发现了异样：他老婆桃花从他进家门那一刻起就一句话没说过，而且一脸严酷冷峻，这表情，简直就是对待仇人啊！

这让吴艾草心中大呼不妙，简直就想溜走去麻青蒿家随便对付一顿，但他也清楚，他要是真这么一走了之，估计接下来十天半月都不要想踏进家门口一步，不，半步都不要想。这一下午，桃花一直都是冷冰冰的，吴艾草好几次赔着笑和她搭讪，却都是热脸贴了冷屁股。

到了吃晚饭的时间，吴艾草坐上饭桌后，只见桃花一言不发地从厨房里面端了四盘菜出来。再定睛一看，好家伙！居然是三荤一素：一盘回锅肉，一盘蒜薹炒腊肉，一盘油炸小黄鱼，再加上一盘青菜薹，看着可真是垂涎欲滴、胃口大开啊！

有这种菜，今晚还不得多吃几碗，甚至，喝几杯小酒啊！

但与此同时，吴艾草的心中也是疑惑不解，他壮起胆子，赔着笑问道，花，你今天怎么炒了这么多菜啊？而且全部都是我爱吃的，是不是有哪样好事情啊？

桃花还是一脸冷淡，又拿来一瓶老董酒、两个酒杯，打开酒瓶后倒了满满两杯酒，冷冷问道，你觉得会有哪样好事吗？

吴艾草越看越觉得心中恐惧，这可是家里珍藏了多年的老董酒啊，一共也就那么三五瓶吧，还是在他结婚的时候村里人送的。早之前他就想打开来喝了，但每次桃花都不同意，都把酒牢牢藏好。

可今天莫名其妙就搞出这种排场——这种排场，哪怕是过年也很少会有啊，更不要说今天这不节日、不喜庆的。

吴艾草牙关上下发抖，我、我天天，天天都在外面，我、我怎么、会、会知道啊？

桃花抬起头看了他一眼，是吗？那你就先喝酒吃饭吧，吃完我再慢慢说也不迟。

吴艾草把手上筷子一放，哭丧着脸哀求道，花，你还是先给我说了吧，你、你这样，我哪敢吃啊，我这心里，瘆得慌啊。

桃花不再回答他，自己举杯喝了一口酒，又给他碗里夹了一大片五花肉，命令似的说，吃！

吴艾草说，花，我求求你了，你就说吧，你这样，我真不敢吃啊。

桃花说，怎么，你还会怕我？你是怕我给你在菜里，还是酒里面下毒？

吴艾草说，你、你就不要开这种玩笑了嘛，村里面哪个人不晓得，你对我是最好的。再说了，我在外面从来没做过亏心事，我也不怕嘛，但是，今天你这些做法，我觉得不太对劲。

桃花两眼死死盯住他，做没做亏心事，你自己心里面清楚得很！

吴艾草举起一只手，大声说，我向老天爷发誓，我吴艾草从来没做过对不起桃花的事，桃花在我心里面，那就是天上的仙女……

桃花一脸嫌弃地打断道，行了行了，这些老娘清楚，谅你也没这个胆子，再说我也不是说这些事。

吴艾草长舒一口气，笑了起来，他说，那我就放心了，我还以为你在哪里又听到哪样风言风语呢。一边说，他一边夹起之前桃花给他夹的那片肉，咬了一口又说，好久没吃了，这味道可真好啊。

桃花依然冷冰冰的，不过，你瞒着我做的其他事，就严重得多了。

吴艾草一半肉挂在嘴边，一脸惊愕，花，又怎么了？

桃花说，你先吃，吃完我再说。

吴艾草把肉一吐说，你不说，我不敢吃。

桃花冷笑道，你不敢吃？你哪样事都敢做，一片肉有哪样不敢吃的！老娘顺便再告诉你，这是你最后一次在家里吃肉了，所以，你最好多吃点，吃饱点！

吴艾草更是不解，又问道，为、为哪样是最后一次吃肉了？

桃花紧紧盯着他，一字一句道，因为，接下来我们要喝西北风了。

吴艾草愣了好一会儿，忽然又强笑起来，花，我发现你现在是真的越来越爱开玩笑了，我们怎么可能喝西北风嘛！

桃花说，怎么不可能！今天村里面发生的这些事，老娘我全部都晓得了，你还当真以为我天天待在家里，哪样都不晓得？我要是早一点晓得这件事，我绝对也要跟着她去镇上！

吴艾草说，你去镇里面搞哪样？他们去，那可是去闹事的，龙书记、熊镇长都生气了。

桃花说，生气又怎么嘛，那是我们自己的地！

吴艾草无奈道，是是，你说得都对，不过，这和我们喝不喝西北风也没关系嘛。

桃花一拍桌子，双眉一竖吼起来，吴艾草！你还要和我狡辩是吧！接下来开村民代表大会，以麻五皮的德性，肯定要你第二个流转土地，是不是？

吴艾草语塞了，半天说不出话。

桃花又说，老娘告诉你，只要你敢同意，以后你就天天出门去喝西北风！

吴艾草急道，花，你要听我解释，我是绝对不可能同意的，我怎么会去流转土地嘛。

桃花轻蔑道，不可能？你就是麻五皮的跟屁虫、小跟班，他叫你流转土地，你敢不听吗？

吴艾草说，要说我是他的跟屁虫、小跟班，那我就是你肚子里的蛔虫，不，不，你才是我肚子里的，不，不……你就是我的太岁，我哪敢在你头上动土？

桃花说，反正，我就告诉你一句话：你要是敢流转土地，那你以后就一个人去过，或者，你就跟着麻五皮去过！叫他来养你！

吴艾草说，花，你放一万个心，我绝对不可能答应的！

桃花盯着吴艾草，这可是你说的！

吴艾草使劲点了点头，又用力拍了拍胸膛，可能力气确实有点大，这最后一掌下去，又连着咳了好几声。桃花见此，脸色终于稍微变柔和了一点点。吴艾草缓了缓气息又说，真的，你一定要相信我，我是绝对不可能流转我们家土地的。村民代表大会马上要召开了，你放心，在会上，我绝对不会表态！

桃花一脸嫌弃地说，行了行了，下次拍轻一点。说着，她从桌上端起两盘荤菜，起身进厨房，出来后又拿来一个空盘子，把外面的一盘荤菜倒了一半进去，顺带又把酒也收走了。

吴艾草眼巴巴看着她收走这些，心里着急得不得了，忍不住问道，花，我都保证了，你这个又是搞哪样？

桃花的声音从厨房里传出来，一顿饭吃四盘菜，还不浪费？你不心痛我心痛！这两盘菜，留到明天吃！

村民代表大会召开这天，村委会一早就坐满了人。

为了这个会议，麻青蒿、肖百合等人准备了好几天，搜寻相关资料，绘制表格，借来投影仪及幕布，包括针对村民们有可能会提出的问题进行解答……总之，事无巨细，充分准备。

这天，不仅村委会里一早坐满了人，村委会小会议室外面的空地上也聚集了好几十位村民，大家脸色不一，但总体来说，都显得忧心忡忡，聚在一起议论纷纷。肖百合从人群中经过时，也专门听了一下他们的对话，但看上去，不同意的居多，这让她心中多少蒙上一层阴影。

而在小会议室里面，则是挤满了人，大家或坐或站。吴艾草拎着一大包瓜子、花生，正在分发给每一桌。

肖百合见他一个人分发速度慢，上前拿过一条烟，拆开后分发给众人。

麻青蒿说，各位，我可先给你们说清楚，今天这些烟、糖果、瓜子、花生全部是肖书记自己掏钱买的，你们吃了她的东西，抽了她的烟，就要记得别人的好，可不要嘴巴吃了又不认账。

大家听了后，除了一两个人看了他一眼之外，其他人基本就只顾埋头吃东西，也没人回答他，麻青蒿心中有些生气，提高嗓门又喊了一遍，这时有村民回应他了，可对方却是嫌他啰唆，冷嘲热讽的。

麻青蒿本来就想发作了，可一想到接下来还要说正事，只好强忍怒气，又嘱咐几句，你们嗑瓜子、花生的，不要随地吐壳，我只要看到哪个随地吐了，开完会，我就叫哪个留下来打扫卫生，还有，抽烟的人不要一起抽，要不然房间里面烟雾太重，人家百合书记受不了，大家听到了没得！

说完后，麻青蒿和肖百合对视一眼，肖百合走上前去，拍了拍巴掌，大声道，好了，各位，我们现在正式开会了，首先，还是请麻主任给大家先介绍一下今天会议主题。

麻青蒿咳了一声，起身也走到中间，大声道，今天开这个会，大家应该多多少少都听说是哪样事情了，不过呢，你们听说的肯定是不准确的。我现在就从头说一遍，接下来呢，龙书记准备在我们村引进一家大型农业企业"九鼎公司"，建一个全县，甚至是全市范围内最大的现代农业产业观光园，这可是一件大好事啊，大家说是不是？

无人回答，众人都是一脸冷漠无动于衷，甚至有几位还在自顾自地聊着天，麻青蒿又大声问了一遍，依然无人响应回答，现场气氛无比尴尬。

麻青蒿心中骂了一句，又转过头向吴艾草看过去，吴艾草会意，马上用力鼓起掌来，边鼓掌边大声说，这是好事，大好事啊，大家说对不对？

麻青蒿靠着这一下勉强下了个台阶，挥挥手示意吴艾草停止。又接着说，你们大家可能还不知道，据我内部了解，现在光是我们紫云镇，最起码就有五六个村在争取这个项目，都想把这个产业园建在自己村里面，但最后，通过我们村支两委的不懈努力，龙书记最终决定还是把这个……

罗云贵的老婆猛地站了起来，大声叫道，麻五皮，你不要和我们说这么多，你就告诉龙书记，别的村哪个想要建，哪个就去建好了，反正我们不需要。

这话一说，好几个村民都跟着大声附和，甚至站在小会议室外面的村民也跟着叫了起来，麻青蒿心里怒极，但现在该说的话还没说完，他转头看了一眼罗云贵。

罗云贵很是敷衍地挥挥手，对罗大嫂说，你啰唆哪样，先坐下来，有任何意见都等麻五皮说完了，你们再说。

麻青蒿继续说，虽然说，要想让这个好的项目最终成功落地在我们村，前期工作是非常辛苦的，也有很大的竞争压力，但是，我充分考虑到大家的利益，一次次地向龙书记请示、汇报，最后终于争取到了这个项目。当然了，我个人的辛苦就不多说了，我也是为了村里嘛，接下来，这个产业园既然要建在我们村，我们在座的所有人也要做一些奉献……

又一位村民代表站了起来，大声说，不就是要流转土地嘛！麻五皮，我先给你说清楚，要流转你就流转你自己家的地，我们家的地你想都不要想！

麻青蒿恍若未闻，行了，我也不多废话了，现在肖书记给大家放点东西看，等你们看完了，我们再慢慢讨论。

肖百合跟着站起来，笑道，我理解各位的心情，大家对土地流转出去都有顾虑，这样吧，我给大家先放几段视频，这些网上都有，大家看过后，我们再一一解释。

接着，她打开投影仪，开始播放之前准备好的视频，会议室终于难得地安静了下来。差不多十分钟过去后，视频播放完毕，肖百合关掉投影仪，向大家介绍起情况来。

当天她一共放了两段视频，第一段是九鼎公司在外地承建的一个产业园，视频中介绍了占地面积、具体规划、施工细则、建成发展等方面的内容，而第二个视频，则是这个产业园建好以后，内部及外部的一个情况综述。

介绍完之后，肖百合问道，我们村接下来要建的产业园，便和视频中的差不多，大家如果有什么疑问，就请现在提出来吧。

众人你看看我，我看看你，却没人说话，罗大嫂嘴张了张，正想说话时一转头，见罗云贵正盯着自己，于是马上又垂下了头。

肖百合又等了好一阵，还是没人说话，纵然她已经有了一些基层工作经验，可这样的情况却也是第一次遇上，这不禁让她心里焦躁起来，更有些手足无措。

她朝着麻青蒿看了一眼，麻青蒿马上咳嗽了一声，起身说，你们这又是搞哪样呢？开始我在上面的时候，没叫你们说话，你们一个个抢着要说，现在肖书记问了你们这么多遍，你们倒好，一个个装聋作哑，你们有哪样心里话就直接说出来啊！

还是没有人说话，大家自顾自嗑着瓜子，或者就是喝着茶水，眼神也不朝这边看。

麻青蒿又等了片刻，心里实在不耐烦了，他也没办法了，只好再次说，我可告诉你们，你们要是再不说的话，我就当你们所有人都同意这件事了！

作为一名有二十年工作经验的基层干部，麻青蒿心里面其实很清楚，村民代表的沉默，其实就是不同意。用沉默来表达不同意的方式，以他的工作经验来看，这是很严峻的。村里的事，同意或不同意，大家闹一闹吵一吵，他麻青蒿还能从其中找出解决的办法，面对这样的沉默，他麻青蒿也束手无策。一句不得体的话便从他口中脱口而出。

事后，肖百合与他交流时说，麻主任，我们就算束手无策，你也不能对大家说"你们要是再不说的话，我就当你们所有人都同意这件事了"！你知道这句话的分量吧？

麻青蒿说，知道，武断专横、强奸民意。百合书记，当时我一脱口而出就想把那话吞回肚子里，来不及啊。幸亏罗云贵有心事没反应过来，要不，被这小子抓住这话，去龙书记那里告我，我可就惨了。其实，百合书记，你知道我的，我就不是一个武断专横、强奸民意的人。我这都是为了大家好，大家还不领情，我这一心急啊，难免出错。唉……基层干部，难啊……

麻青蒿说那句话的时候，老支书黄宣德意识到了麻青蒿的话欠妥，老支书毕竟是老支书，为了避免麻青蒿的话影响干群关系，他故意避开了麻青蒿最后的那句话，挥挥手说，青蒿主任，你不要心急，我看大家之所以没说话，可能是还在考虑该说些什么，要不这样吧，我就替大伙问几个问题。

肖百合说，老支书，你请说。

黄宣德说，第一，这次到底要流转多少土地？是不是跟我听说的一千多亩差不多？第二，他们流转我们这么多的地，到底想来搞哪样？第三，如果把土地流转出去后，我们又能搞哪样？第四，流转出去后，我们一年到底能有多少钱？

肖百合说，好，我一个一个来回答，现在先回答你的第一个问题，因为这个项目还处于前期规划中，所以我们也不能肯定有多大面积，但根据这家公司之前的两个项目来看，其占地面积都在一千至一千二百亩之间，其中耕地面积在八百亩到一千亩之间。也就是说，我们千年如果引进这个项目，流转的耕地面积应该也在这个范围内。

众人听了后，纷纷交头接耳，小声议论。

麻青蒿拍拍巴掌，叫道，专心听，听完再议论。

肖百合继续说，第二个问题，九鼎公司是一家大型农业企业，流转土地只会用于农业观光园的建设，不会用于其他方面。而且据我了解，园区建设还分为核心园区和生产示范区两部分，简单来说，就是用高科技手段来种植各种农产品，以及把这个种植过程展示出来。

黄宣德点点头说，这个听上去，倒是很好。

肖百合说，至于第三个问题，大家完全不必担心。我们前段时间搞"三改"就是为了发展乡村旅游，现在"三改"就快结束了，我推断等到九鼎这家大企业落地千年村后，我们村的乡村旅游应该也开始一段时间了，至少也有一定规模和一定游客了，到时候有了游客，大家自然就会有事做的。另外，建好产业园后，这家企业也会在村里大量招聘工作人员的，乡亲们不仅有工资拿，还可以学到技术。

说着，肖百合又从桌上拿起一张叠好的纸展开，吴艾草帮她一起用大头钉按在墙上。

肖百合指了指这张纸说，第四个年人均收入的问题，应该是大家最关心的了，针对这个问题，昨晚我也画了一张表格，现在我就来具体说一说。

在小会议室外，众多村民听到肖百合的这一番话后，纷纷挤到窗户边，一个个都探头向里面望去。桃花更是伸长了脖子，一张脸贴在窗子上，眼睛就盯着那张纸。

肖百合就着这张纸，向大伙介绍起收入情况来，她差不多说了近半小时，才把流转的各项情况，包括流转之后的人均收入等方面说清楚，尤其是在介绍人均收入上，她说得格外细致，这里面包含了流转费、补偿款、租赁费，以及其他相关费用。

说起来，这些费用加在一起还是很可观的，可再看大家的表情，却似乎还是显得很平静，甚至是很淡漠。

肖百合开口问了几句，让大家有任何问题都可以提问，畅所欲言，可大家还是不说话，这一下，她也不知道该怎么办了。她转过头看着麻青蒿，麻青蒿其实心里面也是毛焦火辣的，但第一书记既然看过来了，他也只好硬着头皮再次顶上。

麻青蒿说，肖书记把每一笔账都给大家算清楚了，现在你们应该相信了吧？

这时候，孔先刚忽然站了起来，他说，麻主任，肖书记，我晓得你们工作认真，按说我不该怀疑你们刚才说的那些话，但我还是有几个问题想问清楚。

肖百合说，没事，孔师傅，你有不清楚的就直接问。

孔先刚说，好，你刚才说，他们一流转土地基本就是上千亩，那这个事情要花很多钱吧？我老孔见的世面也不多，想象不出这种大生意到底要花多少钱，但如果说，我们把地流转给他们这家大公司了，他们搞了一半，比如说产业园建一半了，结果钱花完了，没得钱继续搞下去，那怎么办？

麻青蒿皱着眉，打断道，老孔，这怎么可能嘛，人家是大企业大公司，咋个可能出现事情做一半就不做的情况？

孔先刚说，怎么不可能？我们村里建房子，不也有建了两层，就没钱盖房顶的事？

麻青蒿说，老孔，我们村里建房子这点小事能和人家相比吗？这明显就不是一回事嘛。

孔先刚反驳道，怎么就不能比了？在我看来，这就是一回事，只不过他们那个大。而且，我们建房子，要真是缺钱了，最多也就几千上万块钱而已，想一想办法，在村里找人东拼点，西凑点，也能借得到，但他们这个恐怕就没这么容易了，要是他们说没钱，不干了，那我们的损失哪个来赔？

肖百合说，孔师傅，这一点你确实不用担心，他们是大企业大公司，项目资金绝对能保证的，而且在前期，还会有一个保证金的，就是为了防止像你说的这种情况出现。

孔先刚还是一脸不相信，他很大声地说，那我觉得不一定，越是大企业大公司，才越容易出这些问题。我老孔虽然没怎么出门，但这些事我还是晓得的。

麻青蒿很不屑地说，你晓得哪样嘛？

孔先刚说，我咋个不晓得？我儿子在外面打工，他就是专门修高楼的，有次他们老板因为贷不到款，最后就跑了。结果我儿子辛辛苦苦干了大半年，最后一分钱都没拿到，到处找人也找不到。

这件事麻青蒿是知道的，当时孔先刚还跑到村委办公室来找过他、罗云贵、黄光辉等人，问他们在城里面认不认识什么当官的，说到自己儿子被骗的经历时，这个老实巴交的农民号啕大哭老泪纵横，看得麻青蒿等人心里极不是滋味。现在他又把这件事说了出来，这让麻青蒿一时间更不知如何回答了。

现场沉默了片刻，吴艾草这时站出来说，老孔，你、你这个和我们这个不是一回事。再说了，你儿子当年拿不到钱的事，最后不是也解决了吗？现在哪个公司敢欠农民工的钱嘛？欠谁的钱都不能欠农民工的钱。

肖百合也劝慰道，孔师傅，这一点你确实多心了，项目真正启动时，镇里，甚至县里、市里的各个相关部门都会监督这个项目，不会出现你说的这种情况。

孔先刚听了没吭声，埋头似乎在想其他事情，又隔了一会儿，他抬起头说，肖书记，就算你刚才说的都是对的，他们有足够的钱来修来建，不会说建一半就垮台这种事情，但他们毕竟是生意人吧，前面花了这么多钱，总是想快点把钱赚回去的吧？

肖百合不知道他问这话的目的，也想不到他问这问题的顾虑，也就只能实事求是地说，对，但不光是他们要赚钱，最终还是要让大家都赚钱。

孔先刚说，那就是了，我们赚钱的事先放一边，他们要赚钱，说白了，还是要从我们的地里面想办法吧？

肖百合说，农产品销售只能说是其中比较重要的创收方式之一，除了这一点之外他们还有其他方式。

孔先刚说，但地总是要种东西的嘛，肖书记，我就直接说了，我老孔种了一辈子庄稼，每亩地一年到头能有多少收成，能卖出去多少钱，我心里面都清清楚楚。

说着，他指着投影仪，一脸不信任地又说，但我看开始你给我们放的电影里面，说他们一年可以赚多少多少钱，其他我不敢说，但我可以保证一点，如果光是靠种地，卖粮食卖蔬菜的话，他们绝对赚不到这么多钱的。

肖百合正想说话，孔先刚不等对方开口，又接着说，肖书记，不是我不愿意相信你，是他们让我不敢相信啊，我就再说多一点，他们就算用再多的化肥，洒再多的农药，亩产再提高多多少少倍，也绝不可能卖得到这么多钱，这一点，我相信村里的人都清楚。

罗大嫂跟着站起来，大声喊道，就是，老孔讲得对！完全不可能！我也敢肯定这一点，而且他们用的化肥和农药肯定比我们多得多，等到他们赚了钱走人了，到最后我们的地也毁了，想种哪样都种不了了。

说着，她转过身，挥舞一只手大喊，你们说，是不是？我们的好土好田凭哪样送人！

话音刚落，小会议室门被人推开，桃花冲了进来，跟着大声喊道，对！说得对！我们的好土好田凭哪样送给别人！

这几声喊叫，犹如一把火，点燃了室内众人的不满情绪，一时间，小会议室内的人以及外面众多村民都跟着挥手呐喊起来：

对！我们的好土好田凭哪样送人！

对！我们的田绝对不能送人！

哪个送，哪个就是败家子！

一时间，整个会议室内外都炸锅了，大家的情绪仿佛找到一个宣泄点，纷纷爆发了出来。

喧哗声中，只见麻青蒿用力一拍桌面，指着众人就吼起来，吵哪样！哪个说是送人！哪样才叫送人！我看你们就是张着嘴巴在这里胡说八道！我们今天讨论的明明就是土地流转的问题，你们倒好，说来说去，变成送人了！

桃花说，不管是流转还是送人，反正在我这里，只要是流转出去，那就是白白送人！

麻青蒿不看桃花，转头对吴艾草说，艾草，今天我们开的是村民代表大会，不是村民代表的，你叫他们都出去！

吴艾草脸色尴尬，点点头赔着笑，走上前几步，小声地说，花，你看，今天是村民代表开会，你又不是代表，要不，你先出去一下？我们接着开会。

桃花双手叉腰，毫不示弱道，我凭哪样要出去！现在讨论的是村里面的事，我是不是村里面的人嘛？

吴艾草一脸尴尬，微微点了点头。

桃花说，好，既然我是村里面的人，今天我就要在这里听完！有本事，你麻五皮把所有人都喊出去啊！

一边说，她还从衣服口袋里掏出一把瓜子，靠着墙嗑了起来。

吴艾草左不是、右也不是，笑不是、骂也不是，一脸的无可奈何，麻青蒿上前一步指着桃花怒道，你！你这个人！

肖百合上前说，麻主任，算了，桃花姐虽然不是代表，但她只要愿意听，我们都欢迎嘛。说着，她又转过身对众人说，开始大家的情绪都比较激动，我想大家对这件事还是有不少的误会，我现在再慢慢解释……

没想到的是，这时候黄宣德咳了一声，站起身挥挥手说，肖书记啊，这件事我看也不用再解释了，我想来想去，要不你们再去给龙书记汇报一下，就说我们、我们大家都商量过了，还是不太愿意引进这个项目。而且，开始麻主任不是也说了有好几个村都在争这个项目吗，既然有人争，就请龙书记重新考虑一下嘛。

肖百合与麻青蒿对视一眼，顿时愣住。

罗大嫂跟着也站起身来说，肖书记，我家里猪还没喂，我先回去了。走之前，她又从桌上的大塑料袋里抓了一大把瓜子揣进口袋，疾步匆匆走出小会议室。

她这一走，众人也跟着起身，向门外走去。

肖百合焦急地叫道，哎，哎，各位，麻烦你们再坐一下，听我解释清楚。但是很显然，没人听她的，眨眼工夫，众人走得一干二净。

肖百合还在叫唤，麻青蒿很无奈地说，算了，百合书记，你不要喊了，让他们走，你现在就算把这些人全部喊进来，你觉得他们会好好地再听你的解释吗？

肖百合望着众人离去的背影，长长地叹了一声。

千年村召开村民代表大会的时候，镇政府里也发生了一件不大不小的事。说不大吧，确实不算什么，可说小吧，这事却给千年村接下来的工作增加了难度。

说起来其实也简单，之前，因为收集资料，熊少斌与九鼎公司老总喻子涵的秘书取得了联系，在电话中，熊少斌向对方说明了己方的意见态度，还顺便介绍了一下千年村的大概情况。

这之后，秘书把这件事向老总报告了，没想到喻子涵在听完千年村的情况介绍后，颇感兴趣，于是她向秘书示意，近期正好要来本市出差，借着这个机会能否与熊少斌一方约着见一面，顺便再去千年村实地看一看。

于是这天早上，秘书打来电话，将这件事告诉了熊少斌，熊少斌也不敢怠慢，马上就向龙险峰进行了汇报。龙险峰听了之后一脸沉吟不决，看样子还是想先婉拒。

熊少斌看见他这表情，已经大概知道他心里面是怎么想的，马上又说，书记，这已经是喻董事长的秘书第二次说约见面的事了，如果还是拒绝，这个……

龙险峰说，都第二次了？

熊少斌点点头，上次就说过一次，不过我想着你说最好等千年的"三改"搞完再邀请他们，所以我就自作主张谢绝了，没想到他们这么快又说第二次。

龙险峰说，既然已经问过两次了，再拒绝也不好……千年村今天又正好在召开村民代表大会，现在也不清楚大伙对流转土地的最终态度。

熊少斌试探道，书记，那您的意思是？

龙险峰没回答，想了一会儿问道，少斌，明天你手上有没有哪样重要的事？

熊少斌说，暂时只有几件小事。

龙险峰说，好，那你跟对方再联系一下，明天我和你一起去千年，时间嘛，就定在明天上午。

等到熊少斌离开后，龙险峰拿出手机，给肖百合发了一条短信：今天会议结束后，第一时间告诉我村民们的意见。

这之后，龙险峰翻起一沓资料，却总是有些心不在焉的，资料翻了几页，心里面总在记挂着千年村的事。就在这时，他的手机来短信了，他马上摸出来打开，才看了一眼，眉头就皱了起来，跟着也是长叹了一声。

就在千年村的村民代表大会结束之后，罗云贵和黄光辉不约而同地又凑在了一起。罗云贵一脸喜色，连声说，太好了，看来真是我们之前想多了，原来大家是一致反对这事的，我看啊，接下来我们也不用太过担心了。

他看了看黄光辉的脸色，虽然没有前两次绷得那么紧，但也没松弛多少。

罗云贵说，光辉，这事不已经解决了，你还这么不放心啊？

黄光辉摇摇头，很慎重地说，解决？那你想简单了，光是我们反对，还起不到决定作用，而且大家都反对，证明大家都没搞清楚，都有误会。我告诉你，要是龙书记他铁了心一定要引进这个项目的话，他总是能想出办法来的。再说，还有肖书记在，你不要看她年纪轻轻，又是个小姑娘，经过这几次事情，我觉得她在工作上也是很厉害的，再加上还有一个麻五皮，虽然他嘴巴上是啰唆了一点，但还是有点脑筋的。而且最关键一点，他们俩很多时候确实还是为村里发展在考虑的，所以说这事情啊，我们不能高兴得太早了啊。

罗云贵一脸不解，想了想才说，你说他们为村里着想，但你也不同意，这、这不是……

黄光辉说，我说这个话也不矛盾啊，他们是为村里着想，但他们没有考虑到我们需不需要啊，我说个最简单的例子，你现在饿了，你要吃米饭，他们非要拿一瓶酒给你喝，你喝得下吗？

罗云贵似懂非懂地点点头，又问，那说来说去，还是得用到你说的那个办法了？

黄光辉说，要想土地不被流转出去，我们就只有这个办法。最近，我们都得盯紧一点。

罗云贵说，这没问题，从明天起我就去村口守着，只要看见情况不对，就马上通知你。

黄光辉瞪了他一眼，向门外看了一眼，压低声音吼道，你疯了是吧？你不要忘记了，我们两个都是村委会的干部，我们不支持、不配合工作就算了，你还想出面进行阻挠？我看你真是胆子玩大了，我告诉你，这件事上，我们俩都不能出面。

罗云贵说，那你说，到时候由哪个出面好一点？

黄光辉脱口而出，就由你老婆出面啊！

罗云贵一愣，频频摇头道，光辉，你就不要开我玩笑了，她不行，一个农村妇女，哪样都不懂，能干哪样？不要到时候坏了我们的好事情。

黄光辉似笑非笑地说，我倒是觉得这种事嘛，还真需要她这样的人来办，你忘记今天早上在村委会，她的表现就相当好嘛。

听他这么说，罗云贵也不好再说什么，但在心里面他其实是不太愿意让自己老婆去打头阵的。俗话说得好，"枪打出头鸟"，他老婆出面的话，龙险峰肯定就要把这个责任归咎到自己身上，再加上之前已经闹过一次镇政府了，接下来如果还出现这种事，只怕自己不好交代。

就在他胡思乱想的时候，黄光辉又说，还有一个人，我觉得也很不错。

罗云贵问道，是谁？

桃花。黄光辉笑了起来，她今天的表现当真是让我没想到，麻青蒿这么能说会道的一个人，被她几句话问得一句都答不上来。

罗云贵说，确实，麻五皮在她面前，简直是一点好都讨不到，以前听艾草说他老婆如何如何厉害，一直也没见识过，今天算是真的见识了。

黄光辉说，所以今天回去，你就给你老婆说清楚接下来怎么办，但是一定要让她保密，顺便再让她去桃花耳朵边吹点风，到时候她俩一起上，效果肯定好。

见此，罗云贵也只好点头。

又交代了几句，黄光辉不觉得意起来，你麻五皮不是从来都说一不二吗？你不是哪样事都搞得定吗？我就看看这一次，你怎么办。

想到这些，黄光辉忍不住又感叹一句，人家都说"三个女人一台戏"，我觉得我们村啊，有这两个女人的话，什么大戏、好戏、精彩戏都够了。

吴艾草和桃花开完村民大会回家后，桃花一屁股坐在沙发上，一脸得意，从包里摸出瓜子继续嗑了起来。吴艾草跟着走了进来，见到她这样，摇头长叹了一声。

桃花竖眉骂道，艾草，你叹哪样气？还摆脸色给我看！难不成我今天有哪样做得不对吗？

吴艾草说，花，对不对你自己心里清楚。你说你啊，平时我在家里都是让着你的，那你在外面，也多少给我一点面子嘛。

桃花把瓜子朝桌上一扔，叫起来，你这个人说话怪呢，你说我在外面不给你面子？老娘就问问你，我今天是当着大家的面打你了，还是骂你了？还是让你下跪了？

吴艾草一张脸涨得通红，结结巴巴地说，你、你晓得我不是说这些事。在会议室，我叫你先出去，你就该先出去嘛，你倒好，不出去还和青蒿主任吵起来，你看嘛，青蒿主任肯定恨死我了。

桃花一脸不屑的样子说道，你瞧瞧你这点出息，他恨死你？他恨得死你吗？我还想恨死他呢！再说了，老娘我今天做这些事，也是给你出气，你平时在他手下干工作，你敢说自己一点气都没受过？

吴艾草说，我受哪样气？我平时干工作都开心得很，我又不生气，我不生气的情况下，你给我出哪样气！还有，你说你和青蒿主任顶撞几句就算了，你又去和罗大嫂裹在一起搞哪样？你不晓得罗云贵和青蒿主任一向都不合吗？

桃花说，行了行了，你少说几句啊，你再说，我就真生气了。

桃花起身朝厨房走去，边走边说，今天想吃哪样？小黄鱼？还是回锅肉？

吴艾草闷声闷气道，气都气饱了，还吃哪样？

桃花一愣，转过身，吴艾草已经走出了家门，桃花愣了片刻，追到门边，叉着腰就吼起来了，吴艾草，老娘告诉你，你今天要是有胆子走了，你就不要再回来！

换作平时，吴艾草肯定马上就屁颠屁颠跑回来道歉求原谅，但今天他居然头也不回地走远了，这一点，还真是让桃花没料到。

村委会里，麻青蒿和肖百合两人都犹如斗败了的公鸡，没精打采，沉默寡言。这时候，肖百合的手机响了一声，她拿出来看完后，顿时变得紧张起来。

麻青蒿瞟了她一眼，问道，有事？

肖百合说，龙书记给我发的信息。

麻青蒿一听龙书记，顿时也紧张起来，连忙问道，龙书记那边又怎么了？还是他又批评我们什么？

肖百合说，批评嘛，倒是没有，可能他也预料到今天的结果了吧。

麻青蒿好奇道，那龙书记说什么？

肖百合说，他说过几天他会陪同九鼎公司的老总一起来我们村看一看。

麻青蒿说，要一起来考察了？他们具体哪天来？

肖百合说，他也没给我说具体时间，只说到了那天再通知，所以接下来这件事才是最关键、最棘手的。今天开会结果已经很不好了，他们到时候来的那天就再不能出任何闪失了，要不然，这个项目真出现哪样意外的话，我们难辞其咎。

麻青蒿说，这也简单，到时候请他们看了就走。

肖百合说，那我问你，如果他们的老总看完之后，还想和我们村的乡亲们再聊一聊，问一问他们之前的收入是多少，听一听他们对流转土地是什么看法和态度，或者直接问我们，现在能流转多少亩出来，这又怎么办？

麻青蒿一时语塞，这个，这个……

肖百合说，麻主任，我们不能把事情想得太简单了，包括今天的村民代表大会，我们都还是想简单了，结果大家把问题一抛出来，我们都回答不上来。

麻青蒿感慨地说，是啊，我们准备不足，研判不够准确啊！最不能原谅的是这个吴艾草，找个时间我非得好好教训他一顿！今天要不是他家桃花在会场煽风点火，我们哪会这么狼狈。接下来龙书记来千年村考察的事，绝对不能给这小子说。

肖百合说，给吴会计说说应该不要紧吧。

麻青蒿两眼一瞪，你不要看吴艾草这小子在我们面前点头哈腰，他在桃花面前，那就是一条哈巴狗，只要桃花一逼他，他哪样都说，甚至还不用逼他，他为了讨好桃花，也是有可能要说的，他一说，我们就麻烦。

肖百合想了想，点点头道，好，那就先不说。

然而，让两人都没想到的是，当他们在说这些话的时候，吴艾草正好走到了村委会外面，他也正好听到了两人的对话，这让他心中很是难过，家里人不理解不支持他，村委会的同事又不信任他，就连平时拿他当心腹的麻青蒿，此刻也与他有了隔阂。他本想冲进去和麻青蒿理论几句，可再一想，自己也的确有一定原因，再说，冲进去又能说什么？难不成还能找麻青蒿理论？让他承认自己说错了？同时收回刚才说的那几句话？

那怎么可能？他知道，要想让麻青蒿认错，除非太阳从西边出来。

吴艾草在村委会外面呆呆地站了好一会儿，最终叹了口气，转身缓步离去。

十三

龙险峰出现在紫云镇党委、政府门口。

镇长熊少斌赶紧迎上去说，书记，您怎么也来了。

龙险峰说，政府招商引资，筑巢引凤，我这个书记不来迎接一下客人，让商家如何相信我们紫云有着良好的营商环境？他们就快到了吧？

熊少斌抬起手腕看时间，点点头说，十分钟前通过电话，已经进紫云了。才说完，前面的十字路口处拐过来一辆黑色轿车，熊少斌盯着看了几秒说，书记，应该就是他们来了。

果然，轿车在镇政府外面停下，一位四十出头、相貌气质俱佳的女性下车走了过来，一脸笑意，开口问道，您就是龙书记吧？您好！我就是喻子涵。

说完之后，喻子涵大大方方地伸出手来与龙险峰握手。

龙险峰介绍了一些千年村的基本情况，喻子涵当即提议道，龙书记，这样吧，要不我们现在就出发去千年村？

一行人分别上了车之后，熊少斌说，书记，没想到这位喻董事长风风火火的。

龙险峰说，是啊，我也没想到。

熊少斌又说，不过，我看这位喻董事长说话做事的风格和你一样，也是很雷厉风行啊。

龙险峰笑了笑，所以打起交道来也轻松……千年村那边你通知了吧？

熊少斌点点头，通知了，今天一大早就给他们电话了。

龙险峰说，好呀！现场调研，到处看看，增加投资信心。

两人显然都很高兴，然而，他们没预料到今天的千年村之行会危险又充满意外。

这天，村里没有人讨论任何关于"流转土地"或者"农业产业园"的事，就好像那场村民代表大会从来没有召开过一样。

看上去，村里的一切都显得风平浪静，但越是这种安静的场面，就越让人觉得可疑，越需要提高警惕。至于是在哪方面提高警惕，麻青蒿也说不上来，但他就是觉得不对劲。

麻青蒿得了教训，和罗云贵等人接触时，再不谈及这些方面的工作。至于吴艾草，麻青蒿担心他嘴巴不严实，也不给他透露喻子涵要来村里考察这件事。

于是，今天早上，也就只有他和肖百合在村口等着。

同样，村里其他人也在暗地里观察麻青蒿等人的动向，就好比罗云贵两口子。罗大嫂一天要来村口两三次，不要说陌生人，连只陌生的鸟都没见过。

这天一早，她端着一盆脏衣服走出房间，正准备去院子里洗，罗云贵在堂屋里吃早餐，看见后问她，大清早的你洗哪样衣服？

罗大嫂说，那我哪个时候洗？

罗云贵说，我不是叫你这几天没事就去村口看看的吗？

罗大嫂说，昨天我去看了好几次，哪里有哪样陌生人嘛，去那站着，又冷又无聊。

罗云贵不耐烦地说，叫你去就去，你要是不去，耽误正事了，到时候必须得流转土地，你可不要说我没想过办法。

罗大嫂一脸不情愿地放下手上的脚盆，又进房间里磨磨蹭蹭好半天，换了一件外套。直到罗云贵的声音再次在门外响起，她这才慢吞吞走出门。

走到村里一条小路上时，她边走就边抱怨道，明明是整个村子的事，怎么搞来搞去倒像是我一个人的事情了，我一个人这么辛苦，到时候哪个来给我发辛苦费嘛？

正说着话，旁边地里面忽然远远传来了一阵爽朗的笑声，听这笑声也很陌生，而且这么一大早，谁会来这片地里面？还没等她想明白，马上又有几个人的谈话声，似乎说到什么生态环境之类的。

这让罗大嫂心中顿时一紧，她马上趴下身子，撅着一个大屁股匍匐着慢慢向前，到了田埂边时，又慢慢探出半个脑袋，一看之下，不禁睁大了双眼，不远处的田地里，差不多有十个人，再一细看，居然是龙书记、熊镇长、麻五皮、肖书记，还有几个人不认识。

她心中怦怦直跳：这些人，应该就是老罗说的那些人了吧？还真被他说中了，不行，得赶紧通知村里的人！

罗大嫂缩回身子，起身就往村里跑去，一边跑一边摸出手机。她先给罗云贵打去电话，对方刚刚接听，她就上气不接下气地喊出来，老罗啊，真是被你猜中了，龙书记他们带着一帮人来我们村了，好多人，对，有些人我也不认识……好，好，我现在马上去通知其他人。

此时，吴艾草的家里，桃花收起手机，冲进内室，只听得里面传来一阵噼里啪啦的响声，桃花手上拿着一根扁担，冲到了大门口。

吴艾草在她接电话的时候就觉得有点奇怪了，现在看见她一脸气势汹汹的样子，就知道不对劲。他挡在门边，伸出手拦住对方，花，你搞哪样？你拿扁担去哪里？

桃花用力一把推开吴艾草，吼道，让开！你管这么多搞哪样？

吴艾草被她一推，脚下一滑，倒在墙角边，一脸委屈地说道，花，你这么凶干吗呢，我就问问，问问还不行吗？

桃花没好气地说，行，你想晓得那我就告诉你，龙书记带着九鼎公司的人来我们千年了！

吴艾草一惊，唰一下站起身，哪样？龙书记来千年了？

桃花说，对，来我们村了！

吴艾草又问，我咋个不晓得呢？青蒿主任呢？他在不在？

桃花说，你觉得他会不会在嘛？

吴艾草点点头，又说，他肯定在，坏了坏了，肯定是他生我的气了，这么重要的事他都不通知我了！

桃花说，你凭哪样晓得？不通知你更好！你给老娘让开！

吴艾草打量了一眼对方手上拿着的扁担，心里瞬间就清楚了，他再次拦住桃花大声道，不行，花，今天你千万不能去，你、你一定要听我的。

桃花也吼了出来，我凭哪样不能去？！

说着，她再次用劲一推，吴艾草又被推倒在地，桃花转身快步跑出大门，吴艾草也顾不得屁股痛，立即站起来搓着屁股，一瘸一拐跟着桃花跑。

这时候，龙险峰、麻青蒿一行人正走在田坎上。自从走进田里，喻子涵的速度就慢了下来，差不多是队伍里的最后一位，肖百合走在她的前面，回过头很是自豪地对喻子涵说，喻董事长，您看，我们千年无论从哪个角度看都很美吧？

喻子涵恍若未闻，她望着一片连绵的田土，有些出神。肖百合又问了一遍，她这才反应过来，喃喃道，是啊，很美，非常美！就像，就像我小时候的村子。

说着，她弯下腰，在田里深深捧了一把土，放在鼻子下使劲闻，闻着闻着，双眼中竟泛出了点点泪花。

龙险峰等人停下脚步，转过头问道，喻董事长，我们千年的地怎么样？

喻子涵又深深吸了一口气，缓缓说，千年村是个好地方，真好啊。她又指着前方说，那一片很平整，土地又肥沃，用来建产业园再合适不过了。

肖百合说，对，喻董事长果然眼光好，一来就看中我们村里最好的地方了。

麻青蒿也挤上前来，喻董事长啊，我给你介绍一下，你刚才说的那片地吧，当真是我们村里最肥，土质最好的一片地了。

喻子涵点了点头说，是，这一点我们都看得出，不过嘛……几位领导，你们也知道我们产业园的要求，这个、这个……

喻子涵说话突然为难起来，这让在场的人都有点愣，龙险峰和麻青蒿对视一眼，都有点搞不清楚状况。

肖百合说，喻董事长，您有什么话，就直接说好了。

喻子涵又犹豫片刻，这才说，你们也知道，我们建高新农业产业园，是有很多硬性要求的，并不是说土地肥沃就可以了。

喻子涵向远处的田地看过去，视线落在了一座坟上面，在这座坟的后面，零零星星又还有十多座。其他人顺着她的视线自然也看到这些坟，电光石火之间，麻青蒿和肖百合在心中忽然想起"田成方、地成块、沟相通、路相连、涝能排、旱滴灌"这六点要求。

麻青蒿和肖百合对视一眼，两人眼中都有些复杂。

肖百合心中第一反应是，这怎么办？

麻青蒿想的是，这些坟，那基本上都是祖坟了。

一时间，在场的人都没有说话，现场气氛很是微妙。龙险峰干咳一声，清了清嗓了后说，喻董事长，你的意思我们也明白，有些困难的确是需要克服的。

喻子涵点点头说，是，实事求是地说，这一片地的质量确实很不错，我很喜欢，我们的产业园要是能建在这里，我敢肯定，产能、产量、品质绝对都不会差。

说着，她扭头问自己的秘书小郑，怎么样，这里的照片应该都拍了吧？

熊少斌抢道，喻董事长，小郑从下了车，手机就没放下来过。

喻子涵微微一愣，哈哈大笑起来。

这一群人在地里走走停停，待了差不多半个小时才结束，走上田坎后，龙险峰问喻子涵，喻董事长，再进村里面看看不？

喻子涵指了指开始那一大片地说，村里面就不用了，能有这一块肥沃平坦的田地，我心里面已经很满意很踏实了，我相信村里面一定也是很不错的。

肖百合说，现在还不算最好的时候，要再等一段时间，村里面的各种花都长出来了，那才漂亮呢。

喻子涵犹豫了片刻，试探着问，肖书记，还有件事我想问问，千年的乡亲们对流转土地这事，又是什么态度？

肖百合有些语塞，这个嘛，大家……

才说了两句，她看了看龙险峰和麻青蒿。

麻青蒿向前一步说，喻董事长，这事你放心，这些是我们的工作。

喻子涵说，哦？乡亲们有意见吗？

麻青蒿说，意见嘛，倒是也有一点，不过只是少数，而且关键是都有些误会，我们接下来还会慢慢做工作的。

喻子涵点点头说，我们之前在其他地方开展项目时，前期工作中最让人头痛的就是土地流转，当时，就因为流转土地产生的误会，导致那个项目差一点流产。

喻子涵还想再叮嘱几句，麻青蒿又拍了拍胸脯，很是自信地说，喻董事长，在我们千年绝对不会发生这种事的。

喻子涵笑了起来，那好，术业有专攻，我们对建设农业产业园拿手，你们对农村基层工作拿手，就希望各位领导能把乡亲们的思想工作做好。

麻青蒿说，喻董事长，您放心，带领千年全村百姓脱贫致富，这也是我们村支两委的责任和职责所在，做通大家的思想工作，就是我们的本职工作。

喻子涵喜道，那好，那我们就等着各位领导的好消息。看来事情没有我想象当中那么难，我也就放心了，我等你们的好消息。

龙险峰说，喻董事长在等我们好消息的时候，也希望您那边能尽早确定好这个项目，甚至可以和村委会先行联系，进行一些必要的前期工作。

喻子涵说，这个是肯定的，我看龙书记也是一个雷厉风行的人，这样，我这就回去召开董事会。

说完后，喻子涵与龙险峰等人依次握手，上车离开。

望着远去的车辆，麻青蒿和肖百合一直紧绷着的这颗心才终于慢慢地放松下来，脸上的神色也跟着慢慢松弛下来。

待到车转过一个弯消失不见后，龙险峰扭头对身边的肖百合和麻青蒿说，喻董事长的工作态度你们也都看到了，可以说，是非常迅速，非常雷厉风行的，难怪九鼎公司能在十多年的时间里就发展到今天这么大的规模，这是有道理的。

麻青蒿和肖百合频频点头，是，是，果然是雷厉风行。

龙险峰又说，虽然之前的村民代表大会效果很不理想，但接下来你们不能放弃，不能消极对待，你们更要打起精神，产业园能不能建起来，就看你们的表现了。

一番话自然说得肖百合和麻青蒿齐齐点头，末了，龙险峰又叮嘱几句，村民们对这种新鲜事物有这种反应，也是正常的。村支两委工作人员要有耐心，要做好思想工作，还要尽快想出更好的方式方法。

就在龙险峰叮嘱两人时，罗大嫂已经给村里大多数反对流转土地的村民打去了电话，大家都拿着扫把，甚至钢钎等东西，一起向着村口方向跑去。

罗大嫂手上抓着一把锄头，跑了几步又回头对大家喊道，大家快一些，他们刚才在地里的，要是去晚了，没拦住他们，我们的地可就危险了。

桃花出门晚了，这时候疾步走在队伍最后，还没走出两百米，吴艾草就大步追过来了，他紧紧拽着桃花的衣袖，一路跟着小跑，神色焦急地说，花，你先别慌，你听我把话说完，今天这件事很严重，你千万千万不要掺和进去。

桃花说，正是因为严重，我才必须得去！

吴艾草说，花，你怎么就不理解呢，你们去了，那就是鸡蛋碰石头，一点用都没有！

桃花忽然站定，大吼一声，吴艾草！你还是不是个男人？家里的地都要被人家占了，你还在这里劝我回去！

这一声吼得太响，前面有几个村民听见后，也转过身讥讽道，就是，艾草，你还是不是男人？

艾草，你怕不是跟着麻五皮时间太长，连自己姓哪样都搞忘记了吧？

吴艾草脸涨得通红，语不成句，你们，你们……

桃花又吼道，啰唆哪样，你放开！

说着，她一扯袖子，又向前大步跑去，吴艾草望着众人的背影，跺脚长叹一声，却也只能跟着桃花跑去。他边跑边摸出电话，打给麻青蒿，没想到电话才响了两声，就被对方直接挂断了。

吴艾草痛心道，青蒿主任，急事，急事啊，你，你怎么不接我电话嘛……

没几分钟，一支大队伍就赶到了村口。罗大嫂拄着锄头，站在公路中间，气喘吁吁道，我就不相信你们的车不从这里过。

果然，不到一分钟，一辆黑色小轿车开了过来，罗大嫂连忙招呼众人，大家注意，肯定就是他们的车！顿时，大家都冲了上来，把本来就不宽的一条村道堵得严严实实。

这辆车正是喻子涵所乘坐的车，司机看见这一群人堵住路后，觉得有些奇怪，他先是按了几下喇叭，但这些人却没有一个退让，再看他们脸上，似乎每个人都是一脸愤怒。

司机回头说，喻董事长，你看看，前面好像有点不对劲。

喻子涵抬头，看见这一幕后，也是不解。

司机自言自语道，这些人是干什么的，怎么都站在马路上？不可能还要收过路费嘛。

他又按了一下喇叭。

喻子涵连忙说，不要按，你先停车，我下去看看。

司机隐隐觉得不太对劲，连忙说，喻董事长，我看你还是不要下车了，看上去有点危险。

喻子涵略一思考，说道，没事，我先下去问问清楚。

司机赶紧熄火，又说，那我跟你一块下去。

二人才下车，村里人马上上前围住了他俩，喻子涵心中紧张，但还是很客气地问道，请问你们是谁？有什么事吗？

罗大嫂指着喻子涵，冷笑了两声。

喻子涵硬着头皮又问了一遍，还是没有人回答她。

这时，罗大嫂扭头对着众村民大声地叫起来，乡亲们，你们大家可都看清楚了，就是这个人想来抢我们的地！

司机跟着叫了起来，哎，哎，这位大姐，你不要乱说话啊，我们怎么抢你的地了？

罗大嫂说，我乱说话？你以为我没看见吗？

司机问道，你看见哪样了？

罗大嫂哼了一声，反问道，好，那我问你，今天早上是不是龙书记、熊镇长陪着你们一起下到我们村里的地去看了一圈？

司机听了后点了点头，但马上又说，这位大姐，我们是去地里看了一圈，但是你用这个"抢"字就不对了吧？我们来你们村进行考察，这是工作。再说了，接下来这个项目在不在你们村落地，这个都还没定下来，你说是吧？

罗大嫂说，照你这么说，如果你们定下来了，那么我们的土地你们想用，就不用经过我们的同意，直接就用？如果是这样，不是抢是什么？

桃花从后面挤上前来，大声说，罗大嫂，你还和他们啰唆哪样！我看啊，不如叫他们现在就写个保证书，保证以后不来我们村，还有，保证不流转我们的地！要不然，他们就不要想离开我们村！

众村民一听之后，更是群情激昂，纷纷用力挥动手上的锄头、棍棒、钢钎，跟着大声叫起来，对！就这么办！叫他们写保证书！不写不准走！

吴艾草也冲上前来，他大声喊道，各位冷静！你们先不要吼了，你们吼得再大声，也没用，你们先听我说。

可惜没人听他的，桃花更是一脸鄙夷道，艾草，你在这里凑哪样热闹，你给我一边去！

吴艾草可怜巴巴地说，花，别人不相信我，你总要相信我嘛，今天我绝对能把这事处理好，你先和大家让开路！

桃花怒道，我叫你一边去，你听不见我说的话是吧！说着，她使劲一推吴艾草，吴艾草不住向后退，撞在车上，哎哟一声，众人又笑了起来。

罗大嫂指着喻子涵和司机，你们也听到了，你们今天要是不写保证书，就不要想离开我们村！

一时间，现场乱作一团。喻子涵的司机一脸惊恐，他趁乱悄悄拿出手机，拨了一个电话。这个电话是打给熊少斌的，熊少斌得知此事后，也是一脸惊恐。龙险峰嘱咐完麻青蒿、肖百合二人，走到车门边刚拉开车门，熊少斌就跑了过来，边跑边大声喊他。

龙险峰笑起来问道，少斌，你这是怎么了？

熊少斌牙关上下打战，龙、龙书记，不、不好了，出大事了！

龙险峰脸上变色，什么大事？

熊少斌结结巴巴说，喻、喻董事长，他们、他们，被村里人堵、堵在村口了！

龙险峰一句话没说，转过身就向村口冲去。

熊少斌定了定神，忽然转过头，朝麻青蒿等人大喊，你们还愣着干吗！喻董事长被你们村的人堵在村口了！

麻青蒿和肖百合一听，两人互相看了一眼，都只看见对方的惊恐神色，差不多是不约而同地，两个人拔腿就跟着龙险峰跑去。

等龙险峰几人冲到村口时，只见罗大嫂、桃花等众村民将喻子涵的小车围住，现场一片嘈杂声。

龙险峰挤进人群，对着众人大声叫道，各位乡亲们，大家先冷静一下，这件事你们有误会。

罗大嫂说，龙书记，我们没误会，这件事情我们都清楚得很，这个人想抢走我们的土地，在我们村建农业产业园，是不是？

龙险峰说，是，不过不是抢……

罗大嫂打断道，你既然承认就对了！别的你不用解释，我们也不想听，总之就是一句话，我们整个村的人都不同意这件事！

桃花跟着也冲上前来，大喊道，就是，我们的好土好田凭哪样给他们！

这话一说，大家也跟着喊了起来。龙险峰一脸无奈，嗓门也跟着大起来，你们不同意，我们可以再慢慢商量嘛，但是你们得把路让出来，让喻董事长他们先离开。

罗大嫂竖起锄头，一脸蛮横，大叫道，那不行！今天我们如果让这些人走了，他们过不久还会回来。

桃花说，对，刚才我们就和他们说清楚了，他们今天要是想离开我们村的话，必须写保证书！要不然，就别想走！

因为龙书记在和村民沟通，所以麻青蒿一直没上前，可他听了桃花说了这几句之后，也忍不住走上前来，生气地说，桃花！罗大嫂！你们这两个婆娘，开会闹过了，这里还要闹，你们有完没完！都给我让开！

即便如此，大家还是不听。桃花更是和他对吵起来，你叫我们让我们就让啊？我告诉你麻五皮，今天那个什么喻董事长要是不写保证书，我们就坚决不让！有本事，你叫派出所的人米把我们抓走啊！

麻青蒿牙齿都咬紧了，拳头也捏了起来，他忍住心里怒气，又问道，你们要喻董事长写保证书，又要她保证哪样呢？

桃花与罗大嫂对视了一眼，罗大嫂说，桃花，你说。

桃花想了想，第一，保证以后再不来我们村！第二，不能在我们村建产业园，哪个村要是想建，就去哪个村建好了！

罗大嫂说，对，就这两点，她只要现在给我们写了保证书，我们马上就可以让他们走！

在众多村民的一片吵闹声中，龙险峰转头对喻子涵小声说，喻董事长，请你们先上车，其他事情我们来处理。

喻子涵一脸将信将疑，小声嘀咕道，上车了，我们也走不了啊。

司机可等不了了，一溜身就钻进了车里，喻子涵迟疑片刻，最终也跟着坐进车里。

龙险峰见二人上车后，对众人大声说，乡亲们！你们听我说，喻董事长他们远道而来是客人，大家就算不同意流转土地，我们可以开会再讨论再研究，用堵路的方式是解决不了任何问题的。

罗大嫂说，龙书记，会我们都开过的，根本就没用！要想保住土地，我们就只有把路堵住，再让他们写保证书！

众人情绪激动，异口同声喊道，对！只有写保证书！说完，几位村民更是挥动锄头，纷纷向前又走了一步。

麻青蒿大叫道，你们搞哪样，你们都给老子退后！

罗大嫂指着麻青蒿骂，麻五皮，你少在老娘面前凶，老娘告诉你，今天我要是退后了一步，我就跟着你姓！

肖百合也劝，罗大嫂，各位乡亲，你们就听我们一句劝吧……

龙险峰走到肖百合身边，又向麻青蒿挥挥手，示意他站在自己左边，最后他又扭头对熊少斌招招手，示意他站在肖百合右边，就这样，四个人并成了一排。

龙险峰对其他三人低声道，让喻董事长写保证书是绝对不能写的，这简直太胡来了。不同意流转是我们自己的事，怎么能要挟别人写什么保证书呢？

麻青蒿频频点头道，是啊，胡来，简直胡来！

龙险峰说，乡亲们既然不肯让开，那我们就给喻董事长他们开路。

说完，龙险峰扭头，向小车司机招手示意，司机会意，微微点了点头，龙险峰四人并排向前走去。

罗大嫂没料到龙险峰会来这么一出，锄头抬了抬，结结巴巴地说，龙、龙书记，你们、你们快让开，要不然，要不然……

龙险峰根本不搭理她，目视前方，脚步不停。

麻青蒿跟着大声说道，要不然哪样？你这个婆娘！难不成你还敢用锄头敲龙书记？我看你们今天哪个敢动手！

众村民看着龙险峰坚定的神色，又看到麻青蒿这一凶二恶的样子，纷纷面面相觑，还真不敢再上前。

这时候，吴艾草也悄悄上前，扯住桃花衣袖小声说，花，你看嘛，这事可真不是开玩笑的，你就不要在这里闹了。

还别说，桃花看见这一幕后，心里面真有些害怕，犹豫片刻后，向后悄悄退了半步。

龙险峰四人继续向前走，小车跟在四人身后缓缓前行。四人前进一步，村民们就后退一步，走了几米，四人终于把人群挤出了一条缝，四人又站开来，小车抓住机会，猛地加速驶出了村口。

龙险峰望着远去的小车，转过头看了看麻青蒿、肖百合二人，脸色复杂，嘴张了张，似乎想说点什么，可最终还是闭上了，长叹了一口气。

麻青蒿一脸怒气，转头看着众人，想骂却也不知道骂什么好。

村民们见到喻子涵的车开走了，想着车也堵过了，话也说了，事也闹了，效果也基本上达到了，又站了一会儿，也就纷纷回家了。

麻青蒿见众人走后，很是愧疚地说，龙书记，之前开会的结果确实不理想，不过我们、我们都没想到他们会做出这种事来。

肖百合也开始承认错误，龙书记，对不起，今天这件事是我们村支两委工作上的重大失误。

龙险峰半天没说话，隔了一会儿才说，乡亲们对土地流转有恐惧心理，这事也不能全部怪你们，冰冻三尺，非一日之寒啊。

麻青蒿恨恨地说，今天这些人，到时候找到机会非要好好教训他们一顿！

龙险峰听后皱起眉头，批评道，青蒿主任，现在不是追责问责的时候，你不去想想如何把事情处理好，相反还在这里抱怨，你这样的态度，不是解决矛盾，而是在扩大矛盾！

麻青蒿连忙辩解道，书记，我不是说我们不去处理解决，我只是觉得……

龙险峰打断道，你还觉得什么？今天这件事，到此为止，都不要再提了，你们也不准去为难今天在场的乡亲们，要站在他们的立场上，多想想他们的难处，想想他们为哪样会反对，早一点想出办法，早一点解决。你们要记住一点，决不能让这个项目夭折在我们手里。

其实，在龙险峰心中，此刻最担心的并不是乡亲们的态度，虽说今天他们闹事了，但这主要还是因为误会所致，如果能准确找到切入点，真正打消他们的顾虑，那这个问题就很容易解决。

现在他最担心的则是喻子涵那边的态度，会不会因为这件事发生了改变呢？

会！肯定会，这是毋庸置疑的！龙险峰可以肯定这一点，关键就看喻董事长对这个项目的态度改变了多少，现在自己手上最大的筹码就是千年村良好的土地资源，但同时，双方都只是口头约定，这个变数就很大了。

麻青蒿三人见他默不作声，一脸沉思，也不敢出声打搅他。

好一会儿，龙险峰才抬起头来，他看了看麻青蒿几人，又说，堵车的事我们就不说了，乡亲们对流转土地的态度很明确，这一点需要你们村支两委作为接下来的重点工作，去主动地、积极地、巧妙地和大家进行沟通。

麻青蒿和肖百合同时点点头，异口同声说，好的，书记，我们一定办到。

龙险峰说，沟通工作固然很重要，但现在，还有另外一项更重要的工作，必须得是我们先去办好才行，但这项工作，这项工作……

说着，龙险峰缓缓摇头，脸上也露出一种十分为难的神色。这让麻青蒿和肖百合都颇为疑惑，两人对视一眼，肖百合本来想开口询问了，麻青蒿却缓缓摇头。

只听得龙险峰长叹一声，低声说，今天我们陪着喻董事长在田里的时候，她其实也表达了同样的意思，不过嘛，当时她说得很委婉，很隐晦，但是我想你们应该都知道她说的是什么事。

麻青蒿犹豫片刻，微微点头说，书记，知道肯定是知道的，不过嘛，我觉得一家企业，再大再厉害，也不能叫我们迁坟吧？

肖百合说，麻主任，你说错了，今天喻董事长他们自始至终没说过叫我们迁坟的话，这种事，他们企业肯定是知道分寸的。

麻青蒿说，是，他们是没叫我们迁坟，不过那话再委婉，还不就是那个意思？

肖百合说，麻主任，这一点，我相信你我都清楚的，我们的地如果是沟沟坎坎的，田不成方、地不成块、路不相连，涝不能排、旱不能滴灌，就达不到高标准种植基地的要求。

龙险峰也点点头说，对，百合同志这个话说得对。

麻青蒿说，龙书记，今天你不主动说这个事，我都还想和你再好好沟通一下，我对这个事情，也有一些自己的看法。

龙险峰点点头说，行，那你说。

麻青蒿脸上神色复杂，连着叹了好几声，还是没说出口。

龙险峰说，青蒿主任，你不是说你有自己的看法吗？咋个，这里人多不好意思说？

麻青蒿摇摇头，一脸无奈地说，书记，我有哪样不好意思说的？但是这个事，我、我实在是不晓得该咋个和你说了。你想想嘛，这古话都说过，不共戴天的，人生三大恨事，杀人父母、夺人妻女、挖人祖坟，你说我、我……

龙险峰面无表情地说，所以你的意思是说，你不可能，也不会去做这样的事？

麻青蒿低垂着头，一句话也没说，但是看他脸上的表情，显然是默认了龙险峰的话。要知道，麻青蒿可不是一个习惯沉默寡言的人，任何情况、任何时候，只要他愿意，他就可以一直说下去，一直啰唆没完。现在他竟然一句话不说，这个情况可就让在场的人有点意外了。

而且，他这样的表现，还真是让龙险峰不知道说什么好了。这时候熊少斌看着肖百合，不停地向她使眼色，意思嘛也很简单，之前你才和他老麻说了几句，也表达出意思了，迁坟这个事情还是要以自愿为原则的，龙书记肯定不好开口，不能强迫你们去做，但你现在既然是村支两委的一员，是千年村的第一书记，为了全村的发展，为了让这个项目成功落地，为了脱贫攻坚的最终胜利，你肯定要想办法解决这一难题。

肖百合看见熊少斌朝自己使眼色，自然也是知道对方意思的，但面对这样的事，她也不知道该说些什么好，一时间还真是安静无声。

隔了好一会儿，肖百合才说，麻主任，你刚才说的也没错，但是我觉得嘛，这个，为了产业园，我们迁坟，这和你说的"挖人祖坟"性质肯定是不一样的……

麻青蒿哼了一声，打断说，这有哪样不一样的，就是前一个说得文雅一点，说得客气一点，后一个说得直白一点，说得粗鲁一点，但最终性质都是一样的，都需要用锄头，都需要挖土。

肖百合说，麻主任，你听我把话说完嘛……

麻青蒿说，这事我不用听你说完，我也晓得你想说什么，而且你说的那些话，我也不赞同，如果你想给我意见或者建议，我也不会采纳的。一句话，我在农村生活了一辈子，我晓得做这事的后果。

眼见这次谈话已经陷入僵局，龙险峰也转过头，朝着熊少斌使了一个眼色。熊少斌咳了一声，打断道，好了，好了，你们两个不要争了，这些事都是你们村里自己的事，有什么分歧，有什么不同意见，你们回去再说，现在书记还有话要说。

说着，熊少斌转过头问道，书记，你还有什么指示？

龙险峰应了一声，有些不置可否，沉吟了片刻才对熊少斌说，今天发生了这样的事，九鼎那边，你既要和他们保持联系，但同时也要注意不能联系得太频繁。

熊少斌一边频频点头，一边向麻青蒿看过去，眼神当中很有些责备的意味，麻青蒿也感觉出来了，当下还是垂着头，一句话不说。

本来嘛，龙险峰打算在千年村的事情结束后，就马上去红岩村看一看。前几天潘宏梁就一直给他打电话，絮絮叨叨说了好些话，基本上都是在"贫困户甄别"这项工作上出现了一些麻烦事。

想到这些事，龙险峰就顺便问了问麻青蒿千年村的甄别情况，他也知道千年村的人均收入水平目前比其他村的情况要好一些，所以甄别工作相对来说就要容易一些，但越是容易，也就越需要认真严肃对待，让真正的贫困户受益。

他却没想到麻青蒿对此态度很有些不以为意，他表示这段时间一直在考虑怎么流转土地，所以这一块工作相对滞后。麻青蒿也表示了，千年村哪一家哪一户是什么情况，他心里面都清楚得很，所以，这个甄别工作对他来说是相当容易的，最多两天就可以得出结果，如果实在要得急，他加一个夜班也能赶出来。

龙险峰不高兴了，他说，一两天的时间，你就想把一个村的识别工作都搞完？

麻青蒿不解道，书记，是你要求我们快一点的啊。

龙险峰说，再快，也要绝对准确无误，你以为你对每一户的情况都了解，就可以坐在办公室里面，凭印象就把他们每一户的情况写出来？我告诉你，之所以叫"精准扶贫"，那就得"精准"，一点错误都不容许，就得要求你们去到每一户家中，而且还不是去家里转一转这么简单，你们得认真统计每家每户的各项收入数据。这样才能"看真贫"，之后，才能"扶真贫"，最终才能"真扶贫"。而且，扶贫对象名册必须公示公开，接受群众监督，坚决杜绝"扶富不扶贫""扶强不扶弱"等问题发生。

一通训斥让麻青蒿和肖百合都有些惭愧，龙险峰本来还想多说几句，但转念再一想，今天他们都经历了这一场风波，本来心情就很沮丧了，如果现在还是在一味批评，那么势必会打击他们的自信心，进而影响接下来的工作开展。龙险峰没有再多说，反而宽慰、鼓励了两句，这才坐上车，继续前往红岩村。

说起来，这个"贫困户甄别"的工作在进行的过程中，不仅在红岩村出现了一些问题，在花开村也问题不少。

这天一大早，石松涛、陈国栋就被村民们团团围住，走了一拨又来一拨，问题从"今年为什么不继续发钱了"到"今年的贫困户名单上怎么少了我一家人"，再到"那一家人明明比我们家有钱，为什么他们家成了贫困户"等问题。

他二人回答了一遍又一遍，从清早到中午，整个村委会简直比菜市场还要吵闹无序，好不容易到中午了，村民们要回家吃饭了，办公室内这才安静下来了。

石松涛和陈国栋对视一眼，不约而同地一声苦笑，眼中都是无奈。

石松涛说，小陈，中午就去我家里，煮碗面对付一下吧。

陈国栋说，干脆去我寝室，前几天我才去镇上买了些肉臊子回来。

两人说着话，正准备出门，这时一个声音从门外钻了进来，两位领导，你们不要急着走呢，我还有事！

石松涛和陈国栋一听这声音，心里都有些烦，因为说话的人正是村里面最难缠的牛老五。话音刚落，就见牛老五走进办公室里。

石松涛皱着眉先开口，牛老五，你又来捣哪样乱！

牛老五一屁股坐在门口的长条凳上，不慌不忙道，我捣哪样乱！我是来办正事的！

陈国栋看了看时间，说，那你赶紧说，说了我们要回家吃午饭了。

牛老五说，小陈书记，松涛支书，你们不要着急，你们坐下来，我先给你们说，今天要是不给我解决落实好贫困户的事，我就不走了！

石松涛和陈国栋对视一眼，心里面都有些不是滋味。自从村里的汞矿关停，经过一段时间的调研和争取，废弃汞渣循环产业园应运而生，由此解决了村里很多人的再就业问题。

除此外，经过县里新农办等相关部门的不懈努力，现在花开村也开始大力发展特色山地农业，村里很多人都在种植李子、猕猴桃等经济农作物。而且，还有部分村民选种白果、天麻、黄精等中草药物，牛老五除了蜜蜂养殖，也是种植户之一。

按说，有了这些扶持政策，像牛老五这样的村民，家庭年收入比之前增加了，生活质量也比以前好得多了。可他现在还跑来村委会，那么只有一种可能性，他是因为贫困户甄别的问题而来的。

果然，在牛老五絮絮叨叨说了几句后，石松涛很是无奈地说，牛老五，你不要无理取闹了好不好？你都搞起种植了，咋个可能还是贫困户嘛！

牛老五说，哪个说搞了种植就不能是贫困户了？再说我才搞了多长时间嘛？也就几个月时间，苗都才刚刚发芽，三年后才挂果，我从哪里挣钱嘛？

陈国栋说，牛师傅，我给你解释一下，我们现在都还在搞贫困户的识别甄别工作，要按照规章来对每一户进行精准识别，哪些人家该扶持，又要怎么去扶持，我们都还在统计识别当中……

牛老五打断道，小陈书记，你不要和我讲哪样规章制度，我听不懂，也不想听，我就想晓得我牛老五穷得好好的，当了这么多年贫困户，怎么今年突然一下就不是贫困户了？

石松涛听他这么说，忍不住讥讽道，你还穷得好好的？牛老五，你咋好意思说这些话！

牛老五一脸的理直气壮，大声说，这有什么不好意思的，我不当贫困户，一年少了七八百块钱，换成你，你干不干嘛？

石松涛连着说了三声好，牛老五，我就这么说吧，按照最新的扶贫政策，你是绝对不能继续被列为"贫困户"的。

牛老五脸上顿时变色，唰一下站起身就想发飙，陈国栋看见后，连忙劝开两人。他把牛老五拉到办公室外面说，牛师傅，我们今年对贫困户的识别标准与去年不同，简单来说就是四句话：一看房，二看粮，三看劳动力强不强，四看家中有没有读书郎。你家里面呢，只占了最后这一项。

牛老五不服气道，只占一项又怎么嘛，那、那还不是穷！

陈国栋说，你等等，我拿名单给你看，说着他从兜里拿出一份写有贫困户的名册，摊开给牛老五看，又说，你看啊，你家的房子是前年才新修的，家里的粮食也够的，你和你爱人两人也都有劳动力，而且现在还有养殖产业，你家唯一符合标准的一项，就是你儿子在镇上读初中，不过，他也是义务教育。

石松涛这时也走出办公室，鼻腔里重重哼了一声，牛老五，小陈书记给你解释清楚了吧？

陈国栋说，确实抱歉，但你家的各方面条件比其他村民都要好，所以这次我们不能把你列进贫困户当中。

石松涛说，牛老五，都听清楚了吧，现在可以回家了吧？

牛老五脸上一红，想了想，不甘心地说，就算我家条件好一些，那也还是穷的，反正，你们也要把我算进去，要不然……

石松涛打断道，要不然你要搞哪样？又想去跳楼威胁我们？你不要忘了，村委办公室只有这一层。对了，你自己家不是有两层楼嘛，要不，你就去自己家楼顶跳一跳？

石松涛一边说，一边笑起来，就在这个时候，不远处又有一个声音响起，松涛支书，小陈书记，你们要是不让我们成贫困户，我今晚就从后山崖上跳下来！

石松涛一听，笑容瞬间又僵住了，说话的不是别人，正是牛老五的老婆。他这个老婆，可以说比他还要犯浑，还要不讲道理一些，而且，还要会想一些馊主意歪点子。

说起来，所有人，甚至牛老五老婆本人都清楚自己不会跳，但每次她只要这么说了，肯定就会有相应的一番动作，接着村委会所有的干部都会悉数到场，她跳还是不跳，真跳还是假跳，也没法甄别，唯一的办法，也只有守着她，你不守着她，她还会威胁你说，我都要跳楼了，你们都不管我。有村民打趣说，你家二层也跳尿不死，你吓唬谁嘛！你真想要跳的话，就偷偷跑到后山崖，一抬脚，就算尿了嘛。你看人家村委会这些干部，各有各的事，人家忙得很，你麻烦别人搞哪样嘛！牛老五的老婆回击说，哪个说二楼跳不死？就算跳不死，我把脚跳瘸了，村委会的人也有责任！我就是要搞得他们不安宁，咋个嘛！这一点，确实让村委会的人头疼不已。不管不问吧，说是村干部不关心、不爱护群众，一管一问吧，这人还要横，根本不讲道理。

牛老五的老婆也正是捏住了这些人所谓的"软肋"，才一而再、再而三地用这种貌似极端的方式方法进行威胁。说实话，这种威胁的伤害性不大，可这有点挑战干部的耐心，还有点蔑视干部智商的味道。你说，这气不气人？干部生气了，还得在心里憋着，脸上还得挂着笑脸。你说，累不累人？

这时，牛老五的老婆走过来站在石松涛面前，一脸挑衅道，松涛

344

支书，小陈书记，我讲到做到！我们家如果不是贫困户，我今晚绝对从后山崖上跳下来！

可能是长期的委曲求全，也有可能是这一段时间的工作压力，或者，兼而有之吧，总之，石松涛看着她那张因为得意而露出隐隐笑容的脸之后，心里面突然就冒出一把火来。

他忽然间指着对方的脸破口大骂道，老子还就真不相信了，你给老子跳，你只要敢跳，老子就是砸锅卖铁赔上我这条老命，我都让你风光大葬，再给你家牛老五重新娶一房漂漂亮亮的老婆！但你要是不跳，你、你就少给老子说这些废话！

这几句话一说，几个人都愣住了！

陈国栋也就罢了，毕竟认识石松涛还不到半年时间，但牛老五和他老婆认识石松涛半辈子了，哪见过他这样脸红脖子粗的？

牛老五心中一惊，坏了，都说兔子急了要咬人，看来真不是假话，这石松涛现在的样子就怕人得很，像是要和人干架了。

还没等他反应过来，石松涛又吼出来，他指着牛老五，快点，现在你就带你婆娘去跳崖，只要她跳下去了，那不是称了你牛老五的心吗？

牛老五结结巴巴说，松涛支书，你、你，你这是什么话……我称什么心啊？说严重一点，你这是挑拨我们夫妻的感情，再说严重点，你一个村支书，说这种话，是不能当支书的。

石松涛说，我不能当支书？也不是你这种人来当的！

陈国栋见状，这再扯下去，更不像话，他一把拉住石松涛就往村委会里面拽。牛老五两口子被石松涛一顿暴风疾雨般的怒吼整蒙了，气势上也跟着弱了下去，见两人拉拉拽拽进了村委会后，牛老五也拉着老婆赶紧离开。

回到家里，牛老五老婆越想越气，忍不住就掉了眼泪，边哭边说，这个石松涛，他凭哪样这样说我，他说我，你还在一边不出声，就光看着，都不知道帮我，难不成你，你还真想我跳崖？

牛老五也不是滋味，看她哭起来，心里面更是焦躁烦闷，忍不住就吼了起来，还哭什么哭，本来也是我们没道理，一天到晚就去为难人家。老子之前就说不要去了，你偏让我去，人家小陈书记也耐心解释了，我都想着算了，你非要在外面说那些话，这下好，羊肉没吃到，惹得一身臊。

牛老五老婆说，牛老五，你还是不是人，这种话都说得出？今天这事这能怪我吗，我们家要还是贫困户，每个月多出来那些钱，难道是我一个人花的？

牛老五不再回应老婆，坐在院子里的一把椅子上抽着闷烟，一会儿他丢下烟头去拽他老婆。他老婆说，搞哪样，你放开我。

牛老五说，快起来了，我们先去炒菜吃饭。我敢肯定，今天松涛支书虽然说了那些话，但是稍晚他绝对还会来我们家的。

他老婆说，他还来搞哪样？

牛老五说，开始他是在气头上，骂过了，吼过了，现在冷静下来，心里面肯定会后悔的，就算不后悔，他也绝对会来我们家里继续做工作。所以现在我们赶紧吃饭，免得一会儿他们来了我们都还端着碗。

果不其然，两人吃完饭后，石松涛和陈国栋还真的登门了。进门后，石松涛神色多少有些尴尬，倒是陈国栋很是自然，鼻子在空中使劲嗅了嗅，大声说道，好香，真是香啊，你这个牛老五，说自己穷，结果天天躲在家里吃好的。

牛老五说，小陈书记，你这话就是开我玩笑了，我都是村里面最穷的贫困户了，哪里还有哪样好吃的？

陈国栋说，你不要欺负我鼻子好不好，这味道一闻就晓得是盐菜肉，好香啊！

牛老五讪讪一笑，早晓得就叫你们一起来吃个便饭了。

石松涛说，牛老五，你还说你穷，你自己说说，村里面有几家可以吃盐菜肉的？你家的生活水平还不好？

牛老五不好意思地说，松涛支书，你就不要开我玩笑了，我们也是好久没吃过了，这个，这个还是从去年冬天就放在冰箱里面的，今天才拿出来蒸的。

石松涛说，去年？你少吹牛皮了，要是去年的肉，就算再放冰箱也要坏……

牛老五打断道，正儿八经的，你要是不相信，就自己去看看那个肉，都快变肉干了。

陈国栋说，那证明你家的冰箱制冷效果好嘛，我们村里面，好多人家里都还没得冰箱呢。

牛老五挠挠脑门，一时语塞，这个嘛，这个……

这时牛老五的老婆跟着说，松涛支书，小陈书记，那你们怎么不想想我们家为了买这台冰箱，又吃了好多苦？当年为了买那台冰箱，他成天就在外面受冻，现在只要天气稍微有点变化，他就一直咳个不停。

陈国栋说，嫂子，好了，好了，你先坐下来，我们既然上门来了，也就是想把问题给你们说清楚。

牛老五老婆说，我不坐，小陈书记，我的问题简单得很，你先和我说清楚，我们家到底是不是贫困户？

石松涛说，你们是个是，个是小陈书记说了算，而且就算他想，他也不敢。

牛老五说，我晓得，不就是你之前说过的，你们现在搞"精准扶贫"，程序上严格，又有哪样识别甄别工作，每家每户的真实情况都要建档立卡，再报到上级部门。

石松涛说，还不仅仅是这个，我告诉你们两个，你们要是成了贫困户，那才是最大的麻烦事。

牛老五和他老婆同时问道，麻烦事？为哪样？

石松涛说，为哪样？你牛老五要是成了贫困户，那我们村真正的贫困户都会被影响被耽误！他们不天天都来你家闹事才怪！

牛老五脱口而出，不可能！再说我们村这么穷，咋个可能只有一户名额！

石松涛被他气得想笑，又说，你以为这是评选优秀村民啊？这是扶贫工作，哪个给你说有指标名额一说！

牛老五说，支书，那你说我们村的贫困户来我们家闹事，这又是因为哪样原因呢？

这一次石松涛没回答了。而陈国栋，则左右看了看，又伸长脖子往厨房里面看了一眼，随后拿出笔记本开始记起来，嘴里面跟着念叨着，牛师傅，你看啊，这个是上级要我们考察登记的贫困户家庭的情况，我们现在把你家的情况对一下啊，牛老五家，新建房一栋，括弧，两层。家里有粮食，有肉吃，再括弧，去年的肉，夫妻俩身体健全，再再括弧，非残疾人，不跛、不瞎、不聋，智力方面也没有任何缺陷……

说到这里，陈国栋又抬起头对着二人微笑了一下，解释道，就是不憨、不傻。牛老五同志劳动力特别强，当过汞矿工人，挖掘工，现在从事蜜蜂养殖。家中小家电分别为：一、电冰箱一台，二、四十八吋彩色电视机一台，三、电话一台、电饭煲一台、洗衣机一台、饮水机一台……

牛老五听着他这么滔滔不绝念下去，心里莫名慌起来，赶紧叫道，停、先停停！这个，这个……不是说其他贫困户来我们家闹事吗，到底是怎么一回事？

陈国栋说，开始我念的这些数据，都要填写好上报，很明显，你家这种情况是绝对不行的，那就算我强行把你们家写上去了，把这些数据全部造假，最后结果你知不知道是什么？

牛老五两口摇头，是什么？

陈国栋说，上级部门是绝对会到下面复核的，如果一户填报出错，也就意味着上级部门得下来再进行检查。我们挨点批评就算了，关键是，村里所有贫困户也要被再次检查甄别，扶贫款和扶贫物资自然也会晚一段时间才发下来。

石松涛跟着说，本来大家就等着这些钱买种子，买化肥，结果因为你造假填报，哪样都被耽误了，本来春天就该播种的，结果夏天才有钱买种子。你自己说，村里人会不会生气？会不会上门找你们麻烦?

牛老五和他老婆对视一眼,两人都是一脸苦相。

陈国栋继续道,所以说,松涛支书其实是为了你们两个好啊。

牛老五说,是,这个,我们心里面都清楚得很。他又试探问道,松涛支书,小陈书记,那这样行不行?

陈国栋点点头,你说。

牛老五赔着笑说,你看啊,既然要装穷嘛,我也不是不能装的,我家现在还有一栋老房子,都快倒了,里面哪样家电都没有。实在不行嘛,我们两口子最近就住那边去,然后你们干脆就把我们家的情况写得再差一点。

陈国栋和石松涛对视一眼,两人都是一脸无奈,摇头苦笑。

牛老五老婆也激动道,对对,就这个办法好,搬过去住,我们家的房自然就只有一层,我养蜂的事也不要写进去了,还有,你干脆把我写成是个残疾人、跛子,这样不就可以了?

牛老五跟着说,松涛支书,小陈书记,干脆把我也写成瞎的!到时候我戴一副墨镜就行了……还有,你们说我家娃娃读书是义务教育,那你们干脆就给他写成个大专生嘛,反正他现在也长这么高了。

牛老五老婆更来劲了,对,对,大专生光是一年的学费都要好几千呢,只要这样一写,我们自然就成贫困户了嘛。

两人东一句西一句说了好长时间,越说越来劲,都快忘记石松涛和陈国栋还坐在身旁,说到后面,石松涛有点受不了了,只好轻轻咳了一声。

牛老五马上反应过来,又问,支书,书记,你们看呢?

石松涛叹道,牛老五啊牛老五,你让我怎么说你,你要是把这些歪点子馊主意用在正道上,用在你的养殖产业上,那该多好啊,多的不敢说,只要有一半的用心程度,你们今天就不是这个样子了。

牛老五听了也不说话,就一直赔笑,他也知道现在是关键时刻,千万不能再说。"言多必失",他虽然书读得少,可这些道理也是知道的。

石松涛说了几句，又转头问陈国栋，小陈，你觉得呢？

陈国栋说，牛师傅，我们要是这样做了，那就是舞弊造假了，真被查出来后，后果可是非常非常严重的啊。

牛老五老婆问，能有多严重？

陈国栋说，我这个第一书记、松涛支书这个村支书肯定是不能继续当了，另外嘛，我们还触犯了刑法，会被判刑！

牛老五一惊，不，不可能吧？

他一边说，一边朝石松涛看过去。

石松涛说，你看我搞哪样？小陈书记还会骗你们不成？我给你说，他要是这样做了，不光是他，花开整个村支两委的工作人员都会被处分的。

石松涛又长叹一声道，唉！照实登记，你们不干，不照实登记，其他应该评的村民饶不了我，上级下来一家一户检查的时候我咋个交代。我看，干脆我现在就陪你去后山跳崖，走！

说着，石松涛去拉牛老五的老婆，牛老五忙拦住他们。牛老五急切地说，我、我们不跳崖了。不过，松涛支书，我当贫困户的事情，难道就一点办法都没有了？

石松涛说，我有什么办法？实事求是。

说完，石松涛和陈国栋走出牛老五家，一出门，两人相视一笑，估计这个牛老五不敢再胡来了。

十四

麻青蒿在村委会忙了一整天，入夜之后才回了家，刚刚喝了一口水，门外就响起了敲门声，开门一看，马上就想关门了，门外赫然站着肖百合。麻青蒿和肖百合共事了这么长时间，他清楚，这个小姑娘是越来越成熟，越来越老辣了，而且，也越来越执拗了。她在这个时间来找自己，不就是为了迁坟的事吗？

说白了，让我迁坟，不就是想把产业园的事落地吗？不就是想在龙书记那里邀功吗？我老麻还不清楚？但是，迁坟这个事那可是原则问题！老子绝对不能答应，我要答应了，我成什么人了？所以今天不管她肖百合说哪样，说多少，我就秉承一个总的原则，那就是不回话，不表态，不赞同，这不就行了？

想到这些，麻青蒿镇定了一些，是嘛，即便她是第一书记，即便她现在工作有方法，办事很巧妙，那又怎么了？和我老麻比起来，她还是嫩了点。

麻青蒿笑了起来，手一扬正准备请肖百合进门时，转角处的一堵墙后面，有什么东西闪了一下。麻青蒿眼尖，一眼就看出是某个人伸了一下头，他正准备大喝一声，忽然又止住了话，麻青蒿转过头，故作轻松地问肖百合，肖书记，哪个人陪着你一起来的？

肖百合一脸疑惑，摇摇头说，没有啊，我就一个人来的。

麻青蒿心中顿时清楚了，他对着墙角处的黑影大喝一声，出来！

这一声吼出来，肖百合吓了一跳，连忙转过头看着墙角的黑影处，但是墙角处一点动静都没有。

麻青蒿又大声说，姓吴的，你还不出来是吧？非要等老子过来揪住你了，你才晓得是哪样后果是不是？

片刻后，一个黑影从墙角迈着犹犹豫豫的小碎步走了出来，走近一看，果然是吴艾草。肖百合心中好奇，正准备开口询问时，吴艾草点头哈腰笑了起来说，书记、主任，我，我最近这几天心里有事情，到了晚上睡不着，就出来散散步，哪晓得……

麻青蒿重重地哼了一声，打断道，放屁！你以为老子不晓得你平时是几点钟睡觉？再说了，你会睡不着觉？你一个没心没肺的白眼狼，不要说心里面有事了，哪怕是天塌下来了，你只要挨着枕头照样打呼噜！

吴艾草愁眉苦脸地说，主任，我说的是真的，我这心里真的……

麻青蒿再次打断道，闭嘴！你给老子闭嘴！麻青蒿伸出手，用力地戳着吴艾草的脑门，一脸怒气地说，老子看你这小子现在是胆子越来越大了，简直就是无法无天。白天，你对抗上级，纵容老婆堵路闹事，夜晚，你暗中尾随年轻单身女性，你说，你是哪样居心！又有哪样阴谋！

吴艾草心里清楚，自从桃花参与村里堵路事件之后，麻青蒿就窝着一团火，只是一直没找到机会发作出来，吴艾草也晓得这次是闯大祸了，所以最近这几天，他是能不和麻青蒿碰面就不碰面，能回避就回避。以他对麻青蒿的了解，这事虽然说恶劣，但麻青蒿不是那种记仇的人，如果说自己能再撑上几天，等到麻青蒿的心情慢慢变好，那这事也就不了了之了。

吴艾草的如意算盘是这样打的，可让他没想到的是，这一次麻青蒿却一反常态，就今天下午，他俩恰好在村委会里碰面了。当时，吴艾草正跨出门槛，而麻青蒿正抬脚进门。

这要换作以前，麻青蒿心情好的话，他会说，咋个，这个点就要回去给桃花煮饭了？如果心情一般，那么他会对吴艾草说，这才几点，下班时间都没到，你小子就想开溜了？假设心情不好，他也会讥讽地说，咋个？你是对我们村支两委的哪一位领导有意见？没意见？没意见那你一天到晚往外跑哪样？我们村支两委就这么让你反感，这么让你坐立不安？

总之，不管他心情是好是坏，他都会和吴艾草说上两句话的。但是，今天下午碰面的时候，他麻青蒿不要说开口教训了，他瞟了吴艾草一眼之后，双眼马上就转到了别的地方，而且眼神冷漠又空洞，似乎吴艾草完全就是一个陌生人，不，陌生人都不足以形容，简直是视他吴艾草为无物。

这样一来，吴艾草心里面可就打鼓了，这，这青蒿主任到底是怎么了？他这以后，不会都不理我了吧？要是真不理我的话，那我又咋个办？接下来的时间里，吴艾草就在这些焦虑不安和患得患失中度过。吃晚饭的时候，他简直是味同嚼蜡，桃花察觉到他的不对劲，问了他几次，吴艾草也是含含糊糊心不在焉地回答，桃花一生气，也就懒得问了。

放下碗之后，吴艾草抬脚就朝麻青蒿家走去，一路上他想，这事今天肯定要解决，自己该道歉就道歉，该解释就解释，该挨骂就挨骂。可是，真正到了麻青蒿家的门外之后，他又怯弱不敢上前了。

吴艾草躲在转角处，他先是看见麻青蒿回来了，想上前，可才走出一步，还是不敢，退回两步，又不甘心，就在纠结时，肖百合又来了，他想凑近偷听一下这俩人说了些什么，可稍微探了一下头，就被麻青蒿发现了。

虽说被发现后，麻青蒿和他开口说话了，但是，他说的这些话可比平时难听太多了，不仅骂自己是"白眼狼"，还定性自己是"对抗上级，暗中尾随年轻单身女性"，这，这不是把我吴艾草诬蔑为一个地痞流氓了吗？

麻青蒿看他一直没开口，又说，咋个？现在晓得错了？不好意思说话了？

吴艾草抬起头来，一脸哭兮兮地说，主任，我，我……

麻青蒿大手一挥，你，你，你哪样？吴艾草，我告诉你，一切都晚了！我看你以后也不用继续在村委会上班了，你不是舍不得你家那几亩地吗？那你就安心在家当一个种地的农民，每天就乖乖地听你家桃花的调遣，她喊你搞哪样，你就搞哪样！

吴艾草说，主任，我晓得你生气，但是我还是愿意你喊我搞哪样，我就搞哪样，你咋个调遣我，我就去哪里。

麻青蒿听了后，一阵冷笑。

这时，吴艾草举起右手，哭丧着脸说，主任，我举着你的旗子，工作上从不懈怠，我努力向前，这一举就十多年了，这手也会举得酸痛。说着，他放下右手，举起左手又说，举累了，我换一下手总可以嘛，你，你也不能这样对我啊。

麻青蒿一愣，反应过来后说，放屁！老子还需要你举旗子？还需要你来给我摇旗呐喊？

吴艾草说，当真是忠心耿耿，不知咋整哦。

肖百合站在一旁，听了这几句话，当真是哭笑不得。她清楚，这个时候不打断这两人的话，以麻青蒿的性格，至少还可以再教育再啰唆吴艾草两个小时，那今晚上可就浪费了。于是，肖百合咳了一声说，麻主任，要不我们进房间说？

麻青蒿微微点头，转身就朝房间里面走。

肖百合跟着走了一步，转头一看，吴艾草还站在原处，她说，吴会计，你也进来啊。

吴艾草赔着笑，向前迈了一步，马上又后退了半步，有些不好意思地说，这个，这个，两位领导说话，我就不进来影响、打乱两位领导的思路了，我，我就先走了。

说起来，吴艾草肯定是很想进门的，毕竟，堵路这事还没解释清楚嘛，麻青蒿也还没有消气嘛，但是，如果他吴艾草真的主动走进这个院子的话，那么麻青蒿绝对会说，你还有脸走进来？接着再教训一大通，最后说不定真不准自己进门。那么，这个时候，就需要"以退为进"了，而这一点，正是他吴艾草在与麻青蒿的长期相处过程中得出的宝贵经验、宝贵策略啊。

果不其然，吴艾草这么一说之后，麻青蒿转过身，抬起手指着他就说，吴艾草！你犯了这么严重的错，老子还没批评你，你就想一走了之吗？你给老子滚进来！

吴艾草心中暗喜，但脸上还是做出担心的表情。三个人都走进房间后，肖百合坐下，吴艾草也准备坐下，麻青蒿忽然抬起手，朝着他虚晃一下做出一个拍打动作，吴艾草马上缩紧身子躲闪了一下。

麻青蒿说，晓得怕了？晓得躲了？

吴艾草心想，有肖书记在，最多再让你吼几句。果然，肖百合说，麻主任，我看，我们还是先说说工作。

吴艾草赔着笑脸马上说，对，对，肖书记说得对，现在是工作第一位，工作第一。

麻青蒿说，肖书记，你让我把话说完，这小子现在越来越没有组织性、纪律性。一转头，对着吴艾草又训斥起来，你现在晓得工作第一了？我告诉你，你不要给我转移话题。我现在问你，你想怎么解决这件事？

吴艾草说，主任，我一个会计，哪想得到解决办法嘛！再说，今晚肖书记来找你，我个人认为，她就是来和你商量解决办法的，你们两位领导，头脑一碰撞，思想一沟通，办法一汇总，这个，解决办法自然就出来了。

麻青蒿说，你倒是会说，不过很可惜，我说的不是这件事，现在我说的是另外一件事。

吴艾草眨了眨眼睛，很是无辜地说，另外一件事？是哪样事？

麻青蒿一拍桌面，怒道，吴艾草！你还要给老子装傻是吧？那行，我就明着给你讲，今天你回家后，准备怎么教训你家桃花？老子给你说，今天你要是不给我一个说法，以后你就等着瞧！你晓得老子的手段的！

吴艾草一脸苦相，愁眉苦脸地说，主任，你、你这就是为难我了，你也晓得我家桃花是哪样人，我怎么可能教训得了她？而且，你也晓得我吴艾草的性格，你交代给我的工作，只要是我能做得到的，从来不会皱一下眉头，但是，你喊我教训桃花，我、我一个男子汉大丈夫，总不可能对女士动手嘛。现在不是旧社会，是新社会了，新社会嘛，讲究一个男女平等嘛。

麻青蒿冷冷地说，男女平等？我看在你家里就一点都不平等，要真动起手来，三个吴艾草都打不过你家桃花。

吴艾草脑袋像小鸡啄米一样，嘴里也应承道，对对，主任你说得简直是太对了，你看她那个身高，那一身横肉，不要说三个我了，就算是五个，我估计都不一定能打得过她。

麻青蒿说，你口口声声说你打不赢她，不就是不想教训她嘛！说到这里，麻青蒿忽然伸手，重重地一巴掌拍在了旁边的桌子上，跟着大声吼出来，吴艾草，你以为你在菜市场？！我告诉你，在这里，在这件事上，没有你讨价还价的余地！

吴艾草不知道该说什么好，只好转过脸看着肖百合，眼神中满是乞求之色，意思再明显不过了。

说起来，肖百合从进门到现在，心里面其实是越来越焦躁的。她心里清楚，麻青蒿之所以会这样不依不饶，其真实目的就是不想面对她肖百合，或者说，不想面对她即将要说出来的迁坟这件事，所以他才一直东拉西扯，说一些看似咄咄逼人却无关紧要的话。

如果说，肖百合刚来到千年村任职的话，那么因为经验不足、脸皮薄等因素，迁坟这事今晚可能就真是不了了之了，但她毕竟来了这么一段时间了。再说了，迁坟这事不解决，不仅会影响接下来的各项工作安排，也会使得之前的很多努力付诸东流。所以，今晚必须得有个结果，毕竟，这可是"牵一发而动全身"的事啊。

肖百合咳了两声，清了清嗓子说，麻主任，针对村民堵路这件事，我认为你刚才的批评很深刻，也很切中要害了，吴会计他肯定是能领会的，而且我认为，他现在内心当中，也一定是感到很羞愧的。

她一边说，一边向吴艾草看了过去，吴艾草倒是也懂事，马上频频点头，说，是啊，书记，主任，我现在真是觉得万分羞愧，就想着在接下来的工作中，弥补我之前的过错。

听他这么一说，麻青蒿不好再说什么了，肖百合挥挥手，示意吴艾草停住。她转过头对麻青蒿说，麻主任，我记得以前你说过，我们千年村在几十年前，穷得是叮当响，那时候出个门，晴天就是一身灰，雨天就是一身泥，吃饭靠天落雨，用钱靠外打工。

麻青蒿不置可否地点点头，吴艾草连忙附和说，是啊，书记，我给你说，当时还有句俗话是这么形容我们村的，说"养女不嫁千年男，养儿跳出千年山"，可想而知，当时我们村穷到哪样程度了。

说着，吴艾草又转过头看着麻青蒿问道，主任，我这话可一点没夸张，你说是吧？

没想到，麻青蒿还是一脸冷淡，很是敷衍地应了一声。肖百合看了看他的神色，就晓得他心里是怎么想的，看来，这个时候真得用点不一样的办法了。

这不一样的办法嘛，对肖百合来说就是她不太擅长的办法，这个办法就是又捧又激，说起来很简单，但只要用对了，用得合适，用得巧妙，那就绝对是一个好办法。

肖百合沉吟片刻后继续说，我还记得麻主任你当时说过，自从这脱贫攻坚的号角吹响以后，你就深感这个机遇来了，一定要抓住。这之后，村支两委定期召开支部党员大会、支部委员会、党小组会；同时请人上党课。可以说，当时是哪里有贫困，哪里就有党旗，这有效地促进了脱贫工作的展开嘛。

吴艾草附和说，我们村里有二十个党小组，除了百合书记你刚才列举的这"三会一课"，我们还通过"学党章党规、学系列讲话、做合格党员"的学习来抓党员教育，可以说，通过这些教育学习活动，当时我们村支两委的全体干部，都充满了活力，都充满了干劲。那种精气神，真是前所未有的。

或许是嫌吴艾草说得太多，或者觉得这些总结的话，本来是应该自己来说的，麻青蒿横了他一眼，很不客气地说，你多哪样嘴！领导说话，你一直插哪样嘴？

说着，麻青蒿转过头又对肖百合说，百合书记，艾草说不到点子上，我给你总结一下，当时，我们村整个党总支建为两个小组，分为五个支部，可以说，我们的党支部就建在产业扶贫上，建在易地扶贫搬迁上，建在矛盾突出的地方。

肖百合点了点头，没等她开口，麻青蒿又继续说，这之后，我们村就逐渐形成了"党带群，先带后，富带穷，强带弱"的"四带"机制。肖书记，不是我说话夸张，说话自满，实事求是地说，在我们千年村，特别是在基层组织这方面，我们这个班子，可是很有战斗力的。

吴艾草站起身，走到麻青蒿身边，一脸肯定地说，是啊，百合书记，有句话不知道你听说过没有，一个村富不富，关键看支部，支部强不强，关键看领头羊。

肖百合笑起来说，这话我知道，麻主任，你现在就是千年村的领头羊……

麻青蒿马上挥挥手说，不，不，百合书记，这样说我不合适，你是第一书记，你才是领头羊……

肖百合也马上打断说，不，不，麻主任，你就是我们村的领头羊，这一点毋庸置疑，你想啊，你是千年村多年的村主任，经验丰富，又年富力强，你如果都不算领头羊的话，还有哪个算？如果说你不同意我说的这一点的话，那我认为，是主任你过于谦虚了。

说完，肖百合转过头问吴艾草，你说说，我说的对不对？

吴艾草早已伸出两个大拇指，用力地点着头，却一句话没说，脸上写满了感动。

麻青蒿看见这一幕，自然是心花怒放了，两只手在裤腿上搓了搓，又嘿嘿笑起来说，百合书记，你这样说的话，那我就不好再谦虚了。不过嘛，有一说一，你的工作能力也是非常强的，这一点我们也都看在眼里的。

肖百合笑了起来，她说，麻主任，我还年轻，需要向你们这些老同志不断学习才行啊。我记得在党建方面，你就经常说，我们村支两委要带着泥土的芬芳在淬炼中升华，在不断学习中提高；在产业发展方面，我们村支两委则肩负着百姓的重任，必须得抓好、去落实好各个优质项目和大型项目。你说，是不是？

麻青蒿一拍大腿，脱口而出，那肯定啊，现在在我们村，就已经有了党带群的好局面！

麻青蒿一边说，一边扳着手指头数起来，我们现在建立了乡贤会、老人协会、妇女协会、退役军人老兵会，在村支两委的领导下，这些协会都发挥着积极的作用。这村支两委嘛，自然就成了我们全村老百姓的主心骨，这样一来，我们村支两委的干部，自然也就成了全村乡亲们的依靠了。我还提议，要给乡亲们算好三笔账，成为大家的"三人组合"。说到这里，麻青蒿转过头问吴艾草，你说说，是哪"三人组合"？

吴艾草马上说，主任，是做明白人、依靠人和理财人。

麻青蒿满意地点点头说，不错，算你小子记得住。

吴艾草说，主任，我之所以记得住，那还不是因为你经常教导、鞭策我嘛。

麻青蒿挥挥手，示意吴艾草不要再说话。麻青蒿转过头又对肖百合说，百合书记，既然说到这些了，那就要说说我们前段时间才提出的"三个不"了，这"慢不得，等不得，坐不得"说的是哪样？不就是产业脱贫的工作要求吗？还有那"三手工作法"，一是看得不准不下手，二是看准了的不放手，三是做得不好不松手，这些都是为了贯彻落实好农村产业工作而制定的嘛……

话音未落，就听见肖百合用力鼓起掌来。这滔滔不绝的一番话说完之后，麻青蒿自己也说得脸色潮红，心情激动，他正准备再自吹自擂几句的时候，心中突然电光石火般地闪过一个念头：不对！不对！她肖百合平时经常和我唱反调的，今晚不仅不唱反调，还一直在这里吹捧我，我老麻还不清楚吗？她不就是想套路我，让我一步步走进她设好的圈套里，最后逼迫我答应迁坟这事吗？

不行！绝不能答应，老麻啊老麻，你可千万不能上当了！想到这里，麻青蒿硬生生地止住话。

肖百合等了片刻，见他不再说话，脸色也有点奇怪，肖百合说，麻主任，我们俩也共事这么长时间了，彼此也算熟悉，是吧？

麻青蒿闷声闷气地应了一声，也不多说其他话。

肖百合说，既然都算熟悉，那我觉得，我也应该推心置腹、开门见山，没错，麻主任你肯定晓得我今晚来是为哪样，刚才你说了这么多我们制定的举措，从"三人组合"到"三个不"，再到"三手工作法"，这些，不就是为了农民增收、发展产业、最终脱贫这个终极目标嘛。

麻青蒿被她这几句话戗住，想反驳，但确实又是自己说过的。沉吟片刻后，他很有些不满地说，发展产业，这话没错，但是，那也只能是科学地、合理地、有计划地进行发展，不是随随便便、脑袋一热就发展的。

肖百合听了最后两句话有些生气，她说，照你这么说，迁坟平地建产业园就不科学、不合理、没有计划了吗？就是随随便便、脑袋一热的讨论结果？麻主任，你咋个这么自私呢？

麻青蒿也有些生气地说，这事还怨我了？让老祖宗在地下不得安宁，不得清净，这怎么就变成我自私了？

肖百合说，麻主任，那我就再多说几句，老祖宗要是真的地下有灵，看着后代到了今天都还是这么穷，那才会真正得不到安宁！才会骂你不孝！

麻青蒿手一指，你！

肖百合不理他，继续说，再说了，之前村里不是一直有人在说，想把几座祖坟再扩大一点吗？我觉得，就可以趁着这个机会把坟迁走，这样，不就可以把新坟建得更漂亮、更大一些吗？我看，在荒坡上是可以实现的嘛。

麻青蒿说，百合书记，说句不中听的话，你是你家的祖坟不埋在村里，所以嘛，站着说话也有点那个，还有更关键一点……

肖百合说，哪样更关键一点？

麻青蒿说，之前那位喻董事长看中的那片地，差不多五百亩，里面涉及的祖坟，我没记错的话至少有二十五座，那涉及的村民也就至少十多户，甚至还要多，一户算五口人，加上那些七姑八姨的亲戚，至少涉及两百人，这么多人，即便我麻青蒿同意迁走自己家的祖坟，你觉得他们会都同意吗？

肖百合点点头说，我认为会，其实这事就和之前的"三改"工作如出一辙。说白了，就真需要有个人带头才行，刚才你说涉及的农户太多，那我们可以把所有涉及的农户召集起来，大家开一个会。

吴艾草凑上来说，对，对，开会好，开一个专项会议，就讨论这个事，这样一来……

他话还没说完，麻青蒿转过头狠狠瞪了他一眼，同时训斥道，你多哪样嘴！一边去！说完，麻青蒿又转过头对肖百合说，百合书记，这个会是可以开，但是，会开起来之后，我们在会上又能说哪样？

肖百合说，还能说哪样？就和大家说，我们之前搞了易地扶贫搬迁，老百姓都享受了新房子，那么老祖宗也该享受一下嘛。这开完会，只要你麻主任表了态，愿意先迁走，或者已经迁走了，那么接下来，我们再动员村支两委的干部紧随其后，再接着，就是各个村民小组的组长，当这些人都迁走后，我相信，普通群众也会同意的。

麻青蒿还没来得及说话，吴艾草就抢着说，百合书记，我认为你这个步骤安排得的确是好，不过呢，主任也说得对，我们村里，涉及迁坟的人太多，这个不太好办啊……

肖百合说，有哪样不好办的？你们要是觉得涉及的农户多，那我们也可以按照我们村的"四议两公开"原则来进行啊，这"支部提议、村支两委商议、代表大会审议，最后全村村民同议"几项步骤进行下来，再辅以"党务公开、村务公开"。我就不相信了，我们村还会有人不清楚这项工作，还会有人不理解这项工作，还会有人不支持这项工作。

这一下，吴艾草顿时语塞，这个嘛……

麻青蒿听完她的这番话，也是有点语塞，同时还有些意外，他没想到，肖百合居然已经考虑得这么细致了，但转念再一想，她干工作不就是这样的风格嘛？事无巨细，严谨慎重，一定要把所有的环节都考虑得清清楚楚的才动手，在这一点上，还真的不能不佩服这个小姑娘啊。虽然佩服，但麻青蒿还是很不高兴，因为肖百合让他产生了一种很强烈的被掌控的感觉。

麻青蒿说，百合书记啊，你是真的从来不打没有把握的仗啊。

肖百合说，麻主任，其实更关键的话我还没说。

麻青蒿说，那行，你现在就说。

肖百合说，我大概计算过，我们如果把坟全部迁走的话，再填沟平坎，最终，那一片至少可以再增加二十亩的土地。这些增加的土地，自然也就成为村集体地，既能为集体创收，也完成了土地的最大实用化。说白了，这二十亩的集体地，所产生的利益，每个村民都有一份嘛。

麻青蒿沉吟片刻，又转过头看着吴艾草，吴艾草说，主任，百合书记说的应该不会有错。百合书记的账，算得没错。

肖百合说，总之，迁走这些祖坟，最终让这片土地形成一个不仅具有"田成方、地成块、沟相通、路相连、涝能排、旱滴灌"这六大优势，同时又具备了绿色化、规模化、机械化、产业化的高标准农业产业园，这样的产业园放在我们千年村，你们想一想，那会是什么概念、什么局面？

肖百合看了一眼吴艾草，吴艾草赶紧问道，那是什么概念、什么局面？

肖百合慷慨激昂地说，到时候，这个高标准农业产业园不仅会大幅提高我们村的人均收入，同时，它还能像一把火炬、一盏灯塔，向着周边的村落进行辐射，最终照亮我们的发展道路！带动我们整个紫云镇的农业增收！

听完肖百合的这些话，麻青蒿和吴艾草面面相觑，都不知道该说些什么好。肖百合看了看两人的神色，有些疑惑地问，主任，艾草，你们有什么话要说的？

吴艾草听了后马上摇摇头，麻青蒿既不摇头，也没说话，似乎还在犹豫不决。

　　这就让肖百合有那么一点急躁了，心里面也有点沉不住气了，她想，这一晚上了，我该讲的大道理都差不多讲完了，该吹捧的也基本上吹捧完了，难不成，我还真要给他说一些重话、狠话，才管用吗？

　　想到这些，肖百合又说，麻主任，既然今晚也说了这么多，我还有几句话，这个嘛……

　　麻青蒿扬了扬手，很是大度地说，百合书记，不管是哪样话，再尖锐再难听，你都可以说，今天晚上嘛，我们就是一个深入讨论的过程，就是一个畅所欲言的时间。

　　肖百合点了点头说，麻主任，说真的，自从我来了千年村之后，对基层领导、基层干部的感触可以说是非常深的，尤其是像你麻主任这样的基层领导，我认为，你这一辈子在工作上，绝对是认认真真、尽职尽责的，但是，即便你兢兢业业、勤勤恳恳，可这工作还是让你有过耿耿于怀，甚至一辈子都无法释怀的事情。

　　麻青蒿马上笑了起来，他转过头看着吴艾草说，艾草，你听到的，百合书记说工作让我有耿耿于怀、难以释怀的事，你觉得我有没有？

　　吴艾草手一挥，豪迈地说，主任，我觉得书记说得对，你肯定是有的，而且很多，但是这些能让你耿耿于怀又难以释怀的事，我个人认为，有且只有工作上的遗憾，这个遗憾，就是你作为村主任，作为领头羊，由于我们地处老少边穷地区的客观因素，你没能让我们村更早地实现脱贫摘帽，走上共同富裕的道路。

　　麻青蒿听得心花怒放，一脸堆笑，转过头又问肖百合，百合书记，你不会也是这个意思吧？

　　肖百合倒是没有笑，只是微微摇了摇头。

　　麻青蒿说，百合书记，那你就直说，我有哪样耿耿于怀、一辈子都无法释怀的事？

　　肖百合紧紧盯住麻青蒿的双眼，一字一句说，你和丁香姐离婚，是不是让你耿耿于怀、一辈子都难以释怀的事？

这话一说，不仅麻青蒿脸上的笑容顿时僵住，连吴艾草也马上愣住了。不过麻青蒿的反应极快，马上说道，百合书记，你说的可是工作上的遗憾，丁香和我离婚，那是私人的事。

肖百合说，是，看起来是私事，但丁香姐之所以会选择出外打工，根本原因，是不是你收入低才造成的？

麻青蒿脸上变色，唰一下站起身，正想说什么，吴艾草连忙跑过来扶住他，嘴里也跟着说，主任，主任，你……

麻青蒿一把甩开吴艾草的手，双眼直视着肖百合，神色十分复杂。肖百合没说话，与他双目对视着，室内一时间非常安静，只听见麻青蒿粗重的呼吸声，好一会儿，这呼吸声才慢慢地变得平稳。麻青蒿长叹了一声后垂下头，低声说，百合书记，我承认你说得没错，这事确实是因为我收入低，她才会出去打工，也才跟着离了婚，我确实难以释怀。

肖百合说，现在我们村里出去打工的人也很多，这一点，我相信你比我更清楚。他们这些夫妻分居两地的，难道不会影响彼此感情吗？还有不少留守儿童和空巢老人，你敢拍着胸脯，说我们千年村很和谐，每家每户都拥有一个完整的家吗？你敢说这个话吗？就算你敢，难道你希望你的过往经历在这些人身上重新上演一遍吗？

麻青蒿猛然抬头，紧紧盯着肖百合说，你，你……

肖百合说，迁坟对我们村来说，确实是大事。因为只有把这些祖坟迁走了，我们才能平整土地，才能引进项目，才能建设产业园，才能让大家增加收入，才能让那些出外打工的人回到家乡，才能让这些残缺的家庭再次变得完整起来。

麻青蒿没有说话，但是很明显，他的双眼当中，一点点变得湿润起来。

肖百合又说，之前我们村通过实施"三人组合""三个不""三手工作法"，以及"四议两公开"这些机制后，我可以负责任地说，我们千年村，全村上下已经形成了一个等不得的紧迫感、坐不得的使命感，和慢不得的责任感。这一点，麻主任，你承认的吧？

麻青蒿听了之后，微微地点了点头。

肖百合说，就拿迁坟这事来说，我也相信一点，前期我们或许会被乡亲们骂几句，毕竟他们不了解，某些村干部可能也会问我们怎么办。但我敢说，乡亲们骂我们绝对只是暂时的，我们要把他们的骂声当作心声，当作我们工作的先声，但只要他们尝到了甜头，只要看到了贫瘠的土地变成了希望的田野，那么一切都会变的，那时候，他们一定会把骂声变成笑声，把骂脸变成笑脸。

说到这里，吴艾草忍不住拍起巴掌来，大声说，百合书记，你说得太对了，说得太好了！

肖百合微微一笑，又说，麻主任，脱贫攻坚这些年，你这一路走来，其中的艰辛坎坷自然不必多说，你也说过，以前是"硬着头皮、厚着脸皮、磨破嘴皮、饿着肚皮、跑出脚皮"地去工作，所以大家都笑称你是"麻五皮"，但是，即便你这么辛苦、这么勤恳了，我们千年村还是没有脱贫摘帽嘛。因为什么？就因为没有好的产业，没有强有力的企业帮扶，你说是不是？

说完这些话，肖百合就盯着麻青蒿，麻青蒿很能感受到对方一脸期盼的神色，他脸上看起来似乎很平静，可内心当中用"翻江倒海"来形容也不为过，确实，肖百合今晚这些话，尤其是关于"残缺家庭"的那一番话，可以说是说到了他的心坎里。

一时间，三个人都没说话。片刻后，麻青蒿一拍大腿，大声说，百合书记，既然你的话都说到这份儿上了，今晚我也表一个态，这祖坟我第一个迁！

这话一说，肖百合、吴艾草都笑了起来，并鼓起掌来。

麻青蒿挥挥手，示意二人停住，他说，我相信，以后我们的千年村建起了产业园，发展了高效农业，有了乡村旅游业，肯定会越来越好的。在我的脑海中，那是一幅很温馨很美好的画面啊，你们想想，这山上有果树，林下有跑鸡，水中有鱼虾，地里有蔬菜，乡亲们的钱包里有钱，只要有了这"五有"，还愁看不到大家脸上的笑容吗？

这话说完，吴艾草更是用力拍掌，一脸感动地说，主任，你这话说得太好了！你描述的这个画面，我虽然暂时还没有看到，但我一想起来，都忍不住感动得想流泪啊！

麻青蒿挥挥手，示意他不要插嘴。他转过头对肖百合说，百合书记啊，你刚才说的那些话，其实很早之前，我也总结出来了，我一直认为，我们干基层工作还要有两个字，一个"嘴"字和一个"情"字，怎么理解呢？第一，我们必须要有老妈妈的"嘴"，会啰唆，会算账，会谈心。第二，还要有大姑娘的"情"，有纯情，够痴情，能深情地去深入群众。这样才能建立好干群关系，完得成工作嘛。这个基础奠定好了，我们才能有资格去做他们的明白人、理财人和算账人嘛。

这一次，肖百合用力鼓起掌来，一边鼓掌一边说，麻主任，你这些话说得太好了，我要向你学习啊！

不用说，吴艾草拍得更是用力，两个巴掌都拍红了。麻青蒿在这密集的掌声中，不禁有些飘飘然起来，是啊，要是以后产业园建起来了，那还不是因为自己的深明大义、身先士卒、率先垂范才得以成功吗？关键自己能当先做出这些表率，那又是什么原因？那就是领导的高度！领导的觉悟！领导的艺术！

这种感觉，是麻青蒿高兴的感觉，完全可以上升到"兴高采烈"这个高度，而体现这个高度的具体行为，就是麻青蒿等肖百合走后，手一指吴艾草说，你就不要走了，我陪你喝一杯。

吴艾草说，主任，我陪你喝一杯。

麻青蒿说，都一样，我出酒，你出菜。

吴艾草一脸的犹豫，麻青蒿又说，咋个，你有老婆，我没有老婆，这就是你有菜，我没得菜。回去弄点菜来，这就算你教训了桃花。否则我还要找你算账。

吴艾草一听，屁颠颠地就回了家弄起菜来。也不知道吴艾草是怎么忽悠桃花的，不一会儿，吴艾草还真的端着一个簸箕，盛着几个菜放在了麻青蒿的餐桌上，两人二话不说，喝酒。

一边喝，麻青蒿一边不断回味着刚才的感觉，这感觉让他确实陶醉不已。

自己与肖百合对话的那一刻，他自己说出来的那些话，如果没有丰富的基层工作经验，没有为人民服务的意识，没有深厚的生活体悟和知识水平，那是绝无可能说得出来的，是永远都说不出来的！当时自己说的那些话，说得多好啊！简直就该用摄像机给录下来，作为最珍贵的资料保存起来，让村支两委的干部们不定期地、反复地进行观看学习才行嘛。

想到这些，麻青蒿不断用力地抓住吴艾草的手，醉眼惺忪地问道，艾草，你说是不是？可惜啊，可惜，就该录下来啊！

吴艾草赔着笑，今天喝这一顿酒，麻青蒿问自己十多遍了，看他现在这个状态，估计到这场酒结束，还会问上十多遍，但是，不管次数多少，态度是要有的嘛！是不能敷衍的嘛！万一他麻青蒿一个不满意，又得追究桃花堵路的事。

所以，吴艾草只能是一副频频点头的样子，一脸激动感慨地说，是啊，主任，真的是太可惜了，你说的这段话不能被保存下来，那是我们千年村支两委工作中的重大损失啊！

麻青蒿笑起来，重重地拍了拍吴艾草的肩膀说，不错，不错，艾草，你小子现在认识越来越深了，看问题、谈工作也比以前有深度有水平多了。

吴艾草嘿嘿笑起来说，主任，你看，要不这样，我明天一早就去县里的传媒中心，请两位记者老师带着机器设备来我们村，你就把刚才的话再说一遍，也就录下来了嘛。

麻青蒿挥挥手说，那不行，那不行，就算我能把之前说的话一字不差地回忆起来，可是，这心境和情感不一样了，灵感和思维也不一样了，环境和对象更是不一样了。说出来也就不是之前的那个感觉了。一句话，有些事啊，就是机不可失、时不再来啊。我告诉你，今晚，我可是倾注了真挚的、巨大的、充沛的感情，这种感情，如此激荡在我心间，如此喷薄而出，这才表达了出来，可这样的表达，说句毫不夸张的话，那是"天时地利人和"才行啊，难得再有，难得再有啊……

一边说，麻青蒿一边举起酒杯和吴艾草碰了一下，一口饮尽后，他摇着头，依然感慨地说，难得再有，难得再有啊！说完，手一拍吴艾草的肩，语重心长地说，艾草啊，请记者老师来这个事，以后也不要再提了，这是典型的形式主义，你这不是明显地让我犯错误嘛。

吴艾草右手伸出大拇指，左手端起酒杯说，主任，我自罚一杯！喝完后放下酒杯，他也学着麻青蒿的语气，有点语重心长的意味说，主任啊，我都跟着你十多年了，体会最深的，就是你什么事都实事求是。

麻青蒿感叹地说，谁都在说实事求是，谁都想实事求是，可是，这做起来，真难啊。说完，麻青蒿大手又一挥说，行了，这些就不讨论了，艾草，就只有我们俩一直聊天，这酒吧，也就喝得稍微寡淡了一点，你说是吧？

吴艾草不知道他这话是什么意思，但也只能赔着笑点点头。

麻青蒿一巴掌拍在吴艾草的肩膀上，这样，艾草，你唱首歌助助兴，兴致一起来，这酒喝得也就更有意思，更顺畅。

吴艾草说，主任，要我唱是真的没问题，但我这个嗓音条件，你又不是不晓得，唱出来不要说助兴了，败兴都有可能的。

麻青蒿说，那不行，你必须唱，就唱一首蒋大为的《在那桃花盛开的地方》！

麻青蒿让吴艾草唱歌助兴的时候，吴艾草就已经隐隐猜出他要让自己唱这首歌了，这哪是叫人唱歌啊，这不是扇人耳光吗？不行，坚决不能唱！

想到这些，吴艾草赔着笑说，主任，你让我唱别的歌都行，就这首，我是真的不能唱啊。

麻青蒿脸色一沉，酒劲之下正想发作，吴艾草又赶紧说，主任，这个真不是我不尊重你，也不是我不愿意助兴，实在是唱不下去啊，你也晓得，这个歌曲是心声，心里想到的是什么，唱出来才能是什么。我现在看我家桃花，哪还有花香？哪还有芬芳嘛？心声都没得了，还有哪样歌声，你说是不是这个道理？

麻青蒿哼了一声，没有说话。

吴艾草白了麻青蒿一眼说，李双江不是有一首《丁香啊丁香》吗？我就问你，你现在还唱得出这首歌吗？

如果换作平时，麻青蒿绝对马上翻脸，一拍桌子开始训斥他，可今天喝了酒，心中生出柔情，再加上之前被肖百合劝说他时的那些"残缺家庭"所刺激、所影响，所以此刻，竟然没有生气，反而长叹一声，很是感慨地说，是啊，现在是真的唱不出这首歌了。唉，不要说唱歌了，以前我还给丁香背诵过戴望舒的《雨巷》，正是这首诗，才让我后来也学着给她写诗啊。

麻青蒿又给自己倒了一杯酒，一饮而尽，说，她是有丁香一样的颜色，丁香一样的芬芳……

吴艾草伸出大拇指感叹地说，当年丁香嫂子，不，是青蒿嫂子，那真是我们千年村的第一大美女呀！

麻青蒿一拍吴艾草的肩说，来，兄弟！我们搞一碗酒。往事真他妈的不堪回首啊！

吴艾草迅速把酒倒进碗里，赶紧与麻青蒿碰碗，一仰脖子喝了个底朝天。毕竟，很久没有听到麻青蒿喊他一声"兄弟"了。

这一声"兄弟"让吴艾草感到了久违的温暖，他心想，趁着这个时候大哥高兴，兄弟就想问一个让他疑惑的问题，这个问题就是精明的麻青蒿明明知道肖百合的意图，为什么甘愿就此中招呢？他说，青蒿大哥，说真的，有一件事我到现在都还很疑惑，这个……

麻青蒿说，兄弟，今天不用拐弯抹角，想问哪样就直接问。

吴艾草点了点头说，你说迁坟这么大的一件事，咋个她肖百合书记一来你家里做工作，就这么容易，你就同意了？我还以为要经过几番……

麻青蒿打断道，放屁！刚才我才表扬你小子现在看问题、谈工作比以前有深度、有水平了，就冲你现在问这个问题，何止是愚蠢，简直就是愚蠢之极，你小子根本就没哪样进步，还是老样子，之前表扬你的话，收回！

吴艾草一脸疑惑，主任，我、我这个问题哪一点又愚蠢了吗？

麻青蒿哼哼了两声，一脸不屑地说，就冲你居然还不晓得自己哪一点愚蠢，这就是最大的愚蠢！你真以为人家百合书记来找我，就是随随便便说了几句话？我告诉你，她的那些话，都是非常有策略、非常讲战术、非常有手段的话啊！

吴艾草一脸的将信将疑，问道，主任，我，我咋个就体会不到你说的这些呢？

麻青蒿伸出手在吴艾草头顶比了一下，很轻蔑地说，你就这么高，水平也只有这么高，所以说啊，艾草你顶多就只能当一个会计，这就是你的人生最高点了，而我嘛，就不一样了。

吴艾草点点头，站起来，谄媚地用手比了麻青蒿的头说，你比我高，水平也比我高！

麻青蒿横了他一眼，一副恨铁不成钢的表情，指了指吴艾草的鼻子说，你啊，有时候说话就有点牛头不对马嘴，我说什么，你咋个总是不明白呢？我告诉你，你把别人看高了，你就低了吗？你把别人看低了，你就高了吗？

吴艾草一副似懂非懂的表情说，主任水平就是高，以后我慢慢体会，不过主任，我还是想晓得，百合书记那几句话咋个在你嘴巴里面，就成了有策略、有战术、有手段的话了？

麻青蒿感叹一声，转过头盯着吴艾草问道，艾草，我们认识这么几十年了，你是最了解我的，你就说说，我麻青蒿活到今天，最喜欢什么？又最害怕什么？

吴艾草一愣，最喜欢什么？又最害怕什么？

麻青蒿点点头，对，快说！

吴艾草沉吟片刻，说，最喜欢的东西，应该不是钱吧，当初你有技术有能力，不出去打工非要来竞选一个村主任，那个时候谁想当村主任嘛，一个月才二百五十块补助；要说这女人嘛，你好像也不咋地，要不然你早就再婚了，或者复婚了……

麻青蒿有些不高兴地说，你还说跟了我十几年，说来说去都说不到点子上，我最喜欢哪样，你都想不到？

吴艾草嘿嘿赔着笑说，主任，我哪会想不到嘛？主要是你太热爱生活，这个，兴趣广泛，爱好很多，你又要我说你"最喜欢"的，这一时间，我肯定要认真考虑清楚才行嘛。这就好比，你在工作中尽职尽责，优点一大把，可你突然要我说你最大的优点，我自然是要慎重考虑考虑的嘛。

麻青蒿听了这几句吹捧的话，脸上不由自主露出了灿烂的笑容，他说，算你小子聪明会说话，行，那我给你三杯酒的时间，你要是还想不出，那我就要批评了！

吴艾草点点头，忽然间，他一拍脑门叫起来，主任，我想到了，我终于想到你最喜欢的是哪样了！

麻青蒿伸出手指着他，说！

吴艾草说，你最喜欢的，是表扬！

啪的一声，麻青蒿的一只大手重重地拍在吴艾草的肩膀上，麻青蒿一边大笑一边说，不错，不错，还是你最了解我，我老麻，这一辈子要说最喜欢的，那确实就是表扬！尤其是得到上级的表扬、得到群众的肯定啊！

吴艾草被麻青蒿那一下拍得龇牙咧嘴的，但他还是挤出笑容说，是吧，主任，我就说你喜欢的太多，需要时间考虑的嘛，考虑清楚自然就是正确的。

麻青蒿说，行，那你继续说我最害怕的又是哪样。

吴艾草说，主任，这个问题我回答不出，真的，我说不准，主要是因为，你在我的面前从来都是英勇无畏、勇往直前的，我就没看到过你害怕的时候。

麻青蒿手一挥，行，行，行，算你小子会说话，就不为难你了。麻青蒿又给自己倒了一杯酒，一口饮尽说，我老麻活到今天，最喜欢的是表扬，但是这最害怕的，也是表扬。

吴艾草瞪大双眼，主任，这、这我就不理解了，这最喜欢和最害怕的，咋个可能都是表扬嘛。

麻青蒿说，咋个不可能？之前搞"三改"的时候，我之所以会推了自己家的那间房，你说说，是因为哪样原因？

吴艾草认真思索片刻，回答道，就是因为被百合书记表扬了。

麻青蒿说，对！那天晚上，她是不是也来了我家里，对我一顿表扬、一顿肯定？唉，我这人确实喜欢被表扬，可有些时候，这个表扬多了，也就成了负担。

吴艾草深以为然地点了点头说，是啊。

麻青蒿说，这一次，百合书记就还是沿用了这个办法啊。你不要看她是个小姑娘，来我们村时间也不算长，但是她已经很清楚，如何准确地、有力地拿捏住我的软肋……

吴艾草紧接着说，我懂，这就好比"打蛇打七寸"，可以说，她百合书记，现在就拿捏到了你的七寸……

话没说完，麻青蒿一巴掌拍在吴艾草的后脑勺上，你狗日的才是一条蛇！不，老子看你连一条蛇都比不上，你就是一条蛔虫！鼻涕虫！癞蛤蟆！

吴艾草只好赔笑，主任，我，我就是打个比方，再说，我的文化水平就那么一点点，你要理解、宽容我嘛。

麻青蒿又狠狠瞪了他一眼，这才继续说，反正，她百合书记就是考虑清楚了，我喜欢听什么，又该怎么说，才能让我心甘情愿地去做这件事。

吴艾草说，主任，你这样一解释，我好像就懂了。

麻青蒿说，真懂了？

吴艾草似懂非懂地点点头说，应该是懂了。

麻青蒿说，艾草，你记住我的话，总之一句话，这人啊，表扬多了吧，就飘飘然了，像一只风筝一样就飞到天上去了，这一上去就下不来了啊。

吴艾草没说话，一脸专注地望着麻青蒿，似乎在认真思索他的这几句话。

麻青蒿喝了杯酒，又感慨地说，上去了就下不来了！

吴艾草一拍脑门，主任，这回我真懂了！肖书记把你捧得这么高，这一琢磨吧，你还真不好意思下来了。

麻青蒿叹了口气，下不来，就下不来呗。我这也是为了工作，为了大家好嘛。

第二天的清晨，麻青蒿提着香烛纸钱和一袋水果、一瓶酒来到一座坟前。他把水果等祭物摆放好，倒好酒水，点好香烛，燃起纸钱，又在坟前恭恭敬敬磕了三个头。

麻青蒿坐在石碑一侧，像是自言自语一般说了起来，爸，妈，你们在世的时候，没过过一天好日子，穷了一辈子，妈，我现在还记得你临走那天，你就抓着我和丁香的手不放啊，掰都掰不开。我其实都晓得，你是不愿松这个手，把我们留在这里继续过苦日子，所以今天我来，是想给二老说个事。我想把你们从这儿迁走，迁到高高的山地上去。让你二老看着你的子孙们过上好日子。

说到这里，麻青蒿眼眶已经泛红了，声音也有些哽咽，他说，我知道这是不孝的。唉，但是爸、妈，我是村主任，我不能不管千年村的人啊。如果大伙再像你们以前一样，再跟着吃苦、遭罪的话，再像我一样，因为穷，家都不完整了，他们会戳我的脊梁骨的。不能带领着大家共同富裕，你们脸上也没光，您二老说，是不是这个道理？

一阵风刮了过来，把烧着的纸钱刮起，那星星点点的火星慢慢地飘落。麻青蒿赶紧扭开矿泉水瓶子，忙着洒水灭火，怕引起火灾。

因为麻青蒿的主动迁坟，没多久，村里的人也陆陆续续把坟迁走了。等到肖百合把这事报告给龙险峰的时候，这一片地里的坟已经全部迁走了，这让龙险峰十分满意。

但迁坟只是第一步，接下来，就得考虑如何说服罗大嫂、桃花这样的村民了，如果他们不同意，带头反对的话，甚至像之前一样，再闹出堵路之类的事出来，那么这个项目可以说风险性极大。

此刻，麻青蒿和肖百合，还有吴艾草就坐在村委会办公室里，三个人都在冥思苦想。肖百合说，麻主任，我觉得我们可以参考之前解决"三改"的办法。

麻青蒿说，没用，我在会上也说了先流转出自己家的那几亩地，大家还不是不干。

肖百合说，你误会我的意思了，我是指，带着乡亲们先去参观。

麻青蒿说，去参观？去哪参观？

肖百合说，九鼎公司在黔中县也建的有产业园，我想就带乡亲们先去那个产业园看看。

麻青蒿想了想，摇摇头说，百合书记啊，之前你用这个办法是可行的，但这次再用，我觉得不管用。第一，上次"三改"去枫香镇，那是因为本身拆除违章房的户数也不多，几十户而已，组织起来也容易，可这次，是上百户；另外就是你之前也说过，和流转土地相比，拆除违章房只是小事，而且还有补偿款……我看这事啊，不能再用老办法了。

肖百合说，麻主任，上次喻董事长无意间说了一句话，不知道你还有没有印象，她说，之前黔中的那个项目就因为流转土地的事，也差一点点就流产……

麻青蒿回想片刻，点头道，对，她说过这话，但是，这和我们接下来怎么办没太多关系吧？

肖百合笑起来，你想啊，既然也是因为土地流转闹得不可开交，那么当地老百姓在最初肯定就会有和我们这里一样的顾虑。目前他们已经搞起来了，时间也有一年多了，我们现在去，既让大家看看他们的变化，了解他们现在的收入情况，又可以请一些流转了土地的百姓出面解释一下，这样应该比我们说的都管用，更有说服力。

吴艾草一拍大腿说，对，我觉得百合书记这个提议非常好！要是用这个办法的话，绝对比我们谈心管用得多！

麻青蒿沉吟片刻说，书记，那要他们愿意去黔中参观才行啊。

肖百合说，那肯定的，这件事，就需要我们去做工作了。

麻青蒿说，书记，不要你去，你平时太辛苦了。说着，麻青蒿转过头对吴艾草说，你从今晚起，去村里每家每户做工作，就说下个星期带他们去黔中参观产业园。

吴艾草瞬间愣住，主任，这、这个事？这个事……恐怕也有难度，不，难度还相当不小。你也晓得，他们都不愿意在村里建产业园，哪里还会愿意去参观产业园？

麻青蒿说，有难度你也得去办！之前叫你去教训桃花，你叽叽歪歪找各种理由，就是不愿意，叫你去教育她，你又说你办不到，现在做思想工作，你还是在这里叽叽歪歪，我看你是不想继续干下去了是吧？

麻青蒿说一句，吴艾草的头就低一分，嘴里也只能嗯一声。坐在旁边的肖百合看差不多了，她说，麻主任，你就不要为难吴会计了，到时候我和他一起去给乡亲们做工作。

吴艾草一听，喜道，好好，有肖书记出面，这件事肯定就能办成。

麻青蒿说，肖书记，你不要帮吴艾草这小子，他犯了错，就该让他将功补过！

肖百合说，这也是我们村支两委的事，我看就从今晚开始吧，我们分头去给大家做工作，你们还有没有其他意见或者建议？

麻青蒿说，我个人感觉，要想喊大家去参观，首先就要把罗大嫂还有他家的桃花都叫去看看，毕竟她们是那天带头闹事的人。不过说实话，想叫她们两个都去，只怕是难办，但如果她们不去，其他人可能也不愿意去。

肖百合说，对，这一点和我想的也差不多，她们是反对意见声音最高的，所以肯定是需要让她们去实地看看的，但至于什么时候再让她们去，又和哪些人一起去，这就需要我们好好考虑一下了。

麻青蒿微微一愣，有些疑惑地问道，肖书记，听你这话的意思，我们还要分批次去参观了？

肖百合说，对啊，开始你才说过，这次涉及的村民至少也在一百户，这么多人，我们要想一次性安排过去，这肯定是不现实的。

吴艾草说，肖书记，我家桃花肯定就是第一批去的人了嘛！

肖百合摇头，第一批我想请村里年龄大一些、德高望重，说话也比较管用的村民去。比如黄宣德老支书，他在村里的重要性不用我多说，能首先做通他的思想工作是最关键的。

麻青蒿说，对，这样好，先让这些人去，看了回来帮着我们一起做其他人的思想工作。

吴艾草又继续问道，那第二批再叫桃花去？

肖百合说，不，第二批我想让村里的党员干部、积极分子，以及各个村民小组长去，他们的思想觉悟相对普通村民们来说要高一些，对这件事也要容易接受一些。

麻青蒿赞许道，没错，肖书记，你这个安排非常好，就按照你说的来办！

吴艾草不死心，又追问道，那看来，桃花她们就只有第三批去了？

肖百合摇摇头，笑道，吴会计，你耐心听我说，第三批我想让态度模棱两可的人去，就好比孔先刚这样的人，他们并不是非常反对土地流转，只是因为大部分村民都反对，他们也就随了大流。

麻青蒿说，有道理，有道理，肖书记你这个安排很讲道理。

肖百合说，到了最后一批，我们再请罗大嫂、桃花她们，也就是对流转土地反对声最高的这些人去。

吴艾草一脸敬佩，伸出大拇指，高！实在是高！肖书记这个主意太高明了！这几步安排得太好了！我看简直就是，就是让敌人不知不觉，一步一步，走进我们的陷阱里。

换作平时的话，麻青蒿听吴艾草这么说几句也就罢了，可今天本来对他就有情绪，再听他这样肉麻露骨地拍肖百合的马屁，心里面可就不乐意了。

麻青蒿心想，自从肖书记来了我们村，你小子就越来越不听老子的话了，现在连拍马屁也不避讳老子了。

一想到这些，麻青蒿就生气了，忍不住就讥讽道，艾草，你老婆是你的敌人？意思是你一天到晚就给你老婆挖陷阱，下套子？

吴艾草马上道，不，不，主任，我这是打个比方。

麻青蒿说，连打个比方都打得不准确，你说你还有哪样事做得好？难怪被桃花嫌弃。

肖百合听麻青蒿这么胡搅蛮缠，就知道他心里有情绪，如果不稍微制止的话，他可以滔滔不绝说上大半天，当下打断道，麻主任，我觉得既然方法已经大概商量好了，不如就从今天晚上开始，我们就去一家一户做思想工作了。

麻青蒿说，可以，而且我个人觉得，只要我们能成功做到这几步，那么产业园的前期工作应该能顺利完成。

吴艾草马上说，对对，绝对能完成。有青蒿主任把关，这个，这个我们的工作肯定是，是势如破竹！

虽说经过讨论后，麻青蒿和肖百合想到了解决问题的办法，但让他们没有料到的是，接下来还有更难更麻烦的情况等着他们，而这件接下来的麻烦事，就真不是靠做做思想工作就能解决的了。

喻子涵从千年村回去后不久，就召集公司高层人员开会，会议议题很简单，讨论千年村的项目。此刻，在九鼎公司的大会议室内，所有人都正襟危坐，喻子涵端坐在会议桌最前方，她的脸色一直都很凝重。

眼见人都来得差不多了，喻子涵说，今天临时把大家叫来开这个会，是想和大家讨论一下千年村的这个项目可行性。一扭头，她对秘书小郑说，这样，你先把你拍的照片和视频给大家放一下，看完我们再讨论。

小郑点点头，打开笔记本和投影仪，连上手机后播放视频。视频差不多有十分钟左右，一边放，他就一边大致介绍相关情况。视频播放完后，喻子涵没有马上说话，而是缓缓看了一圈，所有人都在小声沟通着意见，再仔细看他们脸上的神色，喻子涵可以肯定，他们对千年村的自然环境与土地资源等情况应该是非常满意的——而这，却更让她心里难受。

又等了片刻，喻子涵扭头问身边一位副总，你感觉如何？

副总说，从郑秘书的这个视频上来看，千年村的条件很不错，土质、水源等方面都可以说是上乘之选，我个人感觉，很适合在这里建产业园。

喻子涵点点头，又向下一位员工看了过去，后者的发言也大同小异，不过他也关注了一下当地政府有哪些方面的政策支持，以及村里老百姓对土地流转的态度等。

一圈人回答下来，基本上都是对这里持肯定态度。喻子涵忍不住叹道，千年村确实是个好地方啊，你们仅仅是看了照片和视频，如果是身临其境，踩在那片土地上，深深吸一口那里的空气，感受还会更好的。

最先回答她的那一位试探道，喻董事长，那您的意思是……同意这个项目了？

喻子涵很长时间没有说话，最后长叹了一声，缓缓说，地方是很好，资源也很不错，但我个人还是建议放弃这一项目。

这句话一说出来，除了当天和她一起去过千年村的寥寥一两人之外，其余人都是大吃一惊，你看看我，我看看你，一脸疑惑茫然。

喻子涵继续说，我们离开千年村的时候，还发生了一件事。说着，她便把村民堵路的事情说了出来，说完后，她问道，所以现在你们知道我为什么不愿意继续这个项目了吧？

但没想到，其他几位参会者听后反应却不完全一致，有些眉头紧锁摇头不已，而有些人看上去却很不以为然，似乎还觉得喻子涵有些小题大做了。

坐她身边的副总首先发问道，喻董事长，就因为当地村民不同意，我们就放弃，未免太可惜了吧？

他才说完，身边又有好几位跟着附和，还有一人表示，最好不要这么急就否定这一项目，接下来还可以再给紫云镇的镇委书记、镇长等人稍微施压，让他们再去做做村民们的思想工作，这样或许仍有补救机会。

这个观点得到极大一部分人的赞同，然而喻子涵还是摇头说，龙书记和熊镇长，甚至千年村支两委的工作人员肯定会去做思想工作的，但我个人认为，意义不大，而且，也不会有根本变化。所以我还是那句话，千年村的项目暂不考虑。

这位副总又字斟句酌地试探问道，喻董事长，项目各方面的条件既然这么好，政府部门也愿意主动出面解决，那您这样的意见……是不是有点草率了？

其他人见他这么说了，也纷纷表示出相同意见，顿时，会议室出现了一阵小小的喧闹，喻子涵也不说话，等他们七嘴八舌说得差不多了，她才大声说，好了！我知道你们都觉得这个村的各方面条件不错，所以不想放弃，可你们认为我难道就看不出这里好？就无缘无故地想放弃这个项目？

会议室里再次鸦雀无声，气氛重归严肃。

喻子涵深深吸了几口气，尽量让自己的情绪平缓下来，又接着说，之前那几次教训，难道你们都忘记得一干二净了？我们投资项目，最怕哪几件事？一是政策变化快，二怕地方官员突然更换，三怕当地群众的反对意见。你们说，是不是？而现在的千年村，就是这样的一种情况。当地群众反对的呼声和态度，是我这些年以来见过的最激烈的一次，他们甚至还拿着棍棒、锄头来堵路，我说得夸张一点，我都差一点没能离开千年村。说起来他们似乎是弱势群体，但是对我们来说，他们却是强势群体，如果他们说不干……说到这里，她抬起手，依次指着开始提出反对意见的几个人，大声责问道，你们谁又敢逼着他们干？

几个人低下头。

喻子涵继续道，现在唯一对我们有利的也只有龙书记，虽然他很希望我们在当地投资建设，也承诺会给我们一些政策上的优先照顾，但哪个人都不能保证他会一直在当地任职，如果工程进行到一半，他突然调走了呢？不怕一万，就怕万一啊。而且，现在全省范围内，还有其他地州也有合作意向，据我初步了解，其中有些县、区的综合条件并不比千年村差。

一位了解此事的员工马上接着说，的确是这样，其他县、区的综合情况也非常不错，而且最关键的一点是，他们划拨出来的土地百分之九十以上都是集体地，也就不存在从老百姓手里流转土地一说了。

喻子涵说，所以，我觉得我们完全可以放弃千年村这个点，专心去做更安全、更稳妥的项目。

说完这句话时，她的手机忽然响了，拿起来一看，不禁皱起了眉头，这个电话不是别人打来的，正是紫云镇的镇长熊少斌。喻子涵犹豫了片刻，最终还是接听了电话。

熊少斌和喻子涵通话仅仅只有一分钟，基本都是熊少斌在说，喻子涵偶尔回应几声。挂上电话后，龙险峰马上投来了询问的目光，熊少斌微叹一口气，缓缓摇头说，喻董事长的语气听上去，好像……不，不是好像，已经完全没有之前那种激动了。

龙险峰沉默了一会儿，低声道，这也是正常的，不管是哪个人，遭遇了这种情况，多多少少也会觉得委屈，甚至心灰意冷的。

熊少斌有些紧张地问道，书记，他们不会因为这件事，就、就不想在我们千年建项目了吧？

龙险峰摇头道，这我也说不准，不过现在，我们首先考虑的是如何把村民的思想工作做通，再做接下来的打算，否则，就算我们做了再多工作，也难保不再出现这次的事件。但是还有一点，这些工作必须尽快开展起来了，你也要随时督促一下千年村的进展。

龙险峰之所以要求熊少斌尽快，这是因为他也有苦衷。就在前不久，他在向县委书记徐超国汇报工作时，也顺便提了一下农业产业园的事，而且由于自己之前对村民流转土地的态度有误判，以及其他方面的考虑也欠周到，所以在徐书记面前，他把这个项目说得较为容易，而徐书记听了后很感兴趣，隔上几天就打来电话询问这项工作的进展，这让龙险峰倍感压力。

而且，再过两天，龙险峰又要去县委汇报精准扶贫实施工作的开展情况，届时徐书记肯定还会过问产业园的事，再一想到他那张严厉的脸，龙险峰的脑袋顿时就变大了。

两天的时间眨眼就到了，当龙险峰来到县委，向徐书记汇报完近期工作后，徐超国说，险峰，按说你们紫云镇有好几个村的"三改"工程早就结束了，也过去了这么长的时间了，怎么到今天了，这些村的乡村旅游一直没哪样进展呢？

龙险峰心中一凛，果然开始问这些了，他凝神片刻说，之前我也向您汇报过，"三改"结束后，我们正在与外地一家龙头企业进行接洽，准备在千年村建一个农业产业观光园，同时调整政策，大力鼓励几个村的村民们开办农家乐和农村客栈等……

没想到，话还没说几句，徐超国就挥了挥手，打断道，险峰，这些我都清楚的，我先问你四个问题。第一，建产业园的事你向我汇报过，现在究竟进行到哪一步了，具体哪个时候可以建起来？第二，现在那几个已经实施了"三改"工程的村里面，是否开设了农家乐或者农家客栈之类的经营性场所？如果开设了，那么一共有多少家农家乐或者农家客栈？第三，除了开设经营性场所等工作，你们为发展乡村旅游还做了哪些准备工作？比如说，交通方面、文化方面、宣传方面等。第四，现在是否已经有游客来村里游玩？如果有的话，他们的人数，以及他们游玩后所提出的意见、建议等，你们是否有过相应的统计？是否成立了专门的应对工作组？

这四个问题可谓是一个比一个令龙险峰挠头，他的额头上竟然已经汗水涔涔。

徐超国瞟了一眼龙险峰，有明显问责的意味说，怎么，回答不上来了？

龙险峰嗫嚅道，书记，这一段时间，我们的工作确实太多了，尤其是"精准扶贫"展开以来，我们所有的镇乡干部都在全力抓这项工作，都恨不得自己生了三头六臂。

徐超国说，你说的这些都不是理由，既然你也提到"精准扶贫"了，那我就再问问你，开始我所说的这几件事，有哪一件不是实施"精准扶贫"工作的具体抓手？哪一件不是为了让乡亲们早日脱贫致富？不矛盾吧？

龙险峰说，是，不矛盾，我们……我们确实做得不够好，这个……情况比较复杂。

徐超国说，险峰，你的意思是，因为这段时间工作多，情况复杂，所以没能完成各项既定工作？

龙险峰不敢抬头看他，只是微微地点了点头。

忽听徐超国一拍桌面，严厉地训斥道，那我倒是想问问，你什么时候工作不多，情况不复杂呢？

一时间，两人都没有说话，又隔了一会儿，徐超国这才说，好了，批评你的话我也不多说了。从今天起，我再给你最后一个月的时间，到时候我要来千年、花开、红岩、龙头村检查你的工作进展情况，之前我说的那四点问题，到时候我会一条条地进行检查，如果说有哪一条没有做好的话，我就要问责。

龙险峰心里面又是一惊，才一个月的时间？这、这也太短了吧！徐超国一眼就看出了他心里的顾虑，淡淡问道，怎么，你嫌时间太短了？我告诉你，不是我故意刁难你，现在市委也在不停问我，按照他们之前的要求，时间上更紧迫，一个月还是我拼命给你争取来的。

龙险峰应了两声，屁股又在板凳上微微抬起两下，徐超国眼尖，怎么，不耐烦了？想快点溜了？

龙险峰说，没有，我现在马上回去，就开始部署书记的指示。

徐超国说，现在才开始部署？晚了吧？或许是他也感觉出自己今天一直比较严肃，就开了句玩笑，我看你是早不忙、夜慌张，半夜起来补裤裆。我问起来了，你才知道急了？

龙险峰苦笑一下说，书记，我是真的都恨不得有三头六臂和分身术了。

徐超国说，那我不管，我就告诉你，作为一个合格的乡镇书记，这些事就应该常抓不懈。看了一眼龙险峰的表情，他又说，瞧你这么一副愁眉苦脸的样子，像话吗？一个镇党委书记，一定要做一个强者，困难在强者面前是汗水，在弱者面前才是眼泪。

龙险峰见书记这么一说，只能仰起脸来，勉强挤着眉头笑了起来。

徐超国挥挥手道，算了算了，你这个笑啊，比哭都还难看。

十五

肖百合和麻青蒿的走访谈心工作在有条不紊进行着，差不多一周之后，村委会终于确定了第一批去考察的人员名单。麻青蒿和肖百合商量了一番，最后决定先由麻青蒿带队，第二批再由肖百合带队。

于是，这天一大早，麻青蒿脖子上挂着一个扩音器，整理了一番衣着后就出门了。同样还是在村口等着大巴车来接，到了村口一看，就他和寥寥几位村民按时赶来了，至于像罗云贵、黄光辉等人，连人影也不知道在哪。

这就让麻青蒿心里有点生气了，他心想，说来说去，这些人就是对流转土地出去有强烈的抵触情绪，你抵触也可以，可你们既然答应了去考察，现在又迟到，这就过分了吧？尤其是你罗云贵和黄光辉二人，身为村干部，一点带头作用都没起到，相反还在背后搞小动作。他恨恨地想，别以为罗大嫂那些把戏和你们没关系，老子早就瞧在眼里了，懒得说出来而已。当即他就想好了，上车了一定要找找这两人的碴，出出气嘛。

可能是早上确实起来得早，大家坐上车后，彼此简单说了几句话后，也就纷纷闭上双眼开始睡觉了。

麻青蒿转头看了几眼，预感机会差不多了，他站起身大声问道，你们一个个是哪样意思呢？

所有人都睁开了眼，看了他两眼，也没人回答。

麻青蒿等了片刻，又说，今天明明是去参观，你们怎么一点都不高兴不兴奋呢？

罗云贵哼了一声，麻五皮，坐车就好好坐车，你没看到大家都在休息？

麻青蒿说，休息？大白天休息哪样？

罗云贵说，哪个规定大白天不能休息的？再说了，今天大家都是一大早就起床的，还不能路上再补一下瞌睡？

麻青蒿说，我又没说不能睡觉，我是说大家的情绪不高。

两人争了这几句，其他人就知道麻青蒿肯定是故意的了，接下来肯定还有好戏看，也就纷纷睁开眼，饶有兴趣地看着两人拌嘴。

麻青蒿也注意到了这个变化，他指了指车厢里闭目的几个人，又说，云贵，你开始不是说大家都在睡觉嘛，你现在再仔细看一看，哪个人又是闭着眼睛的？

罗云贵有点生气了，麻五皮，你今天非要和我抬杠是不是？哪个规定闭着眼才算睡觉？

麻青蒿似笑非笑地说道，不是我要和你抬杠，俗话都说"闭目养神"，要养神要休息要睡觉的话，那就得闭着眼睛，毕竟这世上也就张飞一个人可以睁着眼睛睡觉。

罗云贵素知对方性格，见他一直在这里胡搅蛮缠，就清楚他是故意来找碴挑事的了，对于他这种人，最好的做法就是先服输，接着不回答不表态不说话，急死他狗日的。

罗云贵说，好好好，算你麻五皮说得有道理，他们不是在睡觉，都是在想事情，这总可以了吧？

麻青蒿说，想事情？你确定他们都是在想事情？难不成你还是他们所有人肠子里面的蛔虫？好嘛，就算你是一条蛔虫，哪里清楚他们在想哪样事？为哪样我看过去，每个人都是一脸严肃，甚至还垮起脸的，这个脸色又是给哪个看的？是给你这条蛔虫看呢？还是给我麻五皮看的？

罗云贵本来是打定主意不再说话的，可被他左一句右一句的"蛔虫"激得实在心烦，当下很不耐烦地说，麻五皮，你还有完没完，不要给了你台阶你还不肯下，大家一脸严肃垮着脸，就证明大家心里面不高兴不乐意这件事，你还啰唆哪样？

麻青蒿说，不乐意？我看就你一个人不乐意吧？哦，对了，我敢肯定，这车上还有一个人，肯定也是相当不乐意的。

说着，麻青蒿又走到黄光辉的身前，笑起来说，光辉，你说是吧？

黄光辉半闭着眼睛说，五皮，我晓得你在我们千年村委会中，是最心系千年、心系紫云、工作认真、乐于奉献的一个人了，我也不晓得其他人到底是在想什么，我就说一句最简单的，长途跋涉，大家就是想清净一点，麻烦你两个人高抬贵手闭闭嘴，这样总可以了吧？

麻青蒿被他前面那一大段话说得乐不可支，脸上笑得十分灿烂。但笑过之后他还是说，可以，当然可以不说话了，不过光辉，我看你也是一脸严肃，想来你也是不愿意去黔中考察的喽？

黄光辉睁开双眼，冷冷注视着他，明知故问，你觉得有意思吗？

麻青蒿还是嬉皮笑脸地说，要不这样吧，光辉，我和你打一个赌，你敢不敢？

黄光辉说，我不和你赌。

麻青蒿说，你不敢？

黄光辉说，我不想。

麻青蒿说，你听都不听我说的赌局是哪样，就说不赌，我看就是不敢嘛，怕输嘛。

黄光辉冷笑一声，脸上很有些不屑表情，道，我会怕输？输给你？

麻青蒿说，你既然不怕输，那你就和我赌一场。他左右看了看，又说，反正今天人也多，大家正好做一个见证。

黄光辉说，好，你说，赌哪样？

麻青蒿收起笑容，一字一句说道，我就赌你今天看过黔中的产业园后，回到村里你就会同意流转土地！

黄光辉一愣，马上笑了起来，边笑边说，你就这样有把握？

麻青蒿点了点头，一脸得意，说，对喽，你该晓得，我麻五皮从来不打无把握的仗，不赌无把握的局！

黄光辉说，好，那我就和你赌，要真像你说的，那我就流转出去！麻五皮你也不要太得意，我也有句话想问问你，如果要是你输了，又怎么说？

麻青蒿说，我是绝对不会输的，除非你不肯承认。当然了，如果真是我输了的话，我把我这个村主任让给你来当！

当他说完这番话后，黄光辉愣住了，脸上又是惊愕又是疑惑的神色。麻青蒿心知，这几句看来说到点子上了——很显然，说什么话，他是经过深思熟虑的。虽说村委会主任是海选出来的，并非他麻青蒿一句"让你来当"就真的可以由他来当。这些年来，他很清楚黄光辉可是一直想当村委会主任的，只不过大家更愿意他成为村监委主任。

因为，大家都知道，麻青蒿做事有办法，有能力，可也需要有黄光辉这样的人来制约他，这俩人从小就一个不服一个，丁是丁、卯是卯的。

麻青蒿的意思很明确了，只要我麻青蒿真的输了，下一次就不参加村委会主任的竞选了。麻青蒿心想，既然我的话都说到这个份上，他黄光辉应该知道我老麻不是开玩笑了，这样一来，他去黔中的产业园肯定就会更认真、更细致地去了解整个事件，而一旦他认真了，就会知道引进农业产业园这一项目对乡亲们来说，绝对是利大于弊的，这样一来的话，他绝对就输了。

所以，虽然麻青蒿说的这句话看起来很有些冒险，但他心里更清楚，只要对方和他打赌，对方绝对输。

果然，黄光辉迟疑了好一会儿才恢复正常。他笑起来，假装若无其事地说，五皮，你这个话可就吹牛了，谁不晓得，村主任——那可是大家投票选出来的！还能由你来任命哪个来当的吗？

麻青蒿说，你说这些我还不清楚？我是不能任命，但我至少可以选择不当村主任的嘛，如果说，今天的打赌我输了，下一届选举的时候，我就不去参加竞选了，到时候位置不就空出来了，大家也晓得你不是一直都想当嘛，那你就去竞选，但丑话我们先说在前面，你选得上选不上，就不关我的事了。

黄光辉意味深长地看了麻青蒿一眼说，老子看你无事找事，有本事你找丁香说去。

麻青蒿说，你这个人，我说东你偏要说西，丁香关我哪样事？

黄光辉一脸的高深莫测，说，不关你的事？手一指对面的一辆客车，她就在那辆车上。

麻青蒿撑着脑袋仔细端详客车里的情况，根本看不见丁香。

黄光辉本来是在瞎说，他只不过是想引开麻青蒿，让他闭嘴，此时见麻青蒿一门心思找丁香，他得意地瞟了正忙活的麻青蒿一眼，微微一笑，闭上眼睛养神。

其实丁香还真坐在对面的这辆客车上，只不过在岔道口，两辆车擦肩而过。

丁香去枫香镇花茂村的农家乐学习开店，她这一趟去学习虽然只有短短两个月左右，但就是这短短两个月所获得的经历与见识，对于她来说，却绝对可以说是永生难忘的，正如同她的人生从此打开了一扇新的大门。

而这扇大门之所以能向她开启，还真可以说是靠了肖百合一己之力。

车在千年村口停下后，丁香走下车来，驻足村口，她痴痴地眺望着远处的原野、田地、山峦，以及夹杂其间星星点点的民居，好长时间才拖着自己的拉杆箱向村里走去。刚进村，迎面遇上了罗大嫂，罗大嫂看见了后老远就叫了起来，咦，这不是丁香吗？怎么，就回来了？

丁香心里一向不太喜欢她，此刻听她这么问，也就笑了笑，微微点头，继续向前走去，但罗大嫂显然还想多和她说几句话，一只脚有意无意挡住了本来就不宽的乡间小路，又问道，你这一去有一段时间了嘛，怎么样，在那边赚到多少钱了啊？

丁香说，赚什么钱，我去那边是学习的。

罗大嫂又咦了一声，脸上做出不高兴的样子，和大嫂我都不肯说实话啊，肖书记都说农家乐是最赚钱的，你放心，你赚得再多，我也不会问你借钱的，我就是好奇问问。

丁香说，真不骗你，农家乐虽然是挺赚钱的，但那是老板的钱，我就是领正常工资而已。

罗大嫂眨了眨眼睛，领工资？那能有多少啊？

丁香心里面特别烦她这种窥私欲极强的追问，当下也就打了几句哈哈，没有明确作答。罗大嫂显然是不满意的，想了想又问道，这样说来，开这个什么农家乐还真的赚钱啊？

丁香说，当然赚钱啊，特别是到了周末那两天，来吃饭、来住宿的游客那才叫一个多。那一两天的收入，基本抵得上我平时一个月的收入了。唉，不过就是人特别辛苦。

罗大嫂一听，双眼都睁圆了，不会哦，能有这么多？

丁香说，嗨，罗大嫂，乡里乡亲的，我还会骗你吗？

罗大嫂想了想，又说，你说得也是，那你这次回来，也是准备在我们千年开农家乐了？

丁香点头，对啊，到时候开起来，也欢迎罗大嫂来坐坐。

说完，她继续向前走去，等她走远了，罗大嫂这才小声说了句，骗人，怎么可能赚得了这么多。

丁香径直来到了村委会，此刻她只想快一些见到肖百合，顺便和她分享一下这两个月来的心得体会。

此时，肖百合正在村委办公室里看着一份文件，敲门声忽然响了起来，她头也没回，顺口应了一声，几秒钟后也没听到有人说话，这才转过头，只看见丁香微笑着站在门口。

肖百合起身走上前去，笑道，丁香姐，你回来了？怎么不提前给我说一声，我也好去接你。

丁香说，没事，你平时忙，有什么好接的。

肖百合看了看她脚边的拉杆箱，才到是吧？你来得正好，我带你去一个地方看看。

丁香好奇地问道，去哪？

肖百合笑了笑，去看了你就晓得了。

两人走出村委会，又向着村里走去，丁香心中很有些纳闷，不过也还是忍住没问，两人又走了几分钟，来到了一幢木屋前。

肖百合说，丁香姐，这套房子你应该知道的吧？

丁香抬头上下打量几眼，迟疑道，肯定知道的啊，这是村里黄老伯家的祖屋嘛，几年前他就被儿子接进城里去住了，这房子也就一直空着了。

肖百合笑了笑，取出一把钥匙打开门锁，又说，你去枫香后，我专门进城找到了黄老伯，与他说了想租用他这套房子来开农家乐。

丁香很有些吃惊，在她的印象中，这位黄老伯可不属于平易近人好说话的那一类人，而且他对自己这套房子很爱惜的，以前他还住在村里时，哪家哪户的小朋友要是在他家院外嬉戏打闹，说话声稍微大一些，他都会出门抱怨干涉几句，所以现在肖百合拿到这套房的钥匙，虽然她嘴里说得轻描淡写，但丁香知道，这个过程肯定是很不容易的。

她问道，黄老伯肯答应你这件事？

肖白合说，最先倒是也不太愿意，我就又去找了他几次，最后又和他儿子沟通了两次，一起给他做工作，和他谈了村里接下来的发展计划，又把租期租金等事项都谈好了，他这才终于同意租出来。说着，她推开门，来，我们进去看看。

丁香鼻子一酸，眼眶跟着红了起来，她向着肖百合深深鞠了一躬，起身很郑重地说，肖书记，多余的话我就不说了，我、我这一辈子都会记得你的好。

肖百合连忙说，丁香姐，你怎么这么客气，再说了，你愿意在村里开农家乐，做村里第一个吃螃蟹的人，这就是对我们村支两委工作的最好支持，我们感谢你还来不及呢。

丁香走进这套房后，从上到下看了个遍，甚至每间房里有多大，能放下一张床还是放餐桌，房间里又有几个插孔，她都事无巨细一一地记在自己随身带的小本子上。肖百合见到后，也打趣道，丁香姐，我怎么觉得你出去学习一趟后，与原来不一样了。

丁香不好意思地笑起来，哪里哦，我在那边的农家乐经常要学好多东西，有时候记不下来，干脆就找一个本子写一下，免得忘记了。

肖百合说，这个习惯好，怎么样？这套房子你还满意吧？

丁香很高兴地说，简直是太满意了，这套房很适合搞农家乐，你看啊，一楼二楼可以吃饭，三楼住宿，她指着院外，而且外面院子也够大，还有两棵这么茂盛的大树，夏天的时候，在树荫下放上两三桌是绝对没问题的。

肖百合笑起来，是啊，和我想的一样，我在村里看了这么多套房，黄老伯的这套是我最满意的。

丁香看着院外，又说，这院子里到时候还可以再搭几个架子，下面栽些葡萄，等葡萄藤蔓全部长起来后，那更漂亮，围墙边还可以做一个花池种点花，旁边再吊一个秋千……这套房子啊，甚至比我在枫香打工的那家农家乐都还要好一些。

又感慨了几句，丁香这才想到正经事，她马上又问道，肖书记，我什么时候可以开始搞装修？

肖百合说，当然是越快越好了，明天如果你没事，我们就去镇上先把该办的手续都办理好，接下来，只要农家乐的贷款一批下来，你就可以开始进行装修了。

接着，两人又讨论了农家乐装修的一些事情，这么聊了一会儿，肖百合还大致介绍了一下农业产业园以及去黔中考察的事，她之所以会主动说这些，其实也就是想听听丁香的意见。

丁香说，肖书记，黔中我就不去了，我绝对相信你的，流转土地的事我也无条件支持你，只可惜我就只有几亩地，你们需要的话，随时流转都可以。

正说着话，外面响起一个声音，肖书记，丁香姐，你们在的吧？

另外一个声音跟着说，肯定在的，进去看看就知道了。

丁香和肖百合对视一眼，脸上都有些疑惑。丁香小声说，桃花和罗大嫂怎么来了？肖百合也摇摇头，不自觉地皱起了眉头。自从肖百合来到千年村后，这两个女的就不断给她惹麻烦，而且都是一副"我弱我有理""我强你无理"的感觉，其胡搅蛮缠的风格实在让人头痛。丁香就更不用说了，她和这两个人认识时间更长，以前那些鸡毛蒜皮就不啰唆了，从她开店时，这两个人每次去了她店买东西都想着占一点便宜，平时聊天也是窥私欲极强的那一类人。

就这么说吧，"道听途说、信口开河、一惊一乍、听风就是雨、唯恐天下不乱"等这些词语，用在这两个人的身上，简直是太适合不过了。

果然，她俩一进门就从一楼逛到三楼，不停地问各种问题，一会儿问"这套房子租金是多少啊？"，一会儿又问"水电费应该很贵吧？"。而最让两人关心的则是"农家乐开起来后，到底可以赚多少钱？"这个问题。

丁香本来就不想和她俩多说这些方面的内容，她完全能想象，如果把收入说得高一些，这两人肯定会惊呼"有这么多吗？"，那以后她俩更是会想方设法来店里占她的便宜。如果收入说得少一点，她俩肯定又会说，这么辛苦才赚这么一点点钱啊？接着肯定就会在村里大肆宣传，开那个农家乐赚不了钱的，就是说出来好听，你看嘛，要么就是肖书记在帮着给钱！她凭什么要给钱？她是城里人啊，有钱凭什么不给？当然，要么就是她也是农家乐的老板之一！她凭什么不能是老板啊，我告诉你，像她们这种城里来的人，那可是最精明的，有钱她会想着不赚吗？

所以，对于她俩的问题，丁香是能回避就回避，能打哈哈就打哈哈，总之，就是一切回答都不给一个明确的答复。

罗大嫂和桃花也感觉到了她的敷衍与不耐烦，两人一对视，又转过去问肖百合了，肖书记，她这个农家乐开起来的话，马上就能有游客来玩？

肖百合字斟句酌地说道，前期嘛，来我们村的游客，相应地会少一些，但我相信一点，随着我们各方面的完善，游客肯定会越来越多的。

桃花和罗大嫂对视一眼，都有些将信将疑。

丁香说，你们问这个，难不成也想开一家农家乐？

桃花说，我？我哪里开得了？我一没钱，二没经验。罗大嫂还有可能开。

丁香说，那你看我有没有钱？有没有经验？

桃花说，你怎么没有经验啊，再说，你不都已经去枫香赚了两个月的钱了嘛。

罗大嫂也跟着说，就是，要不然，肖书记怎么可能给你钱开店啊？

听她二人这么说，丁香彻底无语了，她苦笑着摇摇头，心想，算了，我和你们也没什么好说的。

肖百合也感觉出丁香的无奈，她说，桃花姐、罗大嫂，我看你们俩其实真可以考虑开农家乐的事，我们村现在的农家乐数量实在太少了，要是接下来想发展起乡村旅游，我们还得再开十家，甚至二十家农家乐。

肖百合这话说得恳切，可桃花与罗大嫂听了之后，神色依旧是淡漠的，说了几句无关痛痒的话也就离开了。

她俩都走后，肖百合和丁香又闲聊了几句，便去了镇里，找到龙险峰。

龙险峰对肖百合的到来倒是一点也不意外。

肖百合在他对面坐下后说，书记，今天来是想向你汇报一下近期的工作，以及接下来的一些计划安排。

龙险峰说，好啊，你这不来找我，我都准备去千年村找你了。

肖百合笑了笑，开始向龙险峰叙述起接下来的工作计划和工作安排。大致来说，千年村现在"三改"基本结束了，接下来就要着力进行乡村旅游相关的前期各项工作了，比如提档升级去完善村里的各项基础设施建设，挖掘打造地方文化，动员村民开设农家乐、乡村客栈等场所，请老师来给村民进行专业授课，同时，加大宣传力度，加强服务意识。

看得出，龙险峰对肖百合的这些安排还是很满意、很欣慰的，整个过程中，他一直微微点头，尤其他对于肖百合提出打造"丹砂文化产业一条街"兴趣浓厚，对于这条街，他问得尤其详细。

龙险峰说，这些丹砂工艺品，肯定是有前景的，但是，有一点你们村支两委也要充分考虑进去。按照你之前说的，这条产业一条街应该是在村里的乡村旅游有了一定规模之后，才会重点打造的，那么届时这些来千年村的游客，很有可能是来自天南海北的，他们如果看上某样产品，却因为携带不便而不得不放弃，这就很可惜了。

肖百合沉吟片刻说，是，书记，你说的这一点确实是很有可能发生的，也是我们要注意的。

龙险峰说，你想嘛，我们出去旅游，如果看中某样产品，难以携带，肯定都是由快递邮寄，或者直接进入网店进行购买。但是你们的千年村，不要说电子商务平台了，甚至连一家物流快递都没有，这些都是制约我们发展的因素，需要尽快解决。

肖百合说，是，报告书记，其实我之前也和某两家快递公司进行过联系，但对方以村里业务量少、位置偏僻等理由婉拒了。

龙险峰说，那肯定啊，这是经济行为、市场行为，换作你是快递公司的负责人，你愿意冒这个险吗？所以我说，要全局考虑，通盘布局啊。

肖百合说，是，书记，回去后我再去联系其他的物流快递公司。

龙险峰说，这些是你们村支两委的工作，自己考虑清楚后，有步骤有计划地落实好；另外，还有一点，即便你们成功解决了物流这一环节，我认为电商平台也要抓起来。这以后嘛，主流肯定会是互联网经济，那么电子商务平台就尤为重要了，我们的干部，也要紧跟时代、顺应潮流，不仅要有互联网思维，还要有大数据思维。

说着，龙险峰便将自己心中的一些想法说了出来，在他看来，千年村要有全县范围内的第一家乡村互联网＋服务中心，在这个服务中心内，除了丹砂工艺品、各种民俗文化产品，还可以陆续增加售卖相邻几个村的土鸡蛋、蜂蜜、大米、天麻等土特产，这样不仅能够增加销售渠道，同时还做到了"黔货出山"，这对于宣传推介当地，都有着积极的作用和影响。

龙险峰说，但是，如果你们有了这个电商平台，也能在一定程度上解决线上销售及线下体验等方面的问题，那么专职、专业的工作人员就显得尤为重要了，否则，最终你们是难以扩大生产规模的。

肖百合点点头，脸色有些严肃地说，是啊，书记，您说的这些都是需要完善的，有一个环节没有落实到位，便会影响整体的发展啊。

龙险峰看了看她颇显凝重的脸，微微一笑后说，当然，现在你也不必把这些事想得这么复杂。我还相信一点，到时候，随着千年村的逐渐发展，很多在外打工的青年也会陆陆续续回来的。

肖百合说，对，他们回来，其实也就是后备力量的补充。

龙险峰点点头又说，另外嘛，我也相信这些返乡年轻人中，绝大多数人肯定对自己回村后做什么，都有了一定的考虑与计划，但是我认为，其中还有一部分人，仅仅是觉得外面打工实在辛苦，又听说家乡现在变好了，于是头脑一热，也就跟着回来了。所以，我们要有一个预判，也要承认一点，这些年轻人返乡，的确会给村里带来一股久违的新鲜气息，但是同样也会带来一个很严峻的问题，那就是这些人的就业问题。虽然村里发展了，能提供更多的就业岗位，但相比大城市，村里的机会还是少了很多。

肖百合微微点头，聚精会神地在笔记本上记下了龙险峰的这些话。

龙险峰端起桌上的一杯茶，喝了一口说，马克思曾经说过"幸福就是不断地与困难作斗争，而不幸却是在困难面前屈服"。我们也经常说，机遇与挑战并存，每个困难都蕴藏着一个机遇，直面每一个困难，不沮丧、不气馁、不抱怨，勇于去挑战，才能获得胜利，取得成功。

说到这里，龙险峰正视着肖百合说，你要记住一点，农村要发展，是绝对离不开人才的。毋庸置疑，这些返乡青年就是人才，他们的眼界更广，思维更新颖，其中一部分人还有着村里人所欠缺的技能，但是如果不能通过有效的手段留住他们的话，那么他们回来的盛景也极有可能沦为昙花一现。

肖百合说，是，书记，通过您之前的那些话，我已经很清醒地认识到了这一点。

龙险峰说，那就好，现在我们有些地方不是一直在提"创客"和"头脑风暴"嘛，我觉得，你们村支两委，也可以在村里成立一个"创客中心"嘛，目的就是专门为这些返乡青年、在校大学生等人群提供一个经验交流、分享、讨论，以及头脑风暴的场所。

肖百合一脸激动地说，是，书记，今天来这一趟实在是太有收获了，今天回去后，我就马上着手安排这些工作。

肖百合一边说着，一边起身。龙险峰也挥了挥手，那行，你就先回去吧，不过你还要记住一点，欲速则不达。

就在肖百合走出书记室、踏出镇政府大院的时候，一辆大巴车缓缓驶进了千年村，车上坐着的，正是去黔中考察的麻青蒿、黄光辉等人。

很明显，这一趟考察绝对是卓有成效的，麻青蒿从大巴车下来后，就一直在埋头考虑接下来的工作安排。才走了几步，迎面听见一个熟悉的声音说，青蒿主任，看你这个样子，这次出去考察很顺利了？

麻青蒿抬头一看，正是吴艾卓的老婆桃花，在她身边，还站着罗云贵的老婆罗大嫂，因为上次她俩在村民代表大会上的公然挑衅，以及这之后的堵路事件，麻青蒿在心里对她俩很是反感，当下，他随口应了一声，并没有停下脚步。

桃花说，哟，麻五皮你这么着急，是要马上去看丁香姐啊？

麻青蒿头也不回地说，我看你是没得话说了，我看她搞哪样？才说完，他停下脚步，回头问桃花，她回来了？

桃花说，是啊，农家乐都马上要开起来了，怎么，你不知道啊？

麻青蒿说，我怎么会知道，再说了，我和她又没什么关系了，我去管这些事搞哪样？

罗大嫂说，话也不能这么说，毕竟是一日夫妻百日恩嘛，再说要不是你和肖书记帮她，她一个女人怎么开农家乐？只不过是你们俩一个明着帮，一个暗着帮。

麻青蒿说，放屁！老子要帮哪个的话，还需要躲在暗处来帮忙吗？村里面哪个不晓得，我麻五皮从来都是光明磊落的！

罗大嫂说，那我们就不清楚了，反正，丁香是这么说的。

桃花也马上说，就是，我们才从她那里回来，她虽然没明着说，但意思不就是那个意思嘛。哎，真是蛮不错的一幢房子啊，拿来开农家乐也确实好。

麻青蒿一听，心里面转了好几个弯弯，丁香她会在这两个婆娘面前说到我？还会说我的好？这事肯定不对。不对！想到这一点，他马上问清楚了丁香开农家乐的地方，当即迈步就走。

见他走后，罗大嫂和桃花两人抿嘴笑了起来。

按说，这种造谣真是"损人不利己"，但她俩见到丁香能马上开起这么大一家农家乐，心里面总是嫉妒失衡的。她们清楚麻青蒿和丁香那是出了名的势同水火，他如果这一去闹的话，说不定还能把丁香的农家乐给整黄了。

麻青蒿来到丁香院子外面时，房里只剩下丁香一人，她正哼着歌收拾着院子。麻青蒿在院门外站了片刻，使劲咳嗽了一声，丁香这才抬头看了一眼，见到是他，也不说话，继续扫着地。

麻青蒿有些尴尬，没话找话地说，你怎么扫别人家的院子啊？

丁香恍若未闻，继续干着自己的事，唱歌声却大了起来。

麻青蒿更是尴尬，又说，哎，姓丁的，我在和你说话，这间房子是黄老伯的，你在这里搞哪样？

丁香不耐烦地说，要你管。

麻青蒿说，你以为我想管？我要不是村主任的话，你看我管不管你，我连看都不会多看你一眼，但我既然是村主任，这事我就必须要管！

丁香冷笑一声说，黄老伯借给我了，现在是我的房子，怎么嘛！

麻青蒿一愣，黄老伯借给你？不可能！

丁香说，可能不可能，就不用你费心了，再说了，这房子也不是你家的，根本就轮不到你来管。

麻青蒿一时语塞，你、你想在这里开农家乐，这个事就归我管！

丁香把手里的扫帚一丢，眼睛一横，麻青蒿，我告诉你，我开农家乐是肖书记支持的，你说了不算！

麻青蒿也横着来了一句，那好，你看我说了算不算！

丁香说，姓麻的，你关了我的小卖部就算了，现在又想拦着我开农家乐，你还有没有良心？还让不让人活！

麻青蒿说，哪个不让你活了，你可以走嘛，去外面找你的"幸福生活"嘛，你又不是没走过。我再告诉你，你这个农家乐，老子管定了！

说着，他转身便准备走。

丁香指着他大声地说，姓麻的，那你就试试看，你如果敢捣乱，我就去紫云镇找龙书记，我告诉他，你不听上级的话，违背政策，阻拦村民致富，你就是个村霸、恶霸！我一定要告状！到时候，我看你还当不当得成这个村主任！

麻青蒿一怔，停下脚步，转过身上下打量着她，啧啧几声后说，才出去几天，就晓得政策了？真是让人刮目相看了嘛。

丁香哼了一声，我学到的多了，你还想听哪样？要不然，现在就去找肖书记评评理！敢不敢嘛！

麻青蒿说，我不和你去找她，我来就简单问你一件事，既然你不需要我来管你的店，那你和桃花，还有罗云贵他老婆说那些话搞哪样？当真是想在村里面找一个靠山？

丁香听了愣了片刻，马上反问道，我说了哪样话？找你当靠山？她们到底和你说了什么？

麻青蒿心里面突然间电光石火地闪了一下：拐了，肯定被罗大嫂和桃花这两个婆娘忽悠了！这丁香性子这么烈，怎么可能说这种话嘛，老子也是憋到家了。

丁香见他沉默不语，脸上更是阴晴不定，又问道，快说啊，她们两个到底和你说了什么话？

麻青蒿说，没说哪样，她们说你接下来就要赚大钱了，怎么样嘛，现在满意了吧！说完，麻青蒿转身就走，丁香看着他背影，心里的气更是不打一处来，恨恨地说，我看你是有毛病！

麻青蒿气鼓鼓地冲进村委会办公室时，肖百合正和吴艾草两人笑着说什么事，见他一脸怒气，吴艾草赶紧端上他的茶杯，麻青蒿接过后，猛地灌下几大口，可能是喝急了，最后几口呛得麻青蒿大咳不止。

吴艾草和肖百合对视一眼，吴艾草缓缓摇头，脸上露出担心神色。

肖百合说，麻主任，今天辛苦了，考察下来感觉怎么样啊？

吴艾草说，看主任这个样子，我估计效果不太好，唉，我们村的这些人啊，当真是觉悟太低了。

麻青蒿骂道，放屁！哪个给你说，咳，咳……才说两句他又咳嗽起来，吴艾草赶紧上前给他拍了拍后背，主任，有话慢慢说。

麻青蒿一挥手打掉他的手，放下茶杯，又把挂在脖子上的扩音器取下来放好，理顺气息后说，哪个给你说效果不好的！说着，他大手一挥，肖书记，今天我带去考察的这一批绝对没问题。

肖百合说，你问过大家的意见了？

麻青蒿得意地说，那倒没有，不过我看得出来。而且我敢说，连黄光辉和罗云贵都会同意的。

肖百合说，他俩都同意的话，那今天考察确实是有效果的。

吴艾草欲言又止地说，主任，我倒是相信你说的，不过、不过……

麻青蒿说，不过哪样？

吴艾草犹豫了一下，赔着笑说，刚才我在外面看到黄光辉和罗云贵了，他们两个和平时一样，都是一脸严肃，垮着脸，而且我看他们的表情，好像不、不太像是同意流转土地的样子。

麻青蒿一脸不屑道，吴艾草，所以老子说你一辈子只能当一个村会计，永远都当不了我这个主任，就凭你那点眼神，你又能看得到哪样事？毛主席教导过我们，要学会透过现象看本质，你呢，就只看到了现象，永远都看不到本质。

吴艾草一脸纳闷，但还是跟着点了点头。

麻青蒿继续道，我告诉你，他们两个人的脸上要是笑起来，那这事还真成不了，要是垮脸生气的，那就证明这事成了。

吴艾草好奇问道，主任，我、我有点不太明白，要不，你再多解释解释？

麻青蒿说，很简单，因为他们脸上虽然没变，但心里面已经变了。

肖百合也是听得云里雾里的，忍不住问道，麻主任，你这话的意思是？

麻青蒿解释道，肖书记，艾草，你们都仔细想一想，这两个人如果真是脸上笑起来的，那就证明他们去考察回来后，心里面是很轻松的，这是为什么呢？因为我麻五皮说了假话骗他们，他们也就根本不相信我说的话，是不是？

吴艾草频频点头道，对，对，就这个意思。

麻青蒿继续说，也就是说，他们看出农业产业园没有我说的那么好，大家真流转了土地更是赚不了那么多的钱，所以他们两个才会笑，其实啊，就是想等着有一天能看我麻五皮的笑话。

吴艾草想了想，点头道，是，这一点主任你倒是分析得很准确。

肖百合笑起来，麻主任，我明白你的意思了。

麻青蒿说，是吧？我们反过来一想，如果他们是垮着脸的，那就证明他们晓得我们没骗他们，在项目好坏、土地流转、赚多赚少这些事情上面，我们说的是对的，只是说，他们暂时还抹不下那个脸面，不愿意开口承认而已，所以他们才垮脸，才不高兴嘛。

吴艾草一拍脑门，原来是这个意思！我晓得了！他比出大拇指，一脸敬佩道，高！果然是高，青蒿主任真是高，你这样一点拨，我马上就懂了。

麻青蒿瞟了他一眼，质疑道，真懂了？

吴艾草频频点头，懂了，真懂了。青蒿主任，你、你真是太厉害了！这才叫做"透过现象看本质"啊！

麻青蒿成功带队，考察效果不错，此刻又被吴艾草一顿马屁狠拍，心情自然是不错的，当下拍了拍吴艾草的肩膀，打趣道，懂了就好，艾草，你要是真懂了，那你就已经不是一个村会计的水平了，至少有点像村委会副主任了。

这一次，麻青蒿还真没看走眼。回村后的罗云贵和黄光辉确实都有些郁闷，两人沉默着走在回家路上，罗云贵忍不住就开口问道，光辉，今天那些人说的那些话，你信不信？

黄光辉有些心不在焉回道，哪样话？

罗云贵说，就是他们说流转土地后，每个月收入能增加多少的那些话啊。

黄光辉哦了一声，没有说话。

罗云贵有点急了，又问了一遍，黄光辉不耐烦地说，这件事情上，我能说哪样？人家都把话说得那么清楚了，你还有哪样不相信的？

罗云贵说，不是，你不觉得完全是不可能啊，我在想他们是不是，这个，是不是提前就被麻五皮打过招呼了，叫他们说假话骗我们？

黄光辉嗤笑一声，讥讽道，云贵，你也太把麻五皮当成个人物了吧？

罗云贵说，我怎么把麻五皮当人物了？

黄光辉一脸不屑道，麻五皮，也就是千年村的一个村主任，充其量，十里以内他打个招呼，有人会听，有人会去办，这我相信。但这几百里以外的事，他麻五皮有个屁用！

罗云贵脸色有些发白，道，那、那照你的意思是，那些人说的话都是真的了？

黄光辉沉默片刻，冷冷地说，真的假不了，假的真不了。

罗云贵更着急了，连声追问却无果，他忍不住抱怨道，光辉，我是相信你才问你，你说是真的就真的，假的就假的，你这个人就是，说话总这样，到底是真的还是假的嘛！

黄光辉站定之后，很有些严肃地道，云贵，你我好歹也是村干部，你的眼睛也不瞎，耳朵也不聋，你看不到啊？还问我真的假的。

说完后，黄光辉疾步走远。

罗云贵愣住，片刻后小声琢磨道，真的假不了？假的真不了？

回到家后，黄光辉也没出声，坐在沙发上一脸沉思，他老爷子听见响动后从自己房间里走了出来。

黄宣德在他身边坐下，问道，今天去看了，感觉怎么样？

黄光辉想了想才说，我觉得，如果我们村的农业产业园真能像黔中那边那样的话，那也可以考虑这事。

黄宣德说，意思是你同意流转出去了？

黄光辉说，就算我不同意能有用吗？照现在的势头来看，上级部门都重视这件事，我要是不同意，那不是和上级领导对着干？再说了，我好歹也是这个、这个基层干部，又是党员，我要是不同意，那不是等着挨批评？更关键一点是你也同意了。

听了儿子看似很有道理的一番吐槽，黄宣德有点生气了，一拍沙发扶手，也叫了起来，哪样叫我同意？再说了，麻五皮和肖书记也都说过的，流转土地本来就是自愿行为，你要是真不愿意，大可不必！

黄光辉说，这种话你也信，就算领导说了是自愿行为，到时候麻五皮和吴艾草这些人都把自家的地流转出去，名单一交上去，书记镇长一看，哦，就你黄光辉不流转，你是不是对我们有什么意见？还是有情绪？他们当面不说，你就不担心接下来会被穿小鞋？

黄宣德一时无语，顿了顿，气鼓鼓地说，能穿什么小鞋？我只晓得身正不怕影子歪。

父子俩说到这里，很明显已经不能正常沟通下去了，黄光辉站起身来，边说边往门外走，行，你说的都有道理，我也没你这么高的思想觉悟。

黄宣德说，你等等，我再问你一下，今天和你一起去的人呢？他们想法又是哪样？

黄光辉不耐烦地说，这个我哪晓得。

黄宣德说，罗云贵的想法你会不清楚？他不是哪样事情都要找你商量吗？

黄光辉一脸鄙夷，他？我估计他也想的，但是他老婆，就不好说了。而且他这人，要是他老婆不同意，恐怕他也就没办法了。

黄宣德说，你们都是村支两委的干部，他要是不同意，你也可以去做做他的思想工作。

黄光辉说，做思想工作这事，我看还是由麻五皮和肖书记去办好了。可能是不想再和老爷子啰唆，他又说，行了，行了，我同意流转土地了，这样可以了吧？

说完，黄光辉急匆匆走出去，走出家门后，他也慢慢冷静下来了，又在心里面认真盘算了一下，如果按照今天听到的说法，家里每年收入要增加很多钱。而且关键是，现在家里这几亩地，不种吧，变成荒地了要被罚款；种吧，一年到头累死累活，钱也没几个，就真是一块鸡肋，流转出去了也好，一了百了。想通了，他心情顿时也就开朗起来，忍不住吹了两声口哨，去村委会看看。

和他相比，罗云贵则纠结得多了，一回到家里，他老婆马上就问起今天去考察的事情，罗云贵说，你急什么急？先给我倒杯水来喝啊！

罗大嫂连声说好，端来茶杯，站在旁边一脸紧张地望着他，等他喝下去几大口后就催他，老罗，你快说啊，今天去看了到底感觉如何？

罗云贵说，马马虎虎。

罗大嫂着急道，马马虎虎是好还是坏啊？你、你不要说得这么虚啊，这参观下来，好就是好，不好就是不好，你和我说清楚啊。

罗云贵说，那就是好。

哪样！罗大嫂叫起来，怎么可能好啊！这、这怎么可能啊！你不会是没看到吧？还是被他们骗了！老罗，我可给你说，你可千万不要犯浑啊，这产业园再好，哪有土地在自己手上好！你说是吧？

罗云贵不置可否地应了一声，脸上也有些纠结。罗大嫂又气又急，说，你不能这样啊，你要是现在就认输了，那我们当初，又、又何必去堵路，何必去做那些事？还不是想，想……呜呜……把这地留在自己手上……

她一边说话，一边哭了起来。罗云贵一听，心里面更焦躁了，他大声吼道，你哭哪样哭？哭有用吗？能解决问题吗！我告诉你，现在的关键是，不是我想认输，是事实就摆在那里的，你要是去看了，你就都清楚了。

罗大嫂边哭边说，我不看，我才不想去看呢，只要地在我手上，其他我都不管！

罗云贵说，人家那个产业园就是好，各方面都很不错，我看过了，总不能睁着眼睛说瞎话吧？

罗大嫂又哭了两声，忽然一抹眼泪，正色道，那好，老罗，我也不管那边的产业园是什么样，我就问你一句话，你是不是同意流转土地了？

罗云贵叹道，事到如今，恐怕也只能同意啊。

罗大嫂一听，一张脸慢慢垮下来，忽然爆发出无比响亮的哭声，边哭边大骂道，你这个死老罗，呜呜……我就晓得你不安好心，当初说得那么肯定，现在说流转就流转，我看你，呜呜……你就是个败家子！

罗云贵被她哭得心烦意乱，起身就朝门外走，罗大嫂一把抓住他，你又要去哪？

罗云贵挣脱，不耐烦地说，老子去哪关你哪样事！

村委会里，则又完全是另外一番景象。麻青蒿、肖百合和吴艾草三个人在商量完接下来带队考察的工作后，又把土地流转等情况进行了统计，麻青蒿还聊了些今天去考察的趣闻。而他也总是有意无意把话题扯到乡村旅游方面，聊了几句，他也懒得再绕圈子，开门见山，直接就说起了丁香开农家乐的情况。

麻青蒿说，肖书记啊，针对这个丁香来开我们村的第一家农家乐这件事，我也考虑了很长时间，但我个人觉得，还是不太合适。

肖百合反问道，为哪样会不合适？

麻青蒿说，你想啊，我是千年的村委会主任，是吧？姓丁的是普通村民，虽然她现在和我没有任何关系了，但是一旦把店开起来的话，村里面的人难免会说闲话。

肖百合说，这我就不明白了，其他人会说哪样闲话？而且，就算他们实在是闲得无聊，非要说闲话，但是你们已经没有任何关系了，各自生活得堂堂正正清清白白，他们又能说些什么？说得再多也是造谣，也是心术不正！而且最关键一点，村里人都知道，是我鼓励丁香姐来开这个农家乐的。

一番话说得麻青蒿哑口无言，但他不甘心，想了想，他又说，肖书记，你不清楚村里面的人，她如果真开起来了，这些人就会说，喏，你们不晓得了吧？说是肖书记在帮她，其实啊，也是看在麻五皮的面子上，才会这么尽心尽力去帮她的。

肖百合生气道，谁会说这些无聊的话？

麻青蒿说，说这种话的人多得很，而且，还有一点也值得我们考虑，你想想啊，我们让一个单身、离了婚的女人，抛头露面去开店，这个，这个多少不合适。他头一转，对着吴艾草说，你说，我说的这些话对不对？

吴艾草很有点为难，但也只能赔着笑，这个嘛，也对，也对。

肖百合也看了吴艾草一眼，吴艾草余光发现后，马上又改口道，也不对，也不对。

麻青蒿瞟了一眼吴艾草，正想教训他这种墙头草的做法，肖百合又说，还有一点我就更不明白了，她开不开这个店，和她是不是单身、离不离婚又能有哪样关系？

吴艾草小声说，书记，青蒿主任的意思是，离婚了，单身的，就没男人管了。

肖百合说，麻主任，你要是这个意思就太过分了吧？人家丁香姐和你离了婚，就不能追求自己的生活了？就不能追求自己的幸福了？如果你觉得后悔，那你当初为什么要和她离婚呢？还有啊，我在这里严肃告诉你，我到今天也没听说村里有谁说三道四，相反是你，首先在我面前说三道四了，简直是莫名其妙！

吴艾草见她生气了，赶紧劝道，书记，你听我解释……

肖百合直接打断道，解释什么？你闭嘴，我看你也坏得很，表面上看起来老实巴交的，其实也是一肚子坏水，和他一样，我看你们两个就是狼狈为奸！

吴艾草结结巴巴地说，书记，我、我话都还没说完，怎么就狼狈为奸了呢？

麻青蒿也吼出来了，吴艾草，你闭嘴！一边去！

吴艾草见两人都吼自己，只好向后退了几步，脸上依然赔着笑。

麻青蒿又说，肖书记，我倒是也想问清楚一个问题。什么叫狼狈为奸？哪个是狼？哪个又是狈？这一点你要说清楚。

肖百合没好气地说，这有哪样说清楚的，你们哪个是狼是狈并不重要，重要的是，你们两个一唱一和，对妇女同胞不尊重，这让我很生气。

麻青蒿看她一脸严肃认真的样子，心想，看来她是真的生气了，难怪她肯自掏腰包给丁香开店，这两人之间的关系不一般啊。想到这里，他不禁收起了笑脸说，好，开始的确是我说得不对，但我还是有几个问题想问清楚。

肖百合说，问吧。

麻青蒿说，肖书记，你为了让丁香开农家乐已经垫了不少钱了，你想过没有，如果她接下来根本还不起，你又咋个办？

肖百合说，首先，钱我是垫付了一部分，但说起来也是丁香姐支持我们的工作，所以我也是心甘情愿的，而且我根本不担心她还不起；其次，我相信"事在人为"这句话，以我对她的了解，我相信她只要把农家乐开起来了，一定会认真经营，以后也会越来越好的。

麻青蒿还是不甘心，撇撇嘴说，那行，你有信心，又有闲钱，反正现在我和姓丁的也没哪样关系了，她真差了哪个的钱，也不可能向我来借，而且真借的话，我也借不出。

肖百合讥讽道，麻主任，这一点你大可放心，以我对丁香姐的了解，她是绝对不会向你开口的，而且，如果要靠借钱才能维持生意，那开店还有哪样意义？

话刚说完，门外响起黄光辉的声音，就是，肖书记说得对，麻五皮，你刚才那些话真是太小家子气了，不要说丁香不会来问你借钱，就算她真是走投无路了，问你开口借了，你作为她前夫，又是村干部，于情于理、想尽办法也该借给她。

麻青蒿向门口看过去，骂道，你这个黄光辉，说我的时候你晓得拿村干部说事了？那叫你流转土地的时候，怎么没见你说自己是村干部？要以村干部的身份以身作则呢？

黄光辉走进办公室，一屁股坐在麻青蒿身边，我有说过不愿意流转土地了吗？接下来只要需要，我马上就流转。而且我还觉得，肖书记之前有几句话说得很有道理。

麻青蒿说，哪样话能让你也觉得很有道理？

黄光辉说，她之前说过，我们村要是把乡村旅游发展起来了，那是绝对不可能只有这一两家农家乐的，所以还要鼓励更多人开农家乐，是吧，肖书记？

肖百合点点头，对，我预计接下来，我们村要有二十家，甚至三十家农家乐才行。

麻青蒿见他二人居然一唱一和地说起来，心里面也有些不是滋味，想了想，他说，这些是你们的真实想法？那好，刚才那些话题我们就不讨论了，但最重要的一点，你们考虑过没？

肖百合说，什么是最重要的？

麻青蒿说，肖书记，我就问你一句话，我们村的农家乐开起来后，每天到底能有多少游客来？

肖百合犹豫片刻，回答道，这个嘛，我现在也说不好，不过，真开起来的话，我肯定会想办法给村里带游客来的。

麻青蒿说，不是我姓麻的不相信你说的话，但你就一句"肯定会想办法"未免有点，嘿嘿，有点太敷衍了。你应该也晓得，现在每个月来我们村玩的外地人能有多少。说着他伸出一只手，呐，一个巴掌都数得清楚的，就算他们每个人都去姓丁的农家乐吃一顿，又能吃几顿？

吴艾草凑上来说，对，这一次我觉得青蒿主任分析得太对了。

肖百合说，积少成多，慢慢地总会多起来的。我们之前费力搞

"三改"，现在又想办法让大家同意流转土地建产业园，都是为了发展乡村旅游，如果没有农家乐、农家客栈，那游客来了，连基本的吃住都不能保证，又能玩哪样？

吴艾草又说，对，对，肖书记这个话也说得对！

麻青蒿瞪了一眼吴艾草，转头道，你这样说是没错，但是我就是想问清楚一点，游客到底哪个时候才能变得多起来，又能多到哪一步？我觉得啊，这个恐怕哪个人都不敢保证，你说是不是？

肖百合说，你说这么多，又是什么意思？

麻青蒿说，我的意思很简单，我觉得时机不成熟，真要开，至少也要等到产业园建起来、游客变得多起来才能开。要不然，农家乐空一天，大家就赔本一天。而且，这样开下去，我们村不仅不会变得热闹，相反会越来越冷清。

之所以会说这个话，在麻青蒿的理解中，现在来村里游玩的游客数量基本上就是零，而让大家伙开农家乐，就得让他们贷款，但贷了款没人来玩，那农家乐就只有空着，要还钱就只能再出去打工赚钱，所以这农家乐开得越多，到时候出去打工的人也就越多，村子里面就会越来越冷清。

当下，麻青蒿就把他的这个观点说了出来，没想到肖百合却很不赞同，并且她表示，这虽然只是可能性之一，但出现这种情况的概率是微乎其微的，而且最关键一点是，让村里变得热闹起来，也是村支两委的工作职责。

麻青蒿听了后，转过头去，一脸不以为然的表情。

当下，四个人形成了完全相左的两派意见。肖百合想了一下，又说，麻主任，我知道你在鼓励村民开农家乐这件事上，一直都有反对和质疑，但你信不信，在这件事上，龙书记，甚至更上级领导绝对和我是同样的意见。

麻青蒿说，龙书记？他和你还会是一样的意见？不可能，他绝对和我的想法是一样的，肯定反对这么早就开农家乐的！

肖百合摸出手机说，我们在这争来争去也没用，干脆我现在打他电话问问。

麻青蒿手一指，行，你现在打。

肖百合按下号码，打通后，她把事情大致复述了一遍。龙险峰因为之前才被徐超国追问村里开农家乐的情况，现在千年村已有了第一家，他自然是很高兴的，声音也格外兴奋。

肖百合听了几句，把手机取下来开了免提。只听见电话里面龙险峰说，很好，非常好，晚干不如早干，这样吧，等她的农家乐正式开业后，我和少斌镇长也来看一看，村里能开起农家乐，有人带头，就是件好事，要鼓励！

肖百合说，好的，龙书记，你能来就太好了，免得啊，我们村里有人一直不相信这事。

龙险峰当然听不出这其中的另外一层意思，他说，村民们不信任这事，那是因为大环境还没起来，你们作为村支两委的工作人员，更要做好前期工作，尽量为大家创造出更好条件，同时鼓励大家积极创业，总之记住一点，步子再迈大一点，不要害怕！

挂上电话，肖百合一脸得意，望着麻青蒿，虽然没说一句话，但那目光也让麻青蒿十分难堪。

麻青蒿不服气地说，不管龙书记是哪样意见，反正我还是坚持我的意见。人家开店赔了本，是你肖书记赔钱，还是龙书记赔钱呢？是不是？你们说是不是？

说着，麻青蒿更是环顾一圈，但黄光辉还是似笑非笑的表情，吴艾草则低着头，也没说话。

见此，麻青蒿又干咳了两声，他说，百合书记啊，基层我比你熟，有些事，还是要慎重。

说完，不等肖百合说什么，他站起来就离开了村委会办公室，走出来好长一段路后，越想越生气，越想越憋屈，忍不住自言自语道，不就是开了一家农家乐吗？还要专门跑来村里看一看？有哪样好看的？至于嘛！你看得再多再仔细，难道它就可以马上赚钱？还是马上吸引游客？还是可以变成一间大酒店？

说起来，龙险峰之所以会在电话最后说"步子再迈大一点，不要害怕"之类的话，除了有徐超国那边施加的压力外，还有更重要的一点原因就是，他越来越感觉紫云镇的这些基层村干部，思想意识普遍陈旧落后，在发展乡村旅游这项工作上尤为明显。

作为镇党委书记，他深知像麻青蒿等人的顾虑，他更清楚，如果只是口头上一味地要求他们放开步子，大胆前行，那就沦为形式主义的喊口号，作为书记，他也必须得再多想一些办法，多进行正面宣传，尽早把千年村、土坝村等可以发展乡村旅游的村名片打出去，让更多外面的人了解熟知。

一次他在和熊少斌说到这一想法时，熊少斌表现得很拘谨，尤其听到他说要加大宣传力度这一想法后更是吞吞吐吐，熊少斌的意思嘛，镇里的财政本来就很紧张了，如果再拿出一部分钱在省市一级媒体上做广告，财力是绝对承受不住的。

龙险峰当然清楚这一点，他也明确表示，在媒体上打广告这种方式目前并不适合紫云镇，原因就是一个字：穷。但穷绝不是借口，也不能把希望太过于寄托在上级财政部门的拨款上，说白了，一切都还是多靠自己。

这天一大早，龙险峰又来到了县委，找到了书记徐超国。徐超国对他的突然造访很有些意外，毕竟不久之前才见过一面，而且当时还给他布置了工作任务，看来，他今天来，事情肯定不会简单。

有了这一心理准备，徐超国倒是轻松了，他说，险峰，今天这么早就来找我，有急事？

龙险峰开门见山就问道，书记，今年我们市的旅发大会是不是轮到我们县来举办了？

徐超国点头道，对，放在我们碧江县。

龙险峰马上又问，时间大概是在哪个时候？还有，地点应该还没定下来吧？

徐超国说，应该也是下半年的十月份左右召开。至于地方肯定还没定下来，到时候市委、市政府还要召开专项会议讨论后，才能最终决定下来。

龙险峰哦了一声，欲言又止。

徐超国停住，上下打量对方几眼，好奇道，险峰，你怎么会突然问到这件事？难不成，你对旅发大会还有点想法？

龙险峰点了点头。

徐超国调侃道，说说是哪样想法？

龙险峰说，我想的是，今年的旅发大会能不能放在我们紫云镇的千年村来举办？

徐超国一时间愣住，片刻后哈哈大笑起来，边笑边摇头说，险峰啊险峰，你还真是异想天开啊。

龙险峰正色道，超国书记，我是认真的。

徐超国止住笑声，看了对方几眼，说，看你这个样子，确实是认真的……那我先问你，去年、前年的两届旅发大会是在哪召开的吧？

龙险峰说，这些我都调查清楚了，第一届是在……

徐超国点点头，打断道，算了，不用说了，看你的样子，我就晓得来之前你的功课肯定是做足了的。不过你既然都了解了，就应该更清楚一点，我市的旅发大会，以及本省其他地、州、市召开的旅发大会，至今都没有在乡镇一级召开的先例，更不要说村一级了。

龙险峰说，这一点我清楚，但我觉得，没有先例并不意味着不可能，如果这个村里条件合适，我觉得也是可以争取争取的。

谈话就此陷入胶着中，徐超国久久看着对方，心想对方到底是怎么个意思。说起来，徐超国也算是比较了解龙险峰的，很多年前，龙险峰还在县委时，两人之间就有很多工作交集，那个时候他就觉得这个小伙子头脑很灵活，想法很多，但这些"灵活"基本也是限定在一个范围内的，很明显，旅发大会放在千年村召开的事就远远超出这个范畴了。

在徐超国看来，紫云镇的千年村不是丹砂古镇，更不是梵净山，它和这些名气响当当的地方相比，就仅仅只是一个普普通通的小山村，它又有哪些优势？现在龙险峰想把旅发大会放在这个小山村里来办，那不是天方夜谭吗？

当然，他也承认，去年紫云镇以千年村为试点，全方位推进"三改"工程，结束后又马上实施了"三建"工程，可以说，现在的村容村貌、道路交通、基础设施等方面和以前相比，都上了好几个台阶。但是，仅仅只有好的村容村貌还远远不够，优势与其他备选地相比也远远不足。

但在龙险峰心中，看法又不一样，他认为，前期之所以花了这么大的时间和精力来推进"三改"工作，就是为接下来发展乡村旅游做准备的。

千年村除了自然景色外，在紧接着的"三建"工程中，还打造了一批造型不一、风格统一的黔东民居，为接下来的民宿旅游做准备，除此外，还准备挖掘当地的民俗文化。

最关键一点，也可以说是龙险峰谈判的重要砝码，这便是因为千年村比较特殊的地理位置：除了距离千年村不远的地方，有中华山之外，还有一个叫做木黄的地方。

一九三四年十月二十四日，这个小镇发生了足以在中国革命史、红军长征史写下浓墨重彩一笔的一件事。这件事，后米被称为"木黄会师"。

当时，贺龙领导的红三军与任弼时、萧克、王震率领的红六军团在木黄这个地方胜利会师。为此，党中央特致电祝贺，并决定红三军恢复红二军团的番号。

如今，木黄已经发生翻天覆地的变化。由萧克将军题写馆名的"红二、六军团木黄会师纪念馆"、由王震将军题写碑名的"中国工农红军第二、第六军团木黄会师纪念碑"及木黄会师军部旧址等，已被列入国家级文物保护单位、全国爱国主义教育基地，而当年见证红二、六军会师的古柏，被命名为"会师柏"，在当地群众的精心呵护下，已长成郁郁葱葱的参天大树。

龙险峰说，木黄这个地方，可能没有延安、遵义那么有名气，但是不可否认，它对于国家、对于人民，对于新中国的建立，也是有不可磨灭的一份贡献的。然而，到了今天，生活在这里的老百姓还是很贫穷、落后，国家现在富足强大了，我觉得，这个时候就应该反哺这些革命老区、红色地区。

一席话说完，徐书记也忍不住感叹起来，是啊，国家肯定不会忘记这些革命老区的。

龙险峰说，如果放眼今天的社会现状，我们千年村的绿色自然乡村景色、中华山的丹砂文化属性，以及木黄的红色文化基因都是难能可贵的，如果这三者能结合起来的话，那就不是一加一加一等于三的算式了，结果可能是五，甚至是更多！所以说，如果把今年的旅发大会放在千年村来召开，肯定能够促进、带动当地的乡村旅游和红色旅游，对当地经济也能起到很好的助推作用。而且，如果说，千年村能争取到这一次机会的话，肯定也能乘着旅发大会的良好契机，更快、更好地打造出旅游精品点，加快完善文化旅游基础设施和配套服务设施，促进旅游要素集聚化、业态多元化、服务规范化，提升文化旅游业市场化、产业化、现代化水平，全面打造紫云镇乃至整个县的旅游品牌，提高其吸引力和影响力。

龙险峰说完后，徐超国愣了很长时间，他想了想才问道，这事，你到底考虑了多长时间？

龙险峰说，其实有很长一段时间了，之前也想向你请示的，又觉得时机不成熟。

徐超国说，那今天时机就成熟了？

龙险峰先点了点头，马上又摇了摇头，笑道，也不算，但前段时间我去千年和花开几个村看了看，我迫切感觉到，把千年村、紫云镇推介出去，扩大其知名度和影响力，已经是刻不容缓的一件事了，所以，我恳请书记能帮我这一次。

徐超国说，险峰，我清楚你的意思了，但你也该清楚一点，这件事的决定权在更上级，我只能向市委、市政府请示，尽我最大努力来争取。

龙险峰听了后一脸兴奋，高兴道，超国书记，我今天来，其实就希望能得到你这一句话，这么说来，那你是同意我的建议了。

徐超国笑了笑，你都考虑得这么清楚了，你又是我亲手点的将，我咋个也要支持你嘛。

回来后，龙险峰和熊少斌也说了这件事，不出所料，熊少斌也是一脸错愕惊讶。虽然最后也接受认同了这一大胆的做法，但很明显，他的内心中并不相信这件事。最后甚至还自言自语说了句，徐书记那边，可能至少要两三个月后才有消息了。

但事实证明，龙险峰这一次的大胆提议是正确的，仅仅三天之后，徐超国就给他打来了电话，让他马上赶到县委一趟。

放下电话后，龙险峰马上驱车向县委赶去，在车上他又回忆了一遍刚才的对话，虽说徐书记说话的语气声调和往日并没有太大区别，但他还是隐隐感觉出对方也有一丝兴奋。

龙险峰手心发热，忍不住使劲搓了搓双手，难道，难道市委那边已经有反馈意见了？

见到徐超国后，徐超国书记还没说话，龙险峰就迫不及待地问，叫他来是不是和旅发大会有关。

徐超国笑起来说，好小子，果然一猜就猜出来了。

龙险峰一脸激动，说话也忍不住结巴起来，书、书记，这么说起来，领导们，都、都同意了？

徐超国说，你先冷静冷静，也别高兴得太早了，这事到现在只能说是成功了一半，至于最终结果，谁都说不好。

龙险峰有些纳闷，这一半又是什么意思？

徐超国拿起茶杯喝了一口，缓缓说，昨天一早，我为了你这件事专门去了一趟市委，向几位主要领导汇报、请示了你的这个想法。你猜猜，他们是什么态度？

龙险峰说，我的好书记，这我哪里猜得到，求求你别卖关子了。

徐超国笑了笑，领导们居然都很肯定你的这个提议，这真是让我没想到。他们一致觉得你这想法很大胆，也有一定的道理。而且据我所知，今年申请举办旅发大会的已经有三四个旅游景区景点了，这些景区景点的实力，我们的千年、紫云就目前而言，是无法与它们竞争的。

龙险峰说，书记，您说这话又是什么意思？一会儿说领导们肯定我的意见，一会儿又说无法竞争，这，这到底是怎么一回事？

徐超国说，这还不简单吗？领导们仅仅肯定你的想法，没有最后的一句话，放谁的心里谁都没底啊。我们都是基层的书记，都应该清楚，下属有了一个好想法，你当着大家表扬他几句，对他来说固然是好事，但这能保证最后成功落地吗？

一番话说得龙险峰默然点头，徐超国也看出他心里多少有些失落，又劝慰道，我呢，也是实话实说。现在领导们也还在考虑，把会议地点放在千年村，这与市里所提出的打造"四在农家·美丽乡村"升级版这一趋势是相符合的，但也是有其他方面的顾虑，所以才没能立刻拍板。总之，你不用担心，有好的想法，就一定要实施！

龙险峰说，所以现在我需要做的是哪些方面的工作？

徐超国说，算你小子聪明，领导们提出了一些硬性要求，比如交通、住宿，甚至你的地方产值等方面，如果不能完成数据指标的话，那么这件事就不用想了。

话说到这里，龙险峰知道，现在是有条件得上，没条件更得硬着头皮上。当即他拍着胸脯说，徐书记，下级有想法，就怕上级没有要求。你放心，市委、市政府有任何方面的要求传达下来，你只管吩咐我，有能力我们要完成，没有能力，我们拼尽全力也要完成。

徐超国点头，很是欣慰道，好，有你这个态度，有你这个干劲，县委、县政府全力支持你。不过呢，你也要清楚一点，现在距离旅发大会召开只有短短半年时间了，如果你觉得千年村可以作为会议举办地，那你要马上拿出可行性的方案和报告上报上去，其中要明确列出接下来的各项发展规划、各项举措，以及具体的实施办法，你都要写清楚。

龙险峰说，好的，我知道了，今天我回去后，就马上着手这项工作。

徐超国说，你还要牢记一点，如果今年能在我县举办这次旅发大会，不仅是本县的一次旅游、文化和经济的全方面盛会，也是推进本县旅游发展、实现"旅游活县"的好机遇！所以，我们一定要以超常规举措，全面推进全域旅游建设，加快城区景区化、乡镇景点化、村居景观化的推进工作，不断完善旅游配套服务设施建设，逐步实现从景区旅游向全域旅游的转变。

一番铿锵有力的话，不禁说得龙险峰心潮澎湃，起初还有的一丝顾虑也完全被消除了，他甚至觉得自己全身上下、里里外外都是活力，下一秒就可以开始着手这些工作。

自从龙险峰表示了会支持村里开农家乐，肖百合也更有信心了。在这一段时间里，村委会把主要工作也分为了两大块，一方面继续组织村民去黔中参观当地的农业产业园。在成功组织了三批村民参观后，村里人对于流转土地的态度不知不觉发生了很大的变化。好些人茶余饭后都在讨论哪个时候再开村民代表大会，看样子，都想快一点把土地流转出来。而另一方面，村委会也在全力推进村里的农家乐建设工作，并且与此相配套的环境提升、交通整治等方面工作也在积极进行中。

没多久，丁香的农家乐终于开张营业了。开业那天，龙险峰果然和熊少斌一起来到村里，同时还邀请了县里的几家媒体单位进行报道，这让肖百合大为激动，更让丁香的心变得前所未有地自信。

终于，村里再次召开了村民代表大会。这次代表大会的议题很简单，大家投票决定土地流转的事宜，最后投票显示，全村九十八户涉及流转土地的人家，共有九十六户同意流转。

结果一出来，肖百合马上就给镇长熊少斌打去电话汇报了这件事。熊少斌知道后也很激动，挂上电话他就朝龙险峰办公室奔去，边走边大声说，龙书记，好消息！

话未说完，熊少斌已经走进门来，他一脸兴奋，又重复了一遍。龙险峰说，是不是千年的投票有结果了？

熊少斌频频点头，刚才肖书记打来电话，唱票结果显示，千年村涉及流转土地的九十八户中，一共有九十六户同意流转土地，也就是百分之九十七点九的村民都同意流转土地了。

龙险峰欣慰地说，哦，好，好！太好了！

龙险峰显得极为激动，起身来回走了好几步，又说，这次千年村支两委的工作做得不错。

熊少斌说，看来去参观了几次后，效果的确是很明显。这样一来，再去九鼎公司就有底气得多了。

龙险峰说，你现在就和九鼎公司进行联系，如果可以的话，我想今天就和喻董事长再见一面，也把这个结果告诉她，让她心中有底。

熊少斌一脸惊诧，书记，你这么急就想见她？

龙险峰笑了笑，一鼓作气，乘胜追击嘛。走，到他们的公司去。

熊少斌说，书记，等等，我先给她打个电话，看她在不在公司，我们跑这么远，免得扑了个空，耽搁了时间。

按说，经历了在千年村被堵路被威胁的事件后，喻子涵已经下决心不再考虑在千年村投资的事了，公司董事会也尊重了她的意见。接到熊少斌的电话时，喻子涵本想敷衍几句就算了，可听到熊少斌诚恳的语气说，龙书记要拜访她，她一时心软就应承下来。

第二天下午，龙险峰终于如愿见到了喻子涵。当他走进董事长室时，看上去一切都很正常，他和喻子涵互相几句客套话寒暄了一番。说话间，龙险峰看了看喻子涵身边的一排书柜，又看见身前的茶几下面也放着一沓书，拿起其中一两本，基本都是北岛、顾城、舒婷等人的诗集，除此外，还有《平凡的世界》《钟鼓楼》《芙蓉镇》这样的长篇小说。

龙险峰说，喻董事长，想不到你办公室里还有这么多文学书籍，想必当初也是一个文学青年吧？

这时候秘书小郑正好端了一杯茶走进来，听到龙险峰的这几句话，顺着就说，那是！我们喻董事长不仅喜欢看小说，读诗歌，以前她还写过很多诗歌作品的呢，有些还在报纸上发表过。而且，她还是省作协的会员呢。

龙险峰略感意外，主要是对方的形象和诗人实在是相去甚远。他说，这可是真想不到，原来喻董事长还是一位诗人，这么说起来是一位儒商啊。

喻子涵满脸掩藏不住的得意，但还是谦虚地说，哪里哪里，那都是好多年前写的了，根本见不得人啊，让龙书记见笑了。

可在接下来的谈话中，只要龙险峰稍微涉及产业园落地的内容，对方马上就不动声色地转移了话题。谈了一会儿之后，他忍不住想直接问出来，可偏偏这时，喻董事长的手机又响了起来，对方接了电话，这一说又是好几分钟。这一场谈话到了后面，竟让龙险峰有些如坐针毡，终于，在经历了漫长的一个小时后，谈话结束了。喻子涵送龙险峰到了楼下后说，龙书记，下次有什么事，直接给我打电话就是了，你每天工作这么多，为了这点小事还让你亲自登门拜访，我过意不去啊。

龙险峰客气了一句，喻子涵又向小郑招招手，秘书走上前，递过来一本书。喻子涵把书递给龙险峰，脸上有点不好意思地笑了笑，龙书记，这本诗集是在下拙作。

龙险峰说，哦，是喻董事长的大作，那一定要拜读一番。

两人又寒暄了几句后，龙险峰告别离去，一坐进车内，满脸笑容瞬间消失了，只是长叹了一口气。

回到镇政府，熊少斌看他神色，就有了不太好的预感，在得知了今天龙险峰的遭遇后，熊少斌满脸的失望沮丧，两人面对面坐着，半天都没出声。

坐了一会儿，熊少斌不满地说，这位喻董事长未免也太过分了，仅仅是堵了一次路而已，咋个会说变就变呢。

龙险峰说，说起来，也不能怪他们，他们最担心的，应该就是当地村民对建设项目的态度。堵路那件事看上去是小事，但对他们来说，无疑释放了一个危险信号。

熊少斌说，会有哪样危险？我看啊，就是他们太现实、太功利了，毫无社会责任感，哪样事都是先把自身利益放在第一位，稍微有些不稳定因素就犹豫起来。

龙险峰说,不对,少斌,你要站在他们的立场上来考虑问题。首先,我们要明确一点,这件事对他们来说,仅仅是商业行为,不是帮忙,更不是慈善捐助,所以追求利益、规避风险也是非常正常的。其次,他们如果在某地建设项目,对他们有利的只有当地各项政策给予的扶持,而这一点,又是由当地官员所决定的,但他们根本不能决定官员的去留任免。

熊少斌脱口而出,他们肯定不能决定的啊!

龙险峰说,就是啊,你想想,现在千年的项目对他们来说,就有这个风险,我们承诺会给他们一些优惠政策,但站在他们的角度考虑,如果你我突然调走了呢?

熊少斌说,但我们不可能调走的啊,紫云脱不了贫,我们脱不了手。

龙险峰苦笑一下,是啊,我们都晓得这是不可能的,但他们还是会把这一点进行风险评估的。你说是不是?

熊少斌欲言又止,最后还是点了点头。

龙险峰叹道,说起来,也好,毕竟是一个极大的教训,给我们都提了一个醒,接下来你我都需要好好反省。

熊少斌说,书记,你这话的意思是?

龙险峰说,我们最先一厢情愿地觉得,千年村的各方面条件都是很好的,虽然发生了堵路的不良事件,我想喻子涵他们公司也不会轻易放弃;后来我又认为,只要千年村的村民们能够同意流转土地,那么建设产业园也是板上钉钉十拿九稳了,岂不知,我们的想法还是太主观、太片面了啊。

熊少斌试探地问道,龙书记,那接下来我们怎么办?不可能就这样算了吧?

龙险峰说,绝对不可能这么轻易就放弃了,那我们之前的那些努力、前期做的那些发展规划不是都毫无意义了?而且最关键一点,我们正在申请举办旅发大会,肯定会因此受到极大的影响。

熊少斌说，这真是牵一发动全身啊。书记，你有没有哪样办法呢？

龙险峰说，说实话，目前还没有。

熊少斌又试探地问道，要不，我们再另外找一家农业产业公司？反正全国那么多农业产业公司，我们也不一定非要求着他们这一家。

龙险峰想了想，还是先不要找其他公司。你想啊，其他公司就算是同意要来，还不是得和九鼎一样，考察、评估、决策，整个流程走一遍才行？现在我们的前期工作已经做完了，决策的态度虽然不理想，但毕竟没到最后一步，我们绝对不能轻易放弃，一定要沉得住气。

说完，他挥了挥手，好了，你先去忙吧，我一个人再好好想想。

十六

　　千年村涉及土地流转的九十八户中，有两户投了反对票，投反对票的这两户可以说是让村里所有的人都大感意外、大跌眼镜了。因为这两户，一户是代表麻青蒿进行投票的丁香，而第二户，则是代表吴艾草进行投票的桃花。

　　麻青蒿和丁香两人虽然早已离婚，但是，那几亩土地是离不开的，承包权也是分不了的。就像他们共同的儿子麻浩博一样，他们俩虽然离了，不再是夫妻，但对于麻浩博来说，爹还是爹，妈还是妈。也就是说，那几亩土地丁香是有权利投票的。今天丁香投了反对票，也就意味着他麻青蒿被丁香胁迫了，麻青蒿要气炸了。

　　代表大会一结束，他就怒气冲冲地去了丁香的农家乐，站在门口，他大声喊着丁香。等了一会儿，丁香慢吞吞地走了出来，她一脸不耐烦地说，姓麻的，我还有事情，有话快说，有屁快放。

　　麻青蒿一脸铁青，恨恨道，姓丁的，你给我说清楚，今天你为哪样要投反对票！之前你明明和肖书记说过你要投同意票的，我这才答应让你来投票的。

　　丁香理直气壮地说，不管我是投同意还是反对票，那都是我的权利！

　　麻青蒿抬手指着对方骂道，权利个屁！姓丁的，我告诉你，我们现在虽然是不睡在一张床上了，但还吃着一块地上的饭！那块地是你的也是我的，还是儿子的！

说着，他又呸一声朝着地下吐了口痰，继续说道，亏得肖书记之前这么帮你，推荐你去农家乐学习，给你租了这间房开农家乐，还去镇上帮你办各种手续，你呢？你是咋个报答肖书记的？

丁香冷冷道，你说够了吧？

麻青蒿大声吼道，没说够！老子说不够！我看你就是没良心！以前没良心，现在还是没良心！

听了这话，丁香倒不仅一点不生气，还似笑非笑地说，姓麻的，你说我没良心，你就有良心？我也告诉你，你那点小心思小算盘我还不清楚吗？你不就是想让我们村的投票结果是百分百的同意率，好去龙书记那里邀功嘛。

麻青蒿被她说中心事，脸上微微一红，但嘴上肯定不会承认的，他说，我邀哪样功，这是我的工作！

丁香冷笑道，你不要以为我没听见，前两天你和艾草说的那些话，我可都是一字一句听见了的，要不要我现在给你复述一遍？

原来，就在村民大会召开的前两天，丁香因为农家乐的一些事要去找肖百合，当她才走到村委会门口时，就听见麻青蒿正在和吴艾草聊天。

丁香一听他的声音，本来转身就想走的，可接下来就听见麻青蒿很是得意地说，艾草，你等着看嘛，我敢保证，到时候龙书记绝对会表扬我们村的！

吴艾草马上就说，那是肯定要表扬的，眼下看来，我们村里人绝对是百分百地同意啊！这个结果要是说出去，不要说我们村了，就是整个镇，甚至整个县，绝对都是史无前例的！

丁香一听这几句话就忍不住停下脚步多听了几句，也就明白了整件事。瞬间她仿佛就看见了麻青蒿在龙书记面前那种谄媚笑容，以及回村后的那种得意，她心想，原来你麻青蒿是在打这种小算盘，那我就偏偏不让你如意。

于是，又隔了一天，她主动找到麻青蒿，表示届时就由她在村民大会上来投票，这样，他也可以专心其他工作。麻青蒿心中虽觉得奇怪，但转念想到她和肖百合的关系，便觉得不会有什么问题，也就答应了。

结果啊，麻青蒿真是悔不当初。

此刻他听了丁香的话之后，心中是又气又急，他指着对方，你，你这个婆娘，你坏了我的好事啊……

丁香说，我早就晓得今天大家都会投同意票，我这一票反对或者不反对，都不影响结果，但是，我就是要反对，就让你得不到百分之百的结果，我就是不想让你如愿，不想让你在龙书记那里得意。当初你不是一直反对我开农家乐吗，那我今天我也要恶心你一下！

麻青蒿看看手表，转过身，一边走一边说，等我今天汇报完工作回来，我再好好收拾你一顿！你给我等着，回来我再收拾你！

丁香毫不示弱地大声道，好！老娘就等着你回来，你不回来你就是孙子！

吴艾草和麻青蒿一样，也是一脸怒气地回到家里，才进家门，他啪的一声，用力关上了房门。

桃花从房间里走出来，瞪着吴艾草就骂，吴艾草！你有毛病啊，这么使劲关门搞哪样！

吴艾草也恨恨盯着她，喘着粗气，没有说话。

桃花走上前，伸出手就想揪对方的耳朵，咦，老娘问你话你不说，我看你今天是吃错药了！

吴艾草一甩手，扒开对方的手，指着桃花大声地说，桃花，我告诉你，平时我，平时老子哪样事都让着你，今天我就不能让着你！你给我说清楚，为哪样你要投反对票！

还没说完话，吴艾草踮着脚就捏住了桃花耳朵。

桃花惊叫起来，艾草，放开！你听到没有！

吴艾草手上加了一把劲，一张脸更是凶神恶煞，他妈的！老子不发威，你当真以为老子是病猫！老子告诉你，从今天开始，老子的耳朵从此解放了！

桃花扭了好一阵，终于挣脱了，她眼睛死死地盯着吴艾草，见吴艾草眼里仍然是凶神恶煞的目光，她的心中有了一丝怯意。可能又觉得扫面子，她退了几步，指着对方说，艾草，你，你……

吴艾草瞪着桃花，大怒道，你什么你，你今天要是不给我说清楚，老子揪下你的耳朵。

桃花马上捂起耳朵，有些畏惧地说，有哪样说不说清楚的嘛，我也晓得大家都是投的同意票，我这一票反对又不影响结果！

吴艾草说，幸好不影响结果，要不然你的耳朵，现在就在老子手上！吴艾草又说，桃花，你这样做太过分了，你让青蒿主任和肖书记怎么想？你让村里面人会怎么说我？

桃花还是有点怕，但嘴上又不想服输，她退回到厨房里，把门拉过来挡住自己一半身子，这才壮着胆子说，麻五皮他家丁香不也投的反对票，你怎么不去说丁香呢？

吴艾草说，丁香，丁香我能说吗？她和我有哪样关系？再说她自有青蒿主任收拾，不用你瞎操心！老子今天就收拾你了，桃花，老子告诉你，坦白从宽，抗拒从严！说！你为哪样要投反对票！

桃花被他最后几句话激怒了，一叉腰叫起来，我为哪样投反对票？昨天晚上的事你忘记了？老娘看你真是灌了几杯黄汤，把哪样事都忘得一干二净，昨晚他麻五皮那个样子你还记不记得？我和他说话，他理都不理！更不要说我求他办的那些事了！反正，老娘就是告诉你，我就是看不惯麻五皮！我就是要投反对票！

吴艾草愣住了，昨晚麻青蒿又来他家里吃晚饭，他陪对方喝了点酒。但他酒量比麻青蒿差远了，而且最近这一段时间工作确实辛苦，早出晚归，中午也根本没时间午休，所以一到了晚上七八点就想睡觉，结果饭桌上喝了几杯之后，他还真就倒在桌上睡着了，至于桃花后来和麻青蒿到底说了什么话，他还真不清楚。

原来头天晚上，桃花见吴艾草喝醉了本想发作，可一想到接下来村里要建产业园，她又存了些私心，这个私心，无外乎就是想在产业园中找一份轻松、工资也还过得去的工作。在此之前，她和吴艾草聊到这件事，艾草就说，那你得找青蒿主任，和他说才行，我们村里面，就他和肖书记认识产业园的人。所以，趁着麻青蒿来家里吃晚饭这个机会，桃花拿出一瓶好酒，和麻青蒿碰了好几杯，然后把这件事说了出来，但哪个又晓得，麻五皮居然和自己打起官腔来了！

他一会儿说，这事不好办啊，产业园那边是外省来的，我是村委会主任，给你开了后门，以后我们想在村里做其他工作，那不就很被动了？一会儿，他又哼哼唧唧嫌弃桃花文化不够，他的意思，产业园招工都得有相关技能，你桃花哪样都不会，最多只能当一个守大门的，而且，就算是守大门，人家也要找一个退伍军人嘛。

总之一句话，按照桃花的理解，麻五皮就是磨磨唧唧不给一个爽快点的答案，亏得自己烧了一桌子的菜，有荤有素，还拿出这么好一瓶酒来招待他！

看着他歪歪扭扭走出自家房门的那一刻，桃花心里就在想，那好，既然你这样说，干脆我们村也不要建这个产业园了！也因此，在第二天，她义无反顾地投了反对票。

听她解释完，吴艾草痛心疾首，你，你这个婆娘！人家青蒿主任一天到晚为村里面忙这忙那的，你有什么生气的，又有什么看不惯的？

桃花说，我就是看不惯你像个跟屁虫，一天到晚跟在他后面。

吴艾草脸色一沉，走上前把厨房门推开，正准备伸手揪桃花耳朵，他的手机忽然响了起来，吴艾草拿出手机一看，赶紧接听电话，嗯嗯了几句，挂上电话后，他转身向门边走去，边走边说，桃花，你给老子等着，老子现在有事去村委会，等晚上老子回来了，再好好收拾你！

一会儿工夫，肖百合、麻青蒿、吴艾草、罗云贵、黄光辉几人又在村委会碰头了，虽说投票没有达到他们心目中的完美程度，可总归是一个比较好的结果。

由于肖百合已经把结果告诉了龙险峰书记，麻青蒿决定先给熊镇长打个电话，告诉投票结果的同时，再旁敲侧击一下，看九鼎公司的项目什么时候可以落地千年村。

麻青蒿准备给熊少斌打电话的时候，熊少斌正在忙着上网查找农业产业公司的信息。虽说龙险峰否定了他换一家农业公司的建议，但他认为，万一喻子涵的公司搞不成，还得要有备份，他必须做好"最坏结果"的打算，以及为这个"最坏结果"准备好一条可供选择的后路。

但是，在查找一番后，熊少斌不禁有些灰心，网上能查找到的公司虽说是比较多，但好的、大型的、能看得上眼的公司，其条件要求各方面也很高，不要说千年村了，就算放在紫云镇，也不一定能满足。而那些小一点的农业公司，要资质没资质，要成绩没成绩，连公司的网页介绍都马虎得很，说得再难听一些，简直就是一个皮包公司。

就在这时，他的手机响了起来，一看，是麻青蒿打来的，熊少斌心里面就有点不舒服了，他心想，就因为你们村的人去堵路，现在我就在给你们擦屁股。

一接听，就听见麻青蒿很兴奋地问道，熊镇长，龙书记已经知道我们村的投票结果了吧？

熊少斌心里生气，但也不便发作，只好嗯了一声。

麻青蒿继续问道，那他和九鼎那边说了没？这一次，九鼎的人应该满意了吧？他们准备什么时候再来我们村啊？

熊少斌没说话，还是很冷淡地嗯了一声。

麻青蒿又说，镇长，我有件事想先和你商量一下，你看啊，到时候我们需不需要再搞一个欢迎仪式啊？我个人倒是觉得很有必要的，毕竟也代表了我们村的一种美好愿望和真诚态度嘛，你说是不是？

熊少斌听得心中一阵烦闷，把电话放了下来。

麻青蒿这边，他拿着电话兴高采烈自顾自地说了好一长串之后，却没听见熊镇长的任何一点回应，这让他心里多多少少有些疑惑，他连着叫了熊镇长好几声，却还是没任何反应。

熊少斌一脸厌恶地看着手机，电话中不时传来麻青蒿喂喂的声音，他忽然心中火起，一把抓起手机，大吼道，欢迎什么！准备什么！还建什么建！我告诉你！这个项目黄了，你们知不知道！就因为你们堵路！这下好了，你们都满意了吧！

说完，不等对方说话，他就掐断了电话。

电话这一头，麻青蒿听到熊少斌铺天盖地的一番臭骂后，一下子就愣住了。麻青蒿喃喃自语道，就，就黄了？怎么，怎么可能啊？这么大的事，怎么可能说黄就黄啊……

吴艾草试探着问道，主任，你说"黄了"？是，是什么黄了？

这句问话让麻青蒿一下子爆发出来，他指着吴艾草就骂道，他妈的，产业园的项目黄了！就是因为你老婆去堵路！这下好了，现在人家不在我们村建产业园了！这下你老婆满意了吧！

说完，麻青蒿又指着罗云贵，同样是劈头盖脸一顿臭骂，还有你！回去告诉你老婆，现在人家九鼎公司不来我们村建产业园了，你家的地终于保住了，这下满意了吧！

骂完这两人，他又指着黄光辉，还有你，你不要以为老子猜不到当初你心里面是怎么想的，这些事之所以会发生，就是因为有你这个人！

黄光辉被他骂了后，嘴巴微微张了一下，但没有说话。麻青蒿这一阵声嘶力竭的叫骂声，确实也能理解，从最初制定分批次去黔中考察，再到联系对方产业园的负责人，联系当地的扶贫干部，联系当地脱贫村民，甚至是联系车辆这些小事，事无巨细啊。这一个多月以来，他和肖百合基本上每天都是忙到深夜才回家休息。耗费了这么多心血，眼看着把大家都说服了，让大家都同意流转土地了，可现在告诉他，这事情对方不干了。

谁能够受得了这种打击？

谁能够？

一时间，办公室里陷入了一片沉默中，只剩下麻青蒿粗重的呼吸声，良久，他才慢慢地平缓下来。这时候黄光辉说，五皮，这事我们之前确实有不妥当的地方，但事情发生了，现在后悔也没用，你说是吧？

在麻青蒿的印象中，黄光辉似乎还是第一次用这种道歉的口吻来和他说话，这让麻青蒿有些不知所措，本来心中有气的，这么一来倒不好发作了，他正想着怎么回答时，黄光辉又说，这事是熊镇长给你说的？

麻青蒿嗯了一声，黄光辉又说，龙书记和熊镇长都没办法？

麻青蒿说，能有哪样办法？熊镇长都生气成那个样子了，我要是在他面前的话，我估计他想捶我一顿的心都有。

罗云贵在旁边小声嘀咕了一句，这个，他们不建产业园，难不成就因为堵了一次路？

麻青蒿生气地说，那还能因为哪样！你家老婆锄头都拿在手里的，哪个人看见这种场面不会被吓到？麻青蒿一边说，一边恶狠狠地瞪了吴艾草一眼。

吴艾草被他瞪了一眼，马上哭丧着脸说，主任，我、我当时也在劝桃花的。

一直沉默的肖百合开口了，她说，我估计龙书记是绝对不会这么轻易就放弃这个项目的，他肯定还在考虑其他办法，所以刚才这个消息，我们这几个人知道就行了，谁也不准讲给家里面的人听，更不准讲出去。这是纪律，大家都记好了，心里都要有数，不要再引起不必要的麻烦。

麻青蒿说，对，肖书记说得对，这一次要是哪个再敢乱讲，就真不要怪我不客气！

黄光辉说，肖书记，五皮，这一点你们放心，我们晓得厉害。

一整天，麻青蒿都心绪不宁患得患失，到了晚上，他坐在自家院子里，心里还在想着这件事。这时候院外面传来轻轻一声咳嗽，再一看，肖百合不知道什么时候居然来到他家院外。

麻青蒿连忙起身，搬过来一张椅子，拍了拍说，肖书记，你什么时候过来的，怎么我一点声音都没听见？

肖百合说，估计你在想事情吧，太专心了，也就没怎么注意。

麻青蒿说，你这么晚来找我，还是产业园的事吧？

肖百合反问一句，这个时候了，我来找你，还有心思聊家长里短的事？

麻青蒿一愣，勉强笑了一下，又陷入了沉默之中。夜色微凉，那远处传来的流水声，和田间青蛙的叫声交织在一起，让人感觉四周静悄悄的。

肖百合坐了下来，一时间也不知道怎么开口。

两人又坐了一会儿，麻青蒿说，肖书记，你不是来开导我的吗？怎么不说话了？

肖百合也是笑了笑，跟着也叹了口气说道，说真的，我自己都需要人来开导。我们之前花了那么多时间精力来布置这件事，眼看着一切都进行得很顺利，也取得了比较好的进展，哪知道最后的结果却是这样的。

麻青蒿说，这就叫做"谋事在人，成事在天"啊，反正不管怎么说，我们也算对得起自己的良心了。

肖百合说，仅仅对得起良心还不够，眼下这个状况，我也知道很棘手，心急也没用，但我还是今天下午说的那句话，我相信龙书记和熊镇长比我们还要心急，而且他们肯定都在想办法。

麻青蒿说，这个不用你说我都清楚，关键是，他们又能想出什么办法来？

肖百合说，要不这样吧，明天一早，我们一起去镇里，当面再问问龙书记和熊镇长的意见，看看我们能做些什么工作。

麻青蒿说，事到如今，也只能是这样了，大不了，明天厚着这张脸皮再被批评一次。

第二天才微微亮，两人就从村里出发去了镇上，等到了镇党委、镇政府，还是太早，大家都还没来上班。肖百合说干脆先去吃点早餐，麻青蒿说不去了，一个人就蹲在镇长办公室的外面。

差不多等了十分钟，只听见熊少斌的声音传来，麻五皮？

麻青蒿抬起头，跟着站起身，有些歉意地说，熊镇长，您来了？

熊少斌说，你成天不在村里干工作，一天天跑我这里来搞哪样？

麻青蒿说，镇长，我其实也想在村里待着忙工作啊，但昨天你和我说了那件事之后，我这一晚上心里慌得很，这种状态的话，就算让我一直待在村里面，我这工作也是做不好的啊。

熊少斌哼了一声，你又有哪样心慌的？我们也在想对策，你今天来我这里又是想了解什么事？说话间，他打开大门，两人走进办公室，麻青蒿赶紧去提温水壶。

熊少斌连忙挥挥手，先放着吧，今天很忙，你有什么话赶紧说。

麻青蒿说，镇长，你昨天的一席话，我真是辗转反侧、浮想联翩、寝食难安啊……

熊少斌打断道，行了行了，我晓得你麻五皮教过书，有文化，可你每次说你睡不着觉，颠来倒去就是这几个成语，下次你能不能换几个新鲜的？

麻青蒿有些尴尬，赔着笑说，好，好，一定，一定……镇长，我们都同意流转土地了，工作也安排得这么快……

熊少斌再次打断道，快？在对方看来，就是很慢，我再告诉你，对于他们这种大公司大企业来说，在哪里建产业园，就是单纯的商业行为，哪里的政策更好，哪里的优势更大，哪里的交通更便利，哪里的老百姓更配合，他们就建在哪里！

麻青蒿一脸的不甘心，想了想，又试探着问道，那就没有一点点回转的余地了？

熊少斌说，估计悬，只能是补救办法。

麻青蒿继续追问道，有什么补救办法？

熊少斌本想再说一两句抱怨讥讽的话，但一看对方一脸急切的样子，心中一软，叹了口气说，还能有什么补救办法？我现在啊，正在网上找找看有没有其他同类型的农业公司。

麻青蒿问道，意思是，再换一家？

熊少斌说，是啊，总不能在一棵树上吊着吧？这地球离了谁还不

429

是照样转的吗？现在，关键就是这个时间太紧了……

麻青蒿说，镇长，这个办法是龙书记提出来的？

熊少斌没吭声。当时他向龙险峰提出这个建议时，龙书记可是明确表示过反对意见的，但在熊少斌看来，九鼎这边肯定是没戏了，只是一个时间问题。所以当麻青蒿问起他补救办法时，他才会没有隐瞒地说了出来，可现在麻青蒿又问是不是书记的意思，这就让人比较为难了。

麻青蒿见他没说话，又问了一遍，熊少斌忽然生气了，拍了一下桌面，大声道，是不是书记的意思又怎么了？如果当初不是你们村的人去挡路，去威胁，现在还用得着我来办这些破事？

麻青蒿听了后，隔了好一会儿才说，镇长，我说句话你可不要生气，你说的这个补救办法，我个人觉得不太妥当。

熊少斌说，不妥当？你这个麻五皮还挑三拣四呢，正好，你平时不是鬼点子最多的吗？干脆，你现在就给我想个办法。

麻青蒿说，镇长，你这就是为难人了，我哪想得出办法啊？

熊少斌没好气地说，既然想不出办法，你就回去待着，先去忙其他工作。

麻青蒿说，那我们村这事怎么办？

熊少斌挥了挥手，不耐烦地说，我们再想想办法吧。好了，好了，你也不要一直在我这里啰唆了，我还有好多事呢！

麻青蒿当然不甘心，也不愿意就这样离开，他还想再磨一会儿，套点领导心里的话出来。就在这时候，肖百合走了进来，麻青蒿不禁心中奇怪，此时的肖百合面带笑意，两眼中更是神采飞扬，和昨晚、今早的她判若两人。

麻青蒿正想开口问她，肖百合一把抓住他的衣服，急匆匆地说，青蒿主任，我们就不要在这打搅镇长了，赶紧回村。

一边说，她一边又给他使了一个眼色，麻青蒿心中虽然还是疑惑不解，可看她这个样子，知道这其中肯定有些蹊跷，当即二人和熊少斌说了一声，便离开了镇长办公室。

一出来，麻青蒿便问她，肖书记，你这么高兴，有什么好事吗？

肖百合点点头，左右看看，小声说，我才从龙书记那里出来，我们想到了一个办法。

麻青蒿说，办法？就是对付喻董事长的？

肖百合点点头，不过这个办法能不能成功，最关键的一点全在你身上。

麻青蒿一愣，有些紧张地说，我？需要我干什么？

肖百合笑了笑，神秘地说，回村再说。

麻青蒿和肖百合前脚才走出熊少斌的办公室，龙险峰后脚就走进了熊少斌的办公室。

熊少斌说，书记，您来的时间是掐着手指头算的吧？

龙险峰说，怎么了？

熊少斌指了指窗外，您要再早来一点，那家伙就还在我这里。

龙险峰顺着方向看了过去，正好看见麻青蒿和肖百合走出镇政府大门的背影。

龙险峰笑了笑，转头对熊少斌说，少斌，昨天我仔细考虑了一下，九鼎公司的项目我们还是要再争取一下，你一会儿给喻董事长再打个电话，我们要尽最大的诚意去和她再谈一次。现在千年的乡亲们都同意流转土地了，就是希望产业园能早一点在村里建起来。

熊少斌点点头说，是啊，这不他麻五皮一大早就守在我这门口，缠了我半天，也是想打听一下这件事的进度。

龙险峰说，他肯定想打听清楚，他们做了那么多的前期工作，花了很多的时间和精力，如果项目就这样不明不白地流产，换任何人都会觉得委屈。

熊少斌说，那我给喻董事长打电话和她再约一个时间，我们再登门拜访？

龙险峰却说，不，我们不去她那里，你邀请她再来一趟千年村看看，如果她以工作忙没有时间婉拒的话，至少也要请她来我们镇上一趟。建产业园虽说是商业行为，我们也遵循商业机制，但同时，也要让她明白一点，我们的硬件设施、外部环境、政策支持等方面都是极佳的，仅仅因为先前村民的不理解，才出现了堵路这一不良事件，但我们现在已经做了工作进行补救，希望他们也能认识到这一点，他们也需要拿出勇气和魄力。总之你要记住一点，一定要请她再来一趟，事情没有到最后一步，我们绝不能轻言放弃。

熊少斌点点头，嘴张了张，欲言又止。

龙险峰说，怎么，你还有话要说？

熊少斌又点点头，却没说话。

龙险峰看了看对方的神色，在心里已经猜出对方想说什么。他问道，你是不是还想说，如果这次喻董事长不答应的话，再找一家农业公司来替代？

熊少斌说，是的，书记。

龙险峰很严肃地说，这一点，我昨天也说过了，如果我们换一家农业公司的话，势必又得考察、谈判、评估全程再走一遍，时间上被严重耽误了不说，对乡村旅游的规划发展和旅发大会的召开都有影响，对千年的乡亲们，我们也无法交代。

熊少斌不再多说，回到了自己办公室里。他按照龙险峰的意思，再一次给喻子涵打去了电话，虽说通话过程比较让人为难，但好在喻子涵最终还是同意来紫云镇一趟，而时间就定在两天后。

得知这一消息后，龙险峰很是高兴，这是第一步，只要对方肯来，就证明自己还有机会。

只是同时，时间上确实很紧迫，他得更抓紧了，想到这里，他拿出手机给肖百合发送了一条短信。他相信，对方看见这条短信后，也知道该怎么办了。

两天后的清早，麻青蒿和肖百合赶到了镇政府。到了后，先和龙险峰见了一面，麻青蒿一开口，又想说几句自责的话，龙险峰及时制止了他，并表示今天让二人来，根本就不是追责问责的，毕竟追究再多的责任也于事无补。同时让他们记住一会儿喻董事长来了，一定要让她知道现在村里人的态度。

吩咐完之后，龙险峰自顾自看起了文件，一脸平静，时不时又在自己的笔记本上记录几笔，似乎今天根本就不会有任何人来访。又等了差不多半小时，门外传来了几个人的脚步声，熊少斌带着喻子涵走进了办公室。

照例还是先寒暄几句，但这一次，氛围明显有点尴尬，大家的笑脸都好像是强行挤出来的。麻青蒿没等到龙险峰给他和喻子涵介绍，他就马上伸手与喻子涵握手，他的笑容，显得是那样地真挚，那样地诚恳。

大家落座后，龙险峰对肖百合和麻青蒿介绍说，肖书记，麻主任，这位就是九鼎公司的董事长喻子涵。手一指肖百合和麻青蒿给喻子涵介绍说，他们是千年村的第一书记和村主任，肖百合同志和麻青蒿同志。

喻子涵说，见过，见过。上次我不是去过千年村了吗？还是你龙险峰带我去的。不过，如果没有你龙书记给我开路，我还差点出不了村呢。

龙险峰略显尴尬地说，对，对，你们的确是见过一面的，不过……那次见面时间短，喻董事长和千年村支两委的干部也没说上几句话，所以今天我把他们村的书记和主任都叫过来，就是希望他们再给你多介绍介绍村里现在的情况。

喻子涵点了点头。

龙险峰说，喻董事长，你也忙，我就开门见山直说了，镇党委、镇政府对农业产业园这个项目的态度，你是很清楚的，但村里乡亲们的态度和想法，你可能就稍微有些误会了。

喻子涵有些不满地说，我应该没有误会吧？当天乡亲们的阵势，我现在都还记得很清楚的。

龙险峰没说话，迅速看了麻青蒿一眼。

麻青蒿会意，连忙说，喻董事长，这件事情你是真的误会了，当然了，这事之所以会发生，我们村支两委有很大责任，而且当天你时间紧，工作忙，所以，所以嘛……

喻子涵有些敷衍地点了点头，又像是不经意地抬起手腕，瞟了一眼手表，那表情似乎在说，有话赶紧说，我还忙着呢。

龙险峰看了她这个动作，挥挥手止住麻青蒿，他说，喻董事长，我们镇党委、政府的态度，是非常明确的，希望你们九鼎公司来我们镇投资。解铃还须系铃人，这肖百合书记和麻青蒿主任就是系铃人，我特别希望你能听听他们介绍千年村的情况，有些事，就是要直接对话，免得误会。我和镇长就不参加你们的谈话了，免得影响你们的决策。

喻子涵想了想说，也好，书记你先忙，我们换个地方谈事情。

龙险峰说，不用不用，你们就先在我的办公室说好了，少斌，我去你办公室，顺便研究研究我们申报旅发大会的可行性报告。

龙险峰和熊少斌两人一走，剩下的三人坐在书记室里，气氛更显得有些尴尬。肖百合咳了一声，喻董事长，还是我先解释一下我们的误会。

喻子涵说，这误会就不用解释了，也没什么误会，我相信我的眼睛，你应该也相信你的眼睛，大家都看到的嘛。

肖百合点点头说，是，是，我们都看到的。说到这里，肖百合一时语塞。

一时气氛难堪。喻子涵还时不时看看手表，这让肖百合有点绝望，她扭头看向麻青蒿，眨了眨眼睛。

麻青蒿会意，只见他表情轻松起来，微笑着说，哎，喻董事长，我想问你一句题外话行不行？

喻子涵再次看了看手表，显得有些不耐烦，可能是看到麻青蒿满脸堆笑，有点不忍心，毕竟伸手不打笑脸人嘛，她说，好啊，你问吧。

麻青蒿说，喻董事长，上次只知道你姓喻，刚才才听龙书记介绍你的全名叫喻子涵？"子"可是"诸子百家"的"子"？"涵"是哪个"涵"啊？

喻子涵心里有点不高兴了，心想你一个村委会主任，之前说我误会了，现在不好好给我解释清楚误会是什么，相反在这里东问西问我的名字，难道问清楚了你就知道怎么解释了？

肖百合也看出喻子涵的不快，扯了扯麻青蒿的衣袖，麻主任，我们还是说正事吧。

哪知道麻青蒿一脸正色说，不行，我必须得弄清楚，这事非常关键！非常重要！

听他这么说，喻子涵也不好当场发作了，只得又耐着性子说，涵养的"涵"，这个字，麻主任总该知道吧？一边说，她顺手就在空中一边比画写了这个字。

麻青蒿若有所思道，知道，喻子涵，喻子涵，喻董事长，我怎么感觉你名字很熟悉，似曾相识呢？

喻子涵说，不是似曾相识，我们见过一次嘛。

麻青蒿连连摇头，不，不，上次见的是喻董事长，这次虽说人没变，但这名字，这个名字好像已久远，好像早就相识。

喻子涵耐着性子，又勉强笑了笑，姓喻的不少，叫子涵的也有，可能是同名同姓的吧。

麻青蒿说，不可能，喻董事长你这名字，还是蛮少见的，而且我确实有这个印象。

肖百合也着急了，赶紧说，麻主任，你应该是认错人了，喻董事长是外地人，以前没来过贵州，你又没出去过，怎么可能认识吗？

喻子涵说，对，肖书记说得对，你没出去过，我之前也没来过，你肯定是记错了。

说完这话，她打量了一眼麻青蒿，对方一脸沉思，恍若未闻。再看他穿着一件半新不旧的西装，系着一条醒目的大红色领带，脚下又是一条颜色不一样的西裤，显得有些滑稽。

她心想，我喻子涵什么时候会和你这样的村干部见过面？当真是一厢情愿地来套近乎，关键是，这有用吗？

想到这里，她也坐不下去了，转过脸对肖百合说，这位，肖书记，你看啊，我今天还有些事，要不，我就先走了？

肖百合当然不干了，连忙说，喻董事长，你再等等，麻主任给你解释清楚。

喻子涵有点讥讽地说，没关系了，麻主任既然说我有误会，那就有吧，有些误会不必解释，解释多了，误会也许更多了。

就在这时，麻青蒿忽然一拍大腿，猛地叫了出来，我想起来了！对，误会！就是误会，这是一句漂亮的诗句——误会也是美丽的风景！

说完，他又哈哈大笑了起来，这一下，倒是让喻子涵愣住了，这句诗确实是她写过的，她想，这个乡巴佬怎么会知道呢？

麻青蒿说，喻董事长，以前我不认识你，不过，喻子涵这个名字，我是早就认识的。

喻子涵一脸诧异，你早就知道我喻子涵？

麻青蒿点点头，得意道，您是一位诗人，对不对？

喻子涵一愣，随即反应过来，矜持地笑了起来，这个嘛，勉勉强强算是吧，怎么，你读了我给龙书记的诗集了？

麻青蒿一脸茫然，摇头道，诗集？你还有诗集？我没看过啊。

喻子涵听完麻青蒿说了这几句话后，又无意识地朝着室内各处看了看，终于在书柜里找到了她送给龙险峰的那本诗集。

喻子涵苦笑了一下，自己的诗集被放在书柜里，想来龙书记他根本就没翻看过，龙书记平时的确也忙，哪有时间读自己这些闲书啊？

这么一分析，心里也就坦然了，但这也说明了对面的这位麻主任没有说假话。这倒是让她更好奇了，她抬起头问对方，那么，麻主任你又是在哪里看到我的诗歌的？

麻青蒿脱口而出，诗歌报上看见的啊，我记得你的很多作品都在报上发表过的啊。

喻子涵笑了起来，脸上颇为得意，客气道，谈不上多，就一些，一些小作品而已。

麻青蒿忽然站起身，清了清嗓子，又咿咿呀呀了几声，坐在一旁的肖百合赶紧扯他的衣服，麻主任，你干吗呢，快坐下啊。

麻青蒿并不理会，大手一挥，声情并茂地开始大声背诵起来：

此时、我什么都不想

只想对你说些愿望

可愿望带着伤口

像一朵红花

你可知道

带伤的东西非常美丽

误会、也是一道美丽的风景

　　麻青蒿背到一半时，喻子涵便呆住了，她瞪大双眼，一句话也说不出来。等到麻青蒿背完后，她正想开口，哪知道麻青蒿意犹未尽，继续背诵道：

生活就像一张网

它让我越挣扎就越痛苦

生活就像一堵不透明的玻璃墙

它矗立在我眼前

让我寸步难行

我只有挥拳猛击

结果、手上扎满破碎的日子

　　这一次，喻子涵也激动地站了起来，跟着麻青蒿朗诵完最后两句。背完后，喻子涵禁不住激动地问道，麻主任，你，你……她一边说，一边上上下下打量麻青蒿好几眼，眼神中满是疑虑，甚至有些结结巴巴地问道，你、你不是千年村的主任吗？你又怎么会背我的这些诗，这些诗，至少……我想想，至少是二十年前写的了。
　　麻青蒿并不回答，反而是一脸得意地反问道，喻子涵董事长，你这两首诗我没落下一句吧？
　　喻子涵频频点头，没错，没错。我这些诗，让麻主任，让两位见笑了。

麻青蒿一把握住喻子涵的手，大声说，哪里！喻董事长你太谦虚了，这么好的诗啊！喻董事长，今天，今天我终于见到你本人了，我真的是太喜欢太喜欢你的诗了，我不骗你，我最起码还能再背你的三四首诗。

喻子涵再次被震惊住了，你，你还可以背这么多？

麻青蒿说，是啊，要不我现在再给你背几首？

喻子涵说，不，不用了，我相信你，肯定能背得出来的。你先坐，坐下来我们再慢慢聊。

肖百合也说，对，对，麻主任，你先坐下来，你们慢慢聊。想不到啊，喻董事长和你虽然天南海北隔得这么远，但冥冥之中却还有这一份文学情缘，难得，实在是难得！

喻子涵也不住感叹道，真的，难得啊难得。

坐了一会儿，她的情绪慢慢冷静了一点点，又问道，麻主任，不过有件事我还真的挺纳闷的，你是为什么会背我的这么多首诗呢，按说，按说我当年也没有多大的名气啊。

麻青蒿笑而不语，肖百合也好奇问道，麻主任，莫非，你以前也写诗？

喻子涵一拍脑袋，对，麻主任，你是不是以前也写诗？

麻青蒿笑道，哪里哪里，我根本不会写诗，不过我一直都喜欢读诗，更是羡慕、敬佩你们这些大诗人！

喻子涵哦了一声，点了点头，又摇头道，麻主任言过了，我是绝对称不上大诗人的。

麻青蒿斩钉截铁地说，不，喻董事长，我一直觉得吧，一位诗人的名气大小和他的作品好坏也没有直接关系。喻董事长，我甚至觉得，刚才我背诵的那几首诗歌作品，真要拿去和当年的大诗人相比，也是毫不逊色的。

正所谓"千穿万穿，马屁不穿"，麻青蒿的这几句话一说完，喻子涵先是愣了片刻，随后哈哈大笑起来，边笑边说，哪里，哪里，这些，这些也就是我当年胡乱写的。

麻青蒿伸出大拇指，喻董事长，你这个话就太谦虚了，你胡乱写，都能到这个高水平，那你让那些所谓的"大诗人"怎么办？

此时在门外，熊少斌正缩着身子躲在窗檐下，听到麻青蒿最后说的这几句话之后，忍不住便笑了起来，还好他及时捂住了自己嘴巴，这事进行到现在，应该没太大问题了。熊少斌慢慢地起身退后，走到楼梯口时他又回头看一眼，小声说，你这个麻五皮，不去当演员，真是可惜了。

房间内，麻青蒿和喻子涵还在聊着诗歌。麻青蒿说了几句，忽然叹道，唉，诗歌虽好，却多多少少总是无奈啊，当年，当年我读到你的这些诗歌时，都还在村里小学教书呢。一眨眼，二十年都快过去了，像是上辈子的事情啊，偏偏都还记得这么清楚。

喻子涵问道，麻主任以前还当过老师？

麻青蒿点点头，当了好些年的民办教师，当年我第一次读到你的这些作品，真是觉得写得太好了，写到我心坎里面去了，所以隔了这么多年，还记得清清楚楚的。后来在课堂上，我还把你的诗作为赏析课文让学生学习过……

说到这里，麻青蒿正襟危坐，一脸严肃道，喻董事长，你可能不相信，其实我真得好好地谢谢你，更得谢谢你的那一首《负责》。

喻子涵很是奇怪，问道，这又是为什么？

麻青蒿说，正是因为这首诗，我才成功追求到我老婆，最后才能结婚。

喻子涵一下子更来兴趣了，连忙追问道，哦？还能成就麻主任的一段姻缘？快说来听听。

肖百合也在一旁附和道，麻主任，你能结婚还因为喻董事长的这首诗？那真是很浪漫呢，快说给我们听听。

麻青蒿嘿嘿一笑，我觉得吧，喻董事长应该是一位具有浪漫主义情怀的人！喻董事长，你说，我说这话对不对？

不等喻子涵回答，他又转头问肖百合，肖书记，你是认识我老婆的，她现在嘛，确实不太好看了，不过说真的，年轻的时候呢，她长得还算是漂亮的。

肖百合说，哪里哦，我觉得丁香姐现在也还是蛮漂亮的。

麻青蒿撇撇嘴，不屑地说道，有什么漂亮的，都已经人老珠黄了。不过你别说，她这个人吧，虽然没什么文化，但年轻的时候喜欢听港台流行歌曲，就是那些情啊爱啊的，有段时间她还买了素描本和铅笔，学着画风景画……

喻子涵说，我知道，你爱人就是今天说的"文艺女青年"。

麻青蒿说，差不多，差不多，就那个意思，反正嘛就是一句话，人太不靠谱。

喻子涵说，哪里，生活当中哪能全部是柴米油盐啊，也需要这些文艺气息的东西来调节一下的……当时追求她的人应该很多吧？

麻青蒿很是骄傲地点点头，一脸得意道，那不是我吹牛皮，追她的人那叫一个多，不光有我们村的人，还有其他村的人。总之一句话，至少有一个加强连的男人在追她。

喻子涵说，那看来麻主任当时也是青年才俊了，要不然哪里能俘获芳心。

麻青蒿说，前面三个字，勉强可以算，那个"俊"字，可真不敢当，当时我只是学校的一个代课老师，要钱没钱，要长相也没长相，要真是比这些，我肯定比不赢那些人，不过好在有喻董事长你的这些诗。

喻子涵笑道，所以你就经常给她读我的这些诗？

麻青蒿说，对啊，今天我都还记得清清楚楚，那天我给她读完《负责》这首诗后，她看我的眼神和以前都不一样了，那叫一个温柔啊，再后来我大着胆子去牵她的手，她居然就让我牵了。

喻子涵哈哈大笑起来，好，好，我的短短一首诗能给麻主任的美满婚姻帮到一丝小小的忙，那就太好了。

说着，她又看了看时间，哟，这时间过得可真快，马上就该吃午饭了，这样吧，中午我请二位吃顿便饭？

麻青蒿手一挥，好，不过这饭得我请，你是我的恩人啊！这就叫诗为媒！要不，我哪里有这么美满的婚姻啊！

麻青蒿三人离开镇政府的这一幕，也正好被龙险峰和熊少斌看在眼里，三人看上去情绪都不错，走路过程中也在聊天大笑。龙险峰说，看样子，应该是一起去吃午饭了。

熊少斌点点头，又说，应该是，说不定麻青蒿还有本事，让这位喻董事长喝杯酒，你信不信？

龙险峰说，有可能，这个麻五皮，就是鬼点子多。

熊少斌说，是啊，有些事，我们不好办，还只有他能办。

龙险峰点了点头，就在这时，他的手机响了起来，是红岩村的村支书潘宏梁打来的，龙险峰不自觉地皱起了眉头。果然，刚一接通，就听见里面传来一声大喊，龙书记！不好了！大事不好！

龙险峰听了几秒钟，脸上变色，也大声说，不管怎么样！必须把人给我全部留住！我现在就赶过来，你让所有人都等着我！

说完，龙险峰起身就走，留下了一脸错愕的熊少斌。

电话这一头，潘宏梁挂掉电话后，回头又看了看身后的张学勤，两人目光对视，都很复杂。潘宏梁又转头看着另一名村干部，恼怒、不满地对这名村干部说，这么重大的事，你为什么不早一点通知我！

村干部一脸委屈道，支书，我也是才知道这事的，第一时间就来通知你了。

张学勤又问他，先不要说这些了，你通知老支书了没？还没有是吧？那你现在赶紧再去老支书家里，务必也请他来一趟。

两人从村小道急匆匆跑出来后，正好来到了村口，只见好几十个青壮年男子，背着驮着扛着各种大大小小的行李，看样子，这些人是准备再次集体出门打工。

潘宏梁跑到众村民身前，伸开双手拦住，上气不接下气地说，停，停下，大家都停下来！我，我问你们，你们准备去哪里！

一位村民说，宏梁支书，你还看不出我们是准备去哪里啊？肯定是进城打工啊！

潘宏梁喘了两口气，稍微平复了一下呼吸，又才大声叫道，不行！你们先停下来，你们，你们不能这样一走了之！

那位村民气冲冲地说，我们又不是犯人，凭哪样不能走？

一时间，好几位村民都叫起来，是啊！凭哪样不能走！我们又不是犯人！还有人叫起来，真继续待在村里，那才是坐牢当犯人了呢！

潘宏梁说，你们和我装傻？你们扪心自问一下，你们这么多人要是全走了的话，那我们村里就只剩下老人和小孩了！

张学勤也走上前一步大声说道，大家先冷静，你们先不要急着走。

领头的村民刘小雄说，小张书记，你也会来拦我们？我可是记得前段时间你说大城市好，当时你一个劲支持我们出去打工呢。你当时还说，不出去，留在村里等救济啊！

张学勤脸色十分尴尬，但是自己的确说过这样的话。那段时间他得知组织上出台了"你脱不了贫，我脱不了手"的文件，他再联想到红岩村的落后，如果想脱贫，那不得到猴年马月去了？真是那样的话，自己岂不是要在这个又破又小的山村里面待上一辈子了？这么一想，他就觉得前路一片灰暗，本来他当初主动请缨来这个村当第一书记，多多少少就有些投机的意味，结果没承想出现了这样的变化，和他当初的预想完全大相径庭。可以说，上级忽然下文这一变化让他猝不及防，于是乎，当村里人来问他要不要出去打工的时候，他脱口就说，能出去肯定就出去啊！待在这里搞哪样？等救济啊！

另外嘛，出去打工总是能赚些钱的，那么一旦这些人有了收入，来年在统计人均收入时，多多少少也能把整个村的平均收入扯上去一点点，这么一盘算，他几次在半公开场合下都鼓励大家出去打工。

但是，他毕竟是红岩村的第一书记，经过这一年多的基层工作和反思，之前的负面情绪也逐渐烟消云散，慢慢地，他也在考虑如何能让村里人真正地脱贫致富，也在想各种方式方法。而当初在气头上说的那些话，现在被刘小雄在大庭广众之下说出来，这就好比是当众扇了他几耳光，甚至，还要严重一些。

刘小雄见他脸色通红，支支吾吾说不出话来，很促狭地又追问道，怎么了，意思是现在小张书记又不支持我们出去打工了？

张学勤定了定神，回答道，支持或者不支持，都不是简单的一两句话就能解释清楚的，我知道你们都有苦衷，但还是请大家先不要慌着走。

潘宏梁大声地说，对，小张书记说得对，这事情不是一两句话就能解释的，大家不要急。

张学勤又说，为了让我们村脱贫，我们都在想办法，这半个月你们是不是基本没见过宏梁支书？因为他一直都在外面，找这样那样的老板，就是为了能拉来项目，这半个月，他的辛苦你们想象不到，饿了，就吃个馒头，渴了，就喝口水。

听了这话，大家都没出声，张学勤又说，不仅是宏梁支书在想办法，甚至老支书也在想办法。

张学勤说得一点没错，老支书年龄虽然很大了，可为了村里的事，真是没少操心。别的不说，就现在，他和那名通知他的村干部也在赶来的路上。

老支书问清楚有多少人之后，也是气得不行。一个劲地说，这些人就这样出去，家里的地还种的有这样那样的苗，就不管了？养的那些家禽也不管了？难不成还想让我们这些上了年纪的人去帮他们种地？帮他们养鸡放羊？

村干部小声说，他们嫌种地和养殖赚钱不多，所以这次他们要去城里的建筑队打工。

老支书眼睛一瞪，还想去建筑队打工！他们哪个会泥水活儿？真以为进了城，就这么容易赚钱了？胡闹！一会儿我去了非狠狠骂他们一顿！看他们下次还敢不敢！

但让老支书也没想到的是，这一次的情况比他想象中的严重得多了，哪怕是狠狠骂也不管用了。

等他赶到现场时，潘宏梁和张学勤都已经站在了公路中央，两人都伸开双手，大声叫着，各位，你们先不要走，你们听我说，龙书记现在马上就赶过来，你们要是有哪样不满的，一会儿可以直接和他说！大家再耐心等等。

人群中响起一个声音，宏梁支书，小张书记，龙书记来了能给我们现场发钱吗？

潘宏梁和张学勤对视一眼，互相问了一句，发钱？发什么钱？

刘小雄说，看这个样子，龙书记来了肯定是不能发钱的嘛，那能不能发米发油？

潘宏梁说，怎么可能嘛？不过，龙书记今天来我们村就是给大家解决问题的，你们就算不相信我，总得相信龙书记吧？

刘小雄说，支书，书记，不是不相信你们，你们的好意我们心领了，但我看龙书记来了，也解决不了我们的问题，你就不要拦我们了，我们还要去赶班车呢。我表哥已经给我联系好城里一支建筑队了，哪样都谈好了，每个月至少有三千元的工资。

另外一个村民附和刘小雄说，我们留在村里，一个月不要说三千，三百都困难。

老支书在后面听潘宏梁说了几句，总觉得他说不到点子上，忍不住就走上前来，指着众人说，你们嫌村里面穷，就想一走了之，就想出去赚大钱……

有人打断道，老支书，我们想赚钱，这没错吧？

老支书说，错是没错，可你们不要忘记了，你们出去赚再多的钱，村里面还是老样子！俗话说得好，"儿不嫌娘丑，狗不嫌家贫"，你们每个人都是在这个村子里长大的，这个村子就是你们的母亲，你们现在嫌弃她了，就想一走了之了？有你们这样自私的人吗！

有人说，老支书，你这个话说得不对了吧？我们想出去打工赚钱，怎么就变成自私了？我们手里面没钱，家里面的人都跟着挨饿受苦，难道我们会好受？

其他人也跟着点头。

就在这时，一辆黑色小轿车从远处拐角开了过来，车后面扬起一阵阵的尘土，到了村口，车还没有完全停稳，龙险峰就急急忙忙从车上走了下来。

龙险峰面对大家，他先是大声问道，你们这么一起出去，已经找到工作的地方了吗？

其中两位村民已经找到了工作，也就是建筑队的零工，每个月有三千元的工资。听龙险峰问起，小张书记便回答了一遍。

龙险峰听完后，又转头问其他人，好，除了他两位，那你们别的人呢？你们找到工作了没有？

这一次问过后，大多数人都是面面相觑的。有人说，进了城我们再找，总会找到的！

龙险峰说，你们村里不是没有进城打工的人，你们应该都问过他们，听上去一个月能赚这么多钱，但是刨去各种开支，一个月能寄回来的又有多少？这一点你们应该都清楚吧？他又指着刚才说要去建筑队的村民问道，这位老乡，你说要去建筑队上班，那我问你，你以前在建筑队里干过没有？

那人说，没有，不过嘛，就算没干过也没太大关系嘛。

龙险峰摇头，那你就理解错了。你啊，把这份工作想得太简单了，现在城里的建筑队越来越正规，聘请的员工都需要一定的从业经验和资质，如果你没有，那就只能去一些不太正规的队伍上班，工作危险没有保障不说，工资也不会有这么高了。而且，又因为这些队伍不正规，所以往往还有拖欠农民工工资的可能性。另外，一旦发生工伤等情况，医疗救助、补偿款也往往会发生纠纷，说句不好听的，就是得不偿失啊。

那人嘴张了张，欲言又止。

龙险峰指着一位眼熟的村民，又说，老乡，我记得你家里种的有几亩花椒苗，还种了两亩中药材，是吧？你想过没有，这一走的话，那些花椒苗和中药材怎么办？哪个人又来帮你照顾？难道你想让它们自生自灭？

龙险峰又说，你们应该都清楚，那些种下去的中草药材、经济作物、花椒苗等，你们没有掏一分钱，全都是扶贫款帮扶你们的。为了让大家种下去的作物可以生长得好，我们还多次组织专家来给大家讲课，传授种植经验，你们这样一走，就相当于把这些钱都浪费了，你们，你们这样做是不是太不负责了？

众村民都没有说话，可龙险峰仔细看了看他们的脸色，就知道这些人心里并不服气。

龙险峰想了想又说，我们之前对你们村的每一户都进行了调研，建档立卡，统计你们每一户的致贫原因，制订脱贫方案。说着，他指着刘小雄说，就拿你家来说，我记得你家里还有两亩水田，平时一家人的吃饭是不成问题的，所以我们才建议你去种花椒树，当时还给你计算过了，三年后，你的收入将会是现在的好几倍。

潘宏梁也凑了上来说，龙书记说的这些，你没忘记吧？刘小雄有些尴尬，但还是点了点头。

龙险峰说，我理解乡亲们想进城打工赚钱的心愿，但就像我刚才说的，进了城之后，你们各位因为没有相关的专业技能，想赚钱并非那么容易，每个月就算辛辛苦苦挣到一些钱，刨去房租、水电、吃饭等开销，你们还能剩下来多少？

说着，龙险峰又顺便把这些费用大概列举了一下，一算下来，别说存钱了，能持平就算好的了。这些话一说完，村民们开始讨论起来。

潘宏梁大声说，先别吵，龙书记还有话说！

龙险峰继续道，想当年，红岩村更穷、更苦，别的不说，就是想吃口水，都还要走十多里山路去挑水，那个时候老支书还在任，他说要挖一座水库，好不容易才劝了一些人留下来，最后呢？大家还不是把水库修好了？

潘宏梁也大声说，对，老支书当年吃的苦受的累，比你们都多吧？

这一次，众人还是没说话，但看他们的神色，也在慢慢地发生着变化。

龙险峰说，后来我也看过很多老支书修水库的新闻报道，那个时候，村里面就有一些人说了很多冷言冷语，他们说，你就不要去想这件事了，建水库，那怎么可能嘛？还有人说，我们红岩村，祖祖辈辈都是这样过来的，这么多年就只能出去挑水吃。

老支书听到这里，双眼中也泛着点点泪光，长叹一声后说道，是啊，当时确实有很多人和我说这些话。

龙险峰回过身，轻轻拍了拍老支书的肩膀，以示安慰。转头，他又说，但是，老支书不管，因为他相信，只要大家能够齐心协力，有信心有决心，又有党和政府的支持，有了坚强的后盾，就一定能修通水库，就一定能胜利！就一定能战胜贫困！

老支书听得一脸感动，点了点头。

张学勤率先鼓起掌来，紧接着，潘宏梁和一名村干部也用力鼓起掌来。

龙险峰又说，现在，红岩村不仅有水了，电也有了，甚至每个村民组也通硬化路了，可以说，我们村比以前好得多了，接下来，精准扶贫强力推进、各项好政策在帮扶大家，我希望各位能再好好考虑一下，你们现在出去打工，既是对自己的不负责，也是对我们扶贫工作的不负责！我相信，只要大家努力，红岩村还会变得越来越好的。你们现在出去，难道不觉得可惜吗？

潘宏梁大声地说，对，龙书记说得对！

张学勤看了看手表，也跟着说，各位，时间不早了，我看大家还是回家做饭吧，要不然，中午可就要饿肚子了。

众人互望几眼，都有些被打败了的公鸡的感觉，刘小雄先朝着村里走了回去，接着，其他人也背上行囊，三三两两往村里走去。

见众人都打消了出去打工的念头，龙险峰轻松了许多，他抬手看了看手表说，快，到村委会去，今天不能待久了，还有急事。

龙险峰惦记的急事，其实就是肖百合和麻青蒿的事。

这时，在紫云镇上的一间饭店包房内，麻青蒿、肖百合、喻子涵三人围坐吃着午饭，看三人的脸色，应该都喝了不少酒了。

喻子涵举起杯，和二人一碰杯，一口饮尽。放下酒杯后叹道，麻主任，肖书记，大家都是朋友了，说出来也不怕你们笑话，其实《负责》这首诗，是我的初恋提出要和我分手后，我写给自己的一首诗，算是对自己的一种安慰吧。

麻青蒿点了点头说，难怪这首诗里面隐隐有一种伤感的情绪。

喻子涵说，算了、算了，不说我的这些事了，麻主任，今天你还给不给你爱人读诗啊？

说话间，麻青蒿本来正准备举起一杯酒干杯的，一听这话，手上动作停住了，脸上也现出为难之色，他勉强笑了笑，含含糊糊地应了一声。

喻子涵察言观色好奇问道，怎么？我说错话了？

麻青蒿还是没说话，肖百合犹豫片刻后说，喻董事长，麻主任和他爱人早就离婚了。

喻子涵啊了一声，一脸尴尬，连忙道歉，麻主任，我不知道，不好意思，真是不好意思。

麻青蒿客气了两句，但室内气氛马上就冷淡了下来，一时间三个人都没说话。隔了一会儿，麻青蒿又长叹一声，说实话，要不是因为当初我们千年村太穷，我也不会和她离婚的。

喻子涵问道，麻主任，你和你爱人离婚是因为村里穷？

麻青蒿说，是啊，干脆就给喻董事长全部说了，也不怕你见笑了。当年我和她结婚后，她就一直嫌我赚钱少，等到儿子出生后，家里更是困难，她就叫我辞去村小学的工作，和她一起去外面打工。

喻子涵缓缓点了点头。麻青蒿自顾自倒了一杯酒，一口喝完后又骂了一句，低声说，家里其他事情，我都可以答应她，但这件事真不能依着她。

喻子涵说，哦，这又是因为……？

麻青蒿说，当时我们村是真的穷，外面毕业的师范生，不，别说师范生了，就是中专生、高中生都不愿意来我们村里，村小学的老师加上我，你猜猜，一共几个人？

喻子涵摇摇头，我猜不到，但肯定很少。

麻青蒿比出三个手指头，就三位老师，真的，就这么多。你想想，本来就已经很吃力了，我要是再狠心一走了之的话，村里面这些娃娃咋个办？

喻子涵点点头，跟着叹道，是啊，再穷不能穷教育，再苦不能苦孩子啊。

麻青蒿一拍桌面，对！就是喻董事长你这句话！说得对！就因为这件事，我和她大吵了一架。

喻子涵紧接着问道，你们不会因此就离婚了吧？

麻青蒿摇头道，倒是没这么快，但这事嘛，对我们之间的感情也有很大的影响。再之后，也就是吵架没半个月，她就一个人去了广州，再后来、再后来……唉，总之，聚少离多，婚就这样离了。

喻子涵微微叹了口气，试探着问道，那你现在，恨不恨她？

这一次，麻青蒿想了许久才回答道，喻董事长，和你说实话，才离婚的那几年，我确实很恨她，但后来认真想想，其实这事真不能全怪她，毕竟我赚的钱太少了，养活自己都困难，更不要说养一个家了。

喻子涵说，是啊，一分钱难倒英雄汉。

麻青蒿说，如果那时候的收入能有今天工资的一半，可能，可能她也不会和我离婚了吧，唉，不过呢，这点钱要是和城里面的人一比，我们又马上变回穷人了，所以说还是穷啊。

喻子涵说，的确，这几年，我也去了贵州省的很多贫困山区，确实像你说的一样，乡亲们的生活条件比十多年前是要好过得多了。

肖百合说，现在比原来是好得多了，但是城乡差距还是很大的。

麻青蒿说，是啊，就是这村和村之间，也差距很大，由于地理位置、外部环境等因素，有一般贫困的，还有特别贫困的。

喻子涵点点头说，是啊，你们这里就是山区。

麻青蒿说，所以说啊，我们这些贫困地区都需要像喻董事长你们这样有担当、有责任的大型民营企业来帮扶，来推动，这样才能让我们这些村更快、更好地发展起来。

不得不说，这一点就是麻青蒿这个人的聪明之处，明明三个人在喝酒，看上去也都是在说和产业园、工作完全无关的事情，但他总是能找到适合机会，把话题一步步向着自己希望的方向进行引导。果然，在他说了这些话之后，喻子涵连连摆手道，麻主任，这可真的不敢当，我们嘛，也只是一家小小的农业公司，谈不上，真的谈不上。

麻青蒿没说话，转过头有意无意地向肖百合看了一眼。

肖百合会意，马上道，喻董事长，你这个话就谦虚了，前段时间，我还带队去你们在黔中建成的产业园参观过，我感觉，那个产业园就对当地经济做出不小贡献！不仅发展了当地的农业经济，同时还解决了当地很多人的就业问题。

麻青蒿跟着说，对，黔中那个产业园我也去参观过的，很不错！这不就是在帮扶、在推动当地的经济发展吗？

听到二人说了这番话，喻子涵反而不好再谦虚了，她笑了笑，这个嘛，也只能是小小贡献。

眼见时机差不多也成熟了，麻青蒿和肖百合又对视了一眼，肖百合说，喻董事长，我下村来当第一书记，我有一个最大的愿望，就是希望能看到这样的情景：

> 在村庄晨雾的弥漫中有孩子们琅琅的读书声，在田间耕作的黄昏后有一对对的夫妻愉悦地回家，在月亮升起来的时候，在小院子里，有爷爷奶奶、爸爸妈妈和孩子，一家人围在小桌旁温馨地吃饭……

喻子涵说，哎，肖百合书记，你的愿望就像一首美丽的田园诗。

麻青蒿说，对，喻董事长说得对，这就是一首美丽的田园诗！不过这样美丽的诗，还需要你这位大诗人的帮助才能实现啊！

说完，麻青蒿拿起酒瓶，给三人酒杯中倒满酒，自己先举起酒杯，接着说，喻董事长，前段时间，我们知道你们九鼎公司准备来我们村里建产业园的消息后，都非常激动。但确实因为我们工作上的疏忽，没能及时和村民们沟通好，才出现了后面那些事。这一点，我今天也代表千年村支两委向喻董事长郑重道歉。如果你还介意，我就自罚三杯！不，自罚十杯！

喻子涵也连忙举起杯，哪里，哪里，麻主任，你说这个话就太客气了，村民们有质疑有反对声，都是很正常的。

肖百合说，喻董事长，那天你从千年离开之后，龙书记和熊镇长都对我们进行了一番教育，我们也马上认识到我们的错误。所以，我们接下来组织村民，分四次去黔中的产业园进行参观学习。

麻青蒿一口喝下酒，抹了抹嘴巴，这几次参观结束后，我们又马上在村里召开了村民代表大会，对土地流转进行投票，最后结果显示，九十八户涉及流转土地的村民中，一共有九十六户同意流转。

肖百合紧接着说，也就是说，我们村里有近百分之九十八的村民，现在都愿意把土地流转出来建产业园。

喻子涵眉毛一挑，哦，从这个数字上看得出，你们俩的工作做得很扎实啊。

麻青蒿说，这是我们村支两委应该做的。不过，喻董事长，前段时间我们也听到了一些传闻，说是你不准备在我们村建产业园了？

喻子涵有些尴尬，吞吞吐吐地解释道，这、这件事嘛，麻主任，你先听我解释，千年村的各项数据都很理想，只是因为我们公司在各地开展的项目比较多，如果想要同一时间……

麻青蒿说，喻董事长，容我打断一下你的话，要不然，让我先说说心里话？今天我见到你之前，我觉得这个传闻八成是真的，当时我想一个企业嘛，不管是大还是小，都和人一样的，就想轻轻松松把钱赚了，但我们村里的事情多，人家肯定会嫌麻烦，所以干脆不赚我们这个钱了。肖书记，你说是不是这个道理？

肖百合点头道，对，喻董事长的公司毕竟是商业行为。

麻青蒿说，但是，但是我今天见到你，又和你说了这么多话，我就肯定这个传闻是假的，我之前的猜测也绝对是错的！

喻子涵有些好奇，连忙问道，哦，你又是怎么得出这个结论的？

麻青蒿说，很明显嘛，文如其人，能写出这么多这么好诗歌的人，肯定是内心善良而且美好的人。这样的人不仅有理想、有情怀，还有社会责任和担当，敢负责，也负得起责，咋个可能和那些只想赚钱的普通商人一样嘛。

喻子涵不好意思地笑起来，这个，这个言过其实了。

麻青蒿说，喻董事长，你谦虚了，今天我见到你，再跟你聊这么久，我绝对敢说这个话。

肖百合说，喻董事长，千年村民之前在土地流转上有一些误会，导致了不愉快的事件发生，但现在村两委积极善后，已经很好地解决了这个问题，现在的千年所有人都非常欢迎喻董事长的团队进驻我们村。

麻青蒿叹道，是啊，喻董事长，当年村里穷，我还是有一点工资拿的人，但养家也很吃力，最后还离婚了。现在村里面虽说比以前好了些，但结了婚之后，出去打工的人也大有人在啊，要么夫妻分开，要么父子分别。

肖百合说，如果说，喻董事长你的产业园能建起来，这些人就能回到村里来，不管是在村里开农家乐做生意，还是在产业园里面就业，至少一家人都能够团聚在一起了。所以，我们非常诚恳地希望喻董事长能够重新考虑一下千年村这个项目。

这两人就这么你一言我一语地轮番开口，一唱一和之后，麻青蒿又给喻子涵倒满酒，郑重其事地说，喻董事长，你的那些诗，曾经造就了我的一段美好姻缘，所以，我们诚恳希望，你能在千年村继续这个项目，让千年村变成一首更美妙的诗歌！

喻子涵沉吟片刻，脸上看不出任何表情。麻青蒿和肖百合对视一眼，两人都摸不清她心里到底是怎么想的，麻青蒿本来还想再说两句，肖百合缓缓摇头，示意他不要再说话。

喻子涵沉吟片刻后她把面前的酒举了起来，一口饮尽后，放下酒杯一拍桌面，豪爽道，多的话我也不说了！我今天回去就召开董事会！麻主任，肖书记，你们俩放心，这事包在我身上，我一个个地去劝我的股东，我想他们都会同意这个项目的！

麻青蒿和肖百合对视一眼，高兴地齐声说道，太好了！喻董事长，有你这句话，我就放心了，回了村里我也可以向大家交代了。麻青蒿端起一大杯酒，为诗歌干杯！为诗一样的村庄干杯！

喻子涵说，干杯可以，但是你这个酒多了一点，一会儿喝醉了不好吧！

麻青蒿豪迈地一挥手，仰起头一饮而尽，放下杯子说，要想我喝醉，除非时光倒退。

这边，千年村的难题是解决了，可那边，红岩村却还是一片愁云惨淡的景象。在村委会里，龙险峰、老支书等四人围坐在一起，各自都在想着心事，没有一个人说话。

可能是实在受不了这种沉默了，张学勤先开口说，今天多亏龙书记来了，要不然，我们还真不一定能劝得住。

潘宏梁嗤笑一声，还真不一定劝得住？小张书记，我看你也是自信得很，今天龙书记不来，就凭我们，绝对劝不住！

张学勤脸有点红，老支书接着说，龙书记，说真的，今天你虽然暂时把他们劝住了，但我感觉，接下来如果没有更好的办法，还是留不住人的啊。

龙险峰说，是的，我也有这种感觉。他们之前说没说过要出去打工的话？

张学勤说，之前一直没有，就前几天才说要出去，还来问过我进城后，找工作麻不麻烦什么的。

龙险峰沉吟片刻，早不出去晚不出去，为什么偏偏就这几天？难道这几天你们村又发生了哪样不好的事情吗？

张学勤想了想，点了点头说，龙书记，我估计吧，大家之所以会想着出去打工，最关键的原因还是因为扶贫款和扶贫物资。

潘宏梁说，对，肯定就是这个原因。大家自从晓得今年是最后一次发放扶贫款和扶贫物资后，就开始有怨言和不满情绪了，也就决定要一起出去打工。

张学勤说，对，这次我们去发放扶贫物资，告诉他们是最后一次后，百分之八十的村民都表示反对……

潘宏梁打断道，哪里是百分之八十，就是百分之百，你告诉我，又有哪一家不反对？

龙险峰微微皱起眉头，他说，大家不适应是正常的，但是你们也要及时和大家解释清楚，发放扶贫款和物资，那是以前的"输血式"扶贫方式，国家和政府花了大量的财力物力人力，但最终的脱贫效果却并不明显。而我们现在实施的是"精准扶贫"，对红岩村，提出的是"科技扶贫"和"产业扶贫"，所以，我们不是不发放扶贫款和物资，而是把这些转为劳动生产物资进行发放。

潘宏梁一脸无奈，龙书记，我们也是这样和大家解释的，不过，效果真不是很理想，村里这些人，哪管你说的这些话，只晓得摊开手问你要米要油，不给就生气，就翻脸，甚至还骂人，上次小张书记就被他们骂惨了。

张学勤苦笑一下，又说，被骂几顿也没多大关系，乡亲们心里面有气，就让他们骂骂好了。

龙险峰听完，心里也苦笑了一下，他以前也干过基层工作，所以很清楚他们介绍的情况，这种时候，确实是基层干部最为无奈、最为难受的时候。

一方面，上级部门总是会硬性要求基层干部按照某份文件、某个意见、某项政策去执行，上级部门普遍认为只要严格按照文件来执行，就肯定是没问题的，但事实却是，很多时候基层工作还真需要变通着来进行。另一方面，乡亲们普遍文化水平不高，对于上级在不同时期、不同情况下所进行的政策，解读和理解都是不到位的，就拿扶贫这件事来说，在他们看来，发钱、发物品才叫扶贫，而别的方式，不管你说得多么天花乱坠，都不叫扶贫。

老支书听他们说了这些话之后，忍不住也开口道，龙书记啊，不是我给他们说好话，你应该也晓得，每次发的那些钱虽然说不算多，但对我们村的每家每户来说，那就是很重要的一笔钱啊。说得再难听点，有些人家里啊，一年到头就靠那点钱来买盐买油了。

龙险峰说，确实，这一点我其实也清楚。

老支书苦笑了一下，说起来，这事也不能怪别人，真要怪只能怪我们自己不争气啊。

龙险峰说，老支书，话可不能这样说，红岩村和其他村比起来，各方面条件都要差很多，别的村一年当中可以比你们村多种一到两季，粮食产量也要多很多，吃饱饭早已经不是问题了。但在这里，每年旱季水库缺水时，你们还得看天吃饭啊。

老支书喟然不语。

潘宏梁说，所以这些人一听说不发放扶贫款后，都有意见，才决定要一起外出……顿了顿，他又鼓起勇气说，龙书记，要不你看，能不能和上级再反映一下我们村的问题，这个钱，可能暂时还真不能停止发放。

龙险峰点点头，好吧，我明天就去县政府反映一下，再请县里扶贫办的来你们村，就接下来的问题给你们把把脉，当面问诊。

话虽如此，但龙险峰心中其实真没多少底，他深知像红岩村这种情况，仅仅靠几次"当面问诊"是绝对无法解决根本问题的。在他来紫云当书记之前，就已经对这个村进行过相当深入的前期了解了，这个村的地质情况十分恶劣，石漠化相当严重，因此土地保有量极低。

来此上任后，他就大力推进前几年就开始实施的退耕还林政策，在各处山头上大量植树，后来又在新农办主任陈林勇的启发和建议之下，在村里推行种植花椒苗等耐旱经济作物，这些措施才让山上多了一些绿色。

但是，客观因素毕竟存在，也因此各项有关植树造林的措施搞了这么长时间后，到今天山上也只有一部分林木生长出来，更无奈的是，其中大部分均为低矮的灌木丛。

而在更早之前，这个村的自然生态还遭遇过一次更大的危机。当时村支两委考虑到现在村里留守妇女儿童居多，决定推行养殖产业，在把鸡鸭牛羊等牲畜全部都讨论一番之后，最终决定进行黑山羊养殖，没多久，村里就有几十户人家养了上百头山羊，又因为是妇女儿童在养，所以基本上都是放养。而这，差一点就让红岩村成为不毛之地。

山羊有一个最大的特点，那就是食性杂，不管是嫩枝、落叶，或者带刺杂草，甚至是灌木根须等，对它们来说都是美味可口的食物。这么说吧，它们的胃部实在是非常强大，强大到基本上想吃什么就能吃什么。所以，对它们来说，一整座山头上的植物都是它们的美食，这也意味着，一旦放养，山上好不容易才长出来的灌木也就岌岌可危了。

直到上级部门来村里调研时，及时发现了这一情况，于是紧急叫停这一错误决策。但村里的人却不太配合，也很不理解，他们都觉得，山上的草和树这么多，村里的羊又这么少，再怎么吃也不会有什么大的影响。

而且，最关键的一点，只要这些山羊长大了，就是钱啊。现在不准它们吃草，不让它们长大，那不就相当于眼睁睁看着钱一点点溜走吗？那不就是败家子的做法吗？

所以，虽然上级要求不能再养山羊，尤其不能再放养，但大家都没当作一回事。直到一场暴雨之后，山坡上再次出现了大范围、大面积的泥石流滑坡现象，部分林地和山脚下的田地均受到了严重的毁坏，这一下，村里的人才知道，原来这些山羊还真的不能放养了，否则，不要说林地和田地被毁了，山脚下大家的房屋也处在危险之中。最终，县里财政部门专门拨出一笔款项，作为山羊养殖户的赔偿款，才终止了这件事。

所以说，在这些年，红岩村为了能脱贫致富，或者说，暂时都不奢求"致富"了，只要能"脱贫"，从上而下，能想的办法、能试的方法，其实都已经尝试过很多了，然而最终换来的却都是残酷而不可逆转的现实。

等龙险峰来到紫云任职后，他也尝试进行一些扶贫措施，但现实最终也告诉他，想要真正地改变红岩村的现状，则需要尽最大可能地去争取社会各界的帮扶，这才是最行之有效的办法。

而这个办法，绝不是一个镇政府，甚至一个县政府的力量所能完成得了的，更不是他龙险峰大声呼吁就能实现、就能办到的，在他心里，这个办法等同于幻想，也是一个说不出口的办法。

龙险峰又坐了一会儿便起身准备离开，见他要走，潘宏梁和张学勤也跟着起身。送他出来后，龙险峰三人站在村委会大门，抬眼便是苍茫起伏的群山。

龙险峰看了一会儿，忽然感叹道，这些年，山上的树木眼见着越来越多越来越密了，可千万不能再倒退成以前的样子了。

潘宏梁和张学勤都不知道他为何忽然有这一感叹，不过还是跟着点了点头。

龙险峰又说，那些山头上的绿色，有很大一部分就是你们之前栽种的经济果林、中草药等农作物，所以说种植必须坚持下去，虽说现在的收益还不明显，但你们村和其他村的情况不一样，对你们来说，首先还是要控制以前频频发生的水土流失，把生态环境治理好，这就是很大的进步和成绩了。

潘宏梁说，确实，以前每年春夏交接时，这些山上都会有不同程度的滑坡塌方等发生，水库也都多多少少会受到影响，今年春天倒是真没发生过了。

龙险峰说，早在十多年前，总书记在浙江任职时就曾提出了"绿水青山就是金山银山"这一重要的科学论断，这句话啊，真是生动形象地表达了我们党和政府大力推进生态文明建设的鲜明态度和坚定决心。你们想啊，只要生态好了，人与自然和谐相处了，才能有更大更多的发展空间和机遇。

十七

麻青蒿今天是真的喝多了，大醉而归。

最先上桌时，他还存了些讨好喻子涵的心思，但喝到后面，尤其是喻董事长答应重启这个项目，他的心理压力也就消失了，便开始频频举杯，来者不拒。

喝完酒从餐厅出来，送别了喻子涵，天上下起了小雨，麻青蒿仰起头，让小雨尽情地飘在他的脸上。他对肖百合说，这个时节，雨贵如油啊，太好了。话音未落，他连续打了几个喷嚏。

肖百合说，冷风冷雨的，小心着凉啊。催促他上了一辆村际巴士回村。一路上，麻青蒿的好心情一直收不住，话很多，肖百合说，麻主任，今天你喝多了，你先闭目养养神。

麻青蒿把手中的酒瓶举起端详着说，百合书记啊，这是好酒啊，你知道吧，不喝董酒不懂酒，喝了董酒才懂酒啊。这酒的奥妙就是，有些事，还只有靠它。比如今天，喻子涵那一大口酒下去，她不是就同意马上召开董事会了吗？当然，她的那一大口，是在我已经喝了十大口的感染下而促成的。

肖百合说，是喽，是喽，麻主任，今天你立功了。

麻青蒿说，幸亏我是单身，我的钱没有老婆管，否则，没有买酒的钱啊。你说，百合书记，我们基层干部容易吗？那些扶贫对象，你不和他们喝点小酒，拉点家常，他们能听你的吗？所以啊，我这是私钱公用啊！不过，你肖百合书记也经常私钱公用的，这一点我看在眼里的，你真是我们的好书记啊！

肖百合说，哪里，麻主任是好主任，好主任！

麻青蒿一听到肖百合连说"好主任"，心满意足地头一歪睡了，不一会儿，打起了呼噜。

肖百合见麻青蒿不闹腾了，这才在麻青蒿的呼噜声中安心养神。

第二天，肖百合和吴艾草说起昨天跟喻子涵见面的经过，只听得吴艾草双眼一眨不眨，就像是听评书一般，有时候肖百合说得简略了些，他还一个劲地追问细节。

听了一会儿，吴艾草又起身给肖百合的茶杯中添一些水，恭维道，肖书记，你润润口，继续说。搞得肖百合是哭笑不得。

等到他终于仔仔细细地把全过程听完，更是啧啧感叹不已。吴艾草拍着大腿说，这方法，这方法真是绝了。还有青蒿主任，他也真是太棒了！要不是他，换一个人的话，绝对背不到这么多首诗，更不要说表演了，他原来也是一个诗人嘛。

说着说着，吴艾草忽然一拍脑门，这都几点钟了，怎么青蒿主任还没有来上班呢？

肖百合经他一提醒，也反应过来，是啊，现在都快十点钟了，按道理，麻主任早就应该来上班了。

吴艾草摸出手机，打了两次都无人接听，他一脸疑惑，不应该啊？他麻主任是个工作狂，来村委会上班最早的不是你肖书记，就是他麻主任，这不接手机，肯定有些问题，要不，我们现在去他家里看一看？

两个人来到麻青蒿家门外，叫了好几声之后，也还是不见人来开门，吴艾草把耳朵附在门板上听了片刻，我感觉青蒿主任在里面。

肖百合说，你听见他在说话？

吴艾草摇头，那倒没有，不过，我感觉得出。

肖百合说，关键现在叫他也没人应，我们又进不去，怎么办？

吴艾草没回答，他往后退了几步，一声断喝，向着门用力撞去，砰的一声，那扇大门还真被他撞开了，两人进了房，吴艾草径直走进卧室，再一看，麻青蒿躺在床上，一副有气无力的样子，见到吴艾草走进来，也只是低声说，你把门撞坏了？

吴艾草见他这样，更是慌了神，也没回答他，伸手在对方脑门上一摸，顿时惊叫起来，哎呀！不得了了！难怪叫半天都没人回答，一身都是滚烫的！发高烧了！根本就起不来嘛！

吴艾草转过头大叫起来，肖书记，麻主任可能要送医院呢！

肖百合站在卧室门口，点点头，正准备拿出手机打电话，麻青蒿小声地说，我不去医院，你们去给我买点药就行了。

吴艾草叫起来，那怎么行！你都这样了！

麻青蒿听了很生气，勉强撑起身子叫道，我怎么了？老子要死了还是怎么的？

肖百合见这两个人一个着急，一个生气，只好打圆场说，好了，麻主任，你也不要多说话，躺着休息，我们现在去给你买药。

她对着吴艾草使了个眼色，两人一起走出来后，吴艾草还有点抱怨。他说，肖书记，你是晓得我和青蒿主任的关系的，他病成这样了，我觉得我有义务也有责任守在他身边。

肖百合说，吴艾草，你也真是缺点心眼，这个时候麻主任需要你在身边吗？我告诉你，他最需要的不是你。

吴艾草疑惑问道，那他最需要哪个？他儿子？还是你？

肖百合说，我看你是越说越没谱了，我就问你，这以后是不是只要麻主任病了，哪怕是病情严重住院了，你都会去服侍他？

吴艾草犹豫道，那也、也得看具体情况嘛，再说我要是去服侍他，我自己家里面怎么办？你是晓得我家桃花那个脾气的。

肖百合说，那不就成了，那你说话就要过脑子。我告诉你，现在麻主任最需要的不是你，是一个女人，或者说，是个妻子。

吴艾草一愣，摇头说，书记，你、你这话才是没过脑子，这、这一时半会的，哪里去给他找个女人？再说了，就算我们真给他找到一个，又怎么可能马上就变成老婆？

肖百合说，昨天和喻董事长聊天，我感觉麻主任对丁香姐还是念念不忘的……

吴艾草打断道，这一点我早就晓得了，而且他俩都有这个意思，只是两个人又都是要面子的人，谁也不肯先服软说句好话，要不然，早就复婚了。

肖百合说，我倒是有个办法，可以让他俩重新好起来。不过第一，这事不能急，得有一段时间才行，第二，你得帮点忙。

吴艾草拍着胸脯，那没问题，只要能让青蒿主任不再是孤家寡人，我出点力帮点忙又有哪样关系。肖书记，你就直接说，我该做些什么？

肖百合笑了笑说，你用词不当，什么叫孤家寡人啊！这事也不能太急，等我来安排。

说起来，肖百合在心中早就有了类似的安排，只是一直没有找到合适的机会，现在，这个机会就来了。从麻青蒿家离开后，肖百合来到了丁香的农家乐。见到第一书记，丁香说给她煮碗面吃，肖百合倒是也没客气。两人站在厨房里聊天时，肖百合顺便就把昨天和喻子涵见面的事告诉了她，果然，这一结果让丁香也是喜出望外。

两人聊了一阵，肖百合又说，丁香姐，我昨天才听麻主任说，他之前追你的时候还给你背过诗啊？

背诗这事本来就是假的，只是两个人演了一出双簧戏而已，而此时肖百合把这事说出来，无非是想为接下来的话题进行一些铺垫，但却不想丁香的脸忽然间就红了起来，有些嗔怒地说，姓麻的把这些事也说出来了？

肖百合一愣，马上笑起来，这么说，他还真的背过诗啊？

丁香说，背过啊，哎呀，其实也不是背，他那个时候喜欢写诗嘛，写好一首就给我读一首。

肖百合更是意外，原来麻主任当年还写诗啊？

丁香嘴一撇，当然写的啊，他那个时候，拿今天的话来说就是那什么"文艺男青年"。除了写诗，还画画，后来还学电影上买了一把口琴来吹，结果没学会吹口琴，倒是吹出个口腔溃疡，反正，都没上道。

肖百合听得哈哈大笑起来，想不到麻主任还有这段历史，哎，不过和他性格也符合，他要不是这种"文艺青年"，就凭他会开推土机这一手本事，早就可以出去打工赚大钱去了。

丁香说，你指望他去赚钱？那可真是等着看笑话了。肖书记，你不要说我这个人现实，我就告诉你，我跟着他那几年，就没过上一天好日子。要不然的话，我一个女的跑出去打什么工？这么辛苦，儿子都才两岁呢。

肖百合点点头，确实，丁香姐你和麻主任以前确实辛苦……

丁香呸一声，打断道，他辛苦哪样？他在村里面过得安逸得很。

肖百合说，你们俩啊，一个说一个的不是，我看你们一定有些误会。

丁香愤怒地说，我和他有什么误会？

肖百合说，看你这愤怒的样子，如果你们之间没有误会，都快二十年的事了，要是我都懒得愤怒了。

丁香一时语塞。

肖百合说，你看啊，你说他在村里面过得安逸，我认为这就是误会嘛，你想，他会安逸吗？当时，麻主任在村里小学当老师，在校他要带一群学生，在家，他还要带一个两岁的儿子，我听说他经常背着你儿子上课，村里面很多老人都还称赞过麻主任，说他又当爹又当妈的，这么辛苦，还任劳任怨，是个大好人啊。所以，有了这样的共识，他竞选村主任的时候，人家是全票当选嘛。还有，麻主任说你在外面打工很安逸，我想象得出，一个女人在外打工，怎么可能安逸嘛？不但辛苦，可能还受过不少委屈。

丁香一听肖百合说到"委屈"这两个字，她一下子就泪眼婆娑了。这十几年来，麻青蒿，不仅仅是麻青蒿，包括村里面的人，没有一个人和她这样谈心，她听到的不是冷嘲热讽，就是冷言冷语，她唯一能做的，就是以其人之道还治其人之身。这些年来，在大家的眼里，她是一个很泼辣的人，其实，她只能这样。她内心深处的委屈，谁又知道呢？就是连曾经同床共枕的麻青蒿，也从来不待见她，这样的委屈，在一个柔弱的女子身上，可以说是不堪重负的，但是这几年她挺过来了。在大家看来，她丁香要强，不服输，有时候甚至到了不讲道理的程度，其实，这是她的一种自我保护方式。换句话来说，正因为作为一个弱势的女人，所以她脆弱得想无比强大，而这个强大的表现方式，就是泼辣、要强、容不得别人半点冒犯。此时，肖百合像一个小妹妹一样地与她谈心，并且说到了她的委屈，让她不由得一下子敞开了心扉，像竹筒倒豆子一样把她的那些委屈一股脑倾诉了出来。

最令她伤心的是，有一年，她去了一个新的工厂上班，那一次不是在流水线上当工人，而是坐在办公室里当文秘。说是当文秘，其实就是接接电话，工资还比原来高，这对于她来说，当然是一件高兴的事，可这样的高兴，在短短的几天里就荡然无存。

当时她虽然已经是一个孩子的母亲，但根本不像一个生了孩子的女人。那时候的她，有点像当年流行歌曲《小芳》里唱的，"村里有个姑娘叫小芳，长得好看又善良"，这是很贴切的。这样，她的老板就有了充分的理由，小芳怎么能埋没在流水线里呢？这样的老板，你不能指望他的这种想法是美好的。丁香在文秘的岗位上还没有过三天，老板就要她陪着吃饭。按说厂里面有些业务，也是需要文秘在场面上陪吃陪喝的，这也是那个时候的风气，她当然不好拒绝老板。可到了餐厅包房里一看，并不是什么业务饭，一看就明白，这是老板请她吃饭。当时，她本来想转身就走，可老板说，给我点面子，不就是吃一餐饭吗？她一想，话都说到这份儿上了，吃餐饭的面子还是要给的，人家毕竟是老板嘛。这菜一上桌，老板就得寸进尺地说，要喝几杯酒。丁香心想，你要喝就喝呗，反正不管你老板怎么劝，酒和饮料我一概不喝就行了。那时候丁香已经打工三年了，她曾经看到过，她的很多工友被老板用酒和饮料中的迷药残害过，她的防范心理是很强的。没想到，她的防范能力很强，不等于老板就停止攻击，在喝了几杯酒后，老板终于按捺不住，开始对丁香动手动脚了。丁香被老板搂住后，起先她考虑到工作难找，还赔着笑脸躲闪，可她这样一躲闪，老板反而更来劲了，他抓住丁香的长发扯到自己面前，不由分说地就强吻了上去。历来性子火暴的丁香忍无可忍地抓起桌上的酒瓶，狠狠地砸在老板头上，自己也顺势冲出包房。

冲出了包房，也就意味着她失去了这份工作，她当然没有给老板开除她的机会，她立刻换了一家厂继续当工人。幸亏那时候沿海非常缺她这样的优秀女工，这才使她能轻松地换一份工作。她始终相信，作为女人，只要自己坚守自己的尊严，那么她一定会有尊严。但她没有想到的是，摧毁她尊严的恰恰是她最没有想到的那个人，那个人就是她的丈夫麻青蒿。在新的工厂上班半个月后，她收到了麻青蒿的一封来信。信中的话一改往昔的措辞，不要说甜言蜜语了，那简直就是恶言相向，怎么难听他怎么说。她丁香第一个反应就是，麻青蒿变心了。那时候，她是多么需要来自丈夫的安慰。说实话，工厂的工作实在太累，她在流水线上一天要工作十二个小时以上，有时候加班，要到深夜才能回到寝室。人累，心也累，她想儿子，也想自己的丈夫，可是她不能离开这里，她知道，家里很穷，丈夫工资很少，儿子嗷嗷待哺。那段时间，她特别难熬，工作间隙，她常常跑到收发室询问是否有邮件，她在等待丈夫温馨的来信，可是她等来的不是温馨，而是恶言相向。

不论什么样的动物，它们在受伤后的本能就是回到自己的窝里。人，归根结底也有动物的属性，在心灵受到创伤后，本能反应也是回家，寻求安慰和保护。丁香也不例外，可是当时生活的窘态，遏制了她本能的反应，她的行为违背了自己的本能，她必须留下来，钱对她来说很重要，她想，自己委屈点就委屈嘛，不能让她的家过不下去。当一个受伤的动物寻求保护和安慰的时候，它得到的如果是相反的结果，那么它一定是狂躁不安，龇牙咧嘴，拼命地反击，人亦然。丁香当时愤怒至极，但她没有龇牙咧嘴，她的反击是不做任何解释，在她看来，这个时候你麻青蒿说什么并不重要，重要的是，你麻青蒿的行为足以说明我丁香无须和你再说什么，你说要离婚就离婚。这一离婚，就是十多年，两人在这十多年中，除了恶言相向外，并没有深究为什么他俩会恶言相向。

丁香一边诉说着往事，一边烧水煮面。两人说着说着，不免都分了神，等回过神来，一看这面都煮烂了。丁香不好意思地说，肖书记，你饿着肚子，听我讲了这么久，真不好意思，我还把面都煮烂了，我给你重新煮一碗。

肖百合连忙制止，丁香说，那怎么行，面条成面糊糊了，不好吃。

肖百合说，没关系，也不是我吃的，而且烂一些还软一点，吃下去好消化。

丁香好奇问道，不是你吃，谁吃？

肖百合说，丁香姐，索性也不瞒你了，这碗面是给麻主任吃的，你不要生气，他生病发高烧了，今早我们去看他的时候都还在迷迷糊糊说梦话，说是好久没吃过你煮的面条了，我这才自作主张来你这里的。

丁香听了后面无表情，隔了一会儿才恨恨地说，他倒是会支使人。

肖百合伸手准备去端面碗，被丁香一手拦住，肖百合说，丁香姐，你这是？

丁香没好气地说，生病了，我再给他煮一个鸡蛋。

肖百合连说好的好的。有了这样的结果，这就已经达到了肖百合心中的预期值了。她并不奢望她的一番苦口婆心和丁香敞开心扉的倾诉，可以让她放下十多年的芥蒂，端着一碗面条去见麻青蒿，这是丁香这种性格的人做不到的。

这样的事，只有她肖百合来做，她端着这碗面放在了麻青蒿的床头，这时麻青蒿已经吃了吴艾草拿来的药，看上去人也精神一点了。一见到吃的，他马上就端起碗来，狼吞虎咽了几口后，啧啧说道，肖书记，想不到你煮的面条也这么好吃。

肖百合抿嘴一笑，这可不是我煮的。

麻青蒿说，那是谁？

肖百合说，是丁香姐，刚才我经过她的农家乐，顺便和她说了几句你生病的事，她就给你煮了这碗面。

麻青蒿一脸的不相信，肖书记，不是我不相信你，她姓丁的要是听说我生病了，绝对是幸灾乐祸，还会这么好心给我煮面条？

肖百合脸色一沉，难怪丁香姐这么恨你，我看你就是狗咬吕洞宾——不识好人心，人家好心好意给你煮一碗面条，你还在这里说风凉话！她伸出手一边做出拿碗的姿势一边说，你既然不相信，我看你干脆也不要吃这碗面了，现在就把碗还给我。

麻青蒿一听这话，手一缩，马上就吞了好几大口下肚，又露出一脸讨好的笑容，肖书记，你不要生气嘛，这也是我合理的怀疑嘛。

肖百合假装生气地说，你这个不叫合理怀疑，说白了，你这就是不信任人。我看啊，人家丁香姐才是心地善良的人，你啊，真是个狼心狗肺。

可能是真饿了，麻青蒿听了肖百合这几句话，一点也没生气，相反还嘿嘿笑了两声，随后几大口就把一碗面条全部吞下了肚，连面汤都喝得一干二净的。

吃完这一碗面条后，麻青蒿睡意又来了，他躺上床没一会儿就进入了梦乡。迷迷糊糊中似乎有个人在叫他，听着既熟悉，又有些陌生，这声音由远到近，由模糊到清晰，忽然他一睁眼，只见儿子麻浩博站在他的面前。

麻青蒿全身一震，猛然坐了起来，揉了揉眼睛，没错，确实是儿子，大半年不见，这小子又长高了。可是，这无缘无故的，他咋个又回来了呢？

父子俩这一见面，自然少不了说很多话，可聊了一会儿，麻青蒿就觉得有一点奇怪了，无论他怎么问儿子回来的原因，儿子就是不明着说，要么他就笑，说你病都还没好，管这些事搞哪样。要么他就马上转移话题，问麻青蒿最近工作忙不忙，村里接下来又有哪些工作。总之，他就是不愿意爽爽快快回答麻青蒿的问题。

麻浩博之所以会一直不回答，之所以会这么谨慎，目的很简单，也很明确，顾虑、担忧也很现实。他经过之前很长一段时间的调研，最终毅然决然回到村里，就是想在千年村里建起全省范围内第一家村一级别的农村电商运营中心。

说白了，他这次回来，就是回村里来创业。

但是，他也清楚自己父亲的性格和态度，如果和他明说了自己回来的目的，他肯定是坚决反对的，在他看来，自己在省城读了大学，就该留在省城当一个城里人，以后在城里买房，结婚生子，这才是成功的生活轨迹。

所以，他暂时不能说，而他之所以会回来创业，这和他的家庭成长也是有很大关系的。因为小时候家里穷，所以后来即便读大学了，只要放假他就会勤工俭学，那个时候他就慢慢发现，他特别喜欢和陌生人打交道，而且，他特别喜欢算账。

值得一提的是，他的这种算账并不是算自己的工资收入。比如说，他还在大学读书时，就利用课余时间去餐饮店打工，在打工过程中，他就会暗自思考一碗米粉的成本是多少，能卖多少，哪些地方还可以再节约下来，节约下来的钱又可以增加、补充在哪些方面？另外，这家餐饮店和隔壁的餐饮店相比，它的优势在哪些方面，这些优势还能不能再扩大？如果扩大，又需要多少钱？

说准确点，这就是可贵的创业者心态。

大学毕业后，麻浩博干过很多工作，打了很多份工，接触了很多种行业，这些工作经历都为他毅然决然回乡创业打下了一定基础。在最初时，他根本没有想过要回村里创业，因为那个时候的千年村根本就没有适合创业的条件。

直到某一天，公司的年轻人聚在一起闲聊时，说起周末去紫云镇玩玩，其中一个人说，听说现在千年村很漂亮，去过的人都在点赞。麻浩博一听就纳闷了，千年村作为自己的出生地，自然风光确实漂亮，但要说村里也漂亮，他认为不可信。在他以往的记忆中，村里道路泥泞，牛屎、马屎遍地，鸡鸭乱跑，臭气熏天的。他忍不住上网查了一下村里的近况，这不看不要紧，一看吓一跳，现在的千年村，让他这个土生土长的千年村人也觉得陌生，甚至有点认不出了。从这之后，他就时时刻刻关注着村里的变化。

前一段时间，他和父亲通了一个电话，得知九鼎农业产业园要落地千年村了，又听父亲说村里接下来应该要搞乡村旅游了，麻浩博敏锐地意识到一点，回乡创业的机会来了！他便辞去了城里的工作，毅然回到了村里。

儿子回来后，麻青蒿并没有问出他回来的真实原因，但看见儿子，心里总是高兴的，这一高兴，睡了一觉后，感冒似乎也烟消云散了，总之，两天后，他又开始生龙活虎地工作了。

要判断麻青蒿是否生龙活虎，是很简单的，举个例来说，如果麻青蒿有什么心事，或者面对异性，那么他说话可能会字斟句酌、轻言细语的，但是走路一定是大步流星的；如果他加班到深夜感到疲惫，或者正在考虑什么麻烦事的话，那么他可能会步伐较小走得较慢，一旦他开口说话，语速肯定是快的，声音肯定是大的。

所以，在一般情况下，麻青蒿要么是走路快，要么说话声音大，反正，这两个特征他绝对是占了一项的。如果说，当这两种情况同时出现时，那么，可以判断，他一定是生龙活虎的。

此刻，麻青蒿就是一边大步流星地走，一边大声地在吆喝着吴艾草，快点！快点！

说实话，这对于吴艾草来说，无异于鼓点重槌，他需要不停地快速摆动他的双腿，才能勉强跟上麻青蒿的步伐。

这已经让吴艾草手忙脚乱了，可要命的是，麻青蒿还要大声地说话，他还得一句一句地接，接错了，他还要挨骂，所以他尽管上气不接下气，还不得不牛头不对马嘴地接话。

麻青蒿的个子显然比吴艾草高了一头，他手长脚长的，走起路说起话并不显得十分吃力，反而显得声音洪亮，手势干练；而吴艾草肥胖且粗短的身材，跟在麻青蒿身后，两人的身影在千年村的道路上显得有些滑稽。

但他们的话题是很严肃的，麻青蒿兴奋地大声说，艾草，你认认真真地想一想，龙书记为哪样就只给我一个人打电话？

吴艾草喘着粗气，有点结巴地说，主、主任，我、我觉得，这一点、这一点就充分说明了，龙书记他充分地信任你，这就是肯定你的工作嘛。

麻青蒿大手一挥，没错！我不妨再告诉你，我们村这次能召开本市的旅发大会，那是哪样概念？你说，是哪样概念？

吴艾草张开双手，在空中画了一个很大的圈，说，是很大很大的概念。

麻青蒿有点不满地说，你给我画饼啊？哪样叫很大很大？说具体！

吴艾草赔着笑说，主任，我，我倒是也想说得具体一点，说得深入一点，可我这认识就这么一点点……

麻青蒿挥挥手打断说，好了，好了，我就给你说一点，这旅发大会的全称叫哪样？它叫做"旅游产业发展大会"，简单理解，就是等到开会的那几天，不仅有人来我们村旅游，还会有人来谈项目，谈生意。

吴艾草点点头说，原来是这个意思，懂了，懂了。

麻青蒿说，还有一点，你个要以为只是省内相关行业的人会来，到时候，这天南海北的游客也会来我们村！

吴艾草说，天南海北的游客？主任，那到时候我们不都得说普通话了？

麻青蒿有些不屑地笑起来说，岂止是普通话！我再告诉你，不仅仅是天南海北、全国各地的游客，到时候甚至还会有一些外国人来我们村的！他们来的话，你觉得你说普通话，他们能听懂？

吴艾草听了之后，先是一脸的激动咋舌，可马上，这脸上又多了些许的愁容和焦虑了。

麻青蒿转过头看了他一眼说，咋个，看你这个样子，你还不欢迎外国友人喽？

吴艾草马上摇头说，主任，这外国友人能来我们村的话，我肯定是欢迎的，可这外语又有哪个会了？一边说，他一边斜着眼打量麻青蒿，试探着问道，你应该也，也只会几句吧？

麻青蒿说，会不会是一回事，说不说又是另外一回事。

吴艾草有些费解，疑惑地看着麻青蒿。

麻青蒿说，说你这个小子愚蠢！我凭哪样要说外语？如果说我出国了，我可以考虑说几句外语，可我现在就在自己的国家，我凭哪样还要说外语？他们那些外国人凭哪样不说我们汉语？

吴艾草点点头，迟疑着说，主任你这么说，倒是也没错，我也认为他们该说我们的汉语，不过呢，我就是有点担心，这个他们不一定说得标准。

麻青蒿挥挥手说，行了，行了，你担这些心搞哪样？这些都不是问题的关键，也不是今天我和你谈话的重点。今天的重点，就是我想让你充分了解和认识到，我们千年村这次能举办这个大会，这意味着什么？我相信，这不需要我再过多说明了吧？

吴艾草频频点头说，主任，这一点我已经充分认识和了解了，我甚至认为，这次大会就是一场盛会，如何迎接好它，将是我们村支两委接下来最重要的工作。

麻青蒿赞许地点点头，又伸手用力地拍了拍吴艾草的肩膀说，对，就要这个认识，当你有了这样的认识，你才知道接下来该如何更快更好地推进工作，也就才有了方向，有了目标，有了动力。

吴艾草虽然被拍得肩膀生疼，可几句表扬的话一听，也是一脸兴奋，频频点头。

麻青蒿说，今天我们的目标是什么？你晓得吗？

吴艾草说，我哪里晓得，一大清早起来，你喊起我就走。

麻青蒿说，行了，眼见为实！跟着我走！

麻青蒿所说的"眼见为实"，是他要去巡查村里"穿衣戴帽"的最后落实情况，这所谓的"穿衣戴帽"工作，顾名思义，建筑和人一样也是要脸面的：给它们穿上相似的外套，戴上相近的帽子，最后再配些相同的装饰，最终使它们看上去更加和谐、更为统一。

黔东这边的民居建筑，可以说是极有特色的，一般来说，这些建

470

筑多为木质结构，灰墙黑瓦，原木为梁柱，同时在建筑的外形造型上又借鉴了徽派建筑的特色，除了翘角飞檐，气派一些的大户人家还会雕梁画栋，青石铺地，庭院中再种上几丛绿竹，试想一下，这样一栋栋木楼不管是点缀在黔东高原的青山绿水间，或是藏于山脚溪畔，都是别有一番味道的。

不过，这二十年以来，很多村里人都去了大城市打工，虽然辛苦，但钱也总是赚了一些的，这些人赚了钱之后，绝大多数的人做的相同一件事，就是回到村里，把以前年久失修的祖屋拆掉，在原有地基上重新建起一幢砖瓦结构小洋楼。

实事求是地说，这些新建的房屋在人居环境这一块来说，是要比以前的老屋好上一些，但是这样一来，又出现了一个比较尴尬的情况：这些重新建房的人，因为观念、财力、爱好，以及审美情趣的各不相同，建起的房屋也各不相同，少部分沿用了旧有房屋的造型，还有一部分则是以西式的小洋楼造型为主，更多的则是各种风格混搭。好比翘角飞檐的下面，是一排意大利罗马立柱，或者，在地中海风格的外墙上，却贴着"龙凤呈祥、紫气东来"图案字样的马赛克瓷砖，这些说好听一点吧，是中西结合，说得不好听吧，就是不土不洋、不伦不类。

千年村出外打工的人也不在少数，所以村里面这样的情形自然也不在少数，这要换作以前，谁家建房，只要不乱搭乱建、不侵占到公共地、不跟邻居发生纠纷，那就建了呗，也没什么可非议指责的地方，可接下来村里马上要召开旅发大会了，这天南海北、海内海外的人，可都是见多识广的人，他们要是来了村里一看，那就很有可能会说，哦，原来你们所谓的新农村建设，就是这个样子啊？也不过如此嘛。

所以，既然马上要迎来这么多客人，那肯定是要精心布置准备一番的，村里、镇里都要求按期、保质地完成房屋外立面的改造。这改造说起来是简单且一目了然的，比如说，在临街的窗户外面统一加装一层木制窗棂，在外露的空调外挂机上盖上一个木制方盒等，有大面积的瓷砖外墙的就遮盖上一层木板。总之，通过全盘布局、整体改造、有序推进的方法，最终让整个村的民居建筑做到统一形象，恢复黔东民居的传统特色风格，就是俗称的"穿衣戴帽"改造工程。

不过，说起来简单，实施起来可一点都不简单，村里有人嫌麻烦，有人不喜欢，还有人阴阳怪气地发表意见，总之，对于"穿衣戴帽"这项工作，村里人并没有想象中的那么配合。但是，再不配合也必须按期、保质地完成这项工作，毕竟，这事关乎全村、全镇，甚至全县的形象。这是地域文化和旅游的有机结合，这也是提升地方旅游品牌竞争力的途径，容不得一星半点的闪失。

从这个月的月初，千年村就开始了这项工作，经过统计，村里临街的、处在显眼位置的房屋，需要改造的一共有一百多户，现在一个月时间马上过去了，工作推进得还算是比较顺利。就只剩下最后一户没改了，这一户的户主叫赵德明，这人不仅长得五大三粗、膀大腰圆的，性格也很有些粗蛮，做事更是不管不顾、我行我素的，所以当具体负责"穿衣戴帽"统计工作的吴艾草听说全村仅剩他一户没改造时，顿时就觉得很有些脑壳疼，因为，吴艾草深知一点，以自己的能力是很难说服赵德明的，甚至，即便麻主任亲自上阵，也不敢说就能百分百处理好这个事。肖百合曾说过，我们千年村的特点是，青山绿水黑瓦屋，这两种颜色在蓝天的衬托下，显得非常和谐、漂亮，像一幅天然的水墨画。这一座西式小洋楼在其中就显得格格不入，必须穿衣戴帽。

说是这样说，办起来很难，肖百合书记找户主谈了几次，都无功而返。肖百合只好把解决这个问题的希望寄托在麻青蒿身上。她的这个想法，也符合工作实际，麻青蒿土生土长，和户主也是一起长大的伙伴。可麻青蒿也不太愿意招惹这一茬，他说，伙伴？什么伙伴？我看啊，往往就是伙伴害伙伴！这是典型的杀熟！我和他一起长大，是，他这个人，我还不了解吗？茅房里的石头——又臭又硬！听麻青蒿这样一说，肖百合可就急了。麻青蒿要的就是肖百合急了，要不然，咋个显得出千年村的工作不可缺少他麻青蒿麻主任呢？

麻青蒿说，百合书记啊，你也不要急，这个家伙就是一颗耗子屎坏了一锅汤，我看啊，这事你就不要管了，这恶人我来做。

肖百合说，哎，青蒿主任，你怎么就成了恶人呢？这句话不妥，你是为了整个村的发展。

麻青蒿说，百合书记啊，你要给这个家伙这样说的话，这个家伙不但不"穿衣戴帽"，反而会看我们俩的笑话。

肖百合说，我就不明白了，这是看我们俩的笑话吗？是看千年村的笑话吧？这关乎所有村民的利益。他怎么是这样的人啊？

麻青蒿摇摇手，高深莫测地说，百合书记啊，你的水平非常高，但是基层，还是我待得久一点。这就是，水平你比我高，经验我比你足。有时候啊，基层工作中的硬骨头还得靠经验来解决。你想想，这小子看到你肖书记这样急，这就意味着，他好不容易重要了一回，他干吗就轻松地让你肖书记过关啊？这要轻松地就过关了，还能显得出他的重要吗？

肖百合摇摇头说，麻主任，你不要说了，什么乱七八糟的，一句话，你必须把他搞定！搞不定，我们俩都辞职吧。

麻青蒿说，他是重要了一回，但是我告诉你，他还没有重要到能让我俩不得不辞职吧？不要给他脸，他是重要，大多数人民的利益更加重要！为了这个重要，我硬着头皮、厚着脸皮、说破嘴皮、饿着肚皮、走出脚皮也要跟他干到底！决不辜负广大村民对我的信任！

肖百合说，是喽，是喽，说这么多干吗，赶快去干啊！干成了，你再发表演讲，哪怕演讲一个小时，我也认了，我的麻五皮同志！

麻青蒿说，哎，百合书记，演讲就是鼓动，鼓动的力量，就是把那些不积极的因素，全部变成积极的因素。好了，今天就说到这里，我去办这件事，你静候佳音吧。

麻青蒿给肖百合立下了军令状，其实他也没有绝对的把握，思考了两三天后，这不，他带起吴艾草直奔"这块硬骨头"的家。

两人走到赵德明家的院子门口，麻青蒿就拍着大门，扯着嗓子大声嚷嚷起来，德明兄弟，德明兄弟，你哥来了，快出来！

赵德明听到麻青蒿的声音后，似乎就猜到他今天来的意图了，只听到赵德明的声音从房间里传来，都是老兄弟了，你来我家还要我迎接啊，你进屋就是了。

麻青蒿说，你出来看一眼，就一眼！

隔了片刻，赵德明才慢吞吞地走出来，脸色看着也有些懒懒散散的，麻青蒿一把扯过他的衣领，很大声说，来，来，来，你看看这外面，仔细看看，有哪样不一样的？

赵德明眼皮都懒得抬一下，他很淡漠地说，五皮，我懒得看，有哪样话你就直说，你要没哪样要说的话，那我就回去了。

麻青蒿不高兴地说，德明，你咋个是这个态度呢？

赵德明说，我本来就是这个态度，你想要我有哪样态度？

麻青蒿指着其他几幢房屋说，你自己好好看看，你家外面这前前后后的变化，这些变化难道不好看吗？

赵德明说，好不好看，那要问你是想听真话还是假话了。

麻青蒿哼了一声说，那你觉得我是想听真话还是假话呢？

赵德明说，那我就实话实说了，我没觉得有哪样好看的，再说了，说起来，你们就是形式主义，搞了个形象工程……

麻青蒿打断说，放屁！你懂哪样叫形式主义吗？你又懂哪样叫形象工程？我告诉你，这叫做靓丽工程！

赵德明有些不屑地笑了起来，正想说话时，麻青蒿又抢着说，德明，你不要以为你跑到城里面打了几天工，见了一点点小世面，学了几个新名词，你就哪样都懂了，就可以随便评论了。

赵德明说，我没说我哪样都懂了，我就只是说我对这些变化的看法而已，再说了，这也是你让我说的。

麻青蒿说，放屁，是我叫你说的，我只是叫你直截了当地说出你的意见，可你呢？非要自以为是、自作聪明地说些话，这些话，就是错误的，就是不妥当的，而且很明显，是带着强烈不满情绪的。

赵德明说，我肯定是有情绪啊，让我们改造这么多，难道不花钱吗……

麻青蒿打断说，这个有专项资金的，只要你改造，不让你自己掏一分钱，就是出点工、出点力。

赵德明嘴里嘟囔了几句，麻青蒿也没听清他到底说了些什么，大手一挥又说，你前前后后、左左右右的人都改了，就你不改，你说你这个人，咋个这么自私呢？

赵德明大声说，麻五皮，我哪一点自私了？就因为我不想和大家变得一样，我就自私了？

麻青蒿抬起手，指着赵德明的房子说，不是非要强求你和大家一样，但是，第一，你扪心自问，你家这外墙，这窗户，这大门，红不红蓝不蓝的，这风吹雨打的，不难看吗？

吴艾草跟着在旁边频频点头说，是啊，你看你家涂的这些颜色，这雨一冲就掉色，太难看了。

麻青蒿又说，第二，你家就在路口，过来过去的人，哪个看不见你家？平时村里人看看就算了，到时候全部是外面来的游客，他们看见会怎么想？

赵德明说，我管他们怎么想的。

麻青蒿说，我告诉你他们会怎么想，他们会想，这青山绿水黑瓦屋顶，桐油木墙，这么漂亮的配置，这么和谐的风景，就你这一户这个样子，破坏了美感美观，简直就是给千年村丢丑。

赵德明哼了一声，一脸的不服气。

麻青蒿又说，你再想想，你家就在路口，绝佳的位置啊，这到时候游客多起来，你就在院坝里面支个棚子，卖点茶水，游客进来歇歇脚喝口茶，这赚来的钱，最后是放在哪个的荷包？

麻青蒿一边说，一边又拍了拍自己胸膛说，难道还能放我包里？还是放在吴艾草的口袋里面？

吴艾草也跟着附和说，是啊，老赵，你这个人要讲点道理嘛，看问题也要看得长远一点嘛。

麻青蒿说，他要是看问题能看得长远，还会拖这么长时间？不早就改好了？德明，我也给你分析这么多了，你只要改了全是好处，就根本没哪样坏处，这要换成我的话，根本不用人催，我绝对是全村第一个就改好的人，我都不晓得你为哪样这么固执。

吴艾草也跟着附和了几句，可不管麻青蒿和他怎么说，这赵德明就是不回答，也不表态，就垂着个头。

麻青蒿又说了几句，忽然推开门走进院子里，随便找了张板凳就坐了下来，一副你不说话，我就不走了的样子。

见麻青蒿这样的态度，赵德明心里有点急了，他是也了解麻青蒿的，这是个不达目的誓不罢休的家伙，他只好说，五皮，你搞哪样？

麻青蒿说，我不搞哪样，今天哥到你家来，你总得招待哥吃一餐饭吧？

赵德明说，这是当然的嘛，我还不是经常去你家吃饭。

麻青蒿斜了赵德明一眼说，好嘛，我和艾草坐在这里吹吹牛，你去地里搞点好菜来，动作快点啊！时间也不早了，回来赶快煮饭。

赵德明一边到墙角找到一个提篮，一边往外走一边说，屋里有茶，你们自己倒着喝，我下地去，再去村头买点肉。

麻青蒿说，好嘛，那你去嘛，多买一点啊。

赵德明一听麻青蒿这么说，停下脚步，我知道，够吃就行了嘛。

麻青蒿说，我问你，我们是不是兄弟？

赵德明迟疑地点点头说，是兄弟啊。

麻青蒿说，好，既然是兄弟，我就不是什么村主任了，我是你哥，吃在你家，住在你家，你不会赶我出去吧？说着他又一挥手，我看，我要心情不好的话，还有明天，你知道明天是哪样意思吗？明天就是，无数个第二天！

赵德明说，你，你……

麻青蒿说，你什么你？我还不能在你家吃饭了？我俩从穿开裆裤一起长大的，绝对是发小吧？我在你家多吃几顿饭，难道还不行？

赵德明有些结结巴巴地说，这、不，不是不行，不过……

麻青蒿又打断说，什么不过不过的？没有什么不过的，你要让我不过，我就让你不过。反正我们难兄难弟的，一起过！

赵德明说，唉，五皮，你这是哪样话？

麻青蒿一挥手说，闲话少说，赶快去，赶快去！不就是几顿饭吗？我们几兄弟好久没有坐下来，吹吹牛喝喝酒了。

赵德明有些迟疑，正想开口说话，麻青蒿眼睛一横说，话不投机半句多，你不要说话了，该干哪样干哪样去！说完，麻青蒿掏出一支烟来，慢慢点燃，一副漫不经心的样子。

赵德明见麻青蒿这样，也只好提着提篮转身出了院子。麻青蒿给吴艾草递眼色，吴艾草会意，起身向着赵德明的背影追去。

吴艾草追上赵德明，拍了拍他的肩膀，语重心长地说，老赵哥啊，不要生气啊。

赵德明说，我生什么气嘛！

吴艾草说，我不是这个意思，我的意思你还不明白？

赵德明没好气地说，我明白个屁！

吴艾草回头看了看麻青蒿，小声对赵德明说，这麻五皮，你还不知道他是什么人吗？别看他嘴巴啰唆，这家伙有些事，他是一根筋要做到底的哦！比如，到你家又吃又住的问题，这个问题对你来说相当严重哦。说着，吴艾草扳着指头，我给你算一笔账，这麻五皮要是在你家一天一天地这样吃下去，你好不容易存的那点钱，要遭殃喽，你想嘛，我们几个都是从小一起长大的，在你家做客，总不能没得肉，没得酒吧？你想想，你损失大喽。

赵德明说，这没得哪样嘛，都是兄弟，吃点算什么嘛！

吴艾草说，那当然，我们都是兄弟，在你家，在我家，在他家，都是可以这样吃的嘛。不过，你老婆那里，你怎么交代？要这样吃下去的话，你老婆还不拿斧头砍你啊？你想想，是麻五皮厉害，还是你老婆厉害？我认为，都厉害！兄弟，三思而后行啊！

赵德明一跺脚说，你们这叫杀熟！明明晓得我老婆厉害，你们还这样害我！

吴艾草说，这哪里是害你嘛！人家麻五皮是在救你，你想，你要是这样坚持下去，影响了整个村的发展，这发展是什么？这发展就是所有人的钱包包有可能鼓起来，包括你家老婆、我家老婆！还有更多人的老婆！这老婆们要是恨上你了，你老婆肯定让你跪搓衣板，大量的婆娘们，口水都淹死你！你这不是讨人恨吗？麻五皮把你当兄弟，才来救你于水深火热之中，你自己想想，是不是嘛！

吴艾草一番绘声绘色的劝说，还夹杂着加深语气的手势，搞得赵德明心中七上八下的。他仔细一想，吴艾草说的也不是没有道理，说白了，他之所以不愿意改造，只是嫌麻烦，还有就是麻青蒿判断的那样，他想重要一回。眼看着自己从小长大的伙伴当村主任，当村会计，当村小组组长，自己啥也不是，他也就是想，你们不是牛吗？好啊，你们来求我的时候，我再放你们一马！这也就是肖百合书记不管怎么苦口婆心他也不答应的原因。听吴艾草这么一说，他也觉得自己该见好就收了。他对吴艾草说，行了，行了，你们不就是杀熟吗？老子认了！你们不就是想让我同意吗？我同意还不行吗？

吴艾草一拍大腿说，好，这可是你说的。你哪个时候改？

赵德明说，我明天就改。

吴艾草看了看院子里的麻青蒿说，他这个人，你又不是不知道，没有明天，就是今天！

赵德明有些无奈地点点头，好，好，今天改，今天改，一边说他一边朝前走去。

吴艾草一把拉住他，你往哪里走？

赵德明说，我去搞点菜啊！麻五皮说得对，几兄弟好久没吃一顿了，今天到我家了，就吃点，喝点。

吴艾草拉着他往回走，还吃哪样吃？他麻五皮只要知道你是这个态度，他还吃哪样饭？喝哪样酒？

赵德明被吴艾草拽着往院子里走，他一边挣脱吴艾草的手一边说，这是哪样意思？我都同意了，他青蒿还不高兴吗？正好，好好吃一顿嘛，这吃一顿嘛，我老婆还是忍得住的。

吴艾草用手在赵德明的胳膊上抓了抓，小声地说，对麻五皮来说，吃饭已经不重要了，重要的是，他要回去给肖书记邀功了。再说了，这不吃你家的饭，你老婆不是更高兴吗？

两人进了院子。

麻青蒿斜着眼睛，对两人说，咋的？舍不得啊？今天我们吃空气啊？

赵德明说，不，不是我舍不得，是吴艾草硬要拉我回来的。

吴艾草给麻青蒿眨了眨眼睛说，麻主任，人家老赵哥被你老哥子启发了，就有觉悟了，说是今天就改，就"穿衣戴帽"！

麻青蒿从凳子上站了起来，我说嘛，我这个兄弟，关键时刻，还是支持我老麻的嘛！支持我老麻，就是支持全村的发展大计，好，这饭不吃了！我们走！

赵德明说，吃了饭再走，吃了饭再走！

麻青蒿一边向院外走，一边挥挥手说，吃，吃个屁！你老婆那个德性我又不是不知道，在村里面，她可是最抠门的！你德明老弟吃我的，她高兴，我吃你的，这就不是高兴不高兴的问题了，我吃了嘴巴一抹，走了，你赵德明的耳朵就遭殃了。你的耳朵好久没痛了是不是？

赵德明一时语塞，正想再说什么，麻青蒿和吴艾草已经走出了院子。

赵德明冲着他们的背影大声说，五皮！这是你说不吃的哈！下回遇到，不要老拿这个说事。

麻青蒿头也不回，回应一句，放心，我不说，我马上得去民俗产业一条街，龙书记还在那边等着我的呢！说完，麻青蒿大踏步走远。

赵德明看着麻青蒿、吴艾草远去的背影，喃喃自语道，要吃就吃，不吃拉倒。吃顿饭，我还是招呼得住我老婆的嘛，说什么龙书记来了？吓唬我啊？

这一次，麻青蒿还真没说假话，今天龙险峰确实来了千年村，而他今天来的主要目的，就是来检查村里迎接旅发大会准备工作的落实情况。

龙险峰一大早就来了千年村，肖百合陪着他在村里各处检查了一遍后，又来到了丹砂产业一条街，现在这条街上差不多已经有了七八家店，专门售卖各种丹砂工艺品，已经粗具规模。

除了这些商铺之外，现在的这条街上，还有了第一家快递公司。

自从麻青蒿的儿子麻浩博回村后，他先是找到肖百合，把自己的构想与她说了，肖书记很支持他。为此，她出面积极与多家快递物流公司进行联系，将村里以后的发展规划向对方做了细致介绍，最终，其中有一家快递公司同意在紫云镇设一个快递点，而邮政则在村中设了一个点，这就大大方便了村民们进行各种物品销售寄卖。

这之后，麻青蒿也总算是知道了麻浩博回来的真实原因和目的了，可能是长期和肖百合等年轻人接触，这一次，他并没有很强烈地反对儿子的创业想法，这让麻浩博和其他人大感意外。

千年村在解决了物流这一环节后，销售平台又成为一个新的亟待解决的问题。不久后，村支两委又在村里选取一间民居，重新装修后，成立了全市范围内第一家乡村互联网＋服务中心，由麻浩博来主要负责这个服务中心。起初，这个平台只销售陶艺产品、藤编产品、土法纸品等，后又陆续增加了土鸡蛋、蜂蜜、大米、天麻等土特产。

可以说，服务中心的成立，在一定程度上解决了线上销售及线下体验等问题，但由于缺少专职、专业的工作人员，终究是难以扩大规模的，而这个时候，随着千年村的逐渐发展，以往很多在外打工的青年也陆续回到了村里。

这些返乡年轻人中，绝大多数对自己回村后做什么，都有了充分的考虑与计划，但不可否认的是，其中还有一部分，仅仅是知道家乡现在变好了，于是头脑一热，也就跟着回来了。

这些年轻人扎堆回来的景象，麻青蒿、肖百合都还记得很清楚。那天，吴艾草气喘吁吁地跑进村委会办公室，上气不接下气地说，肖、肖书记，主、主任，你们，你们赶紧去村口看一看！

麻青蒿和肖百合见他这副模样，还以为村里又发生什么不好的大事了，两人马上起身朝村口快步走去，到了村口一看，一二十名村里的年轻人，肩挑背扛着行李，拉着行李箱，嘻嘻哈哈正向着村里走来。

肖百合见到后，一脸的激动，她转过头对麻青蒿说，麻主任，你看，我们村的年轻人，现在都自愿回来了。

看见麻青蒿和肖百合后，这些人也停下了脚步，把二人围了起来。

麻青蒿环顾一圈，说，你们，你们不是在外面打工打得好好的吗？咋个就回来了呢？

一名叫小五的青年大声说，五皮叔，我们不想在外面打工了，我们从网上、电视上，都看到村里现在变好了，变富了，哪个还在外面吃苦呀！

他这话一说，其他年轻人也跟着点头附和起来，七嘴八舌的，又吸引了更多村民来凑热闹，现场顿时就更热闹了。

肖百合抬起手挥了挥，示意大家稍微安静一下，她想了想又说，你们在外面都搞些哪样职业？

这一下，大家又开始争相回答起来，这群年轻人的职业可以说是五花八门，有搞建筑的，有搞餐饮的，有搞销售的，还有开大巴车的。

麻青蒿和肖百合听了对视一眼，频频点头，麻青蒿大手一挥，高声说，很好，很好，你们现在回来了，都有用武之地！接下来啊，千年村就是你们的舞台！就是你们的主场！就是你们的根据地！

肖百合高兴地看着大伙，也大声说，回来就好，当初和你们说过不要走，但那个时候千年村穷，留不住你们也是很正常的一件事。虽然村里现在是比以前发展得好一些，不过我们实事求是地说，千年村毕竟不是大城市，不管你们是一时冲动，还是经过慎重考虑之后回来的，对我们村两委来说，我们都欢迎你们回家，而且接下来，我们还要想很多办法，让你们能够安心地留下来！

麻青蒿接着她的话说，对，百合书记这话说得太对了，要是你们回来了又出去了，我们村委会这脸上也没面子。

几名年轻人异口同声地叫起来，麻主任，肖书记，你们放心，我们不会走了!

这几人说完之后，不知道是哪个鼓起掌来，接着，大家都鼓起掌来，这掌声又伴随着笑声，持续了很久很久。

肖百合很清醒地认识到要想留住年轻人必须有相应举措，为此，她和麻青蒿，以及村支两委的其他人经过研究，决定在已建成的"服务中心"内抽出一间房，成立"创客中心"，专为返乡青年和在校学生等群体提供一个经验交流分享与头脑风暴的场所。另外，与村里、镇里的多家企业进行联系，请他们提供一定的劳动岗位，除此外，就是帮助有创业需要的年轻人，为他们做好各项服务。

有了前期的这些举措和各种烦琐的工作，这些年轻人有些在产业园中上班，有些在产业街上创业，还有些进入农家乐就业。总之，他们都有了工作，有了稳定的收入，最终，他们安心留了下来。

此刻，龙险峰走在产业街上，他仔细询问了关于产业街的发展，以及返乡农民工就业的情况，肖百合都一一如实做了回答，龙险峰听完后，很是欣慰。肖百合见龙险峰心情很好，又说，龙书记，我前两天和市里的晚报，还有门户网站都联系了一下，我把我们村近期的照片都发给了他们，他们看了之后，对我们村的产业一条街表示出了很强的兴趣，都说在近期内准备来我们村进行深度报道。

龙险峰听了之后自然是更加高兴，他点点头说，你们千年村之前在"三改"和"三建"改造工作中，完成得非常好，近期的"穿衣戴帽"工作也推进得较好，可以说，前期这些工作做了很好的铺垫，村容村貌也比以前好了很多，这样的环境，肯定是能吸人眼球的。

龙险峰又指着两边的店面说，看得出，你们村支两委也在积极挖掘、用心打造地方文化和传统文化，这才有了这条产业街嘛，就这条街也给你们村增色不少啊!

肖百合有些不好意思地笑了起来，她正想说几句谦虚客气的话，只听得身后响起一个声音，是啊，龙书记，你这些话真是总结得太好了!

龙险峰和肖百合同时转过身，只见麻青蒿和吴艾草二人正站在身后，麻青蒿一脸堆着笑，又说，书记，你刚才说的话，是对我们村支两委的充分肯定，这个嘛，让人听了既倍感振奋，又感觉醍醐灌顶，让人有一种茅塞顿开、眼界打开的感觉……

龙险峰和麻青蒿打过这么多年交道，太清楚他这个人的脾气性格了，当他麻青蒿一直拍马屁的时候，那就要留意当心了，这很有可能是他"以进为退"的策略，目的并非吹捧，而是想表达出自己的一番言论和观点；如果他不想表达自己的观点，那么他一定是想让领导答应他某件事。所以龙险峰听到他才说了几句后，马上就制止了，意思也很简单，不管你是哪一种，都直说，不用拐弯抹角。

当初，肖百合一心要搞这条丹砂产业一条街，麻青蒿是持反对意见的。在他看来，丹砂那么贵，村里即便是搞起了乡村旅游，有了游客，可他们来了村里，顶多也就是吃两顿饭而已嘛，哪里可能还会花上那么多的钱，去买这些丹砂工艺品嘛。

说白了，麻青蒿并不看好这产业一条街，所以，在前段时间的工作分工中，麻青蒿明确表示，自己负责全村的"穿衣戴帽"工作，而肖百合，则主要负责这条产业街。

让麻青蒿没有想到的是，这条丹砂产业一条街还真就被肖百合抓起来了，其规模和质量都远远超出了麻青蒿心中的预期值。看着这条街，麻青蒿也一改当初的看法，他觉得，这条街对全村来说，还真是很有必要啊，第一，新增了村集体经济，第二，势必对本村的旅游前景有着很好的助推作用嘛。

在麻青蒿的内心当中，也是有一点不太满意的，就是在此事上面，肖百合占了先机。当初他与肖百合是做了分工的，说起来分工是不一样，但是，毕竟他麻青蒿对产业街过问得比较少，这样一来，肖百合把这条产业街打造得有声有色，从另外一个角度证实了，没有他麻青蒿，人家肖百合照样能把事情干得顺顺利利的。话又说回来，这条产业街能有今天这种良好的局面，功劳还得归功于村支两委。当然了，他麻青蒿也承认，肖百合在这项工作中确实起到了不可替代的作用，难道他的作用就能被人替代吗？如果非要评判谁的功劳大，那还真不好定论。

既然自己也有功劳，为哪样现在给龙书记汇报工作，就是她肖百合一个人在说话呢？搞得就像是她一个人做出来的成绩，这肯定是不行的，这不利于村支两委的团结嘛。

虽然说龙书记火眼金睛有极强判断力，但是如果她肖百合一直说一直说，把一些并非她的功劳也说出来了，那怎么办？那龙书记可能就真以为这些工作都是她肖百合做的了，所以，他麻青蒿必须站出来，说出来，这不是在领导面前邀功抢功，说白了，这是为了及时详细地给领导汇报工作嘛，甚至，这也是为了让村支两委保持团结和谐的状态嘛。

想到这些，麻青蒿干咳了两声，清了清嗓子说，龙书记，在"三改""三建"的工作接近尾声时，我们村支两委就开始在村里大面积、大范围地种花栽树。另外，我们还组织人员，每天定时、定点进行村内公共卫生、环境卫生的巡查工作，还有，我们对道路两旁的部分房屋进行了粉刷涂画工作，配合标语和图画进行宣传工作。我认为，这些不仅增强了大家的感官感受，在美化乡村形象的时候，又提升了我们乡村的整体形象。同时，我们还多次召开村民会议，在会上反复强调，反复倡导，为的就是要让他们增强爱干净、讲卫生的意识。

龙险峰说，对，让乡亲们增强爱干净、讲卫生的意识，这一点是很重要的。

麻青蒿说，现在，我们村的"穿衣戴帽"工作也基本结束，所以我认为，我们村之所以有今天好的改观、好的局面，都是在我们村支两委的共同努力下完成的。另外嘛，还有一点，虽然村支两委现在取得了这些成绩，但这些成绩，第一，不算什么，第二，千万不能因此就骄傲自满……

龙险峰笑起来，挥手打断说，麻主任，你最后这几句话，说是不能骄傲自满，实则很骄傲，很自满啊！

麻青蒿连忙说，龙书记，绝对不是，我说的可是心里话啊，没有一句假话。我想表达的是，我们村就是一个先绿化，再亮化，最终美化的蜕变过程！说到这里，麻青蒿一挥手，一脸深情地又说，现在，这些花开得特别好，争奇斗艳，村里是一派生机盎然的景象啊。我坚信一点，这些画面一旦进了电视机，印在报纸上，传上网络，对于外面的人来说，肯定是具有极大吸引力的，这些，也为我们村发展乡村旅游奠定了一个坚实的基础。

龙险峰点点头说，很好，既然你们村支两委统一了思想，接下来要发展乡村旅游，那么你们要多多鼓励乡亲们开设农家乐、农家餐馆，多请专家和老师来讲课，提高从业人员的专业素养和综合素质。另外，你们还要多考虑各种村集体经济，尽量让乡亲们入股变为股民。

麻青蒿和肖百合异口同声说，书记，你放心，我们一定做到。

龙险峰点点头，语重心长地说，另外，你们现在开始发展乡村旅游了，这是好事，但接下来肯定会逐步暴露一些问题的，不管这些问题大小轻重，你们村支两委都要给予重视，千万不能觉得是小问题小隐患就听之任之，同时，你们村支两委还要充分地做好各种服务工作。

麻青蒿说，龙书记，这些方面请你绝对放心。

肖百合跟着说，书记，这些也是我们村支两委接下米的重点工作。

龙险峰点点头，又叮嘱了几句之后，离开千年村前往花开村。

龙险峰总算是松了一口气，之前县委书记徐超国问过好几次旅发大会准备工作的落实情况，今天来千年村看过之后，他这心里也就有底了，也就不担心徐超国书记随时的抽查和过问了。

这段时间，花开村的支书石松涛动不动就给他打电话，说东说西绕来绕去最后就一个意思，龙书记，你什么时候能来我们村一趟。

按说花开村现在有了蜂蜜产业，又因为产业配套增加了各种果树种植，算下来，虽然现在果树还未能产出，但至少村里的产业已经初步形成集群规模了，那么这个时候，他石松涛还这么心急火燎地给自己打电话，龙险峰想来想去，就只能是销路等方面的问题了。

果不其然，到了花开村之后，村支书石松涛、第一书记陈国栋、蜜蜂养殖户牛老五等人马上围了上来。一段时间不见，石松涛比以前黑了些，估计没少晒太阳。陈国栋这个小伙子也变黑了，人更是瘦了一圈，不过看他的精神却很好，两只眼珠又黑又亮，炯炯有神。至于牛老五，脸上早不像上次来的时候被蜜蜂蜇到的一片浮肿了，人也变得精神抖擞。

还没等龙险峰问话，这几人先带他去看了山上的蜜蜂养殖点，又去看了村里的包装加工点。龙险峰看过之后说，你们村的这些产业搞得很不错嘛，有声有色的。

牛老五大声说，是啊，龙书记，说起来，我也觉得我们干得很不错，但是干得再不错，收入也没能提高多少。

龙险峰说，那你就详细说说，为什么没能提高。

牛老五说，龙书记，你也去山上看过的，我们村的蜜源花种也算多的了，有刺梨、山茶、月季、柑橘等，说起来都是一等蜜，那酿出来的蜂蜜价格也应该对得起这个品质才行，是不是？

他这话一说，旁边好几位蜜蜂养殖户也纷纷跟着附和起来。

龙险峰说，怎么，你们村的蜂蜜卖得不好吗？

牛老五摇头说，书记，不是卖得不好，是卖不到高价钱。

这时候，陈国栋走上前一步说，书记，就因为我们花开村没名气，酿出来的蜜也跟着没名气，按说这样的蜜可以卖三四百的，可我们拿出去，最多卖一百多。

龙险峰微微点头说，是，打造一个强有力的、能代表我们花开村的品牌，这是接下来要完成的一项工作。

石松涛说，书记，这品牌的打造，真不是我们村里想办就能办到的，我们村支两委想了这么长时间了，像什么工商、广告、媒体这些单位和行业，我们都找过，咨询过，可找了一圈，咨询了一圈，该解决的，还不是照样没解决？

龙险峰没说话，同时，他能感受到众人炽热又满是期待的目光注视着自己，他心里十分清楚，石松涛之所以这么急切地想让自己来花开村，其实也就是为了让镇里帮忙解决这些事情。一个产品如果没有建立品牌，也就难以打开销路，没有销路，又谈何产业发展？但是，一个品牌的建立、推广、扩大，又谈何容易？又哪是自己一个镇党委书记就能轻易解决得了的事？

想到这些，龙险峰神色不由自主地变得凝重起来，眉头也皱得更紧了，石松涛站在他身旁，本来还想多说几句恳求的话，可一看他这样，他和陈国栋对视一眼，都不知道说什么好。就连牛老五也一反常态地闭了嘴。隔了一会儿，龙险峰才叹了口气，低声说，这事我知道了。

石松涛本来还想追问两句，却看见陈国栋微微摇头，石松涛当即一想，也是，龙书记了解了这些情况，肯定就晓得我们的想法，他自然就会通过镇党委、镇政府去给我们村想办法，去给我们争取，我们的目的已达到了嘛。再说了，龙书记听了这些事之后，心情肯定不会好到哪去，现在再追着问他，那不是自讨没趣吗？

直到龙险峰离开，石松涛也没再多说什么。龙险峰坐上车之后，一直是若有所思的，从花开村离开后，他其实很想再去红岩村看看的，毕竟，红岩村是紫云镇最穷的一个村。眼下的花开村虽然也还有这样那样的问题存在，毕竟村里已经有了特色产业，下一步就是完善产业链的问题，解决了这个问题，花开村的脱贫摘帽指日可待。

可是，红岩村呢？这个问题很现实，也很让人遗憾，即便到了今天，各级党委和政府想了这么多的办法，尝试了这么多，还是没能拿出行之有效的办法，还是没能让红岩村找到一条适合自身发展的道路，建档立卡贫困户的数字像针芒一样，刺痛着他的眼睛。

自从"精准扶贫"实施以来，所有扶贫干部历经几年，苦苦与贫困作战，这其中的酸楚，相信每一位扶贫干部都有自己相同又不同的感受，可是，时间紧迫，决不能因为这一个村不脱贫，而拖了全镇、全县的后腿。想到这些，龙险峰只觉得压力倍增。去年，开始实施扶贫工作中的五步工作法，第一是寻找问题；第二是发现问题；第三是公开问题；第四是解决问题；第五是责任追究。说起来容易，做起来难，问题是发现了，也分析、解剖了，可解决起来实在太难，往往是前一个问题还没有彻底解决，后一个问题又出现了。症结在哪里呢？

龙险峰一直在思考这个问题。这个问题还没有思考透，农村产业的八要素开始实施，在对产业选择、培训农民、技术服务、资金筹措、组织方式、产销对接、利益连接、基层党建上，可以说，紫云镇是严格执行了的，看起来，这是指导实践的方法论和关键招，是深化农村产业革命的妙方要诀。可是，对红岩村这样极度贫困、极度贫瘠的石漠化严重区域来讲，要撕掉这千百年来绝对贫困的标签，真是任重而道远。

这不，千年村的问题已经逐渐解决了，花开村的问题又摆在了他的面前，有好的蜂蜜资源，但是缺少好的品牌支撑、好的销售渠道、好的企业助力，这就是当前花开村最大的问题。

我们都说，机会是留给有准备的人的，这话一点不假，正因为有充分的准备，才有良好的机遇，而这个机遇，就是"追花族"这一家专门从事蜂蜜生产、加工、销售的大型农业企业给予的。

在旅发大会即将召开的这个关键时刻，"追花族"这个企业也通过宣传，了解到紫云镇的花开村的蜂源状况，他们非常感兴趣，愿意在旅发大会召开之际，与花开村签订提供蜜源合同。有了这个信息，龙险峰立即对这家企业进行了调研。

"追花族"顾名思义，追着花前行，哪里有鲜花，哪里可以采蜜，他们就会像蜜蜂一样，紧紧追随而去。这家公司自成立以来，通过打造中国蜂产业大数据平台，研发推广智能养蜂装备，搭建产品全程溯源体系，实现养蜂产业从传统肩挑背驮的苦劳力模式，向现代化、智能化转变。在互联网大数据等现代化技术手段的应用下，"追花族"科技将智慧养蜂与乡村振兴深度融合后，开始建设全球唯一的蜂产业大数据平台，成为养蜂产业数字化、互联网化、装备化的先行者。

这家公司在历时四年，辗转近四百万公里，完成采集各地蜂场近五万个、记录蜜源近四十种等工作后，形成"全国蜂场大数据""全国蜜源大数据""全国花期蜂场迁徙""实时监控与全程溯源系统"，四位一体构建起中国蜂产业大数据平台。

在"追花族"企业看来，蜂蜜所承载的意义远大于其本身，其背后折射出对当下及未来人们美好生活与品质生活的价值重构。依托中国蜂产业大数据平台，追花族将养蜂产业、蜂蜜生产加工、特色旅游等有效结合，将产业发展增值收益留在乡村，有效带动了当地农户致富增收，促进当地经济发展，为进一步巩固脱贫攻坚成果与乡村振兴有效衔接注入新动力。

全面了解"追花族"企业的详细情况后，龙险峰心中激动万分，他和对方企业的负责人进行了沟通，并邀请他们一起前往花开村实地考察。将这些工作落实好，龙险峰心中又长长舒了一口气，扶贫工作就是要让群众有市场、有工作、有收入，这样群众的钱包才能鼓起来，也只有这样，他们才能过上好日子。而"追花族"，就是一家能让大伙有市场、有收入的好企业。

想到这些，龙险峰给熊少斌打了一个电话，本意嘛，是想给他也分享一下这个让人高兴的好消息。没想到，电话才打通，铃声就在门外响了起来，片刻后，熊少斌一脸兴奋、大步流星地走进龙险峰的书记室。

龙险峰上卜打量熊少斌片刻，有些好奇地问道，少斌，你这么高兴，是有什么好事？

熊少斌笑起来说，书记，您一直告诫我们，在工作中要实事求是，要眼见为实，要不，您现在和我去"眼见为实"一下？

龙险峰笑了起来说，你准备带我去哪里眼见为实一下？一边说，龙险峰一边看了看时间，又挥挥手说，你带路，现在去看看。

两人从镇政府走出来后，熊少斌一路冲在前面带头，不多时，两人就走到了镇上的一处移民搬迁点。

与上次来这里时的黑灯瞎火、冷冷清清的样子完全相反，此刻的搬迁点小区内人声鼎沸，凉亭中，几位老人正晒着太阳聊着天，不远处，几个小孩子正围着凉亭嬉戏打闹，再看那些楼房的阳台上，隐约可以看出有些养了花草，有些则晾晒着衣物，一眼看过去，与外面的成熟商业住宅小区并无两样。

龙险峰看见这一切，心中很是惊喜，还没等他开口，熊少斌停下脚步转过头来，一脸得意地说，书记，您也看见了，这些搬迁户现在都慢慢地回来了，这项工作基本完成。

龙险峰点了点头，一脸欣慰。

熊少斌又说，书记，之前说的"搬得出、稳得住"这两点，现在基本完成了，接下来的"能致富"还在努力完成中。

龙险峰说，少斌，你就说说，短短半年多的时间，就能让大部分的乡亲们搬回来，你到底想了些什么办法？

熊少斌笑了起来说，书记，其实我想的这些办法，都是你之前反复叮嘱过的。比如一定要给每家每户妥善解决好就业、就学、就医等方面的问题，尤其是就业问题，除此外，小区里面还定期举办各种文娱体育活动，目的就是为了丰富大家的精神生活，让群众在这里住得习惯，住得舒心。

说话间，二人走到了一幢楼房前的单元门外，熊少斌伸出脚指了指单元门外的地上，喏，书记，您再看看这。

龙险峰顺着看过去，只见单元门外的地上，之前的水泥地面上被开垦出了一片不大的地，现在这些地里，被有序地种上了葱蒜、小白菜、黄瓜、西红柿等农作物，有些菜苗已经长得有模有样了，有些在竹竿上面缠满了藤蔓，看着一片绿油油，一片生机勃勃。

龙险峰笑道，这是我当时的提议嘛。

熊少斌说，是，我觉得您这个提议特别人性化，后来我让负责施工的队伍又来改进了一下，现在，住在这里的每家每户也能有三分地，平日里要种点什么也勉强够了。

龙险峰说，是啊，不要小看这三分地，有了它，乡亲们住在这里，一是有了熟悉的生活，二是有事情可做，减除了无事可做的焦躁情绪。

熊少斌点了点头，又指着另一侧的几间小平房说，书记，您再看看那边。

龙险峰转头看过去，却也没看出什么端倪来，他转回头来，略有些疑惑地看着熊少斌。熊少斌说，那其中一间小平房，现在是这个单元楼的鸡圈，由几户居住在这幢楼里的人所饲养，当然，养鸡也是本着干净卫生、不放养、不入楼、不影响其他住户的前提下进行的。

龙险峰点了点头，很是感慨地说，很好，这三分地、一间鸡圈，看着都是不起眼的，可就是这些，才让我们的乡亲们住得更安心，住得更安稳。

说完，龙险峰又看了看时间。熊少斌说，书记，你还有事？

龙险峰说，我准备去花开村看看。

熊少斌微微一愣，有些不解地说，花开村的蜜蜂养殖不是也搞得有声有色的吗？同时还搞果树栽培，难不成又出了什么事吗？

龙险峰一边向小区大门走，一边说，目前是有了两三项产业，但这些产业的发展现状和收入情况并不足以支撑整个村的脱贫致富，这一点，我相信你应该是知道的。旅发大会即将召开，在招商引资的洽谈中，我想给花开村引进"追花族"这家集蜜源产地、市场销售为一体的专营企业，这样，花开村的养蜂专业户就有了保障。

熊少斌点点头说，花开村的养殖有了一定的规模，在销售渠道上有些杂乱无章，各自销售有一个缺点，就是互相压价，这会让养殖户的利益受损。

两人边说边走，走到搬迁点的小广场上，龙险峰欣慰地环视了一圈干净整洁的住宅小区，他对熊少斌说，乡亲们虽然搬回来住了，但我想，毕竟是搬到一个新环境，肯定还会有诸多不习惯和不适应的地方，针对这些情况，你要和这里的负责人、每栋楼的楼管人员多沟通，多联系，要他们尽力满足乡亲们的要求。搬迁只是一个手段，而脱贫致富才是最终目的。

十八

　　没错，脱贫致富才是最终目的。麻青蒿和肖百合也是这么认为的，包括两人在村里召开村民会议，轮番上阵动员大家开设农家乐时，也是这么说的。不过，让他俩没有想到的是，村民们对开设农家乐的态度，并没有想象中的那么主动热烈，他们所表现出的，基本是一种冷漠、敷衍的态度。

　　这就让麻青蒿有些急了，毕竟，他是在龙书记那里拍着胸脯保证过的，一个月之内，要让村里开多少家，两个月之内，又要让村里开多少家，最终在三个月之后，村里又将至少有多少家。

　　可现在，除了丁香开了一家农家乐，其他人都是观望态度。有人说，这丁香的店开到今天，说长不长，说短也绝对不短，但好像她并没有赚到什么钱嘛。

　　不是好像，是确实没赚到钱！我告诉你，这一点我比你们任何人都清楚！这两个在背地里悄悄议论丁香的农家乐，且言语中不乏幸灾乐祸的人，正是吴艾草的老婆桃花，还有罗云贵的老婆罗大嫂。

　　桃花一脸的不信任和疑惑，她说，罗大嫂，你又从哪里晓得她没赚到钱？

　　罗大嫂哼了一声，伸出右手亮出两个手指头，一脸轻蔑地说，她这几个月赚的钱，平均算下来，每个月也就这点。

桃花说，才这么点？

罗大嫂点了点头，很是得意地说，难不成我还会骗你吗？

桃花说，你肯定不会骗我，但你到底是从哪里听说的呢？

罗大嫂说，丁香在村里雇了两个人给她打扫卫生，其中一个就是云贵他大嫂，上次我们吃饭时，我专门打听过了，她说的，一个月根本就没多少人来。

桃花点点头，自言自语道，那如果要是照你这样说的话，开这农家乐，根本就不可能像百合书记和麻五皮他们说的那样赚钱嘛。

罗大嫂说，肯定不可能啊！我就问你一个最简单的，换作你，你愿意花上百块，甚至两三百块钱去吃一顿饭吗？

当桃花和罗大嫂这两个女人在议论村里某一件事时，也就大致可以认定，全村的人在接下来的几天中都会听闻此事。

果不其然，三天后，全村的人都在议论这个事，连麻青蒿和肖百合都听说了，而且版本不一。这不一主要体现在丁香的具体收入上，有说几百元的，有说一千元左右的，又有说两三千元的，但不管说的是多少，总之一点，村里人确实不相信开农家乐能赚钱。

这把麻青蒿惹得有点生气了，他用力拍着桌子，很大声很不满地说，我看这些人是脑壳进水了，这种谣言居然也有人信！一边说，他一边转头看着吴艾草，恨恨地说，要是被我晓得是哪个最先传出来的谣言，哼，你看我怎么收拾这个人！

吴艾草赔着笑，也不敢和麻青蒿对视。

麻青蒿一看他这个样子，就晓得这小子心中有鬼，可自己确实也没证据，他死死盯着吴艾草。片刻后，他又说，我承认，现在在村里开店赚得不多，可她丁香一个月要是真的只能赚这么一点的话，以她那么精明的人，恐怕她早就关门出去打工去了！

肖百合说，麻主任，你不要生气，先冷静下来，这些传闻有真有假，假的居多，不过丁香姐的店确实收入不高，这也是事实。

麻青蒿说，再不高，也总不可能一个月就两三千元吧？至少，至少也应该有个七八千元嘛。

肖百合没出声，就这么定定地看着麻青蒿，麻青蒿心里有些发虚，沉默片刻后他说，百合书记，难道真的就这么一点？

肖百合说，上个月我问过丁香姐，她没说具体收入，不过她也说了，这两个月的收入，就和以前开小卖部差不多。

麻青蒿听了之后顿时语塞，这，这……

吴艾草凑上前说，书记，主任，我看这事我们要赶紧想出一个解决办法来，要不然……

麻青蒿本来就在气头上，听了他这话，心里面更是生气，当下打断说，想办法？我和百合书记还不晓得要赶紧想办法？还需要你在这里教我们怎么做？一边去！

吴艾草赔着笑往后退。等他退远了，麻青蒿低下头到肖百合面前，压低声音说，百合书记，我倒是有个办法，虽然谈不上太好，但总归也是个办法。

肖百合说，这种时候，只要有办法就是好的，你赶紧说。

麻青蒿说，百合书记，你以前不是在城里工作过吗，你看啊，既然在城里工作，肯定就认识很多城里人，这个嘛，既然是城里人……

肖百合马上紧接着说，所以，请这些城里人来我们村玩一下，是这个意思吧？

麻青蒿嘿嘿笑起来，看样子，明显是默认了这个说法。

肖百合说，所以，如果我没理解错的话，麻主任你的意思，其实就是想让我通过以前的工作关系，邀请一些在县城、市里居住的人来我们千年村旅游，顺便请他们在丁香姐那里消费，是这个意思吧？

麻青蒿频频点头，伸出大拇指说，百合书记就是聪明人啊，一点就通，就这个意思。

吴艾草也跟着说，主任，我觉得你太谦虚了，这个办法绝对是个好办法啊！

麻青蒿很开心地笑了起来，他转过头看着肖百合，却看见肖百合缓缓摇头说，不行，这个办法肯定不行。

麻青蒿微微一愣，随之一脸不解地连声追问说，不行？为哪样不行？哪一点又不行了？

肖百合抬起头来，正视着麻青蒿，一字一顿说，这样做的话，不是解决问题的办法，来的人不可能长久，餐馆也不可能长久，这就是两头不讨好的事，这与弄虚作假有什么区别？说得再严重一些，就是形式主义。

麻青蒿听到后面，越来越生气，他大声反问，百合书记，我说的这个办法哪一点弄虚作假了？！再说了，我们是为了让村里能更快更好地发展乡村旅游业，是为了让大家收入更高，这难道还有错了？

肖百合说，本意是好的，但方法是错误的。

麻青蒿说，行，我的方法是错误的，那就请百合书记你想一个不错误、不弄虚作假，也不形式主义的办法出来！

话说到这里，明显有些剑拔弩张，甚至有些人身攻击的意味了。肖百合沉吟片刻，说，麻主任，我就问你一点，如果说我邀请了人来，那么即便他们第一个星期来了我们村，也去了丁香姐那里消费了，可第二个星期呢？第三个星期呢？

麻青蒿顿时语塞，沉吟片刻后又说，这个嘛，万事开头难，开了头，总是会有办法的。

肖百合说，好，就算到时候有办法，可按照目前的各种情况来看，如果游客来了我们村，由于村里的景区景点单一，相关配套设施还比较少，游客不太能感受到放松、惬意和愉快的，如果是这样的话，你觉得他们能对我们村起到好的宣传作用吗？更有可能，他们会反向宣传，这就会使得我们村的口碑和名声变差，那么你觉得，这样的办法还能是好办法吗？

麻青蒿半晌没说话，叹了口气，低声自言自语说，这县里、市里的媒体都来过我们村好几次了，宣传报道也发出来那么多了，怎么就一直没有多少游客啊？

肖百合说，这种事还真不能着急，宣传这个东西，不是一两天就能立竿见影的，需要我们持之以恒地去做。

没过几天，肖百合的说法得到了证实，先是在一个周末，有三三两两的私家车驶进了千年村，车上下来了十多位老老少少的游客，他们先是在田间地头玩耍了一会儿，又去村里的小河边踩水嬉戏，远远地，都能听见他们欢快的笑声。

这些游客的午饭、晚饭都是在丁香的农家乐里吃的，而这两顿饭，据说花了一千多元，丁香至少可以赚四五百元。也就是说，她这一天赚的钱，差不多是村里人十天半个月才能赚到的钱啊！这一下，村里人可就炸锅了，大家茶余饭后都在议论这事，有好事者还特意上门向丁香打听，可她就是笑，不肯说，她越是这样，大家就越是觉得，她绝对赚了这么多！只会多，不会少的！

原本以为她的农家乐在一天当中能赚到这么多的钱，也就是瞎猫碰上死耗子，运气好而已。可谁猜得到，第二周来的人更多了，第三周、第四周都有游客，且游客数量还持续增多，这不，丁香的餐馆那十几张桌子，根本就不够用。

这样算下来的话，她丁香这一个月赚的钱，至少是村里人的十倍都不止了，这一下，大家是真的红眼了。隔了几天，就开始有人主动地陆陆续续来村委会了，其中不乏一直说风凉话的桃花和罗大嫂等人。

这些人找到麻青蒿、肖百合等人，或开门见山、直截了当地问起开农家乐、农家客栈的事项，或拐弯抹角、支支吾吾先问开农家乐的成本等情况，总之，都想开农家乐了。

这是一个好苗头，麻青蒿和肖百合一合计，就该趁着这个机会，趁热打铁嘛。他俩及时与县新农办、扶贫办等相关部门取得了联系，接下来在村里举行了好几期针对开农家乐的专业技能培训。

这天，在村委会里又结束了新一轮的专业技能培训，肖百合送走了培训的老师和听课的村民之后，抓起一份《人民日报》看了起来，才看了几页，一条新闻引起了她的注意。这条新闻的标题是《成了合伙人，幸福来敲门》，之所以引起她的注意，是因为这条新闻说的就是邻村中华山村的事。

新闻上说，为了让中华山村的贫困户真正实现自我"造血"，村支两委采取了"村两委＋合作社＋贫困农户"的发展模式，由村两委带头组建集体经济专业合作社，整合多渠道资金，量化折算成股份分配给全村贫困户。这样，贫困户不仅可在合作社务工赚钱，还能参与年终分红。新闻最后说，通过"合伙人"模式发展产业带动脱贫致富的村子会越来越多。

看完报纸，肖百合只觉得心里一阵激动，她马上联系了中华山村的第一书记，了解到在这两年的脱贫工作中，总结出的一些新经验、新办法，还别说，其中有些经验、办法真是值得学习的。就比如中华山村的村支两委带领村民打破以家庭分散经营为主的农业生产模式，着力培育农民专业合作社、种植大户等新型农业经营主体，实行"合作社＋基地＋贫困农户"的模式，由合作社生产菌种、菌袋发放给贫困农户进行生产和种植，产品由合作社统一回收销售。这种产业两头在合作社、农户在产业中端的生产模式，既实现村委会统一管理，又最大限度地降低了贫困农户的生产风险，促进群众增收致富；同时，走"入股分红、分红致富、致富脱贫"新型农业化发展道路，而利润分红实行"六二二"分配的新模式，恰恰符合精准扶贫的本质所在——一个都不落下地脱贫致富、同步小康。

了解到这些情况后，肖百合心里很是感慨，她也很为中华山村感到高兴，没想到一个曾经很多空巢老人和留守儿童的小山村，通过精准扶贫的开展实施，现在变得生机勃勃。

两天后，在村支两委的一次会议上，肖百合把中华山村的脱贫经验向大家介绍了一番。麻青蒿听完后说，百合书记，其实我们千年村也早就是这样做的嘛，只不过我们村的利润分红模式，总结得没他们好，宣传没他们强。不过接下来嘛，我们也可以按照他们的分配办法进行一些微调。

早前，千年村村支两委在扩大村里多种集体经济的时候，便根据自身发展的条件，制定了一套新的分配法，与中华山村的"六二二"不一样，千年村是"四三二一"。

这"四"，是千年村集体的固定资金，也可以理解为是启动资金、成本，如果接下来村里想发展其他产业，或者扩大现有产业的规模，那么这笔资金就派上用场了。

这"三"，是村里用来改善公共设施、用于基础建设的专项费用，另外，还含医疗和教育补助，以及过年过节时去老党员、贫困户家中进行慰问时的慰问金。

这"二"，则主要是集体经济的办公经费，包括公司、合作社的车费、办公用品、水电、工资等的支出。

至于这"一"，则是股金分红，之所以把分红定得这么少，主要是想扩大和拓展村集体经济。按肖百合的话来说，今天我们的钱分得是少了一点，但这是为了将来，我们要把有限的资金集中起来，办大事，办好事，要相信我们以后的分红会越来越多。

当时在讨论各项分配比例的时候，肖百合和麻青蒿还有过几句争论。肖百合是主张把"分红"降低的，在她看来，之所以分红少，首先是考虑到入股的村民们都拥有一到两项的产业，还有土地流转费，或者在九鼎产业园内有工作，有工资收入，所以少一些分红并不会影响他们的生活品质。

麻青蒿却不同意她的这种说法，他认为，村集体经济也运行了这么长时间，村里的入股村民也等了这么久，结果就这么一点点钱，这多少会降低他们的积极性。

肖百合说，麻主任，我一直认为，在前期少量的利润分配，其实能够起到更好的"扶志"作用，同时激发大家的创业积极性。你也晓得，我们村大，人口基数大，在认识上参差不齐。大多数人是勤劳肯干的，这就是"我要脱贫"，这是主动的、积极的；还有少数人有惰性思维，这种人认为是"你要我脱贫"，这无疑是被动的，这种人首先得"扶志"，要让他们意识到，只有勤劳肯干，要有"我要脱贫"的志气和决心，才能长久地达到扶贫的效果。这钱一发多了，对于有的人来说，就想着怎么去花钱，去享受了，就没有想到再发展，再创造，这就和我们的初衷完全背道而驰了。在原始积累初期，我们少分一点红，把有限的资金集中起来，谋更好的发展，这是明智的。所以说，如果我们不把"扶志"放在工作首位的话，扶贫工作根本不要想顺利进行下去。我们村民的志向，不仅仅是解决温饱，而是要有自信，小康指日可待，富裕并不遥远。

肖百合才说完，吴艾草就开始频频点头说，是啊，我觉得书记说得非常对，我们村的人口基数大，懒惰的也有，这要是真把钱发下去了，他们早上领钱，下午就喝醉了，这，这肯定不行。

麻青蒿沉吟片刻说，百合书记言之有理，我同意。

肖百合说，另外嘛，我还有最后一个建议，这个建议我们可以征求大家意见，如果大家不是急需这个股金分红的话，那么我们还可以把这个分红，按照相应的比例，再给大家在村里的其他集体经济里面入股的嘛。

吴艾草马上说，对，书记说的是一个很好的建议。

肖百合之所以会提出这个建议，也是基于这半年以来，村里的各项发展情况而提出的。而吴艾草之所以会马上就同意，那也是因为家里现在收入多起来了，他说话才有这个底气。

别的不说，罗云贵家的酒厂在升级成为村集体经济之后，不仅扩大了生产规模，还吸纳了众多村民入股，黄光辉和吴艾草等人都在其中占了一股，除此外，因为九鼎的产业园已经正式在千年村开园，吴艾草的老婆桃花还在产业园里面找到了一份工作，虽说每个月的工资不算太多，但至少吴艾草不再是家中唯一有工资收入的人了。

说到九鼎公司的产业园，它在村里招聘了近两百人入园工作，工资从三千元到五千元不等，看上去，它似乎只是解决了一两百人的工作就业问题，但从背后来看，它却让近两百个家庭变得再次完整起来，以往出外打工的爸爸妈妈，终于有机会回到了村里，他们能够就在村里工作，能够每天陪着老人，照顾小孩。

而且现在来村里的游客也越来越多了，最近进入暑期，每天来村里避暑游玩的人，那叫一个络绎不绝，这也催生村里多家农家乐、农家客栈的建立。

正是考虑到这些因素，肖百合经过细致的研究调查后，才和麻青蒿等村支两委全体人员提出了"四三二一"这一新的红利分配法的提议。随后，村支两委召开了全村村民大会，通过全体讨论、共同商讨之后，又修改了一两条细则，这才最终成形。

可以说，时间虽然只有短短的几个月，但村里做了充分扎实的工作。从这之后，来村里的游客像是约定好了一般，也在慢慢增多起来，丁香的农家乐也逐渐变得繁忙起来。有两次最忙的时候，她还不得不从村里多请五位村民来餐馆帮厨。

一分耕耘一分收获，千年村支两委经过这么久的辛苦工作后，村里的农家乐由当初的两三家上升为三十二家，农家客栈也从无到有，床位也基本上能够保证游客需要，除此外，村里其他基础设施建设的各项数据也大幅攀升。

不出所料，旅发大会在千年村举行期间，人气爆棚，根据数据显示，紫云镇在此期间共接待国内外游客十余万人次，增收相比去年增长百分之三百，这个数据，对刚刚发展乡村旅游的紫云镇来说，可以说是很厉害、很夸张的一个增长数据了。到了当年的十月黄金周，旅游接待又上了一个新台阶。

在这个过程中，麻青蒿也发生了一些很微妙的改变。而这个改变，更多地来自他和丁香的相处上。比如说，最先他去丁香那里时，总有些扭扭捏捏不好意思，进门时要左右看看有没有认识的人，但次数一多，这样的场面就再也没有了。后来，一是由于大家都晓得了，二也因为工作繁忙，他简直是理直气壮、大摇大摆走进丁香的农家乐。

没多久，村里人又发现了一件事，某天晚饭后，夕阳西下，麻五皮居然和丁香走在一起散步了！这事马上就传开了，当然，村里有些人才听说时，也会嗤之以鼻，觉得传话的人小题大做了，不就是一起散个步吗？有哪样了不起的？可关键还有一点，这两人散步的时候，丁香可是一直挽着麻青蒿的，这手一挽，那性质可就完全不一样了！村里人议论，看这样子，这两个人绝对和好了，迟早要去复婚领结婚证了。

说起来，这两人之所以能回到这种状态，肖百合起到了关键作用。那次肖百合和丁香聊天，了解了丁香与麻青蒿离婚的前因后果，便觉得有些莫名其妙，但她能肯定一点，这事绝对是有误会的，要了解清楚这个误会，那就还得再去找麻青蒿问一问才行。没多久，恰逢省领导来千年村进行调研，一众领导对于千年村的乡村旅游发展情况都给予了很大的肯定，同时，这次调研的整个过程都在省级多家新闻媒体上播出、刊发，一时间，千年村获得了不少的关注，也迎来了更多的游客。

　　这可是一件大好事，值得庆祝一番。这庆祝的举措，并不是村支两委开一个庆功会，无非就是麻青蒿提了一罐米酒，邀请肖百合喝一场。这也是麻青蒿私人第一次请肖百合喝酒，说得很恳切，似乎让肖百合无法拒绝。麻青蒿说，肖书记，我从来不请女人喝酒，你是第一个，你放心，酒是我自家酿的，菜是我自家种的，我的炒菜水平你放心，基本上可以让你还没有吃到嘴巴里面，你那口水就流出来了，别人我就不喊了，就喊吴艾草来作陪。

　　肖百合说，这样，你叫了一个人，我也叫一个人。

　　麻青蒿说，可以啊，不要说叫一个人，叫三个人也可以。你叫谁呢？

　　肖百合说，丁香。

　　麻青蒿一愣，一挥手说，丁香就丁香，我还怕她不成？

　　这一场酒，可以说喝得相当愉快，趁着这个愉快，肖百合问起了他与丁香的离婚原因。

　　这酒啊，就是个好东西，能让人酒后吐真言。麻青蒿虽说有些醉了，可心里面一点也不含糊，述说起往事，还是忍不住瞪起一双牛眼看着丁香。原来，就在丁香出外打工半年后，他带着儿子坐了一天一夜的火车，来到了妻子打工的城市，他按照信中所留的地址找到丁香上班的厂，却被告知丁香和老板在外面陪客人吃饭。等麻青蒿再赶到吃饭的酒店时，哪知道，在这里他看见了最不愿意看见的一幕，通过虚掩的房门他看清楚了，房间里面哪有什么客人？自己日思夜想的

501

妻子居然被一个大腹便便的男人抱在怀里，而且，丁香似乎并没有反抗，脸上还带着讨好一般的笑容。看见这一幕的那一刹那，麻青蒿脑子里瞬间一片空白，全身都僵住了，他呆呆站了片刻后，突然转过身，抱着儿子便大步离开了酒店，一边走，他一边对儿子说，你记住，你以后就没得妈了！儿子却哭闹不止，一个劲地吵闹着要回去找妈妈，麻青蒿心中本来就已经百般凄楚悲愤了，听到哭声，心中更是异常焦躁，他忍不住便抽了儿子两个耳光，哭！哭哪样！那个人不是你妈了！

麻青蒿把这一切说了出来后，给自己又倒了一杯酒，仰头一口饮尽后，他苦笑着说，百合书记，让你见笑了。说完，眼睛还横着丁香。

看着丁香恍然大悟的模样，麻青蒿对丁香说，你还有哪样说的？我相信我自己的眼睛。

丁香笑了起来，也不解释，端起一杯酒对麻青蒿说，来，我请你喝一杯酒。

麻青蒿摇摇手说，酒就不喝了，要喝你和人家肖百合书记喝。要不是肖书记来到我们村，你能有今天的好日子？

肖百合知道丁香为什么笑了，因为她从麻青蒿嘴里知道了真相，这个真相完全是一个误会。肖百合端起酒杯对麻青蒿和丁香说，我必须和你们俩喝一杯。见两人都有点犹豫，她说，你们必须喝，喝了我有话说。

麻青蒿看了丁香一眼，有点阴阳怪气地说，说了再喝嘛。

肖百合指着麻青蒿说，你这个麻青蒿啊，就是这样的人，不善于和女人沟通，我要是丁香姐，也懒得理你。

麻青蒿抬起酒杯自己喝了一杯说，你不是丁香，丁香也不是你。我们的事啊，说不清，我看，也用不着说清，我还不相信我自己的眼睛吗？你肖书记不是常说眼见为实吗？那天，我就眼见为实了。

肖百合也笑了起来说，说你这个人不讲道理，你还把道理天天挂在嘴边，你是看到那个老板抱住了丁香姐，这一点没错，你错在扭头就走，你为什么不相信人家丁香姐？

麻青蒿看了一眼丁香说，都抱在一起了，还有哪样说的？我有哪样错？我还是那句话，我相信我的眼睛！

肖百合一把拉起丁香说，丁香姐，你把你后面怎么做的告诉他！

丁香一把揪起麻青蒿的衣领说，你看到我被人家抱着，你不冲进来，你扭头就走，你还是不是个男人？

麻青蒿挣脱丁香的手说，我不是个男人？你才不是个女人呢！

肖百合一看二人吵起来，说不定又要闹翻了，她赶紧对麻青蒿说，你没看到的是，丁香姐抢起一个酒瓶子，砸了那个老板一脸。

麻青蒿一下子愣住了，他甚至有点不相信这就是真相，如果这就是真相的话，那么他这十多年，可就一直误会错怪了丁香。他知道，肖百合一直在撮合自己和丁香的事，可她绝不会说假话来撮合。再一细想，是啊，这才是丁香的性格，这才是真相，她从来没有对不起自己，没有对不起这个家。

麻青蒿还有什么说的？他无话可说，他唯一能做的，就是倒了一大碗酒，一仰头喝了下去，喝完，他一拍桌子说，我错了！我确实错了！他手一抹嘴巴上的残酒，顺手又一指丁香说，这才是我老婆！凶得狠！

丁香站起来反讥道，谁是你老婆？

麻青蒿脸上一愣，片刻之间，他扬起笑脸说，那时候你丁香还是我麻青蒿的老婆。说着，他伸出大拇指豪爽地大声说，痛快！打得痛快！

丁香生气地说，痛快！你倒是痛快地转身就走了。

麻青蒿一脸的难堪，只好发挥幽默的长处，他一挥手说，这样不要脸的人，你不打他个满脸桃花开，他咋个知道花儿为什么这样红。

肖百合拉过丁香说，丁香姐，人家都承认错误了，我看，你就原谅他吧。

丁香一句话不说，也端起一碗酒，一仰头喝了。

这两人虽然没有当着大家的面说什么话，毕竟十几年的误解和委屈，换成谁也不知道该说些什么，但这一人一碗酒的举动已经充分说明两人已经释怀了。那天之后，这才出现了两人手挽手散步的场景，村里人看见后，自然也就有人开麻青蒿的玩笑，麻五皮，你是不是要破镜重圆？当年你可是说了覆水难收的呢！

听了这话，丁香掩着嘴就笑了起来，麻青蒿则顾左右而言他，话题实在拐不过去后，他就笑骂对方几句，听者也不生气，往往几句话之后，大家都开心大笑起来。

不久，两人复婚，麻青蒿在家门口贴了一副对联，上联是一对新夫妻，下联是两个旧相识，横批是都是夫妻。这副有趣又自嘲的对联流传很广，一时成了村里茶余饭后的话题。是的，这样的话题也佐证了一个事实，这时的千年村已经是远近闻名的生态美、百姓富的模范村，如果千年村还像原来一样，穷得叮当响，还在为生计发愁，谁还有心情关注这逗逗打打，打打逗逗的夫妻之间的事？

看见这一幕，肖百合可以说是最高兴的，很早的时候，她曾经对喻子涵说过，当她来到千年村之后，有一个最大的愿望，就是希望能看到这样的情景：

在村庄晨雾的弥漫中有孩子们琅琅的读书声，在田间耕作的黄昏后有一对对的夫妻愉悦地回家，在月亮升起来的时候，在小院子里，有爷爷奶奶、爸爸妈妈和孩子，一家人围在小桌旁温馨地吃饭……

这番景象，今天终于在千年村出现了。

尾 声

时间不知不觉又过去了一年。

在这一年中，紫云镇的每个村都发生了很多变化，比如说，千年村依托旅发大会的影响力，以及九鼎公司建设的农业产业园，大力打造以"绿色生态"为特点的乡村旅游产业，取得了不俗的成绩。其后，又以"红色文化"为契机，一蹴而就，成立了"红色文化创新区"，为乡村旅游创造出了新的优势。

在二〇一二年以前，千年村外出务工者多达一千二百余人，村中因此出现大量的留守儿童及空巢老人，五年后，千年村各项产业得到健康发展，出外打工者也逐渐回到村里，现在出外务工者仅有一百七十余人。

经统计，村里现在有村集体经济十二家，农家乐三十二家，农家客栈二十七家，床位共六百一十五张。在二〇一八年，共有一百七十八万人来千年村旅游避暑，千年村的旅游综合收入在这一年达到了五点六九亿元，可以说，这个数字是所有人在此之前想都不敢想的。

现在千年村年人均收入一万七千三百八十二元，如果按目前颁布的农村小康收入标准来看的话，千年村早已超过了小康水平线不少。

千年村现有轿车二百三十三辆，其中不乏宝马、奔驰、捷豹等高中端车辆。现在走进千年村，看到最多的，便是那一张张扬起的笑脸。

千年村实现了千年的蜕变，撕掉了千百年来绝对贫困的标签，这无疑给紫云镇带了一个好头，其他村也陆续脱贫摘帽，就是最贫困的红岩村，也在旅发大会的招商引资中，赢得了契机。不过，要落实好这个契机，也是很不容易的。

紫云镇的二十一个村，在实施精准扶贫之前，除了少数三五个村之外，多数村都还处在贫困线之下，靠天吃饭是这些村庄的普遍现象，有些村甚至吃不上大米，以苞谷、土豆为主食，遇到风调雨顺的好年景，还能勉强果腹，遇到旱涝不均的时节，就要靠救济粮过日子。

那些年，紫云镇每年的扶贫工作报告上，各项数字是让人很惭愧、很尴尬、很难受的。就说一点，全镇三万多人中，有接近两万人常年外出务工，而且，这些外出务工者大多是青壮年，所以在紫云镇，空巢老人和留守儿童的现象也非常普遍。

好在这些已经成为一去不复返的历史。旅发大会之后，一家省内大型企业主动与龙险峰进行了联系，这家企业在考察一番后，决定对紫云镇的红岩村两处鲜为人知的景点进行整体包装与全面开发，希望将其打造为紫云镇内又一处有特色、有特点的旅游景点。可以说，这个时候的紫云镇是生机勃勃的，但是，在这生机勃勃之下，还是有那么一两个村进步缓慢，红岩村就是其中之一。红岩村这种喀斯特地貌且石漠化严重区域的扶贫任务，是一块硬骨头，是脱贫攻坚战的最后堡垒。如何攻克这个最后的堡垒，龙险峰可以说是绞尽了脑汁，无计可施。

用村支书潘宏梁的话来说，红岩村是满山石头难见土，苞谷长在石旮旯，春天撒种一大片，秋天收得一小箩。这里原来连大米都吃不上，主要以土豆和苞谷为主食，后来在扶贫过程中，修了水库，修了梯田，通了公路，村民终于吃上了大米，告别了饥饿，可要说脱贫致富的话，以红岩村的自然条件来看，几乎是不可能的。

龙险峰也多次请县、市扶贫办的同志来村里调研，进而给出一些脱贫的指导意见，然而治标不治本，石漠化治理是一个世界难题，石漠化地区被联合国教科文组织列为不适合人类居住的地区，红岩村人就住在这样的地方，已经千百年了。这些年通过退耕还林、退耕还草，石漠化得到了有效的控制，人均收入也逐年提高，可以说，扶贫政策的红利，红岩村享受到的比起其他村来说，只多不少，可是要达到脱贫摘帽的人均收入标准还是遥遥无期，不要说村里的人了，就连龙险峰自己都有点心灰意冷失去信心了。但是，紫云镇要脱贫，那就意味着这些村、这些贫困人口都要一个不落地脱贫致富才行，想到这一严峻的任务，他只得硬着头皮，再次找到徐超国寻求更多支持，徐超国也是一脸无奈地说，你红岩村不脱贫，你丢不了手，我也丢不了手啊！你急，我比你更急！被逼得急了，徐超国忍不住抱怨说，你当县政府是印钞机吗？再说了，就算是印钞机，直接给钱，就像是在输血，这也不是长久之计啊，还是治标不治本，归根结底，还是要因地制宜地找到一条红岩村的发展道路，从而实现自我造血。有一个好消息，"千企帮千村"已经启动了，你要抓住这个机会。说是这么说，龙险峰心想，哪个企业来帮助红岩村呢？小企业肯定不行，必须是大企业。

有困难，找上级，这是基层干部的一个共识，可是，有困难不能解决困难，只知道找上级，在领导眼里，这种人无疑是患了软骨病，硬不起来啊！反之，有困难，不告知上级，不寻求上级支持，那也是患了盲目症，目无章法。总而言之，脱贫工作千头万绪，按龙险峰的话来说，恨不得自己有三头六臂，也忙不过来啊。龙险峰多次找到徐超国书记，总算得到了一个"千企帮千村"的希望。

龙险峰马不停蹄地回到紫云镇，与熊少斌研究如何在"千企帮千村"的展开过程中，让红岩村成为首批帮扶对象。龙险峰觉得，要把这个好消息落到实处，得做很多工作，而且，这些工作还得很巧妙、很讲方式方法才行。

熊少斌听后，字斟句酌地说，书记，我认为吧，这个事情，你把它想得过于复杂了。

龙险峰说，复杂？那你具体说说。

熊少斌说，我认为，接下来最要紧的工作，是要想方设法请人来，只要能请得到一家大企业来我们红岩村进行实地考察，去几户村民家中坐坐看看，反正，条件就那个样子，他们只要看了，就都一目了然了，也就晓得红岩村有多穷了。

龙险峰说，你认为，红岩村已经够穷了，所以这些人来村里看了之后，自然就会优先把红岩村列为帮扶对象？

熊少斌频频点头说，对，书记，我就是这个意思。

龙险峰说，少斌，请企业的负责人来村里考察，这固然是一项很重要的工作，但这并不是最关键的。你应该知道，"千企帮千村"是省委、省政府面向全社会提出的倡议，但是，你晓不晓得，在我们全省范围内，像红岩村这种国家级深度贫困村有多少个？你觉得红岩村够穷了，所以理所当然要成为首批帮扶对象，可这是因为你只站在全镇的范围去看待这事，顶多，再上一级站在全县的范围，可现在是面对全省啊。我们不妨再换个说法，现在你是一家大企业的负责人，全省有三十个、五十个，甚至是上百个国家级深度贫困村都需要帮扶，都认为自己村够穷了，都认为自己村应该是首批帮扶对象，也都想请你去村里实地看一看，那么你首先去哪个村？你又能帮扶得了多少个村？

熊少斌顿时语塞，我、我，这、这个……

龙险峰说，所以我说，"千企帮千村"，这肯定是好消息，但是，要想落到实处，让红岩村的乡亲们真正享受到这一好政策，我们还需要做很多工作啊。

熊少斌说，书记，那你觉得，我们接下来该怎么做？

龙险峰说，怎么做，我也没有很清晰的步骤，但是，一切要从实际出发，实事求是，不能因为脱贫心切，就随便找一家企业，或者说夸大红岩村的贫穷程度，这些都是不可取的。不过我相信省委、省政府这份倡议的影响力，现在相关文件也已经正式出台，近期应该会有企业和我们进行联系的。

不久，省内一家名为"中星城投"的大型民营企业果然主动联系了龙险峰，希望对紫云镇的红岩村进行帮扶，为此，这家企业的老总专门来到紫云镇和龙险峰见面，详细讨论了在具体帮扶工作中的计划和安排，接下来的事情发展，就可以用水到渠成来形容了。

龙险峰本来计划等前期工作有了一定眉目后，再专门抽个时间去红岩村告知这一好消息，没想到，这天上午十点多，龙险峰刚开完会，从会议室走出来，一眼就看见潘宏梁站在自己的办公室门外，他不自觉就皱起了眉头，但也只能硬着头皮走上前去，还没走到潘宏梁跟前，他便闻到了对方身上的一大股酒味。

这时候潘宏梁正好转过身来，一脸通红，见到龙险峰后说，龙书记，你总算来了。

龙险峰问道，宏梁支书，一大早的你就喝酒了？

潘宏梁理直气壮地大声说，对，我就是喝酒了，我要是不喝酒，我还不敢来找你。

一听这话，龙险峰心中顿时咯噔了一下，看来，这小子今天来，肯定又有难题了。

两人进了办公室，龙险峰说，说吧，今天米又是什么事？

潘宏梁说，龙书记，都说兔子急了要咬人，我今天来，就是准备当一只兔子。

龙险峰冷冷道，意思你今天准备来咬我了？

潘宏梁说，龙书记，我是真没办法了。说话间，他伸出手，要么你今天拿钱给我，我带回去发给村里人……

龙险峰被他这话气得笑起来了，你来找我要钱？你把我当成什么了？提款机？还是印钞厂？

潘宏梁蛮横地说，那我不管，反正今天你要是不给我钱的话，我，我就……

龙险峰盯着他，一字一句问道，你就什么？

潘宏梁心一横，抬头和他的目光对视着，大声说，我就辞职！这个村支书我也干不下去了！

龙险峰说，看来你心里是早就有这个想法了。

潘宏梁说，是，你骂我也好，实在不行，你打我一顿也行，反正今天我要么拿到钱，要么就辞职。

龙险峰久久注视着他，目光慢慢变得柔和起来，片刻后，他微叹一口气，拉开抽屉取出一份文件放在桌上，他说，还好我昨天收到了这份文件，要不然，今天我还真不知道怎么回答你。

潘宏梁说，龙书记，这，这又是什么文件？

龙险峰说，你拿来看看不就知道了。

潘宏梁拿起文件，细细读了起来，慢慢地，他的脸上神色越来越激动，又读了几行字，他突然放下文件问道，龙书记，这，这份文件是真的？

龙险峰说，难不成还是我印出来骗你的？

原来，龙险峰拿给潘宏梁的正是省委、省政府出台的"千企帮千村"的文件。

潘宏梁说，书记，这个文件是下了，但是哪个时候有大型企业来帮扶我们呢？

龙险峰笑了笑说，你啊，还真是心急，不过说实话，我都没想到文件出台后，这么快就有一家大型企业来帮扶了。

潘宏梁颤声继续问道，真，真的？是哪家？

龙险峰点了点头说，就在省委、省政府联合出台这份文件没几天，省内的一家大型民营企业"中星城投"便主动请缨，想对你们村进行帮扶。

说着，龙险峰便把这些计划安排复述了一遍，在"中星城投"的扶贫工作计划中，决定了三项举措：第一，"中星城投"决定无偿捐助红岩村八百万，帮助该村建立、完善村集体经济，将村里现有的村集体经济作为股金入股，与"中星城投"一起成立"红岩农业旅游公司"，产生效益后，百分之八十的收益归村集体；第二，这家公司成立后，将在红岩村中招聘五百人，对他们进行专业技能培训，解决他们的工作难题；第三，"中星城投"旗下一名员工与红岩村一户结成"一对一帮扶"，进一步保证他们的收入稳定。最终，让红岩村一年内全部脱贫。

听到这些内容之后，潘宏梁忽然冲上前来，伸出双手，紧紧握住了龙险峰的手，激动得说不出话来。

龙险峰等他情绪稍微冷静一些之后，又继续说道，其实对方所做的这些扶贫事件，简单说来就是几句话，农村给城市送健康，城市给农村送财富，让红岩村的"资源变资产、资金变股金、农民变股民"，最后让红岩村摘掉贫困的帽子，逐步走上富裕的道路！

潘宏梁频频点头，是，是，书记，谢谢书记，谢谢书记。

龙险峰说，你谢我哪样？要谢，就谢谢党的好政策，谢谢这些大型企业的社会责任心和爱心。

潘宏梁已经激动得说不出话来，他频频点头，忽然又一拍脑门，书记，我不和你多说了，我现在要马上赶回村里，我要把这个好消息给大家都说说。

不等龙险峰回答，潘宏梁拔腿就向门外小跑而去，龙险峰看着潘宏梁急匆匆的背影，开心地笑了起来。

不仅红岩村迎来了好消息，花开村和千年村也都迎来了好消息。这天，石松涛和麻青蒿来到镇里，找到了龙险峰，两人争先恐后、你一言我一句地抢着向龙险峰汇报这个好消息。那家名为"追花族"的企业，在龙险峰牵线搭桥之后，来到花开村进行了几次考察，公司的负责人表示，不仅要和花开村合作，还要根据花开村的特点，打造一个专属品牌。

石松涛说到这里，激动地说，书记，说到这里，我们全村的蜜蜂养殖户都要感谢你，谢谢你当初把"追花族"这家企业引进到我们村里来，现在，我们村的蜜蜂养殖户，可都成了"追花一族"了，我们和这家企业合作，用了他们最先进的采蜜车，哪里的花开了，哪里的花蜜质量最好，我们就去哪里。

麻青蒿说，书记，松涛说得还不够详细，除了最新、最先进的采蜜车和技术之外，他们还和"追花族"公司共享了全国的销售网络渠道，现在，他们的蜂蜜不仅销往全国，还销往海外了，简直是供不应求啊！

石松涛说，书记，还有一个更好的消息，前一段时间，一家电商公司也联系了我们，表示希望能和我们两个村合作，将我们花开村的蜂蜜、刺梨、香菇等农产品，还有千年村的特色农产品放在平台上进行销售。

麻青蒿说，书记，这家企业真的很大，我和松涛专门去他们的厂里看过，光是生产区的厂房，都比我们村的占地面积大！

石松涛说，他们企业一年的上税金额，简直是不敢想象！

麻青蒿说，今天我们和对方企业的老总都见面了，已经签了一份初步合作合同。

石松涛说，要是我们村的人知道销路不愁了，肯定会更有干劲了！接下来，我们还想和这家企业的老总商量，看能不能把花开村和千年村的农产品合起来，创一个新品牌进行销售。

麻青蒿紧接着说，对，如果合起来，再创一个新品牌，一定会一炮打响的！说着，麻青蒿转过头对石松涛说，松涛，你快给书记说说，我们想出来的新品牌名。

石松涛笑起来说，书记，我们这个新的品牌名，准备就叫做"花开千年"。

麻青蒿也笑起来说，书记，以前我们两个村的人都尽量少来往，忌讳别人送给我们的一句话，千年不开花，那时候我们穷啊，这句话伤人啊！现在怎么样？我看，像换了人间！原来是千年不开花，现在是花开一千年！

龙险峰听到这里，脸上露出欣慰的神色，不无感慨地说，好一个千年不开花，花开一千年啊！好名字，好名字！希望你们的品牌能够一炮打响！

麻青蒿说，书记，好消息汇报完毕，现在我们得赶回村里，把接下来合作的各项工作落实下去。

石松涛也说，是啊，书记，接下来还有好多事情等着我们去做呢。

确实还有很多事、很多工作要做。我们常说，这世间唯一不变的，就是它永远在变化，而这些变化，有时候慢得让人心灰意冷，有时候又快得让人猝不及防。

眼下，就有一桩快得让人猝不及防的事，可这事在以前漫长的岁月中，又慢得让人心灰意冷，这事便是红岩村终于脱贫了！红岩村在这一年中，终于通过了第三方的评估和核查，这也就意味着，红岩村终于摘掉了千百年来的贫困帽子。

要通过第三方的评估和核查是非常不容易的，这个评估核查有明确的数据指标和条件要求。第一，要求该村的贫困发生率降至百分之二以下；第二，要求该村有一项以上的特色产业；第三，要求村集体有稳定经济收入来源，且年收入在五万元以上；第四，要求该村的村内基础设施和基本公共服务明显改善。

说起来，要通过评估核查也就这短短几句话，但是，要想真正地达到、完成这些要求，那就需要很长很长的时间了，甚至，还不仅仅是时间长短的问题，也不是人努不努力的问题。就拿红岩村来说，这山沟沟里的几辈人都在和贫困做斗争，都想将这顶"贫困的帽子"摘掉，都想将这一"贫困的顽疾"根治，为此他们不懈努力、持之以恒、兢兢业业，纵然这几辈人都在坚持着，可残酷严峻的事实是红岩村依然贫困。在"精准扶贫"实施之后，党的各项好政策逐步落地，社会各界有力帮扶，这才让红岩村真正焕发了生机，才让红岩村的人真正昂首挺胸起来，才让这场淤积了千年的顽症得以根治。

胸脯挺得最高的，说话声音最大的，自然是村支书潘宏梁了。说实话，原来他是紫云镇的村支书里底气最不足、腰杆最不硬的人，归根结底，就是一个字，穷。这个穷，让他一直抬不起头来，也让他成了远近闻名比较抠门的人。宣布脱贫摘帽的那天下午，潘宏梁迫不及待地打电话给麻青蒿、石松涛等人，他说，我今天请你们吃饭！

石松涛说，你潘宏梁这么抠门的人，也要请客了？

潘宏梁说，这话以后不准说了哈！当年抠门，那时我们没有什么可抠的，要粮没粮，要钱没钱，就连我这个支书，荷包也是瘪瘪的。

不是我想抠门，是我不得不抠门啊！你还说我，你当初比我更抠门。

石松涛说，此一时彼一时，好，好，大家以后都不说了。哎，有鱼没有？

潘宏梁说，放心，我绝对满足你的理想，还超过你的理想！

石松涛说，吃饭就吃饭，谈什么理想？

潘宏梁说，哎，你忘记了？当年你最大的理想，最奢华的愿望，就是买三斤半的小鲫鱼来吃，你算得很清楚，为什么是三斤半？三斤半正好七八十条小鱼。说是请我和五皮吃饭，你那个吃鱼的水平谁不知道？我和五皮三条鱼还没吃完，其他鱼都进了你的肚子……

石松涛马上打断说，哎，哎，说好的啊，以前的事不说了！

潘宏梁说，不说就不说，老子要告诉你的是，今天买了十多斤小鲫鱼给你吃！哎，松涛，你别说，最近这一年，你是不是吃鱼吃多了？脸都长得越来越像猫了……

石松涛正想在电话里面反击，潘宏梁挂断了电话。石松涛再打，电话就一直占线，石松涛想，算了，这家伙肯定在给麻青蒿打电话。

麻青蒿对潘宏梁说，现在哪个还缺饭吃吗？

潘宏梁说，有酒，有酒的！自家的酒。

麻青蒿说，这就对了嘛，这样的大事，这样的好事，我早就在等你的电话了！今天也不白喝你的酒，我送你一句好话，就是红岩花开一千年！

潘宏梁说，这个好！你这麻主任成麻支书后，说话没有原来那么啰唆，水平也高多了！红岩花开一千年！嗯！太好了！

麻青蒿说，不要光说好，也要把好人请来喝一杯酒。

潘宏梁说，好人？你什么意思？

麻青蒿说，说你笨，你还说你聪明，你想想，我们三个村的第一书记，是不是好人？无法想象，这几年没有他们，我们怎么办？这么多年了，你还没思考清楚吗？一点觉悟都没得！

潘宏梁说，对，对，对，你说得太对了。

麻青蒿说，记住，你要告诉他们，这是你个人请客，自掏腰包，必须说清楚啊！否则他们不好吃你的饭哦！

那天，在潘宏梁的家宴中，几乎人人都喝高了。红岩村的第一书记张学勤喝得最多，他拉住陈国栋和肖百合大声地说，国栋、百合，当初我们同一时间下村来任第一书记的，那时候，我们哪里会想到，要待上这么长的时间？又哪里会想着有这么多举步维艰的事等着我们？有几个晚上，我彻夜失眠，感觉到几乎撑不下去了，可第二天，还不是得咬紧牙关，继续撑下去！

肖百合点点头说，是啊，学勤，你来的红岩村又是条件最艰苦的一个村，当时你主动请缨的时候，我很敬佩你，到今天我也依然敬佩你！

陈国栋也说，是啊，学勤，我和百合的感觉一样。

张学勤苦笑一下，又说，说出来不怕你们笑话，是，我承认我是主动请缨来这里的，可对当时的我来说，就是想在个人档案上多一笔下乡的履历，我认为我只要在这里待上半年就差不多了，哪想到后来又出台了各项脱贫攻坚的考核办法，这样一来，还真走不了了。

肖百合说，这么说，当年你后悔了？

张学勤点点头说，是有点后悔。

肖百合笑了起来说，我看你现在，没有丝毫后悔的表情，一脸的自信嘛！今天红岩村能成功脱贫摘帽，你这几年没有白干。

陈国栋举起酒杯说，百合这话说得好，学勤，我建议我们三个，再一起干一杯！

张学勤举起酒杯，大声说，好，干一杯！

三人举杯，一饮而尽，放下酒杯后，都大声笑了起来。他们的笑声似乎感染了潘宏梁、麻青蒿、石松涛。潘宏梁摇摇晃晃地站了起来，口齿不清地对麻青蒿、石松涛说，五皮，松涛，说真的，我今天真是高兴！

麻青蒿说，你不开心，还要哪个时候才开心……

潘宏梁一掌拍在麻青蒿的肩膀上说，啰唆，我话都还没说完，你打哪样岔？

麻青蒿说，好，好，今天你说什么都对，你继续。

潘宏梁想了想，转头看了看石松涛，又看回麻青蒿说，去年看着你们两个村，还有我们紫云镇的其他村，都先后陆续摘帽，我这心里面啊，真叫一个一言难尽。说到这里，潘宏梁抓起手上的酒瓶，咕嘟咕嘟地吞了两口，放下后叹了口气，又说，你说我这心里不高兴吧，未免显得我太小气，毕竟我们仨都这么熟悉了，我太清楚了，能摘帽那也是你们俩，还有你们两个村的村支两委辛苦努力换来的成果；可你要说我这心里高兴吧，我又怎么高兴得起来？全镇二十一个村，眼看着你们都脱贫了，最后就剩我这一个村，还苦苦地在贫困线下挣扎，你们说，换作你两个，心里面能高兴吗？

麻青蒿和石松涛都点了点头，石松涛感叹说，是啊，如果换作是我，每天急都急死了，哪里还高兴得起来哦？

麻青蒿也说，是啊，你说的这些我理解，去年我们村成功摘帽的时候，我和松涛也大醉了一场。

潘宏梁一拍桌子说，哎！为什么不叫上我？

麻青蒿说，你这不是哪壶不开提哪壶吗？怕你难受啊！

潘宏梁用力拍在麻青蒿肩膀上，大声说，你太小看我了吧？我连这点心胸都没得？你们村脱贫了，我当然是高兴的啊！

石松涛见两人越说越远，怕冷落了三位第一书记，连忙打断说，我建议我们敬三位第一书记一杯。

好！麻青蒿和潘宏梁异口同声说出来。麻青蒿举起酒杯说，我有话说。

潘宏梁说，这是在我红岩村，好，你想说，就批准你说话了。不过，你小子要长话短说。

麻青蒿虽然有点喝高了，舌头有点大，却依然把话说得清清楚楚，他一边给三位第一书记鞠了一躬，一边说，百合书记、国栋书记、学勤书记，我和宏梁、松涛有幸与你们搭班子，千言万语，万语千言，就一句话，今天，我想我们有一个共同的感受，在将来，我们有底气和自信，毫无愧色地告诉我们的子孙，我们共同见证、参与了脱贫攻坚这场人类历史上最伟大的工程。

大家显然被麻青蒿的这段话感染了，一时百感交集，几乎每个人的眼里都闪耀着泪花。这还有什么说的？就一起碰杯，一切感受都在这酒里面了。大家几乎都是一仰头，一饮而尽。

麻青蒿放下酒杯，立刻挥手，正想说话，被潘宏梁一把拉在凳子上坐下。潘宏梁说，再说，就多了，你麻青蒿爱说话，说了一辈子的话，我看，今天你说的这一段话，是你这一辈子，说得最好的一段话。

话音未落，龙险峰提着两瓶酒走了进来，在六人一时来不及反应的情况下，他把酒放在桌子上说，你们喝酒，也不喊我，太不像话了。我只好不请自来了！

说完，龙险峰一屁股坐在潘宏梁刚刚搬来的凳子上，环视大家后说，宏梁，你家的酒，今天可有些醉人啊！

这话一出口，六人顿时轻松起来，刚才见龙险峰进来，大家还有点紧张，一时还不知道该怎样应对，见一向严肃的龙险峰毫无责备之意，大家悬着的心，顿时落了地，气氛顿时融洽起来。麻青蒿一边给龙险峰倒了一杯酒，一边说，书记，今天这个酒要是再不醉人，那可就真没什么意思了。

龙险峰端起酒杯说，好，今天就得好好醉一场！不过，喝这杯酒之前我还有几句话要说。

六个人一起站了起来，举起杯子，肃然地看着龙险峰。

龙险峰说，你们不要以为我们紫云镇全部脱贫摘帽，就可以刀枪入库，就可以马放南山了，就可以歇一歇、放松放松了，下一步，如何稳定脱贫攻坚成果，仍然是艰巨的任务，今天，算是我们喝一杯壮行酒，明天，我们要在乡村振兴的道路上再立新功！

七只酒杯碰撞在一起，酒花四溅，一时芳香弥漫。

当天，大家都喝醉了，龙险峰也不例外，这是龙险峰当书记三年以来，第一次这么喝酒。这三年来，可以说他的每一根弦都是绷紧的，随时都感觉到了极限，随时有断弦的可能，他咬牙挺住了，弦不仅没有断，还弹奏出了最为动听的音符。是的，全镇脱贫摘帽了，从一张张仰起的笑脸中，他感受到了人民群众的幸福感和获得感。当全镇脱贫摘帽的新闻在社会上公布时，他认真地在荧屏下仔细地听着播音员所说的每一个字，生怕自己漏听一个字，这每一个字，都是心血和汗水凝聚成的，也只有他这样长期在脱贫攻坚一线，一手一脚干出来的人，才有着这样的感受和这样的情怀。

有了这样的感受和情怀，那么，他在清晨爬上九龙坡之巅去看日出的行为，无疑是对这种感受和情怀的最好诠释。

站在九龙坡之巅，放眼望去，一片沸腾的群山中，云海翻腾，一座座、一排排山峰像一支支永不沉没的船队，在浩瀚无垠的云海中扬帆起航。

云海之上，一片海阔天空，水晶般湛蓝的天空像童话里的世界，空灵而清新，宛如天上人间。此时，朝霞已映红了东方，那一轮鲜红的太阳欲喷薄而出，刹那间阳光四射，龙险峰只觉得浑身都充满了力量，他放眼看着更高更远的地方，在远处的山峦线上，明媚的阳光透过薄雾，洒向大地上的每一个角落。

龙险峰显得从容而自信，这种自信，可以说，就是紫云镇人民的自信；这种自信，就是从深度贫困到退出贫困这个过程的缩影。这个过程的缩影，如同开花结果一般，现在看来，已是花繁叶茂了。

龙险峰禁不住仰起了笑脸，像一朵向日葵，灿烂无比。

这时候，有两个人，无声地来到了他的身旁，他回头一看，是肖百合和麻青蒿，三人相视一笑，无须多说，扭头面向东方。

这真是：

> 东方欲晓，莫道君行早。踏遍青山人未老，风景这边独好。